JOANNA COURTNEY

Der rubinrote Thron

GOLDMANN
Lesen erleben

Buch

Matilda wächst behütet an der Seite ihrer geliebten Cousine Judith bei ihren mächtigen Eltern, dem Grafen von Flandern und seiner Frau, der Tochter des Königs von Frankreich, auf. Doch als die beiden unzertrennlichen Freundinnen ins heiratsfähige Alter kommen, müssen sie einander schweren Herzens Lebewohl sagen. Während Judith die Reise nach England antritt, um den illustren Grafen Torr zu heiraten, macht sich Matilda auf in die Normandie, deren berüchtigten, machthungrigen Herzog sie zum Mann nehmen soll. William ist als unerbittlicher Herrscher bekannt, der sich die Herzogswürde schwer erkämpfen musste. Aber unter seiner harten Schale entdeckt Matilda bald einen Mann von unerwarteter Güte, der sich eine Familie wünscht und ihr sein Herz schenkt. Ein Mann, der jedoch vor allem unablässig ein Ziel verfolgt: den englischen Thron zu erobern. Und so stehen Matilda und Judith plötzlich auf gegnerischen Seiten in einem erbarmungslosen Krieg um die Krone …

Weitere Informationen zu Joanna Courtney
sowie zu lieferbaren Titeln der Autorin finden Sie am Ende des Buches.

Joanna Courtney

Der rubinrote Thron

Historischer Roman

Aus dem Englischen
von Nicole Hölsken

GOLDMANN

Die englische Originalausgabe erschien 2017 unter dem Titel
»The Conqueror's Queen« bei Macmillan,
an imprint of Pan Macmillan, London.

Dieses Buch ist auch als E-Book erhältlich.

MIX
Papier aus verantwortungsvollen Quellen
FSC® C014496

Verlagsgruppe Random House FSC® N001967

1. Auflage
Deutsche Erstveröffentlichung August 2019

Umschlaggestaltung: UNO Werbeagentur, München
Umschlagmotiv: Kette: Moscow, late 14th or early 15th century /
Kremlin Museums, Moscow, Russia / Bridgeman Images
Alles außer Kette: FinePic®, München
Redaktion: Eva Wagner
MR · Herstellung: kw
Satz: Buch-Werkstatt GmbH, Bad Aibling
Druck und Bindung: GGP Media GmbH, Pößneck
Printed in Germany
ISBN: 978-3-442-48739-4
www.goldmann-verlag.de

Besuchen Sie den Goldmann Verlag im Netz

Für meine Mom und meinen Dad, die mich, obwohl beide Chemiker waren, in meinem leidenschaftlichen Wunsch, Schriftstellerin zu werden, immer unterstützt haben

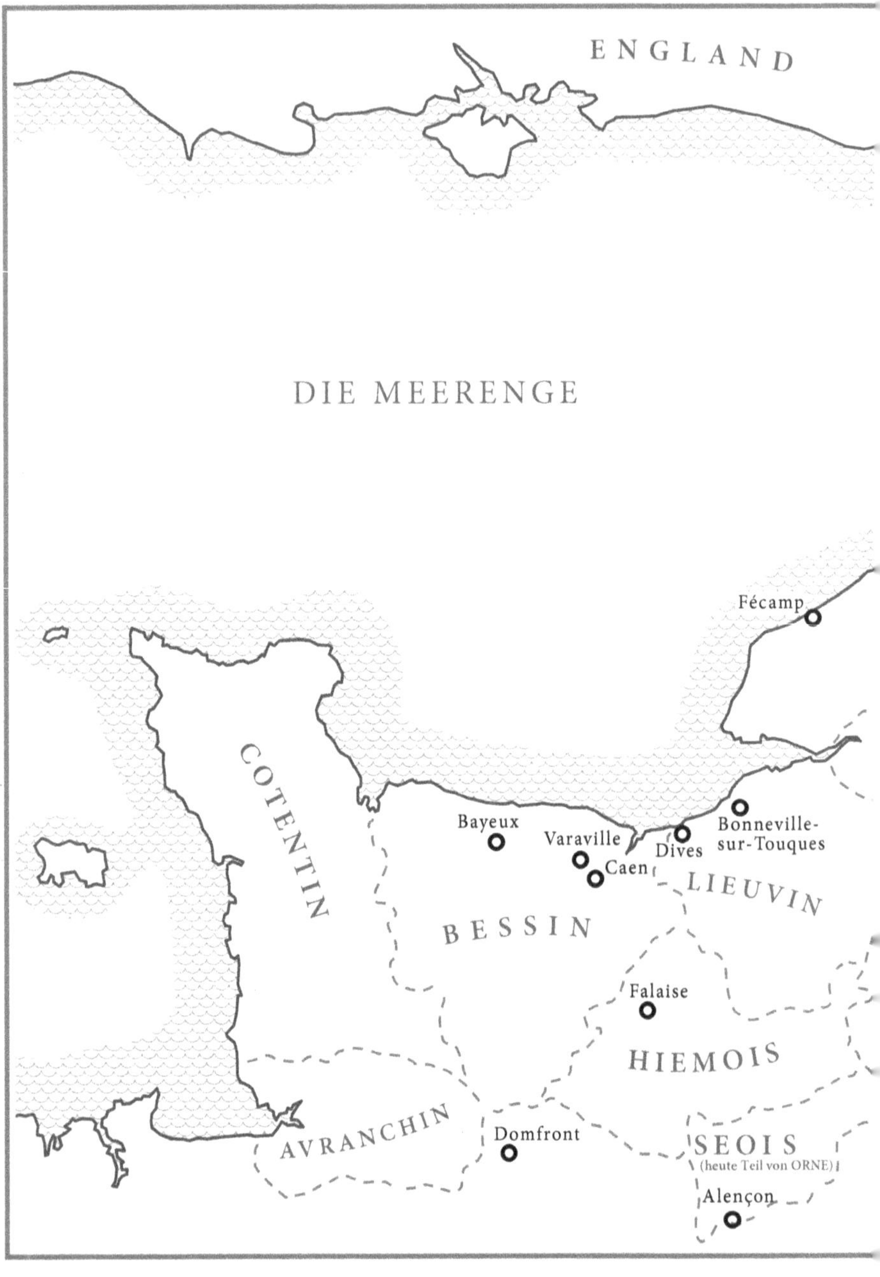
ENGLAND
DIE MEERENGE
Fécamp
COTENTIN
Bayeux
Varaville
Caen
Dives
Bonneville-
sur-Touques
LIEUVIN
BESSIN
Falaise
HIEMOIS
AVRANCHIN
Domfront
SEOIS
(heute Teil von ORNE)
Alençon

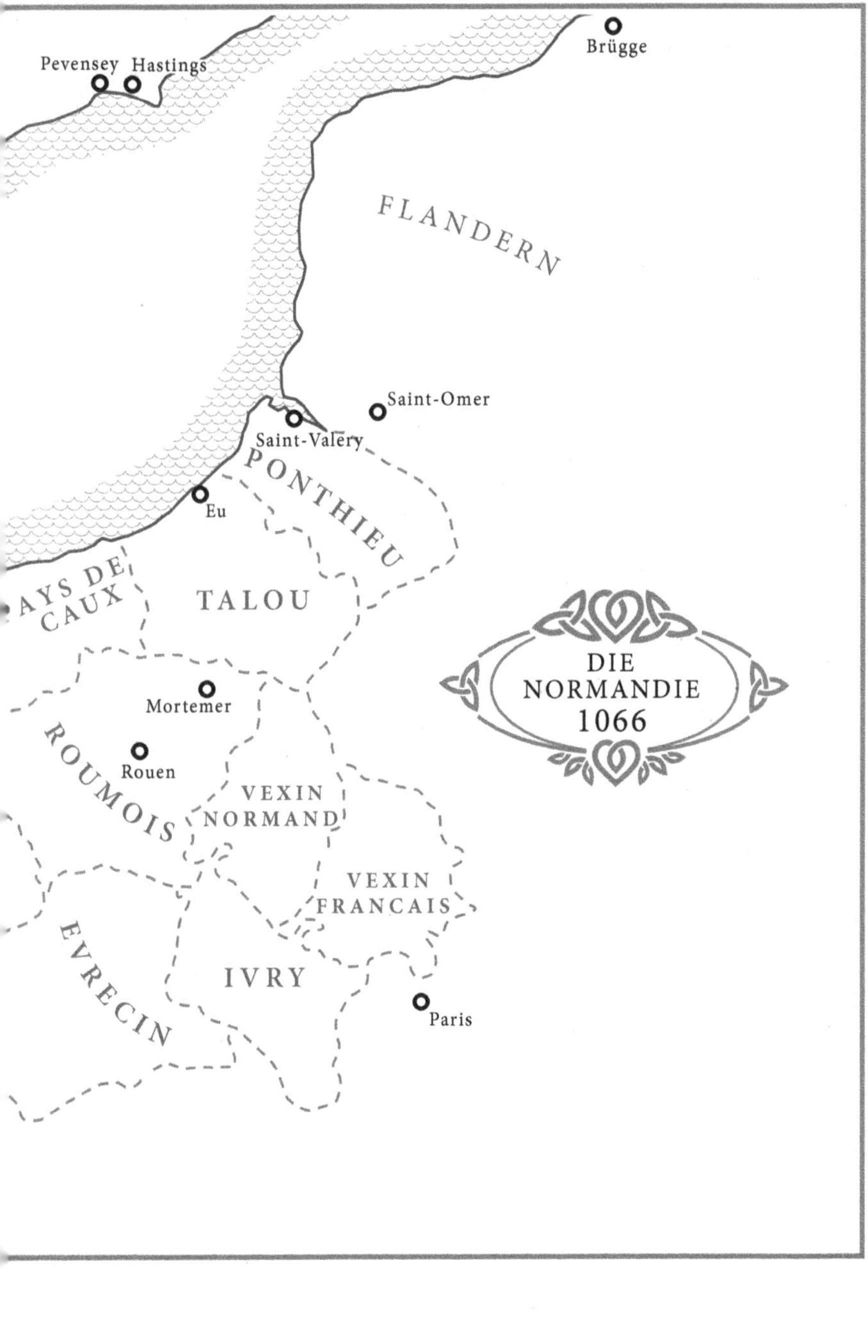

DIE NORMANDIE 1066
Brügge
Pevensey
Hastings
FLANDERN
Saint-Omer
Saint-Valery
PONTHIEU
Eu
PAYS DE CAUX
TALOU
Mortemer
ROUMOIS
Rouen
VEXIN NORMAND
VEXIN FRANCAIS
EVRECIN
IVRY
Paris

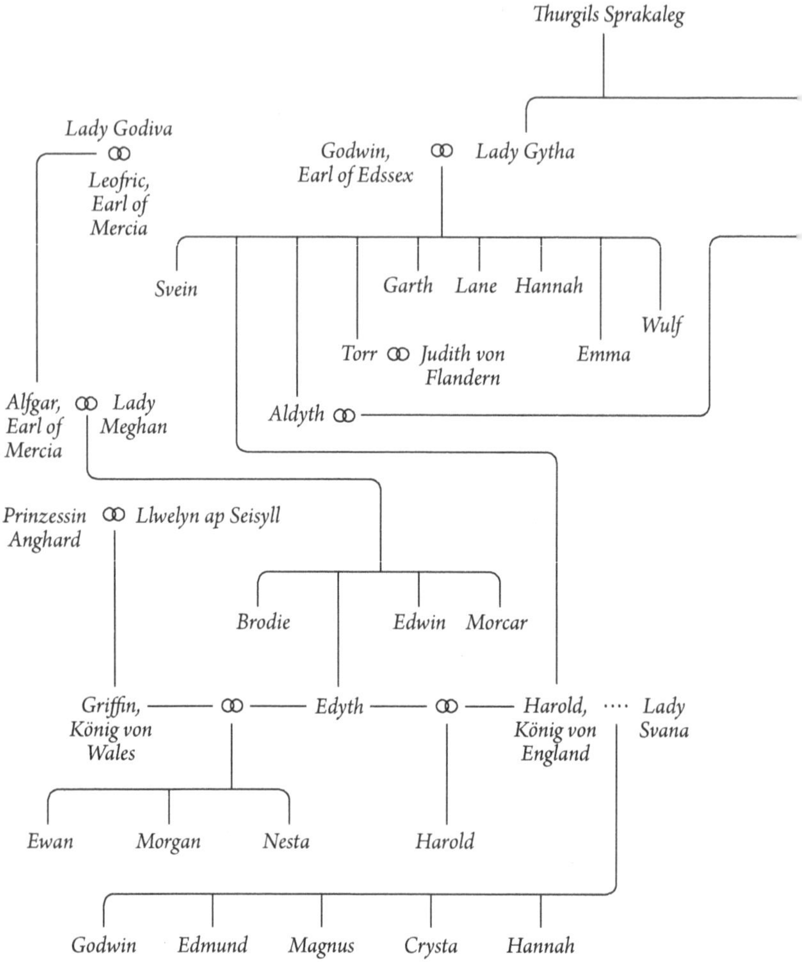

Stammbaum der Königinnen zur Zeit der Eroberungen

Gepunktete Linien markieren Handfasting-Ehen

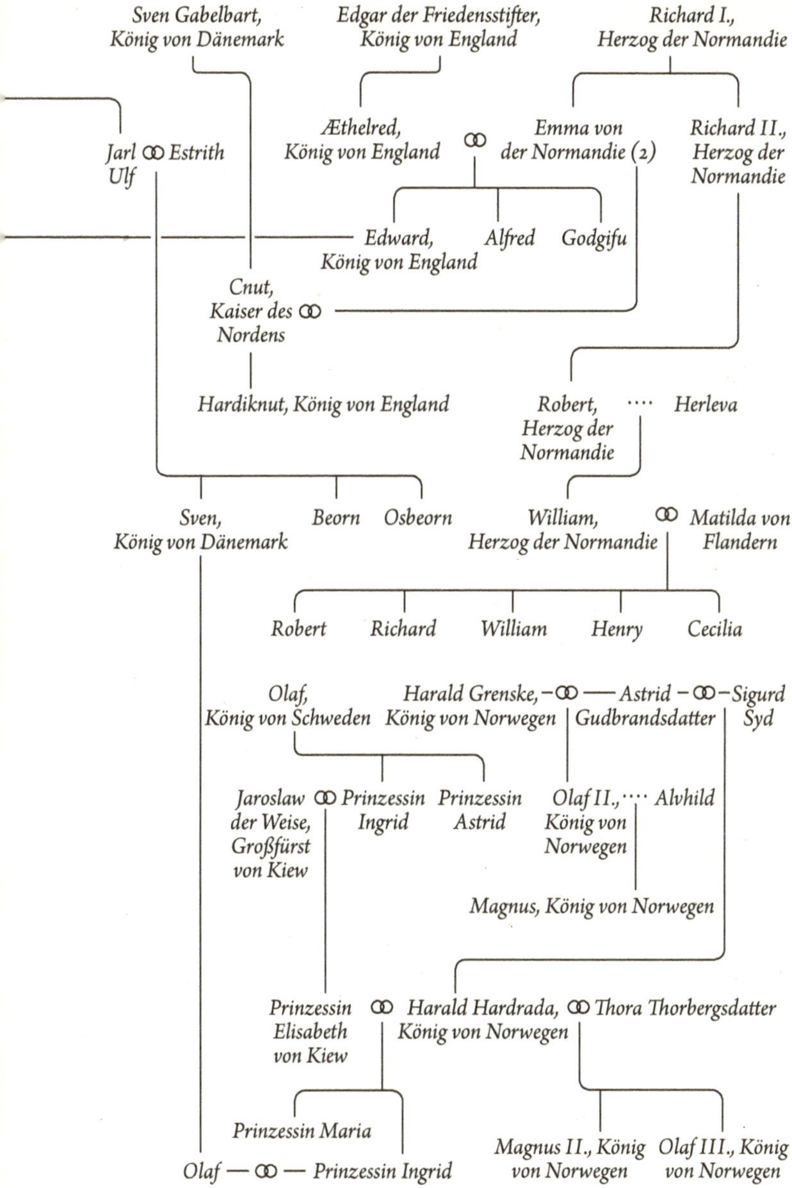
Sven Gabelbart,
König von Dänemark
Edgar der Friedensstifter,
König von England
Richard I.,
Herzog der Normandie
Jarl ∞ Estrith
Ulf
Æthelred,
König von England
∞
Emma von
der Normandie (2)
Richard II.,
Herzog der
Normandie
Edward,
König von England
Alfred
Godgifu
Cnut,
Kaiser des ∞
Nordens
Hardiknut, König von England
Robert,
Herzog der
Normandie
Herleva
Sven,
König von Dänemark
Beorn
Osbeorn
William,
Herzog der Normandie
∞ Matilda von
Flandern
Robert
Richard
William
Henry
Cecilia
Olaf,
König von Schweden
Harald Grenske,
König von Norwegen
∞ Astrid
Gudbrandsdatter
∞ Sigurd
Syd
Jaroslaw
der Weise,
Großfürst
von Kiew
∞ Prinzessin
Ingrid
Prinzessin
Astrid
Olaf II.,
König von
Norwegen
Alvhild
Magnus, König von Norwegen
Prinzessin
Elisabeth
von Kiew
∞ Harald Hardrada,
König von Norwegen
∞ Thora Thorbergsdatter
Prinzessin Maria
Olaf — ∞ — Prinzessin Ingrid
Magnus II., König
von Norwegen
Olaf III., König
von Norwegen

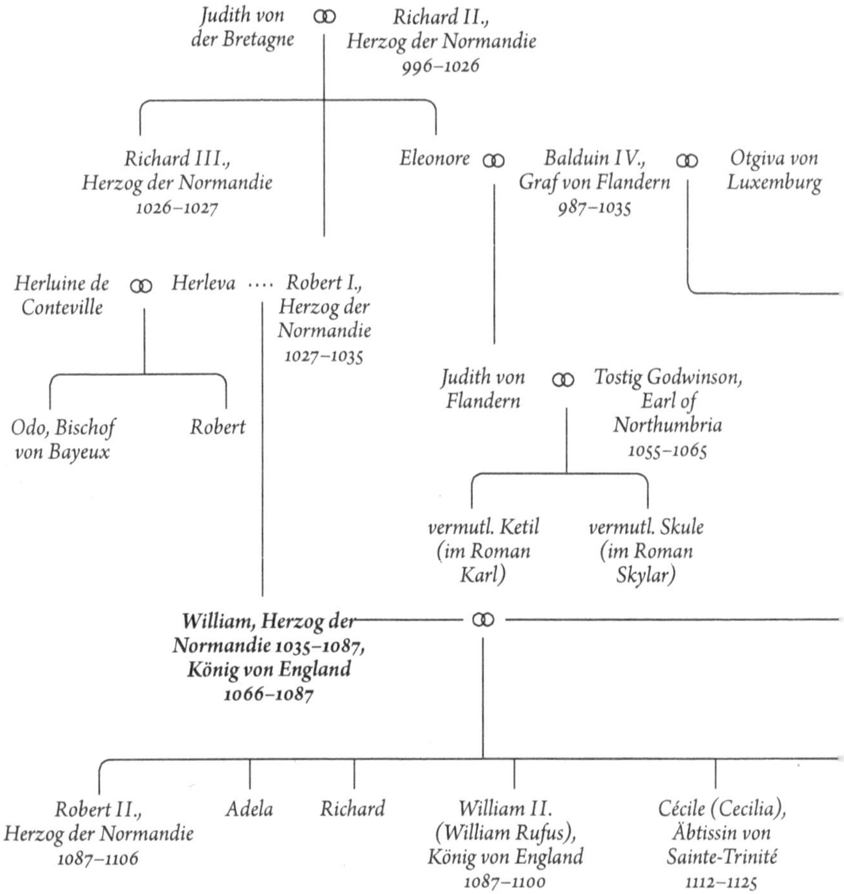

Stammbäume von William und Matilda

Gepunktete Linien markieren Handfasting-Ehen

Robert II., König von Frankreich 996–1031 ⚭ Konstanze von der Provence

Balduin V., Graf von Flandern ⚭ Adela von Frankreich

Henri, König von Frankreich 1031–1060 ⚭ Anna von Kiew

Balduin VI., Graf von Flandern 1067–1070

Matilda, Herzogin der Normandie 1051–1083, Königin von England 1068–1083

Robert

weitere Geschwister

Philippe I., König von Frankreich 1060–1108

Matilda

Constance

Adela

Henry I., König von England 1100–1135

Prolog

Manchmal, wenn sie die Augen schließt, kann Matilda es immer noch spüren – das wilde Pulsieren des wirbelnden, lebenssprühenden Tanzes, das ihr zum ersten Mal in ihrem Leben vor Augen führte, wie viel Macht ein Mann haben kann. Bis zu diesem Zeitpunkt hatte sie Tanz für etwas Vornehmes gehalten, für etwas Elegantes, Magisches, aber in jener Nacht hatte sie seine dunklere Seite entdeckt – und Gefallen daran gefunden. Wie erregend es gewesen war, das starke Pochen des Herzens in der Brust des anderen zu spüren, ebenso wie die sicheren, starken Arme, die sie mit sich gerissen hatten, sobald die leichte Änderung des Rhythmus es erforderte, so schwungvoll, dass sie in ihren prächtig verzierten Schuhen auf Zehenspitzen hatte tanzen müssen.

»Ihr seid zu gut für mich, Komtess.«

Seine Worte waren flüsterleise wie Schmetterlinge über ihre Wange hinweggeweht und hatten sie mit einer feinen Röte überzogen.

»Das ist wahr«, hatte sie zugestimmt, denn so war es.

Er, Lord Brihtric, war der angelsächsische Botschafter am Hof von Brügge, und sie war Komtess Matilda, die älteste Tochter des großen Grafen Balduin. Er war ein kleiner Grundbesitzer in einer grünen Ecke Südenglands – sie war die Nichte von König Henri von Frankreich. Er hätte eine Frau aus dem niederen Adel heiraten sollen – ihr hingegen war es vorbestimmt, eine großartige Partie zu machen, um vorteilhafte Beziehungen zwischen Flandern und einem anderen großen Land zu knüpfen. Und doch hatte er die Haltung eines mächtigen Mannes und machte sie deshalb, sobald er sie in den Armen hielt, zu einer mächtigen Frau.

»Aber das heißt doch nicht«, fügte sie hinzu, »dass man nicht mit mir tanzen kann?«

Darüber lächelte er und hob sie dichter an seine breite Brust. Und dann, mit einem leisen Lachen, das köstlich durch die festliche, verräucherte Luft perlte, wirbelte er sie herum, bis ihr königliches Blut so heftig unter ihrer Haut pulsierte, als wolle es sie sprengen, und ihr war so leicht ums Herz, dass auch sie laut auflachte.

Das Tempo des Stücks war viel berauschender als jeglicher Wein, und die Musik schien um sie herum lebendig zu werden – die fröhliche Melodie der Fiedel, das Trällern einer winzigen Flöte und das Pulsieren der Trommel darunter. Die Luft war erfüllt von den exotischen Parfums der Edlen Damen – Zimt und Piment, das auf den blühenden Märkten Brügges erstanden worden war und sich nun mit dem Geruch des Fleisches über dem Feuer und dem warmen Moschusduft der Männer vermischte. Und seine Augen waren blau wie die aller Angelsachsen, wie der Sommerhimmel. Sie versenkten sich in die ihren. Alles Lachen war daraus verschwunden, und stattdessen blickte er innig und zutiefst entschlossen drein.

War das ein Kuss gewesen? Nicht wirklich. Nicht einer von der wilden und feuchten Sorte, über die in den Frauengemächern gekichert wurde. Nein, vielmehr waren seine Worte über ihre Lippen hinweggeweht und hernach im Gewimmel der anderen Tänzer verschwunden, die sich dort zusammendrängten, sich drehten und schwatzten, als sei dies nichts anderes als ein ganz gewöhnlicher Abend bei Hof.

»Ihr seid zu gut für mich, Komtess.«

Worte oder Kuss? Sie weiß es bis heute nicht, kann beides nicht auseinanderhalten, denn sie waren verloren, bevor sie überhaupt begonnen hatten. Man hatte den Gong geschlagen, und ihr Vater hatte befohlen, den Tanz zu beenden. Brihtric war fort gewesen, und Ungemach hatte sich auf die romantisch schwelgende Matilda herabgesenkt.

TEIL EINS

Kapitel 1

Brügge, Juni 1049

»Ich werde diesen Mann nicht heiraten.«

Matilda stemmte die Hände in die Hüften. Ihr ganzer Körper bebte vor Zorn, aber sie zwang sich zur Ruhe, denn sie wusste aus jahrelanger Erfahrung, dass ihr Vater nichts für Wutanfälle übrig hatte. Die Haut um Graf Balduins sonst so freundlichen Mund spannte sich bereits, und seine Finger umklammerten den breiten Ledergürtel. Matilda machte hastig einen Schritt nach vorn, wobei sie allerdings den Kopf mit dem kupferfarbenen Haar bewusst züchtig senkte.

»Das heißt ...« Sie rang um Worte. »Ich dachte, Ihr hieltet nach einer ›hervorragenden Partie‹ für mich, Eure älteste Tochter, Ausschau?«

Balduins Augen wurden schmal. »Das *ist* eine hervorragende Partie, Matilda.«

Ihr Kopf fuhr in die Höhe, so verblüfft war sie. »Aber Vater, wie kann das möglich sein? Er ist ein Bastard.«

Matilda spürte, wie sich das Schweigen ihres Vaters in der warmen Luft des Familiengemachs unbehaglich ausdehnte. Sie sah zu der gebogenen Fensteröffnung hinauf, sehnte sich danach, in die hübsche Stadt Brügge zu entkommen, die direkt hinter den Palastgärten lag. Aber das Glas, das ihre

Mutter im vergangenen Jahr hatte einsetzen lassen, verzerrte und verschleierte ihren Blick auf die Dächer und Türme da draußen. Sie zwang sich, Graf Balduin erneut anzusehen.

»Es stimmt doch, Vater, oder etwa nicht? Sicherlich können wir doch vernünftig über die Angelegenheit reden? Habt Ihr uns nicht so erzogen? *Stell alles infrage* – das habt Ihr mir stets eingeschärft.«

»Alles außer *mich*«, erwiderte Balduin scharf. »Ich muss dich unter die Haube bringen, Tochter, bevor du unbesonnen handelst und es selbst in die Hand nimmst – noch einmal. Herzog William ist ein ebenso guter Kandidat wie jeder andere, ob er nun ein Bastard ist oder nicht. Vielleicht wird er dich ja irgendwann zähmen können, denn mir ist das offensichtlich nicht gelungen.«

Matilda spürte, wie die verräterischen Tränen ihr in die Augen traten, und bemühte sich verzweifelt, sie zurückzuhalten. »Das alles geschieht also wegen … wegen Lord Brihtric?«

»Nicht *seinetwegen*, Matilda, nein. Ich habe diese Partie gründlich überdacht, denn sie hat große politische und persönliche Vorteile, sowohl für Flandern als auch für dich. Auch der Zeitpunkt ist gut, wie dein unziemlicher Ausbruch mir gerade vor Augen führt. Du bist mittlerweile zu wild geworden, und ich kann nicht zulassen, dass du uns noch einmal zum Narren hältst.«

»Ich habe nie …«

»Schweig!«

Mit dem Fuß zerrieb Matilda die Binsen auf dem Eichenfußboden, wobei sie wütend einen Rosmarinzweig unter ihrem Zeh zertrat. Sie war nicht »wild« geworden. Es war nur ein Brief, nur ein Vorschlag gewesen. Sie hatte geschrieben, dass sie Lord Brihtric mit Freuden empfangen würde, falls er

Flandern noch einmal besuchte. Sie hatte mit keinem Wort angedeutet, ihn heiraten zu wollen. Die Dummköpfe, die ihrem Vater als Spione dienten, hatten lediglich ihre Wortwahl fehlinterpretiert, das war alles. Sie wusste immer noch nicht, auf wen sie wütender sein sollte: auf die Handlanger ihres Vaters oder auf Brihtric, der zugelassen hatte, dass sie den verdammten Brief in die Finger bekamen. Und jetzt schien es, als werde sie wegen dieser kleinen Schwäche an irgendeinen ungehobelten Emporkömmling von normannischem Herzog gefesselt. Sie zerquetschte einen weiteren Rosmarinzweig und zwang sich, wieder aufzublicken.

»Ich stelle nicht Euch infrage, Vater. Ich bitte nur um ein paar weitere Einzelheiten. Ihr habt mir stets versichert, dass königliches Blut in meinen Adern fließt, das ich nicht mit einem Mann niederer Abstammung vermischen dürfte, und doch …«

»Und doch, Matilda, kann Königtum genauso erstritten wie ererbt werden.«

»Nein, das kann es nicht«, widersprach Matilda. »Man kann vielleicht eine Krone erobern, nicht aber eine Blutlinie verändern.«

Graf Balduin blickte zu den elegant bemalten Dachsparren empor und seufzte.

»Wessen Idee war es, diesen Mädchen Unterricht zu erteilen?«, fragte er, und seine scharfen Augen richteten sich mit einem Mal auf seine Gemahlin Adela, die dem Wortwechsel mit dem gleichen stillen, würdevollen Interesse gelauscht hatte, mit dem sie jeglicher Situation entgegentrat.

»Meine, mein Gemahl«, antwortete sie, ohne mit der Wimper zu zucken. »Denn ich wurde vor ihnen am königlichen französischen Hof erzogen. Bildung verleiht Frauen

Finesse und macht sie zu nützlichen Gehilfinnen für ihre Ehemänner.«

»Und zu aufsässigen Töchtern ihren Vätern gegenüber«, konterte Balduin. »Es ist unerhört, einen Gemahl abzulehnen, der sorgfältig und mit Liebe ausgewählt wurde. Sprich du mit ihr, Adela.«

Matilda sah nun bewusst ihre Mutter an. Diese Diskussion versprach interessant zu werden, denn Adela war extrem stolz auf ihr königliches französisches Blut und hatte den Mädchen den Glauben an Abstammung und Blutlinie vermittelt.

»Ihr würdet es also befürworten, Mutter, wenn ich mit dem Bastardherzog einer Provinz vermählt werde, die kaum hundert Jahre alt ist?«

»Matilda«, knurrte Balduin, aber Matilda ließ ihre Mutter nicht aus den Augen, deren Gesicht einen unterhaltsamen Rotton angenommen hatte.

»Herzog William«, antwortete Adela nun bedächtig, »kann nichts dafür, im falschen Bett zur Welt gekommen zu sein.«

»Ha!«, krähte Balduin erfreut, was der dritten Frau im Raum ein erschrockenes Quieken abrang.

Matilda blickte sich verächtlich nach der jungen Frau um, die sie als ihre Base bezeichnete. Diese drückte sich an die Steinmauer, als wolle sie bereitwillig mit den dort hängenden reich verzierten Teppichen verschmelzen. Judith war zwei Jahre jünger als die achtzehnjährige Matilda, aber manchmal kam sie ihr nur halb so alt vor. Sie begeisterte sich für Kunst, und nichts liebte sie mehr, als die Nase in verstaubten Manuskripten zu vergraben oder sich stundenlang in üppig bemalten Kirchen aufzuhalten. Beides langweilte Matilda zu Tode.

Eigentlich war Judith ihre Tante – die Tochter von Graf Balduins Vater und dessen zweiter Frau –, aber nach dem Tod Balduins des Älteren war ihre Mutter, Eleonore von der Normandie, ohne sie in ihre Heimat zurückgekehrt und hatte sich dort in ein Kloster zurückgezogen. Und jetzt sollte es anscheinend Matildas Schicksal sein, ihr über diese vermaledeite Grenze zu folgen. Es sei denn …

»Warum denn nicht Judith?«, schlug sie eifrig vor. »Sie ist doch schon zur Hälfte Normannin. *Sie* könnte Herzog William heiraten.«

»Ich glaube nicht, dass Herzog William das will«, warf Judith geziert ein.

Matilda schnalzte missbilligend mit der Zunge. »Die Normandie würde zu dir passen, Judi. Und du könntest deine Mutter wiedersehen.«

Judiths blaue Augen umwölkten sich. »Als meine Mutter den Schleier nahm, hat sie unmissverständlich deutlich gemacht, dass sie keinerlei Interesse an mir hat, Matilda – warum sollte sich das jetzt ändern?«

Matilda hörte den Schmerz in der Stimme der Base und hatte ein schlechtes Gewissen. Aber deshalb war ihre Idee noch lange nicht falsch.

»Und wenn schon – in der Normandie gibt es jede Menge Kirchen mit wunderschönen Gemälden. Das würde dir doch gefallen, und …«

»Nein«, schnitt Balduin ihr das Wort ab, und seine Stimme klang wie Eis. Matilda schluckte und warf ihm einen verzagten Blick zu. »Es wird keine Hochzeit für Judith geben, zumindest nicht in der Normandie, denn sie ist Herzog Williams Base und damit zu nah verwandt mit ihm, um ihn heiraten zu dürfen.«

»Und ich bin das nicht?«

Balduin trat unruhig von einem Fuß auf den anderen, und sie spürte einen Hoffnungsschimmer.

»Du bist verwandt mit ihm, aber nur entfernt. Nur ein besonders kleinlicher Kirchenmann würde darin ein Hindernis sehen. Er ist eine gute Partie, Matilda.« Sein Tonfall ließ keinen weiteren Widerspruch zu.

»Was für ein Mann ist dieser William denn überhaupt?«, fragte sie also nervös.

»Was für ein Mann er ist?«, platzte Balduin heraus. »Er ist Herzog, Matilda.«

»Aber *wie* ist er?«

Balduin zog die Nase kraus. »Ich weiß es nicht. Groß, glaube ich. Und dunkelhaarig. Sein Haar ist ganz kurz geschoren – das habe ich bemerkt –, und er trägt keinen Bart. Sein Kinn ist nackt. Komplett nackt. Wahrscheinlich bearbeitet er es jeden verdammten Morgen mit seinem Messer. Seine Art zu reden ist kurz angebunden und effizient. Das gefällt mir – kein affektiertes Geschwätz. Herzog William verschwendet keine Zeit, und er ist stark. Man sagt, er könne einen Bogen weiter biegen als jeder andere Mann.«

»Einen Bogen biegen? Was für einen Nutzen hat das für einen Herzog?«

Balduin zuckte mit den Schultern. »Ich weiß es nicht, aber ich habe sagen hören, dass William sehr erfinderisch ist. Und mit viel List und Tücke zu kämpfen weiß.«

»Aber wie tanzt er, Vater?«

Sie hatte bei der Frage einen leichten Ton angeschlagen, aber Balduin spannte sich sofort an.

»Ich weiß es nicht, Matilda, und ich hoffe doch sehr, dass er überhaupt nicht tanzt. Tanzen macht nur Probleme, besonders …« – er reckte ihr den Finger ins Gesicht, sodass sie zurückzuckte – »… wenn es um dich geht.«

»Aber …«

»Hör auf, Matilda. Lass derlei törichte Gedanken fallen. Ich will von diesem Unsinn nichts mehr hören, hast du verstanden?«

Matildas Haut prickelte, und sie musste sich mit der Hand an der Wand abstützen, um nicht zu schwanken. Die lästigen Tränen brannten erneut in ihren Augen, als ihr die bittersüße Erinnerung an jene magischen Tänze mit Brihtric wieder in den Sinn kam. Sie hatte sich für so glücklich gehalten, aber das war nur eine Illusion gewesen.

»Würde es dir denn nicht gefallen, Herzogin zu sein, Matilda?« Die leise Frage kam aus Adelas Mund.

Matilda sah ihrer Mutter in die Augen und versuchte, vernünftig über die Antwort nachzudenken. Adela hatte ihr stets beigebracht, alles genau zu durchdenken. »Männer haben mehr Körperkraft, aber mit ein wenig Übung haben Frauen den stärkeren Verstand«, hatte sie immer gesagt und dann hinzugefügt: »Glaub mir, ein scharfer Verstand schneidet tiefer als das beste Schwert.« Matilda musste jetzt nachdenken – und zwar schnell.

»Herzogin zu sein ist eine Ehre, Mutter«, stimmte sie also bedächtig zu. »Aber Ihr habt mich zur Königin erzogen.«

Adela sog so laut die Luft ein, dass es in dem prächtigen Gemach widerhallte, aber sie fasste sich schnell. »Wie dein Vater bereits sagte, Matilda: Eine Krone kann man sich erkämpfen.«

Matilda lachte bitter auf. »Oh, und welche Krone will Herzog William erobern? Die französische? Hat er das vor? Denn ich glaube, dann wäre Euer königlicher Bruder, König Henri, wohl kaum sehr erfreut, Mutter. Oder vielleicht die Krone des Kaiserreiches? Wird Herzog William Euch zu den Waffen rufen, um gegen Kaiser Heinrich um das deutsche Reich zu kämpfen, Vater?«

»Matilda, du gehst zu weit.«

»Aber wenn mein zukünftiger Gemahl eine Krone erobern wird, dann sollte ich doch sicher wissen, welche?«

»Still, Matilda«, protestierte Judith hinter ihr. »Das ist Verrat. Dieses Gerede ist …«

»England.«

Balduin sprach das Wort so leise aus, dass Matilda erst glaubte geträumt zu haben. Sie schürzte die Lippen, um es zu wiederholen, wagte es aber nicht. England war ein altes Land, reich an Schätzen und Traditionen und heiß begehrt in ganz Europa. Lord Brihtric besaß dort weitläufige Ländereien, und das hatte sehr zu seiner Anziehungskraft auf sie beigetragen. Sie blinzelte wütend, und als sie wieder klar sehen konnte, stand Balduin dicht vor ihr. Seine große Gestalt überragte ihre zierliche um Längen.

»Das habe ich nie erwähnt«, sagte er drängend.

»Aber …«

»Es ist Gerede, mehr nicht. Man sagt, dass König Edward denjenigen Ratgebern den Vorzug gibt, die er aus der Normandie mitgebracht hat, als er den angelsächsischen Thron für sich beanspruchte, und dass diese ihn vielleicht überreden, seinen Vetter William zum Nachfolger zu ernennen, da ihm ein Erbe fehlt. Aber das sind nur Gerüchte, Matilda, und es ist ausgesprochen unfein von dir, in dieser Sache nachzuhaken. Wir sprechen von der Zukunft – von Träumen, Möglichkeiten, Ungewissem. Derlei Dinge solltest du im reichen Quell deines Geistes bewahren, denn letztlich zählt nur die Gegenwart, und für dich bedeutet das die Normandie.«

»Und einen Bastard als Gemahl?«

Balduins Lächeln erstarb erneut, und Matilda spürte, wie sein Schatten und sein Zorn sie einhüllten.

»Dieser tollkühne Trotz, Tochter, steht dir nicht, genauso wenig wie dein leichtsinniges Handeln im vergangenen Jahr. Du hast deine Tändelei gehabt, Matilda. Du hast von deiner kleinen ›Romanze‹ gekostet, aber letztlich blieb der Teller leer. Die Liebe ist nichts, was einen einfach so überkommt, und das darf auch nicht sein. Man muss sie sich verdienen – durch jahrelange Partnerschaft, gemeinsame Ziele und wohlüberlegte Pläne. Ob ich deine Mutter liebte, als ich sie heiratete? Einen Teufel tat ich!« Adela rückte verlegen auf dem Stuhl hin und her, und Judith gab einen erstickten Schluchzer von sich, aber Balduin bemerkte es nicht einmal. »Politik, mehr war sie nicht. Wir haben uns unsere ›Liebe‹, wenn wir schon so ein Wort gebrauchen müssen, aufgebaut, ebenso wie ich Brügge aufgebaut habe, und ist sie deshalb nicht umso besser, Adela?«

Adela nickte stumm, aber Balduin sah es nicht, denn seine Augen ruhten immer noch auf Matilda.

»Herzog William ist ein prächtiger Mann, meine Tochter. Er ist ein großer Krieger und ein scharfsinniger und ehrgeiziger Regent. Er kann vielleicht tanzen, ich weiß es nicht, aber ich bezweifle es, und deshalb mag ich ihn umso mehr. Du hast genug getanzt, mein Mädchen – es wird Zeit, dass die Musik verstummt. Herzog William wird in der kommenden Woche an meinem Hof eintreffen, und du wirst ihn willkommen heißen. Ist das klar?«

»Vollkommen klar, Vater.«

»Wirst du ihn willkommen heißen?«

»Mit aller gebotenen Höflichkeit.«

»Mit offenem Herzen?«

Matilda biss sich auf die Lippe. »Mit offenem Geist.«

Balduin nickte knapp. »Das reicht.«

Er tätschelte ihr linkisch den Kopf und schritt davon.

Sie fühlte sich innerlich so verwundet, als hätte sie seine Fäuste zu spüren bekommen. Das sollte also ihr Schicksal sein – ihre Strafe. Ein Augenblick der Torheit, ein kleiner Tanz würde sie ihr Lebtag lang an den Bastardherzog ketten.

Ein scharfer Verstand schneidet tiefer als das beste Schwert, erinnerte sie sich selbst. Sie stieß Judiths Hand fort, die ihr ein Taschentuch hinhielt, und folgte ihrem Vater nach draußen. Dann rannte sie aus dem Hof hinaus, um Zeit und Freiraum zu finden und nachdenken zu können. Der Bastardherzog William sollte kommende Woche eintreffen. Sie musste bereit sein.

Kapitel 2

Brügge, Juli 1049

»Ich habe gesagt, ich werde ihn nicht heiraten«, sagte Matilda und entzog sich ihren Zofen, die sie zu frisieren versuchten. »Was soll also dieser ganze Wirbel?«

Emeline zischte entrüstet und hielt Matildas kupferfarbenes Haar fest, sodass es ziepte. Matilda zuckte zusammen. Sie hatte ohnehin schon schlechte Laune, und dadurch wurde es auch nicht besser. Herzog William wurde jeden Moment erwartet, und Adela hatte ihren Hofdamen aufgetragen, sie »herzurichten«, eine Aufgabe, die sie äußerst ernst nahmen. Sie hatte das Gefühl, seit Stunden in diesem Gemach festzusitzen.

»Warum soll ich anziehend auf den Bastardherzog wirken, wenn ich ihn doch sowieso abweisen will?«, fragte sie, und Emeline lachte nur.

»Ah, *ma chérie,* gerade wenn man einen Mann abweisen will, sollte man am attraktivsten aussehen.«

Sie beugte sich vor, um ihrer Herrin zuzuzwinkern, und Matilda musste trotz ihrer schlechten Laune lächeln. Emeline war die Tochter eines französischen Adeligen, der jung gestorben war. Seine Witwe hatte nach seinem Tod viele verschiedene Bettgenossen gehabt, eine Gewohnheit, die ihre Tochter perfekt imitierte. Als dunkelhaarige junge Frau mit anmutiger Gestalt und einladendem Blick hatte es Emeline an Verehrern nie gefehlt, und das nutzte sie schamlos aus. Sie hatte sich in Adelas Dienste begeben müssen, als ihre Mutter sich schließlich doch auf eine zweite Ehe eingelassen hatte. Aber der Gräfin war sie auf die Dauer zu anstrengend gewesen, weshalb sie sie bereitwillig an ihre Tochter weitergereicht hatte. Seit diesem Zeitpunkt waren die beiden Frauen gute Freundinnen.

»Wen weist du denn diesmal ab, Em?«, fragte Matilda und betrachtete ihr raffiniertes, eng geschnittenes Kleid, ihr sorgfältig arrangiertes Haar und das zarte Rot auf Mund und Wangen.

Emeline schürzte die Lippen in provozierendem Schweigen und überließ die Antwort Cecilia, Matildas anderer Zofe, die Emeline so ähnlich war wie der Kett- dem Schussfaden.

»Es ist der arme Bruno.«

»Bruno?« Matilda sah Emeline erstaunt an. »Der Kämmerer meines Vaters? Aber Em, er ist alt.«

»Dreiundvierzig. So alt ist das gar nicht. Und außerdem wollte ich mal sehen, wie es mit ihm ist.«

»Und?«

Matilda wusste, dass sie eigentlich nicht hätte fragen dürfen. »Damen von königlichem Geblüt sollten dem Klatsch und Tratsch nicht frönen«, hatte Adela immer beharrt, obwohl Gott wusste, dass sie oft genug die Köpfe mit ihren eigenen Freundinnen zusammensteckte. Matilda hatte ihr daraus einmal einen Vorwurf gemacht, und Adela hatte hochmütig erklärt, dass sie keine Klatschgeschichten, sondern »Informationen« austauschten. Diese Antwort gehörte zu den nützlicheren Lektionen in Matildas Erziehung, und so blickte sie nun erwartungsvoll zu Emeline auf.

»Zuerst war es ganz gut«, bekannte diese mit einem keuschen Lächeln, das jedoch niemanden zum Narren halten konnte. »Er war sehr aufmerksam und sehr … dankbar.«

»Zuerst?«

Emeline seufzte dramatisch. »Ihm mangelte es an …«

»Energie?«, schlug Cecilia vor.

Cecilia stammte aus einer bodenständigen flandrischen Familie und stand schon länger als Emeline in Matildas Diensten. Anfänglich hatte Cecilia die junge Frau abgelehnt. Sie war so vierschrötig wie Emeline wohlgerundet, und so still wie Emeline schwatzhaft. Außerdem hatte sie das französische Mädchen kaum verstehen können, aber Emeline hatte sie beharrlich immer wieder ins Vertrauen gezogen, und so war sie Cecilia schließlich doch ans Herz gewachsen. Ebenso wie Matilda lebte sie quasi aus zweiter Hand von Emelines Abenteuern.

»Nein, das nicht – eher an Durchhaltevermögen!« Emeline kicherte. »Ich brauche wieder einen jüngeren Mann. Aber vielleicht bringt dieser Herzog ja ein paar nette Normannen mit.«

Matilda grunzte, und ihre schlechte Laune kehrte sofort zurück. »Normannen sind nicht ›nett‹, Emeline. Das solltest du doch besser wissen als alle anderen.«

Der zweite Gemahl von Emelines Mutter war ein normannischer Vicomte gewesen, und weil Emeline die Normandie so verhasst gewesen war, hatte ihre Mutter sie schließlich in Adelas Dienste gegeben. Doch jetzt zuckte die junge Frau nur mit den Achseln.

»Ich will keine *netten* Männer mehr.«

Matilda stöhnte und sah Cecilia an. »Du wirst heute Nacht wieder auf der Pritsche schlafen müssen, fürchte ich.«

Cecilia nickte unbeeindruckt. Matildas Zofen teilten sich die kleine Kammer neben ihrem Gemach, aber häufig hatte Emeline jemanden bei sich, der unterhaltsamer zu sein versprach. Dann zog sich Cecilia auf die Pritsche am Fußende von Matildas großem Bett zurück. Wenn Adela hereinkam, behaupteten sie stets, dass Matilda unruhig geschlafen habe. Matilda befürchtete, dass sich ihre Mutter vollkommen unnötige Sorgen über ihren Schlafrhythmus machte.

»Zumindest wird dich die Ehe einigermaßen ermüden«, hatte sie neulich bemerkt, und Matilda hatte sich voller Verlegenheit abgewandt. Es war eine Sache, mit Emeline Geschichten aus dem Schlafgemach auszutauschen, die dieses Thema so leichthin behandelte, als spreche sie übers Jagen oder Tanzen. Aber ganz sicher wollte sie nicht mit ihrer Mutter über so etwas reden.

»Was, wenn er mir nicht gefällt?«, hatte sie scharf erwidert. Daraufhin hatte Adela sehr zu Matildas Verdruss nur traurig gelächelt.

»Dann wirst du lernen, dich damit abzufinden. Immerhin hast du die Pflicht, Erben hervorzubringen.«

»Ja, aber …«

Adela hatte die Augenbrauen bis zur Schmerzgrenze nach oben gezogen, und Matilda hatte das Thema dankbar fallen lassen.

»Bist du jetzt fertig?«, fragte sie nun und führte die Hand an ihr Haar.

»Beinahe«, antwortete Emeline und schob sie sanft fort. »Ihr werdet wunderschön aussehen, Matilda. Seht doch: Euer kupferfarbenes Haar glüht, als berge es alte Geheimnisse. Und die Stickerei auf Eurem Gewand bringt das Blau und Grün in Euren Meeraugen erst so richtig zur Geltung!«

»Meeraugen, Emeline!«, schnaubte Matilda, aber Emeline zuckte nur anmutig mit den Schultern und hielt ihr einen kleinen Handspiegel hin.

»Es ist wahr, *ma chérie*. Der Herzog wird von Euch wie geblendet sein.«

»Oh, gut«, gab Matilda dumpf zurück, obwohl sie nach dem Blick in den Spiegel zugeben musste, dass ihre beiden Kammerzofen hervorragende Arbeit geleistet hatten.

Ihre langen Zöpfe waren mit Goldfäden und winzigen Juwelen durchwirkt, die wie Rosenknospen geformt waren, und schimmerten im Sonnenlicht, das durch die Fensteröffnung hineindrang, sodass die Bronze- und Kupfertöne ihres Haars besonders gut zur Geltung kamen.

»Es wird also eine besonders schöne Abfuhr sein«, bemerkte sie kühn. Aber als sie sich erhob, spürte sie, wie ihre vermaledeiten Knie zitterten, und musste sich mit der Hand an ihrem geschnitzten Eichenfrisiertisch festhalten, um sich zu stützen.

Die Wahrheit war, dass sie in den vergangenen Tagen zwar scharf nachgedacht, aber trotzdem keinen klugen Ausweg gefunden hatte, durch den sie ihrem Vater diese Verbindung hätte ausreden können. Jetzt konnte sie nur noch beten, dass die Verhandlungen schieflaufen würden. Jedes Mal wenn sie daran dachte, dass man sie bald von Brügge mit seinen eleganten Bauten, den exotischen Märkten und dem lebendigen Hof fort in die Normandie schicken würde, wo sich – wie sie gehört hatte – alles hinter den düsteren, hohen Burgmauern verschanzte und man das gegenseitige Abschlachten für das Hauptvergnügen hielt, stockte ihr das Herz.

Sie konnte es nicht verstehen. Ihr Leben lang war ihr Vater ihr wohlgesinnt gewesen. Er hatte Unmengen von Geld für ihre Gewänder und Pferde ausgegeben, ihre hervorragende Erziehung finanziert und sie schon in frühen Jahren in die Gesellschaft eingeführt. Warum also wollte er sie nun in die Normandie verbannen, mit einem Herzog, der seinen Titel mit sieben Jahren geerbt hatte und anscheinend seitdem damit beschäftigt war, Rebellionen niederzuschlagen? Die Chancen standen gut, dass ihr frischgebackener Ehemann dereinst nur wenige Wochen nach der Hochzeit getötet würde.

Die Aussicht, womöglich schnell wieder Witwe zu werden, heiterte sie ein wenig auf, und sie strich gerade ihr weinrotes Kleid glatt, als die Tür aufflog und Judith hereinstolperte.

»Er ist da.«

Sofort verließ sie wieder der Mut, und nervös trat sie ans Fenster, verfluchte ihre geringe Körpergröße, denn sie konnte die Menschen kaum sehen, die sich direkt unter ihnen befanden. Dennoch konnte sie erkennen, dass sich der ganze Hof draußen versammelt hatte. Die Leute standen in vereinzelten Gruppen zusammen, unterhielten sich leise und fächelten sich in all ihrem Putz Luft zu, denn die Sonne brannte gnadenlos auf sie herab. Die Tore auf der gegenüberliegenden Seite des großen Innenhofs standen einladend offen, die Wachen zu beiden Seiten in Habachtstellung, aber noch näherte sich niemand über die Myriaden von Brücken, die Reisende über Brügges zahlreiche Kanäle zum gräflichen Palast im Herzen der Stadt führten.

»Es ist noch niemand da, Judi.«

»Nicht *hier* hier«, berichtigte Judith, »sondern in den Randausläufern der Stadt. Ein Bote kam soeben herbeigeritten. Graf Balduin sagt, du sollst sofort nach unten gehen. Wir müssen alle vor dem Palast stehen, um den Herzog willkommen zu heißen.«

»Ich verstehe.«

Matilda betrachtete den geschnitzten Eichenzaun, der den eleganten Palasthof umgab. Wann immer Adela ein weiteres fürstliches Kind zur Welt gebracht hatte, hatte Balduin befohlen, ein Brett durch ein neues zu ersetzen, auf der der Name des neuen Prinzen oder der neuen Prinzessin eingraviert war. Matilda liebte sie, und wenn sie sich verloren oder unsicher fühlte, pflegte sie nach draußen zu gehen und ihren eigenen Namen auf dem Eichenbrett zu betrachten, der ihren Platz am geschäftigen flandrischen Hof anzeigte. Sie suchte auch jetzt danach, aber er wurde von der Menge verdeckt.

Judith zog sie am Ärmel. »Matilda, bitte, sonst wird der Graf wütend.«

»Und der Herzog?«, fragte Matilda und widersetzte sich eigensinnig. »Wird der Herzog auch wütend sein?«

»Ich gehe davon aus. Sie sagen, er sei sehr wild. Oh. Das heißt ... Ich bin sicher, bei dir wird er das nicht sein, Matilda.«

»Du bist dir überhaupt nicht sicher, Judi. Das ist keine von uns. Aber wenn er wütend ist, dann will er mich vielleicht nicht heiraten. Sag Vater, dass ich noch nicht fertig bin.«

»Matilda, nein!« Hinter dem Palast erhoben sich schwache Jubelschreie. »Du *musst* kommen.«

Judith zog erneut an ihrem Arm, aber obwohl ihre Base beinahe einen Kopf größer als sie selbst und demzufolge auch stärker war, widersetzte Matilda sich weiter. Schließlich legte ihr Emeline die Hand ins Kreuz und stieß sie energisch voran.

»Ihr könnt ihn nicht von hier oben aus abweisen, Herrin«, flüsterte sie.

Matilda zwang sich zu einem Lächeln. Flüchtig – und keineswegs zum ersten Mal – wünschte sie sich, Emeline zu sein und tun und lassen zu können, was sie wollte. Aber sofort wies sie sich selbst zurecht. Sie war eine flandrische Komtess. Das war ein Privileg und eine Freude, sogar in diesem Augenblick.

»Gehen wir also«, sagte sie knapp und schritt, mit einer dankbar aufatmenden Judith im Gefolge, aus ihrem Gemach, um den Mann zu begrüßen, den sie unter keinen Umständen heiraten wollte.

Matilda nahm ihren Platz an der Seite ihres Vaters auf der marmornen Plattform vor dem Palast ein, als die immer lauter werdenden Hochrufe auf den Straßen dahinter Herzog Williams bevorstehende Ankunft ankündigten. Balduin hatte diesen imposanten Steinblock vor einigen Jahren aus Byzanz einführen lassen, und zwar ausschließlich für derlei Paraden oder Gelegenheiten. Er war vor dem Palast platziert, elegant in seiner reinweißen Schlichtheit, und sorgte dafür, dass die gräfliche Familie die restliche Menge um fast eine halbe Mannshöhe überragte. Zu Ehren der heutigen Ereignisse war Matilda der Vortritt vor ihrem selbstgerechten älteren Bruder Balduin gewährt worden, und sie konnte sich ein ironisches Lächeln nicht verkneifen, als sie ihren Platz einnahm. Aber er ließ sich nicht so leicht einschüchtern.

»Mach das Beste draus, Schwester – bald wirst du dich nämlich dem Bastardherzog unterwerfen müssen.«

Matilda juckte es in den Fingern, ihm einen Stoß zu versetzen, aber eine unziemliche Rauferei unter Geschwistern hätte den Grafen wohl kaum erfreut, also gab sie sich mit der Antwort zufrieden: »Zumindest *will* mich jemand heiraten, Balduin. Du hingegen bist viel zu hässlich für eine Braut.«

Balduin grinste lässig. »Aber ich bin der Erbe Flanderns, liebste Matilda. Ich könnte hässlich wie die Sünde sein – was nicht der Fall ist – und hätte immer noch reichlich Auswahl unter den Edlen Damen.«

Matilda biss angesichts der Wahrheit dieser Aussage die Zähne zusammen und blickte hinüber zu ihren übrigen Geschwistern, die sich um ihre Mutter scharten und schwatzten, als sei das hier ein ganz normaler Staatsempfang. Unsicher strich sie sich über das golddurchwirkte Haar und nahm auf den hohen hölzernen Absätzen, die sie ein wenig größer machen sollten, Haltung an. Sie war daran gewöhnt, bei offiziellen Anlässen an der Seite ihres Vaters zu erscheinen, aber noch nie hatte sie sich den öffentlichen Blicken dermaßen ausgesetzt gefühlt. Jedermann wusste, warum Herzog William hier war. Jedes elegant gekleidete Mitglied des Hofes, jeder Diener, der geschäftig umhereilte, um das Festmahl vorzubereiten, und jeder dunkelhäutige Händler auf dem Markt wusste Bescheid, und sie spürte aller Augen auf sich, als ob sie einzuschätzen versuchten, ob sie dieser Ehre auch würdig war.

»Er ist nur ein Bastardherzog«, hätte sie ihnen am liebsten zugerufen, aber ungeachtet Williams zweifelhafter Abstammung hatte dieses Ereignis bereits seinen eigenen Verlauf genommen: Die Menge war in so festlicher Stimmung, dass er genauso gut auch König Henri von Frankreich hätte sein können.

»Er ist da!«

Wieder war es Judith, die aufgeregt von ihrer niederen Position im hinteren Bereich des Familienpodests kreischte. Matilda spürte, wie ihr Herz schneller schlug, und zwang die Beine fester auf den Marmoruntergrund, damit sie nicht zitterten, als die normannische Delegation durch das Tor hereinritt. Herzog William hatte um ihre Hand angehalten, rief sie sich ins Gedächtnis. Sie musste ihn in keinerlei Weise beeindrucken, sondern ihm lediglich vor Augen führen, was er verpasste. Sie sah verstohlen zum Fenster ihres Gemachs hinauf und entdeckte dort Emeline und Cecilia, die sich eifrig hinauslehnten. Wie gern hätte sie die beiden Frauen in diesem Augenblick an ihrer Seite gehabt. Aber die Gäste kamen immer näher, und ihr blieb nichts anderes übrig, als sie erhobenen Hauptes zu erwarten, und zwar allein.

Die Menge stand dicht gedrängt, und die Neuankömmlinge auf ihren großen Rössern bewegten sich vorsichtig am Rand des Hofes auf sie zu, sodass Matilda genug Zeit blieb, um sie näher zu betrachten. Es war eine düstere Gruppe, mit Kettenhemden bekleidet, als befürchteten sie, von den flämischen Bauern angegriffen zu werden. Das einzig Farbige waren ihre Umhänge, die allesamt rot waren, das gleiche Rot, wie sie zu ihrem Schrecken erkannte, wie ihr eigenes Kleid.

»Optisch passt du schon dazu, Matilda«, flüsterte ihr ihr Bruder ins Ohr.

Sie ließ sich nichts anmerken, machte aber bedächtig einen Schritt nach hinten und bohrte Balduin den Absatz ihres Schuhs auf den Zeh. Sie hörte, wie er einen Schmerzenslaut unterdrückte, und fühlte sich gleich besser – wenn auch nicht allzu sehr. Wie um alles in der Welt sollte sie erkennen, welcher dieser identisch aussehenden Männer der Herzog war? Sie sahen alle gleich aus: das dunkle Haar kurz geschnitten unter dem strengen Helm, das Kinn so glatt wie das eines Knaben. Man hatte ihr berichtet, dass dieser Herzog vor allem Soldat war, aber trotzdem hatte sie erwartet, dass er zumindest als ihr Anführer herausragen würde. Und dann, als sie um die Kurve des Pfades kamen, der den Hof umgab, und auf die gräfliche Familie zuritten, teilten sich die beiden vordersten Reiter auf, und sie entdeckte ihn – unverkennbar.

Herzog William ritt auf einem kohlrabenschwarzen Hengst, der einige Handbreit höher war als die Rösser seiner Gefährten. Der Sattel des Tieres war scharlachrot, und es trug eine zeremonielle Haube in der gleichen Farbe, die den Blick auf seine dunklen Augen lenkte. Allerdings nur für einen Augenblick, denn der Reiter war sogar noch hypnotisierender als das Pferd. Der Herzog trug ebenfalls eine Rüstung wie seine Männer, aber die seine war aus Silber und glänzte, als sei er selbst die Sonne. Auch sein Umhang war scharlachrot, aber über und über mit goldenen Kreuzen bestickt, und um seinen Helm trug er ein einfaches, aber schimmerndes und mit Rubinen besetztes Diadem. Er saß aufrecht im Sattel und zügelte sein prächtiges Ross mehrere Schritte vor dem Marmorblock. Seine Augen wanderten über die Familie hinweg und blieben dann mit grimmiger Gewissheit auf Matilda haften.

»Gott zum Gruß, Herzog William«, rief Graf Balduin und breitete die Arme aus. »Ihr seid in meinem bescheidenen Palast von Herzen willkommen.«

»Er ist prächtig, Graf, und gereicht Euch zur Ehre – ebenso wie Eure Tochter.«

Matilda zuckte zusammen. Jetzt schon sprach er von ihr. Hatte er denn keine Manieren?

»Ich danke Euch«, antwortete Balduin leichthin.

»Ich freue mich auf eine ertragreiche Allianz zwischen uns«, fuhr Herzog William lautstark fort.

Die Edlen Damen Flanderns kicherten, als seien sie in den privaten Frauengemächern, und Matilda sah zu Adela hinüber. Mit Freuden stellte sie fest, dass ihre Mutter sich genauso unbehaglich fühlte wie sie selbst. Graf Balduin jedoch strahlte unwandelbare Heiterkeit aus.

»Darf ich, Herzog, Euch Komtess Matilda vorstellen?« Er ergriff Matildas Arm und zog sie zur Vorderkante der Plattform wie ein Sklavenmädchen, das zum Verkauf anstand. Matilda widersetzte sich wütend und spürte, wie die Hand ihres Vaters fester zupackte. »Meine Tochter«, sagte er schnell an den Herzog gewandt, der sie wortlos beobachtete, »ist ein wenig nervös.«

Nervös! Matilda öffnete den Mund, um zu protestieren, aber bevor sie überhaupt Luft holen konnte, hatte Herzog William seinem großen Hengst die Sporen gegeben und preschte auf sie zu. Das Tier stampfte die kurze Strecke zu ihr hinüber, die Nüstern geweitet und der Blick der dunklen Augen unter der dunkelroten Haube zielgerichtet. Matilda stand da wie erstarrt, fühlte sich wie eine Maus unter dem Blick des Falken, der sich auf sie herabstürzt. Sie hörte das Keuchen der Menge, spürte, wie ihr Vater zurückwich, sah aus den Augenwinkeln, wie ihre Mutter die jüngeren Geschwister um sich scharte, und dann schoss eine Hand im Kettenhandschuh hervor und umfing ihre Taille, packte unbeholfen den Stoff ihres Gewandes, um sie dann wie ein Püppchen aufs Pferd zu heben.

Das Tier war nicht stehen geblieben, und einen Augenblick lang baumelte sie herab, und ihr zierlicher Körper stieß gegen die mächtige Flanke des Hengstes. Ihre Beine waren seinen fliegenden Hufen gefährlich nah, bevor William sie hochhob, als sei sie leicht wie Stroh, und sie in einer wenig eleganten Umarmung vor sich auf den Sattel hob. Ihr goldenes Diadem flog ihr vom Kopf und hüpfte in einem Wirbel aus Licht über die Pflastersteine, und ihre Zöpfe verfingen sich in seinem silbernen Kettenhemd, sodass ihr Tränen des Schmerzes in die Augen traten.

»Was um Himmels willen …?«, keuchte sie schließlich, als sie die entlegenste Ecke des Hofes erreicht hatten.

Sie spürte aller Augen auf sich, als die Menschen ihnen auswichen, und verlagerte sich unbeholfen, um etwas züchtiger im Sattel zu sitzen. Man konnte ihre Knöchel sehen, und ihr hübsches Kleid hatte an der Taille einen Riss. Sie drehte sich im Sattel um, um ihren Eroberer wütend anzufunkeln.

»Wie könnt Ihr es wagen?«

Er wirkte verblüfft. Aus der Nähe war er gut aussehend – unerträglich gut aussehend. Sein rasiertes Gesicht war schmal, das Kinn auffällig kantig, da es nicht von einem Bart verborgen wurde, und seine überraschend vollen Lippen waren markant. Seine Augen waren ebenso dunkel wie die seines Pferdes, aber von silbernen Flecken durchsetzt, die sie jetzt, aus der Nähe, besonders lebendig wirken ließen. Sie musste sich dazu zwingen, weiter streng dreinzublicken. Sein ungehobelter Griff tat ihr weh, und einer ihrer Zöpfe hing immer noch in den Ringen seines Kettenhemdes fest, weshalb sie es nie gewagt hätte, in die Freiheit zu springen, auch wenn das Pferd kleiner oder der Griff um ihre Taille weniger entschlossen gewesen wäre.

»Ich bin eine flandrische Komtess«, stieß sie hervor. »Nicht irgendeine einfache Magd, mit der man nach Gutdünken umspringen kann, wie man will.«

Er runzelte die Stirn. »Ich bedaure, dass Ihr das so seht.«

Matilda blinzelte. »Wie sollte ich es denn sonst sehen?«

Er zuckte mit den Schultern und wirkte plötzlich trotz seines beeindruckenden Aussehens sehr jung. »Ich hatte vor«, sagte er mit leiser Stimme, »Euch durch meine Stärke zu beeindrucken. Ich nehme an, dieses Ziel habe ich nicht erreicht?«

»Ich bin eher lädiert als beeindruckt«, bekannte sie.

»Das tut mir leid. Meine Mutter riet mir, Euch einfach mitzureißen.«

Matilda verkrampfte sich, als er Herleva erwähnte, die schöne Konkubine, die Herzog Roberts Herz gefangen genommen und ihm den Bastard geschenkt hatte, der sie nun vor dem gesamten prächtigen Hof ihres Vaters auch noch zitierte.

»Und Ihr seid dem Rat Eurer Mutter gefolgt«, sagte sie und stellte zu ihrer Überraschung fest, dass sie lächelte.

»Ich werde versuchen, es beim nächsten Mal besser zu machen. Ich will Euch zur Gemahlin, Matilda von Flandern.«

»Warum?«

»Ich bin in den Adelshäusern Europas umhergestreift auf der Suche nach einer Frau, die stark genug ist, um es mit mir aufzunehmen. Man erzählt sich, dass Ihr diejenige seid, und nach dem, was ich jetzt gesehen habe, scheint diese Einschätzung zutreffend zu sein. Wir werden gut zusammenarbeiten, Matilda.«

Matilda blinzelte. Seine Worte waren schon beinahe lächerlich unverblümt, aber dennoch seltsam schmeichelhaft. William war überhaupt nicht das, was sie erwartet hatte, aber auf jeden Fall war er ein zielstrebiger, entschlossener Mann, und das konnte sie nur bewundern.

»Mein Vater sagt, dass die Kirche die Verbindung unter Umständen verbieten könnte«, sagte sie vorsichtig.

»Dazu gibt es keinen triftigen Grund. Meine besten Männer haben mittlerweile sämtliche Stammbäume eingehend studiert und sehen keine rechtmäßige Basis für ein solches Verbot.«

»Auch keine unrechtmäßige?«

Er lächelte grimmig. »Das entzieht sich meiner Kenntnis, aber wir müssen auf Gott vertrauen, dass die Wahrheit siegen wird. Und auf unsere eigene Fähigkeit, den Menschen diese Wahrheit vor Augen zu führen.« Er sah ihr tief und eindringlich in die Augen, nagelte sie mit seinem dunklen Blick förmlich fest. »Also, jetzt wisst Ihr, wonach ich suche, Komtess Matilda. Ich muss Euch jetzt die gleiche Frage stellen – was wünscht Ihr Euch von dem Mann, mit dem Ihr den Rest Eures Lebens verbringen wollt?«

Das war eine gute Frage – eine zu gute. Sie sah an sich hinab. »Im Augenblick wünsche ich mir vornehmlich, dass er mein Haar aus seinem Kettenhemd befreit.«

»*Seinem* Kettenhemd? Ihr heiratet mich also?«

Matilda blickte zu ihm auf. Sie ritten nun wieder auf den Marmorblock zu, sodass sie noch einen Augenblick Zeit hatte, bevor ihr Verlöbnis offiziell wurde. Sie war ihm eine Antwort schuldig – sie war *sich selbst* eine Antwort schuldig. Sie sah ihm geradewegs in seine dunklen Augen. Sie hatte immer geglaubt, das, was sie sich von einem Gemahl wünschte, seien Charme, Leidenschaftlichkeit, Freude – Romantik. Jedenfalls hatte sie bei Brihtric so empfunden, aber damals war sie jung und töricht gewesen. Sie war nicht einfach nur irgendein Mädchen, frei, um mit demjenigen herumzutändeln, der die schönsten Worte für sie fand. Sondern sie war eine Komtess mit der Verpflichtung zu herrschen. Und dieser Mann, dessen war sie sicher, würde hervorragend herrschen und regieren.

»Ja, Herzog William von der Normandie«, stimmte sie zu. »Ich werde Euch heiraten.«

Kapitel 3

Brügge, November 1050

Judith blickte ängstlich zur Fensteröffnung hinüber, und als sie die ersten verräterischen rosafarbenen Streifen am Himmel sah, stöhnte sie leise vor sich hin. Die Sonne war bereits auf die Höhe der Stadthäuser Brügges gesunken, und ihr Licht schien wie geschmolzenes Gold über die eleganten Linien der schiefergedeckten Dächer zu fließen, darüberzuströmen und sich in die kreuz und quer verlaufenden Kanäle dazwischen zu ergießen. Es war ein wundervoller Anblick, der sie allerdings gleichzeitig auch wütend machte. Erst vor Kurzem hatte sie Zeit gefunden, sich an ihre Arbeit zu setzen, und schon setzte die vermaledeite Dämmerung ein.

Den ganzen Tag hatte sie sich danach gesehnt, wieder zu ihrem Kunstwerk zu gelangen, und den ganzen Tag hatte man sie – wie so oft – daran gehindert. Sie wagte es nicht, an ihrer Illumination weiterzuarbeiten, wenn Balduin im Palast war, denn er hielt nichts davon, dass sie »Mönchsarbeit« verrichtete. Deshalb musste sie sich von jeher die Zeit dafür stehlen, wann immer sie konnte. Sehnsüchtig blickte sie zu ihrem halb fertigen Bild der Jungfrau Maria hinüber und wünschte sich, mutig genug zu sein, um in aller Öffentlichkeit daran weiterzuarbeiten. Aber sie war nicht dafür geschaffen, neue Pfade zu beschreiten, und es war einfacher, alles für sich zu behalten. Mit einem resignierten Seufzer rollte sie das Bild zusammen und verstaute es in ihrer Eichentruhe. Dann machte sie sich daran, ein Kleid für das Abendessen auszusuchen.

Sie ging zur Garderobe auf der anderen Seite des zentralen Vorzimmers. Adela hatte sie vor einigen Jahren in Auftrag gegeben, nachdem sie sich bei Balduin darüber beklagt hatte, dass ihre Gewänder in den engen Truhen so zerdrückt würden. Balduin war von der Idee fasziniert gewesen und hatte die Einführung der Neuerung erlaubt, und jetzt pflegte er sie voller Stolz sogar seinen vornehmsten Gästen zu zeigen. Es war ein einfacher Raum, der an allen vier Wänden mit mannshoch angebrachten Schienen bestückt war. Diese waren mit Haken besetzt, an denen die Gewänder aufgehängt werden konnten, damit sie genauso lose aufbewahrt wurden wie am Körper eines Menschen. Adelas Gewänder hingen entlang der längsten Wand, Matildas auf der anderen Seite, die der jüngeren Mädchen befanden sich an den anderen Wänden, und die von Judith hinter der Tür.

Sie trat ein, aber als sie Matilda entdeckte, zögerte sie, denn ihre Base hatte sehr schlechte Laune, seit Graf Balduin vor einem Monat – selbst sprachlos vor Zorn – vom Konzil zu Reims zurückgekehrt war.

»Verboten«, hatte er Matilda entgegengeschleudert, beinahe, als sei es ihre Schuld. »Die verdammte Eheschließung wurde ›verboten‹.«

»Aber warum nur, Vater?«, hatte Matilda völlig bestürzt gefragt.

»Sie beharren darauf, dass ihr blutsverwandt seid. Der Papst hat ein paar kleinkarierte Kirchenmänner um sich geschart, die einen komplizierten Stammbaum entworfen haben, mit dessen Hilfe sie ›beweisen‹ – das war seine Formulierung, nicht meine –, dass du mit Herzog William zu nah verwandt bist, um ihn heiraten zu können. Aber ich sage dir eins: Das Einzige, was dieses Schriftstück beweist, ist, dass der Papst genauso verbittert und politisch unredlich ist wie Männer außerhalb des Klerus auch. Rom ist eine Lasterhöhle. Seine ›Heiligkeit‹ verhält sich nur so, weil Kaiser Heinrich ihn in seinem Amt stützt, und Heinrich hasst mich und fürchtet die Normandie. Dieses verdammte Gerede von der Blutsverwandtschaft soll mich und William in die Schranken weisen, nichts weiter.«

Judiths Herz hatte bei diesem blasphemischen Gerede vor Angst gezittert, aber Matildas Reaktion war pragmatischer gewesen: »Und was jetzt, Vater?«

»Ich weiß es nicht, Matilda. Wir müssen uns in Geduld üben. Päpste pflegen in regelmäßigen Abständen zu sterben. Hoffen wir also, dass es auch den unseren bald ereilt.«

»Vater!«

»Was? Er ist genauso wenig der Stellvertreter Gottes auf Erden wie ich. Er ist nichts weiter als ein Fürst, der seine Ländereien schützt, und dafür würde ich ihn sogar respektieren, wenn er es wie jeder anständige Mann auch mit einem Schwert in der Hand täte. Aber diese hinterlistige Erfindung falscher Verbote bringt mein Blut zum Kochen. Ah, nun gut, William hat eine Delegation entsandt, die Einspruch einlegen soll. Wir müssen also darauf hoffen, dass er den Papst letztlich doch überredet. Und es ist ja ohnehin nicht so, als würdest du William besonders mögen, nicht wahr, Matilda?«

Aber das päpstliche Verbot hatte, sehr zu jedermanns Überraschung, Matildas Appetit auf einen normannischen Gemahl mehr angestachelt, als es jeglicher Segen hätte tun können. Sie war wochenlang wütend auf und ab gelaufen und hatte mehr Flüche ausgestoßen als ihr Vater, weshalb sich Judith jetzt ein wenig beklommen neben sie setzte.

»Kannst du dich nicht entscheiden?«, fragte sie leichthin.

»Ich weiß nicht, wofür ich mir die Mühe überhaupt machen sollte«, kam die verdrießliche Antwort.

Judith verbarg ein Lächeln. »Aber Matilda, du hast so schöne Gewänder. Wie wäre es mit diesem hier – diese Fliederfarbe ist so hübsch. Oder das hier – das gelbe. Du siehst in diesem gelben Kleid atemberaubend aus.«

»Ich sehe in dem gelben aus wie eine Blume.«

»Eine schöne Rose vielleicht?«

Matilda verdrehte die Augen. »Na gut, ich ziehe das gelbe an, aber wenn sich sämtliche Bienen auf mich stürzen, gebe ich dir die Schuld.«

»Vielleicht macht dich der Honig ja wieder etwas süßer«, erwiderte Judith.

Matilda warf ihr einen schockierten Blick zu, dann lachte sie bitter. »Vielleicht, Judi. Irgendetwas muss es ja schaffen.«

Judith legte ihr eine Hand auf den Arm. »Herzog William steht in dem Ruf, seine Ziele zu erreichen, Matilda.«

»Das ist wahr«, stimmte Matilda steif zu. Aber dann wurde Judith erstaunt Zeuge, wie ihre sonst so beherrschte kleine Base beinahe in sich zusammenzufallen schien. Ermattet lehnte Matilda sich an sie. »Aber wie will er das anstellen?«

Judith zog sie dicht zu sich heran. »Mit Diplomatie, nehme ich an.«

»Die Diplomatie ist gescheitert.«

»Dann durch Macht.«

»Wir können wohl kaum das Schwert gegen den Papst erheben, Judi.«

»List?«

»List?« Matilda legte den Kopf schief. »Vielleicht. Ich nehme an, mir bleibt nichts anderes übrig, als darauf zu vertrauen, dass Williams Delegation Erfolg hat, oder?«

»Ja.« Judith drückte Matilda fest. Sie fühlte sich in ihren Armen klein und ungewöhnlich zerbrechlich an. »Darauf musst du vertrauen und zufrieden bleiben, damit du für ihn deine Schönheit bewahrst.«

»Wie denn, wenn er doch gar nicht hier ist, um sie zu sehen?«

»Die Gerüchte darüber werden sich schon verbreiten.« Judith warf sich in die Brust und unternahm den missglückten Versuch, eine Männerstimme zu imitieren. »Oh, mein Herzog, ich war neulich am Hof von Flandern, und Komtess Matilda erstrahlte förmlich in ihrem gelben Gewand. Ich schwöre, sie ist die schönste Blume in sämtlichen Rosengärten Europas.«

Matilda stieß ein Lachen aus, ein zögerliches zwar, aber immerhin ein Lachen. »Nein, Judi, du machst Witze.«

»Ein wenig«, räumte Judith ein, »aber trotzdem ist ein Körnchen Wahrheit darin. Du bist Williams Preis, Matilda, und das musst du für ihn auch bleiben. Immerhin bist du eine flandrische Komtess.«

»Genau wie du selbst. Was wirst *du* denn anziehen, meine Liebe?«

Judith betrachtete ihre eigene, nicht ganz so üppige Auswahl an Kleidern. »Vielleicht das blaue.«

»Gute Idee. Das passt zu deinen Augen.«

Bei diesem unerwarteten Kompliment blinzelte Judith. »Bin ich denn auch eine Blume?«, fragte sie.

»Natürlich – eine wunderschöne Kornblume.«

Judith lächelte kläglich. Das war wohl richtig. Im Vergleich zu Matildas Rose war sie eine Kornblume. Sie war durchaus hübsch, wie sie wusste, mit ihren himmelblauen Augen, ihrem hellblonden Haar und den samtweichen, pfirsichfarbenen Wangen. Allerdings auf so offensichtliche Weise, dass sie schon fast wieder unscheinbar wirkte. Im Gegensatz zu Matilda. Deren Haar war durchwirkt von Kupfer und Bronze, sodass es selbst im Dämmerlicht noch geheimnisvoll zu glühen schien. Ihre Augen waren teils blau, teils grün, wie die unruhige See, und obwohl sie beinahe eine Handbreit kleiner war als Judith, betrat sie jeden Raum so, als sei sie die Größte von allen. Kein Wunder, dass sämtliche Blicke ihr zu folgen pflegten. Kein Wunder, dass Herzog William um sie kämpfen wollte.

»Das blaue also«, stimmte Judith entschlossen zu, aber ein Hüsteln vom Eingang aus ließ sie innehalten, und sie wirbelte herum, um den Kammerdiener ihres Bruders in die Vorkammer schlurfen zu sehen. Sie musterte den langsam kahl werdenden kleinen Mann von oben bis unten und versuchte, sich ihn mit Emeline vorzustellen. Gott sei Dank wollte ihr das nicht gelingen, und so besann sie sich ihrer Manieren: »Bruno, können wir Euch helfen?«

»Ich bitte um Verzeihung, Hohe Frau, aber der Graf bittet Euch, ihn vor dem Abendessen in seinem Gemach aufzusuchen.«

»Mich?« Erstaunt sah Judith ihn an. »Nicht Matilda?«

Matilda wirkte ebenfalls überrascht, aber Bruno nickte fest.

»Er fragte ausdrücklich nach seiner Schwester, der Edlen Dame Judith.«

Nach seiner Schwester! So nannte Balduin Judith sonst nie, denn sie war hier immer eher wie eine Tochter aufgewachsen, oder zumindest wie eine Art Lieblingsnichte. Ihre familiäre Stellung war etwas prekär, wie sie wusste, sowohl in Bezug auf Balduin selbst als auch in Bezug auf Matilda, die halb Tante, halb Schwester für sie war.

»Aber soll Matilda denn nicht ebenfalls zu ihm kommen?«

»Wenn sie es wünscht, wahrscheinlich schon.«

»Sie wünscht es«, warf Matilda entschlossen ein, und die Neugier brannte in ihren grünen Augen.

»Dann solltet Ihr Euch eilen. Der Graf scheint sehr begierig, Euch zu sehen.«

Wieder sah er ausdrücklich Judith an, und sie errötete unter seiner ungewöhnlichen Aufmerksamkeit.

»Oh! O ja, natürlich. Habt Dank.«

So schnell sie es vermochten, standen sie vor Graf Balduins Tür. Judith war froh, dass Matilda sie begleitete, denn sie hatte sich in Gesellschaft ihres Halbbruders nie so recht wohlgefühlt. Doch als sie das Gemach betraten, sah sie überrascht, dass der Graf aus seinem eleganten Stuhl emporsprang und auf sie zueilte.

»Judith, komm herein, komm herein.« Judith ließ sich von ihm nach vorn geleiten und warf Adela einen argwöhnischen Blick zu, die, die Hände züchtig im Schoß, auf ihrem eigenen Stuhl saß. »Setz dich, meine Liebe. Wünschst du etwas zu trinken?«

Balduin schnippte nach seinem Diener, der sogleich mit einem Weinkrug herbeieilte. Judith nahm das Getränk entgegen, nippte aber nicht daran aus Angst, dass sich ihr die Kehle zuschnürte. Sie spürte Matilda hinter sich, aber ausnahmsweise schenkte Balduin seiner Lieblingstochter nur wenig mehr als einen flüchtigen Blick.

»Ist alles in Ordnung, Graf?«, fragte sie nervös.

»In Ordnung? O ja, in der Tat, alles ist bester Ordnung, Judith.«

»Hat Herzog William mittlerweile den Segen des Papstes erwirken können?«, fragte sie ins Blaue hinein und sah erneut zu Matilda zurück.

»Herzog William? Ach, *der*! Nein, nein, nichts dergleichen. Hier geht es um dich, Judith.«

»Um mich?«

Judith beschloss, doch einen Schluck von dem Wein zu trinken. Der Graf sah sie eindringlich an. O bitte, Gott, lass ihn mir meine Buchmalerei nicht wegnehmen, dachte sie. Ob ihn irgendetwas verärgert hatte? Aber eigentlich wirkte er gar nicht verärgert.

»Du, meine liebe Schwester, hast einen Antrag erhalten.«

Judith wäre beinahe vom Hocker gefallen. Wein spritzte auf ihr Kleid, und sie stellte den Kelch abrupt auf den Beistelltisch.

Balduin gluckste. »So sehr sollte dich das nun auch wieder nicht überraschen. Die Verbindung ist hochverdient.«

Judith brachte immer noch keinen Ton heraus, aber Matilda kannte derlei Probleme nicht.

»Jemand hat um Judiths Hand angehalten? Wer?«

Balduin formte mit den Fingern ein Zelt und blickte zu Adela hinüber, die sich nun aufrechter hinsetzte. Judith atmete ein paarmal tief ein und versuchte, sich zu sammeln, als ihr Bruder sich erhob und sie direkt ansprach.

»Jemand aus England, Judith.«

Judith hörte Matilda keuchen. Sie wusste noch genau, wie sehr die Freundin unter der Trennung von Lord Brihtric gelitten hatte. Darum betete sie, ihr Bruder möge nicht so grausam gewesen sein, ein Ehearrangement mit Matildas verlorener Liebe getroffen zu haben.

»Und wer ist es?«, fragte sie mit schwacher Stimme und spürte, dass Matilda wie ein schwarzer Engel über ihrer Schulter lauerte.

»Lord Tostig Godwinson!«, verkündete Balduin begeistert und bemerkte nicht einmal, dass beide Mädchen vor Erleichterung zitterten. »Sein Vater, Earl Godwin, hat Abgesandte geschickt, damit sie um deine Hand anhalten.«

»Um *meine* Hand?«

Balduin wurde ein wenig unruhig. »Er mag«, räumte er mit einem kurzen Blick nach hinten ein, »zuerst von Matilda gesprochen haben, aber ich sagte ihm, dass sie bereits verlobt ist, und so gab er sich mit dir an ihrer Stelle zufrieden.«

Judith sank ein wenig das Herz. Wer würde sich schon mit ihr anstelle von Matilda zufriedengeben?

»Aber so richtig verlobt ist Matilda doch gar nicht. Der Papst …«

»Er wird den Papst schon überzeugen. William ist sich absolut sicher, dass seine Abgesandten Erfolg haben werden, nicht wahr, Matilda?«

»Nun, das schon«, hörte sie ihre Base stammeln. »Das heißt …«

Aber Balduin ließ sich nicht beirren. »Ich weiß, dass er Erfolg haben wird. Für dich, Judith, ist Tostig Godwinson eine hervorragende Partie. Der Lord ist ein prächtiger Bursche und sehr gut aussehend, wie man sagt. Das ist doch ein rechter Glücksfall, oder nicht?«

»Äh, ja, Bruder. Habt Dank. Aber habt Ihr ihn tatsächlich gefragt, ob *er* auch mit *mir* zufrieden ist?«

»Natürlich. Du bist eine flandrische Komtess, nicht wahr?«

»Das bin ich, und natürlich ist Flandern viel wert, Bruder, aber Ihr erwähntet doch, dass König Edward von normannischen Ratgebern umgeben ist. Was, wenn sie sich gegen die Godwinsons wenden? Was, wenn Matilda und ich letztendlich Ehemänner haben, die einander feind sind?«

»Nun, in diesem Fall«, gab Balduin ohne jegliches Zögern zurück, »zahlt es sich besonders aus, auf beiden Seiten eine Verwandte zu besitzen.«

»Aber würde das nicht bedeuten, dass Matilda und ich Gegnerinnen wären?«

»Das läge in Eurer Hand. Komm schon, Frauen sind erheblich subtiler als Männer, und kleineren Konflikten werdet Ihr beiden ja wohl gewachsen sein, oder?«

Judith sah zu Matilda hinüber, während Balduin sie beide zur Tür schob. Sie hatten im Laufe der Jahre immer wieder kleine Meinungsverschiedenheiten gehabt – hauptsächlich dann, wenn Judith es gewagt hatte, Matilda herauszufordern –, aber sie hatten sich immer wieder versöhnt. Allerdings hatte bis heute dabei nicht die Verantwortung für ein ganzes Volk auf ihren Schultern gelastet.

»Komm, Judi«, rief Matilda lachend und ergriff ihren Arm. »Welche Auseinandersetzung könnte schon zwischen der Normandie und England stattfinden? Beide Männer trennt das Meer.«

»Eine Meer*enge*«, merkte Judith an, aber niemand schien mehr auf sie zu hören.

Kapitel 4

Es ist keinesfalls so, dass ich Judith ihr Glück nicht gönne«, sagte Matilda und entledigte sich dankbar ihres Gewandes, um nach einem anstrengenden Abend, an dem sie auf ihre Base getrunken hatten, endlich ins Bett zu schlüpfen.

»Natürlich nicht«, pflichtete Emeline ihr schelmisch bei, schüttelte das Gewand aus und hielt nach Flecken Ausschau.

»Nein, wirklich nicht. Ich liebe Judi. Sie ist wie eine Schwester für mich, und ich will, dass sie glücklich wird.«

»Natürlich wollt Ihr das.«

»Ja, wirklich. Warum musst du mich infrage stellen?«

Emeline reichte das Gewand an Cecilia weiter. »Ich stelle Euch nicht infrage, Komtess. Aber möglicherweise tut Ihr das selbst?«

Matilda seufzte und zog sich die Decken bis zum Kinn hinauf.

»Vielleicht hast du recht, Em. Ich gebe zu, dass ich etwas eifersüchtig bin. *Ich* sollte heiraten, nicht Judith.«

Cecilia hing das Gewand auf, und Emeline setzte sich ans Fußende des Bettes. »Das werdet Ihr, Komtess.«

»Wann?«

»Wenn es Gott gefällt.«

»Und dem Papst – doch was will er? Denn darum geht es hier eigentlich.«

»Vielleicht«, wandte Cecilia aus der kleinen Kammer ein, »befürchtet er eine Allianz zwischen Flandern und der Normandie, die besonders brisant wird, wenn Judith jetzt nach England heiratet. Wenn Ihr nämlich dann in die Normandie übersiedelt, hätte Euer Vater unter Umständen die Kontrolle über die gesamte Meerenge.«

Matilda sah zu ihr hinüber. »Also kostet Judiths Eheschließung mich die meine?«

»Nein, Matilda!«, schalt Emeline. »Seid nicht so kleinlich.«

Matilda biss sich auf die Lippe. Sie hätte ihre Kammerzofe gern zurechtgewiesen, aber Emeline hatte recht – sie *war* kleinlich. Und doch war alles so frustrierend. Es war jetzt über ein Jahr her, seit William in Flandern eingeritten war und sie überzeugt hatte, seine Herzogin zu werden, und doch war sie immer noch hier, saß in Brügge fest, unverheiratet und wie es schien, nicht in der Lage, irgendetwas dagegen zu unternehmen.

Alle waren mit irgendetwas beschäftigt, außer sie selbst. Selbst Balduin hatte neue Pläne für die Zukunft. Er hatte am heutigen Abend deutsche Architekten am Hof empfangen, die ihm demonstriert hatten, wie ein paar ordentliche kleine Blöcke aus gebackenem Lehm, die sie als Ziegelsteine bezeichneten, mir nichts, dir nichts zu einer Mauer zusammengefügt werden konnten. Zur Demonstration hatten sie gleich eine direkt zwischen den Esstischen errichtet. Balduin war beinahe genauso begeistert davon gewesen wie von Judiths verdammter Verlobung und hatte bereits größere Mengen bestellt. Alle bewegten sich voran – alle außer ihr selbst. Sie schwang die Decken zurück und sprang wieder aus dem Bett, sodass sie Emeline zu Boden schubste.

»Ich werde William schreiben«, verkündete sie und schritt

zum Fenster, während Cecilia herbeieilte, um Emeline aufzuhelfen. »Ich werde ihm sagen, dass wir Narren sind, wenn wir uns einem Konzil unterwerfen, welches seine Ränke gegen uns schmiedet. Wenn unser einziges Hindernis die Politik ist, sollten wir uns davon nicht aufhalten lassen und auf Gottes Gnade vertrauen, der unsere Ehe gutheißen wird, sobald wieder Frieden herrscht.« Ihre Damen starrten sie mit offenen Mündern an. »Was? Habt Ihr irgendwelche Einwände gegen meine Logik?«

»Nicht gegen Eure Logik«, antwortete Cecilia. »Aber klug ist es trotzdem nicht. Gegen die Weisung eines päpstlichen Edikts zu heiraten könnte Euch die Exkommunikation eintragen.«

»Das würde er nicht wagen.«

»Er hat ja auch gewagt, das Edikt zu erlassen.« Matilda warf wütend den Kopf in den Nacken.

»Sag es ihr, Em«, drängte Cecilia. »Sag ihr, dass ein solcher Vorschlag Wahnsinn ist.«

Emeline dachte nach.

»Es *ist* Wahnsinn«, stimmte sie zu. »Aber nicht wegen des Papstes, denn er ist nichts weiter als ein Mann, und ein fehlbarer noch dazu, wenn man Graf Balduin Glauben schenken will. Nein, der Wahnsinn besteht darin, einen solch dreisten Brief überhaupt zu schreiben – nach allem, was damals mit Lord Brihtric geschehen ist.«

Matilda zuckte zusammen. »Brihtric war ein Narr. Statt mir den Hof zu machen, ist er letztlich um meinen Vater herumscharwenzelt. Herzog William ist aus anderem Holz geschnitzt. Für ihn ist mein Wort das bindende.«

»Und warum ist er dann nicht schon längst gekommen, um Euch zu holen?«

Matildas Herz klopfte wie wild. Sie hatte sich das auch selbst schon gefragt, und zwar mehr als einmal. Hatte er vielleicht eine bessere Braut gefunden? Es gab nur einen Weg, um das herauszufinden.

»Ich werde ihm einen Brief schicken«, wiederholte sie, diesmal entschiedener. »Emeline, du bist doch immer noch mit deinem normannischen Galan zusammen, oder?«

Emeline hatte sich erwartungsgemäß einen neuen Liebhaber in Williams Gefolge gesucht, und der Mann besuchte sie in Flandern ständig. Oft genug hatte Matilda ein schlechtes Gewissen, weil sie so erbittert darüber war, dass ihre Zofe mit einem Normannen liiert war, den sie für sich springen ließ, während ihr eigener Verehrer von ihr ferngehalten wurde. Aber zumindest konnte sie die Situation jetzt ausnutzen.

»Seigneur Everard ist nach wie vor sehr aufmerksam«, stimmte Emeline verschämt zu.

»Gut. Dann kannst du ihm schreiben, und ich werde meinen Brief in dem deinen verstecken.«

»Schreiben?«, rief Emeline entsetzt. »Ich kann nicht schreiben, und was sollte ich überhaupt sagen?«

»Keine Ahnung. Was immer du dem Mann sagst, wenn ihr zusammen seid.«

Emeline stieß ein unflätiges Lachen aus. »Ich kann mir den armen Schreiber vorstellen, der *das* diktiert bekäme.«

»Wir brauchen keinen Schreiber«, widersprach Matilda, jetzt wild entschlossen. Sie war des Wartens überdrüssig, war es leid, dass der Altar immer noch nicht in greifbarer Nähe war. »Cecilia kann schreiben.«

Emeline blickte zu ihrer Freundin hinüber. »Das ist wahr. Nun ja, das wird uns das Erröten des Schreibers ersparen.«

»Ich will Emelines schmutzige Gedanken nicht niederschreiben, Komtess«, protestierte Cecilia. »Sie sind es nicht wert, dass man Tinte dafür verschwendet.«

»Oh, komm schon, Cecilia«, rief Emeline. »Ich werde dir die süßesten Dinge diktieren, versprochen. Und ich bin nicht schmutzig. Ich habe einfach nur eine Schwäche für Männer. Es könnte schlimmer sein – ich könnte zum Beispiel etwas für Kuchen übrig haben und dann ganz fett und wabbelig werden, sodass du ziemlich wenig Platz in unserem Bett hättest.«

»Ich bin eigentlich nur sehr selten in ›unserem‹ Bett«, murrte Cecilia, aber Emeline achtete nicht auf sie, sondern sprach gleich weiter.

»Alles ist gut, Komtess. Mir ist gerade eingefallen, dass Cecilia meine ›schmutzigen Gedanken‹ nicht niederschreiben muss, denn Everard kommt nach eigenen Angaben bald wieder. Er kann den Brief an William dann doch persönlich bei ihm abgeben.«

»Perfekt!«, rief Matilda. »Ist das nicht perfekt, Cecilia? Wir werden meinen Brief schreiben, und Everard wird ihn überbringen.«

»Und William wird ihn Eurem Vater zeigen, und wir werden alle monatelang in den Frauengemächern eingesperrt – wie beim letzten Mal.«

»Nein«, widersprach Matilda. »Das hier ist nicht wie beim letzten Mal. Brihtric war schwach.«

Ihre angelsächsische Liebe zu kritisieren kam ihr wie Verrat vor und versetzte ihr einen Stich ins Herz. Trotzdem war es wahr. Er hatte ihr wunderschöne Gedichte geschrieben, aber welchen Nutzen hatte es, als »einziger Stern in der samtenen Nacht« bezeichnet zu werden, wenn er schon beim kleinsten Problem die Flucht ergriff?

»Brihtric war vernünftig«, korrigierte Cecilia sie kühn. »Aber Euer Vater hätte einer solchen Verbindung niemals zugestimmt. Ihr wurdet zur zukünftigen Königin erzogen, Matilda.«

»Und jetzt muss ich schon kämpfen, um mir nur ein Herzogtum zu sichern. Wir müssen etwas unternehmen, egal wie groß das Risiko ist. Cecilia, hol eine Feder. Emeline, benutze deinen Verstand. Der Brief muss gut werden.«

Sie brauchten bis tief in die Nacht, um den Brief zu schreiben, und am Ende war Matilda immer noch unsicher. Sie hatte jeglichen möglichen Ansatz überdacht – geheimnisvolle Andeutungen, höfische Schmeichelei, hintersinnige Anspielungen –, doch letztlich erinnerte sie sich an Williams eigenen, direkten Stil und entschied sich für ein paar kurze Sätze:

Ich, Prinzessin Matilda von Flandern, grüße Euch, Herzog William von der Normandie, und versichere Euch meiner beständigen Hingabe an unser Verlöbnis. Ich erkenne kein berechtigtes Hindernis gegen unsere Eheschließung und wünsche, Euch Folgendes mitzuteilen: Wenn Ihr es für angemessen haltet, zum Altar zu schreiten, werde ich Euch mit Freuden dort erwarten. Ich bin überzeugt, dass mein Vater damit einverstanden ist.

Sie unterzeichnete mit dem Jerusalemkreuz als persönlichem Kennzeichen, das sie unter Judiths Anleitung und scharfem Blick geübt hatte. Die Unterschrift wirkte sehr elegant, aber der Brief kam ihr gekünstelt und förmlich vor und überdies beängstigend direkt. Es bestand kein Zweifel an seiner

Absicht, und sie konnte nur beten, dass er mit Wohlwollen aufgenommen wurde.

Tagelang schritt sie ruhelos in ihrem Gemach auf und ab. Everard kam, verbrachte drei Tage mit Emeline in Brügge und verließ sie wieder mit glasigem Blick, nahm die kostbare Botschaft aber mit sich. Kaum hatte er ihn mit sich genommen, sodass es kein Zurück mehr gab, bedauerte Matilda ihren Schritt auch schon. Sie ging die nackten Worte im Geist immer wieder durch und empfand sie als kühn und schamlos. Wieder schritt sie ruhelos auf und ab, eine ängstliche Judith in ihrem Gefolge, die etwas von Ärzten murmelte.

»Ich bin nicht krank, Judith«, versicherte Matilda. »Nur ungeduldig, weil ich nichts von Herzog William höre.«

»Liebeskrank«, scherzte Judith. »Ah, arme Matilda.«

Matilda lachte. Das war keine Liebe. Sie hatte William nur ein einziges Mal getroffen und war jetzt schon sicher, dass er ein viel zu harter Mann für so etwas Frivoles wie die Liebe war. Aber sie wollte ihn heiraten. Und jetzt wusste er das. Sie nahm ihren ruhelosen Pfad wieder auf.

»Vielleicht ist er im Krieg«, schlug Emeline vor.

»Oder am anderen Ende seines Herzogtums«, fügte Cecilia hinzu.

»Oder«, blaffte Matilda, »meine Kühnheit widert ihn an, und er ist gerade eben dabei, einen Abgesandten zu meinem Vater zu schicken, um unser Verlöbnis zu lösen.«

Warum hatte sie diesen verdammten Brief geschrieben? Warum war sie nur so erbärmlich ungeduldig? William würde dem Grafen Balduin davon berichten, und dieser würde einen Wutanfall bekommen und dafür sorgen, dass sie irgendeinen obskuren Adligen aus Ungarn oder Polen heiratete und in die Dunkelheit verbannt würde. Und das geschähe ihr recht.

Und dann, Tage später, kehrte Matilda gerade vom Markt in den Palast zurück und entdeckte einen prächtigen schwarzen Hengst, der im Innenhof angebunden war. Ihr wurde ganz schwindelig, und sie klammerte sich an Emelines Arm fest. Die süßen Esskastanien, die sie auf dem Markt gegessen hatte, rumorten unangenehm in ihrem Magen.

»Er ist da, Em.«

»Wie Ihr es Euch gewünscht habt.«

»Ich wünsche es mir jetzt nicht mehr. In die Gemächer, schnell.«

Aber es war zu spät, denn schon eilte einer der Wachleute ihres Vaters auf sie zu.

»Prinzessin Matilda, Euer Vater wünscht Euch in seinen Gemächern zu sprechen.«

»Nein«, keuchte Matilda. »Ich kann nicht. Ich bin krank.«

»Seid Ihr nicht«, widersprach Emeline. »Ihr müsst gehen, Komtess.«

Sie hatte natürlich recht, aber dennoch war Matilda ganz verzagt. Was, wenn William verärgert war?

»Ihr wusstet, dass das geschehen würde, als Ihr den Brief geschrieben habt«, bemerkte Cecilia vernünftig, aber Matilda kam sich alles andere als vernünftig vor.

Sie biss die Zähne zusammen und sah zu dem Ross hinüber, das groß und stolz dastand und dessen dunkle Augen sich geradewegs in sie hineinzuversenken schienen. Plötzlich stampfte es mit einem seiner schwarzen Hufe auf den Pflastersteinen auf. Der Laut hallte im Palast wider wie ein Befehl, und Matilda straffte die Schultern und machte sich auf den Weg zu den Gemächern ihres Vaters, bevor ihre Beine Gelegenheit hatten, unter ihr nachzugeben.

Graf Balduin saß in seinem prächtigen Sessel, Adela auf

seiner einen Seite und auf der anderen Herzog William. Es war das erste Mal seit über einem Jahr, dass Matilda ihn wiedersah, und sie hatte ganz vergessen, wie gut aussehend er war – und wie beeindruckend. Der Normanne saß auf der Stuhlkante, und kaum hatte er Matilda entdeckt, sprang er auf und verbeugte sich tief vor ihr. Sie bot ihm ihre Hand dar, und als er sie ergriff, hob er den Kopf und sah sie mit blitzenden Augen an. Ihre Nerven beruhigten sich ein wenig.

»Was für eine freudige Überraschung, Herzog«, sagte sie höflich.

Wieder dieser Blick, und nun richtete William sich zur vollen Größe auf. Er stand dicht genug vor ihr, dass sie ihn hätte berühren können, wenn sie es gewagt hätte. Aber er sagte nichts, und es war Balduin überlassen, das Schweigen zu brechen.

»Der Herzog kann es nicht erwarten, dich zu heiraten, Matilda.«

»Tatsächlich?« Sie sah William fragend an.

»Das ist wahr, denn ich erkenne kein berechtigtes Hindernis gegen unsere Eheschließung, Komtess.« Sie keuchte, als sie ihre eigenen Worte hörte, und er lächelte. »Zumindest keine außer den irdischen Machenschaften eines fehlgeleiteten Prinzen.«

»*Einiger* fehlgeleiteter Prinzen«, stimmte Balduin von Herzen ein. »Sie haben sich gegen uns verschworen, Matilda, und wir müssen diese Allianz zwischen Flandern und der Normandie festigen. Nordfrankreich ist ein Unruheherd. William ist der Meinung, dass wir unsere Position nur stärken können, wenn wir zusammenhalten, und ich stimme ihm zu. Es wird Zeit, meine liebe Tochter, zu handeln.«

»Handeln?«, fragte Matilda, so leichthin sie es vermochte.

William ergriff ihre Hand. »Komtess«, sagte er und sah sie immer noch geradewegs an, »wenn Ihr es für angemessen haltet, zum Altar zu schreiten, werde ich Euch mit Freuden dort erwarten.« Schon wieder ihre eigenen Worte. Er hatte sie als seine eigenen übernommen, und ihr Herz pochte wie wild. »Euer Vater, davon bin ich überzeugt«, fuhr er fort, sie wortgetreu zitierend, »ist damit einverstanden.«

»Aber das Konzil zu Reims …«, wandte sie leise ein.

»Das Konzil zu Reims war so sehr vom eigenen verdammten Pomp überzeugt, dass niemand mehr dort klar denken konnte«, blaffte Balduin. »Der Papst ist Kaiser Heinrichs Marionette, und in Rom ist alles im Umbruch. Nicht dass du dir deshalb Sorgen machen müsstest, mein liebes Kind, aber weder William noch ich erwarten, dass uns in absehbarer Zeit ein Dispens ereilen wird.«

»Ihr schlagt also vor, Vater, dass wir das Risiko eingehen, von der Kirche ausgeschlossen zu werden und ohne ihren Segen zu heiraten?«

»*Vor* ihrem Segen, Tochter, das ist alles. Nicht wahr, Herzog William?«

»Genau«, bestätigte William knapp. »Die Kirche wird schon bald einsehen, dass dies ein sinnvoller Schritt ist. Wir müssen ihr nur zeigen, wo der Weg hinführt. Also – wagt Ihr es, Matilda? Wagt Ihr es, mich zu heiraten?«

Seine Augen blitzten unzweideutig. Er wusste, dass sie es wagte, dass sie den Stein in der Tat sogar ins Rollen gebracht hatte, und das gefiel ihm. Das Risiko hatte sich gelohnt.

Sie senkte den Blick. »Wenn Ihr es für das Beste haltet, Herzog, dann werde ich natürlich Eurem und dem Willen meines Vaters Folge leisten.«

Graf Balduin lachte laut auf. »Lasst Euch nicht hinters

Licht führen, William. Sie ist, fürchte ich, keineswegs so fügsam, wie es klingt.«

»Oh, keine Sorge«, antwortete William. »Ich weiß genau, was für eine Art von Frau ich da heirate.«

»Gut, gut. Kommt also, lasst uns darauf anstoßen.«

Balduin wandte sich um, um Wein kommen zu lassen, und William trat ein wenig näher an Matilda heran. Er war fast einen Kopf größer als sie und hatte aufregend breite Schultern.

»Ich weiß genau, was für eine Art von Frau ich da heirate«, wiederholte er und drückte ihr etwas in die Hand. »Und ich heiße es willkommen.« Matilda blickte herab und sah ihren Brief. »Ich überlasse ihn Euch, damit Ihr ihn verbrennt, Matilda. Aber eins sollte Euch klar sein: Wir werden Großes miteinander schaffen, Ihr und ich, denn Ihr seid eine Frau von meinem Schlag.«

Dann wandte er sich um, nahm den Wein entgegen und goss ihr einen Kelch ein. Ihr blieb nichts weiter übrig, als den Brief rasch in die anmutige Ledertasche an ihrem Gürtel zu stopfen und in den Jubel mit einzustimmen. Sie versuchte sich zu konzentrieren, als ihre Eltern über das Hochzeitsdatum, die Zeremonie und die Notwendigkeit der Geheimhaltung sprachen, aber Williams Worte wollten ihr nicht aus dem Kopf gehen. Eine Frau von seinem Schlag? Sie dachte daran zurück, wie sie ihn zum ersten Mal gesehen hatte, einen hochaufgerichteten Krieger in silberner Rüstung auf einem dunkeläugigen Ross. War das ihr Schlag? Natürlich nicht. Aber sie würde William in dem Glauben lassen. Ihr Hochzeitsdatum wurde festgelegt, mit oder ohne den Segen des Papstes. Sie hatte ihr Ziel erreicht, und für Bedenken war es jetzt zu spät.

Kapitel 5

Eu, März 1051

Matilda sah zu der großen Burg hinauf, und ihre Hände, in denen sie die Zügel hielt, fingen nervös an zu zucken. Ihr Pferd begann zu tänzeln, und die ihr folgende Eskorte geriet ganz durcheinander. Die Prozession kam zu einem chaotischen Halt, Hufe klapperten auf der unebenen Straße und Pferde wieherten empört, aber Matilda konnte den Blick trotzdem nicht von der vor ihr liegenden Festung abwenden. Das war also die Normandie. Anscheinend war alles, was sie gehört hatte, wahr. Herzog Williams gut aussehende Gestalt, seine kurz angebundene Höflichkeit und kühne Missachtung der Kirche hatten sie davon überzeugt, dass dieses Herzogtum nicht so karg sein konnte, wie man sich zuflüsterte. Aber sie hatte sich getäuscht. Den ganzen Tag lang waren sie flache, lange Straßen entlanggeritten, bis sich schließlich ein Tal vor ihnen ausgebreitet hatte, über dem wie eine Warze die Burg thronte.

»Komtess, geht es Euch gut?«

»Sieh doch, Em – sieh dir die Burg an.«

»Sie sieht ein wenig abweisend aus.«

»Ein wenig?«

Matildas Augen wanderten über die groben grauen Mauern der Burg von Eu, die auf dem Hügel thronte wie eine brutale Erweiterung der schroffen Felsen. Sie durchschnitt den Horizont in einer präzisen, schnörkellosen Linie, die nur durch viereckige Türme unterbrochen wurden. Oben standen Wachen, die auf sie deuteten und nach unten riefen. Man hatte sie entdeckt, es gab kein Entkommen.

»Es ist so düster«, murmelte sie.

»Es ist eine Grenzbefestigung, Komtess, geschaffen zur Verteidigung, nicht für Behaglichkeit.«

Sie hatte recht. Matilda sog tief den Atem ein und zwang sich, aufrechter im Sattel zu sitzen. Eu war ein Außenposten, ein Kriegsposten. Und doch …

»Hier leben doch Menschen«, erwiderte sie. »Nicht nur Soldaten, Emeline, sondern eine adelige Familie. Der Comte von Eu ist Williams Vetter und ein geachtetes Mitglied seines Rates. Offensichtlich betrachtet man diese Burg als angemessene Wohnstatt für ihn, also sind wohl alle Normannen so wie die Burg.«

Sie sah Emeline hoffnungsvoll an, wünschte sich, dass sie widersprach. Immerhin hatte ihre Zofe einige Zeit in der Normandie gelebt, bevor sie Adela gebeten hatte, sie zu retten. Emeline war also – in Ermangelung anderer Ansprechpartner – Matildas Expertin im Hinblick auf das Herzogtum.

»In Rouen ist es anders.« Mehr Tröstliches konnte Emeline nicht sagen. »Die Stadt ist sehr lebendig, und unzweifelhaft gibt es sicher auch noch andere schöne Orte in diesem Herzogtum. Es ist Jahre her, seit ich zum letzten Mal hier war, wisst Ihr?«

»Jahre, in denen alle wenig mehr getan haben als einander zu bekämpfen und demzufolge die Mauern noch höher zu bauen.« Da kam Matilda plötzlich ein Gedanke. »Ist deine

Mutter immer noch hier, Emeline? In ihr könnten wir eine Freundin finden, um …«

»Sie ist nicht hier, Hohe Frau. Sie ist zurück nach Frankreich geflohen, nachdem sie ihren armen Gemahl zu Grabe getragen hatte.«

»Oh. Wärst du nicht gern mitgegangen?«

Emeline zuckte mit den Schultern. »Ich könnte Euch doch wohl kaum mit Cecilia allein lassen, oder?« Sie grinste, als ihre Freundin einen Protestlaut ausstieß, und fügte hinzu: »Außerdem gefiel es mir in Flandern. Wenn ich allerdings gewusst hätte, wohin die Reise jetzt geht …«

Sie blickte höhnisch zu den glatten Mauern hinauf, und Cecilia versetzte ihr einen verärgerten Stoß.

»Sei nicht gemein, Emeline. Ich bin sicher, drinnen ist es sehr behaglich.«

»Nun ja, das werden wir bald herausfinden«, meinte Matilda. »Das Tor wird geöffnet.«

Graf Balduin hatte es ebenfalls bemerkt und ritt voran, Adela im Gefolge. »Komm, Matilda, lass uns deinem Verlobten entgegenreiten.«

Matilda nickte und packte die Zügel fester. Sie dachte an ihr wunderschönes Hochzeitsgewand, das sorgsam in viele Leinenschichten gewickelt und in einer Truhe verstaut worden war. Es war von prächtigem Mitternachtsblau, ganz und gar bestickt mit silbernen Sternen, und als sie es in Brügge anprobiert hatte, war sie sich schon dort wie eine wahre Herzogin vorgekommen. Nun war es Zeit zu beweisen, dass sie diese Rolle verdient hatte, und sie würde sich ihre Nervosität nicht anmerken lassen – auch nicht, wenn die Burgmauern sie bedrohlich zu überragen schienen und die untersetzten Wachleute ihr zu beiden

Seiten des Weges ein düsteres Willkommen entboten, wie Todesengel.

»Hör auf, dir etwas einzubilden«, sagte sie sich streng und ritt weiter auf Eu zu, als eine Fanfare Herzog William ankündigte, der aus den Toren hinaus und auf sie zuritt. Er sah großartig aus. Wieder trug er die silberne Rüstung, diesmal noch prächtiger durch den goldbestickten Umhang um seine Schultern. Dazu einen Helm, weshalb Matilda sich fragte, ob sie einen Angriff befürchten mussten. Aber als sie näher hinsah, entdeckte sie, dass auch der Helm aus Silber war und mit komplizierten Mustern verziert, in denen sich die blasse Sonne fing. Er wollte sie offenbar auch jetzt wieder beeindrucken, und diesmal wirkte es.

Matilda stockte der Atem, und sie strich sich mit der Hand übers Haar. Sie wünschte, sie hätte daran gedacht, im Wald Rast zu machen, um ihr Äußeres wieder in Ordnung zu bringen. Sie trug ihren elegantesten Reisemantel aus dunkelgrüner Wolle, aber der war schlammbespritzt. Was, wenn auch ihr Gesicht Schlammspuren aufwies? Sie sah sich nach Emeline um, aber Graf Balduin hatte sie bereits nach vorn geführt, und jetzt war es zu spät, um irgendetwas zu unternehmen. Sie konnte nur lächeln und das Beste hoffen.

»Willkommen, Edle Dame, in der Normandie. Mein Herzogtum hat Eure Ankunft sehnlichst erwartet und ist begierig, Euch zu begrüßen als meine Herzogin.«

Seine Worte, so laut, dass Matilda sich zwingen musste, sich nicht die Ohren zuzuhalten, hallten über die Ebene vor der Burg und von den Mauern über ihr wider: *»Herzogin … Herzogin … Herzogin«*. Matilda spürte, wie dieser Titel ein köstliches Kribbeln auf ihrer Haut hervorrief.

»Ich danke Euch, Hoher Herr. Ich freue mich, hier zu sein, und hoffe, die Normandie stolz zu machen.«

Ihre Blicke trafen sich, und Matilda entdeckte zu ihrer Erleichterung Beifall, ja sogar Freude, in seinen Augen. Vielleicht war sie ja doch nicht schlammbespritzt.

»Das werdet Ihr. Kommt herein. Meine Familie hat sich versammelt, um Euch zu begrüßen, ebenso wie der Adel. Ihr seid nicht zu müde?«

Es war wie eine Frage formuliert, klang jedoch wie ein Befehl.

»Nein, Herzog«, bestätigte Matilda, obwohl sie den halben Tag im Sattel verbracht hatte.

Sie ließ sich hinter die dunklen Mauern geleiten, über einen unebenen irdenen Innenhof und in eine imposante steinerne Halle. Diese war Gott sei Dank so üppig, wie das Äußere der Burg karg war. Die lebhaften Flammen der großen Binsenlichter, die an den breiten, das Holzdach stützenden Säulen angebracht waren, brachten die Bilder auf den kostbaren Wandteppichen beinahe zum Tanzen. Noch mehr Licht spendeten Hunderte von Kerzen, die in eleganten Haltern auf zwei Tischen standen. Letztere waren mit Tüchern bedeckt, und allerlei silberne Teller und Kelche standen darauf. Sie blinkten und blitzten, als ob sie die wunderbarsten Geheimnisse bargen.

Etwa zwanzig bis dreißig Menschen hatten sich dazwischen versammelt, deren angeregte Unterhaltung mit ihrem Eintreten verstummte. Einen Augenblick lang hielt die Welt den Atem an. Dann trat aus der prächtig gekleideten Menge eine Frau hervor, schlank und elegant, mit einer Haut so glatt wie Marmor und verblüffend blauen Augen, die unter ihrem rotbraunen Haar zu leuchten schienen. Sie war von einer gelassenen, anmutigen

Schönheit, und das Lächeln, mit dem sie auf Matilda zukam und ihr die Hand entgegenstreckte, war liebenswürdig und offen. Das musste die berühmte Herleva sein.

»Komtess Matilda, willkommen. Es ist so schön, Euch endlich kennenzulernen. William spricht seit vielen Monaten kaum von etwas anderem.«

»Diese Verbindung ist für unsere beiden Provinzen von großer Bedeutung«, sagte William steif, aber Herleva lachte nur.

»Natürlich, William, und die Schönheit deiner zukünftigen Herzogin ist dafür besonders wichtig, nicht wahr?«

»Das ist sie, Mutter. Die Normandie verdient ein Juwel.« Seine Stimme war ausdruckslos, aber beinahe lächelte er, und Matilda sah, wie seine Augen leuchteten, als er seine Mutter ansah.

»Mein Sohn«, sagte Herleva zu Matilda, »ist dazu erzogen, seine edleren Gefühle für sich zu behalten, aber das heißt noch lange nicht, dass er keine hat.« Sie sprach leichthin, aber in ihren Augen brannte mit einem Mal eine grimmige Entschlossenheit.

»Ein Herzog muss immer auf der Hut sein, denke ich.«

»Aber nicht bei seiner Herzogin.«

Sie lächelte Matilda an, die plötzlich den Drang verspürte, der stummen Bitte dieser liebenswürdigen Frau nachzukommen. Sie würde Williams Gefährtin bei der Regentschaft über dieses karge Herzogtum sein. Es würde keine Liebe sein, aber so viel mehr. Sie sah zu, wie er sich mit Graf Balduin an die Seite zurückzog, seine Männer immer im Gefolge, und Erregung erfasste sie bei dem Gedanken, was die Zukunft für sie bereithalten würde. Da hörte sie, wie ihre Mutter vernehmlich neben ihr hüstelte, und drehte sich zögernd wieder um.

»Madame Herleva, dies ist meine Mutter, Gräfin Adela.«

Sie zog Adela nach vorn und bemerkte, wie verkrampft diese reagierte, weil sie nun jener Frau gegenüberstand, die einst die berühmteste Mätresse Nordfrankreichs gewesen war.

»Es ist mir eine Freude, Euch kennenzulernen«, stieß Adela mit ausgesuchter Höflichkeit hervor.

»Ganz meinerseits, Edle Dame«, stimmte Herleva mit gelassener Grazie zu. »Wir fühlen uns von Eurer Anwesenheit in unserem bescheidenen Herzogtum geehrt. Ich wünschte, ich hätte Euch in Rouen empfangen können, denn diese Stadt ist umso vieles eleganter als Eu, aber William hielt es für besser, in diesem Stadium der Beziehungen auf ein wenig Privatsphäre zu achten.«

»Sehr weise von ihm«, pflichtete Adela immer noch steif bei. »Wir wollen schließlich keine unliebsamen Unterbrechungen bei unseren Feierlichkeiten.«

Bei dieser Anspielung auf das immer noch andauernde Fehlen des päpstlichen Dispenses wurde Matilda ganz mulmig zumute. Sie sollten in der Burgkapelle heiraten, hatte man ihr gesagt, und jetzt war ihr auch klar, wieso. Eus hohe Mauern würden sie vor den Blicken der Öffentlichkeit schützen, bis die Eheschließung – und in der Tat auch die Ehe – vollzogen war. Sie schluckte, und Herleva nahm sie am Arm.

»Es wird keine Probleme geben, meine Liebe«, sagte sie sanft. »Derlei Befürchtungen sind nur Teil der endlosen, kleinlichen Kriegsspielchen der Männer, und wir sollten uns davon nicht beeinträchtigen lassen, besonders nicht am heutigen Tag. Kommt, lasst mich Euch meinem anderen Sohn vorstellen: Das ist Odo, der Bischof von Bayeux.«

Odo trat vor – schlank, mit scharfen Gesichtszügen und einer brennenden Intensität in den eng beieinanderstehenden Augen.

»Willkommen, Komtess«, sagte er und verbeugte sich tief. »Ihr seid eine wunderschöne Ergänzung unserer Familie.«

»Odo«, warnte Herleva mit leiser Stimme und fügte trocken an Matilda gewandt hinzu: »Mein zweiter Sohn muss die strengeren Einschränkungen seines Berufsstandes erst noch erlernen.«

»Euer zweiter Sohn«, sagte Odo leichthin, »sieht deren Notwendigkeit nicht ein. Der Zölibat ist für niemanden von Nutzen.« Unwillkürlich musste Matilda lachen, und sie schlug sich die Hand vor den Mund. Odo warf ihr ein wölfisches Grinsen zu. »Ich freue mich, dass die neue Herzogin mir hierin zustimmt.«

»Ich …«, begann Matilda, aber Herleva wandte sich nun Gott sei Dank Judith zu, sodass ihr eine Antwort erspart blieb.

»Komtess Judith, willkommen. Wir haben auch Eure Mutter eingeladen, damit sie den Feierlichkeiten beiwohnt, aber ich fürchte, sie ist unpässlich, denn sie sandte uns die Nachricht, dass Gott von ihr verlange, im Kloster zu bleiben.«

»Zweifellos«, antwortete Judith angespannt.

»Aber William ist begierig, seine Base kennenzulernen, und dort drüben steht Euer gemeinsamer Onkel Mauger, der Erzbischof von Rouen, der William und Matilda morgen vermählen wird.«

Matilda erschrak. »Morgen?«, platzte sie heraus.

»Passt Euch das nicht?«

»Oh. O ja, doch. Ja, es passt mir gut. Ich hatte nur …« Sie warf Judith einen nervösen Blick zu, dann fasste sie sich wieder. Sie war hier, um Herzogin der Normandie zu werden, warum also warten? »Es passt mir hervorragend«, sagte sie entschiedener, als William sich wieder zu ihnen gesellte.

»Base«, sagte er, ergriff Judiths Hand und küsste sie. »Seid willkommen. Es ist schön, ein weiteres Familienmitglied hier in der Normandie begrüßen zu dürfen, und ab morgen wird natürlich auch noch Matilda zu uns gehören.«

Judith sah ein wenig verblüfft aus, dass er von »uns« sprach.

»Das ist wunderbar«, stotterte sie.

William lächelte. »Sehr richtig. Die Familie ist mir sehr wichtig. Meine Verwandten waren mein Fels in der Brandung, als sich alles andere zuweilen als Treibsand erwies.«

Matilda sah zu ihm auf und entdeckte ein silbriges Flackern in seinen Augen, als habe er einen Geist gesehen. Doch bevor sie weiter fragen konnte, ergriff er ihren Arm und drehte sie um, sodass alle im Raum sie sehen konnten.

»Und nun«, rief er laut, »mein edles Gefolge!«

Er nickte den Wachen zu beiden Seiten einer großen inneren Tür zu, und sie öffneten sie geschwind. Dahinter wurde eine vielfarbige Menge sichtbar, die in die Halle stürmte, wie Tiere, die aus einem Gehege strömen. Sie wogte voran, ergoss sich um die Steinsäulen herum wie Quellwasser. Jeder Einzelne von ihnen wirkte im Vergleich zu Matildas zierlicher Gestalt ganz riesig. Es blieb ihr nichts übrig, als wacker die Stellung zu halten. Unter den Ersten war ein Mann mit leuchtendem Gesicht, der Gott sei Dank kurz vor Matildas Füßen zum Stehen kam und ein triumphierendes »Ich habe gewonnen!« ausstieß.

»Wilhelm FitzOsbern«, stellte William ihn Matilda vor. »Bei allen bekannt als Fitz.«

»Denn der einzige Wilhelm hier ist eben Herzog William«, ergänzte Fitz fröhlich.

Aus der Nähe konnte sie erkennen, dass er beileibe nicht der größte Mann in der lärmenden Menge war, aber er hatte breite Schultern, einen federnden Gang und von ausgeprägtem Selbstvertrauen gebändigte Kraft.

»Genau«, stimmte William leichthin zu. »Sonst wäre es auch allzu verwirrend. Fitz und ich sind zusammen aufgewachsen. Sein Vater, Osbern de Crépon, war einer meiner Beschützer, bis …«

Der Geist zuckte erneut durch Williams Blick, aber Fitz sprang ein. »Und jetzt kümmere *ich* mich um ihn.«

»Muss man sich denn um ihn kümmern?«, fragte Matilda, so leichthin sie konnte.

»O ja«, bestätigte Fitz mit plötzlich feierlicher Miene. »Ich fürchte, ja, Komtess. Unser Herzog scheint das Unheil magisch anzuziehen.«

»Und doch«, warf William ein, »holt mich das Unheil nie ein.«

»Das ist wohl wahr. Er hat das Glück des Teufels, aber er braucht uns dennoch.« Für einen kurzen Augenblick wirkte Fitz deprimiert, doch dann schüttelte er sich, sodass sein zerzaustes blondes Haar um sein offenes Gesicht flog, und lächelte breit. »Und nun lasst mich Euch seine hochverdienten Männer vorstellen, Komtess. Zuerst – Fulk de Montgoméri.«

Ein riesiger Mann mit Schultern so breit wie eine Falknerstange drängte sich problemlos durch die Menge und verbeugte sich tief vor ihr. »Willkommen in der Normandie, Komtess Matilda.«

»Habt Dank. Ich …«

Aber Fitz zog schon den Nächsten heran – einen drahtigen Mann mit freundlichem Gesicht und intelligenten Augen.

»Hugues de Grandmesnil«, stellte er ihn vor. »Und sein Vetter Arnold de Giroie, doch diesen Namen müsst Ihr Euch nicht merken, denn er wird schon bald nach Italien abreisen, um wie viele andere Söhne der Normandie dort zu Ruhm und Ehre zu gelangen.«

Vetter Arnold verbeugte sich. »Ich habe meine Reise aufgeschoben, um an Eurer Hochzeit teilzunehmen, Komtess«, sagte er mit vor Unterwürfigkeit knarzender Stimme.

»Ihr seid zu freundlich. Italien?«

»Das ist wahr. Ich habe meine Familie bereits nach Kalabrien gebracht, und man schreibt mir, dass es dort genug Land gibt, das lediglich erobert werden muss. Fruchtbares Land, auf dem Mais und Wein blühen und gedeihen.«

»Ihr wollt Weinbauer werden?«

Brüllendes Gelächter von Fitz ließ sie zusammenfahren.

»Bauer! Brillant! Ihr habt es genau getroffen, Komtess. Seine Familie möchte uns glauben machen, dass sie mutige Abenteurer sind, ja sogar Eroberer, aber die Mutigen sind schon vor zehn Jahren nach Italien geritten, um dort für Ruhe und Ordnung zu sorgen. Bauer! O ja. Denk an deinen Pflug, bevor du abreist, Arnold!«

Er lachte erneut, und die anderen stimmten mit ein. Arnold wirkte wütend, und Matilda beeilte sich, ihn zu besänftigen.

»Zunächst muss das Land jedoch erobert werden. Das ist sicher nicht leicht.«

»Genau«, stimmte Arnold angriffslustig zu. »Ein Mann braucht einen starken Schwertarm, um es in Italien zu etwas zu bringen. Schaut Euch den Guiscard an.«

William sog scharf den Atem ein, und Matilda blickte besorgt zu ihm empor, aber zu ihrer Überraschung musste sie feststellen, dass er breit lächelte.

»Robert Guiscard war mein Held, als ich noch ein Junge war«, berichtete er ihr.

»Der Guiscard?«, fragte sie. Das normannische Wort fühlte sich fremd auf ihrer Zunge an.

»Das bedeutet so viel wie ›gerissen‹, Komtess – ein wahrhaft nützlicher Charakterzug. Der Guiscard machte sein Vermögen als räuberischer Edelmann in den Bergen.«

»Ein räuberischer Edelmann?«

»Der zum Herzog wurde, ja. Er eroberte halb Italien – was beweist, dass ein Mann aus eigener Kraft genauso weit aufsteigen kann, wie er es wünscht.«

Das Silber in Williams Augen war nun stählern und scharf wie eine Klinge. *Eine Krone kann man sich erkämpfen,* hatte Balduin einst zu Matilda gesagt, als sie sich der Heirat widersetzt hatte. Sie hatte das für dummes Gerede gehalten, für eine Überredungsfinte, aber vielleicht steckte ja noch mehr dahinter. Hatte William ebenfalls ein Auge auf die südlichen Länder geworfen?

»Ihr wollt nach Italien reiten, Herzog?«

»Ich?« William lachte nachsichtig. »Das hätte ich vielleicht getan, wenn mein Schicksal eine andere Wendung genommen hätte. Vielleicht hätte ich es sogar tun *sollen.*«

»Welche Wendung denn?«, fragte Matilda fasziniert, aber wieder schaltete Fitz sich ein.

»Aber gelobt sei der Herr: Euer Schicksal hat Euch der Ehe zugeführt, William.«

»Gelobt sei der Herr, in der Tat«, pflichtete William ihm entspannt bei. »Wir sollten Euch allen Gemahlinnen suchen – die würden Euch zähmen.«

Fitz hob die Hände. »Ich bin bereit, ›gezähmt‹ zu werden, mein Herzog, wenn es so sein soll, aber Fulk hier ist als Erster an der Reihe, nicht wahr, mein Freund?«

»Nein.«

»Doch, das ist er«, bekräftigte Fitz Matilda gegenüber entschlossen, als sei der große Mann nur ein Kind. »Nur dass seine Angebetete ihm nicht ganz so zugeneigt ist wie er ihr.«

»Und hinzu kommt«, fügte Hugues de Grandmesnil leise hinzu, »dass seine Angebetete eine giftige Schlange ist. Ich bitte um Verzeihung, Komtess, aber Fulk ist ein Tor, denn er hat Mabile de Bellême ins Auge gefasst.«

»Und warum auch nicht?«, fragte Fulk. »Sie ist die Erbin der größten Besitztümer in Williams Herzogtum.«

»Des größten und des rebellischsten«, pflichtete Hugues ihm mit barscher Stimme bei. »Außerdem hat sie das Talent ihrer Familie für Verrat und Schurkerei geerbt. Niemand ist eine bessere Giftmischerin als Mabile de Bellême.«

»Das ist ein wenig hart, Hugues«, protestierte Fulk, wenn auch nicht sonderlich überzeugt. »Mabile ist einfach nur feurig.«

»Ist sie hier?«, fragte Matilda, sah sich um und bemerkte zum ersten Mal, dass die zusammengedrängte Menge in der prächtigen Halle fast ausschließlich aus Männern bestand.

»Bedauerlicherweise nicht«, sagte Fulk.

Fitz lachte. »Daran ist nichts Bedauerliches. Sie hat sich im Süden verkrochen, Edle Matilda, um ihre Gifttränke zu brauen.«

Matilda spürte, wie sie törichterweise die Augen aufriss vor Erstaunen, und war froh, als William mit einem leisen »Lasst gut sein, Fitz« der Unterhaltung ein Ende setzte. Er hob eine Hand, um ihn von Fulk zu trennen, der bereits die fleischigen Fäuste geballt hatte. »Die Edle Mabile war verhindert, Matilda, aber sie übersendet ihre Grüße und kostbare Geschenke.«

»Hoffentlich sind sie nicht essbar.«

»Fitz!«

»Verzeih.«

Aber Fitz sah keineswegs so aus, als täte ihm leid, was er gesagt hatte.

Matilda betrachtete das Gedränge der jungen Männer und kam sich wie eine Bienenkönigin im Stock vor, die von ihnen umschwirrt wurde. Ihre Energie schien beinahe greifbar zu sein. Sie war nicht sicher, ob sie Mabile de Bellême kennenlernen wollte, aber *irgendeine* weibliche Gesellschaft wäre schon schön gewesen.

»Gibt es in der Normandie keine Frauen?«, fragte sie also Herleva leise und blickte sich nach Adela und Judith um, die sich nervös hinter ihr zusammendrängten.

Herleva verzog das Gesicht. »Sehr wenige. Der Hof war viel zu lange ein reiner Kriegshof. Ich hoffe, dass sich das nun ändert.« Sie sah sich um. »Ah, da ist Della!«

Sie winkte, und Matilda sah eine große Hand, die zurückwinkte. Im nächsten Augenblick teilte sich die Gruppe der Männer, und eine Frau – die gar nicht wie eine wirkte – schritt hindurch. Sie trug ein hübsches Gewand in dunklem Rosa, das mit zarten Silberblättern bestickt war, aber sie war so breit wie ein Mann, und ihr Gesicht war über und über mit Malen übersät.

»Das ist Della«, stellte Herleva sie Matilda vor. »Das heißt – Adela de Beaumont.«

Matilda hörte ihre Mutter hinter sich prusten über diese merkwürdige Namensverwandte und unterdrückte ein Lächeln. »Es ist mir eine Freude, Euch kennenzulernen, Della – ich darf Euch doch Della nennen?«

»Mein Gott, ja. Das tut doch jeder. Schön, Euch hier zu haben, Edle Dame, in der Tat. Diese Burg braucht eine weibliche Hand. Das verdammte Herzogtum ist voller Wilder.«

»Und Ihr seid die Wildeste von uns allen, Della«, warf Fitz ein.

»Unsinn. Alles, was Ihr Männer tut, ist jagen, trinken und Tafl spielen.«

»Tafl?«

Matilda kannte das Spiel vage. Der Kämmerer Bruno besaß ein Brett und versuchte immer, Spielgegner zu finden, aber die meisten Leute mieden es wie die Pest.

»Sie sind hier ganz versessen drauf«, sagte Della gelangweilt.

»Bei diesem Spiel ist viel taktisches Geschick vonnöten, Della«, antwortete William.

»Zu viel für Frauen, offensichtlich«, neckte Fitz, und Della spannte sich an.

»Ich bin sicher, dass ich es beherrschen würde, wenn ich meine Zeit auf diese Weise verschwenden wollte, aber ich hoffe sehr, dass Herzogin Matilda am Hofe vornehmere Sitten mit zivilisierterem Zeitvertreib einführen wird.«

»Vielleicht sollten wir ja nähen?«, schlug Fulk vor.

»Nun ja …«

»Und vielleicht Musik und Tanz?«

»Tanz?«, griff Matilda die Bemerkung eifrig auf. »Tanzt Ihr gern, Della?«

Della scharrte mit den großen Füßen. »Das gehört vielleicht nicht gerade zu meinen hervorragendsten Begabungen.« Brüllendes Gelächter. »Aber ich verstehe die Freude daran. An sämtlichen zivilisierten Höfen wird getanzt.«

»Genau«, stimmte Matilda zu. »Wird es morgen Tanz geben, William?«

William wirkte so erstaunt, als hätte sie ihn um einen Drachen gebeten.

»Ich hatte keinen vorgesehen. Möchtet Ihr denn tanzen?«

»O ja, liebend gern. Und Judith ebenfalls.«

Sie packte die Base am Arm und zwang sie nach vorn. William blickte von einer Frau zur anderen.

»Ich verstehe. Nun ja, dann wird es wohl Tanz geben. Fitz – kümmert Euch darum.«

»Tanz? Für morgen?«

»Genau. Kommt schon, Mann – so schwer kann das doch nicht sein.«

Jetzt war es an Fitz, verwirrt dreinzusehen.

»So wichtig ist es nicht«, rief Matilda hastig. »Wirklich, Herzog, ich habe nicht vor, irgendjemandem hier Mühe zu bereiten.«

»Es ist keine Mühe. Nicht wahr, Fitz?«

Fitz schüttelte nur stumm den Kopf.

»Aber wenn es keine Musik gibt …«, meinte Matilda unglücklich und bemerkte zum ersten Mal, dass keinerlei Spielleute in der Halle zu sehen waren.

»Es *wird* Musik geben«, sagte eine neue Stimme hinter ihr. »Ich werde persönlich dafür sorgen.«

Sie wandte sich um und entdeckte einen gepflegten Mann mit warmherzigem Lächeln. Er wirkte älter als der Rest, wenn auch nur um ein paar Jahre, aber das zeigte sich in den leichten Fältchen in seinem Gesicht und seiner würdevollen Körperhaltung, die er trotz eines leichten Humpelns zur

Schau trug. Sein Haar war hell, und im Gegensatz zu Williams restlichen Männern trug er einen Bart, der in makellosem Oval sein Kinn zierte. Auf der Oberlippe thronte ein ebensolcher Schnurrbart, dessen Spitzen mit Öl nach oben gezwirbelt worden waren, sodass er beständig zu lächeln schien.

»Roger de Beaumont«, stellte er sich selbst vor. »Ich glaube, Ihr habt meine liebreizende Gemahlin Della bereits kennengelernt, und irgendwo in diesen Binsen müssen sich auch noch unsere beiden Söhne herumtreiben, Robbie und Henry.«

Matilda blickte unwillkürlich zu Boden, als Della ihrem Gemahl einen Schlag versetzte, einen liebevollen, wenn auch kräftigen Klaps.

»Unsinn, mein Gemahl. Die Kinderfrauen haben sie schon in Sicherheit gebracht – sieh doch.«

Sie deutete auf ein Paar pausbäckige Knaben, die versuchten, sich den Armen ihrer schlanken Kindermädchen zu entwinden.

»Oh, sie sind reizend«, rief Judith.

»Ach wirklich?« Della sah ihre Jungen mit verengten Augen an. »Sie sind gesund«, räumte sie ein. »Und ich wage zu behaupten, dass sie im Laufe der Jahre auch noch interessanter werden.«

Matilda tauschte einen Blick mit Judith, und Herleva bemerkte es und ergriff ihren Arm.

»Wir haben in Rouen eine hervorragende Kinderstube«, berichtete sie ihr. »Aber natürlich könnt Ihr, wenn Ihr es wünscht, auch Veränderungen vornehmen, bevor …«

Ihre Augen hefteten sich auf Matildas Bauch, und Matilda legte nervös eine Hand darauf. Er fühlte sich fest und schlank an, und es fiel ihr schwer, sich vorzustellen, dass ein Baby darin heranwachsen sollte.

»Wir haben noch Zeit, Matilda«, flüsterte William ihr ins Ohr. »Immerhin haben wir noch gar nicht angefangen.«

In Matildas Eingeweiden rumorte es, und der Raum begann sich ein wenig zu drehen. Es war vollkommen in Ordnung, sich William als Partner bei der Regentschaft vorzustellen, aber sie würden nicht nur den Thron, sondern auch das Bett miteinander teilen, und die Grenzen zwischen beidem würden unter der Decke sicherlich verschwinden. Sie blinzelte energisch: so viele Menschen, so viele Unterhaltungen. Sie sah nur noch die Gesichter, die ihr anzügliche Blicke zuwarfen, ebenso wie sie vorher nur die düsteren Mauern der Burg gesehen hatte. Sie schwankte und klammerte sich an William fest, bemühte sich, nicht in Ohnmacht zu fallen. Nicht hier, nicht jetzt. Er würde sie nur für schwach halten. Sie taumelte.

»Macht ihr Platz!«, befahl Della grob und laut, aber oh, wie dankbar Matilda für ihre Worte war. »Armes Mädchen. Ihr dürft sie nicht so bedrängen, und außerdem ist doch gottlob sicher Zeit zum Essen, oder?«

Herleva reagierte aufs Stichwort und gab den Dienern an der Tür ein Zeichen. Zu Matildas großer Erleichterung erklang ein tiefer Gong in der Halle, brachte die wunderschönen Wandteppiche zum Erbeben und ließ die Binsen zu ihren Füßen rascheln.

»Sollen wir zu Abend speisen, Komtess?«, fragte William, und dankbar ließ Matilda sich von ihm durch die Menge der Männer führen, die sich vor ihnen teilte, als sei William der leibhaftige Moses.

Am Kopfende der Halle, neben einem großen Stuhl, der

offensichtlich William gehörte, stand ein kleinerer, ebenso großartig und reich verziert mit geschnitzten Blumen und Blätterranken. Matilda streckte die Hand aus, um das entzückende Muster zu berühren.

»Der gehörte meiner Großmutter«, berichtete William. »Der Edlen Gunnora, der letzten Herzogin der Normandie.«

»Sie ist tot?«

»Seit etwa zwanzig Jahren.«

»Aber …«

»Seither hat es hier keine Herzogin mehr gegeben, Matilda, und Ihr habt sicher erkannt, wie bitter nötig wir eine haben. Seid Ihr immer noch froh, gekommen zu sein?«

Matilda entdeckte die Besorgnis in Williams Augen, und die ließ sämtliche Hitze, Verwirrung und Erschöpfung dahinschmelzen. Es gab viel zu lernen über diesen Mann und seinen lärmenden Männerhof, aber dazu würde sie in den vor ihr liegenden Jahren noch genug Zeit haben.

»Ich bin froh«, bestätigte sie, als sie sich auf das Polster sinken ließ. Sie legte die Hände auf die breiten Armstützen des Throns der Herzogin der Normandie und versuchte die Tatsache zu ignorieren, dass ihre Füße trotz der Absätze nicht bis auf den Boden reichten. »Tatsächlich sogar sehr froh.«

Kapitel 6

»Puh!«

Emeline ließ sich auf das breite hölzerne Bett sinken und streckte sich auf der Federmatratze aus.

»Emeline!«, schalt Cecilia. »Das ist nicht dein Bett.«

Emeline sprang auf. »Verzeiht, Komtess. Ich habe mich vergessen.«

Matilda war zu erschöpft, um auch nur zu antworten. Sie tat die Entschuldigung ihrer Zofe mit einer Handbewegung ab und legte sich statt ihrer auf das Bett. Dann bedeutete sie den anderen, sich zu ihr zu gesellen. Cecilia hockte ihren üppigen Leib auf die Bettkante, aber Emeline warf sich erneut aufs Bett und schmiegte sich wie ganz selbstverständlich an Matilda.

»Was hältst du von all diesen Männern, Em?«, fragte Matilda.

»Reiche Ausbeute! Dieser Fulk ist sehr beeindruckend – habt Ihr jemals solche Muskeln gesehen? Er sieht aus wie eine griechische Statue.«

»Er ist vergeben«, warnte Cecilia.

»An so eine Hexe im Süden – keine ernst zu nehmende Rivalin.«

»Aber er ist es wohl kaum wert, sie sich zum Feind zu machen«, wies Cecilia sie streng zurecht. »Außerdem ist er einfach *zu* groß. Wie wäre es mit Hugues de Grandmesnil? Er ist viel drahtiger als Fulk. Und auch ruhiger.«

»*Zu* ruhig«, gab Emeline zurück. »Und er riecht nach Pferd – obwohl ich darauf wette, dass er reiten kann wie der Teufel.«

Sie gab ein unflätiges Kichern von sich, und Cecilia sah sie aus verengten Augen tadelnd an.

»Ich finde Fitz ganz amüsant«, warf Matilda schnell ein.

»Fitz *ist* amüsant«, stimmte Cecilia zu. »Obwohl ich überzeugt bin, dass er genauso verbissen kämpfen kann wie alle anderen, insbesondere wenn der Herzog in Gefahr ist. Seine Augen folgen ihm unentwegt.«

»Wie ein Hund seinem Herrn.«

»Pst«, machte Matilda, obwohl sie zugeben musste, dass Williams lebhaftester Gefährte tatsächlich etwas von einem quietschvergnügten, großäugigen Hund hatte.

»Treue Diener brauchen wir alle«, sagte sie leichthin und drückte ihren langjährigen Gefährtinnen die Hände.

Cecilia lächelte sie an. »Ihr solltet jetzt zu Bett gehen, Komtess. Morgen ist ein wichtiger Tag, und Ihr braucht Ruhe.«

»Kann ich nicht einfach so schlafen?«

»Nein. Dann zerknittert Ihr Euer hübsches Gewand, und das braucht Ihr demnächst wieder. Anscheinend plant William noch einige Festlichkeiten. In der kommenden Woche reiten wir nach Rouen.«

»Nach Rouen?« Emeline sprang auf. »Oh, das sind gute Neuigkeiten. Rouen wird Euch gefallen, Matilda. Eine sehr lebendige Stadt, Brügge viel ähnlicher als diese karge Festung hier. Kommt schon – steht auf, dann bringen wir Euch, so schnell es geht, zu Bett.«

Matilda ließ sich von den beiden Frauen auf die Füße ziehen

und die Bänder lösen. Dann stieg sie aus ihrem Gewand und warf dabei einen Blick auf ihr Hochzeitskleid. Jemand, unzweifelhaft Cecilia, hatte es aus der Truhe genommen und an einen hölzernen Deckenbalken gehängt, damit die Falten sich aushingen. Sie trat hin und legte eine Hand auf die bauschigen Röcke. Das Blau schimmerte im Licht, und die winzigen Sterne blinkten vielsagend.

Ihr Blick wanderte zu den tatsächlichen Sternen am Himmel hinauf, der durch den Schlitz einer Fensteröffnung zu sehen war. Ihr Gemach befand sich in einem der vier Türme Eus, und sie konnte den gegenüberliegenden erkennen, dessen gedrungene Form sich gegen das milchige Licht des tief stehenden Halbmondes abhob. Er sah aus, als wolle er sich gleich auf den Feind stürzen. Sie erschauerte. In der Burg war es, abgesehen von dem leisen Murmeln einiger Männer in der Halle, vollkommen still. Nachdem sie sich zurückgezogen hatte, hatten Fitz und seine Gefährten ihre Hocker lieber ans Feuer gerückt, statt zu Bett zu gehen. William war jedoch nicht unter ihnen.

»Ihr wollt nicht mit Euren Freunden zusammen trinken?«, hatte sie zu fragen gewagt, als er sie zum Tor der Halle geleitet hatte.

»Nein, Komtess. Ich sehe wenig Nutzen in einem späten Bier.« Damit hatte er unzweifelhaft recht, aber das schien die meisten Männer trotzdem nicht davon abzuhalten. Aber wieder einmal wurde ihr bewusst, dass William nun einmal nicht war wie die meisten Männer. »Außerdem«, hatte er hinzugefügt, ihre Hand ergriffen und sie geküsst, »möchte ich morgen ausgeruht sein. Es wird ein großer Tag für uns – und eine große Nacht.«

Matilda war keine passende Antwort auf diese Bemerkung

eingefallen, die nicht kokett gemeint, sondern einfach nur eine Feststellung gewesen war. Sie war immens dankbar gewesen, als er ihre Hand losgelassen hatte und sie schließlich entkommen konnte. Nun lehnte sie den Kopf gegen die steinerne Wand und suchte Trost in ihrer Kühle. Sie spürte, wie sich die lästigen Tränen hinter ihren Augen sammelten, und warf impulsiv die Arme um Cecilia, was diese so sehr überraschte, dass sie taumelte und Emeline sie beide auffangen musste. Alle drei standen einen Augenblick lang in inniger Umarmung da.

»Ich bin so froh, dass ihr bei mir bleibt«, sagte sie zu den beiden Frauen und sah von einem lieb gewonnenen Gesicht zum nächsten.

»Natürlich bleiben wir bei Euch«, antwortete Cecilia. »Wir werden Euch nie verlassen, nicht wahr, Em?«

»Niemals«, stimmte Emeline feierlich mit ein. »Nie, nie, nie.«

Sie hielt Matilda so fest, dass sich endlich ein Lächeln auf ihre Lippen stahl.

»Habt Dank«, sagte sie leise und schritt zu ihrem Bett zurück, wurde aber durch ein lautes Klopfen an der Tür aufgehalten.

Erschrocken starrte sie auf die Tür, und Emeline ging vorsichtig hin, um zu öffnen.

»Ein Geschenk für Komtess Matilda«, ertönte eine barsche Stimme von draußen. Emeline schob den Riegel zurück, und verblüfft sah sie nun zwei Wachmänner eintreten, die ein Gewand hereintrugen, das in ihren Händen vollkommen fehl am Platz wirkte.

Sie setzten es ab, und es schien von selbst stehen zu bleiben, als warte es darauf, vorgestellt zu werden. Unbehaglich wich Matilda einen Schritt zurück.

»Es steht auf einer Art Ständer«, flüsterte Cecilia.

»Natürlich.« Matilda kam sich töricht vor und trat erneut näher. Das Kleid war cremefarben, allerdings nicht wie ein ungebleichtes leinenes Unterhemd, sondern leuchtender, tiefer, wie frische Milch von einer Kuh. Selbst auf den florierenden Stoffmärkten Flanderns hatte Matilda nur selten etwas Ähnliches gesehen, und sie streckte die Hand aus, um es zu berühren. Es war aus Wolle, aber dennoch so fein, dass sich der Stoff beinahe wie Seide anfühlte. Außerdem war es über und über mit Perlen und Juwelen bestickt, und mit Goldfäden, die sich über die Oberfläche zogen wie ein feines Spinnennetz.

»Es ist wunderschön.«

»Gut«, sagte ein Wachmann.

»Tragt es morgen«, befahl der andere, und dann waren sie mit einer knappen Verbeugung wieder verschwunden.

Matilda starrte ihnen hinterher. Dann wanderte ihr Blick wieder zu dem Gewand hinüber und von dort zu ihrem ursprünglichen Hochzeitskleid, das fast entschuldigend dahinter inmitten des Raumes hing.

»Ich werde noch nicht einmal mein eigenes Kleid tragen«, sagte sie wie verloren.

Emeline legte ihr den Arm um die Schultern. »Aber Ihr habt es noch, auch wenn Ihr es morgen nicht tragt. Und schaut doch, Herrin, habt Ihr je so etwas Schönes gesehen? Oder so etwas Teures? William muss Euch wirklich sehr schätzen.«

»Aber ein Kleid? Von einem Mann? Wer hier an diesem Hof, an dem es nicht einmal einen Musikanten gibt, könnte ein solches Kleid nähen? Und warum hat William mich nicht vorgewarnt?«

»Vielleicht wollte er Euch überraschen.«

»Nun, das ist ihm gelungen.« Matilda wandte sich um und

stieg ins Bett. »Erinnert Ihr Euch noch daran, wie Brihtric sich in mein Gemach schlich und Rosenblätter auf meiner Decke verteilte, damit ich von ihm träume? DAS war eine gute Überraschung.«

Cecilia schürzte die Lippen. »Das war eine törichte Überraschung und zudem leichtfertig. Ihr hättet beide große Probleme bekommen, wenn Euer Vater davon erfahren hätte. Williams Geste ist einer Dame Eures Standes erheblich angemessener.«

Damit hatte sie vermutlich recht. Matilda erhoffte sich Unterstützung von Emeline, die – dessen war sie sicher – immer den Rosenblättern den Vorzug gegeben hätte, aber ausnahmsweise mied die wildere ihrer Zofen ihren Blick. Seufzend vergrub sich Matilda unter den weichen Decken, aber sie konnte das Kleid immer noch sehen, das wie ein Geist zu ihren Füßen lauerte. Das Gewand entsprach der Rolle, die sie als Williams Gemahlin spielen würde – es war das Kleid einer Bienenkönigin. Es war wunderschön, ja, aber die Juwelen machten es schwer. Und so schlief sie in jener ersten Nacht in der Normandie nur sehr unruhig in seinem schimmernden Schatten.

Kapitel 7

Matilda trat hinaus auf die oberste Stufe der hölzernen Treppe, die von den oberen Gemächern seitlich der Halle hinabführte, und schnappte nach Luft, als sie die Menschenmenge entdeckte, die sich dort unten versammelt hatte. Die Nachricht ihrer bevorstehenden Hochzeit hatte sich beim Volk Eus gestern offenbar wie ein Lauffeuer verbreitet, und anscheinend war jede der hiesigen Familien hier, um das Privileg eines ersten Blicks auf die neue Herzogin zu haben. Im großen Innenhof innerhalb der hohen Mauern wimmelte es von Schaulustigen, die – zurückgehalten durch Williams in scharlachrote Umhänge gewandete Wachleute – nur einen Pfad zur kleinen Steinkirche am anderen Ende frei ließen.

Matilda blinzelte, kam sich angesichts der vielen Menschen noch kleiner vor als sonst, und rang um Fassung. Der Morgen war im Trubel der Vorbereitungen wie im Flug vergangen, denn das neue Gewand war ein wenig weit gewesen, und nur Cecilias blitzschneller Nadel war es zu verdanken, dass sie darin nicht aussah wie ein kostspieliger Sack Mehl. Doch jetzt war sie froh darüber, denn als sie die Treppenstufen hinabschritt, lenkte das strahlende Gewand aller Augen von ihrem Gesicht ab und war ebenso sehr Schmuck wie Rüstung.

Ihr Vater wartete am Fuße der Treppe, um sie durch die

Menge zu führen. Sie nahm seinen Arm und bemühte sich, hocherhobenen Hauptes und lächelnd durch die Menge zu schreiten, die bei ihrem Anblick in Hochrufe ausbrach. Aber die zahllosen Hände, die zwischen den massigen Wachleuten hindurchgriffen, zerrten an ihren Nerven, und sie war dankbar, als sie schließlich William entdeckte, der auf den grob behauenen Stufen zur Kapellentür auf sie wartete.

Die Bekleidung ihres Bräutigams passte in jedem Detail zu der ihren. Seine Tunika war aus dem gleichen Stoff wie ihr Gewand. Dazu trug er helle Strümpfe und wunderschöne Lederstiefel, die so blank poliert waren, dass sie fast genauso glänzten wie die Goldfäden. Auch jetzt trug er wieder jenen glitzernden Helm, in dem er sie gestern begrüßt hatte. Sein heller Schein beschirmte seine Augen. Aber als sie näher kam, zog er ihn sich vom Kopf und musterte sie voller Wohlwollen. Sie wäre beinahe gestolpert, und ihr Vater musste fester zupacken.

»Du machst das hervorragend, Matilda«, flüsterte er, und als sie aufsah, leuchteten seine Augen vor Stolz, was ihr Selbstvertrauen gab.

Sie hielt den Saum ihres Gewandes sorgsam hoch und stellte sich auf die Kirchenstufen neben William. Sein Onkel Mauger trat in der kostbaren Robe des Erzbischofs vor.

Das war es also. Das war ihre Hochzeit. Sie sollte versuchen, alles in sich aufzunehmen, um sich später, wenn sie wieder ruhiger war, daran erinnern zu können, aber alles ging so schnell. Denn schon kam der Erzbischof mit normannischer Effizienz zielstrebig auf das Ehegelöbnis zu sprechen.

Matilda gab ihre Antworten wie gewünscht, und plötzlich legte Mauger ihre Hand in Williams und hob sie hoch, damit alle sie sehen konnten. Matilda spürte Williams Schwielen vom Schwertkampf an ihren Fingern, ebenso wie den Schweiß des

Erzbischofs, als er ihre Hände so sehr in die Höhe zwang, dass sie sich auf die Zehenspitzen stellen musste. Und sie spürte das warme Gold des Ringes, den William ihr an den Finger schob – energisch und mit festem Griff.

»So erkläre ich Euch denn vor Gottes Angesicht zu Mann und Frau. Gott segne Euch und lasse sein Licht leuchten über Euch.«

Pflichtgemäß beendete eine niedrig stehende Wolke ihre Reise über die Sonne, und sie wurden in Licht getaucht. Matilda neigte ihr das Gesicht entgegen, spürte ihre Wärme wie einen Segen.

»Es scheint, dass Gott diese Verbindung keineswegs missfällt«, sagte William. Es waren die ersten Worte, die er direkt zu ihr sprach.

»Hätte es Euch aufgehalten, wenn es ihm missfallen hätte?«

»Hätte es Euch aufgehalten?«

»Nein, Herzog.«

»Mich ebenso wenig. Ich werde auch weiterhin für den päpstlichen Segen kämpfen, Matilda, und ich werde ihn bekommen, aber ich bin überzeugt, dass wir voranschreiten können in dem festen Glauben, dass diese Ehe gottgefällig ist. Wir wurden füreinander geschaffen, und zwar von Gott selbst.«

Matildas Gedanken wanderten sofort zu Lord Brihtric. Sie hatte damals geglaubt, Gott habe ihn zu ihrem Gemahl bestimmt, denn es hatte zwischen ihnen so perfekt ausgesehen. Aber sie hatte sich geirrt. Sie konnte nur hoffen, dass sie diesmal richtig geurteilt hatte. Sie betete darum, dass ihr Vater ihren Brief an den Angelsachsen verbrannt hatte, in dem sie seine Avancen willkommen geheißen hatte. Aber wie durch ein Wunder schien William nichts von dem Vorfall zu wissen, und sie gedachte es dabei zu belassen.

»Wir werden gemeinsam viel erreichen, Matilda«, sagte William gerade. »Wir müssen gleich hineingehen, um zu beten, aber zuerst …«

Er warf einen beinahe scheuen Blick auf die vielen Menschen, deren Augen erwartungsvoll auf sie gerichtet waren, und plötzlich ging Matilda auf, was nun kommen sollte. Ihr Herz raste, und sie stellte sich etwas breitbeinig auf die Steinstufen, um nicht zu schwanken, bevor sie ihrem frischgebackenen Ehemann das Gesicht zuwandte. Ihre Blicke verwoben sich ineinander. Beide wussten genau, dass dieser, ihr erster Kuss, nur für die Öffentlichkeit gedacht war. Aber als William ihr sanft die Hand an die Taille legte und sich herabbeugte, um seine Lippen auf die ihren zu pressen, spürte sie die Berührung zwischen ihnen wie einen Blitz und schloss sich dankbar seiner Zuversicht an.

Als sie sich endlich auf den Weg zum Gelage in der großen Halle begaben, stellte sie überrascht fest, dass es hier durchaus noch ein paar Frauen gab. Es handelte sich vornehmlich um die Schwestern von Williams Kerngefolge, und sie überschlugen sich beinahe, um Matilda zu versichern, wie froh sie waren, nun eine Herzogin in der Normandie zu haben. Matilda erfuhr, dass es keine offiziellen Frauengemächer in Williams wichtigsten Festungen gab, außer in Falaise, wo Herleva wohnte, und in Rouen. Sie versprach mehrfach, dass auch in den verschiedenen Burgen, an deren Namen sie sich hinterher sicherlich nicht mehr erinnern können würde, entsprechende Frauengemächer eingerichtet würden.

»Wir sollten das alles aufschreiben«, sagte sie zwischenzeitlich zu Cecilia.

»Ich werde morgen etwas Pergament besorgen, Herzogin.«

»Gut. Anscheinend gibt es hier viel zu tun.«

Aber zuvor musste sie sämtliche Hochzeitsgäste begrüßen, vor allem einen dunkelhaarigen, gediegen aussehenden Mann.

»Raoul d'Amiens, Herzogin«, stellte er sich mit eleganter Verbeugung vor. »Ich komme vom französischen Hof, um Euch die Glückwünsche König Henris zu überbringen, der Herzog Williams Lehnsherr und Euer geschätzter Onkel ist. Von ihm überbringe ich dieses Geschenk.«

Er schnippte mit den Fingern, und zwei Diener eilten herbei, in den Händen eine wunderschöne Truhe aus dunklem Holz, die mit Blattranken und Blumen und Waldtieren verziert war. Der Deckel war mit Perlmutt verziert, und darauf prangten in goldenen Lettern die Worte: *Matilda von der Normandie*. Matilda hörte, wie Adela angesichts dieser kostspieligen Geste ihres königlichen Bruders einen Freudenschrei von sich gab. Sie aber konnte nichts anderes sehen als ihren neuen Titel.

»Sieht gut aus, nicht wahr?«, sagte William neben ihr und fügte dann lauter hinzu: »König Henri erweist uns große Ehre. Er ist ein gnädiger und großzügiger Lehnsherr, und ich fühle mich geehrt, sein Neffe zu werden.«

Er nahm Matildas Hand und fuhr mit dem Daumen in besitzergreifender Geste über den juwelenbesetzten Ehering.

»Habt Dank, Comte Raoul«, sagte Matilda, und der Mann lächelte sie an. Seine dunklen Augen funkelten, bevor er einen Schritt zur Seite trat und sich vor der errötenden Adela verbeugte.

Matilda sah ihm hinterher. Er war schlank, anmutig und anziehend. Auf jeden Fall, so bemerkte Matilda amüsiert, fand Emeline ihn attraktiv. Ihre Zofe beobachtete ihn eindringlich, während er sich mit Adela unterhielt. Sie legte den Kopf leicht schief, was – wie Matilda aus langjähriger Erfahrung wusste – typisch für sie war, wenn sie das Objekt ihrer Begierde taxierte. Normalerweise hatte ein Mann, der ihr solchermaßen ins Blickfeld geraten war, keine Chance mehr.

»Was ist denn mit dem Edlen Everard, Em?«, flüsterte sie ihr zu.

»Der Edle Everard ist beschäftigt«, antwortete Emeline, ohne Raoul auch nur einen Augenblick lang aus den Augen zu lassen.

»Womit?«

»Mit seiner Tätigkeit als Wachmann.«

»Seltsam«, bemerkte Matilda milde, »das hat ihn doch sonst nicht abgehalten.«

Emeline runzelte die Stirn. »Ja, nun ja, ich bin jetzt Zofe einer Herzogin. Ich sollte meine Ziele also höher setzen.«

Cecilia stöhnte. »Raoul d'Amiens ist verheiratet, Emeline.«

»Aber schon viel zu lang und nicht glücklich, wie man hört.« Offensichtlich hatte Emeline schon emsig Erkundigungen eingezogen. »Seine Gemahlin ist nicht einmal vor Ort.«

»Das bedeutet noch lange nicht, dass er frei ist«, erwiderte Cecilia entrüstet, aber Emeline tat ihren Einwand mit einer Handbewegung ab.

»Offenbar hat er vor, seine Tochter mit dem Edelmann Evelin de Mortemer zu verheiraten, wird also in Zukunft wahrscheinlich häufiger in der Normandie weilen. Keine Sorge, Cecilia. Ehen werden nur aus politischen Gründen geschlossen – die meisten Menschen haben anderswo ihren Spaß.« Matilda sah sie mit hochgezogenen Augenbrauen an und hatte das Vergnügen, dass Emeline ausnahmsweise vor Verwirrung errötete. »*Manche* Ehen jedenfalls«, korrigierte sie sich schnell. »Ich bin sicher, auf Eure Ehe, Herzogin, wird beides zutreffen.«

Matilda sah zu William hinüber, der sich ernst mit dem schlanken Hugues de Grandmesnil unterhielt, und war nicht sicher, ob »Spaß« das richtige Wort war. Aber was spielte das schon für eine Rolle? Sie war Herzogin, keine leichtfertige Zofe. In diesem Augenblick wandte William sich um, als habe er ihre Gedanken erraten, und war mit drei langen Schritten bei ihr.

»Sollen wir unsere Plätze einnehmen, Herzogin?«, fragte er und bot ihr seinen Arm dar, sodass sie gar keine Wahl hatte. »Kommt.«

Sie legte ihre Hand auf die seine, und gemeinsam schritten sie zu dem hölzernen Podest am Kopfende der Halle hinüber. Die Höflinge bemerkten es, und alle bemühten sich schnell, ebenfalls ihre Plätze einzunehmen, wobei sie um die besten Sitze auf den Seitenbänken rangelten.

»Wie Katzen in der Scheune«, stöhnte William und funkelte die Menge wütend an. »Warum kennen sie ihren Platz nicht?«

»Wir sind nicht in der Schlacht, Herzog. Besonders die Damen haben keinen klaren Status.«

»Die Damen!«, wiederholte William beinahe gelangweilt, und Matilda wurde mit einem Mal nervös und befürchtete, dass ihr frischgebackener Gemahl vielleicht nicht ganz so begierig auf einen zivilisierten Hof war, wie er vorgegeben hatte.

»Vielleicht könnten wir ja Platzkarten einführen«, schlug sie vor. »Damit die Leute wissen, wohin sie sich setzen sollen.«

William warf ihr einen bewundernden Blick zu. »Hervorragende Idee«, sagte er. »Kümmert Euch darum.« Matilda sah zu Cecilia hinüber, die diskret nickte. Platzkarten würden der erste Punkt auf Matildas Liste sein, sobald sie ein Pergament gefunden hatte. William ergriff ihre Hand. »Ich bin bislang sehr zufrieden mit Euch, Matilda«, sagte er ernst.

Matilda sprudelte ein paar Dankesworte hervor und suchte nach etwas, was sie ihrerseits sagen konnte.

»Ich muss Euch, William, für mein Geschenk danken. Das Gewand ist wirklich wunderschön.«

»Gut. Ich bin hocherfreut, dass es passt.«

Matilda widerstand dem Drang, einen Blick mit Cecilia zu tauschen. »Perfekt. Woher kannte der Schneider meine Größe?«

William zuckte mit den Schultern. »Ich sagte ihm, dass Ihr bis zu meinem Herzen reicht und so breit wie mein Schild seid.«

»Das ist wunderschön, William.«

»Wirklich? Oh. Gut. Aber es ist wahr.«

»Und nun kann *ich* Euer Schild sein.«

Er sah verwirrt drein. »Ich hatte mir das eigentlich eher andersherum vorgestellt – dass ich *Euch* beschütze.«

»Das auch«, stimmte Matilda zu. »Es sollte in beide Richtungen funktionieren, nicht wahr? Wir sind schließlich Partner.«

»Das stimmt«, erwiderte er nachdenklich, und dann entschiedener: »Das sind wir.«

»Also, wovor kann ich Euch beschützen?«

Er dachte wieder nach und antwortete schließlich: »Vielleicht, Matilda, vor mir selbst. Ich bin ein rauer Krieger. Wenn mein Vater nicht gestorben wäre, hätte ich vielleicht die Chance gehabt … geschliffenere Umgangsformen zu entwickeln. Aber dann wäre ich wiederum vielleicht nicht Herzog geworden. Mein Vater hätte geheiratet, hätte weitere Söhne bekommen. Dann wäre ich in der Rangordnung abgestiegen.«

»Und hättet das Abenteuer in Italien gesucht?«, fragte Matilda, die mit einem Mal seine gestrigen Worte verstand.

»Wie der Guiscard, genau.«

»Hätte Euch das gefallen?«

»Vielleicht. Aber wir müssen auf dem Pfad wandeln, den Gott für uns auserkoren hat, und das hier ist meiner. Ein Krieger zu sein hat mich in der Normandie gehalten, aber es befähigt mich womöglich nicht dazu, auf zivilisierte Weise zu herrschen. Ihr werdet mir dabei helfen, Matilda, nicht wahr?«

»Natürlich, Herzog, auf meine bescheidene Art.«

William lachte und beugte sich näher zu ihr heran. »Kommt schon, Matilda, wir sind jetzt unter uns. Wir sind – wie habt Ihr es formuliert? – Partner. Falsche Bescheidenheit haben wir untereinander nicht nötig. Ich halte Euch nicht für bescheidener als mich selbst, und deshalb gefallt Ihr mir.«

Matilda fehlten die Worte. Seine Offenheit war entwaffnend. Aber natürlich hatte William recht. Wenn sie ehrlich war, war »bescheiden« wohl kaum ein Begriff, den sie mit sich selbst in Verbindung bringen konnte. Aber das laut ausgesprochen zu hören war verstörend.

»Ich habe Euch schockiert, Matilda?«

»Geschockt bin ich nicht. Nur nicht daran gewöhnt, dass Menschen so offen sagen, was sie meinen.«

»Aber alles andere ist doch Zeitverschwendung, oder nicht?«

»Das stimmt«, räumte Matilda ein. »Die Wahrheit sollte eigentlich reichen, aber zuweilen ist ein wenig Honig, den man den Menschen um den Bart schmiert, auch nicht übel.«

William lachte, und Fitz sah zu ihnen hin.

»Eure Gemahlin amüsiert Euch, mein Herzog?«

»Sie möchte mir Honig um den Bart schmieren, Fitz.«

»Eine hervorragende Idee, Herzogin, aber würden wir denn dann nicht an ihm festkleben?«

»Tut Ihr das denn nicht ohnehin schon?«

Es entstand eine kurze Pause, in der Matilda schon befürchtete, die zweifellos feine Grenze des Anstands an diesem seltsamen normannischen Hof überschritten zu haben, aber Gott sei Dank gehörte Fitz nicht zu den Menschen, die leicht beleidigt waren, und er lachte erneut. Außerdem hatten jetzt auch alle Gäste ihren Platz gefunden, wobei einige zufriedener waren als andere, und das Mahl konnte beginnen.

Es schien endlos lange zu dauern. Gang um Gang wurde serviert – leichter Fisch in Buttersoße, schmackhafte Schweinefleischrouladen, die mit wilden Pilzen gefüllt waren, zartes Pfauenfleisch mit süßen Zwiebeln –, bis Graf Balduin, ein Mann, der das Essen liebte, verkündete, dass er so vollgestopft sei »wie ein Wildschwein am Weihnachtsfest«. William lächelte zufrieden und bedeutete der Dienerschaft, den letzten Gang zu servieren – ein riesiges süßes Brot mit Nüssen besetzt und jeder Menge Honig überzogen, das wie die elegant ineinander verschlungenen Initialen der Brautleute geformt war: WM.

»Seht doch«, sagte William glücklich. »Wir sind die Umkehrung des jeweils anderen.«

Der stolze Koch demonstrierte diesen Umstand auch sämtlichen anderen Gästen, indem er sein riesiges Gebäckstück einmal umdrehte und es immer noch die gleiche Buchstabenfolge ergab.

»Wie klug«, rief Matilda erfreut. »Mein Kompliment an den Koch.« Er verbeugte sich tief vor ihr, und alle klatschten. Matilda sah William an. »Und seht her, mein Herzog, wir sind mit Honig überzogen.«

William lachte. »Das ist wahr, Matilda, das ist wahr. Was meint Ihr? Ist es jetzt Zeit für Euren Tanz?«

Er sprach das Wort aus, als stamme es aus einer fremden Sprache, aber Roger de Beaumont eilte bereits quer durch die Halle bis zu deren anderem Ende, um die drei Musikanten hereinzubitten, die er irgendwo aufgetan hatte.

»Seht Ihr«, meinte Fitz. »La Barbe hat alles im Griff.«

»La Barbe?«, fragte Matilda. Sie sah Roger an, der gerade die Enden seines eleganten Schnurrbarts zwirbelte, während er die Musikanten anwies, sich aufzustellen, und sie erkannte, woher der Name kam. *La Barbe* – der Bart. Es passte zu ihm.

La Barbe sah sich verlegen um, und Matilda entdeckte Raoul d'Amiens, der sich zu ihm gesellte. Sie verstand: Die Musiker waren Franzosen. Vielleicht reiste Raoul wie selbstverständlich mit ihnen – das schien durchaus zu ihm zu passen. Die normannischen Höflinge sahen einander an, Williams Männer unsicher, doch ihre Schwestern voller Freude. Zu spät ging Matilda auf, dass man ohne Partner, die wenigstens die Grundschritte beherrschten, wohl kaum allzu viel Vergnügen an den Tänzen finden würde.

»Ihr werdet sie anführen, mein Herzog?«, fragte sie William.

»Bestimmt nicht. Ich kann nicht tanzen.«

»Es ist nicht schwer. Ich könnte …«

Er hob die Hand, und sie biss sich auf die Lippe und schwieg.

»Ich kann nicht tanzen. Ich war immer eher ein Mann des Tafl-Bretts nach dem Essen, deshalb fehlen mir die entsprechenden Fähigkeiten. Ich *werde* tanzen, wenn Ihr es wünscht, aber erst, wenn ich es richtig erlernt habe. Lasst Raoul für mich einspringen – er ist immerhin Franzose. Raoul!«

Der Franzose drehte sich um, verbeugte sich und kam näher. Er sah Matilda an, offensichtlich unsicher, was William von ihm wollte, aber sie schüttelte entschieden den Kopf, und sein Blick fiel Gott sei Dank auf Emeline, die am anderen Ende des Tisches eifrig auf und ab wippte.

»Würdet Ihr mir die Ehre erweisen, Edle Dame?«

Sie sprang auf wie ein Frosch im Frühling, griff nach Raouls Hand, und eine aparte Röte überzog ihre Wangen. Mit der anderen Hand winkte Raoul mehr Tänzer herbei. Adela erhob sich, und Graf Balduin warf William zwar einen entnervten Blick zu, ließ sich aber von seiner Frau auf die Tanzfläche zwischen den Tischen führen. Herleva stand als Nächste auf, angeführt von dem freundlich dreinblickenden Vicomte Herluin, dem Edlen Gemahl, den Williams Vater für sie gefunden hatte, bevor er sich auf seine todbringende Pilgerreise begeben hatte. Roger de Beaumont zerrte eine protestierende Della in die Reihe der Tänzer, sodass sie auf der anderen Seite neben Adela zu stehen kam. Und Odo, in vollem Bischofsornat, zog eine erstaunte, aber begeisterte Judith hinter die anderen, sodass der behelfsmäßige Reigen nun vollständig war. Dann machte Raoul eine schwungvolle Geste, und der Tanz – wenn man es denn Tanz nennen konnte – begann.

Raoul und Emeline bewegten sich mit natürlicher Anmut, Balduin und Adela tanzten eher förmlich miteinander. Begeistert beobachtete Matilda Herleva und Herluin, die sich mit ähnlicher Eleganz über die Tanzfläche bewegten. Bei den restlichen Tänzern jedoch lief es nicht ganz so reibungslos. Roger und Della stürzten sich voller Enthusiasmus auf die Schritte, hatten aber keinerlei Grazie, zumal sie aufgrund von Rogers Gehbehinderung immer leicht schief wirkten. Odo war durchaus ein begabter Tänzer. Hätte er sich von Judith leiten lassen, wäre alles gut gegangen, aber stattdessen übernahm er mit einer Selbstverständlichkeit die Führung, die zwar einerseits bewunderungswürdig, andererseits aber völlig fehl am Platze war. Die Wirkung war katastrophal.

»Das also ist Tanzen?«, fragte William Matilda neugierig.

»Das ist *eine Form* des Tanzes«, berichtigte sie ihn. »Versucht Euch vorzustellen, dass alle Tänzer die gleichen Bewegungen machen.«

»Wie auf einem Tafl-Brett?«

Matilda warf einen Blick auf die symmetrischen Spielsteine auf den verlassenen Brettern an der Seite der Halle. »Ich glaube schon.«

»Dann wäre es sicher etwas ordentlicher«, kommentierte William trocken, während er beobachtete, wie Della über Rogers Füße stolperte und ihren Sturz geschickt in eine Drehung umwandelte. »Sie sehen ein wenig albern aus, nicht wahr?«

»Aber zufrieden«, wagte Matilda einzuwenden, als Herluin und Herleva vorbeischwebten, einander fest in den Armen haltend.

Einen Augenblick lang beobachtete William seine Mutter. Dann sagte er plötzlich: »Wir sollten uns zurückziehen.«

Plötzlich geriet Matilda in Panik. Weitere Paare schlossen

sich den Tänzern an, und sie hatte geglaubt, der Abend habe gerade erst begonnen.

»Jetzt, mein Herzog?«

»Warum nicht? Diese Tanzerei scheint alle zu amüsieren, dann brauchen sie uns nicht mehr.«

Dieser logischen Argumentation konnte man nichts entgegensetzen.

»Aber wenn wir gehen«, wandte Matilda ein, »dann müssen sie aufhören.«

»Möchtet Ihr denn offiziell in Euer Schlafgemach geleitet werden?«

»Nein!« Matilda sah William an und entdeckte ein boshaftes kleines Lächeln auf seinen Lippen. »Ihr würdet Euch einfach hinausschleichen, mein Herzog?«

»Liebend gern, Matilda, wenn Ihr mit mir kommt?«

Matilda blickte sich in der Halle um und sah, dass sämtliche Augen auf der immer weiter wachsenden Anzahl der Tanzenden ruhten. Selbst die stämmige Cecilia war von einem lachenden Fitz auf die Tanzfläche gelockt worden, und zum ersten Mal an diesem Tag beobachtete niemand Herzog und Herzogin.

»Ich schleiche mich gern mit Euch hinaus«, stimmte sie zu, und bevor sie es sich noch anders überlegen konnte, legte sie kühn ihre Hand in die seine und ließ sich von ihm still und heimlich durch eine kleine Tür hinter ihnen hinaus in die Nacht führen.

Kapitel 8

William legte eine Hand auf den schweren Riegel seines Privatgemachs und sah Matilda an.

»Bereit?«

Das war sie natürlich nicht, aber sie würde es niemals sein, also nickte sie nur.

»Gut.«

Er hob den Riegel. Ein Klappern aus der Kammer zeugte von den Dienern, die sich in Habachtstellung begaben, und William wartete zu Matildas Überraschung einen Augenblick, um ihnen Zeit zu geben, bevor er eintrat. Zwei junge Wachmänner hatten zu beiden Seiten eines prasselnden Kohlebeckens stramme Haltung angenommen, aber William schickte sie vor die Tür und gab ihnen strenge Anweisung, niemanden hereinzulassen. Innerhalb weniger Augenblicke waren sie allein.

»Was jetzt, mein Herzog?«

Er lächelte sie an. »Wir sollten uns jetzt wahrscheinlich ausziehen.«

»Ja.« Sie sah sich um.

»Ist das ein Problem?«

»Ich habe keine Zofen, und mein Gewand wird hinten von Bändern zusammengehalten.«

»Ah. Nun, das kann ich übernehmen.«

Er stellte sich hinter sie und griff nach den Bändern. Matilda stand ganz still da, war sich seiner Finger an ihrem Rücken und seines Atems in ihrem Nacken sehr bewusst. Bald würde sie wissen, worum immer so ein Wind gemacht wurde – zumindest, wenn Williams Kriegerfinger mit den Bändern zurechtkamen.

»Der Knoten ist ziemlich fest«, sagte er unwirsch und fummelte daran herum.

Matilda bemerkte, wie ungeduldig seine Stimme klang, und befürchtete schon, ihn zu verärgern.

»Soll ich …?«, hob sie an und versuchte die Hände über die Schultern zu heben, aber in diesem Augenblick gelang es ihm mit einem triumphierenden Aufschrei, den Knoten zu lösen und das Band mit einer einzigen fließenden Bewegung aus den Schlaufen zu ziehen.

Einen Augenblick lang haftete das Gewand noch auf ihren Schultern, und dann glitt der schwere Stoff herunter bis zu ihren Handgelenken. Matilda schüttelte ihn ab, und das Kleid fiel zu Boden, als sei es erschöpft. Sie sah auf die Juwelen hinab, die nun in den Falten des cremefarbenen Materials ertranken, aber schon nahm William ihre Hand, half ihr hinaus und führte sie zum Bett.

»Setzt Euch, Matilda.«

Sie ließ sich auf die Kante von Williams großem Bett sinken, spürte die weichen Felle durch ihr dünnes Unterhemd. Er kniete vor ihr nieder und griff nach ihrem Fuß.

»Mein Gott«, protestierte er und betrachtete ihre adretten Stiefel. »Auch die sitzen ganz schön fest.«

»Ich habe sehr schmale Füße, mein Herzog.«

»Nenn mich William. Ah, jetzt hab ich's.«

Er löste ihren ersten Fuß vom Stiefel, öffnete das Band, mit dem er unter ihrem Knie befestigt war, und rollte ihren

Strumpf nach unten. Das Gefühl seiner Finger auf der bloßen Haut an ihrem Knöchel ließ sie erschauern, und er streichelte ihn nachdenklich.

»Gefällt dir das?«

»Es fühlt sich schön an«, bekannte sie. »Aber ich bin nervös.«

»Nervös? Bitte sei das nicht. Ich werde dir nicht wehtun, Matilda.«

»Ich weiß, ich weiß das, mein Herzog … William. Aber ich will Euch … dir gefallen.«

»Oh, du gefällst mir, mach dir darüber keine Gedanken. Viel wichtiger ist, meine Ehefrau, ob ich dir gefalle.«

»Tatsächlich?«

»Ja, meine Mutter hat keine Zweifel darüber aufkommen lassen.«

»Deine Mutter?«

»Sie hat mich sehr entschieden ermahnt, stets daran zu denken, dass der Akt nicht nur für die Männer, sondern auch für die Frauen schön sein soll, und dass ich dich auf jeden Fall fragen soll, was dir gefällt.«

»Aber ich weiß gar nicht, was mir gefällt.«

»Dann werden wir es gemeinsam herausfinden.«

Er klang so sicher.

»Das hier ist doch nicht dein erstes Mal?«, wagte sie zu fragen.

Er erhob sich und begann in aller Ruhe, sich seiner Tunika zu entledigen. »Nein. Ich habe vor ein paar Wochen bei mehreren Frauen gelegen, um mich vorzubereiten.«

Matilda blinzelte. »Bei mehreren Frauen? Gleichzeitig?«

Er lachte herzhaft. »Nein! Nacheinander, in verschiedenen Nächten.«

»Oh, ich verstehe.«

»Nein, ich glaube nicht. Ich habe sie dafür bezahlt, Matilda.«

»Du hast sie *bezahlt*? Waren es Konkubinen? Aber du bist ein *Herzog*, William. Du könntest …«

»Jede haben, die ich haben will? Ich weiß, Matilda, glaub mir, ich weiß. Mein Vater hat sein halbes Leben damit verbracht, sich jede zu nehmen, die er kriegen konnte – aber ich wollte Frauen, die ihr Handwerk verstehen.«

»Warum?«

William zog nun seine Tunika über den Kopf und enthüllte eine schlanke, muskulöse Brust, die zu Matildas Überraschung mit weichem, dunklem Flaum bedeckt war. Sie streckte die Hand aus, um ihn zu berühren, und William kam näher und zog sie zu sich hoch. Unter ihren Fingerspitzen spürte sie die federweichen Haare und die eisenharten Muskeln drunter, und es überlief sie ein seltsames Schaudern, von dem sie hoffte, dass es Begierde war.

»Ich wollte Frauen, Matilda, die mir zeigen können, was ich tun muss – um dir zu gefallen.«

»Oh. Und, äh, haben sie dir das gezeigt?«

»Sie haben mir nur eins gezeigt: dass jede Frau anders ist. Du wirst es mir selbst beibringen müssen.«

»Aber ich weiß doch gar nicht …«

»Wir werden es zusammen erforschen. Darf ich dir dein Unterhemd ausziehen?«

Matilda schluckte und nickte. Sie hob die Arme, und er packte mit seinen großen Händen den Stoff und hob das Hemd mit einem Schwung über ihren Kopf, sodass sie nun nackt dastand.

»Ah, Matilda«, sagte er. »Ich fand dich in diesem Gewand

schon wunderschön, aber ohne bist du noch viel, viel schöner. Nein, bitte bedeck dich nicht – warum sollte man so viel Pracht verstecken?« Er warf das Hemd auf den Boden und streckte die Hand nach ihrer Brust aus. »Darf ich?«, fragte er wieder.

»Natürlich darfst du.«

Er hielt inne, und seine Hand schwebte über ihrer Haut, so dicht, dass sie seine Hitze spürte.

»Ich weiß, dass ich *darf*, Matilda. Ich weiß, dass es mir erlaubt ist. Ich habe dich geheiratet. Nach normannischem Recht kann ich mit dir mehr oder weniger alles tun, was ich will. Aber ich möchte das tun, was *du* willst.«

Er sah sie so eindringlich an, dass sie sich gern abgewandt hätte, um ihre Nacktheit unter der Decke zu verbergen, sodass er sich über sie hermachen und sie dann in Ruhe lassen konnte. Sie fühlte sich seinen Blicken ausgesetzt und war tödlich verlegen, aber schließlich konnte sie sich über seine Freundlichkeit wohl kaum beklagen.

»Du darfst mich berühren«, zwang sie sich zu sagen, und dann wagte sie es, sich vorzubeugen, sodass ihre Brust sanft seinen Finger berührte. Er packte fest zu, und sie zuckte zusammen. »Nicht so fest.«

Sie bedauerte ihre Worte sofort, aber William lockerte einfach nur seinen Griff und ließ stattdessen die Finger über ihre Brustwarze wandern, sodass diese sich ihm entgegenreckte und ihn willkommen hieß. Winzige Blitze durchzuckten sie, die vielleicht Lust werden konnten.

»Gut?«

»Ja.«

Seine andere Hand glitt zu ihrer zweiten Brust hinüber. Sie sahen beide darauf herab, als ob es ein äußeres Zeichen ihres Vergnügens geben könnte, aber es gab keins, außer dass ihre Brustwarzen fester wurden. Er hatte recht – der einzige Weg, wie er erkennen konnte, ob ihr gefiel, was er tat, bestand darin, dass sie es ihm sagte. Aber trotz der Bildung, die sie genossen hatte, fehlten ihr die Worte, um es zum Ausdruck zu bringen. Sie würde sie sich selbst ausdenken müssen, wie es Emeline wahrscheinlich auch getan hatte.

Sie ließ ihre Hände von Williams Brust zu seinem Rücken wandern. Die Muskeln darunter arbeiteten, und sie hörte, wie ihm der Atem stockte. Seine Erregung war ansteckend. Sie ließ die Hände zu seinem Hosenbund hinabgleiten, tastete nach den Bändern, die sie festhielten.

»Darf ich?«, fragte sie.

»Bitte.« Aber dann trat er einen Schritt zurück und legte eine Hand über die ihre, um sie aufzuhalten. »Ich bin erregt, Matilda.«

»Gut. Das ist doch gut, nicht wahr?«

»O ja. Aber ich habe mich vielleicht nicht ganz so … unter Kontrolle, wie ich sollte.« Matilda blickte ihn verständnislos an. »Meine Mutter sagt, Frauen brauchen Zeit, und ich werde, äh, wahrscheinlich nicht ganz so lange brauchen, nicht beim ersten Mal jedenfalls. Es ist nur, dass du so schön bist, und dazu auch noch meine Frau und …«

»Und wir haben die ganze Nacht Zeit, William. Nein, unser ganzes Leben.«

»Ja. Ja, du hast recht, Matilda. Wie wunderbar. Es ist nur, dass man mir erzählt hat, was für ein großartiger Liebhaber mein Vater war.«

»Hat dir das deine Mutter berichtet?« Matilda dachte an Adelas taktlose Bemerkung, dass ihre Aufgabe doch nur drin bestünde, Erben hervorzubringen. Sie konnte sich nicht vorstellen, jemals über so etwas mit ihr zu reden.

»Ja – sie, und der halbe Hof ebenfalls. Er war dafür bekannt.«

»Ist das ein Wunder«, meinte Matilda, »wenn er so viel Übung hatte, wie du sagst? Deine Mutter war wohl nicht seine einzige Geliebte?«

»Gott, nein. Sie war seine Lieblingsfrau, glaube ich, aber Herzog Robert war ein Mann mit großem … Appetit.«

»Und du möchtest sein wie er?«

Matilda hörte, wie ihre Stimme zitterte, und hasste sich dafür. Alle großen Herren hatten Mätressen, das wusste doch jeder. Sie hatte nur nicht erwartet, damit schon in ihrer Hochzeitsnacht konfrontiert zu werden. Aber William zog sie nur an sich.

»Nein, Matilda«, versicherte er so laut, dass es von den Wänden widerhallte. »Auf diesem Gebiet will ich ganz sicher nicht sein wie er. Wir werden von jetzt an das Schlafgemach miteinander teilen, mein Weib, damit ich stets an deiner Seite bin. Ich habe nur deshalb bei Konkubinen gelegen, um zu lernen, wie ich dir zu Gefallen sein kann.«

»Wie bei militärischen Übungen?«

»Genau so. Wie soll sich ein Mann ohne Erfahrung in einer Disziplin hervortun?«

»Du gehörst gern zu den Besten, William?«

»Jawohl. Das muss ich auch, wenn ich mein Herzogtum halten will – und meine Herzogin.«

»Du hast mich doch schon«, bemerkte sie und sah unter gesenkten Wimpern zu ihm auf – etwas, was sie häufig bei Emeline beobachtet hatte. Sie spürte seine Reaktion an ihrer Hüfte, und da ihr das gefiel, legte sie die Hände erneut auf die Taillenbänder seiner Hose.

»Und du hast mich«, sagte er. »Du sollst wissen, Matilda,

dass ich von diesem Tage an keine andere Frau in den Armen halten werde. Und dafür *dich*, meine wunderschöne Frau, umso häufiger.« Mit einem plötzlichen, überraschenden Grinsen hob er sie auf und legte sie aufs Bett. Er schlängelte sich aus der Hose, kniete sich über ihr hin, sodass sie seine Erregung nun deutlich vor Augen hatte. Matilda versuchte, nicht hinzusehen. »Ich werde dich jetzt berühren, und du wirst mir sagen, ob es dir gefällt. Ja?«

Matilda nickte. Diese Nacht war so ganz anders, als sie es sich vorgestellt hatte. Sie vermutete, dass sie wohl kaum den normalen Erfahrungen einer Braut in der Hochzeitsnacht entsprach, aber William war ja auch kein normaler Bräutigam. Er betrachtete sie voller Bewunderung, fast schon Zärtlichkeit, aber auch mit grimmiger Entschlossenheit, als sei sie eine Schlacht, die er gewinnen wollte. Das erregte und ängstigte sie gleichermaßen, aber sie begann, sich an diese Kombination bei ihrem frischgebackenen Ehemann zu gewöhnen, und sie verstand, dass ihr eigentlich nichts anderes übrig blieb, als sich ihm hinzugeben.

»Wirst du mich jetzt küssen, William?«, fragte sie.

»Möchtest du das denn?«

»Ja.«

»Dann werde ich es tun. Und danach werden wir deine Lust finden.« Das war, wie üblich bei William, eine Absichtserklärung. »Bist du bereit?«, fragte er noch einmal.

Matilda sah an ihrem Körper hinab, der nackt vor ihm lag, und schlang einen Arm um seinen Nacken.

»Ich bin bereit.«

William hielt Wort und widmete sich seiner Aufgabe mit unermüdlichem Eifer. Irgendwann kamen die Höflinge, die endlich bemerkt hatten, dass Herzog und Herzogin entwischt waren, an ihre Tür und zogen unverschämt laute Witze, aber die Wachen hielten stand, und schließlich zogen sie lärmend wieder ab. William sah kaum auf, so sehr konzentrierte er sich auf seine Braut.

»Das ist gut«, sagte Matilda ihm so oft, dass sie aufgehört hatte zu zählen, aber er war immer noch nicht zufrieden. »Es geht noch besser«, beharrte er, und dann plötzlich, irgendwann zur dunkelsten Stunde der Nacht, wurde es noch besser. Viel besser.

»Du hattest recht«, keuchte Matilda hinterher, wobei sie das Gesicht an seiner Brust vergrub, weil sie sich ihrer unwillkürlichen Schreie schämte.

»Ich habe immer recht«, sagte er leichthin. »Es muss dir nicht peinlich sein, Matilda. Lust ist das Ziel im Ehebett. Sie zu erreichen ist also ein Erfolg.«

Das klang so berechnend, aber wiederum auch seltsam tröstlich. Offensichtlich brauchte man keine Liebe für eine funktionierende Verbindung. Matilda sah zu ihm auf, und er küsste sie.

»Kann ich jetzt schlafen?«

Er küsste sie wieder. »Natürlich kannst du das, meine Matilda, meine Mora.«

»Mora?«

»Amor – meine Liebe. Stimmt das nicht? Ein bisschen Latein habe ich mal gelernt.«

»Mora?« Sie ließ sich den seltsamen Namen auf der Zunge zergehen. »Doch, es stimmt.«

»Gefällt dir der Name nicht?«

»Doch, sogar sehr.«

»Dann werde ich dich so nennen, nur unter uns, als Zeichen meiner Liebe.«

»Liebe?«, wiederholte sie piepsig. Sie war gerührt und sogar ein bisschen überfordert von seiner Wortwahl, und fügte hastig hinzu: »Jetzt bin ich wirklich deine Herzogin.«

»Das bist du. Und bist du mit dem Gemahl zufrieden, den du gewählt hast?«

Dessen war sie sich zumindest sicher. »Sehr zufrieden.« Sie spürte, wie der Schlaf sie zu übermannen drohte, kämpfte aber dagegen an. »Ich bin begeistert, William, in der Tat.«

»Gut.« Er küsste sie noch einmal, zog die Decken hoch und deckte sie beide warm zu. Ihre Augen fielen zu, sie war glückselig. »Aber sei nicht«, hörte sie ihn mit halbem Ohr noch sagen, »zu zufrieden mit deiner Position als Herzogin.«

»Warum nicht, William?«

»Denn ich schwöre dir eins, meine Mora: Genau wie ich dir in dieser unserer ersten gemeinsamen Nacht Lust bereitet habe, werde ich dir eines Tages eine Krone bringen. Das braucht Zeit und Geduld, und vielleicht werden wir verschiedene Wege beschreiten müssen, um unser Ziel zu erreichen, aber ich werde dir eine Krone bringen.«

Das weckte sie wieder auf.

»Welche Krone, William?«

Er schmiegte sich dichter an sie heran und senkte die Stimme, dass sie beinahe nur ein Flüstern war, was sicher eine Leistung für ihn darstellte.

»England, Matilda.« Sie keuchte, und er brachte sie mit einem Kuss zum Schweigen. »Ich kenne einige Leute an Edwards Hof. Einflussreiche Leute. Der neue Erzbischof von Canterbury war vorher Abt von Jumièges und in meiner Jugend mein Beichtvater. Er ist mir wohlgesinnt und wird meine Interessen bei meinem Vetter vertreten – meinem *kinderlosen* Vetter, wohlgemerkt.«

Matilda spürte die Erregung bis ins Mark, genauso wie die Empfindungen, die noch vor Kurzem Williams Finger in ihr wachgerufen hatten, aber sie wagte es nicht, diesem Gefühl nachzugeben.

»Aber sicherlich wollen die Angelsachsen doch keinen Normannen auf ihrem Thron haben, William?«

»Warum denn nicht? Knut war Däne und hat das Land seit Jahren regiert. Und ich bin mit dem König verwandt. Edwards Mutter ist meine Großtante, und ich kenne ihn seit Kindertagen.«

»Edward?« Matilda setzte sich fasziniert auf. Sie hatte gewusst, dass König Edward jahrelang im normannischen Exil gewesen war, war aber dummerweise nie davon ausgegangen, dass William Zeit mit ihm verbracht hatte. »Was ist er für ein Mensch?«

»Heute kann ich das auch nicht mehr sagen, aber damals war er vornehmlich wütend. Im ersten Jahr meiner Herrschaft als Herzog stellten wir ihm und seinem Bruder Alfred Schiffe zur Verfügung, damit sie nach Knuts Tod den englischen Thron zurückerobern konnten. Ich war erst acht, Matilda, aber die Aufregung der damaligen Zeit erfasste auch mich – zumindest für eine Weile.«

»Was geschah dann?«

»Es ging nicht gut aus. Alfred landete an der englischen Küste und marschierte gen London, wurde aber verhaftet. Edward beschloss, in die Normandie zurückzukehren, ohne jemals den Hafen von Sandwich verlassen zu haben, was wahrscheinlich eine kluge Entscheidung war. Aber ich weiß noch, dass ich sehr enttäuscht darüber war. Außerdem war Edward danach sogar meist noch wütender.«

»Auf dich?«

»Nein, auf Earl Godwin – denn er war derjenige, der seinen Bruder verhaftet hatte und ihm so grausam die Augen hatte ausstechen lassen, dass er verblutete.«

Matilda verzog das Gesicht. »Kein Wunder, dass er ihn nicht mochte.« Ihre Gedanken wanderten zu Judith. »Du weißt, dass meine Base Tostig Godwinson versprochen ist?«

»Ich hörte davon, ja. Ich fürchte, das ist keine gute Wahl für sie. Der Stern dieser Familie ist dabei unterzugehen, je heller der von Edward leuchtet.«

»Und deiner mit ihm, William?«

»Vielleicht. Ich war erst dreizehn, als Edward die Normandie verließ, aber ich war bereits seit sechs Jahren Herzog und hatte mein Bestes getan, um ihn zu unterstützen. Ich glaube, dass er mir dankbar ist, und vielleicht erkennt er, dass ich alles habe, was einen guten König ausmacht.«

»Einen *hervorragenden* König, William.«

»Danke.« Er zog sie in seine Arme. »Und du wirst eine sogar noch hervorragendere Königin sein. In deinen Adern fließt königliches Blut. Du verdienst es also, auf dem Thron zu sitzen, Matilda.«

Wieder spürte sie diese seltsame Erregung, und wieder widerstand sie. Die Vorstellung, Königin zu sein, war natürlich aufregend, und dass diese Möglichkeit überhaupt bestand, schien ihre Entscheidung für diesen Gemahl zu bestätigen, ja sogar zu belohnen. Aber sie wollte auch keinen Krieg heraufbeschwören.

»Du musst nicht um jeden Preis diese Krone für mich gewinnen, William. Herzogin ist ein guter Titel.«

»Das stimmt, Matilda, aber es gibt Besseres. Es gibt wirklich Besseres, und danach werde ich für dich streben.«

Sie bezweifelte es nicht, und als ihr erneut vor Müdigkeit

die Augen zufielen, wanderten ihre Gedanken nach England. Wie es schien, würde sie tatsächlich irgendwann dort landen, und nicht durch den feigen Brihtric, sondern durch Herzog William. Liebe war nicht wichtig. Sie hatte die richtige Entscheidung getroffen und konnte der Zukunft an der Seite ihres Ehemannes voller Stolz entgegenblicken.

Kapitel 9

Brügge, Juli 1051

»Tostig Godwinson«, hauchte Judith. Sie konnte kaum glauben, dass er tatsächlich da war.

Er war ein gut aussehender Mann mit feinen Zügen und fließenden Bewegungen, natürlicher Anmut und einer beherrschten Selbstsicherheit, angesichts derer Judith vor Stolz platzte.

»Er ist meinetwegen hier«, flüsterte sie bei sich, und sofort befürchtete sie, ihn zu enttäuschen.

Ihre Zofen, die gleich ernannt worden waren, nachdem der Familienbesuch der Godwinsons bestätigt worden war, hatten einen Großteil des Tages damit verbracht, sie vorzubereiten. Sie hätte den gesamten Schleier der Heiligen Jungfrau in der Zeit malen können, die man benötigt hatte, um ihr Haar zu waschen und durchzukämmen und es zu einem prächtigen Knoten aus Zöpfen zusammenzustecken. Sie hatte sogar Rot aus dem Osten auf den Lippen und Kajal um die Augen, als sei sie selbst ein Gemälde. Der Gedanke an ihre – wenn auch falsche – Schönheit gab ihr ein wenig Auftrieb, als ihr zukünftiger Gemahl auf sie zukam.

»Komtess Judith.« Seine Stimme war warmherzig und schien ihren Namen auszukosten, sodass er so exotisch klang, wie sie sich durch ihre Schminke fühlte. »Werdet Ihr wirklich meine Gemahlin werden?«

»Ich glaube schon, Mylord«, stotterte Judith. »Wenn Ihr bereit dazu seid?«

»Oh, ich bin bereit dazu, Judith. Ihr seht köstlich aus.«

»Köstlich?«

Sie unterhielten sich in angelsächsischer Sprache, die sie mit einigen anderen Sprachen in Adelas Klassenzimmer erlernt hatte, aber dieses Wort war ihr entfallen. Torr kam näher.

»Zum Anbeißen«, erläuterte er mit leiser Stimme.

Judith errötete. »Ihr seid hungrig, Mylord?«

Seine Augen, vom Grün italienischer Oliven, funkelten. »Immer, Judith. Aber bitte, Ihr müsst mich mit meinem Namen ansprechen, wenn wir … intim werden wollen.«

»Tostig«, versuchte sie es, wobei ihr die angelsächsischen Vokale nur schwer über die Lippen kamen.

»Genau. Oder noch besser: Torr.«

»Warum?«

»Das bedeutet ›Turm‹. So nennen mich viele – Ihr werdet schon bald herausfinden, wieso.«

Judith errötete so tief, dass sie die Hitze bis in den Magen spüren konnte. Sie war nicht sicher, was dieser gut aussehende Mann damit genau meinte, aber diesen Ton hatte Emeline schon so häufig angeschlagen, dass man ihn kaum missdeuten konnte. Ausnahmsweise sehnte sie sich nicht danach, der Halle zu entkommen und sich hinter ihren Tintenfässchen zu verstecken – heute Abend war *sie* die Farbe.

»Wo werden wir wohnen«, wagte sie zu fragen, »wenn wir verheiratet sind?«

Seine Miene verdüsterte sich etwas. »Ich habe Ländereien in der Nähe von Hereford im Westen. Eine wunderschöne

Gegend – üppig und fruchtbar. Es wird Euch gefallen, Judith.«

»Und dort seid Ihr der Herr?«

Seine Miene verdunkelte sich noch mehr, und er fuhr unruhig mit der Hand durch sein dichtes haselnussbraunes Haar. »Herr über diese Ländereien, ja, aber meine eigene Grafschaft ist es nicht.«

Die letzten Worte stieß er unwirsch, beinahe heiser hervor, und eilig bemühte sie sich, ihn zu besänftigen.

»Vielleicht gehören sie eines Tages ja doch Euch?«

»Vielleicht, wozu das auch nütze sein mag. Denn eigentlich ist Wessex das Land meiner Träume, Judith, aber das steht meinem Bruder Harold zu, denn er bekommt einfach alles. Macht Euch keine Illusionen, ich bin nur ein jüngerer Sohn und gehe meist leer aus.«

Der Abend war plötzlich nicht mehr ganz so fröhlich, aber sie war bei Hof aufgewachsen und ließ sich nicht so leicht entmutigen.

»Zumindest *seid* Ihr ein Sohn. Ich bin Graf Balduins Schwester. Da unser Vater tot und meine Mutter ins Kloster gegangen ist, bin ich die Letzte in der Blutlinie – eine Außenseiterin.«

Er musterte sie neugierig, dann ergriff er plötzlich ihre Hand. »Dann seid Ihr sogar noch perfekter für mich, als ich dachte, Judith von Flandern. Wir können gemeinsam Außenseiter sein. Könnt Ihr tanzen?«

»O ja.«

»Gut. Ich tanze ebenfalls gern.«

Judith dachte an Matilda in Eu. Stocksteif hatte sie in ihrem vor Juwelen erstarrten Gewand auf ihrem hochlehnigen Stuhl gesessen, während ihr Gemahl die vereinzelten normannischen Tänzer angestarrt hatte, als seien sie sagenumwobene Tiere, die er nicht verstand, und sie verspürte einen Anflug von Freude. Erleichtert, dass seine düstere Stimmung wieder verflogen war, ließ sie sich von Tostig – Torr? – auf die Tanzfläche führen und entdeckte zu ihrem Erstaunen, dass andere Paare eilig ihrem Beispiel folgten, als sei sie plötzlich jemand, die es wert war, ihm zu folgen. Dieser Gedanke gab ihr weiteres Selbstvertrauen, und sie reckte die Brust.

»Gott im Himmel«, sagte Torr, die Augen auf ihre Brüste gerichtet, die sich ihm unter dem zarten Stoff ihres Gewandes entgegenwölbten. »Ich glaube, je eher wir verheiratet sind, umso besser – findet Ihr nicht auch, Vater?«

Judith wandte sich erstaunt um und entdeckte Earl Godwin selbst auf der anderen Seite. Sie kniff die Augen zusammen, denn der große Engländer war eine blendende Erscheinung. Sein massiger Kriegerkörper war mit mehr Gold geschmückt, als Judith je in ihrem Leben gesehen hatte – noch nicht einmal an jenen kostbaren Tagen, an dem man ihr gestattet hatte, Adelas Schmuckkästchen zu erforschen. Zwei dicke, ineinander verschlungene Goldschnüre schlangen sich vom Handgelenk zum Ellbogen um seine Arme. Weitere bedeckten seine breiten Brustmuskeln. Seine dicken Finger waren mit Ringen geschmückt, und die doppelten Schließen seines Umhangs, die er auf beiden Schultern trug, glitzerten wie Boote, die einem leuchtend hellen Sonnenuntergang entgegensegelten.

»Freut mich, Euch kennenzulernen«, dröhnte er, nahm ihre Hand in seine beiden Pranken und schüttelte sie ernsthaft.

»Ganz meinerseits, Mylord. Ich habe viel von Euren großen Taten gehört.«

»Große Taten? Große Schätze, meint Ihr wohl, oder? Das ist alles, was man sich über mich erzählt.« Er sah nicht aus, als kümmere ihn das auch nur ein Jota. »Ihr seid eine höchst willkommene Ergänzung zu unserer Familie, Judith. Ich darf Euch doch Judith nennen? Bestens, bestens. So ein fortschrittliches Land, dieses Flandern, so aktiv, mit so vielen Verbindungen.«

»Ja«, bestätigte Judith und wünschte sich, ihr wäre etwas Intelligenteres eingefallen, aber Godwin schien das nicht zu kümmern.

»Ich strebe schon seit langer Zeit eine Allianz mit Eurer Familie an.«

Das klang nicht ganz nach der Wahrheit, und Judith blickte sich verlegen um, während der Earl weiter vor sich hin polterte und die letzten Paare sich zu der Tanzgruppe hinzugesellten. Torr streichelte ihre Finger auf höchst ablenkende Weise, und Godwin funkelte so sehr, dass sie sich kaum konzentrieren konnte. Dennoch erinnerte sie sich an das Gerede über die normannischen Berater König Edwards und wollte sich vergewissern, dass mit den Godwinsons trotzdem alles in Ordnung war.

»Ihr segelt mit König Edwards Segen?«, wagte sie zu fragen.

Godwin hob seine fleischige Hand. »So in etwa«, stimmte er zu und fügte plötzlich schwindelerregend vertraulich hinzu: »Könige sind widersprüchliche Wesen, Judith. Sie bitten einen um Rat und beklagen sich anschließend darüber. Sie verlangen Loyalität, aber sie erwidern sie nicht immer. Sie …«

»Still, Godwin«, unterbrach ihn seine Gemahlin Gytha und ergriff seine Hand. »Der Tanz beginnt, und die arme

Judith will sich ganz sicher nicht dein Männergegrummel anhören müssen.«

»O nein«, versicherte Judith ihr. »Ich bin sehr daran interessiert.«

Aber schon stimmten die Musikanten eine Melodie an, und Torr zog sie dicht zu sich heran. Seine freie Hand glitt um ihre Taille, um sie von dem Gerede der Könige wegzuführen, und sie gab bereitwillig nach. Sie hatte das Gefühl dahinzugleiten, so sicher war Torrs Griff, so gebieterisch seine Schritte, und da sie spürte, wie die anderen Mädchen sie eifersüchtig beobachteten, rückte sie noch etwas näher an ihn heran. Torr reagierte sofort, ließ die Hand hinabwandern, fast bis zu ihrem Gesäß, aber so federleicht, dass sie es fast nicht spürte, hätte nicht das Blut in ihren Adern gesungen.

»Nur die Ruhe«, rief Graf Balduin, der mit Adela vorbeitanzte. »Sie gehört Euch noch nicht, junger Mann.«

Judith war tödlich verlegen, aber Torr löste seinen Griff nicht eine Sekunde lang.

»Oh, ich glaube schon«, sagte er so leise, dass nur Judith ihn hören konnte. »Nicht wahr, meine Judith?«

Und, Gott stehe ihr bei, das tat sie.

Die Tage vergingen, jeder einzelne schwindelerregender als der nächste. Die Hochzeit war in sieben Tagen angesetzt, und jeden Tag suchte Torr sie auf, ritt an ihrer Seite, wenn sie in Brügge umherstreiften, brachte mit Feuereifer nur ihr sein erlegtes Wild von der Jagd mit und gesellte sich zu ihr, sobald sie die Halle betrat.

Eines Tages hatte sie eine ihrer Zofen, ein albernes Mädchen namens Aileen, ausgesandt, um ihr ein Gewand aus der Garderobe zu holen, und die törichte Magd hatte so lange gebraucht, dass sie ihr folgte, um nach ihr zu sehen. Sie fand Aileen im mittleren Vorzimmer, Judiths Gewand zerknüllt in ihren Armen, und das Haar zerzaust. Und dort, genau hinter ihr, stand Lord Tostig.

»Was tut Ihr denn da?«, fragte sie, unverblümt vor Überraschung.

»Ich bin gekommen, um nach Euch zu suchen, Judith.«

»Ich halte mich normalerweise nicht in Vorzimmern auf«, sagte sie und blickte misstrauisch zwischen Torr und Aileen hin und her.

»Das solltet Ihr auch nicht. Ich wollte gerade an Eure Tür klopfen, aber dann fand ich diese junge Dame einigermaßen aufgelöst in Eurer Garderobe vor.«

Aileen machte einen hastigen Knicks zur Seite, wobei sich ihr Fuß in dem Gewand verfing, sodass Judith die Hand ausstrecken musste, um sie zu stützen und zu verhindern, dass das Kleid zerriss.

»Mein ... mein Haar hat sich verfangen«, stotterte Aileen.

»An einem der Haken in der Garderobe«, ergänzte Torr. »Wahrscheinlich hat sie versucht, sich zu befreien, und es damit nur noch schlimmer gemacht. Ich hörte ihr Gewimmer, als ich auf der Treppe war.«

»Es tut mir leid, Komtess«, sagte Aileen mit zittriger Stimme. »Ich wollte Euer Kleid nicht ablegen, weil Gräfin Adela mich ermahnt hat, besonders sorgfältig damit umzugehen, deshalb hatte ich nur eine Hand frei, und ich bin manchmal ein wenig ungeschickt. Das wisst Ihr ja, fürchte ich, und ...«

Judith gebot ihr zu schweigen. Das Mädchen war nutzlos, sie würde sie nicht mit nach England nehmen. »Aber warum wolltet Ihr mich sehen, Torr?«, fragte sie.

»Warum? Oh. Ich … ich habe ein Geschenk für Euch.«

»Wirklich?« Er scharrte mit den Füßen, offenbar verlegen, und Aileen ergriff die Gelegenheit und floh an ihnen vorbei in Judiths Gemach. »Was denn?«

»Ich bedaure es inzwischen. Es war eine törichte Idee. Ihr seid zu zart, zu elegant. Lasst mich Euch etwas anderes besorgen, Judith.«

»Seid nicht albern. Was ist es?«

Er zog einen Ring – Gold mit einer verwirbelten Silberintarsie – vom kleinen Finger und streckte ihn ihr entgegen.

»Ein Zeichen für unsere innige Verbindung. Ich hielt es zunächst für passend, Euch einen meiner eigenen Ringe zu geben, aber ich fürchte, ich habe mich geirrt. Er ist zu derb und zu groß für Eure Schönheit.«

»Das ist er nicht.« Judith streckte die Hand aus, und Torr ließ den Ring auf ihren Daumen gleiten. Torr hatte schlanke Hände, und so passte der Ring tatsächlich. Sie würde vorsichtig sein müssen, dass er ihr nicht vom Finger rutschte, aber er gefiel ihr. Er schimmerte an ihrer Haut wie Goldschnitt auf einem Manuskript. »Er ist perfekt«, sagte sie.

»Wirklich?«

»Ja. Habt Dank, Torr. Ich werde ihn in Ehren halten.«

»Genau wie ich Euch.« Er kam näher, griff nach ihr wie zum Tanz und zog sie sanft an seine Brust, sodass es schien, als berühre beinahe jeder Teil ihres Körpers den seinen.

»Mylord«, protestierte sie. »Sollen wir das wirklich?«

»O ja, Judith«, antwortete er. »Wir sollten.« Und er war sich seiner Sache so sicher, dass sie nicht länger protestierte, sondern zuließ, dass er seine Lippen auf die ihren legte, so federleicht und sanft, und dennoch so verheißungsvoll, dass sie sich an ihn klammerte, als er sich schließlich zurückziehen wollte.

»Sollen wir?«, neckte er heiser.

»Wir sollten«, sagte sie entschlossen und streckte die Arme nach ihm aus.

»Oh, Judith«, sagte er. »Wir werden solch einen Spaß haben, du und ich, wenn wir erst einmal verheiratet sind.«

Und damit entzog er sich ihr, küsste seinen Ring an ihrem Finger und war verschwunden, sodass sie zitternd vor Wut und Begierde zurückblieb. War dies höfisches Benehmen oder genau das Gegenteil? Sie hatte keine Ahnung. Sie wusste nur, dass sie mehr davon wollte.

Sie trug den Ring beim Abendessen, wo Torr wieder ganz und gar der aufmerksame Begleiter war.

»Verzeiht, dass ich gehen musste«, sagte er zu ihr, als sie einen Augenblick für sich hatten. »Ich war ... überwältigt. Ich möchte Euch nicht entehren, aber, o Judith, unsere Hochzeit kann für mich nicht schnell genug kommen.«

Wärme durchflutete sie. Es *war* höfisches Benehmen gewesen. »Es sind doch nur noch zwei Tage«, flüsterte sie.

»Sie werden mir wie eine Ewigkeit vorkommen, und glaubt mir, Judith, wenn Ihr einmal wisst, was Ihr bis jetzt verpasst habt, werdet Ihr nachvollziehen können, warum einem zwei Tage so lang vorkommen können.«

»Ihr wisst es also?«

Er runzelte die Stirn und verbeugte sich tief. »Ich gestehe, ja. Ich bin nicht so rein wie Ihr, meine Geliebte – zumindest war ich es bislang nicht. Ich war jung, vielleicht sogar ein wenig wild, und natürlich ungebunden.«

»Und Ihr habt nichts dagegen, diese Freiheit zu verlieren?«

»Für Euch – niemals. Ihr seid genug Frau, sogar für einen Mann mit meinem Appetit.«

Flüchtig fragte sich Judith, ob ihr zukünftiger Gemahl auch später nur von den Freuden des Bettes sprechen würde. Er wollte ihr zweifellos schmeicheln, sie seiner Zuneigung versichern, aber so langsam war es ein wenig ermüdend.

»Erzählt mir von England«, schlug sie vor.

»England? Ein wunderschönes Land. Es wird Euch gefallen. Wir werden eine große Halle haben.«

»Wo?«

»Wo immer Ihr wollt. Ihr könnt Euch Vorhänge und Schmuck kaufen, wenn Ihr es wünscht. Wollt Ihr das? Meine Mutter kauft ständig Vorhänge. Und vielleicht können wir uns ein neues Bett kaufen – mit stabilen Pfosten. Das wird Euch gefallen, Judi.« Und schon war er wieder bei seinem Lieblingsthema gelandet, obwohl sich seine flüsternden Lippen an ihrem Ohrläppchen so köstlich anfühlten, dass sie gar nicht richtig verstand, was er sagte.

»Judith!« Sie zuckte vor Torr zurück, als Graf Balduin sich ihnen näherte. »Wieder er bei dir, Mädchen? Mein Gott! Kann ich dich vielleicht einen Augenblick von ihm loseisen? Deine Schwester ist da.«

»Meine Schwester?« Verwirrt blickte Judith ihn an.

»Oh, du weißt doch, wen ich meine – Matilda.«

»Matilda! Matilda ist hier? Jetzt?«

»Jawohl. Sie kam uns zu Ehren eigens aus der Normandie hergeritten. Ist das nicht liebreizend?«

Judith sah sich um. Offenbar war ihre Base an der Tür, wo sich viele aufgeregt schwatzende Menschen versammelt hatten.

»Und William?«, fragte sie nervös.

»Dir wird Matilda doch sicher reichen?«

Balduin ergriff ihren Arm und führte sie von Torr fort, so energisch, dass die Menge auseinanderstob, und in der Tat: Dort stand Matilda. Es war ein paar Monate her, dass Judith sie zum letzten Mal gesehen hatte, und sie wunderte sich darüber, dass sie schon ganz vergessen hatte, was für eine besondere Ausstrahlung ihre Base hatte. Matilda leuchtete so hell wie Earl Godwin, allerdings ohne auch nur eine Unze Gold an ihrer schmalen Gestalt. Sofort kam sich Judith ungeschlachter, hässlicher und irgendwie größer neben ihr vor. Aber dann hatte Matilda sie entdeckt, und ihr fein gemeißeltes Gesicht leuchtete mädchenhaft auf. Judith schämte sich ihrer selbst.

»Matilda!«, rief sie und eilte auf sie zu.

»Judi! Es ist so schön, dich zu sehen, und du siehst so gut aus. Ich schwöre, du bist doppelt so hübsch wie zum Zeitpunkt meiner Abreise, und da warst du schon hübscher als die meisten.«

Judith errötete. »Wie ist das Leben in der Normandie, Herzogin?«

Matilda lächelte über den Titel. »Gut, danke. Die Bevölkerung Rouens hat mich begrüßt wie eine Art Schatz, aber … nun ja, sie hatten seit Williams Großmutter keine Herzogin mehr, weißt du, und die ist im Jahre 1031 gestorben.« Sie beugte sich näher vor. »Wie du ja bei der Hochzeit gesehen hast, besteht das Herzogtum hauptsächlich aus Männern, die sich in die Brust werfen und einander bekämpfen, Judi. Aber ich arbeite hart daran, das zu ändern. Ich lerne immer mehr Edle Damen kennen und versuche, den unterschiedlichen Regionen der Normandie etwas von den höfischen Sitten zu vermitteln. Es ist nicht leicht, aber ich werde es schaffen, das schwöre ich.«

»Dessen bin ich sicher, Matilda. Und William geht es gut?«

»O ja! Er hat ein paar gute Neuigkeiten. Deshalb bin ich auch hier.«

Sie sah sich unruhig um, und Judith packte ihre Arme. »Du bekommst ein Kind, Matilda?«

»Das nicht, nein, obwohl es natürlich möglich wäre. William gibt sein Bestes. Wir teilen uns jede Nacht das Gemach, und ich schwöre, dass ich immer weniger zum Schlafen komme.«

Sie gluckste, ein leiser, kehliger Laut, den Judith von Emeline kannte, wenn diese ihre derben Witze riss und Geschichten erzählte. Würde auch sie bald auf diese Weise lachen? Sie sah zu Torr hinüber, aber der war von zwei Damen in Beschlag genommen worden und bemerkte sie gar nicht.

»Hast du schon meinen Bräutigam gesehen, Matilda?«, fragte sie und deutete stolz in seine Richtung. »Ist er nicht ein prächtiger Mann?«

»Er sieht sehr gut aus«, pflichtete Matilda ihr bei. »Und ist das sein Vater, Earl Godwin?«

»Ja. Sieh doch nur all das Gold, Matilda. Ich schwöre, er ist beinahe daraus gemacht. Torr zufolge ist das Brauch – ein guter Angelsachse trägt seine Schätze am Körper, um sie jedermann zu zeigen.«

»Und damit er sie bei sich hat, wenn er die Flucht ergreifen muss.« Matildas Stimme klang plötzlich hart, und wieder flackerte ihr Blick.

»Matilda, was ist los?«, fragte Judith. »Was ist geschehen? Du machst mir Angst.«

Matilda umfing ihre Hände so fest, dass es schmerzte. »Ich muss mit dir reden, Judi, und mit Vater ebenfalls.«

»Warum? Wann?«

»Jetzt. Ich muss sofort mit euch reden.«

»Aber das Abendessen ist beinahe fertig. Wir haben Gäste. Du hast Torr noch nicht kennengelernt, und es wäre sehr unhöflich, jetzt ...«

»Sofort, Judith! Komm.« Sie zerrte sie beinahe zu Graf Balduin hinüber, der entspannt mit Lady Gytha schwatzte, und Judith sah, dass Matilda sich auf jene beinahe königliche Art reckte, sodass sie beinahe doppelt so groß wirkte, als sie bei den beiden angelangt waren. »Es tut mir sehr leid, Vater, aber könnte ich eine Minute Eurer Zeit in Anspruch nehmen? Es geht um eine Sache aus der Normandie.«

Graf Balduin sah sie an, und Judith bemerkte, wie sein Blick sich veränderte und er sich auf ähnliche Weise aufrichtete wie Matilda.

»Natürlich. Hast du Lady Gytha schon kennengelernt?«

»Es ist mir ein Vergnügen«, sagte Matilda und ergriff die Hand von Torrs Mutter. »Ich freue mich darauf, mich in Kürze länger mit Euch zu unterhalten, aber mein Gemahl, Herzog William, bat mich, meinem Vater eine Nachricht zu überbringen, und das muss ich tun, bevor ich es hinterher noch vergesse, bevor ich wieder abreise!« Sie lachte glockenhell – ein Laut, der Judith durch Mark und Bein ging. »Kommst du, Judi? Ich habe dich so vermisst«, sagte sie dann leichthin und griff nach ihrem Arm. Und schon zogen sie sich von der Menge zurück.

»Was ist los?«, fragte Balduin, kaum dass sie allein in seinem Vorzimmer waren. »Was ist passiert?«

Matilda zog beide dichter zu sich heran. »Es sind die Godwinsons, Vater. Ihre Macht schwindet dahin.«

»Unsinn, Kind. Hast du sie denn nicht gesehen?«

»Doch, das habe ich. Und sie sind sehr begierig auf diese Verbindung, nicht wahr?«

»Das sollten sie auch. Judith ist für den Jungen eine hervorragende Partie.«

»Natürlich ist sie das, aber warum gerade jetzt?«

»Warum nicht jetzt? Judith ist achtzehn, der junge Mann vierundzwanzig – das ist ein so guter Zeitpunkt wie jeder andere. Was ist los, Matilda?«

Judith blickte nervös von ihrem Bruder zu ihrer Base und zurück. Hinter der Tür konnte sie die Stimmen der Höflinge hören, die sich dort amüsierten – und Torrs Stimme, die ihres Verlobten, der ebenfalls Spaß hatte. Sie wollte nicht hier mit diesen wütenden Regenten eingesperrt sein. Sie wollte Matildas Spielchen nicht mitspielen. Nicht mehr.

»Ich gehe zurück«, verkündete sie.

»Nein, Judith.« Wieder packte Matilda sie am Arm. »Hör zu. Der Erzbischof Champart von Canterbury hat William und mir einen Besuch abgestattet.«

»Und?«

»Er war Abt in der Normandie, bevor er mit König Edward nach England reiste. Er kennt William gut und hat von jeher seine … Interessen gefördert.«

Balduin sog ehrfürchtig den Atem ein, was Judith nur noch mehr verärgerte. Wen kümmerten schon die Machenschaften eines ehrgeizigen Klerikers?

»Ja und?«, fragte sie erneut.

»Und er sagt, dass König Edward die Godwinsons loswerden will. Er sagt, ihre Zeit ist abgelaufen.«

»Warum sollten wir ihm Glauben schenken?«

»Er sagt, Edward wird William an seinen Hof laden.«

»Er pflegt eben die gute Nachbarschaft.«

»Und dass er William zu seinem Erben ernennen will.«

Balduin machte einen eifrigen Schritt vor. »Zu seinem Erben, Matilda? William wird …« Er senkte die Stimme. »… König von England?«

»So behauptet jedenfalls der Erzbischof.«

»Und dann wirst du …«

»Königin.«

Sie sahen einander an, und Judith fühlte sich so ausgeschlossen, als sei sie gar nicht im Zimmer. Balduin legte Matilda die Hände auf die Schultern.

»Ich sagte doch *England*, oder nicht, Tochter? Ich habe es dir gesagt.«

»Das habt Ihr, Vater.«

»Und nun … Hast du schon die offizielle Einladung vom Hof erhalten?«

»Noch nicht, aber sie wird kommen, dessen bin ich sicher. Der Erzbischof gehört nicht zu den Männern, die leere Versprechungen machen.«

»Ich verstehe, ich verstehe. Königin von England, Matilda? Habe ich dir nicht gesagt, dass William eine gute Partie ist? Habe ich dir nicht gesagt, dass man sich eine Krone erkämpfen kann? Und wenn es überhaupt jemanden gibt, der gewinnen kann …«

Jetzt hatte Judith genug.

»Entschuldigt mich, Bruder.« Er blinzelte, als hätte er ihre Anwesenheit vergessen. Er *hatte* sie vergessen. »Bevor Ihr Euch vollends in Verzückung über dieses nebulöse Versprechen verliert, solltet Ihr daran denken, dass die Godwinsons niemals zulassen werden, dass ein Fremder den Thron besteigt.«

»Das ist wahr, aber …«

»Aber gar nichts, Bruder. Godwin ist schon seit König Knuts Regentschaft Earl in England, das habt Ihr mir doch selbst versichert. Er *ist* der englische Hof.«

»Und doch ist er hier und buhlt um eine Verbindung mit Graf Balduins Schwester«, wandte Matilda ein.

»Oh, und das ist so eine armselige Verbindung, nicht wahr? Bin ich im Vergleich zu dir ein so erbärmlicher Preis, Matilda, dass ihre Bemühungen gleich als verzweifelt eingestuft werden?«

»Nein. Oh, Judith, nein!«

Matilda versuchte, sie am Arm zu fassen, aber Judith riss sich mit mehr Kraft, als sie sich selbst zugetraut hätte, wieder los.

»Ich fühle mich geehrt, Herzogin, von Eurer Anwesenheit hier anlässlich meiner Hochzeit mit Torr Godwinson, aber wenn Ihr der Zeremonie beiwohnen wollt, dann tut dies als meine Stütze, nicht als meine Gegnerin.«

»Oh, Judith, ich bin doch nicht gegen dich. Ich will doch nur dein Bestes.«

»Und das ist Torr Godwinson. Wie können wir die englische Politik basierend auf den Behauptungen irgendeines Erzbischofs beurteilen, den wir noch nie gesehen haben? Das ist lächerlich, Matilda. Du bist einfach nur gelangweilt oder einsam oder … oder eifersüchtig, dass *ich* nach England heirate und nicht du.«

Matilda schnappte nach Luft, und Judith sah, wie ihr Tränen in die Augen stiegen. Sofort plagte sie das schlechte Gewissen, aber trotzdem: Matilda *durfte* ihr das jetzt einfach nicht antun. Die letzten Tage waren so schön gewesen. Sie war so glücklich gewesen, hatte sich so begehrt gefühlt. Das durfte man ihr nicht wegen irgendeiner Laune wegnehmen.

»Bitte, Bruder«, flehte sie Balduin an. »Sagt diese Hochzeit nicht ab.«

Graf Balduin seufzte tief. »Was sie sagt, entbehrt nicht einer gewissen Logik«, sagte er zu Matilda.

Diese hob die Hände. »Das ist wahr. Und es tut mir leid, Judi. Aber sag mir eins – warum sind nicht sämtliche Godwinsons hier? Warum hat Earl Harold seinen Bruder nicht zu diesem fröhlichen Fest begleitet? Und warum ist die Schwester der beiden, Königin Aldyth, nicht da, oder tatsächlich sogar ihr Gemahl, der König?«

»Sie sind eben sehr beschäftigt.«

»Zu beschäftigt, um sich eine Woche für den Sohn des ersten Earls Englands Zeit zu nehmen? Zu beschäftigt für einen Besuch, der die diplomatischen Zwistigkeiten zwischen unseren Ländern mit einem Federstrich hinfällig machen könnte – wenn es überhaupt das ist, was sie wollen?«

»Warum muss es hier um das gehen, was sie wollen? Was ist mit dem, was *ich* will, Matilda?«

»Das tut es in gewisser Weise ja. Du weißt, ich will nur dein …«

»Mein Bestes? Ja, ich weiß. Also lass diese dunklen Gedanken hinter dir und nimm einfach nur an meinen Hochzeitsfeierlichkeiten teil.«

Und damit drehte sich Judith auf dem Absatz um und stürmte auf die Tür zu, bevor man sie weiter verstimmen konnte. Sehr zu ihrer Freude eilte in diesem Augenblick Torr auf sie zu.

»Judith, da seid Ihr ja. Ich habe Euch vermisst.«

»Ach, wirklich? Nun, in zwei Tagen müsst Ihr mich nie wieder vermissen. Erzählt mir mehr von dem Bett, das wir bestellen werden.«

Das tat er nur zu gern, und als Godwin und Gytha und die jüngeren ihrer Kinder sich um sie versammelten, badete Judith in ihrer Aufmerksamkeit. Wenn auch nur ein Körnchen Wahrheit an diesem dummen Gerede des Erzbischofs war, würde diese Familie, ihre neue Familie, schon damit zurechtkommen. Matilda war nur eifersüchtig, weil sie, Judith, es war, die nun nach England gehen würde. Und wenn schon. Matilda hatte die Normandie gewählt, und nun würde sie sich damit begnügen müssen.

Kapitel 10

Rouen, September 1051

Matilda schritt in der großen Halle des hübschen Tour de Rouen auf und ab und schleuderte vereinzelte Blätter über die Bodendielen, als eine Gruppe Bittsteller aus der morgendlichen Audienz hinausgeleitet wurden. Sie war erschöpft und verdrießlich, und sogar das goldbraune Gebäck, das man auf dem Seitentisch als Mittagsmahl für sie bereitgestellt hatte, konnte sie nicht aufheitern. Sie war aus Brügge heimgekehrt, nur um festzustellen, dass William sich gerade auf den Weg machte, um eine Rebellion im Süden niederzuschlagen, und hatte sich in die Obhut La Barbes begeben müssen.

»Warum kann nicht er in *meiner* Obhut sein?«, hatte sie gefragt, aber William hatte nur gelacht und geantwortet, dass man in der Normandie wohl kaum eine weibliche Regentin tolerieren würde. Aber er sei sicher, dass sie Roger de Beaumont in Schach halten könne. Verärgert hatte sie beschlossen, sich doch in die Regierungsgeschäfte einzuschalten. Aber das war nicht so befriedigend verlaufen, wie sie gehofft hatte.

Die Rebellion ging von den Bellêmes aus, angeführt von Fulks kostbarer Giftmischerin Mabile, und anscheinend belagerte William die Grenzstädte Alençon und Domfront.

William hatte Fulk die Verantwortung für Alençon übertragen, und eine Weile hatten Matilda und Emeline sich darüber amüsiert, dass er nun seiner Angebeteten mit dem Schwert den Hof machte, aber schon bald hatte auch diese Vorstellung an Reiz verloren. Eine Belagerung dauerte offenbar ewig, und der Sommer war einsam und beschwerlich gewesen – ein herber Kontrast zu ihren ersten Wochen in der Normandie.

Als sie eine Woche nach ihrer Hochzeit nach Rouen geritten war, war sie mit Jubel begrüßt worden. Die Adeligen waren nur so in die Burg geströmt, allesamt begierig, sich dem wiederbelebten Hof anzuschließen. Wie es schien, kamen insbesondere Frauen aus ihren Löchern hervor, blinzelten angesichts des Tageslichts und waren ganz aufgeregt, weil das Leben dort droben so neu war. Fitz hatte sie begeistert einem Mädchen mit dunkler Haut und großen braunen Augen vorgestellt. Sie nannte sich Adelisa de Tosny, und Matilda hatte gehofft, nun die erste Hochzeitsfeier hier in der Normandie ausrichten zu können. Aber angesichts der Rebellion waren sämtliche Vergnügungen dieser Art zurückgestellt worden, als ob auch sie sich im Belagerungszustand befänden.

Das alles war so ungeheuer ermüdend, und zum ersten Mal in ihrem Leben konnte Matilda nicht so recht schlafen. Überrascht stellte sie fest, dass sie Williams nächtliche Aufmerksamkeiten im Bett vermisste, ebenso wie seinen warmen Leib, der sich am Morgen an sie schmiegte. Obwohl sie vollkommen erschöpft war, schlief sie keine Nacht mehr durch, wachte mindestens zweimal auf und hatte, von ein paar seltsamen kulinarischen Vorlieben einmal abgesehen, auch kaum Appetit. Alles deutete darauf hin, dass sie ein Kind erwartete, aber sie wusste nicht, ob sie sich deshalb so schlecht fühlte oder ob es an dem anstrengenden Leben an einem leeren Hof lag.

»Ihr solltet dem Herzog eine Nachricht schicken, dass Ihr seinen Erben erwartet«, sagte Cecilia fast täglich zu ihr, aber Matilda wollte ihm keine »Nachricht« schicken, sie wollte es ihm persönlich mitteilen. Sie wollte sehen, wie seine Augen bei der Nachricht aufleuchteten und sie voller Stolz ansahen, und sie wollte ihn auf die für ihn typische, seltsam steife Art versichern hören, dass er »zufrieden mit ihr« war. Sie schob die Nachricht also auf in der Hoffnung, dass die Belagerung siegreich sein und William zurückkehren würde, aber jeden Tag blieb der Horizont genauso leer wie am Tag zuvor.

Das Blatt wurde vom Wind, der durch die hohe Fensteröffnung eindrang, emporgewirbelt und verbarg sich in der Sicherheit eines Seitentisches.

Seltsam frustriert schritt Matilda zurück zu La Barbe, der Zeugenaussagen auf dem Podest ordnete.

»Wolltet Ihr eigentlich in den Krieg ziehen, Roger?«, verlangte sie zu wissen.

»Ich?« La Barbe zwirbelte an den nach oben gerichteten Enden seines Schnurrbarts herum. »Nicht wirklich. Mein Bein hindert mich daran.«

»Eine Kriegsverletzung?«

»Nein, nichts Ruhmreiches dieser Art. Ein Bein ist von Geburt an kürzer als das andere. Irgendein Hüftfehler. Manchmal schmerzt es, aber natürlich würde es mich nicht vom Kampf abhalten, wenn ich wirklich wollte. Um die Wahrheit zu sagen, Matilda: Ich bin glücklich da, wo ich bin. Ich kann mich auf einem Schlachtfeld durchaus behaupten, aber ich bringe nur ungern Menschen um. Ich habe einfach nicht den Mut, nicht wahr, Della?«

Seine großspurige Frau, die ihm dabei half, die steifen Pergamentstücke zu einem Stapel zusammenzutragen, schüttelte liebevoll den Kopf.

»Bei Blut ist er nicht zu gebrauchen. Er musste den kleinen Robbie den ganzen Weg vom Wald hierher mit geschlossenen Augen tragen, als sich der arme Junge einmal den Oberschenkel an einer Fallschlinge verletzt hatte.«

»So einfach war das nun auch nicht!«, protestierte Roger. »Robbie ist mein Sohn, deshalb spüre ich seine Wunden wie meine eigenen. Mit feindlichem Blut habe ich kein Problem.«

»Und wie war das damals, als ...«

»Na ja, ich jedenfalls bin froh, dass Ihr hier seid«, unterbrach sie Matilda, bevor die beiden weiterstreiten konnten. »Und nun kommt, berichtet mir, welche Neuigkeiten es heute aus dem Lager gibt.«

Sie wollte es eigentlich gar nicht wissen, denn anscheinend kamen immer nur schlechte Nachrichten aus dem Süden. Roger schilderte ihr immer wieder, dass die Truppen ihre Belagerungsstellung eingenommen hatten, William in Domfront und Fulk in Alençon, aber sie fand, von »Stellung« konnte keine Rede sein, so chaotisch, wie die Berichte über Überfälle, Ausfälle und Hinterhalte klangen. An diesem Morgen hatte ein Bote die fast schon heiter wirkende Botschaft überbracht, dass William selbst mit nicht mehr als zwanzig Mann eingekesselt worden war. Nur durch einen waghalsigen Ritt ein steiles Ufer hinab hatte er entkommen können.

»Dabei hätte er sterben können«, rief Matilda entsetzt aus.

»Ist er aber nicht«, sagte Roger. »William ist ein Glückspilz.«

»William ist ein *fähiger Kämpfer*«, korrigierte Matilda loyal und fügte hinzu: »War er schon immer so?«

»Keine Ahnung. Es kommt darauf an, ob man es wirklich

als Glück betrachtet, im Alter von sieben Jahren ein Herzogtum zu erben.«

»Es muss sehr schwer für ihn gewesen sein.«

»Es war für alle schwer. Er hat drei Beschützer bereits im ersten Jahr verloren.«

»Verloren?«

»Sie wurden getötet, Herzogin.«

»Gehörte Fitz' Vater dazu?«

»Nein, der kam später. Viel später.« La Barbe blickte düster drein, und dann sagte er plötzlich: »Hat William Euch das nie erzählt?«

»Wir hatten nicht die Zeit dazu.«

»Vielleicht nicht, aber die wird kommen. Ihr solltet ihn nach Osbern de Crépon fragen, Herzogin.«

»Er ist nicht hier, also kann ich ihn wohl kaum fragen!«, rief sie gereizt und drehte sich weg, nicht ohne den Blick zu bemerken, den Mann und Frau tauschten – er erinnerte sie an den Blick ihrer Eltern, wenn sie als Kind wieder einmal schwierig gewesen war. Sie seufzte.

»Ihr solltet Gräfin Herleva in Falaise besuchen«, riet Roger freundlich. »Das ist Domfront und Alençon viel näher, und vielleicht wird der Herzog zunächst dorthin reiten, sobald ihm der Sieg sicher ist.«

Matilda dachte nach. Diese Idee war gar nicht so schlecht, und außerdem mochte sie Herleva und stellte sich deren Heim als einen Ort voller Frieden und Freude vor – beides Dinge, die sie momentan dringend brauchte.

»Nun gut.«

»Schön. Ich werde Euch selbst hinbegleiten.«

Matilda musterte ihn eindringlich. »Ihr habt ebenfalls Langeweile!«

Er lachte. »Ich bin vielleicht ein wenig ruhelos, und wir wünschen uns alle Neuigkeiten. Wenn ich Euch sicher bei der liebreizenden Herleva abgesetzt habe, reite ich vielleicht nach Domfront, um mir ein Bild davon zu machen, wie die Belagerung voranschreitet.«

»Würdet Ihr das tun?« Matildas Gedanken überschlugen sich. »Ist das weit weg, Roger?«

»Einen Tagesritt.«

»Ich verstehe. Ist es gefährlich?«

Er verengte die Augen. »O nein, Herzogin Matilda. O nein, nein, nein – Ihr kommt nicht mit!«

»Es ist eine Belagerung, ja, also ist der Feind doch hinter seinen Burgmauern eingeschlossen?«

»Nun ja, schon, aber …«

»Und unsere Männer haben ihr Lager *davor* aufgeschlagen?«

»Ganz so ist es nicht, Matilda.«

»Doch, davon bin ich überzeugt. Mein Vater hat mir einiges über die Kriegsführung erzählt, Roger. Ich bin kein Unschuldslamm. William wird dort genauso gelangweilt sein wie wir hier. Er würde einen Besuch seiner Herzogin sicher begrüßen, besonders wenn sie Neuigkeiten für ihn hat.«

Sie legte eine Hand auf ihren Bauch, und Della eilte zu ihr hinüber.

»Dann ist es also wahr? Ich hatte mir schon so etwas gedacht. Ich sagte es noch letzte Woche zu Roger, nicht wahr, Roger?«

Roger erhob sich ebenfalls und lächelte. »In der Tat, ja. Das ist frohe Kunde, Herzogin.«

»Und der Herzog wird sich umso mehr freuen, oder nicht?«

»Das ist wahr. Ich werde es ihm persönlich mitteilen.«

»Nein, Roger, *ich* werde es ihm persönlich mitteilen.«

Doch nun sprach La Barbe ein Machtwort. »Nein, Herzogin Matilda. Es tut mir leid, aber ich kann Euch nicht gestatten, Euch in Eurem Zustand auch noch in Gefahr zu begeben.«

Matilda heulte frustriert auf. »Aber es *gibt* keine Gefahr!«

»Da irrt Ihr Euch. Ihr habt doch die Geschichten von räuberischen Hinterhalten gehört. Ich kann nicht zulassen, dass Ihr in dieses Gebiet reitet – das müsst Ihr einsehen.«

Matilda biss die Zähne zusammen. Sie sah es ein, aber es machte sie so wütend.

»Vielleicht«, sagte sie schließlich, »hat William sowieso schon gewonnen, wenn wir im Süden ankommen.«

»Vielleicht«, räumte Roger ein, aber keiner von beiden glaubte wirklich daran, denn diese Belagerung kam ihnen endlos vor.

Nur zwei Tage später jedoch, als ihre Reisegesellschaft auf der Straße von Rouen nach Falaise gerade Rast machte, kamen Boten herbeigeeilt.

»Großartige Neuigkeiten, Hochwohlgeboren. William hat die letzten der frei herumstreunenden Rebellenbanden ausgerottet. Jetzt harren nur noch die Bellêmes aus.«

»Was sie nicht allzu lange schaffen werden«, lachte Roger. »Nachdem sie jetzt so lange in Domfront eingesperrt waren, sind sie wahrscheinlich schon dabei, sich gegenseitig umzubringen.«

»Es ist also vorbei«, meinte Matilda, die hinzugetreten war, sodass die erstaunten Boten vor ihr auf die Knie sanken.

»Noch nicht«, widersprach Roger.

»Aber der Weg ist sicher.«

»Nein, Herzogin Matilda.«

»Ihr sagtet, ich könne nicht nach Domfront reiten, weil wir vielleicht in einen Hinterhalt geraten könnten. Und diese Bedrohung gibt es nicht mehr.«

»Stimmt schon, aber …«

Matilda sah, wie Roger sich verzweifelt nach Hilfe umsah, und er tat ihr ein wenig leid – aber nur ein wenig.

»Gott sah uns kommen«, sagte sie zuversichtlich zu ihm. »Er wünscht, dass ich sicher zu William gelange, um ihm meine Neuigkeiten zu überbringen und ihm Auftrieb zu geben, damit er die Rebellion ein für alle Mal niederschlagen kann.«

»Das glaubt Ihr?«

»Ich *weiß* es. Wo geht es nach Domfront?«

Sie spähte die Straße hinab. Genau vor ihr befand sich eine Kreuzung. Der nächste Weg führte westwärts nach Falaise, aber die anderen mussten nach Süden führen – zu William.

»Hier entlang«, antwortete Roger resigniert und deutete auf die rechte der beiden unteren Straßen. Aber Matilda bemerkte, wie die Boten einen Blick tauschten, und befahl ihnen, sich zu erheben.

»Befindet William sich immer noch dort?«

»Ich bitte um Verzeihung, Herzogin, aber vielleicht nicht. Domfront ist eine hervorragende Festung, und vor den Mauern gibt es nur einige wenige Scharmützel. Nun, da die Umgebung von Rebellen gesäubert ist, sprach der Herzog von einem Schlag gegen das verwundbarere Alençon.«

»Alençon? Das liegt eher im Inneren des Herzogtums, nicht wahr?«

»Ja, Herzogin.«

»Dann ist es für mich also sicherer?«

Die Boten blickten hilflos zu Roger hinüber, der nur noch mit den Schultern zuckte. »Die Herzogin ist entschlossen, ihren Gemahl zu besuchen.«

»Das stimmt«, bekräftigte Matilda.

»Dann solltet Ihr die Straße nach Alençon nehmen.«

»Diese hier?« Matilda deutete auf den linken Pfad.

»Diese, Herzogin.«

»Gut.« Matilda klatschte in die Hände, erleichtert, endlich etwas Sinnvolles tun zu können. »Wir reiten bei Morgengrauen.«

Als sie am darauffolgenden Tag gen Süden ritten, erhob sich die Sonne hell und strahlend über ihre Reisegesellschaft, warf ihr fröhliches Licht über das reife Korn auf den Feldern, und Matilda spürte, wie warme Freude über ihr neues Herzogtum sie durchströmte, während sie hindurchritt. Ihre Übelkeit war verschwunden, und der Bauch begann sich langsam zu wölben. Bislang nur ein ganz klein wenig, aber sie konnte es spüren, und sie wusste, dass auch William es spüren würde, wenn er ihr seine starken Hände um die Taille legte. Er würde begeistert sein. Sie trieb ihr Pferd voran und zwang die anderen, ihr Tempo dem ihren anzupassen.

Auf den Feldern befanden sich jede Menge Menschen, die den Sonnenschein nutzten, um ihre Ernte einzubringen. Als sie die Pferde hörten, verbargen sie sich zunächst, aber dann ging das Gerücht, dass dies keine Kriegerschar war, sondern ihre eigene Herzogin. Da eilten sie an den Wegesrand und riefen ihr Segenswünsche zu. Matilda erbat sich ein paar Pennys von Roger und verteilte sie, wo immer sie konnte. Als Gegenleistung drängten ihnen die Bauern Brot und Butter und weichen, gehaltvollen Käse auf, und als die

Sonne schon niedrig am blauen Himmel stand, machten sie Rast unter den Bäumen und labten sich an dieser einfachen Mahlzeit.

»Wie weit ist es noch?«, fragte Matilda Roger, der auf der Straße auf und ab schritt, während sie speisten.

»Nicht mehr weit. Ich habe Kundschafter ausgesandt. Deren Bericht werden wir abwarten.«

»Warten? Aber ich will …«

»Wartet, Herzogin, bitte.«

Er wirkte nervös, und Matilda versuchte, ihn zu verstehen. Sie befanden sich auf dem Terrain der Rebellen, und egal wie sehr sich die Bauern über ihren Anblick gefreut hatten, ein Trupp der Bellêmes würde sie wohl kaum ganz so herzlich willkommen heißen.

»Wir sind doch fast da«, stöhnte sie gegenüber Emeline und Cecilia.

»Und mir ist so heiß«, jammerte Emeline. »Herlevas Sitz in Falaise soll wunderschön sein. Ein Fluss soll genau durch das Anwesen fließen mit Weiden, die bis tief ins Wasser ragen und in deren Schatten Marmorbänke stehen.«

Ihre beiden Damen seufzten, und Matilda brachte sie verärgert zum Schweigen. »Wir haben noch Zeit genug, uns abzukühlen, wenn wir bei William und seinen Männern angelangt sind.«

Emeline wurde sichtbar munterer bei der Erwähnung von Männern. Auch sie hatte im leeren Rouen Trübsal geblasen, denn Raoul d'Amiens hatte es gewagt, ihren Avancen zu widerstehen. Er hatte seine Tochter erfolgreich mit Comte Evelin de Mortemer im Norden der Normandie verheiratet und war dann nach Frankreich zurückgekehrt. Anscheinend war er so verliebt in eine Frau am französischen Hof (zu Cecilias

Enttäuschung handelte es sich dabei nicht um seine eigene), dass er es nicht über sich bringen konnte, mit einer anderen herumzutändeln.

»Noch nicht mal einen Kuss habe ich bekommen«, hatte Emeline gequengelt. »Werde ich alt, Cecilia, ist es das? Verliere ich meine Anziehungskraft?«

»Hoffen wir es mal«, hatte Cecilia erwidert, dann aber Mitleid bekommen. Sie hatte die Freundin in die Arme genommen und ihr hübsches Gesicht mit Küssen bedeckt. »Ist es nicht bewunderungswürdig von ihm, Em, dass er sich für diese Dame aufspart, wenn sie ihm tatsächlich so sehr am Herzen liegt?«

»Absolut bewunderungswürdig«, hatte Emeline schwach zugestimmt. »Er ist eindeutig der wundervollste Mann, den ich je getroffen habe.«

Seitdem hatte sie ihm hinterhergeschmachtet. Aber nun, beim leisesten Dufthauch von Soldaten, regten sich ihre Lebensgeister aufs Neue.

»Ich wette, sie waren alle schrecklich einsam, weil sie da draußen festsaßen und keine Gesellschaft außer einander hatten. Bleiben wir über Nacht, was meinst du?«

»Ich denke schon«, antwortete Matilda. »Wir können wohl kaum im Dunkeln zurückreiten, nicht wahr?«

»Nein«, stimmte Emeline begeistert zu. »Und je länger wir hier warten, umso wahrscheinlicher ist es, dass wir bleiben müssen. Ich sollte vielleicht sogar ein Schläfchen machen, um mich zu erfrischen.«

Sie wickelte sich in ihren Umhang und lehnte sich zurück, aber kaum gab sie ein leises Schnarchen von sich, kehrten die Kundschafter auch schon zurück. Die Luft sei rein, berichteten sie, und William reite gerade ins Lager ein.

»Habt Ihr ihm gesagt, dass wir kommen?«, fragte Matilda ängstlich.

»Nein, Herzogin. Tut mir leid, Herzogin.«

»Das muss es nicht. Ich möchte ihn überraschen. Roger, brechen wir auf?«

»Ja«, stimmte er zu, obwohl er immer noch nervös wirkte.

»Beunruhigt Euch nicht«, sagte Matilda und tätschelte seinen Arm. »William wird Euch für diesen glücklichen Tag sicher belohnen.«

»Ich hoffe es, Herzogin, aber wir müssen trotzdem weiterhin vorsichtig sein.«

Das waren sie. Die Kundschafter ritten die ganze Zeit über voraus, und sie machten immer wieder endlos lange Pausen, um deren Rückkehr abzuwarten. Die Reise dauerte deshalb zweimal so lang, wie sie hätte sollen, und Matildas Hände zuckten an den Zügeln ihres Pferdes, so sehr wünschte sie sich, ihm die Sporen zu geben und davonzugaloppieren. Aber schließlich hatten sie den Schatten eines Wäldchens durchquert und sahen Alençon vor sich liegen. Die Stadt thronte auf einer kleinen Anhöhe am hinteren Ufer eines sanft dahinfließenden Flusses, der umgeleitet worden war und so einen breiten Burggraben bildete. An dem ihnen zugewandten Ufer versperrte ein großes Tor eine einzelne Brücke, das in der untergehenden Sonne lange Schatten in ihre Richtung warf. Das normannische Lager erstreckte sich über die Ebene und lag nur etwa dreißig Schritte von Matildas kleiner Gruppe am Rande des Wäldchens entfernt.

»Wo ist William?«, frage sie und suchte eifrig die Menge der Männer ab.

Ihr Ehemann war leicht zu finden – nicht weil er größer oder großartiger war als alle anderen, sondern weil sich das gesamte Lager um den soeben eingetroffenen Anführer zu scharen schien. Er sah gut aus, das Gesicht wettergebräunt und das Haar ein wenig länger als bei ihrer Hochzeit, und Matilda spürte, wie sich Verlangen in ihr regte. Ihr mächtiger Gemahl mochte ihr vielleicht keine Gedichte schreiben, aber er brachte ihren Puls zum Rasen. Sie schnalzte mit der Zunge, um ihr Pferd voranzutreiben, aber Roger griff nach ihrem Zaumzeug.

»Bleibt hier!«

»Warum?«

»Wir wollen doch nicht, dass die Bellêmes durchschauen, wer Ihr seid, oder? Ich weiß, Ihr wünscht William zu sehen, aber ein verrückter Ritt über eine leere Ebene ist wohl kaum der richtige Weg dazu. Er wäre wütend, wenn wir so ein unnötiges Risiko eingingen.«

»Was tun wir dann?«, fragte Matilda.

»Ihr bleibt hier. Ich werde zu William hinüberreiten und ihn bitten, auf ein Wort mit mir zu kommen. Ihr bekommt Eure Überraschung, versprochen – aber ohne dass wir uns in Schwierigkeiten bringen.«

Matilda lächelte ihn an, reckte sich zu ihm hinüber und gab ihm einen Kuss auf die Wange, sodass er errötete. »Ihr habt recht, Roger«, gab sie zu. »Und ich beuge mich Eurem weisen Urteil.«

»Ach, wirklich?«

Er wirkte so überrascht, dass sie sich schämte. La Barbe war ihr ans Herz gewachsen, und mittlerweile war er für sie so etwas wie ein freundlicher Onkel. Aber hier draußen hatte er eine ernste Aufgabe zu erledigen, und das musste sie respektieren.

»Natürlich – aber Roger, eilt Euch!«

Jetzt erwiderte er ihr Lächeln, zwirbelte mit einer kleinen Verbeugung an den Spitzen seines Schnurrbartes herum und packte die Zügel fester. Nachdem er sich nochmals gründlich umgesehen hatte, verließ er langsam den Schutz der Bäume. Matilda stieg vom Pferd und presste ihren zierlichen Körper gegen einen Baumstumpf, um ihn zu beobachten. Roger sah sich noch einmal um, um sich zu vergewissern, dass sie ihm auch wirklich nicht folgte, und sie winkte ihm ermutigend zu, bevor sie bemerkte, dass auf den Stadtmauern irgendetwas vor sich ging. Auf der Spitze waren nun Männer zu sehen, deren Gesichter sie im Gegenlicht der hinter der Stadt untergehenden Sonne jedoch nicht erkennen konnte. Und zuerst konnte sie auch nicht sehen, was sie taten. Sie schienen irgendetwas über die Mauern zu werfen, Banner vielleicht oder Flaggen, obwohl sich nichts in der Brise regte.

»Was ist das?«, fragte sie.

Cecilia kam an ihre Seite. »Ich glaube, das sind Tierhäute, Herzogin. Ich glaube, damit macht man die Mauern glatter, damit die Leitern der Belagerer nicht greifen können.«

Matilda blickte zu Williams Lager hinüber. »Aber da hat niemand eine Belagerungsleiter.«

»Nein.«

Cecilia blickte grimmig drein. Matilda sah wieder zur Stadt hinüber und entdeckte, dass die Männer die Tierfelle nun mit Stöcken und Schwertern und sogar mit langstieligen Löffeln traktierten. Sie schrien. Und trotz ihres derben südnormannischen Akzents waren die Worte deutlich zu verstehen: »Alençon wird nicht besiegt vom Bastard der Gerberstochter.« Sie wiederholten die letzten Worte immer wieder, hart und laut: »Bastard der Gerberstochter, Bastard der Gerberstochter, Bastard der Gerberstochter.« Der Spott hallte von den Mauern wider und floss über den Graben zu ihnen hinüber, verfing sich in den Bäumen, wo Matilda und ihre »Überraschung« kauerten und entsetzt zusahen.

Sie suchte erneut nach William. Er war starr vor Zorn, das Gesicht so bleich wie das Herz einer Flamme, und seine Hand umklammerte den Schwertknauf. Sie sah, wie er die lange Klinge aus der Scheide zog und den Finger probeweise über die Klinge fahren ließ. Selbst von ihrem Platz aus konnte sie das Blut sehen, das aus der Wunde floss. Er steckte den verletzten Finger in den Mund und sog bedächtig daran. Sie erschauerte und drückte sich gegen den Baum, während Roger sein Pferd zu ihnen zurückbewegte, die Augen unverwandt aufs Feld gerichtet.

»Ihr müsst fort, Herzogin«, zischte er, aber Matilda wollte nicht gehen. Nicht jetzt.

Odo, Williams Halbbruder, war schweigend an seine Seite getreten, nachdem sie die Beleidigungen über ihre Mutter gehört hatten, und nun riefen sie die anderen Männer herbei. Matilda sah, wie die wichtigsten Männer aus seiner Truppe sich um ihn scharten: Fitz, der sofort an seine Seite eilte, Fulk, der die Schultern straffte, als wolle er den Herzog in ihrem Schatten verbergen, und Hugues de Grandmesnil, der bereits die Pferde der Kavallerie herbeirief.

Ihre angespannten jungen Körper preschten voran, und Matilda vergrub die Hand tiefer in den Windungen der Borke. Roger beschwor sie, ihren Beobachtungsposten aufzugeben und sich zurückzuziehen. Emeline und Cecilia stimmten mit ein, aber sie wollte nichts davon hören. Sie wollte wissen, was für einen Mann sie geheiratet hatte, und nun würde sie es erfahren.

»Still!« Mehr sagte sie nicht, und schweigend gehorchten

sie, bewegten sich zu ihren eigenen Bäumen, als ob sie mit dem Wald verschmelzen könnten, der stummer Zeuge der Szenerie war.

Mittlerweile war Bewegung ins Lager gekommen. Die Männer stellten sich zu dicht gedrängten Quadraten auf. Matilda dachte flüchtig an Williams abfällige Bemerkungen über das chaotische Gedränge bei Hof und verstand jetzt seinen Ärger. Seine Soldaten bewegten sich mit einer Präzision, die beinahe schon schön war, und mit einer Zielstrebigkeit, die den warmen Boden vibrieren zu lassen schien und Matildas ganzen Körper erfasste.

Sie sah, wie die Männer auf den Mauern Alençons zögerten, hörte, wie ihr Hohngeschrei nachließ, aber dann erhob wieder ein Mann die Stimme, und sie stimmten erneut mit ein, als schämten sie sich ihrer momentanen Schwäche. William legte den Fuß in den Steigbügel seines Hengstes und schwang sich mühelos auf seinen Rücken, führte ihn ganz nach vorn vor die beinahe perfekten Linien seiner Männer, die sich entlang des Weges vor dem großen Brückentor formiert hatten. Irgendwo hatten seine Truppen einen riesigen Baumstamm gefunden, den sie nun gegen das Tor rammten, angeführt von Fulk, der so groß und breit war, dass er den Baum fast allein unter den Arm hätte nehmen können. Das laute Krachen von Holz an Holz zerriss die Luft und ließ das Geschrei der Spötter einen Augenblick lang verstummen, aber das Tor hielt.

Die Wachen auf den Türmen zu beiden Seiten schossen Pfeile und warfen Steine, aber Williams Bogenschützen erwiderten den Beschuss mit tödlicher Genauigkeit und vernichteten jeglichen Widerstand. Wieder rammten Williams Normannen gegen das Tor, wieder hielt es, und wieder und wieder. Aber die Männer, angefeuert durch Fulks Gebrüll, gaben nicht auf, und schließlich schrie das Holz förmlich auf, und die Torflügel gaben nach. Tausend Soldaten strömten sofort hindurch, auf die Brücke, auf Alençon zu, als ob der bittere Hohn der Stadtbevölkerung Sirenengesang gewesen wäre, der ihnen direkt in den Schwertarm gefahren war.

»Herzogin, bitte«, bat Cecilia. »Hier ist es nicht sicher.«

»Für die Rebellen bestimmt nicht«, pflichtete Matilda ihr bei und deutete auf die Stadt. Männer zogen die Tierfelle zurück und versuchten hastig, sich in Sicherheit zu bringen, die sie jedoch nicht finden würden.

Roger nickte mit versteinerter Miene, machte aber nicht noch einmal den Vorschlag zu gehen. Und Matilda konnte einige Zeit später deutlich beobachten, wie ihr Gemahl aus Alençon wieder auftauchte, eine lange Reihe von Männern an einem Seil hinter sich her führend, die von massigen Kriegern bewacht wurden.

»Gefangene?«, fragte sie, aber Roger antwortete nicht.

William führte sie langsam über die Brücke und hinaus bis zur Mitte seines Lagers, wo sie auf die Knie fielen wie lebendige Tafl-Spielsteine und dunkle, zerklüftete Schatten auf die kalte Erde warfen. Matilda war ihnen in ihrem Versteck so nah, dass sie ihre entsetzten Gesichter deutlich erkennen konnte. Alle Männer waren in der Blüte ihrer Jugend. Ihnen folgte eine ängstlich murmelnde Schar von Frauen, Kindern und schwächeren Männern, die von einem Wall aus Soldaten zurückgehalten wurden wie Vieh, sodass sie ihren Angehörigen keinerlei Trost spenden konnten. William verbreitete seinen planmäßigen Schrecken unter der Bevölkerung Alençons, und Matilda schaute wie gebannt zu.

William ließ das Ende des Seils fallen, und die Wachleute

rückten dichter heran, obwohl nicht ein einziger Gefangener mehr tat, als zu winseln oder William die gefesselten Hände bittend entgegenzurecken.

»Jetzt winselt ihr um Gnade?«, dröhnte er, und seine Stimme durchschnitt die Kakofonie aus Bitten und Weinen. »Ihr bittet mich um Gerechtigkeit und Anstand? Wo war *eure* Gerechtigkeit, als ihr diese Beleidigungen ausgestoßen habt? Wo war euer Anstand, als ihr einen Herrscher beleidigt habt, der nur das zu tun versucht, was das Beste für euch und für dieses euer Herzogtum ist?«

»Edler Herzog«, rief einer. »Wir haben uns geirrt. Wir waren dumm. Wir waren illoyal.«

»Und jetzt seid ihr geläutert?« William sprang von seinem Pferd und schritt zu dem Mann hinüber. »Jetzt seid ihr plötzlich loyal? So funktioniert das nicht. Nicht bei mir. Loyalität ist unerschütterlich. Sie entscheidet sich für Gefolgschaft und bleibt dabei. Sie schwankt nicht wie ein Schilfrohr im Wind.«

»Aber Ihr seid der Sieger, Edler Herzog, und dem unterwerfen wir uns voll und ganz.«

Williams Gelächter schien das Wasser aufzuwühlen und hallte von den nun leeren Mauern der Stadt wider.

»Natürlich tut ihr das. Schließlich habt ihr gar keine andere Wahl. Das ist keine Loyalität, sondern Schwäche.« Er schritt an der Reihe seiner Gefangenen entlang. »Ihr habt euch für die falsche Seite entschieden«, sagte er grimmig zu ihnen. »Wisst ihr auch, warum es die falsche Seite war? Weil es nicht meine Seite war. Ich wollte nur das Beste für euch, aber ihr habt euch mir widersetzt, und jetzt bedauert ihr es, ja? Ja?!«

Er hob das Kinn des nächstbesten Mannes, der in seinem Griff erbebte.

»Ja, Edler Herzog, wir bedauern es. Wir haben uns geirrt. Wir wussten nicht, wie stark Ihr seid.«

»Und jetzt wisst ihr es.« Williams Stimme war so eisig wie ein zugefrorener Fluss.

»Jetzt wissen wir es, Edler Herzog, und wir schwören Euch die Treue.«

»Nein!« William schritt die Reihe der Männer erneut ab. »Das ist nicht genug. Ich bin der Rebellion überdrüssig. Ich bin es leid, dass jeder kleine Zimmermann, jeder Marktschreier und, ja, jeder Gerber sich für einen besseren Mann hält als mich. Das – muss – aufhören.«

Er wandte sich um und hob die Hand. Zwei Männer hoben einen Blecheimer von einem nahegelegenen Feuer und bewegten sich vorsichtig damit auf ihn zu. Dicker, dunkler Rauch erhob sich in die kühle Luft, und William nahm einem von ihnen einen Knüppel ab und tauchte ihn hinein, hob ihn so hoch, dass alle den Teer sehen konnten, schwarz und widerlich wie eine mondlose Nacht troff er an dem Knüppel entlang und schwappte mit widerwärtig saugendem Geräusch in den Kessel zurück. Matilda nahm den beißenden Geruch in der Luft wahr und wich zurück, ohne jedoch den Baumstumpf loszulassen.

»Loyalität«, rief William und näherte sich dem ersten Mann erneut, den glänzenden Knüppel immer noch in der Hand. »Das ist alles, was ich von meinen Leuten erwarte, *alles*. Aber ich will, dass sie aus freien Stücken gegeben wird und dass ohne jeden Zweifel daran festgehalten wird. Ihr, Männer von Alençon, habt mir eure Loyalität verwehrt und überdies versucht, mich meiner Ehre zu berauben. Ihr seid Diebe, ihr alle, und sollt wie Diebe bestraft werden.«

Er nickte den Wachen zu, die den ersten Mann zu Boden

warfen. Einer hielt ihn mit ausgestreckten Armen und Beinen auf dem Boden, während der andere mit vier schnellen, brutalen Schwerthieben erst seine Hände, dann seine Füße von den wehrlosen Gliedern trennte. Blut floss und wurde vom harten Boden aufgesogen, als William selbst den kochenden Teer an jeden Stumpf hielt, geduldig darauf wartete, dass das Fleisch zu zischen begann und die Wunde versiegelt war, bevor er sich dem nächsten Stumpf zuwandte, wobei er die Schmerzensschreie des Verstümmelten gar nicht wahrzunehmen schien. Schließlich trat er zurück und drehte sein Opfer um, um in dessen schmerzumwölkte Augen zu blicken.

»Wie Diebe«, wiederholte er und machte weiter.

»Nicht noch mehr«, keuchte Matilda. »Doch sicher nicht noch mehr.«

Aber William hörte nicht auf, nicht ein einziges Mal. Er sah nicht an der Reihe der verzweifelten Männer hinab, die gegen ihre Wachen anzukämpfen versuchten, die vergeblich versuchten, sich den Schmerzensschreien und dem Gestank des versenkten Fleisches ihres Nachbarn zu entwinden. Er sah nicht zu den Frauen hinüber, die weinten und um Gnade flehten, und auch nicht zurück in die Reihen seiner Soldaten, die mit gesenkten Köpfen hinter ihm Stellung bezogen hatten. Er sah nirgends hin, nur in die besiegten Augen seiner Opfer, die im Staub zu seinen Füßen ausgebreitet lagen, verätzt an jedem Glied. Er hörte erst auf, als sein Werk endlich, zweiunddreißig Männer später, vollbracht war. Mit einem kurzen Nicken befahl William seinen Wachen zurückzutreten, und die Menschen von Alençon rannten zu dem, was von ihren Männern übrig geblieben war.

»Werden sie überleben?«, flüsterte Matilda.

»Die meisten«, antwortete Roger. »Sie werden als Mahnung dienen, wo ihre Loyalität liegen sollte. Wo sie liegen *wird.*«

»Aus freien Stücken gegeben?«

Er sah sie an. »Nicht frei genug. Aber was bleibt ihm anderes übrig? Er hat die Wahrheit gesagt, Matilda – er will nur das Beste für sie, doch sie widersetzen sich ihm immer wieder.«

Matilda legte die zitternde Hand auf ihren Bauch. Der Mann, der diese armen Opfer zu einem elenden Leben verdammt hatte, hatte auch dieses Kind in ihr gezeugt – und sie hatte es genossen. Die Hand, die den Teer auf das blutende Fleisch gehalten hatte, hatte zärtlich ihre nackte Haut gestreichelt, sodass ihr Herz wild gepocht hatte angesichts der Macht, die ihr Partner über sie hatte. Und sie war hergekommen – wie eine ahnungslose Törin –, um ihm von ihrem Kind zu berichten, als ob hier der Maientag gefeiert würde und kein Krieg herrschte. Nun, jetzt war sie nicht länger unschuldig und würde nie wieder töricht sein.

»Wir müssen gehen«, sagte sie und löste endlich die Finger vom Baum.

»Endlich.«

Roger war nur allzu erpicht darauf, sie von hier fortzubringen. Emeline und Cecilia folgten, sagten aber kein Wort und bewegten sich sehr langsam, vorsichtig, als ob ein Teil ihrer selbst mit den Händen der Stadtbewohner abgetrennt worden wäre. Ihre Wachen umklammerten ihre Schwerter und sahen sich angespannt um. Ein Mann zerzauste sogar das Gras hinter ihnen, als sie abzogen, um sämtliche Spuren ihrer Anwesenheit zu vernichten. Matilda sah Roger in die Augen.

»Wir waren niemals hier.«

»Niemals, Herzogin.«

Wenn es doch nur tatsächlich so gewesen wäre. Wenn die Spur dieses furchtbaren Tages sich doch nur genauso leicht aus ihrem Herzen hätte tilgen lassen wie aus dem Gras. Aber Matilda war klar, dass Williams Axt dafür viel zu tief eingedrungen war. Sie hatte wissen wollen, was für ein Mann William war. Jetzt wusste sie es und musste sich der Tatsache stellen, dass sie sich für ihn entschieden hatte. Sie hatte Männern wie Brihtric mit ihren Gedichten und Blumen und dem Tanz den Rücken gekehrt und sich einen Mann ausgesucht, der ihr eine großartige Zukunft bieten konnte. Sie musste alles akzeptieren, was damit einherging – aber es so deutlich vor Augen geführt zu bekommen, hatte ihre Seele bis ins Mark erschüttert. Und so war es ein langer, dunkler Weg, der sie in jener bitteren Nacht von Alençon fortführte.

Kapitel 11

Falaise, Oktober 1051

»Meine Liebste, meine Herzogin.« Vor der aufgeregt zusammengelaufenen Menge vor Herlevas hübschem Heim in Falaise umfing William ihre Schultern. »Meine Mora«, fügte er mit leiser Stimme hinzu. »Oh, wie wahrhaft froh bin ich, dich zu sehen.«

»Und ich dich«, antwortete Matilda und versuchte, ganz natürlich zu klingen, obwohl ihr Herz wild pochte, weil er ihr so nahe war.

Fast einen Monat lang hatte sie hier in Falaise gewartet, während William die Kapitulation Domfronts ausgehandelt hatte – was keineswegs schwer war, nachdem die Nachricht von Alençon die übrigen Rebellen erreicht hatte. Sie wurde gut umsorgt von Herleva und Herluin, die nicht in der strengen herzoglichen Burg auf dem Hügel über Falaise lebten, sondern in einem einfachen Fachwerkhaus auf dem sanften Weideland in der Nähe des lieblichen Flusses. Doch sie hatte nur wenig Frieden gefunden, da die Bilder dieser neuen Seite ihres Ehemanns in Alençon sie nicht losließen. Und jetzt stand William vor ihr und blickte verwirrend liebevoll auf sie herab.

»Ich habe von dir geträumt«, sagte er. »Ich habe davon

geträumt, dich im Arm zu halten, neben dir zu liegen.« Sein Arm glitt um ihre Taille und hielt inne.

»Matilda?«

Man konnte es nicht mehr verbergen. Ihre kostbare »Überraschung« war mittlerweile für jedermann deutlich erkennbar.

»Ich erwarte ein Kind, William.«

»Wirklich?« Er wirbelte zu der Menge herum und hob die Hand, als hätte er gerade einen Kampf gewonnen. »Meine Frau trägt den nächsten Herzog der Normandie unter dem Herzen. Gott sei gepriesen! Wir stehen in seiner Gunst. Jetzt schon stehen wir in seiner Gunst.«

Die Menge jubelte lauthals.

»Wann soll es kommen?«, fragte William, als ob sie allein in ihrem Schlafgemach wären und nicht umgeben von einigen Hundert Soldaten.

»Im nächsten Frühjahr.«

»Das ist der beste Zeitpunkt. Ich kam zur Welt, als die Tage kürzer wurden und nicht länger. Meine ersten Monate verbrachte ich in Kälte und Dunkelheit, aber dieses Kleine hat da mehr Glück.«

»Ich bete darum.«

»Und dir geht es gut, Matilda? Du siehst ein wenig besorgt aus.«

»Nur um seine Sicherheit, mein Herzog.«

»Nenn mich William, bitte. Hast du mich denn schon vergessen?«

Matilda versuchte zu lächeln, aber es stimmte, dass sie diesen höfischen William durchaus vergessen hatte. Er war von einem anderen, schwarz geteerten Krieger ausgelöscht worden, und doch stand er jetzt hier und bedachte sie offen mit seiner Aufmerksamkeit – vor allen anderen Männern, die ihm dabei geholfen hatten, der niederen Stadtbevölkerung die Hände und Füße abzuhacken.

»Ist der Krieg vorüber?«

»Er ist vorbei, meine Liebste. Die Bellêmes sind unterworfen, und der Süden gehört wieder uns. Wir haben viele von ihnen als ehrenvolle Geiseln mitgebracht, so auch ein adeliges Mädchen, das vielleicht, eines Tages, diesem kleinen Prinzen eine gute Gemahlin sein kann.«

Er tätschelte ihren Bauch, und Matilda blinzelte. Ihr schwirrte der Kopf bei dem Gedanken, dass das Kind in ihrem Bauch eines Tags so weit sein würde zu heiraten.

»Du hast gerade erst von der Existenz des Kindes erfahren, William, und hast schon Pläne für seine Zukunft?«

»Warum denn nicht?«

Matilda sah ihren Gemahl schärfer an, und er konnte ihr nicht in die Augen blicken. »Du wusstest Bescheid, William.«

»Was wusste ich?«

»Du wusstest von dem Kind. Irgendjemand hat es dir erzählt. Wer war es?«

»Spielt das eine Rolle?«

»Für mich schon. Ich wollte dich überraschen.«

Er beugte sich herab und küsste sie. »Und dafür liebe ich dich, glaub mir. Aber ich mag, wie du weißt, keine Überraschungen. Ich weiß lieber Bescheid.«

»Also, wer hat es dir gesagt? War es Roger?«

»La Barbe? Nein! Niemand so Hochstehendes.«

Das war zumindest eine Erleichterung. Roger sollte für sie ein viel größeres Geheimnis bewahren als das Kind.

»Wer dann?«

»Das spielt keine Rolle, Matilda. Ich habe überall meine Leute. Ich bin eben gern informiert.«

»Du hast Spione auf mich angesetzt?«

Sie schauderte. War einer von Williams Spionen auch bei ihrer kleinen Reisegesellschaft nach Alençon dabei gewesen? Wusste er darüber auch Bescheid? Wenn ja, dann ließ er sich nichts anmerken.

»Aus deinem Mund klingt das so düster. Ich will einfach nur so schnell wie möglich alles erfahren, Matilda. Es ist wirklich nicht so wichtig. Ich habe dieses Kind mit dir gezeugt, und das ist das Einzige, was zählt. Komm, sei nicht verärgert. Ich habe genug Härten im Krieg erlebt, und die möchte ich in Gesellschaft meiner Frau abschütteln.«

Ein Bild von ihm, den Knüppel mit dem Teer in der Hand, stand ihr mit einem Mal so deutlich vor Augen, als hätte der Teufel persönlich es dorthin gemalt. Sie blinzelte und taumelte. William fing sie auf.

»Matilda, fühlst du dich nicht wohl?«

»Doch, es geht mir gut, William. Ich kann nur nicht so lange stehen.«

»Natürlich, natürlich, und ich halte dich vor diesen ganzen Menschen hier fest. Komm hinein. Wir setzen uns hin. Tretet zurück für die Herzogin!« Die Menge wich sofort zurück, und William führte Matilda persönlich über den Hof, in die hübsche hölzerne Halle und hinauf zu ihrem Thron an der Stirnseite des Raumes, der nun mit einem Fußhocker für ihre kurzen Beine ausgestattet war. »Brauchst du irgendetwas? Ein Kissen? Eine Decke? Es ist ziemlich kühl, oder?« Er schnippte mit den Fingern. »Ein Glas warmen Wein für meine Gemahlin!«

Gemahlin! Dieses Wort schmerzte. Sie dachte daran, dass ihre Ehe noch nicht vom Papst genehmigt worden war und nach Maßgabe der Kirche auch wieder annulliert werden konnte, aber dann tat sie diesen Gedanken schnell wieder als Schwäche ab. Sie konnte sich ein solches Resultat nicht wünschen, denn dann wäre ihr Kind ein Bastard, und sie musste täglich mit dem Wissen darum leben, was das aus einem Kind machen konnte.

Matilda nahm den Kelch von William entgegen und staunte, wie sehr er sich um sie kümmerte, wie er persönlich eine weiche Decke über ihre Beine legte – wie der beste Gemahl der Welt. Und tatsächlich war er der beste Mann der Welt, was also spielte der Rest für eine Rolle? Der Krieg war Männersache. Zweifellos hatte auch ihr Vater seinen Feinden Grausamkeiten angetan und war dann heimgekehrt, um im Kinderzimmer mit ihr und ihren Geschwistern herumzutollen. Zweifellos hatte Lord Brihtric viele Waliser im Zorn erschlagen, und sie musste den nagenden Zweifel in ihrem Herzen zum Schweigen bringen, ob es nun so gewesen war oder nicht. Der Krieg war für die Männer ein Spiel, ein Tafl-Brett des Lebens. Das Blut haftete nicht an ihrer Haut, also vielleicht auch nicht an ihrer Seele. Nur durch ihre Schwäche hätte ihre eigene Seele Schaden nehmen können.

»Die Belagerungen sind endgültig aufgehoben?«, wagte sie die Frage an William.

»Das ist wahr. Du hast davon gehört?«

»Nein.«

Das traf zu. Niemand hatte seit jener dunklen Nacht, in der sie sich davongeschlichen hatten, von Alençon gesprochen.

»Es war sehr hässlich. Männer sind gestorben – wenn auch weniger, als hätten sterben können. Der Süden ist jetzt unterworfen. Und die Bellêmes ebenfalls.« Plötzlich grinste er. »Fühlst du dich stark genug, meine Liebste, Fulks frischgebackene Gemahlin kennenzulernen?«

»Gemahlin?«

»Odo hat die beiden in Domfront in der Nacht der Kapitulation miteinander vermählt. Sie spuckte vor Wut, aber Odo übertönte sie mit irgendeiner hochtrabenden Predigt, und Fulk schien das alles nichts auszumachen.«

»Mabile de Bellême ist hier?«

»Fulk lässt sie nicht aus den Augen, und das ist auch gut so. Wenn er sie zähmen kann, Matilda, dann erweist er mir damit einen riesigen Dienst.«

»Muss denn ein Mann seine Frau zähmen?«

»Dieser hier schon. Fulk! Bring deine liebreizende Frau zu uns, damit sie die meine kennenlernt, ja?«

Matilda blickte sich um und war froh, Emeline und Cecilia genau hinter sich zu entdecken, als Fulk sich durch die Menge drängte und mit heiterer Miene eine um sich schlagende Frau hinter sich her zerrte, als sei sie nicht mehr als eine Strohpuppe.

»Lasst mich los!«, spie sie hervor und zerrte wütend an den breiten Armen ihres frischgebackenen Ehemanns, aber Fulk zuckte nicht einmal zusammen, als er sich vor Matilda verbeugte.

»Meine Herzogin, darf ich Euch meine Gemahlin vorstellen, Mabile de Bellême.«

Mabile hörte auf, an ihm herumzuzerren, und richtete sich zu voller Größe auf – und sie war sehr groß. Matilda war froh, dass sie saß, denn neben dieser Frau hätte sie ausgesehen wie ein Zwerg. Und sie war atemberaubend schön. Matilda war sofort klar, warum Fulk de Montgoméri so fasziniert von ihr war. Sie hatte dunkles Haar, hoch liegende Wangenknochen und hellbraune Augen, die so schmal waren wie die einer Katze. Sie trug eine elegante dunkelgrüne Robe, die ungeheuer schmal geschnitten war und ihre schlanke Figur umschmeichelte. Ihre Finger, die in Fulks gefangen waren, glitzerten im Kerzenlicht. Matilda beugte sich vor und sah, dass jeder einzelne Nagel mit einem Diamanten besetzt war, der tief im Fleisch verankert war. Mein Gott, wie weh das getan haben musste!

»Herzogin«, sagte Mabile kalt und neigte den Kopf nur so wenig wie möglich.

Matilda spürte das Prickeln der Beleidigung im Blut und löste den Blick von den diamantenbesetzten Nägeln des Neuankömmlings.

»Willkommen, Madame Mabile«, sagte sie ebenso kalt. »Ihr freut Euch sicher, nun wieder frei zu sein.«

»Frei?« Mabile warf Fulk einen verächtlichen Blick zu, der immer noch ihre Hand festhielt.

»Aber ja. Die Fesseln der Ehe sind sicher leichter zu ertragen als die, die die meisten anderen Rebellen erdulden müssen.«

Mabile keuchte, aber dann fasste sie sich wieder. »Ich bin keine Rebellin, Herzogin. Ich bin nur eine Frau, die das tun muss, worum man sie bittet.«

»Kommt schon. Ich bin sicher, Ihr habt Eure Möglichkeiten, Euren frischgebackenen Gemahl herumzubekommen?« Fitz, der genau hinter Mabile stand, lachte auf. Mabile zuckte zusammen und sah sich verwirrt um. »Wenn Ihr Rat braucht«, fuhr Matilda fort, »können wir unser Gespräch gern in den Frauengemächern fortsetzen.«

Sie legte die Hand leicht auf ihren Bauch, und es erhob sich noch mehr Gelächter. Mabile war fuchsteufelswild.

»Gut gesprochen, Herzogin«, flüsterte Emeline in Matildas Ohr, und Matilda schenkte ihr ein leichtes Lächeln.

Ein Teil ihrer selbst lag immer noch zitternd im Wäldchen bei Alençon, aber sie war jetzt eine Herrscherin, und sie durfte nicht zulassen, dass dieser Teil von ihr die Oberhand gewann. Sollte William auf dem Schlachtfeld so kämpfen, wie er es für richtig hielt – sie würde das Gleiche bei Hof tun. Sie warf die Decke von ihren Knien und erhob sich.

»Fitz, Ihr seht gut aus. Nicht zu fett.«

Er gluckste und verbeugte sich tief. »Das Einzige, was dicker geworden ist, ist meine stolzgeschwellte Brust wegen unseres Sieges. Und die kann mit der Wölbung Eures Leibes nicht mithalten, Herzogin. Ihr seht strahlender aus denn je, obwohl Ihr Euch ohne uns doch sicher zu Tode gelangweilt habt?«

Matildas Augen huschten zu Roger de Beaumont hinüber. »Es war ausgesprochen langweilig«, stimmte sie zu. »Gott sei Dank seid Ihr zurückgekehrt. Ich vermute, Ihr habt derweil Eure Tanzkünste vervollkommnet?«

»Natürlich. Etwas anderes haben wir am Lagerfeuer nicht getan.«

Er schnappte sich Hugues' Hand, und zusammen legten sie ein witziges kleines Tänzchen aufs Parkett. Fitz übernahm den Part der Dame und ließ sich von dem schlankeren Hugues führen, wobei er seinen wilden Schopf schüttelte, als sei er dreimal so lang, und scheinbar geziert die Füße hob. Diesmal war Matildas Lächeln echt. William hatte die Normannen nicht im Alleingang bestraft. All diese hart arbeitenden Normannen hatten ihm dabei geholfen. Sogar der stets lächelnde Fitz und der ruhige, sanfte Hugues waren Teil dieser Aktion gewesen. Sie taten, was getan werden musste, und dann machten sie mit ihrem Leben weiter – genau wie sie selbst es tun musste.

»Ihr lügt, Fitz«, sagte sie.

»Ich täusche nur etwas vor. Kommt, Ihr könnt es uns jetzt beibringen.«

Aber William hob die Hand. »Gleich. Erst möchte ich Euch hier haben: Fitz, Fulk, Hugues, Roger – bitte.«

Verwirrt rückten sie näher.

»Seit Jahren«, sagte William und erhob die Stimme, sodass alle sich ihm zuwandten, »rät man mir, auf die Älteren zu hören, die mich lenken und leiten können, und da ich weiß, wie wertvoll Lebenserfahrung ist, habe ich das versucht. Aber diese Rebellion hat mir vor Augen geführt, dass Erfahrung nicht unbedingt ein Ersatz für Mut ist, und ganz sicher ist sie nichts gegen Loyalität.« Matilda erschauerte, aber William sah seine Männer mit solcher Freude und Wärme an, dass auch ihr langsam wieder warm wurde. »Diese jungen Männer haben bei unserem Feldzug bewiesen, dass sie die besten Ratgeber, Unterstützer und Kämpfer sind, die ich überhaupt haben kann, und ich möchte sie für die Dienste, die sie mir erwiesen haben, durch Titel belohnen.«

Matilda sah, wie die Männer Blicke tauschten – verlegen, aber erfreut –, und sie musste William bewundern. Er war von einem tiefen Ernst beseelt und so sehr von dem überzeugt, was er für richtig hielt.

»Wilhelm FitzOsbern, ich möchte, dass Ihr das Amt übernehmt, das vormals Euer geschätzter Vater innehatte – ich ernenne Euch zu meinem Seneschall.«

Fitz' Augen weiteten sich sogar noch mehr als sonst, und er verbeugte sich ungeschickt, wobei er voller Freude zu der zierlichen Adelisa de Tosny hinüberblickte, die gebührend beeindruckt wirkte. Matilda erinnerte sich daran, wie angespannt William gewesen war, als er an jenem ersten Abend in der Normandie von Fitz' Vater gesprochen hatte. Ihr Eindruck war, dass Fitz sich stets nach Kräften bemühte, in dessen Fußstapfen zu treten. Sie war froh, dass dies nun Anerkennung fand, und beschloss, dass sein nächstes großes Ereignis seine Hochzeit sein sollte.

»Hugues de Grandmesnil, Ihr seid mein bester und gewissenhaftester Reiter, und so ernenne ich Euch zu meinem Rittmeister.«

Der schlanke Hugues wurde hochrot und strahlte, als stünden seine prächtigen Kriegsrösser hinter der Menge und klatschten in die Hufe vor Freude.

»Fulk de Montgoméri, Ihr habt viel Mut bei der Unterwerfung des Südens bewiesen …« Die Höflinge erlaubten sich ein leises Kichern, als Mabile an Fulks Seite hörbar knurrte »… deshalb mache ich Euch zum Oberbefehlshaber.«

»Mein Herzog, Ihr seid zu gütig …«

»Bin ich nicht. Ich belohne lediglich Eure treuen Dienste. Ihr alle seid für mich von hohem Wert, und das solltet Ihr wissen. Und zum Schluss Roger de Beaumont. Ihr habt meine Regierungsgeschäfte übernommen und für die Sicherheit meiner Frau gesorgt.« Roger und Matilda tauschten einen weiteren nervösen Blick. »Ich ernenne Euch zu meinem Kämmerer.«

»Ich … ich danke Euch«, stammelte Roger, zwirbelte unermüdlich an den Spitzen seines Schnurrbarts herum und kämpfte mit den Tränen der Rührung, die die umstehenden grimmigen Krieger sicher nicht gutgeheißen hätten.

»Und ich Euch. Ich werde dafür sorgen, dass die Ernennungsurkunden morgen fertig sind, und mein teurer Bruder Odo kann sicher einen größeren Gottesdienst ansetzen, um Euch alle zu segnen. Aber jetzt lasst uns erst einmal feiern!«

Das ließen sich die Männer nicht zweimal sagen, und der Abend verging mit Lachen, Scherzen und Necken. Die Kälte des Krieges wurde unter dem Deckmantel höfischer Lustbarkeiten verborgen. Fitz wirbelte unermüdlich Adelisa de Tosny durch die Halle, und der stille Hugues, der von seinem neuen Titel ganz berauscht war, ließ sich von einer lachenden Emeline ebenfalls auf die Tanzfläche ziehen. Sogar der große Fulk machte einen ausgelassenen und fröhlichen Eindruck, und das, obwohl Mabile ihm vernichtende Blicke zuwarf und seine Aufmerksamkeiten beharrlich zurückwies, und er deshalb die gut gelaunten Neckereien seiner Freunde ertragen musste. Matilda harrte auf dem Thron an Williams Seite aus und beobachtete die Königin der Rebellen unbehaglich. Und als Emeline schließlich pausierte, ging sie zu ihr hinüber.

»Ist dir in dieser netten Gesellschaft schon jemand ins Auge gefallen?«

»Ich hatte bis jetzt kaum Gelegenheit, mir jemanden auszusuchen«, grollte Emeline. »Ich habe nämlich den Fehler gemacht, Hugues de Grandmesnil zu fragen, was besser ist, Stute oder Wallach, und seitdem redet er in einem fort. Er findet das Thema total interessant. Das ist ja ganz süß, aber du lieber Himmel, er spricht ununterbrochen darüber, sogar während des Tanzens! Wusstet Ihr, dass es die Römer waren, die als Erste unsere einheimischen Ponys mit größeren Stuten gekreuzt haben, um die wunderbaren Kreaturen zu erschaffen, die wir heute reiten?«

»Nein.«

»Ich auch nicht. Und bringt mich dieses Wissen irgendwie weiter? Nein. Habe ich deshalb die halbe Nacht verloren? Ja!«

»Dann ist es ja ein Glück, dass die andere Hälfte der Nacht

noch übrig ist. Siehst du diesen Mann dort? Ist er nicht gut aussehend?«

Matilda deutete auf einen langbeinigen jungen Mann, der Mabile den ganzen Abend lang überallhin gefolgt war, als sei er an ihr festgekettet.

»Er ist tatsächlich durchaus gut aussehend«, räumte Emeline ein. »Warum er?«

Matilda lächelte sie an. »Ich dachte, nachdem Raoul d'Amiens dir widerstanden hat, seiest du einsam, Em?«

»Ich bin häufig einsam, Herzogin, aber Ihr habt bislang keine Notwendigkeit gesehen, dieses Problem für mich zu lösen.«

»Er sieht recht drahtig aus, nicht wahr?«

»Vielleicht. Wer ist das?«

»Bertrand de Bellême.«

»Oh. Oh, ich verstehe. Glaubt Ihr, dass man ihm im Bett ein paar Geheimnisse entlocken kann?«

»Es könnte sicher nicht schaden, das herauszufinden …«

Emeline leckte sich die Lippen. »Und es würde wahrscheinlich Eure neue Freundin Mabile verärgern.«

»Was für eine Schande.«

Emile grinste, warf ihr Haar zurück und mischte sich zielstrebig unter die Menge. Der arme Bertrand würde gar nicht wissen, wie ihm geschah. Matilda beobachtete fasziniert, wie Emeline sich hinter den jungen Bellême schlängelte und dann mit einem winzigen Aufschrei scheinbar über eine der Holzdielen stolperte und hinzufallen drohte. Bertrand streckte instinktiv die Arme aus und fing sie auf, und so hatte sie *ihn* sich mir nichts, dir nichts eingefangen.

»Deine Zofe ist unverbesserlich.«

»William! Du hast mich erschreckt.«

»Das tut mir leid, aber ziemt es sich wirklich für sie, sich auf diese Weise in aller Öffentlichkeit zu präsentieren?«

Matilda schluckte. »Sie ist Französin.«

»Aber sie gehört zu deinem Haushalt und wirft also ein schlechtes Licht auf dich, nicht wahr?«

»Verzeiht, mein Herzog.«

»William. Ich bin kein Tyrann, Matilda.«

»Natürlich nicht. Das habe ich auch nicht vermutet.« Plötzlich war die Halle überfüllt, wenn auch nicht so sehr, dass es ihr hätte entgehen können, wie Emeline ihre Wimpern auf und ab flattern ließ und den hilflosen Bertrand umgarnte. »Es ist meine Schuld. Ich dachte nur …«

»Was hast du gedacht, Matilda? Du kannst es mir sagen. Du kannst mir alles sagen.«

Matilda ließ den Kopf hängen. »Ich dachte, es könnte von Nutzen sein, wenn jemand, der mir nahesteht, auch ihnen nahe ist.«

William beugte sich zu ihr herab, ganz langsam, bis sein Gesicht mit ihr auf einer Höhe war. Er sah ihr tief in die Augen, und sie zwang sich, seinem Blick standzuhalten, obwohl ihre Knie vor Anstrengung zitterten. Sie sah das Silber in seinen Pupillen wie Mondlicht glühen, und dann – ohne Vorwarnung – küsste er sie vor versammelter Mannschaft hart auf die Lippen.

»Wir sind einander so ähnlich, du und ich«, sagte er heiser, als er sich wieder von ihr löste. »So unglaublich ähnlich.«

»Wirklich?«

Matildas Gedanken überschlugen sich. Er täuschte sich, das wusste sie. Wie konnte sie auch nur in Ansätzen diesem teerschwarzen Gemahl ähnlich sein? Aber, so sagte sie sich streng, sie musste auch nicht wie er sein, damit diese Ehe funktionierte. Sie brauchte nur sein Spiegelbild zu sein, wie die Buchstaben aus Kuchenteig an ihrem Hochzeitstag. Und sie musste ihn auch nicht lieben. Sie musste ihn nur als den Menschen annehmen, der er war – ein Regent, der der Normandie zu wahrer Größe verhelfen würde. Und vielleicht England dazu. Sie betete nur darum, dass William recht hatte, wenn er glaubte, dass er der Günstling König Edwards war. Denn wenn die Menschen in der Normandie wussten, dass ihr Herzog eines Tages König sein würde, dann würden sie hinter ihm stehen mit all der Loyalität, nach der er sich so sehnte. Dann würde es keine weiteren Schrecken geben.

»Sollen wir zu Bett gehen, William?«, raunte sie.

Sie wurde belohnt von einem breiten Lächeln und einer Hand, die die ihre mit größter Sicherheit umfasste. Auf jeden Fall genug Sicherheit für sie beide. Alençon lag hinter ihnen, und sie mussten seine bittere Umklammerung abschütteln und weiter voranschreiten.

Kapitel 12

Auf der Nordsee, Oktober 1051

»Oh, setz dich hin, Frau, und hör mit der Heulerei auf. Wenigstens siehst du jetzt deinen kostbaren Vater wieder.«

»Meinen Bruder.«

»Wie bitte?«

Judith funkelte Torr wütend an. »Graf Balduin ist mein Bruder.«

»O ja, natürlich. Du bist ja die Außenseiterin. Nun ja, jetzt sind wir alle Außenseiter, meine Liebe – alle auf der falschen Seite gefangen. Und jetzt setz dich gefälligst.«

Judith zog sich ans andere Ende des Bootes zurück. Sie taumelte, als die Wellen sie zur Seite warfen, sodass ihre bereits mit blauen Flecken übersäten Beine gegen die triefend nassen Ruderbänke prallten. An Land war ihr dieses Schiff wunderschön vorgekommen, aber hier draußen auf dem offenen Meer waren die prächtige Dekoration und die eleganten Galionsfiguren nicht von Nutzen. Der Himmel über der Nordsee war schwarz, und die Stimmung an Bord sogar noch schwärzer.

Torrs Mutter Gytha saß im Heck, die Arme um ihre hübschen Töchter geschlungen, während sich sein Bruder Garth, der mit seinen einundzwanzig Jahren keine Untätigkeit ertrug, in die Riemen legte und mit den Männern gegen die grimmigen Wellen ankämpfte. Torr selbst stand am Bug und stritt mit seinem älteren Bruder Harold. Der grimmige Nebel haftete in ihrem Haar – in Harolds maisblondem und in Torrs, das die wärmere Farbe reifer Haselnüsse hatte, aber nun waren beide dunkel von der alles durchdringenden Feuchtigkeit. Earl Godwin stand genau in der Mitte, den Arm um den Mast gelegt, das Gesicht wie erstarrt, und all sein glitzerndes Gold verborgen unter einem einfachen, dunklen Umhang.

Was hatte Matilda noch gesagt, warum er seine Schätze immer am Körper trug? »Damit er sie bei sich hat, wenn er die Flucht ergreifen muss.« Das war damals auf Judiths Hochzeitsfeier gewesen, die erst wenige Monate her war. Damals war ihr die Zukunft golden erschienen, und sie hatte geglaubt, die Base wolle ihr nur ihren großen Tag verderben, und zwar einfach nur aus Willkür. Judith hatte Matildas verdrießlichen normannischen Gemahl mit ihrem eigenen blendenden Engländer verglichen und geglaubt, dass jene nur eifersüchtig war. Aber nein, Matilda hatte recht gehabt. Matilda hatte immer recht.

Noch bevor Judith mit ihrer neuen Familie in Dover angekommen war, hatte das normannische Lager am englischen Hof die Antipathie des Königs gegen denjenigen Earl, der am längsten in seinen Diensten gestanden hatten, so weit genährt, dass sie sich bei ihrer Landung sogleich Aufständischen gegenübergesehen hatten. Die Godwinsons hatten sich verteidigt, hatten sich im ganzen Süden ihrer Anhänger versichert, aber als dann ein Bürgerkrieg drohte, ließ die Unterstützung nach, und die Familie wurde ins Exil geschickt. Alles, was Judith von England gesehen hatte, war das Innere einer befestigten Halle in Dover. Mit den ersten Winden des Herbstes war sie gezwungen, ein Land zu verlassen, das sie kaum hundert Fuß weit betreten hatte.

Nun verschwanden die Kalkfelsen von Dover im tief liegenden Nebel, und sie trieben dahin auf einem tosenden Meer, kehrten zu Graf Balduin zurück mit dem bitteren Beigeschmack des Scheiterns, der die süßen Erinnerungen an ihre Hochzeit überlagerte. Alles war so schiefgelaufen. Selbst ihre Hochzeitsnacht, trotz Torrs extravaganter Versprechen, war eine Enttäuschung gewesen – eine routinemäßige Fummelei, deren einzige Qualität im Tempo lag.

Der Gerechtigkeit halber musste man sagen, dass Torr sich am Morgen danach gleich entschuldigt hatte und die Sache auf zu viel Met und Aufregung geschoben hatte. Er hatte es noch einmal versucht, aber auch diesmal hatte Judith das deprimierende Gefühl der Enttäuschung gehabt.

Nach all den atemlos erzählten Geschichten und Andeutungen, die Emeline im Laufe der Jahre gemacht hatte, hatte sie mehr erwartet. Vielleicht machte sie ja etwas falsch? Oder vielleicht machte Torr etwas falsch? Nicht dass sie je gewagt hätte, so etwas anzudeuten. Torrs Fähigkeiten, eine Frau zu beglücken, schienen, ebenso wie sein Lieblingsthema, sein größter Stolz zu sein, und das durfte sie ihm nicht nehmen.

Am Anfang war er durchaus freundlich zu ihr gewesen. Auf dem Schiff nach England – es war dies eine vollkommen andere Reise gewesen als diese hier, sonnig und voller Gesang und Gelächter – hatte er ihr wiederholt versichert, dass er sie glücklich sehen wollte. Der König hielt viel von ihm, hatte er betont, und die Königin, seine Schwester, würde sicher dafür sorgen, dass er befördert wurde. Sie würde Hallen haben, hatte er versprochen, und Kemenaten und Gemächer. Er versprach ihr eine bestens ausgestattete Küche mit den hervorragendsten Köchen und einen Stall voller herrlichster Pferde. Sie würde Web- und Stickrahmen und Musik bekommen.

»Kann ich denn auch malen?«, hatte sie gefragt.

»Malen?« Er hatte sie aus verengten Augen gemustert. »Wie die Mönche? Ich sehe nichts, was dagegenspräche, wenn du das gern tust. Malen? Wirklich?«

Er hatte immer noch verwirrt dreingeblickt, aber keine Einwände erhoben, und mehr interessierte Judith nicht. Sie hatte sich so sehr darauf gefreut, ihren eigenen Haushalt zu haben und tun und lassen zu können, was sie wollte, wenn sie erst einmal in England waren. Doch nun hatte es den Anschein, dass sie sich wieder in Balduins erstickende Obhut begeben musste.

»Ist es wirklich eine gute Idee, nach Flandern zurückzukehren?«, hatte sie zu fragen gewagt. »Vielleicht …«

Torr hatte ihr Kinn umfangen, so grob, dass es sich anfühlte, als würden ihr die Worte in die Kehle zurückgestopft. »Natürlich ist das eine gute Idee – was glaubst du denn, warum ich dich geheiratet habe?«

Sie keuchte, und er verdrehte die olivgrünen Augen, bevor er übertrieben geduldig ihr Kinn losließ und ihr einen Kuss gab. »Setz dich und hör auf zu heulen. Kehr England den Rücken, meine Liebe, so wie England uns den Rücken gekehrt hat.«

Judith riss sich los und kauerte sich unglücklich in ihren Schlafsack aus Robbenfell. Sie sah weder zu Englands verlorenen Klippen zurück noch nach vorn, den Gestaden ihrer Kindheit entgegen. Zweifellos bekam just in diesem Augenblick Matilda eine Einladung an den englischen Hof. Es würde Matilda sein, nicht Judith, die in Westminster eintritt; Matilda, die an der Tafel König Edwards speiste und im kostbaren Wessex herumgeführt würde; Matilda, die all den Edlen Damen vorgestellt würde; und Matilda, der eine Zukunft in England versprochen würde. Die normale Ordnung war anscheinend wiederhergestellt worden, und Judith kam sich wie eine Närrin vor, weil sie jemals etwas anderes geglaubt hatte.

Kapitel 13

Westminster, Weihnachten 1051

London glühte unter der niedrig stehenden Wintersonnenwend-Sonne, und Matilda zügelte ihr Pferd, um alles in sich aufzunehmen, während die Wachen sich der riesigen Brücke über die breite Themse näherten. Sie konnte kaum glauben, dass sie tatsächlich hier waren. Der langersehnte Brief war nur wenige Wochen nach den schrecklichen Neuigkeiten von Judiths Exil eingetroffen. König Edward hatte darin seine wärmsten Grüße entboten und eine herzliche Einladung zum Weihnachtsfest in England ausgesprochen, das sie zusammen begehen sollten mit »Eurem Vetter, der Euch immer schon sehr geschätzt hat«. William hatte in aller Eile die Vorbereitungen getroffen, und Matilda, die dankbar für die Ablenkung nach den ihr immer noch nachhängenden Schrecken Alençons war, war seinem Beispiel gefolgt. Die Fahrt über den Kanal war Williams erste Bootsfahrt, und er war sehr nervös gewesen, aber Gott sei Dank war das graue Wasser ruhig geblieben, und nun näherten sie sich endlich Edwards Palast.

Die Stadt London war riesig – mindestens dreimal so groß wie Rouen. Die lieblichen Holzhäuser schienen sich in alle Richtungen auszudehnen. Einige waren sogar auf dem

Marschland am Südufer des Flusses errichtet worden, weil so viele Menschen in der Hauptstadt wohnen wollten. Schiffe sämtlicher Größen fuhren die Themse hinauf und hinab, wurden mit allerlei Waren aus aller Herren Länder be- oder entladen, und die Schreie der Händler und der Schiffsbesatzungen erfüllten die frostklare Luft. Matilda hatte schon viel vom Reichtum Englands gehört, aber ihn mit eigenen Augen zu sehen war etwas anderes.

Und du könntest hier Königin sein.

Nervös schob sie den Gedanken beiseite und sah William an. Genau wie sie war er voll gespannter Erwartung. Sie hatten sich zu diesem Anlass in ihre teuren Hochzeitsgewänder gehüllt, denn William hatte darauf bestanden, dass sie »thronwürdig« aussehen sollten. Sogar ihre kostbaren Pferde waren feierlich gewandet: Williams Hengst Caesar, in Scharlachrot und Gold, und ihr eigenes Pferd – Merkur, ein wunderschöner rotbrauner Wallach, den Hugues de Grandmesnil für sie ausgesucht hatte – in elegantes Silber. Sie hatten an einem Ort namens Southwark haltgemacht, um ihre elegante Kleidung anzulegen, und einer von Williams Männern hatte einen Topf mit geschmolzenem Silber herbeigeholt und damit Merkurs anmutige Hufe bemalt, sodass Matilda beinahe das Gefühl hatte, dass sie ein Einhorn ritt.

»Wunderschön«, hatte William gesagt. »Genau das Richtige für eine …«

Aber sie hatte ihm Schweigen geboten, ebenso wie er sich selbst unterbrochen hatte, und sie hatten einen Blick getauscht, der voller Aufregung, Ehrfurcht und Angst war – Angst, dass das hier zu nichts führen würde, dass sie sich selbst zum Narren machten, weil sie es wagten, daran zu glauben. Die Vorbereitungen zu diesem großartigen Besuch hatten sie einander nähergebracht, und sie hatten in den kalten Wochen vor Weihnachten nebeneinander im Bett gelegen, hatten sich unter die Felle gekuschelt und die Worte »König« und »Königin« so oft geflüstert, dass ihr Atem in kleinen Wölkchen über den Kerzen aufstieg und beinahe in einer großen Wolke über ihnen schwebte. Ihre Verbindung hatte nichts von Liebestaumel, hatte sich aber genauso wirkmächtig angefühlt, und Matilda war unendlich glücklich, jetzt hier an seiner Seite zu sein.

»Gehen wir?«, fragte William, der hochaufgerichtet in seinem Sattel saß.

Matilda nickte und reckte das Kinn, um ihrer kleinen Gestalt so viel Größe wie möglich zu verleihen, und Williams ausgewählte Männer, angeführt von Fulk, Hugues und Fitz, verfielen hinter ihnen in Gleichschritt. Fitz hatte seine Adelisa nur wenige Wochen zuvor geheiratet und darauf bestanden, sie mitzunehmen. Jetzt ritt sie neben Matilda her und machte große Augen, während sie die Menschenmengen betrachtete, die die Straßen aus gestampfter Erde säumten. Matilda wusste, wie sie sich fühlte, und musste an sich halten, um nicht ebenfalls zu gaffen, als sie die riesige Brücke überquerten und sich am gegenüberliegenden Ufer ostwärts auf Westminster zubewegten.

Die Kathedrale hob sich groß und imposant vom Horizont ab, obwohl sie – sehr zu Matildas Überraschung – aus Holz bestand. Als sie näher kamen, konnte sie erkennen, dass sowohl die Kirche als auch der auf einer hübschen, von zwei Nebenarmen der Themse umgebenen Insel befindliche königliche Palast baufällig, fast verfallen wirkte. Im Vergleich zur anmutigen Eleganz Brügges oder dem überwältigenden Prunk Rouens wirkte beides schäbig, wenn auch stolz. Der

Grund dafür war vielleicht, dass diese Bauten im Vergleich zu denen in der erheblich jüngeren Normandie oder in Flandern schon so lange standen. Die angelsächsischen Könige konnten ihre Blutlinie bis in die Römerzeit nachverfolgen, und sogar darüber hinaus. Die Wurzeln dieser Menschen steckten so tief in dieser Erde, dass niemand sie je ausgraben konnte. Und Matilda würde vielleicht bald ein Teil davon sein.

Vielleicht, rief sie sich streng ins Gedächtnis – die nächsten Tage würden Aufschluss darüber geben.

Die Menschenmenge wurde immer dichter, als sie sich Thorney Island näherten, und sie mussten in Schritt verfallen, um eine erheblich kleinere Brücke zu überqueren, die auf das königliche Gelände führte. Fanfaren erklangen, und Matilda hielt ihr Pferd dicht neben Williams. Sie versuchte den Blick nach vorn zu richten, bemerkte aber dann, dass sich der Adel vor der Halle versammelt hatte, und beschloss, doch lieber zur Seite zu blicken, nur für den Fall, dass auch Lord Brihtric anwesend war. Sie betete inständig darum, dass er sich entschuldigt hatte, denn ihren früheren Verehrer wiederzusehen wäre heute eine Qual gewesen.

»Wo ist Edward?«, flüsterte William aus dem Mundwinkel.

Matilda sah sich um, konnte den König aber nirgends entdecken, und dann plötzlich bemerkte sie eine Bewegung zu ihrer Linken. Ein Diener schoss aus einem der Gebäude hervor und rannte geradewegs unter eines der normannischen Pferde vor William und Matilda. Es scheute, und eine Frau schrie auf. Matilda spürte einen Anflug von Panik, als Merkur zurückwich, aber schon im nächsten Augenblick hatte einer von Williams Wachleuten sich nach unten gebeugt und die hilflose Frau aus der Gefahrenzone auf sein Pferd gehoben.

»Hast du das gesehen?«, fragte William. »Dieser Wachmann – Heriot d'Argences, so heißt er, glaube ich –, hast du gesehen, wie mühelos er dieses Mädchen hochgehoben hat? Das Gleiche hatte ich mit dir in Brügge vor, Matilda.«

Sie streckte die Hand aus und berührte ihn am Bein. »Es war ja auch so ähnlich.«

»Es war absolut nicht so ähnlich. Er war geschmeidig, so elegant, und sieh doch, wie das Mädchen ihn ansieht, als sei er ein Gott. Das hätte mir genauso gelingen müssen.«

Er runzelte die Stirn, und seine Augen verdüsterten sich, waren fast grau. Matilda drückte sein Bein noch fester und zwang ihn, sie anzusehen.

»Er hat nicht die Tochter eines flandrischen Grafen hochgehoben, William. Und es waren nicht aller Augen auf ihn gerichtet wie damals auf dir.«

»Ein Grund mehr, warum ich es hätte hinbekommen sollen.«

»Aber das hast du doch, gänzlich! Immerhin hast du mich so überzeugt, dich zu heiraten, oder etwa nicht?«

»Warst du dir vorher denn nicht sicher?«

Sie holte tief Luft. »Ich war nicht ganz sicher, ob ich einen Herzog heiraten wollte, William, ja. Aber unsere Zeit auf dem Pferd, so kurz sie auch war, hat mir den Mann in dir gezeigt, und *seiner* war ich mir durchaus sicher. Ich bin es immer noch.«

Er legte die Hand über die ihre. »Danke, meine Mora. Und vielleicht bleibe ich ja auch nicht bloß ein Herzog, weißt du?«

Seine Augen wurden wieder ein wenig heller, das Grau glich nun dem Silber von Merkurs Hufen, und die Aufregung hatte sich wieder gelegt.

»Wir können nicht wie normale Menschen leben, William«, sagte Matilda zu ihm. »Wir müssen unser Leben genauso sehr für andere wie für uns selbst führen.«

Er blickte über die aufgeregte Menge und nickte. »Das ist wahr, meine Gemahlin. Und deshalb bin ich auch so dankbar, dich gefunden zu haben. Zumindest untereinander müssen wir nicht schauspielern und brauchen keine Geheimnisse zu haben. Das ist etwas sehr Wertvolles für mich.«

»Für mich ebenso«, stimmte Matilda schwach zu und versuchte nicht zu der Gruppe angelsächsischer Adeliger hinüberzublicken, die vor ihnen wartete.

Gebe Gott, dass Brihtric so viel Vernunft hatte, sich fernzuhalten. Sie wagte einen schnellen Blick, um vorbereitet zu sein, aber die Menschenmengen waren zu dicht gedrängt, um irgendjemanden klar erkennen zu können. Und schließlich – angekündigt von einer weiteren Fanfare – trat ein Mann aus der großen Halle, und aller Augen richteten sich auf ihn. Das musste König Edward sein, denn er trug eine kostbare Krone, und alle Menschen fielen bei seiner Ankunft auf die Knie. Aber abgesehen davon hätte Matilda ihn niemals für einen Monarchen gehalten.

Er war mager, hatte dünnes grauweißes Haar und ein faltiges, fast schon schlaffes Gesicht. Er trug einen düsteren Mantel aus grober Wolle, der beinahe so lang war wie der eines Mönchs und, obwohl der Boden hart gefroren war, einfache Sandalen. Doch stand er stolz und hochaufgerichtet da wie das Münster hinter ihm. Und die erhobene Hand, mit der er der Menge Schweigen gebot, war die eines selbstsicheren Mannes, der es gewohnt war, dass man ihm Gehorsam leistete.

»Willkommen, William, Herzog der Normandie – Vetter. Eure Anwesenheit gereicht meinem Hof zur Ehre.«

»Und mir Eure freundliche Einladung, Sire.«

William stieg von seinem Pferd und kniete vor Edward nieder, der ihn sofort wieder heraufzog und ihm mit überraschender Kraft auf den Rücken schlug.

»Schön, Euch wiederzusehen, William. Es ist so lange her. Und dazu auch noch mit so einer wunderschönen Gemahlin an Eurer Seite! Herzogin Matilda, herzlich willkommen.«

Matilda legte ihre Hand in die von Fitz, der herbeigeeilt war, um sie vom Pferd zu heben, obwohl sie eigentlich nichts dagegen gehabt hätte, im Sattel zu bleiben. Auf Merkur kam sie sich groß und gebieterisch vor, aber wenn sie stand, war sie sich ihrer mangelnden Körpergröße nur allzu bewusst. Sie war daran gewöhnt, dass William sie um mehr als einen Kopf überragte, aber König Edward war zwar schlank, aber noch größer. Er fixierte sie mit verengten Augen, als sie vor ihm knickste. Ihr Gewand war so geschnitten, dass es ihre plumpere Taille verbarg, und ihr Bäuchlein war noch klein, aber sie hätte schwören können, dass er es sofort bemerkt hatte. Nun, sollte er doch, dachte sie trotzig. Edward wollte einen Erben, und in William würde er gleich zwei finden – einen für die Gegenwart und einen, der ihm nachfolgte, und das alles dank ihr.

»Ich danke Euch, Sire, für Eure liebenswürdige Einladung.«

»Und ich Euch, Herzogin, dass Ihr sie angenommen habt. Wir werden gut miteinander auskommen, da bin ich mir sicher.«

Matilda betete darum, dass er recht hatte. Zumindest wirkte er nicht verärgert. Vielleicht hatten die Jahre auf dem Thron die Erinnerung an den Schmerz über vergangenen Verrat an ihm verblassen lassen, jedoch hoffentlich nicht die

Erinnerung an den jungen Herzog, der ihm in jenen Jahren Asyl gewährt hatte.

Sie würden fünf Tage in England verbringen – fünf Tage, um England für sich zu gewinnen. Sie durften dabei nicht scheitern; nicht jetzt, da sie ihrem Ziel so nah waren. Als Matilda Westminster betrat, war ihr Herz so verzagt und schwach wie die stolz vor sich hin rottenden Palastmauern.

Zwei Tage später war sie immer noch nicht zuversichtlicher. Edward war die Höflichkeit selbst. Er ließ ihnen die feinsten Speisen vorsetzen, hatte sie in den prächtigsten Gemächern untergebracht und war ein sehr aufmerksamer Gastgeber. Er sprach lange von seiner Zeit in der Normandie, von seinen Plänen für eine steinerne Kirche, die der wunderschönen Kathedrale von Jumièges nachempfunden sein sollte, und von seinem Wunsch, »nachbarschaftliche Beziehungen« zu pflegen. Aber er sprach nicht vom Thron. Stattdessen bewegten sie sich allesamt auf dem dünnen Eis der Heuchelei. Mit knarrenden, aber volltönenden Glocken wurde Weihnachten eingeläutet, und William und Matilda waren immer noch unsicher, welchen Platz sie bei Englands ausgiebigen Feierlichkeiten einnahmen.

Trotzdem war es ein wundervoller Tag. Beim ersten Tageslicht war Schnee gefallen und hatte sämtliche Bauten auf dem königlichen Gelände bedeckt und ihre Baufälligkeit unter weichem, kristallenem Weiß verborgen. Sie waren nach draußen auf den Weihnachtsmarkt gegangen, wo Kinder im Schnee spielten und Erwachsene fröhlich herumschlenderten auf der Suche nach Geschenken für ihre Angehörigen. William hatte Matilda einen wunderschönen Anhänger mit kompliziertem keltischem Muster gekauft, in dessen Mitte ein Rubin prangte. Diesen trug sie an jenem Abend stolz zur

Mette. Die Psalmen, gesungen von unzähligen einfach gewandeten Mönchen, waren herrlich, und obwohl die Kirche alt war, verliehen die glänzenden Kostbarkeiten auf dem Altar und die zahlreichen Bischöfe in ihrer zeremoniellen Robe ihr eine Aura der Pracht und Würde. Flandern hatte nur drei Bischöfe, die Normandie sechs – aber die Angelsachsen hatten fünfzehn, und als sie sich dort um den Altar scharten, sahen sie aus wie ein Gemälde des Himmels selbst.

»Judith hätte das gefallen«, dachte Matilda betrübt, als die heilige Kommunion vorbereitet wurde.

Ihre Gedanken weilten häufig bei ihrer armen Base, deren Füße anscheinend kaum angelsächsische Erde berührt hatten, bevor sie wieder vertrieben worden war. Tief im Herzen war Matilda nicht sicher, dass sie und William es verdient hatten, an Judiths Stelle hier zu sein, aber – so unchristlich das auch klingen mochte –, was Menschen »verdienten«, spielte im Leben nun mal oft keine Rolle. Man musste hinausgehen und das annehmen, was Gott einem bot, und das war genau das, was sie und William gerade taten.

Sie schloss die Augen, als das »Te Deum« sich zu den ächzenden Dachbalken des alten Münsters emporschwang. Lord Brihtric war tatsächlich hier. Allerdings hatte er Gott sei Dank nicht darum gebeten, vorgestellt zu werden, sondern sich immer im Hintergrund gehalten. Doch war sie sich seiner so bewusst, als stünde er direkt neben ihr. Sicherlich würde jemand in dieser klatschfreudigen Gesellschaft William irgendwann von ihrer Verbindung mit diesem gut aussehenden Lord berichten. Oder es zumindest jemandem erzählen, der es wiederum William weitergeben würde. Sein Spionagenetzwerk war viel zu eng, als dass ihm diese Information langfristig vorenthalten bleiben würde. Und was dann? Sie hörte seine Stimme, die von den Mauern Alençons widerhallte und ihr direkt ins Herz gedrungen war: »Loyalität ist unerschütterlich. Sie entscheidet sich für Gefolgschaft und bleibt dabei. Sie schwankt nicht wie ein Schilfrohr im Wind.«

Sie rief sich selbst ins Gedächtnis, dass sie William ja noch nicht gekannt hatte, als sie mit Brihtric getanzt hatte, aber das war nur ein kleiner Trost. Er wollte, dass sie keine Geheimnisse voreinander hatten. Sie hatte behauptet, das ebenfalls zu wollen, aber das entsprach nicht der Wahrheit, und Brihtrics Anwesenheit an diesem Weihnachtshof kam ihr fast wie Verrat an ihrem Ehemann vor. Glücklicherweise dachte William an nichts anderes als an den Thron.

»Der König spielt mit uns Katz und Maus«, grollte er zu Matilda, als das Abendessen endlich beendet war und eine große Musikantengruppe eine lebhafte Melodie anstimmte. »Heute Abend wird es keine Unterredungen mehr geben. Sieh doch – er schläft schon beinahe.«

Das traf zu. Edward döste auf seinem Thron. Mit seinen sechsundvierzig Jahren war er noch kein alter Mann, aber er sah erschöpft aus, ganz sicher zu erschöpft, um selbst einen Erben zu produzieren, auch wenn er diese Godwinson-Königin in seinem Bett hatte. Ein Erbe war also noch viele Jahre nicht in Sicht – es sei denn, er bot den Thron jemand anderem an.

William sprang ungeduldig auf, sodass Edward ruckartig erwachte und sich eine Sabberspur von den dünnen Lippen wischte.

»Ich gehe zu Bett«, verkündete William.

»Aber mein Herzog, der Abend hat doch gerade erst begonnen.« Der König deutete unbestimmt auf die Halle, wo man die aufgebockten Tische forträumte, um eine Tanzfläche bis hin zu den großen Türen freizumachen.

William gönnte dem Ganzen nicht einmal einen Blick. »Nicht für mich. Matilda!«

Er streckte ihr so gebieterisch den Arm entgegen, dass ihr keine Wahl blieb, als sich zu erheben und ihn zu begleiten. Sie warf einen sehnsüchtigen Blick auf die Halle, als der Tanz begann. Fitz hielt seine frischgebackene Frau fest im Arm, und dieser Wachmann, Heriot, tanzte mit dem Mädchen, das er bei ihrer Ankunft gerettet hatte. Selbst Hugues war mittlerweile auf der Tanzfläche und tanzte mit Cecilia, obwohl seine Augen, wie ihr nicht entging, auf Emeline ruhten, die in den Armen eines lebhaft aussehenden jungen Angelsachsen vor sich hin strahlte.

»Meine Gemahlin ist müde«, sagte William nun zu Edward. »Sie erwartet, wie Ihr wisst, ein Kind, und ich muss für sie und meinen zukünftigen Erben Sorge tragen.«

Das war ein ziemlich plumper Hinweis, aber Edward lächelte nur und nickte abwesend.

»Ganz richtig, ganz richtig. Auch ich werde mich bald zurückziehen – und das ausgelassene Feiern den jungen Leuten überlassen, hm?«

Matilda kochte vor Wut. Sie war zwanzig, William erst dreiundzwanzig. Sie sah ihren Gemahl an, aber wenn er von dieser Bemerkung ebenfalls verärgert war, ließ er sich nichts anmerken.

»Ich hoffe, Sire, dass wir uns morgen noch einmal unterhalten können.«

»Das hoffe ich ebenfalls, William, obwohl wir morgen auf die Jagd gehen werden.«

»Auf die Jagd?« Unwillkürlich leuchteten Williams Augen auf.

»Natürlich. Am Tag nach der Christmette gehen wir immer auf die Jagd – um wieder einen klaren Kopf zu bekommen und die Vorratsschränke aufzufüllen. Werdet Ihr mitkommen?«

»Ja.«

»Gut, gut, und danach können wir uns unterhalten. Schärft Euren Speer, Herzog, dann werdet Ihr ansehnliche Beute einheimsen. Gute Nacht.«

William und Matilda verließen die Halle wieder, indem sie sich durch die Seitentür davonschlichen. So langsam wurde das zur Gewohnheit. Es hatte wieder angefangen zu schneien, und die Fußspuren der Höflinge waren unter der weißen Pracht verschwunden. Als sie sich durch die hölzernen Schlafhütten auf der anderen Seite hindurchschlängelten, waren die ihren die einzig sichtbaren. Man hatte ihnen zu Ehren ihrer gesellschaftlichen Stellung separate Kemenaten zugewiesen, aber sie hatten, wie gewohnt, bislang jede Nacht gemeinsam in Matildas Gemach verbracht. Dorthin wandte sie sich jetzt.

»Eine ansehnliche Beute«, wiederholte William immer wieder. »Hast du das gehört, Matilda? Eine ansehnliche Beute. Was glaubst du, meint er wohl damit?«

»Ich glaube«, sagte Matilda bedächtig, »dass dieser König eigentlich nichts wirklich meinen will. Er bevorzugt nebulöse Andeutungen.«

»Das stimmt, verdammt noch mal. Wollen wir sein Versprechen denn überhaupt haben, wenn er es uns so missgönnt?«

Er sah sie an, einen Augenblick lang sehr ernst – bis sie dann beide in Gelächter ausbrachen, rein, glücklich und befreiend. Matilda klammerte sich an William, und zusammen schütteten sie sich aus vor Lachen über die seltsame, fast lächerliche Situation, in der sie sich befanden. William beruhigte sich als Erster wieder.

»Ich denke, meine Mora, dass ich heute Nacht keine gute Gesellschaft für dich bin. Ich werde nicht schlafen können, weil mir so viel im Kopf herumgeht, und dich dann nur stören, sodass du auch nicht zur Ruhe kommst.«

»Das macht mir nichts aus.«

»Das ist sehr freundlich von dir, aber deine Gesundheit ist momentan besonders wichtig, da du ein Kind erwartest, und außerdem hätte ich gern ein wenig Zeit für mich, um darüber nachzudenken, wo meine Wurzeln sind.«

Matilda sah ihn überrascht an. Das war ein seltsam überlegter Ausspruch für einen Mann, der Innenschau sonst lieber vermied.

»Du könntest es mir sagen«, schlug sie vor. »Ich würde mich sogar freuen, William. Ich würde gern mehr über deine Vergangenheit erfahren, und ich könnte, könnte …«

»Was könntest du, Matilda?«, fragte er, wenn auch sanft. »Sie ändern?«

Sie atmete aus, sodass eine Wolke in der eisigen Luft aufstieg. »Ich kann nicht ändern, was geschehen ist, aber ich kann vielleicht deinen Blickwinkel darauf verändern.«

Er legte neugierig den Kopf schief, und dadurch ermutigt, rückte sie näher.

»Erzähl mir von Osbern de Crépon, William.«

Bei diesen Worten wich er zurück, als hätte sie ihm einen Dolchstoß versetzt, sodass sie mit den Armen ruderte, um im Schnee nicht zu stürzen. Er machte mehrere Schritte von ihr fort und blickte quälend lang in den Himmel hinauf, bevor er sich ihr wieder zuwandte. Seine Augen waren schwarz wie verkohltes Holz, aber seine Stimme klang Gott sei Dank immer noch ruhig.

»Eines Tages, Liebste. Eines Tages werde ich dir von ihm erzählen. Ich finde kaum die Worte.«

»Ich könnte dir helfen.«

»Oh, aber das tust du, meine Mora – mehr, als dir bewusst ist. Heute Abend jedoch werde ich in meinem eigenen Gemach schlafen.«

Seine Stimme hatte jene allzu vertraute Härte angenommen, und mit einem Mal wollte sie verzweifelt von ihm fort. Sie reckte sich auf die Zehenspitzen, gab ihm einen schnellen Kuss auf die Lippen und rannte davon, wobei in ihr eine Mischung aus Zorn und Zärtlichkeit brannte. Dies war eine wichtige Zeit für William, und das respektierte sie, aber sie wünschte sich, er möge mit ihr reden, würde ihr die Erlebnisse aus seiner Vergangenheit anvertrauen. Aber nun ja: Sie selbst hatte das ja auch nicht getan.

Vor ihrem Gemach angelangt warf sie einen Blick zurück. William stand vor der Tür seines eigenen, beobachtete sie, hob aber nun entschuldigend die Hand zum Gruß und ging hinein. Sie lehnte sich gegen die hölzerne Wand und blickte dankbar zwischen den sanften Küssen der Schneeflocken hindurch zu den Sternen. Es waren die gleichen Sterne, die sich auch in Flandern oder in der Normandie zeigten, denn sie zierten Gottes Himmelszelt. Was für einen Unterschied machte es schon, ob sie Herzogin oder Königin war? Aber sie war nicht naiv genug, um sich das wirklich einreden zu können. Sie war in Flandern aufgewachsen, dem Marktplatz Nordeuropas. Sie wusste also, dass alles seinen Wert hatte, und Titel mehr als alles andere.

»Matilda.«

Der Mann war bei ihr, bevor sie auch nur Luft holen und schreien konnte, presste ihr die Hand auf den Mund und zog sie in die dunkle Gasse neben der Holzhütte, in der sich ihr Gemach befand. »Pst. Nicht schreien. Ich werde Euch nichts tun. Ich will nur reden, sonst nichts.«

»Brihtric«, flüsterte sie zwischen seinen Fingern. »Was macht Ihr denn da?«

Langsam zog er die Hand fort. »Ich hatte keine Wahl«, sagte er. »Mit dem Brief, meine ich. Jemand hat ihn gesehen. Der Betreffende könnte es verraten, und ich dachte, Ihr erfahrt das besser aus meinem Mund.«

»Wie kann jemand anders ihn gesehen haben?«, zischte sie und zog ihn noch tiefer in den Schatten, obwohl der Schnee hoch und feucht zwischen den Wänden stand.

Brihtric schluckte hörbar. »Ich … ich habe ihn ihnen gezeigt. Es tut mir leid. Ich war stolz, Matilda – zu stolz. Ihr wart so schön, so klug, so bedeutend. Ich konnte es kaum glauben, dass Ihr mich haben wolltet.«

»Das wollte ich auch nicht«, blaffte Matilda nervös. »Ihr habt da etwas falsch gedeutet, Hoher Herr. Es waren nichts als höfische Artigkeiten.« Es entstand eine Pause. Wahrscheinlich machte er jetzt ein skeptisches Gesicht, aber Gott sei Dank war es zu dunkel, dass sie mehr als nur die Spur des angelsächsischen Blondschopfs im geisterhaften Sternenlicht erkennen konnte, das im Schnee funkelte. »Ihr müsst gehen«, sage sie. »Das hier ist der Wahnsinn. William hat überall seine Spione.«

»Er spioniert seiner eigenen Frau hinterher?«

»Vielleicht – und vielleicht mit gutem Grund.«

»Ihr spürt es also auch?«

Plötzlich streckte er die Hände nach ihr aus, versuchte sie

in der Dunkelheit zu packen, und sie riss sich los und prallte gegen die Wand des Gemachs.

»Nein! Geht, Brihtric!«

Sie stieß ihn blindwütig zurück und stolperte aus der dunklen Nische hinaus. Anscheinend war sonst niemand da, und sie hechtete zur Tür und tastete nach dem Riegel in dem verzweifelten Wunsch hineinzugelangen, bevor Brihtric noch irgendeine Dummheit machte. Sie wäre beinahe über ihren jungen Diener Marcus gestolpert, der erschrocken aufsprang.

»Herzogin, kommt herein, Ihr seid ja voller Schnee.«

Matilda sah an sich herab, und tatsächlich: Ihr kostbares Gewand war voller Schneeklumpen.

»Ich wollte mir die Sterne ansehen«, antwortete sie. Es klang töricht, aber der Junge schien es nicht zu bemerken.

»Wein, Herzogin? Kommt, setzt Euch ans Feuer, um Euch aufzuwärmen.«

Seine Stimme klang übertrieben laut, genau wie vorher bei William. Und plötzlich hatte Matilda genug von derlei durchdringenden Klängen.

»Es besteht keine Veranlassung, so herumzuschreien«, wies sie ihn zurecht, nahm dankbar den Kelch entgegen und ließ sich auf einen Sessel sinken. Sie war erschöpft, einsam, verwirrt. »Ich bin müde, Marcus. Hol mir Emeline und Cecilia, bitte.«

»Natürlich, Herzogin! Ich gehe jetzt!« Das Letzte schrie er fast.

Marcus ging mit einem dramatischen Türenschlagen. Endlich war es ruhig. Matilda versuchte, an ihrem Wein zu nippen, aber der Kelch bebte in ihrer Hand. Das alles war zu viel für sie – Königin von England, was für eine lächerliche Vorstellung. Wie thronwürdig William auch sein mochte, sie selbst konnte da nicht mithalten. Hatte dieses wahnsinnige Zusammentreffen mit Brihtric das nicht gerade bewiesen? Und je höher sie stieg, umso tiefer konnte sie fallen.

Sollte sie William vielleicht einfach von ihrem kurzen Techtelmechtel berichten?, fragte sie sich. Der Brief existierte doch sicher gar nicht mehr. Es wäre leicht zu behaupten, dass Balduin ihn falsch gedeutet hatte oder dass Brihtric Flausen im Kopf gehabt hatte. Dennoch würde William unglaublich zornig sein. Es war also besser, den Mund zu halten, und so betete sie darum, dass all das morgen vorüber sein würde. Sie sank auf die Knie, achtete gar nicht auf das fröhliche Gelächter, das über das Lager hinweg von der Halle zu ihr hinüberwehte, ebenso wenig wie auf das Kichern irgendwelcher Liebenden, die sich draußen ein verborgenes Plätzchen im Schnee gesucht hatten. Sie sah zu Gott hinauf und sprach die vertrauten tröstlichen Worte des Vaterunsers. Zweimal hintereinander. Aber auch das schien nicht genug zu sein.

»Gott gebe mir die Kraft, eine gute Gemahlin zu sein …«, fügte sie hinzu. Ihre eigene Kühnheit, den Mächtigen einfach so anzusprechen, überraschte sie selbst, aber sie benötigte so dringend Hilfe. »… die Weisheit, die Bedürfnisse meines Gemahls zu verstehen, und die Gnade, ihn zu umsorgen, wie er es so dringend benötigt.«

Eigentlich wollte sie »ihn zu lieben« sagen, doch das Wort blieb ihr in der Kehle stecken. Sie hatte Brihtric geliebt. Trotz ihrer Angst hatte seine Berührung auch eben wieder ein Feuer in ihrem Inneren entfacht, aber diesmal war sie weniger entbrannt als vielmehr versengt. Die Liebe war etwas für Narren, nicht für Herrscher. William würde England ein guter König sein, dessen war sie sich sicher. Er würde Tag und Nacht arbeiten, um seinen Untertanen zu dienen, wie er es auch für die

Normandie tat – wenn man ihn ließ. Morgen sollte ihr letzter Tag in England sein, der letzte Tag, an dem Edward Gelegenheit haben würde, ihm ein Versprechen zu machen. Sie musste Brihtric vergessen – Brihtric mit seinen Engelslocken und den Augen, die leuchteten wie der Sommerhimmel – und sich für den wahren Zweck ihres hiesigen Besuchs innerlich wappnen – als Williams Gemahlin und, gebe Gott, auch zukünftige Königin.

Die Jagd war vorüber, und William war bester Laune, nachdem er morgens ein Reh und dann im schwindenden Nachmittagslicht auch noch einen großen Hasen erlegt hatte.

»Was Euer Gemahl für eine Energie hat«, begeisterte sich Edward Matilda gegenüber, als er und William bei Einbruch der Dämmerung in ihr Gemach stürmten. »Ich weiß noch genau, wie er als Kind war. Ich verbrachte einige Zeit bei den normannischen Truppen in Falaise. Zum Zweck der Ausbildung, wisst Ihr, um den verdammten Thron meines Vaters wieder für mich zu beanspruchen.« Einen Augenblick sah Matilda den früheren wütenden Exilanten aufblitzen, den William ihr beschrieben hatte, aber schnell verbarg Edward diesen wieder hinter der wohlwollenden Maske des Königs. »Ich schwöre, er ist noch genau wie damals, Euer Gemahl – immer in Bewegung und voll und ganz bei der Sache. Hat seine arme Mutter zur Verzweiflung getrieben, wirklich! Und oh, wenn es Zeit zum Schlafen war! Man konnte sein Protestgeschrei aus der Halle sogar durch die steinernen Mauern bis in mein Gemach hören.« Edward gluckste und sah sich um. »Die Angelsachsen haben gar keine Steinmauern, nicht wirklich. Ich werde allerdings eine neue Kirche erbauen lassen, wisst Ihr, genau wie die in Jumièges. Habe ich Euch das schon erzählt?«

Das hatte er, aber weder William noch Matilda erwähnten es, denn nun hatte der steife Angelsachse sich einen Hocker ans Kohlebecken herangezogen, und mit einem Mal kam es allen so vor, als sei nun der Zeitpunkt gekommen, eher über die Zukunft als über die Vergangenheit zu sprechen. Hastig fegte William sein Tafl-Brett von dem kleinen Seitentisch herunter, und Matilda ersetzte es durch einen Weinkelch für ihren spontanen Gast.

»Ich will auch einen steinernen Palast erbauen«, fuhr Edward fort und trank einen Schluck. »Wie in Rouen – eine Residenz, die eines Königs würdig ist.«

»Die Euer würdig ist, Sire.«

»Und meines Nachfolgers.« Plötzlich fixierte Edward William, und Matilda erkannte, dass dieser alternde König, wenn er wollte, so scharfsinnig wie jeder andere sein konnte. »Ihr wisst, warum Ihr hier seid, nicht wahr?«

»Ich würde mich auf keine Mutmaßungen festlegen.«

»Ach, wirklich?«

»Aber vielleicht hege ich gewisse Hoffnungen.«

»Hoffnungen? Sehr gut, William. Ihr wart immer schon ein listiger Junge, wie Euer Guiscard, der sich einfach halb Italien unter den Nagel gerissen hat.«

William rutschte unruhig hin und her und lächelte schwach. »Ein Mann sollte stets danach streben, sich selbst zu verbessern.«

»In der Tat, in der Tat.« Edward starrte ins Feuer und sagte dann plötzlich: »Es ist, wie Ihr wisst, nicht an mir, den Thron weiterzugeben.«

Matilda sah, wie William erstarrte, und rückte näher an ihn heran, um seine Hand zu ergreifen. Er sah sie nicht an, aber seine Finger umschlossen die ihren fest.

»Der Witan – unser Hoher Rat – muss die Entscheidung gutheißen. Er hat das letzte Wort, aber der Wert eines Mannes wiegt viel, und die Wünsche eines sterbenden Königs sogar noch mehr.« William öffnete den Mund, aber es kam kein Ton heraus. Edward lächelte ihm zu. »Es ist nicht leicht, wisst Ihr, König von England zu sein. Zu Beginn, nachdem ich aus der Normandie zurückgekehrt war, empfand ich dieses Land als verwirrend, obwohl englisches Blut in meinen Adern fließt. Dies ist ein altes Land, William, dessen seltsame Sitten und Riten einem Rätsel aufgeben, insbesondere im Norden. Northumbria hat eine eigene Gesetzgebung. Der Osten ebenfalls. Ein Mann kann sich darin verlieren, wenn er sich nicht vorsieht.«

»Ich würde mich nicht verlieren, Sire.«

»Nein? Nein, wahrscheinlich wirklich nicht. Aber seid gewarnt, Vetter – Kronen funkeln aus der Ferne viel prächtiger als aus der Nähe. Gold ist ein kaltes Metall, was immer man sich davon erzählt. Doch ich sehe, dass Ihr mich diesbezüglich nicht beim Wort nehmen werdet. Ich war genau wie Ihr – wollte den Thron, den mein Vater verloren hatte, unbedingt zurückerobern. Aber denkt immer daran, was Euch das kosten kann.«

Matilda hielt den Atem an. Sie beugte sich vor und spürte, wie William es ihr gleichtat. Edward sah beide feierlich an.

»Was hier gesprochen wird, bleibt unter uns, zumindest vorläufig. Der Hof ist unruhig. Die Godwinsons bedrohen unsere Küsten, man kann sie nicht ignorieren. Aber wir müssen unseren Blick trotzdem auf die Zukunft richten.«

Williams Hand, die immer noch Matildas hielt, umklammerte sie jetzt so fest, dass sie ihre Zehen in die Stiefel grub, um nicht laut aufzuschreien. Und plötzlich war es da, das

Versprechen. »Es ist meine Absicht, Herzog William von der Normandie, in Anbetracht unserer Familienbande und Eures hervorragenden Rufes als Anführer sowie der Freundlichkeit, die Ihr mir in meiner Jugend erwiesen habt, Euch als meinen Erben zu nominieren, sollte ich ohne Nachkommen sterben.«

»Ich fühle mich geehrt, Sire.«

»Das dürft Ihr auch, William. Aber ich halte Euch für dieser Ehre auch wert.«

»Ihr seid zu freundlich.«

Edward lächelte selbstzufrieden und tätschelte Williams Schulter. Und wandte sich auch schon wieder ab und griff nach seinem Weinkelch.

»Werdet Ihr das offiziell verkünden?«, fragte Matilda, und Edward sah sie mit leichtem Stirnrunzeln an.

»Nein, Herzogin Matilda, das werde ich nicht. Wir Angelsachsen nominieren keinen Erben. Es sei denn, der Tod ist nahe, und ich bete, dass er das noch nicht ist.«

Matilda errötete. »Natürlich. Darum bete ich auch.«

»Das bezweifle ich, aber ich danke Euch dennoch. Lasst uns meine Äußerung als Absichtserklärung werten. Wir können gute Beziehungen aufrechterhalten und zusammenarbeiten, damit unsere Länder im Laufe der kommenden Jahre freundschaftliche Bande entwickeln.«

»Natürlich«, sagte nun auch William.

»Ihr werdet es aber niederschreiben?«, drängte Matilda, aber Edward lachte nur, als hätte sie vorgeschlagen, es in einen Wandteppich einsticken zu lassen.

»Dazu besteht keine Veranlassung, Herzogin. Ihr habt mein Wort, und das ist genug.«

Seine Stimme wurde härter, was das Ende der Unterhaltung markierte, aber Matilda hatte das Gefühl, dass dieses

Versprechen durch zu viel Geheimnistuerei und Bedenken abgewertet wurde. Zumindest ein Eid war vonnöten. Aber nun löste William seine Hand aus der ihren, um die seines königlichen Vetters zu umfassen und mit ihm anzustoßen.

»Ich habe Wein mitgebracht«, sagte William eifrig zu Edward. »Zwei Fässer des feinsten Clairet aus Bordeaux, der mir von meinem Lehnsherrn König Henri geschenkt wurde.«

»Er wird für England jedoch nicht Euer Lehnsherr sein«, gab Edward zurück, und seine leise Stimme klang plötzlich scharf genug, dass Matilda das Gefühl hatte, sie könne ihr in die Haut schneiden.

Sie hatte vorher nicht darüber nachgedacht, wie ihr französischer Onkel Williams Machtzuwachs bewerten würde, und nervös blickte sie zu ihrem Gemahl hinüber. Aber der war so auf König Edward fixiert, dass er nichts bemerkte.

»Natürlich nicht. Wir werden gleichberechtigt sein.« Er sang beinahe. »Dieser Clairet ist ein außergewöhnlicher Jahrgang für einen außergewöhnlichen Abend. Wir sollten ihn mit Eurem Hof teilen, Sire.«

»Das müssen wir«, stimmte Edward zu, und Matilda hätte schwören können, dass seine Stimme erleichtert klang.

Er ergriff Williams Arm und führte ihn hinaus in die Kälte. Die Schneeflocken verloren sich in seinem weißen Haar, blieben an Williams dunkleren Locken jedoch haften. Matilda blieb keine Wahl, als ihnen über den weiß verschneiten Hof in die große Halle zu folgen. Als sie sicher dort angelangt war, hielt sie nicht, wie in den letzten paar Tagen stets, nach Brihtric in der Menge Ausschau, denn er gehörte jetzt der Vergangenheit an und musste auch dort bleiben. Stattdessen blickte sie zu den beiden Thronsesseln empor, die auf einem Podest am Kopfende der Halle aufgestellt worden waren und ihre Zukunft symbolisierten.

Eines Tages würden William und sie darauf sitzen. Eines Tages würden eben jene Thronsessel aus üppigem, mit vergoldeten Schnitzereien verziertem Holz leer sein und darauf warten, dass sie darauf Platz nahmen. Diese englischen Thronsessel standen gewissermaßen am Horizont ihres Lebensweges, und sie mussten lediglich auf ihrem Pfad dorthin bleiben, sodass sie, wenn die Zeit reif war, bereit waren.

Teil Zwei

Kapitel 14

Auf der Themse, September 1052

»England! Sieh doch, wie es sich freut, uns wieder daheim willkommen zu heißen!« Earl Godwin streckte seine goldgeschmückten Arme über die Gischt der Themse. Die Bewegung spritzte auch Judith Wasser ins Gesicht, aber sie hatte nichts dagegen, denn diesmal fuhr das Schiff in Richtung England, und nicht einmal das schwärzeste Unwetter hätte den Godwinsons die Laune verderben können. Die ganze Woche über war Torr herumgehüpft wie ein Hase im Frühling, während sie an der Südküste entlangsegelten und in jedem Hafen mit Hochrufen begrüßt wurden. Earl Godwin hatte am Bug gestanden, die Arme über seine Leute ausstreckend, sodass seine goldenen Ringe und Armreifen funkelten, als ob er selbst die Galionsfigur sei. Und in der Tat erwies er sich als solche, denn die Männer von Wessex strömten ihm in Scharen zu.

In ihrem Kielwasser konnte Judith eine heruntergekommene, aber entschlossene Flottille beobachten – Fischerboote, Handelsschiffe, kleine offene Boote, und alle waren voller jubelnder Angelsachsen, die ihren Lieblingsearl an der Macht sehen wollten. Es schien keinerlei Widerstand zu geben. Keine Schiffe an der Mündung der großen Themse, keine Soldaten an ihrem Ufer, keine Pfeile oder Steine, um die Schilde, die die Godwinsons bereithielten, zu attackieren. Es war, als ob die Angelsachsen ohne jede Gegenwehr darauf warteten, dass die natürliche Ordnung wiederhergestellt wurde. Judith legte die Hand auf ihren Bauch, suchte nach Zeichen des neuen Lebens, von dem sie sicher war, dass es in ihr heranwuchs. Und sie dankte Gott dafür, dass dieses Kind dort zur Welt kommen würde, wo es hingehörte – in England.

»Ich sehe Thorney Island«, rief jemand vom Bug aus. »Wir sind beinahe da.«

Jeder auf dem Boot war mit einem Mal ganz angespannt, und Judith spürte, wie eine vorübergehende Woge der Angst die Familie erfasste, die ihre eigene zu nennen sie immer noch nicht gelernt hatte.

»London Bridge«, hauchte Königin Aldyth an ihrer Seite.

Die verbannte Königin hatte sich dem Rest ihrer Familie auf einer Insel namens Portland angeschlossen, und sie reiste insgeheim zusammen mit Harolds Handfasting-Frau Svana. Svana war eine wunderschöne, gertenschlanke Lady, die mit zwei kleinen Jungen und einem winzigen Baby in den Armen angekommen war. Sie war sogleich Harold um den Hals gefallen, der sie wiederum mit solcher Liebe im Blick begrüßt hatte, dass Judith wie geblendet die Augen hatte beschirmen müssen. Torr hätte sie niemals so angesehen. Da sie ihre Ehe unter den Belastungen des Exils begonnen hatten, war ihr das nur allzu schnell bewusst geworden. Er sah sie mit Lust an, vielleicht sogar mit ein wenig Stolz, aber niemals mit der sanften, beinahe hilflosen Hingabe, die Harold offensichtlich für Svana empfand. Aber es spielte keine Rolle. Judith war mit Torr jetzt hier, mit allen Godwinsons, und sie konnten bereits den Jubel von der Brücke hören.

»Meinen die uns?«

»Ich glaube schon«, antwortete Aldyth. »Die Angelsachsen lieben meinen Vater. Sie haben ihn vermisst.«

»Und er sie«, bemerkte Judith, als sie sah, wie der ältere Earl sich umsah und eindeutig Tränen in seinen gerührten Augen glitzerten.

»O ja. Er würde für diese Menschen und dieses Land alles tun. Und er will ganz bestimmt nicht erleben, wie sich dieses normannische Gesindel hier festsetzt.«

»Warum bekämpft man uns nicht?«

»Vielleicht hat Edward ja erkannt, dass es hoffnungslos ist. Ein guter König muss auf seine Leute hören, und Edwards Volk sagt ihm, dass es meinen Vater zurückhaben will.«

»Und Euch?«

»Vielleicht. Ich hoffe es, obwohl Edward dem vielleicht nicht zustimmen wird. Seine normannischen Ratgeber haben lange daran gearbeitet, ihn gegen mich aufzuhetzen.«

»Warum?«

»Was glaubt Ihr denn, warum? Wenn wir keinen Erben haben, dann ist der Weg frei für einen anderen.«

»Herzog William?«

Judith dachte an Matilda, die eigens gekommen war, um sie zu warnen, dass die Macht der Godwinsons im Schwinden begriffen war. Sie war sich so sicher gewesen, dass man ihrem Gemahl den Thron anbieten würde, und in der Tat waren sie zu Weihnachten in England gewesen. Balduins Spione hatten von sehr »geselligen« Tagen berichtet, aber keineswegs – und das war entscheidend – von irgendeiner Bekanntmachung. Man erzählte sich, dass König Henri von Frankreich sehr erzürnt über diese Gerüchte war und nach Hinweisen suchen ließ, ob es ein entsprechendes Arrangement gegeben hatte, aber bislang hatte man nichts dergleichen gefunden. Und nun hieß Edward die Godwinsons zwar nicht wirklich willkommen, widersetzte sich ihnen aber auch nicht, und Godwin würde niemals zulassen, dass ein Normanne den Thron bestieg. Hoffentlich würde Matilda nicht allzu enttäuscht sein.

Earl Godwin gebot der großen Flottille, vor London Bridge anzuhalten, und Judith blickte ehrfürchtig zu der Brücke empor. Die Stadt breitete sich vor ihr aus: eine aufregende Ansammlung von Häusern und Kirchen, denen jegliche Ordnung fehlte, die aber vor Energie strotzte, genau wie die Männer der Godwinsons auf dem Schiff. Sie ging nach vorn und stellte sich neben Torr, als ein kleines Ruderboot mit einem Ledersack zu den Wachen hinausgeschickt wurde.

»Was ist darin?«, fragte sie nervös, aber Torr lachte nur.

»Geld, Judith. Einfach, aber wirkungsvoll.«

Und in der Tat nahmen die Männer den Sack bereits an sich, und mit einem Knirschen, das die nachmittägliche Luft zerriss und die Jubelrufe noch lauter werden ließ, begann der mittlere Teil der Brücke vor ihnen langsam nach oben zu fahren, sodass sich eine einladende Lücke für die Schiffe bildete. Judith hockte sich hin, erwartete einen Hinterhalt, aber nichts geschah. Es war fast schon enttäuschend. Selbst Earl Godwin wirkte etwas ernüchtert, aber er fasste sich schnell wieder, als die Ruderer sich wieder in die Riemen legten und das große Flaggschiff feierlich durch die Brücke und auf Westminster zufuhr. Judiths Herz flatterte in ihrer Brust, als sie die Schiffe der königlichen Marine am anderen Ufer entdeckte, aber sie waren angebunden und verwaist.

»Der König«, rief Gytha plötzlich. »Da ist König Edward.«

Sie deutete auf eine schmale Gestalt in einem so langen

Gewand, dass Judith ihn beinahe für einen Priester gehalten hätte, bis sie die Krone auf seinem bleichen Haupt entdeckte. Aldyth schlang schützend die Arme um sich selbst, die Augen unverwandt auf ihren Gemahl gerichtet, aber seine ruhten, wie Judith bemerkte, auch auf ihr. Vielleicht würde an der angelsächsischen Küste doch noch ein Erbe gezeugt werden.

Sie berührte erneut ihren Bauch mit der Hand, als Godwin vorsichtig vor Westminster anlegte. Sie hatte nicht, wie so viele andere, unter Übelkeit zu leiden gehabt, nicht einmal auf dem Schiff, aber sie war ständig hungrig, und ihre Brüste schienen größer geworden zu sein. Torr hatte das sogar bemerkt und begeistert daran herumgerieben, als ob ihr Wachstum auf seine groben Aufmerksamkeiten zurückzuführen sei. Judith hatte ihm die Illusion nicht genommen. Sie hatte die Schwangerschaft für sich behalten wollen, bis sie sicher war, aber dieser Zeitpunkt stand jetzt bevor.

Sehnsüchtig sah sie zu ihrer hölzernen Truhe hin, die mit Wachs gegen das schädliche Meerwasser versiegelt worden war. Darin befanden sich Pergament und ihre Farben, verborgen unter ihren Gewändern in einem eigenen kleinen Kästchen. Sie hatte unter Balduins missbilligender Obhut nur wenig Gelegenheit zum Malen gehabt, aber vielleicht hatte sie schon bald ein eigenes Heim und die gesegnete Privatsphäre, in der sie tun und lassen konnte, was sie wollte.

Sie hatte sich mit den Mönchen in der Sint-Donaaskathedraal in Brügge unterhalten und den ehrgeizigen Plan entwickelt, vier Evangeliarien herauszubringen. Bislang war das unmöglich gewesen, aber vielleicht belohnte Gott sie ja jetzt für ihre Geduld. Denn Earl Godwin war nun an der Küste angelangt und verbeugte sich vor seinem König, der ihn in die Höhe zog und ihn auf beide rauen Wangen küsste, als sei er sein eigener Sohn. Und dann plötzlich erhob sich Gebrüll unter den Männern am Ufer:

»Die Normannen! Die Normannen sind geflohen. Die Normannen sind fort!«

Die Nachricht wurde innerhalb weniger Augenblicke bestätigt. Der normannische Erzbischof und seine Anhänger hatten in panischem Galopp die Stadt verlassen, hinaus zum Hintertor, in Richtung Osten. Niemand verfolgte sie, denn wie es schien, waren alle froh, dass sie fort waren. Judith blickte sich in dem versammelten Hof um, ganz aus der Fassung, weil ihre eigene Ankunft für einen anderen das Exil bedeutete, aber dann ergriff Torr ihre Hand und drückte sie, und die Panik verflog.

»Sei endlich willkommen, meine Gemahlin, in England.«

Judith beschloss, ihm die Neuigkeit noch am gleichen Abend mitzuteilen, während die Godwinsons mit lärmenden, fast schon hysterischen Hochrufen in der ziemlich heruntergekommenen Halle dessen, was anscheinend der königliche Palast war, bewirtet wurden. Torr hatte ihr berichtet, dass die Angelsachsen ihre Häuser am liebsten aus Holz bauten, nicht aus Stein, aber bis dahin war ihr nicht klar gewesen, dass er damit auch die königliche Residenz meinte. Graf Balduin hätte nur Spott für einen Herrscher übrig gehabt, der sich mit einer »Hütte« zufriedengab, die eher den Wikingerhallen als den Schlössern auf dem europäischen Festland glichen, aber Judith gefiel es. Sie liebte die elegant bemalten Schnitzereien auf den hölzernen Seitenpfosten, und es war ihr egal, dass sie an manchen Stellen vor sich hin faulten. Hauptsache, sie hielten das Dach. Sie hatte das Gefühl, sich an den englischen Lebensstil leicht gewöhnen zu können. Nur Torr war ruhelos und nervös. Die höflichen Unterhaltungen langweilten ihn, und er blickte unverwandt zu einer Gruppe junger Männer und Frauen hinüber, die versuchten, die Musikanten zum Spiel zu bewegen.

»Torr«, rief sie, und als er nicht reagierte, noch einmal: »Torr!«

»Was?«, blaffte er, und sie zuckte zurück. Sein Ton wurde sofort wieder weicher. »Kann ich dir helfen, meine Gemahlin?«

»Vielleicht hast du das ja sogar schon?« Sie zog vielsagend die Augenbraue hoch, aber er war offensichtlich nicht in Stimmung für derlei Neckereien. »Ich glaube, mein Gemahl, dass ich dein Kind unter dem Herzen trage.«

Das vertrieb seine seltsame Stimmung, und er neigte ihr seinen schlanken Leib jetzt vollends zu.

»Wirklich? Wirklich! Natürlich, deine Brüste. Ich hätte es wissen müssen.«

»Wie hättest du das können? Für dich ist es doch genauso neu wie für mich.«

Der Blick seiner grünen Augen flackerte. »Ja. Ja, genau. Wie hätte ich es bemerken können?« Er griff nach seinem Bierkrug, trank einen kräftigen Schluck und sprang plötzlich auf die Füße. »Meine Frau bekommt ein Kind«, rief er lauthals über den Tisch hinweg. »Ich bekomme einen Sohn!«

»Oder eine Tochter«, wandte Judith ein, aber ihre Stimme wurde von pflichtschuldigen Hochrufen übertönt, und plötzlich küsste Torr sie und trank auf ihre Gesundheit, und seine Freude machte sie ganz schwindelig.

»Du musst dich ausruhen«, beharrte er, als er sich schließlich wieder hinsetzte. »Du musst jetzt auf dich achten.«

»Es wird schön sein, sesshaft zu werden.«

»Sesshaft. Ah ja, sesshaft. Ein Heim, Vorhänge, all das.«

Sie lächelte. »Keine Vorhänge, Torr – ich liebe das Licht. Aber ein Heim, ja.«

»Ja«, stimmte er eifrig zu. »Das wird das Beste sein. Sesshaft, ja. Du musst nicht ständig mit mir herumreisen.«

»Nein, und sicher musst du auch nicht immer herumreisen, sobald du deine eigenen Ländereien hast?«

König Edward hatte der ganzen Familie die Rückgabe ihrer Ländereien versprochen. Godwin würde Wessex wiederbekommen, und Harold East Anglia, sehr zum Ärger Alfgars, des Sohns von Earl Leofric of Mercia, der dieses Gebiet während seiner Abwesenheit innegehabt hatte. Torr sollte seine Ländereien in Hereford wiedererhalten, von denen er Judith immer und immer wieder versichert hatte, wie »schön« sie seien, aber jetzt schien er sich nicht mehr ganz so sicher zu sein.

»Ich?« Er sah sich in der Halle um, überall hin, nur nicht zu ihr. »Oh, ich muss mit dem Hof Schritt halten. Der König braucht mich.«

»Wozu?«

»Oh, du weißt schon – hochherrschaftliche Pflichten. Er wird mich wohl kaum zum Earl machen, wenn er vergisst, dass es mich gibt, nicht wahr?«

»Ich denke nicht«, stimmte Judith zögernd zu. »Und du willst Earl werden?« Er warf ihr einen vernichtenden Blick zu. »Natürlich willst du. Verzeih. Also wirst du nicht bei mir in Herefordshire bleiben?«

»Manchmal schon. So oft ich kann, natürlich, aber der Hof zieht umher, und ich muss mitziehen, wenn ich … wenn ich …«

»Schritt halten will?«

»Genau. Gräm dich nicht, Judith. Ich werde dafür sorgen, dass es dir gut geht, und dem Kleinen ebenfalls. Und dir wird es doch in deinem eigenen Heim umso besser gefallen, oder?«

Er war jetzt beinahe auf den Beinen. Der Tanz hatte begonnen, und sein Körper zuckte, als ob die Musikanten mit ihren Bögen direkt darüberstrichen.

»Es ist vielleicht etwas einsam«, wandte Judith ein und versuchte sich ihr zukünftiges Leben vorzustellen.

Sie war immer von Menschen umgeben gewesen, und in der Tat hatte sie sich darüber häufig bitter beklagt. Kurz hatte sie das Bild glückseliger Tage vor Augen, nur mit sich selbst und ihren Farben. Es war verlockend, aber irgendetwas daran fühlte sich falsch an.

»Unsinn«, sagte Torr. »Schließlich wirst du unseren Sohn haben.«

»Oder unsere Tochter.« Er winkte ab. »Und du?«, hakte sie nach. »Du wirst nicht einsam sein?«

»Ich?« Er lachte, dann riss er sich zusammen. »Ich komme zurecht«, antwortete er tiefernst. »Nun, sollen wir tanzen? O nein, du solltest es nicht tun.«

»Schon gut. Es geht mir wirklich hervorragend, Torr.«

»Nein, nein, nein. Wir können es nicht riskieren. Du bist mir zu kostbar, Judi.«

Sie sah sehnsüchtig zu den Menschen hinab, die sich zum Tanz versammelten. »Aber ich will nicht, dass du den Tanz verpasst.«

»Nein? Sehr schön. Ich bin nicht lange weg.«

Und sehr zu ihrer Überraschung war er mit diesen Worten auch schon verschwunden, sprang über die Bänke und schnappte sich das nächstbeste Mädchen, als ob sie da nur auf ihn gewartet hätte. Judith erhob sich, um Einwände zu erheben. Aber dann sah sie, dass die Augen der wieder restituierten Königin Aldyth auf ihr ruhten, und wollte keinen Wirbel machen. Wahrscheinlich hatte Torr recht. Wahrscheinlich sollte sie kein Risiko eingehen, und außerdem war es ja nur ein Tanz.

Später, auf ihrem Weg zu den Latrinen hinter der Halle, erkannte Judith dann genau, wie gern ihr Gemahl wirklich tanzte und welches Risiko das in sich barg. Es war das gleiche Mädchen, das sie schon auf der Tanzfläche entdeckt hatte. Jemand presste sie gegen die Wand. Sie hatte den Kopf zurückgeworfen und das Gesicht verzerrt vor Ekstase. Ihr Atem war nur noch ein kurzes, erregtes Keuchen. Der Mann war lediglich ein Schatten im Dunkeln. Seine Hände hatte er in ihren hochgeschobenen Röcken vergraben. Judith duckte sich und wich ihnen aus – derlei Zusammentreffen waren zu später Stunde keineswegs ungewöhnlich. Am besten ignorierte man sie. Aber als sie das Paar umrundete, hörte sie, wie das Mädchen rief:

»Oh, Torr, ja!«

Judith wandte sich um und sah, wie ihr Gemahl sich mit einem Lustschrei in sie hineinversenkte. Er sah zu ihr hinüber, als spüre er, dass er beobachtet wurde, aber anscheinend war es zu dunkel für ihn, um mehr erkennen zu können als die Umrisse ihrer Röcke, denn er gluckste nur leise und winkte sie herüber.

»Hier ist auch Platz für noch eine, Kleine, wenn dir gefällt, was du siehst.«

Sie hätte etwas sagen sollen, hätte eine kalte, würdevolle Bemerkung machen sollen. Das hätte Matilda getan. Aber sie war nicht Matilda, und so brachte sie nichts weiter heraus als einen erstickten Schrei.

»Oh, oh«, hörte sie ihren Mann noch sagen, aber sie rannte bereits auf ihr seltsames hölzernes Gästehäuschen zu, und der gebrechliche Palast von Westminster drehte sich um sie wie ein schlechter Traum.

Torr holte sie an der Tür ein, noch bevor sie den Riegel nach unten zwingen konnte.

»Dies also«, schleuderte sie ihm entgegen und versuchte ihn von der Tür wegzudrängen, »ist der Grund, warum du willst, dass ich ›sesshaft‹ werde? Deshalb willst du mich auf dem Land einsperren, während du dich bei Hof herumtreibst und dein erbärmliches bestes Stück in andere Frauen hineinversenkst?«

Er zuckte zusammen. »Das war eine momentane Schwäche, Judi. Ich …«

»Das war es nicht.«

Sie sah mit einem Mal alles so überaus klar. Es war schon während ihres ungemütlichen Aufenthalts in Brügge so gewesen – Torr, der seine Tanzpartnerinnen viel zu fest im Arm hielt, der sich an seltsamen Orten aufhielt, der spät zu Bett kam und dann nach Schweiß roch. Mein Gott, sie hatte ihn sogar vor ihrer Hochzeit mit dieser albernen Aileen ertappt und seine Ausflüchte nicht als das erkannt, was sie waren – Lügen. Sie hatte seinen hastig dargebotenen Ring wie eine einfältige, blinde Törin entgegengenommen. Aber jetzt hatte er ihr die Augen geöffnet.

»Ich dachte, ich wäre es, die du ›appetitlich‹ findest, mein Gemahl. Aber wie ich sehe, sind es alle Frauen.«

»Ihr seid halt alle so wunderschön. Und du *bist* appetitlich, Judi. Ich will nur … nur …«

»Mehr?«

»Es tut mir leid. Ich werde versuchen …«

»Nein, das wirst du nicht, Torr. Und selbst wenn du es tätest, hättest du keinen Erfolg damit. Du wirst mir nie treu sein, weil du es nicht kannst.«

Sie sagte das ruhig, denn es war die reine Wahrheit. Eindringlich musterte er sie. »Und du … du gibst dich damit zufrieden?«

»Zufrieden?« Sie ließ sich das Wort auf der Zunge zergehen. »Nicht zufrieden, Torr.« Er machte ein langes Gesicht, aber ihr Verstand arbeitete jetzt auf Hochtouren. »Aber ich könnte möglicherweise woanders Trost finden.«

»Woanders?« Seine Augen weiteten sich. »Also, Judith …«

»Oh, nicht bei anderen Männern«, rief sie ungeduldig und trat zur Seite, um ihn nun doch in das Gästehäuschen zu lassen. Er glitt nervös an ihr vorbei und drehte sich zu ihr um, sah sie über die Sitzgruppe hinweg an, die im Empfangsbereich unter ihrem Schlafgemach stand. »Ich will ein paar Evangeliarien in Auftrag geben, Torr.«

»Wie viele sind ein paar?«, fragte er vorsichtig.

»Vier.«

»Vier?! Können wir nicht erst mal mit einem anfangen?«

Sie neigte den Kopf zur Seite und tat, als denke sie nach. »Eins für diese Übertretung, Torr? Das kommt mir angemessen vor, ja.« Er lächelte, aber sie war noch nicht mit ihm fertig. »Und dann natürlich noch eines für jede zukünftige …«

»Vier ist eine gute Zahl.«

»Das sehe ich auch so.«

»Das wird ein kostspieliges Unterfangen, Judi.«

»Ich trage dein Kind unter dem Herzen, Torr.«

»Was offensichtlich von unschätzbarem Wert für mich ist. Aber wir brauchen Pergament, Tinte, einen Künstler …«

»Keinen Künstler.«

»Aber …«

»*Das* wird mein Trost sein, Torr. Ich wünsche diese Bücher selbst zu illuminieren.«

»Du? Aber du bist …«

»Einigermaßen begabt mit der Feder. Wir alle, mein lieber Gemahl, haben irgendeinen Lieblingszeitvertreib …« Sie sah ihn scharf an, und er scharrte mit den Füßen.

»Und wenn du dem deinem nachgehst …«

»Dann ist es nur gerecht, wenn du auch dem deinen nachgehst, ja – allerdings diskret.«

»Natürlich.« Seine Augen leuchteten fast jungenhaft auf, und er packte sie und zog sie an sich. »Ich sehe, dass du sogar eine noch bessere Frau sein wirst, als ich zunächst dachte, Judith von Flandern.«

Judith lächelte angespannt. Das war zwar nicht das, was sie sich erhofft hatte. Aber in dem Augenblick, da ihre Mutter Gott ihr selbst vorgezogen hatte, hatte sie gelernt, ihre Chancen im Leben realistisch einzuschätzen. Sie hatte bislang als Halbtochter gelebt – die Rolle der Halbehefrau auszufüllen, war also leicht. Es war ein hartes Jahr gewesen, seit Matilda versucht hatte, ihre Hochzeit mit Torr zu vereiteln, indem sie die Nachricht des bevorstehenden Falls der Godwinsons verbreitet hatte. Aber wie durch ein Wunder hatte sich das Schicksal gewendet. Matilda war wieder in der Normandie, und sie war es, Judith, die endlich in England war. Und das Schicksalsrad der Godwinsons drehte sich auch wieder nach oben. Es wäre töricht gewesen, nicht das Beste daraus zu machen.

Kapitel 15

Rouen, Oktober 1052

»Die verdammten Godwinsons«, brüllte William und stürmte so wild in das Frauengemach, dass der Webrahmen erzitterte. »Gott verfluche sie alle.«

»William!«, tadelte Matilda ihn, als Cecilia vor Schreck ihr Schiffchen fallen ließ und das sorgsam gestaltete Muster in sich zusammenfiel.

William hatte zumindest so viel Anstand, beschämt dreinzublicken, nahm seinen Fluch jedoch nicht zurück. Matilda ging zu ihm hinüber und nahm der Amme auf dem Weg zu ihm ihren Sohn ab, in der Hoffnung, mit seiner Hilfe seinen Vater zu beruhigen. Der kleine Robert war im Frühjahr zur Welt gekommen und war ein sehr lebhaftes Kind, das überall mit einer Energie umherkrabbelte, die William mit großem Stolz erfüllte. Sein junger Erbe brachte ihn selbst an den härtesten Tagen am streitsüchtigen herzoglichen Hof häufig zum Lächeln, aber heute würdigte er ihn kaum eines Blickes.

»Was ist geschehen?«, fragte Matilda und ließ Robert auf ihrer Hüfte herumwippen, da sie befürchtete, dass er gleich in Tränen ausbrechen und seinen Vater noch mehr verärgern würde – wenn das überhaupt möglich war.

William sprühte förmlich Funken vor Zorn, als er in dem

lang gestreckten Frauengemach über der großen Halle des Tour de Rouen auf und ab tigerte. Es war ein sonniger Tag, und an jeder Fensteröffnung, an der er vorbeikam, wurde er in Licht getaucht. Robert war Gott sei Dank ganz fasziniert von diesem Schauspiel, aber Matilda beobachtete ihren Gatten nervös.

»Diese verdammten Godwinsons sind zurück nach England gesegelt«, berichtete William. »Der einstige Erzbischof von Canterbury musste um sein Leben fürchten und fliehen wie ein gemeiner Verbrecher und nicht wie ein Gottgesalbter. Er hat mich gebeten, nach Jumièges zurückkehren zu dürfen. Er ist ein gebrochener Mann. Jahrelang stand er in den Diensten König Edwards, und nun versetzt man ihm einen Dolchstoß in den Rücken, kaum dass dieser gottverdammte Earl Godwin wieder einmarschiert.«

Matilda zuckte zusammen. Um Williams Kinn arbeitete es, und es war klar, dass auch er das Ganze als Dolchstoß in den Rücken empfand. In der Tat empfand sie es als einen schrecklichen Verrat an ihrem vertraulichen Gespräch in Westminster im vergangenen Jahr.

»Aber wie konnte der Earl das nur schaffen?«, fragte sie.

»Wie? Mit Schiffen, Matilda. Sie sind ganz verrückt nach ihren Schiffen, diese Engländer. Gott weiß, warum. Gemeine, schwankende, unberechenbare Dinger. Nutzlos für Pferde – aber derlei Feinheiten kümmern diese törichten Angelsachsen natürlich nicht.«

Plötzlich brach sich angesichts von Williams Klagen eine Erinnerung Bahn. Hatte Brihtric nicht auch ein Boot geordert, sodass er sie auf den Fluss mitnehmen konnte? Sie schauderte. Kein Wunder, dass ihr Vater wutentbrannt gewesen war, denn sie war wie ein Wildfang mit diesem Mann umhergelaufen, und das alles im Namen der Liebe. Gott sei Dank war sie erwachsen geworden. Sie strich geradezu manisch über Roberts schnell wachsendes Haar, schob die Vergangenheit beiseite und konzentrierte sich erneut auf William.

»Dieser vermaledeite Earl hat eine wild zusammengewürfelte Flotte an der Südküste zusammengeklaubt, wo er begeistert von seinen verdammten Untertanen aus Wessex bejubelt wurde, die nichts Eiligeres zu tun hatten, als sich ihm anzuschließen. Dann segelten sie geradewegs die Themse hinauf, und König Edward ließ einfach die Brücke hochziehen und ließ sie wieder hinein, als hätte er sie nie zu Verrätern erklärt, als hätte er nie der ganzen Welt verkündet, dass Earl Godwin seinen Bruder ermordet hat, als ob *sie* seine Freunde wären und nicht die Normannen, die ihn aufnahmen, als niemand sonst bereit dazu war. Sie bekamen sogar ihre Grafenwürde wieder, alle, und die verdammte Königin ist wieder zurück in Edwards Bett.«

Matilda schluckte. Sie war sich der Anwesenheit Dellas und Emelines, die sich hinter ihr wegen der verhedderten Schussfäden stritten, schmerzhaft bewusst und zog William zum anderen Ende des Gemachs hinüber.

»Edward kam mir nicht wie ein Mann vor, der noch Erben zu zeugen vermag«, sagte sie mit leiser Stimme. »Die Krone kann noch immer dir zufallen.«

»Das könnte sie«, räumte William ein, »aber diese Godwinsons werden alles Erdenkliche unternehmen, um dies zu verhindern.«

Sie wusste, dass er recht hatte, denn bei Judiths Hochzeit war ihr aufgegangen, dass die ganze Familie förmlich platzte vor Zielstrebigkeit.

»Ist Judith bei ihnen?«, fragte sie nun.

»Judith? Deine Schwester?«

»Meine Base.«

»Oh. Das nehme ich wohl an, denn Lord Tostig ist ganz bestimmt ebenfalls dabei.«

»Das ist gut.« Sie sagte das, ohne nachzudenken, aber sofort traf seine Wut auch sie.

»Wie kann das denn gut sein, Matilda? Warum sagst du so etwas? Auf welcher Seite stehst du überhaupt?«

»Auf deiner natürlich, William – bitte …«

»Weißt du eigentlich, von wo aus sie losgesegelt sind, diese eleganten Schiffe?«

Matilda schüttelte energisch den Kopf, obwohl sie befürchtete, es schon zu ahnen.

»Von Flandern«, spie William hervor. »Dein Vater hat unsere Feinde beherbergt. Was sagst du jetzt dazu?«

»Ich bin nicht mein Vater, William.«

»Und doch: Wer ist gleich nach Flandern gereist, als wir von Edwards ursprünglichen Absichten uns gegenüber erfuhren? Du.« Er deutete wild auf ihr Gesicht, und Robert wich mit einem entsetzten Wimmern zurück, das William Gott sei Dank veranlasste, von ihr abzulassen. Mit Mühe riss er sich zusammen. »Wir haben schwer zu kämpfen, meine Gemahlin. Nicht nur der Erzbischof hat Probleme. Sämtliche Normannen, die vor zehn Jahren an der Seite des Königs nach England übergesetzt sind, sind mittlerweile geflohen, manche hierher zu uns nach Hause, manche nordwärts, nach Schottland. Sie wissen, dass es in England für sie nicht mehr sicher ist, denn Edward hat seine Vergangenheit vergessen und katzbuckelt vor diesen unverfrorenen Godwinsons, und sie werden jetzt über ihn herrschen. Das ist falsch. Falsch für

England und falsch für Gottes gesegnete Königswürde. Und falsch für *uns.*«

Seine Stimme war nun wieder lauter. Sie dröhnte in ihren Ohren, und sein Zorn traf sie und den jetzt doch weinenden Robert in einem wütenden Schwall aus Speichel.

»Es tut mir leid, William. Ich bin damals nach Brügge geritten, um Judith zu warnen, das war alles.«

Er starrte so lange auf sie herab, dass sie sich vorkam wie eine Maus, die im grimmigen Visier des Habichts gefangen ist, aber dann streckte Robert flehentlich das Händchen aus, und William nahm das Kind mit einem schweren Seufzer und hob es sich auf den Arm. Robert beruhigte sich auf der Stelle.

»Du hast recht. Für Judith ist es in der Tat gut, aber in dem Maße, wie sie aufsteigt, werden wir fallen.« Er holte mehrfach tief Luft, um sich zu beruhigen. »Es ist sehr freundlich von dir, meine Mora, an deine Base auf diese Weise zu denken, aber ich fürchte, Freundlichkeit können wir uns in dieser Angelegenheit nicht leisten.«

Er trug Robert zum nächstgelegenen Fenster und musterte ihn in dem Licht, das aus dem hohen Fensterbogen auf ihn herabfiel, eindringlich. Matilda sah das gebrochene Silber seiner Augen in seinem verletzten Blick aufleuchten und kam sich töricht vor, weil sie Angst vor ihm gehabt hatte. Dies war ihr Ehemann, der Vater des Kindes, das er nun im Arm hielt, und – wenn sie sich nicht schwer täuschte – eines weiteren, das sie bereits unter dem Herzen trug. Nicht nur er war durch die neue Entwicklung bedroht, sondern auch sie selbst, und sie mussten dagegen zusammenhalten, wie schwer das auch sein mochte. Sie ging zu ihm hinüber und lehnte sich an ihn, um über den betriebsamen Burghof und die dahinterliegenden Dächer Rouens hinauszublicken.

»Man hat uns England versprochen, Matilda«, flüsterte William. »Man hat uns den Thron versprochen. Und Versprechen sollte man halten. Ich habe mich an das Versprechen meines Vaters gehalten, Edward Schutz und Asyl zu gewähren, als England sich gegen ihn gewandt hatte. Sollte er sich jetzt nicht ebenso unverbrüchlich an das seine halten?«

»Das sollte er, William, in der Tat. Aber nicht alle Männer sind so ehrenhaft wie du.«

William gab ein tiefes Knurren von sich. »Vielleicht nicht. Aber wenn dem so ist, müssen wir sie eben dazu zwingen – für uns selbst und für Robert.«

Matilda nickte energisch. »Und das werden wir, mein Gemahl, das schwöre ich.«

Er schob ihr Kinn nach oben und sah ihr fest in die Augen. »Das bedeutet Krieg.«

Sie erwiderte seinen Blick. Er hatte recht, hier war kein Raum mehr für Freundlichkeit. »Dann ist es ja gut, William, dass du so ein guter Krieger bist.«

Endlich lächelte er. »Das stimmt. Das stimmt wirklich.« Er wandte sich um und begann wieder auf und ab zu schreiten, wobei er Robert in die Luft warf, als wöge er nicht mehr als der Jonglierball eines Hofnarren. »Wir werden eine Nachricht an meinen Vetter Edward schicken und ihm um die Ratifizierung seines Versprechens bitten.« Er blieb an einer Fensteröffnung stehen, als bade er im Sonnenschein seines neuen Ziels. »Und wir werden auch eine Nachricht nach Frankreich schicken. König Henri wird uns in dieser Sache unterstützen, das *weiß* ich einfach.«

Matilda blickte zur anderen Seite des Frauengemachs, wo die Eichentruhe stand, die Henri ihr an ihrem Hochzeitstag übersandt hatte. Sie stand neben dem mittlerweile wieder in

Ordnung gebrachten Webrahmen, weil sie darin die Wolle für ihre Webarbeiten aufbewahrten. Und auf dem hübschen Perlmuttdeckel konnte sie die goldenen Worte *Matilda von der Normandie* in der Sonne glänzen sehen. Sie hatte diese Truhe als Symbol der Wertschätzung Frankreichs immer in Ehren gehalten, aber jetzt brauchten sie mehr. Es wurde Zeit, dass ihr königlicher Onkel William zu Hilfe eilte, und sie konnte nur darum beten, dass er es auch tat.

Kapitel 16

Bonneville, März 1053

»Invasion!«

Das Wort erschütterte die fröhliche Menge in der großen Halle in Bonneville und erstickte das Gelächter und jegliche Unterhaltung im Keim. Diese ruhige Burg an der Küste war Matilda schnell ans Herz gewachsen. Sie hatte so viele schöne Pläne geschmiedet, um Roberts ersten Geburtstag hier zu feiern, aber nun wurde ihr elegantes Fest von dem allzu bekannten Kriegsschrei unterbrochen.

»Von wem?«, fragte sie.

»Von Frankreich.«

Das Wort hallte in Matildas Kopf wider – Frankreich? Das war ganz sicher nicht die Reaktion, die sie sich erhofft hatten, als sie dem König im letzten Jahr Nachricht von dem gebrochenen Versprechen geschickt hatten. Sie sah nervös zu William hinüber und stellte fest, dass er sie hinter der Pyramide aus köstlichem Gebäck, die das Herzstück der sorgsam geplanten Feier bildete, wütend anstarrte.

»Dein Onkel wendet sich gegen uns, Frau«, knurrte er.

»Er ist auch *dein Lehnsherr,* mein Gemahl.«

Williams Augen nahmen die Farbe frisch geschürfter Kohle an. »Mein Lehnsherr, in der Tat, dem ich ewige Loyalität geschworen habe. Warum bin es eigentlich immer nur ich es, der sich an derlei Schwüre hält?!« Zornig rammte er die Faust gegen die Wand, sodass die Kerzen aus den Haltern fielen und alle so weit wie möglich von ihm fort eilten. »Warum eine Invasion?«

Er sah sich wütend um, und seine Blicke durchbohrten auch noch den letzten Mann, die letzte Frau, um den Quell dieses Verrats zu erkunden. Alle wichen ängstlich zurück, und nur Fitz wagte eine Antwort: »Wahrscheinlich wegen England, Herzog.«

William sah aus, als wollte er daraufhin sogar noch lauter brüllen, aber dann tauschten er und sein getreuer Seneschall eine stumme Botschaft, und so nickte er nur grimmig.

»So wird es sein, Fitz, genau. Wie es scheint, wünscht Henri nicht, dass ich, sein eingeschworener und stets gehorsamer Vasall, einen eigenen Thron habe.« Er stieß den Tisch beiseite, sodass einige der Gebäckstücke zu Boden fielen, wo die Hunde sich begeistert darauf stürzten. »Versteht er denn nicht, dass wir Frankreich zu ganz neuer Größe verhelfen könnten, wenn wir in dieser Sache Seite an Seite kämpfen würden? Ist er so kleingeistig, dass er nicht über die eigenen, winzigen Grenzen hinauszusehen vermag?«

»Anscheinend«, antwortete Fitz. »Aber uns Normannen wird er nicht in die Knie zwingen.« Er deutete auf die Männer, die bereits nach ihren Schwertern griffen, als ob noch an diesem Abend die Schlacht anstünde.

Matilda sah Odo an, der ein hübsches Mädchen vom Knie schubste, um seinen Schild von der Wand zu nehmen, und La Barbe sprach eifrig auf Della ein. Fitz kasperte herum, ließ die Muskeln spielen, die zierliche Adelisa an seinem Arm, deren Bauch so rund war wie ein Apfel am Baum. Einen flüchtigen

Augenblick lang verachtete sie diese Normannen, unter deren höfischer Verkleidung sich doch nichts weiter als Soldaten verbargen. Ihr sorgsam geplantes Abendessen war angesichts der Kriegsnachricht vergessen, ebenso wie Robert selbst. Verärgert schob sie ihren Sohn auf ihrem Schoß nach vorn, wo er an ihrem geschwollenen Leib herumzappelte.

»Können wir nicht verhandeln?«, bat sie.

William beachtete sie kaum. »Verhandlungen haben keinen Zweck, sonst hätte er sich nicht so ohne Weiteres gegen mich gewandt. Irgendjemand steckt hinter diesem heimtückischen Verrat. Das ist immer so.«

»Immer, William?«

»Immer. Und jetzt: Wo sind meine Hauptmänner?«

Fitz stürmte voran. Odo ebenfalls. Fulk hingegen erhob sich langsamer als sonst. Ausnahmsweise schien sein Körper zu schwer für ihn zu sein. Und von Williams viertem Mann fehlte jede Spur.

»Wo ist Hugues?«, fragte William.

»Er ist krank, Herzog«, antwortete Fitz.

»Was fehlt ihm?«

»Ich weiß es nicht genau. Fragt Fulk. Er war ebenfalls auf der Jagd, als er erkrankte.«

William wandte sich um und sah Fulk scharf an. Der trat betreten von einem Fuß auf den anderen wie ein Junge, der beim Apfeldiebstahl erwischt wurde.

»Ich weiß nicht, wie es dazu kam, Herzog. Er bekam nur plötzlich Bauchkrämpfe.«

William zog ein beunruhigtes Gesicht. »Warum hat mir das noch niemand gesagt? Was, wenn es sich ausbreitet? Ich kann den französischen Truppen nicht mit Truppen entgegentreten, die sich allesamt übergeben müssen.«

»Es wird sich nicht ausbreiten. Herzog. Ich vermute, er hat etwas Falsches gegessen.«

Williams Augen verengten sich, und er blickte am Tisch hinab zu Mabile. Sie war ebenfalls schwanger mit ihrem zweiten Kind, nachdem sie Fulk kaum neun Monate nach der Hochzeit pflichtschuldigst einen Sohn geschenkt hatte. Aber trotz der Schwangerschaft sah sie auf nervtötende Weise elegant aus. Heiter saß sie da und pickte gerade einen Essensrest aus ihren Nageldiamanten.

»Ihr sorgt für meinen Rittmeister, Edle Dame von Belême?«

Mabile lächelte ebenso schmallippig wie bedächtig. »Natürlich, Herzog. Es ist höchst bedauerlich, dass Hugues erkrank ist, aber er erhält die beste Pflege. Ich werde dafür sorgen, dass er in einer Woche wieder für Euch Eindringlinge erschlagen kann.«

William sah ihr mehrere Herzschläge lang in die Augen, nickte aber dann. »Tut das. Alle anderen: Schart Eure Truppen um Euch. Wir werden die Franzosen noch vor Ostern besiegen, das schwöre ich!«

Fitz, Roger und Fulk zogen sich zurück, pflückten ihre Männer von den Bänken wie reife Pflaumen, und William kehrte zu Matilda zurück.

»Ich habe dir gesagt, dass immer Verrat hinter so etwas steckt, und du kannst darauf wetten, dass die Bellêmes ihre Hände dabei im Spiel haben. Das alles ist so verdammt ermüdend. Vielleicht sollte ich Henri die Normandie überlassen und den vermaledeiten Godwinsons England, und mein Schwert nach Italien tragen, wo es zumindest warm ist.«

»Du würdest dich dem Guiscard anschließen, William?«

»Warum nicht? Würde er mich haben wollen, was meinst du?«

Er streckte eine Hand nach Robert aus, der sie begeistert packte, und erleichtert fragte Matilda ihren Sohn: »Was meinst du, Robert? Würde der berühmte Räuberbaron einen Mann nehmen, der mehr Rebellen geschlagen hat, als es Mauren in Sizilien gibt? Einen Mann, der einen Bogen länger spannen kann als jeder andere, der stundenlang ohne Pause zu kämpfen vermag, ohne müde zu werden, der eine Belagerung mit skrupelloser Effizienz zu brechen vermag?« Robert legte den kleinen Kopf schief, als hätte er tatsächlich eine Antwort darauf. Sie gab sie an seiner Stelle: »Wir glauben, du würdest vielleicht mit Mühe in seine niederen Ränge aufgenommen werden.«

William grunzte amüsiert. »Und du, meine Mora, wie würde es dir in Italien gefallen? Du hättest eine ›Villa‹ mit Sonnenterassen, Wein und, und …«

»Und einen Gemahl, der ständig kämpft. Wohl kaum ein Unterschied zu hier, William.«

Er wurde wieder nüchtern. »Das ist wahr, Matilda. Wir kämpfen zu viel. Warum müssen sie sich alle gegen mich wenden? Erst Edward und seine verdammten Godwinson-Schoßhündchen, und jetzt Henri. Habe ich den Herrn verärgert? Sind wir daran schuld, was meinst du? Geschieht das alles, weil wir den Dispens des Papstes nicht abgewartet haben, bevor wir geheiratet haben?«

»Natürlich nicht. Gott glaubt an unsere Ehe, William – sieh doch, wie er uns mit Kindern segnet.«

William lächelte und strich mit der Hand sanft über die Wölbung ihres Bauches. »Du hast natürlich recht. Ich werde Rom noch häufiger wegen unserer Ehe schreiben und darum beten, dass Gott uns auch weiterhin gnädig ist. Ich bin einfach nur misstrauisch. Als ich jünger war, befürchtete ich, dass alles eine Strafe für die niedrige gesellschaftliche Stellung meiner Mutter sei, aber dieser Überzeugung bin ich entwachsen. Adel, Matilda, ist keine Frage des Blutes, sondern der Geisteshaltung. Sieh dir Mabile an – sie hat den besten Stammbaum und ist eine giftmischende Hexe.«

»Ich werde herausfinden, was sie plant, William.«

»Du?«

»Warum nicht? Ich werde Emeline bitten, etwas ... nachzuhorchen.«

Ihrer beider Blicke glitten zu Emeline hinüber, die mit Seigneur Bertrand schwatzte. William musterte sie von oben bis unten.

»Sie ist doch Französin, deine Zofe, nicht wahr?«

»Sie ist dort geboren, William, ja. Aber sie ist seit ihrem zehnten Lebensjahr bei mir.«

»Da war sie schon fast eine Frau.«

»Wohl kaum ...«

»Und ganz sicher ist sie eine Spionin.«

Matildas Herz pochte schneller, als sie die Beharrlichkeit in seiner Stimme vernahm, aber sie war entschlossen, für ihre Zofe und liebe Freundin einzutreten.

»Keine Spionin, mein Gemahl«, beharrte sie also, »nur eine gut informierte Botin.«

Und Gott sei Dank lächelte er.

Die Sonne war am darauffolgenden Tag kaum aufgegangen, als das Klirren von Stahl die Luft zerriss, weil die Männer bei den Waffenübungen waren. William war bis spät in die Nacht auf gewesen und hatte Boten ins gesamte Herzogtum geschickt, um zu den Waffen zu rufen, und als Matilda erwachte, war er immer noch nicht im Bett. Nun sah sie aus dem Fenster und entdeckte ihn inmitten seiner übenden Männer. Odo war an seiner Seite, die Bischofstunika unter ein Kettenhemd gezwängt, und schwang voller Begeisterung eine riesige, mit Stacheln besetzte Keule. Als Kleriker war es ihm verboten, Blut zu vergießen, aber Gott hatte offenbar nichts dagegen, wenn er Fleisch zerquetschte. Offensichtlich hatte er vor, mit den restlichen Männern in den Krieg zu ziehen.

In der Halle bemerkte sie, dass ihre kostbare Kuchenpyramide auf einem Hocker an der Seite stand und von hungrigen Soldaten geplündert worden war. Erschöpft wandte sich Matilda ab, gerade rechtzeitig, um zu sehen, wie Emeline hereinkam, mit tiefen dunklen Ringe unter ihren hübschen Augen.

»Lange Nacht?«

Emeline zog ein bedauerndes Gesicht. »Irgendetwas am Krieg macht Männer besonders lüstern, und Bertrand kann ein wenig … seltsam sein. Aber es war die Sache wert. Mabile *hat* Hugues vergiftet.«

»Ich wusste es!«, rief Matilda. »Aber warum?«

»Es war ein Versehen. Das heißt, sie wollte durchaus jemanden vergiften, nur nicht den armen Hugues. Sie zielte eher auf irgendeinen Vetter von ihm ab, der nach seiner Rückkehr aus Italien versucht hatte, ihr ein paar Grenzgebiete zu stehlen.«

»Arnold de Giroie?«

»Genau der.«

Matilda erinnerte sich, wie sie damals bei der Hochzeit diesen Mann unabsichtlich damit aufgezogen hatte, Wein anbauen zu wollen. Offensichtlich war es ihm in Italien nicht allzu gut ergangen, und er hatte beschlossen, den Versuch zu wagen, heimische Ländereien zurückzuerobern, wobei er sich wohl die falschen Gegner ausgesucht hatte.

»Und Mabile hielt es für das Beste, ihn loszuwerden?«, fragte sie ungläubig.

»Ja. Sie bereitete ihm einen ›besonderen‹ Kelch mit Wein bei seiner Rückkehr von der Jagd mit Fulk neulich zu, aber er meinte, er sei nicht durstig. Nichts wäre passiert, wenn nicht in diesem Augenblick Hugues hereingeplatzt wäre und den Wein in einem Zug heruntergekippt hätte. Offenbar ist er innerhalb weniger Minuten zu Boden gefallen, hatte Schaum vor dem Mund und hat um sich geschlagen wie ein räudiger Köter. Bertrand war ziemlich schockiert.«

»Nicht so schockiert wie Hugues, könnte ich mir denken«, erwiderte Matilda trocken.

»Nein. Aber er wird es überleben, Gott sei gepriesen. Von allen Männern hat er es sicherlich am wenigsten verdient, verletzt zu werden.«

»Warum, Emeline?«

»Er ist eben ein freundlicher Mensch, mehr nicht. Habt Ihr ihn im Umgang mit den Pferden gesehen? Er behandelt sie wie Männer. Nein, eher wie Frauen – er streichelt sie, beruhigt sie und schmeichelt ihnen so lange, bis sie ihm zu Willen sind. Es ist wie Zauberei.«

»Du klingst ja beinahe eifersüchtig, Em.«

»Bin ich auch, oder etwa nicht? Wer hätte das gedacht – eifersüchtig auf ein Pferd!« Sie lachte, dann wurde sie genauso schnell wieder ernst. »Offenbar schritt Mabile schnell ein und verabreichte ihm ein Gegengift, und jetzt tut sie alles Erdenkliche, damit Hugues bei uns bleibt.«

»Das sollte sie auch.«

»Ja. Dem Vernehmen nach war Fulk fuchsteufelswild, und das scheint Mabile ebenfalls sehr aufgeregt zu haben. Vielleicht mag sie ihren siegreichen Gemahl doch mehr, als sie zugibt?«

»Ich hoffe es – um seinetwillen. Der arme Hugues. Sie darf damit nicht davonkommen, Em. Ich werde mit ihr reden.«

Emeline war entsetzt. »Nein! Oh, Herzogin, bitte nicht. Sonst weiß sie doch genau, woher Ihr diese Informationen habt.«

»Ich werde Bertrand mit keinem Wort erwähnen.«

»Sie wird es trotzdem wissen.«

»Trotzdem, ich muss mit ihr reden. Das ist jetzt mein Haushalt, und ich werde nicht zulassen, dass hier Männer vergiftet werden. Hol Mabile in die Halle.«

»Jetzt?«

»Ja, jetzt. Oder lass Cecilia gehen. Du musst dich ausruhen, Em. Du hast deine Sache gut gemacht, und ich werde dich entsprechend entlohnen.«

Emeline floh in ihre Kammern, während Cecilia eilig nach Mabile suchte. Matilda nahm auf ihrem großen Sessel in der Halle Platz. Das Kind turnte in ihr herum, als wolle es sich auf die bevorstehende Auseinandersetzung vorbereiten, und Matilda legte eine Hand auf ihren Bauch in dem Versuch, es zu beruhigen. Sie war ohnehin schon nervös genug.

Mabile betrat die Halle ein paar Minuten später, eine entnervte Cecilia im Schlepptau, die sie ärgerlich vor sich hertrieb wie ein Schäferhund seine Schäfchen.

»Ihr wolltet mich sehen, Herzogin?«

»Ja. Ich wollte mich noch etwas intensiver nach Hugues' Befinden erkundigen.«

»Es geht ihm immer besser.«

»Das sollte es auch. Wie ich höre, hat es ihn ziemlich erwischt.«

»Tatsächlich?«

»Ja. Fulk glaubt, er habe etwas Falsches gegessen. Was

glaubt Ihr, kann das gewesen sein, wo er doch mit allen anderen zusammen gespeist hat?«

Mabile reckte das Kinn und stand steif und stolz vor ihrer Herzogin, die Hände unter ihrem adretten runden Bäuchlein verschränkt. »Vielleicht ist es bei der Jagd passiert? Vielleicht hat er sich einen Pilz gepflückt?«

»Einen Pilz? Ich wusste ja gar nicht, dass Hugues de Grandmesnil sich von Pilzen ernährt.«

»Vielleicht gab es ja gerade nichts anderes.«

»Ihr habt kein Essen für die Männer zubereitet?«

Mabiles Finger zuckten. »Natürlich habe ich das, aber ich weiß nicht, was gegessen wurde, denn schließlich war ich nicht dort.«

Matilda erhob sich plötzlich und ging auf Mabile zu. »Aber Ihr wart *durchaus* da, als sie zurückkehrten, nicht wahr? Ihr *wart* da, als der arme Hugues erkrankte?«

»Nun ja, aber derlei Dinge brauchen ihre Zeit.«

»Oder es geht sehr schnell. Er hatte Durst, wie ich höre?«

Mabile zuckte zusammen. »Von wem? Mit wem habt Ihr gesprochen?« Mabile sah sich mit wildem Blick in der Halle um, als könne sie den Verräter zwischen den Binsen auf dem Fußboden entdecken.

»Mabile«, sagte Matilda ruhig und zwang diese, sie anzusehen. »Das dulde ich nicht. Nicht hier. Ihr könnt unten im Süden so viele Leute von Eurem Schlag vergiften, wie Ihr wollt, aber derlei Verhalten kann ich hier nicht dulden. Es ist nicht gerecht.«

»Gerecht? Ist es denn gerecht, wenn ein Mann aus Italien zurückkehrt und versucht, seinen Nachbarn Ländereien zu stehlen?«

»Hugues war in Italien?«

Mabile knirschte mit den Zähnen. »Ihr wisst, dass er das nicht war. Der Wein war für seinen Vetter Arnold bestimmt. Er ist ein unangenehmer Mann, Herzogin, und niemand würde ihn vermissen.«

»Ist es nicht Gottes Aufgabe, darüber zu entscheiden?«

»Gott ist sehr beschäftigt. Manchmal ist es besser, ihm einen Teil der Verantwortung von den Schultern zu nehmen.«

»Wie ungemein christlich von Euch, Mabile.«

»Ihr stellt meinen Glauben infrage?« Mabile machte einen Schritt auf sie zu, sodass ihre Bäuche einander fast berührten und Matilda gezwungen war, zu ihrer hochmütigen Untertanin aufzublicken. Aber sie ließ sich nicht einschüchtern.

»Ich stelle Eure Interpretation davon infrage. Als es in der Normandie so wenige Frauen gab, dass sich Männer leicht von Euch um den Finger wickeln ließen, konntet Ihr hier in der Normandie sicher tun und lassen, was Ihr wolltet, denn niemand hat Euren bitteren Gifttränken Beachtung geschenkt. Aber diese Zeiten sind vorbei. Jetzt bin ich hier die Herzogin.«

»Als ob wir das nicht alle wüssten.«

»Das solltet Ihr auch, Edle Frau. William hält nach Verrätern Ausschau und hält Euch für verdächtig.«

»Nein, ich …«

»Ihr wart lediglich selbstsüchtig, *mir* ist das klar. Aber William sieht das vielleicht nicht, denn Hugues bedeutet ihm viel. Bitte pflegt unseren Rittmeister gut, Edle Dame. Wenn er wieder gesund wird und sich der Armee anschließen kann, verliere ich kein Wort mehr über diese Angelegenheit. Aber das ist dann meiner Gnade zu verdanken, und nicht Eurer Macht.«

»Ihr seid zu gütig«, spie Mabile hervor, und dann war

sie fort, fegte so schneidig aus der Halle, dass die Binsen flogen und die Wachen eilig herbeisprangen, um ihr die Tür zu öffnen.

Matilda blieb wie angewurzelt stehen und sah ihr hinterher, und als die Tür endlich wieder geschlossen wurde, sank sie auf ihren Sessel und griff nach ihrem Wein, nahm einen tiefen Zug, um sich wieder zu beruhigen. Sie zitterte am ganzen Körper vor Wut und Nervosität, und ihr war schwindelig vor Aufregung. Sie hatte es getan. Sie hatte die Schlange konfrontiert und gewonnen – zumindest vorläufig. Sie trank noch einen Schluck Wein, dann griff sie nach Cecilias Arm und ließ sich dankbar von ihr in ihr Gemach zurückgeleiten. Das Klirren der stählernen Klingen zerriss die Luft noch immer, drang aber kaum mehr zu ihr durch, so erschöpft war sie.

Sie ließ sich auf den kleinen Hocker vor der Schießscharte sinken, um die Männer unten zu beobachten, und rieb ihren sich wölbenden Leib, während Cecilia sie geschäftig umsorgte.

»Herzogin, fühlt Ihr Euch nicht wohl? Ihr solltet etwas essen.«

»Nein.«

»Wenigstens für das Kind.«

»Ich kann nicht.«

Sie beugte sich vor, suchte im Hof nach William, aber die Bewegung verursachte ihr Bauchkrämpfe. Dieses Kind fühlte sich größer an als das letzte. Es sollte erst in ein paar Wochen zur Welt kommen, aber sie spürte, dass ihre Haut jetzt schon zum Zerreißen gespannt war. Ihr Kleid klebte an ihrer Haut und juckte, und ihr war warm, so unglaublich warm.

»Hier drin ist es zu heiß«, beklagte sie sich.

»Es ist nicht heiß, Herzogin. Eigentlich ist der Tag sogar

recht kühl, obwohl Ihr wirklich etwas erhitzt ausseht. Vielleicht …«

Aber Matilda, die ruhelos war und der alles wehtat, erhob sich, damit Cecilia keinen Wind mehr um sie machte. Cecilia keuchte, und Matilda drehte sich um und sah, wie sie in stummem Schrecken auf ihre Röcke deutete. Sie blickte an sich herab. Ein großer roter Fleck hatte den wunderschönen Stoff durchtränkt: Blut.

Es war ein hässlicher Kampf, und Matilda war sich jedes einzelnen Augenblicks bewusst. Dieses Kind war ungeduldig, wollte unbedingt vor der Zeit zur Welt kommen, und Matildas zierlicher Körper verfiel schnell in den Rhythmus der Geburt, genauso schnell wie damals mit Robert, trotz ihrer Bemühungen, diesem Drang zu widerstehen.

»Ihr dürft nicht dagegen ankämpfen, Herzogin«, sagte Emeline, die durch Cecilias Hilfeschreie geweckt worden war.

»Es ist zu früh«, wimmerte Matilda.

»Das Kind ist da anderer Meinung«, antwortete Della, wie immer praktisch veranlagt.

»Das Kind kann noch gar nicht denken.«

»Vielleicht nicht, aber es weiß trotzdem, was es will, und zwar das Licht sehen.«

Keine von ihnen sprach den furchtbaren Gedanken aus, dass dieses Kind das Licht vielleicht niemals sehen würde.

»Ihr müsst pressen, Herzogin«, wies Cecilia sie an, und obwohl Matilda eigentlich nicht gehorchen wollte, war ihr Körper der Natur ausgeliefert, und sie hatte keine Wahl.

Am Ende tat einfach nur noch alles weh. Das Kind glitt hinaus, und Della fing es auf. Es gab keinen Laut von sich. Cecilia und Emeline hielten Matilda fest, als sie sich aufrichtete, um ihr Kind zu sehen, und dann – vor aller erstaunten Augen – hielt Della es in die Höhe, ließ es von den winzigen Füßchen herabbaumeln und gab ihm dreimal einen Klaps.

»Della, nein …!«, würgte Matilda hervor, aber sie wurde durch einen Schrei unterbrochen – einen winzigen, schwächlichen, aber dennoch entschlossenen Schrei.

»Es lebt!«, hauchte Cecilia.

»*Sie* lebt«, korrigierte Della sie. »Ihr habt eine Prinzessin zur Welt gebracht, Herzogin.«

Sie legte Matilda das Kind behutsam in die Arme. Die Kleine war winzig, kaum größer als die Hand ihrer Mutter, aber in jeder Hinsicht perfekt.

»Wird sie überleben?«, wagte Matilda zu fragen.

»Das weiß nur Gott. Ihr solltet sie füttern.«

Matilda blickte herab, und tatsächlich suchte der Säugling nach der Nahrungsquelle, wobei die winzigen Lippen sich verzweifelt zusammenzogen. Sie schob ihr Hemd hoch, und ihre Tochter fand die richtige Stelle, sicher wie ein Pfeil, der mitten ins Ziel traf. Sie trank hungrig, aber schon nach ein paar Minuten ließ sie erschöpft wieder los.

»Sie schafft es nicht«, rief Matilda voller Panik.

»Sie schafft es«, beharrte Della. »Und sie hat ja auch schon getrunken. Es dauert einfach nur seine Zeit. Wir müssen sie sehr warm halten, ihr ganz oft zu trinken geben und ihre kleinen Beine und Arme massieren, damit der Blutfluss angeregt wird.«

Matilda spürte, wie sich ihrer Brust ein Schluchzen entringen wollte. Das alles war so plötzlich gekommen, so unerwartet, und das, wo sie ohnehin schon so viele Sorgen hatte. Sie hatte mit einem Mal ganz deutlich das Bild von Mabile vor Augen, die vorhin in der großen Halle so dicht vor ihr gestanden hatte. Ihr Wein hatte ganz in der Nähe gestanden. Hatte sie …? Doch sicher nicht? Sicherlich würde nicht einmal Mabile es wagen, eine Herzogin zu vergiften. Sie konzentrierte sich auf das Kind.

»Sie ist so zart.«

»Das seid Ihr doch auch, Herzogin«, sagte Cecilia sanft, »aber es hat Euch nie von irgendetwas abhalten können.«

Jetzt flossen Matildas Tränen doch. »William«, keuchte sie. »William sollte sie sehen.«

Sie schickten eine Magd zu ihm, und schon bald erklangen laute Schritte auf dem steinernen Fußboden, und William kam ins Zimmer gestürmt.

»Meine Liebste, meine Mora, was ist los?«

Matilda sah den Säugling an. »Das, William, ist unsere Tochter. Wie es scheint, hatte sie Angst, dass du in den Krieg ziehst, ohne sie vorher gesehen zu haben.«

Er rückte näher und streckte vorsichtig die Hand nach der Decke aus, in die das Kind gehüllt war. »Sie ist …« Er zögerte. »Ist sie gesund?«

Matilda öffnete die Decke, damit er ihre winzigen Gliedmaßen bewundern konnte, an denen die klitzekleinen Finger und Zehen zu sehen waren.

»Sie ist gesund, mein Gemahl.« Er setzte sich langsam hin, die Augen geweitet vor Staunen über dieses unerwartete Wunder. »Ich finde, wir könnten sie Herleva nennen?«

William zuckte zusammen. »Nein. Bei dieser unserer ersten Tochter sollten wir ihre königliche Großmutter ehren. Sie wird Adela heißen. Das gefällt dir doch, Matilda, oder?«

Das war keine Frage.

»Es gefällt mir.«

»Gut. So sei es. Meine Mutter ist eine wundervolle Frau,

aber keine Herrscherin. Mein Vater wählte sie wegen ihres Liebreizes, ihrer Einfachheit, ihrer hirnlosen Anbetung.«

»William!«

»Es ist wahr, Matilda.« Natürlich war es das. »Und mir hat sie das gleiche Gefühl entgegengebracht. Ich bete sie ebenfalls an, das weißt du, aber sie ist so viel … so viel kleiner als du.«

»Nicht kleiner, William.«

»Oh, ich finde nicht die richtigen Worte dafür, aber du weißt, was ich meine. Bei dir kann ich darauf vertrauen, dass du es verstehst zu regieren.«

»Aber nicht als deine Regentin?«

»Wir nennen es nicht offiziell so, aber wir kennen doch beide die Wahrheit?«

Matilda dachte darüber nach. Vielleicht hätte sie sich lieber im Hintergrund halten sollen, wie es Williams kostbare Normannen eigentlich von ihr erwarteten. Vielleicht hätte sie im Frauengemach bleiben und sich mit der Rolle als Ehefrau zufriedengeben sollen, statt mit ihm zusammen zu regieren. Aber sie wusste bereits jetzt, dass ihr das unmöglich sein würde.

»Meine Mutter hat mich dazu erzogen, meinen Verstand zu benutzen«, antwortete sie bedauernd.

»Kann sein, meine Mora, aber deinen Verstand verdankst du nur dir selbst. Er macht mir manchmal ein wenig Angst, denn manchmal bist du unberechenbar, aber ich bin auch stolz darauf. Ich wusste vor dir nicht, dass Frauen so wild entschlossen und so intelligent sein können. Ich habe dieses widerspenstige Herzogtum so lange allein regiert, und ich kann dir kaum erklären, wie viel es mir bedeutet, diese Bürde mit einer Partnerin zu teilen, die aus dem gleichen Holz geschnitzt ist wie ich.«

Matilda schluckte. »Sind wir uns denn so ähnlich, William?«

»In den wesentlichen Punkten, ja.«

Sie wollte gerade Einwände erheben, aber in diesem Augenblick gab Adela ein winziges Hüsteln von sich und dann ein seltsames Prusten, und ihr winziger Körper verkrampfte sich. Matilda bekam einen riesigen Schreck, aber William nahm sie einfach hoch und legte sie sich über die große Schulter, beschrieb mit der Hand Kreise auf ihrem Rücken, bis sie mit einem drolligen kleinen Gurgellaut wieder ruhig wurde.

»Wo hast du das denn gelernt?«, fragte Matilda erstaunt.

William zuckte verlegen mit den Schultern. »Odo war als Kind sehr kränklich.«

»Und du hast dich mit um ihn gekümmert?«

»Manchmal. Anfänglich. Aber dann …« Er hielt inne, schien beinahe zu würgen wie vorhin das Kleine.

»Dann …?«, wagte Matilda nachzuhaken.

»Dann musste ich gehen.«

»Wohin, William?«

Er sah aus dem Fenster, als könne er die Antwort in den Wolken finden, die über den mondhellen Himmel jagten.

»Zu meiner Pflicht, natürlich. Ich ging, um Herzog zu werden.«

»Du warst sieben?«

»Ja.«

»Wie … wie hat sich das angefühlt?«

»Angefühlt?« Er gab ihr das Kind zurück. »Es *fühlte* sich nicht an, Matilda, es war einfach nur so.«

»Aber du musst doch …«

»Ich habe nichts gefühlt. Diese Art von Gerede ist der Grund, warum Männer weiblichen Regenten nicht trauen.

Aber egal. Du musst jetzt schlafen, meine Mora, und ich muss zu meinen Männern zurückkehren, denn vor uns liegt ein Krieg, und ich werde nicht zulassen, dass Henri irgendwann vor der Tür meiner Tochter steht.«

Und mit diesen Worten gab er ihr einen Kuss auf den Kopf, so hart, dass sie glaubte, er bohre ihr ein Loch in den Schädel. Dann schritt er grimmig zur Tür hinaus.

Kapitel 17

Rouen, Juli 1053

Matilda kickte einen der verfaulten Äpfel vom letzten Jahr fort, als könne sie damit das Düstere vertreiben, das diesem Tag anhaftete. Aber er zerbarst nur zu einer ekelhaften Masse am nächsten Baum, und Emeline stieß einen ärgerlichen Laut aus. Wochenlang schon weigerte sich die Sonne zu scheinen, wie es sonst eigentlich um diese Jahreszeit üblich war, und der kleine Robert wurde so langsam ganz unruhig, weil er ständig in der Burg eingepfercht war. Sie hatten ihn in den Obstgarten hinter dem Tour de Rouen gebracht in der Hoffnung, dass er hier etwas von seinem Bewegungsdrang ausleben konnte – mit dem einzigen Erfolg, dass er nun über und über mit Schlamm bespritzt war. Matilda zerrte unwillig an seiner Tunika herum, nachdem er – wieder einmal – versucht hatte, auf einen der niedrigeren Bäume zu klettern, und sah nach oben, betete um Geduld. Wann würde dieser Nichtsommer jemals enden?

Die Franzosen waren in voller Stärke einmarschiert und hatten den Osten der Normandie an zwei Fronten durchdrungen mit dem klaren Ziel, Rouen in die Zange zu nehmen, aber Williams Truppen hatten die Angreifer in das dahinterliegende Land verjagt. La Barbe hatte vorgeschlagen, dass

Matilda und ihre Damen sich nach Caen im Westen zurückzogen, um sich der Ziellinie der Invasoren zu entziehen, aber Caen war eine karge, düstere Stadt, deren Einwohner sogar in der Normandie zu den rebellischsten gehörten, sodass Matilda einen Umzug dorthin für Wahnsinn hielt.

Demzufolge saßen sie hilflos in Rouen fest. Und um es noch schlimmer zu machen, hatten die untypischen Regengüsse Straßen in Flüsse verwandelt, und ständig hörte man die Tropfen, die mit lautem Platschen von den nassen Dächern auf die Erde fielen. Matilda konnte sich kaum vorstellen, wie es erst für die armen normannischen Soldaten sein musste, die bei diesem Wetter Tag und Nacht draußen ausharren mussten, um ihr Herzogtum zu verteidigen, und versuchte, für ihre hübsche Burg dankbar zu sein. Dennoch fiel ihr das schwer. Adela war Gott sei Dank zwar ziemlich still, aber dennoch ein kränkliches, quengeliges Kind. Robert hingegen war ein frustriertes Energiebündel, und Emeline war schlimmer als beide zusammen.

»Warum stationieren sie die Armee nicht einfach hier?«, fragte sie jetzt ärgerlich und kletterte auf einen Baumstumpf, um sinnloserweise über die Mauer zu spähen, die den Turm von der restlichen Stadt trennte. Seit Hugues sich glücklicherweise erholt hatte und der Armee hinterhergeritten war, hatte sie begonnen, den Horizont abzusuchen, als könne jeden Augenblick der Feind auftauchen. »Warum drückt sich William im Herzogtum herum und jagt dem Feind hinterher, statt sich ihm direkt zu stellen?«

»Er will ihn schwächen«, erklärte Matilda ihr, pflichtbewusst das wiederholend, was William ihr vor seiner Abreise erläutert hatte. »Er überfällt plündernde Soldatengruppen und sprengt ihre Einheiten auseinander.«

»Aber warum?«

»Warum?«, fragte Della und hörte auf, ihre beiden Jungen um die Bäume zu jagen, wobei sie ihre Röcke bis zu ihren üppigen Hüften hinaufgerafft hatte und Stiefel enthüllte, die alles andere als elegant, aber dafür beneidenswert wasserfest waren. »Weil es dreimal so viel Männer sind wie unsere, deshalb.«

»Der Herr steh uns bei!«, wimmerte Emeline. »Wir sind verloren. Warum sind wir überhaupt in die Normandie gekommen? Ich wusste gleich, dass dieses kriegsverseuchte Herzogtum nur Probleme bereitet, denn immerhin hat man mich als Kind ja hier zurückgelassen. Bin ich von hier nicht geflohen, sobald ich konnte? Und hatte ich nicht recht damit? Also, warum um alles in der Welt bin ich in diese gottverlassene Stadt zurückgekehrt, in der wir jetzt nur noch auf den Tod warten können?«

»Rouen ist eine wunderschöne Stadt«, meinte Matilda und zog Emeline von der Mauer fort.

»Aber bei Weitem nicht so schön wie Brügge, nicht wahr? Hier gibt es keine hübschen Kanäle, keine geschwungenen Brücken und auch keine sicheren Mauern, die die Stadt befrieden. Rouen liegt an der großen, breiten Seine, nur eine Bootsfahrt von Paris entfernt, und wir sitzen hier am Ufer fest und warten nur darauf, erobert zu werden. Wir müssen etwas unternehmen, Herzogin.«

Matilda legte tröstend den Arm um sie. Es gefiel ihr gar nicht, die sonst so lebensfrohe Emeline so zu erleben.

»Du vermisst Seigneur Bertrand«, versuchte sie, sie durch eine kleine Neckerei aus ihrer düsteren Stimmung zu reißen.

»Ganz bestimmt nicht.« Emeline stampfte mit dem Fuß auf und ließ dann den Kopf hängen. »Ich bitte um Verzeihung,

Herrin. Ich bin vollkommen am Ende. Es tut mir leid. Aber mit Vicomte Bertrand bin ich fertig. Ich weiß, dass er von großem Nutzen für Euch ist, aber die Bellêmes sind so seltsam wie ein Seerosenblatt mit ein paar dreibeinigen Fröschen.«

Matilda musterte sie neugierig von oben bis unten. »So wichtig ist er auch wieder nicht, Emeline. Es tut mir leid, dass ich dich jemals gebeten habe, ihm näherzukommen. Du solltest dir einen netteren Mann suchen, der dich aufheitert.«

Emeline lächelte matt. »Vielleicht. Nur dass all diese Kriege und Rebellionen mich wie die Füße eines Riesen zu Boden drücken. Manchmal habe ich das Gefühl, dass seit unserer Rückkehr aus England am vorletzten Weihnachten immer alles schiefgegangen ist, und nun stehen bald Tausende rachsüchtiger Franzosen vor unserer Tür. Selbst Raoul marschiert gegen uns.«

»Raoul d'Amiens kämpft aufseiten der Franzosen?« Matilda erinnerte sich, wie er die verdammte Hochzeitstruhe vor ihr abgesetzt hatte, und sie erschauerte. »Warum hat auch er sich gegen uns gewandt?«

Della schnalzte spöttisch mit der Zunge. »Ihr seid mittlerweile schon genauso misstrauisch wie Euer Gemahl, Herzogin. Raoul hat sich nicht ›gegen‹ irgendjemanden gewandt. Er ist einfach nur Henris Mann. Er ist viel weniger *gegen* uns als *für* die Franzosen.«

»Aber irgendwo ist es *dennoch* Verrat«, warf Emeline ein. »Denn die Franzosen haben Mortemer im Norden des Herzogtums eingenommen. Dort residiert Raouls Schwiegersohn, Comte Evelin, nicht wahr? Praktisch, nicht wahr, wenn Mitglieder einer einmarschierenden Armee Verwandte haben, die die Schlüssel zum Stadttor besitzen?«

Matilda verzog das Gesicht. Das war in der Tat praktisch, und ihr graute vor Williams Reaktion.

»Kommt«, blaffte sie unwirsch. »Gehen wir hinein.«

Eine weitere Aufforderung war wohl kaum nötig.

Letztlich jedoch trug die Besetzung Mortemers nicht zum Sieg der Franzosen, sondern vielmehr sogar zur deren Niederlage bei. Das normannische Bataillon erreichte die Stadt genau in der Nacht, in der die französischen Besatzer Comte Evelins Weinkeller entdeckt und leer getrunken hatten. Die normannischen Soldaten waren zu gut ausgebildet, um sich eine solche Gelegenheit entgehen zu lassen. Sie brannten die Stadt nieder und meuchelten auch noch den letzten Franzosen, der aus den Flammen ins Freie stolperte. Diese Nachricht reichte, um Henris Truppen über die Grenze zurückzutreiben, und plötzlich – als hätte Gott einen Wind geschickt, um den Feind wegzupusten – war die Normandie wieder sicher.

Die Frauen, sogar Emeline, tanzten vor Freude, als die Neuigkeiten sie erreichten, und dann herrschte wilde Aufregung, weil man sich auf die Rückkehr der Sieger vorbereitete. Als William aber endlich wieder in Rouen anlangte, dämmerte gerade erst der Morgen, und alle lagen in ihren Betten. Matilda erwachte mit einem Ruck und sah ihren Gemahl vor sich stehen, als hätte Gott ihn dort abgesetzt.

»William!«, stotterte sie und bemühte sich, die Schlaftrunkenheit abzuschütteln. »Willkommen.«

Sie streckte die Hände nach ihm aus, war sich immer noch nicht ganz sicher, dass er es leibhaftig war, aber er hielt sie fest, um sie daran zu hindern, ihn in den Arm zu nehmen.

»Ich bin ganz schmutzig, Matilda.«

»Das ist mir gleichgültig.« Aber da war ein seltsam glimmendes, wildes Feuer in seinen dunklen Augen, und sie zögerte. »Geht es dir gut?«

»Es geht mir gut.«

Er stand immer noch da, als sie verlegen die Decken von sich warf und sich erhob, um ihm Bier aus dem Krug auf dem Tisch an der Seite einzugießen. Von Emeline oder Cecilia war keine Spur zu sehen, aber solange William in dieser Stimmung war, waren sie sowieso besser allein. Nervös hielt sie ihm den Becher hin.

»Die Franzosen sind besiegt?«

»Ja, und in die Heimat geflohen – aber das wusstest du doch, oder nicht?«

»Natürlich wusste ich das, William. Deine Boten haben mir die Nachricht überbracht.«

William machte unvermittelt einen Schritt nach vorn, wobei seine Rüstung beunruhigend quietschte, als ob seine Arme und Beine aus Metall wären. Matilda wich zurück, dabei verschüttete sie Bier auf ihr helles Leinennachthemd.

»Sie berichteten mir, dass du nicht überrascht warst.«

»Nun, das stimmt. Du hast mir immerhin versichert, dass wir immer gewinnen, William, warum hätte ich also überrascht sein sollen?«

Er stutzte, wirkte aber noch immer misstrauisch. Er suchte jemanden, dem er die Schuld für die ganze Misere geben konnte, das war ihr klar, und sie war als Erste zur Hand. Sie stellte den Becher ab und eilte zu ihm hin, aber er hob die Hände, um sie abzuwehren.

»Ich habe gehört, Frau, dass du König Henri – unserem Feind – geschrieben hast.«

Matilda schluckte. Er war so riesig, wie er sie da im Licht des Morgengrauens überragte, die Augen voller Zorn.

»Das habe ich, William.« Er blinzelte überrascht, und sie trat dichter zu ihm hin. »Natürlich habe ich das. Er ist mein Onkel, und ich glaubte, um deinetwillen an ihn appellieren zu können. Deshalb: Ja, ich habe ihm geschrieben und ihn gefragt, warum er sich gegen dich gewandt hat – gegen *uns*. Auch meiner Mutter habe ich geschrieben, aber ihre Antwort war nichtssagend.«

»Und Henris Antwort?«

»Henri hat überhaupt nicht geantwortet.«

»Woher soll ich wissen, dass das stimmt? Woher soll ich wissen, dass du nicht gemeinsame Sache mit ihm machst? Woher soll ich wissen, dass dieses liederliche Frauenzimmer, das du als Zofe beschäftigst, die Informationen, die sie hier ausspioniert, nicht in französische Betten weiterträgt?«

»William! Warum sagst du so etwas? Natürlich bin ich keine Spionin. Ich bin deine Gemahlin und die Mutter deiner Kinder!«

»Tatsächlich?«

»William?«

»Vielleicht war es ja gar nicht seiner Loyalität gegenüber Kaiser Heinrich des Römisch-Deutschen Reiches geschuldet, dass der Papst unserer Verbindung bis jetzt den Dispens verweigert hat. Sondern irgendeinem Pakt mit dem französischen König Henri. Vielleicht war das ja von Anfang an so geplant, um dir eine Möglichkeit zu geben, dich aus dieser Ehe wieder zu befreien.«

Matilda konnte ihn nur entsetzt anstarren. Er witterte wirklich *überall* Verrat.

»Du glaubst also, ich würde *aus politischen Gründen* bereit sein, meine Ehre und die meiner Kinder zu besudeln? Ich bin kein Mann, William – ich denke nicht so. Deine Interessen sind meine Interessen, denn ich bin die Herzogin der Normandie und will diesem Land genauso sehr dienen wie du. Wer hat mit dir gesprochen, William? Wer behauptet so etwas von mir?«

Er sah zu der Fensteröffnung hinaus, wo der Himmel über den unzähligen Dächern und Kirchtürmen Rouens langsam ein bleiches Rosa annahm.

»Vicomte Bertrand«, bekannte er schließlich. »Er behauptete, dass Emeline sich mit irgendeinem Franzosen eingelassen habe. Er sagte, sie gäbe Informationen weiter – und er muss es wissen, Matilda, denn war sie in den vergangenen Monaten nicht auch seine Bettgefährtin?«

»Vicomte Bertrand? Oh, William, Emeline ist nicht mit *irgendeinem Franzosen* zusammen. Sie verzehrt sich noch immer nach Raoul d'Amiens, aber der hat sie abgewiesen.«

»Raoul?! Raoul ist eine Schlange.«

»Nein, William, doch sicher nicht …«

»Du verteidigst ihn? Einen Franzosen?«

Matilda schluckte. »Nein, William. Natürlich nicht. Nicht, wenn er dir Unrecht getan hat.«

»Unrecht?! Er hat gegen mich gekämpft, Matilda. Er war in Mortemer.«

Matilda stieg die Galle hoch. »Davon habe ich gehört. Er ist also jetzt tot?«

»Nein. Ich sage doch, er ist eine Schlange. Mithilfe seines verräterischen Schwiegersohns, Comte Evelin, hat er seine Truppen zunächst hineingeschleust, und als alles schiefging, hat er diesen verdammten Kerl wieder benutzt, um sich wieder davonzuschleichen. Sie sind beide sicher über die Grenze geflohen und nun bei Henri, und zweifellos lachen sie jetzt gerade über mich.«

»Sie werden wohl kaum lachen, William, denn sie sind geschlagen. Besiegt. *Sie* sind diejenigen, über die man lacht.«

»Vielleicht. Wir werden sehen. Aber bist du sicher, dass Emeline nichts von ihm gehört hat? Immerhin ist auch sie Französin.«

»Und meine ergebene Dienerin. Wirklich, die einzige Person, die Emeline ausspioniert, ist Mabile, und das ist auch der Grund, warum Bertrand derlei Zweifel streut. Er schlägt zurück, denn durch ihn haben wir immerhin erfahren, dass Mabile Hugues vergiftet hat, und nun will er seine Haut retten.«

William seufzte. Plötzlich schien er in sich zusammenzusinken wie eine durchstochene Blase.

»Vielleicht hast du recht. Bitte verzeih mir.« Er nahm ihre Hände in die seinen, rieb ihre Finger mit seinen schmutzigen, schwieligen, als könne er die ganze Anspannung des Krieges in ihre Obhut legen. »Ich bin erschöpft, meine Mora, das ist alles. Und verletzt, weil Frankreich sich gegen mich gewandt hat. Aber das hätte ich nicht an dir auslassen dürfen. Du bist meine Partnerin, nicht wahr?«

»Natürlich. Ich stehe in allem hinter dir, William. Jetzt komm zu Bett und lass mich dich beruhigen und …«

Aber ihre Worte wurden durch einen markerschütternden Schmerzensschrei von irgendwo außerhalb des Hauptturmes unterbrochen. Beide sahen sich erschrocken um, als er erneut ertönte, die Morgenluft wie eine Klinge durchschnitt, gefolgt von einer Reihe entsetzter Flüche. William stand einen Augenblick lang wie angewurzelt da und starrte sie an. Dann rannte er los, Matilda dicht auf den Fersen, obwohl sie bald zurückfiel. Sie konnte hören, wie William Befehle bellte, aber die Schreie hielten an, nur unterbrochen von lauten Schlägen und Gebrüll. Als sie schließlich in den Hof rannte, sah sie, dass Cecilia sich an die Stallwand presste und schrie.

»Was ist los?«, keuchte Matilda.

»Emeline«, stieß sie hervor, und sofort schlug Matilda das Herz bis zum Hals.

Sie blickte zu der verriegelten Stalltür hin. Fitz bearbeitete sie mit einer groben Axt, die er von dem Holzstapel heruntergeklaubt haben musste, aber wie alles in Williams Burg war auch diese Tür solide und widerstand sogar seiner Kraft. Doch immer noch ertönten von drinnen Schreie, und nun konnte Matilda Emelines geliebte Stimme erkennen. Sie stürzte sich auf die Tür, als vermöchte sie mit den Händen zu schaffen, was Fitz mit seiner Axt nicht schaffte. Cecilia zog sie zurück und plapperte wie irre vor sich hin.

»Er sagte nur, dass er sie sehen wollte. Ich riet ihr, nicht hinzugehen. Ich riet ihr zu warten, bis der Hof wach ist, aber Ihr kennt ja Emeline.« Ihre Worte verloren sich in erneutem Schluchzen. »Ich habe sie begleitet. Ich bestand darauf, aber was hätte ich tun sollen? Er hat sie einfach gepackt, Herzogin, hat sie am Haar gepackt und sie hineingeschleift, und …«

»Wer, Cecilia?«

»Vicomte Bertrand.«

Sie hielt inne, als das Knarren eines Riegels zu hören war, der geöffnet wurde. Die Schreie waren verstummt, weshalb sie das Geräusch überhaupt wahrnehmen konnten. Dann ein erneuter Schrei, tiefer und blutgurgelnd. Dann Stille.

Die Höflinge waren alle herbeigeeilt, die meisten immer noch im Nachtgewand. Sie alle sahen wie gebannt zu, als William langsam vortrat und die Tür zurückzog. Dort lag eine verzerrte Gestalt auf der heubedeckten Schwelle. Die Augen starrten blicklos in den immer heller werdenden Himmel, und Blut floss aus seiner Kehle. Es war Vicomte Bertrand. Matildas Augen wanderten an ihm vorbei und entdeckten Emeline, zitternd und blutverschmiert und in den Armen von Hugues de Grandmesnil.

»Er hat sie angegriffen«, rief Hugues. »Er hat eine arme, hilflose Frau in den Stall gezerrt und sie ausgepeitscht wie ein Feigling.«

Die Pferde, die hinten im Stall standen, warfen die Köpfe in die Höhe und wieherten zustimmend wie ein unheimlicher Chor.

»Wie seid Ihr hineingekommen, Hugues?«, fragte Matilda und warf einen Blick auf die armseligen Splitterspuren, die Fitz' Axt in der Tür hinterlassen hatte.

»Hinten ist eine Klappe. Falls ein Feuer ausbricht. Man will ja nicht, dass die Pferde verbrennen, nicht wahr?«

»Äh, nein. Habt Dank, Hugues. Danke vielmals.«

Er zuckte mit den Schultern. »Jeder andere hätte das Gleiche getan. Der Mann hatte den bösen Blick. Ich hab's gesehen.«

»Wirklich?«, fragte Matilda neugierig und sah von ihm zu Emeline hinüber, die in seinen starken Armen lag.

»Ja. Ich bin früh aufgewacht und wollte nach den Pferden sehen. Ich sah, wie Emeline zu den Ställen hinüberging, und fand, dass der freundliche Herr nicht … na ja … eben nicht freundlich aussah. Ich … wartete. Nur für den Fall, Ihr versteht.«

Matilda glaubte sehr wohl zu verstehen. »Nun, Gott sei gepriesen, dass Ihr das tatet. Wir alle stehen in Eurer Schuld, nicht wahr, Emeline?«

Aber das arme Mädchen brach wieder in Tränen aus. »Es war meine Schuld. Es war alles meine Schuld.«

»Das ist nicht wahr, Emeline«, rief Cecilia. »Wie kann das deine Schuld sein?«

Sie wollte einen Schritt auf ihre Freundin zumachen, zögerte aber angesichts des Leichnams, der ihr den Weg versperrte. Das Blut aus Bertrands Kehle gerann langsam, dennoch spiegelte sich das Rot auf den taufeuchten Pflastersteinen wie ein See der Hölle.

»Er sagte, ich sei eine grausame kleine Schlampe«, würgte Emeline hervor. »Und das bin ich – *das bin ich!* Er sagte, ich hätte ihn nur ausgenutzt. Er sagte, ich sei eine Versuchung, die nur geschickt worden sei, um ihn von seinen Verpflichtungen abzuhalten. Er sagte, er sagte ...« Noch mehr Schluchzen. »Er sagte, wenn ich so freigebig mit meinem Körper sei, könne er ebenfalls frei damit schalten und walten, und er hatte recht.«

»Das ist nicht wahr, Em«, beharrte Matilda, und ihr brach schier das Herz.

Sie wappnete sich, um über den toten Bertrand zu steigen, aber sie war zu langsam. Denn nun ergriff Hugues Emelines Arme und schob sie unendlich sanft von sich fort, hob sie beinahe hoch, sodass sie dem Toten nicht mehr in die Augen sehen musste.

»Das ist nicht wahr, Emeline«, sagte er, und seine Stimme kam Matilda zehnmal fester und entschlossener vor, als ihre eigene es eben noch gewesen war. »Und Ihr dürft so etwas niemals denken. Bertrand hatte nicht das Recht, Euch anzugreifen. Absolut nicht. Ihr seid viel, viel zu gut für ihn, wie er heute Morgen bewiesen hat, und er hat dafür bezahlt.«

Emeline blickte zu ihm auf. »Ihr habt mich gerettet, Hugues.«

»Natürlich. Ich würde hoffentlich jede Frau retten, die mit einem solchen Mann aneinandergerät, aber ganz besonders Euch.«

»Warum?«, hauchte sie atemlos.

Matilda rückte näher zu William heran, der genauso fasziniert wie der restliche Hof beobachtete, wie Hugues Emeline noch näher zu sich heranzog und ihr tief in die Augen sah.

»Weil ich Euch liebe. Schon seit einer Ewigkeit.«

Die Frauen im Hof gaben einen kollektiven Seufzer der Wonne von sich. Matilda spürte seine Worte auf ihrer Haut wie glatte Seide, fast unerträglich weich. Sie fand keine Worte und sah nur zu, wie William entschlossen über Bertrands Leichnam hinwegstieg und seinem Rittmeister ungelenk auf den Rücken klopfte. Sowohl Emeline als auch Hugues wirkten erschrocken.

»Ihr wollt also heiraten, Hugues?«, fragte William. Seine Stimme klang laut und irgendwie übertrieben entschlossen nach dem leisen Wortwechsel des immer noch eng umschlungen dastehenden Paares.

»Das will ich«, stimmte Hugues zu. »Wenn die Edle Dame dazu bereit ist?«

Die »Dame« war untypisch schüchtern und konnte nur nicken, aber Hugues war das genug. Er presste seine Lippen auf die ihren, und die Männer schrien derbe Ermutigungen. Matilda schwankte und musste sich gegen das grobe Holz der Stallwand lehnen. Ihre Beine, die schon bei Williams schroffen Anschuldigungen zu zittern begonnen hatten, schienen jetzt ebenso nutzlos zu sein wie die eines neugeborenen Fohlens. Die Männer beeilten sich, Bertrands Leichnam von der Stalltür fortzuzerren und diese begeistert hinter dem frisch verlobten Paar zu schließen.

Matilda begab sich in ihr Gemach.

Sie freute sich für Emeline, natürlich tat sie das, und sie war überaus dankbar, dass Hugues sie vor einem Angriff, der böse hätte ausgehen können, gerettet hatte. Aber das Glühen in den Augen des Paares schien ihr bebendes Herz zu versengen. Warum war William, nachdem er aus dem Krieg zurückgekehrt war, bereit gewesen, sie des Verrats zu verdächtigen, während Hugues nicht einen Augenblick lang geglaubt hatte, dass die leichtlebige Emeline irgendetwas falsch gemacht hatte? Die Antwort lag auf der Hand: Liebe.

Sie dachte daran, wie oft sie mitbekommen hatte, dass das Paar sich beim Tanz gefunden hatte, wie oft Emeline liebevoll über Hugues' Pferdegespräche gelästert hatte und wie besorgt sie gewesen war, als man ihn vergiftet hatte. Sie erinnerte sich an Hugues' geradezu vernarrten Blick, mit dem er Emeline betrachtet hatte, als sie mit dem jungen Angelsachsen in Westminster getanzt hatte, an jenem schicksalhaften Weihnachtsfest eineinhalb Jahre zuvor. Sie und William hatten über die Krone gesprochen, nicht über die Liebe, während ihr ernsthafter Rittmeister schon seit damals auf seine Gelegenheit gewartet hatte.

Kronen sind besser als Liebe, rief sie sich energisch ins Gedächtnis. Aber heute war sie davon nicht ganz so überzeugt, und dankbar kroch sie in ihr Bett und betete um den segensreichen Schlaf, der ihr Vergessen schenken würde.

Kapitel 18

Falaise, August 1056

»England bietet mir die Stirn!«

Williams wütendes Gebrüll ließ die sanften Weiden über den Köpfen des Hofs erzittern, sodass Matilda am liebsten aufgesprungen wäre, um sich bei ihrer Gastgeberin zu entschuldigen. Doch Herleva lächelte so liebreizend, als ob William ein Gedicht rezitiert hätte. Sie hatte den Hof für ein paar »Ferientage« auf ihr wunderschönes Anwesen in Falaise eingeladen und hätte ein Recht darauf gehabt, betrübt darüber zu sein, ihre Pläne durch die Ankunft eines der stets wachsamen Boten Williams vereitelt zu sehen. Aber falls sie es war, ließ sie sich nichts anmerken.

»Diese Nachrichten sind nicht gut«, sagte sie sanft und erhob sich vom lieblichen Flussufer, wo sie das Mittagsmahl für ihre Gäste hatte servieren lassen. »Aber du wirst damit zurechtkommen, William, wie immer.«

Sie hatte so viel Vertrauen in ihn, dachte Matilda schuldbewusst. Sie glaubte voll und ganz an ihn. Hatte sie eigentlich wirklich verstanden, was die Boten gerade gesagt hatten? Die Engländer suchten nach jemand anderem von königlichem Blut – nach Prinz Edward, dem Enkelsohn des früheren englischen Königs Æthelred, der sein Lebtag lang im Osten

Europas im Exil gewesen war. Das konnte nur eines bedeuten: Sie wollten ihn als Edwards Nachfolger sehen. Ihn, und nicht William.

Die schlimmsten Befürchtungen des Herzogs würden sich also bewahrheiten, denn seine Spione berichteten, dass die Godwinsons den König im Würgegriff hatten. Earl Godwin selbst war mittlerweile tot, aber seine Söhne regierten nun einen Großteil Englands. Der älteste, Harold, hatte das mächtige Wessex inne und leitete die königliche Armee so gut, dass er für den König mittlerweile unentbehrlich geworden war. Und nun war er es, der nach Europa übersetzte, um nach einem Marionettenprinz von nominell königlichem Geblüt zu suchen.

Selbst Judiths Ehemann Tostig war anscheinend mittlerweile Earl und kontrollierte die riesige Provinz Northumbria im Norden. In stillen Augenblicken war Matilda froh gewesen, dass Judith nun endlich ein Heim für sich hatte. Sie freute sich auch über den Sohn, den sie offenbar zur Welt gebracht hatte, und hoffte, dass dieses Northumbria ein angenehmer Ort zum Leben war. Sie hatte sich daran erinnert, dass König Edward etwas von »einer eigenen Gesetzgebung« gemurmelt hatte, und betete, dass es dort nicht zu gefährlich war und dass es genug hübsche Kirchen für ihre Base gab. Aber natürlich war sie klug genug gewesen, derlei Überlegungen nicht mit ihrem Mann zu diskutieren.

Der normannische Herzog knurrte tief in seiner Kehle, und die Höflinge duckten sich und wichen zurück, waren mit einem Mal überaus interessiert an den Fischen in dem sanft dahinfließenden Fluss hinter ihnen. Matilda rückte ein wenig näher an Emeline heran, die sich wohlig auf einer Decke ausstreckte, den hübschen Kopf im Schoß ihres Gemahls. Drei

Ehejahre hatten das Feuer zwischen beiden nicht dämpfen können, und Emeline wurde nicht müde, Hugues' Tugenden in den höchsten Tönen zu preisen. Erst neulich hatte sogar die stille Cecilia ihr gesagt, sie solle »ihre Zunge in dem vermaledeiten Mann versenken, wenn er so köstlich ist, sonst schneide ich sie dir ab«. Bei der Erinnerung daran musste Matilda kichern, aber Williams nächste Worte zogen sie wieder zurück in die harte Realität ihres Lebens.

»Keine guten Nachrichten, Mutter? Das ist entsetzlich. Warum hat König Edward seinen kostbaren Earl Harold ausgesandt, um den verlorenen Prinzen zu suchen? Warum sucht er nach einem weiteren Erben, wenn er doch schon einen Nachfolger hat – wenn er *mich* hat?«

»Weil er ein Narr ist, William.«

William blickte durch die Weiden hinauf in den kornblumenblauen Himmel über ihnen und lächelte flüchtig und zögernd.

»Vielleicht«, räumte er ein und gab seiner Mutter einen Kuss auf die Wange. »Vielleicht ist er aber auch einfach nur zu alt, um wirklich zu wissen, was er will, oder um zu erkennen, wer seine wahren Freunde sind. Die entscheidende Frage jedoch lautet: Was wollen wir in dieser Sache unternehmen?«

Und dabei sah er Matilda an.

»Earl Harold wird diesen verlorenen Prinzen vielleicht gar nicht finden, William«, antwortete sie hastig, aber diese Antwort war armselig, und sie war nicht überrascht, als er sie wütend anfunkelte.

»Die Tatsache, dass er überhaupt nach ihm sucht, ist schon schlimm genug. Warum hat Edward uns den Rücken gekehrt? Warum bricht er sein Versprechen? In Anbetracht unserer Familienbande und meines hervorragenden Rufes als Anführer sowie der Freundlichkeit, die ich ihm in meiner Jugend erwiesen habe, wollte er mich als Erben nominieren, sollte er ohne Nachkommen sterben. Das alles hat er gesagt, nicht wahr, Matilda? Warum, warum, warum haben wir nicht darauf bestanden, dass er es niederschrieb, einen Eid leistete?«

Matilda verkniff sich die Bemerkung, dass sie damals so etwas vorgeschlagen hatte.

»Wir waren jung, William, und in ihrem Land zu Besuch. Und Edward gab uns sein königliches Wort.«

»Edwards Wort, ob königlich oder nicht, ist anscheinend nichts wert. Nichts! Er zieht irgendeinen törichten Exilanten mir vor – mir, seinem Vetter und früheren Beschützer, dem Großneffen einer angelsächsischen Königin, dem bewährten Regenten. Wir hätten die Godwinsons töten sollen, als sie im Jahre 1051 diesseits der Meerenge waren, Matilda – als sie bei deinem Vater waren.«

Sie ließ sich davon nicht provozieren, sondern fragte vielmehr: »Was wirst du jetzt tun, William?«

»Tun? Ich werde die Spur dieses ›verlorenen Prinzen‹ verfolgen.«

»Und wenn sie ihn finden?«

»Werde ich jemanden schicken, der mal einen Blick auf ihn wirft.« Er ließ die Augen über den versammelten Adel auf den marmornen Bänken schweifen, die allesamt nervös ihre delikaten Leckerbissen zwischen den Fingern zerkrümelten.

»Vielleicht Fulk? Zweifellos würde es der liebreizenden Gemahlin meines Oberbefehlshabers doch sicher gefallen, nach England zu reisen.«

Fulk erhob sich zögernd und bedeutete Mabile, mit ihm zu kommen. Aber bevor es dazu kam, zog Matilda William beiseite und führte ihn aus dem Schatten der Weiden in Herlevas hübschen Garten dahinter. Die Sonne brannte erbarmungslos auf sie herab, und selbst der Lavendel schien unter dieser schonungslosen Hitze zu welken, aber Matilda bemerkte es kaum, und das, obwohl sie wieder schwanger war.

»Du würdest Mabile fortschicken, um … um …«

»Um dem neuen Erben unsere besten Wünsche zu übermitteln, Matilda, ja. Es wird Zeit, dass sie etwas tut, um sich reinzuwaschen.«

Matilda trat einen Schritt näher an ihn heran. »Sie soll sich von der Vergiftung des einen reinwaschen, indem sie einen anderen vergiftet?«

»Still! Wer hat irgendetwas von vergiften gesagt?«

»William, das kannst du nicht tun«, protestierte sie verzweifelt. »Mabile hat gerade erst ihr drittes Kind zur Welt gebracht. Sie wird nicht abreisen wollen.« William sah sie mit hochgezogener Augenbraue ungläubig an, und Matilda musste einräumen, dass das für Mabile recht unwahrscheinlich war. Denn sie war zwar genauso fruchtbar wie Matilda selbst, hatte aber keinerlei Interesse an ihrem Nachwuchs. Das bedeutete aber noch lange nicht, dass sie wie eine Geheimwaffe nach England verschifft werden konnte. »Jedenfalls kannst du das nicht tun, William, denn das, was du da vorschlägst, ist Unrecht. Es ist ein zu rigoroser Schritt.«

Er griff nach ihr und zog sie dicht an sich, obwohl die anderen nur von den Blättern verborgen waren.

»Ich musste schon viele Dinge in meinem Leben tun, Matilda, die zu rigoros zu sein schienen, aber als Herrscher muss man an das Wohl der Allgemeinheit denken und die eigenen Skrupel beiseiteschieben. Frankreich hat sich bereits gegen mich gewandt, und nun scheint es sicher, dass wir auch England verlieren. Das kann ich nicht zulassen!« Sie zuckte vor seinem Zorn zurück, der heißglühender war als jede Sonne, und er riss sich sichtlich zusammen, holte tief Luft, sodass seine breite Brust sich hob, und öffnete die Fäuste, um nun sanft ihre Arme zu packen. »Gräm dich nicht, meine Liebe. Ich werde mich darum kümmern. Du sorgst dafür, dass wir zukünftige Regenten haben, lass *mich* dafür sorgen, dass sie auch Ländereien haben, über die sie herrschen können.«

Matilda faltete die Hände über ihrem geschwollenen Leib und lehnte sich dankbar an William. Sie hatte ihm Anfang des vergangenen Jahres einen zweiten Sohn geboren, Richard, und dieses vierte Kind würde auch bald zur Welt kommen. William hatte die Kinderstube in Rouen ausbauen lassen, und Matilda liebte es, bei ihren Kleinen zu sein, obwohl sie sich manchmal wünschte, mehr Zeit zwischen den einzelnen Entbindungen zu haben, damit ihr Körper sich länger erholen konnte, bis William erneut seinen Samen hineinpflanzte. Doch eigentlich durfte sie sich nicht beklagen – musste sie doch nur an die englische Königin denken, die nicht in der Lage war, auch nur einen einzigen Erben für ihr Land hervorzubringen. Wenn William König wäre, hätte er jetzt schon genügend Söhne, um die Sicherheit des Thrones zu gewährleisten, und doch …

Sie sah zum Hof zurück, der sich so bequem in Falaise eingerichtet hatte und den Frieden und Wohlstand eines Jahres ohne Krieg genoss. Matilda und Cecilia hatten sich mit den anderen Damen des Herzogtums ins Zeug gelegt, sodass nun jede Residenz ein warmes, trockenes Frauengemach und gut ausgestattete Küchen hatte, und in jeder Halle gab es eine Sitzordnung, um das Gezänk um die Tische zu verhindern.

Zunächst hatte es Einwände dagegen geben, aber jetzt hatte sich das System durchgesetzt, und es war schon erstaunlich, wie gleichgültig es den Leuten war, wo sie saßen, wenn die Tische sich unter der reichen Ernte bogen, die rechtzeitig hatte eingeholt werden können. Anscheinend waren die Menschen in den Dörfern im ganzen Herzogtum ähnlich zufrieden. Auf ihrem Weg nach Falaise hatte Matilda das Korn gesehen, das auf den sonnengeküssten Feldern heranreifte, und da die Männer ausnahmsweise einmal sicher zu Hause weilten, würde es in diesem Jahr in der Normandie sicher eine reiche Ernte geben. War ein Thron es wert, solchen Wohlstand zu gefährden?

»Können wir den Gedanken an England nicht einfach fallen lassen?«, schlug sie an seiner Brust vor. »Wenn die Angelsachsen so erpicht darauf sind, das Land für sich zu behalten, dann lass sie doch. Wir haben hier auf dieser Seite der Meerenge jede Menge, was wir lieben können.«

»Die Normandie ist nur ein Herzogtum.«

»Aber sie ist *dein* Herzogtum, William.«

»Sosehr es sich auch bemüht, mich loszuwerden. Man hat mich hier von Anfang an abgelehnt, Matilda – schon damals, als ich erst sieben Jahre alt war.«

»Aber jetzt sind die Normannen nicht mehr deine Gegner.«

»Was doch eigentlich nur heißt, dass es Zeit wird, nach mehr zu streben. Ich habe dir versprochen, dass ich dich zur Königin machen würde, Matilda, und ich gehöre nicht zu den Männern, die ihre Versprechen brechen.«

»Es wäre kein Bruch, sondern nur eine neue, taktische Entscheidung.«

Einen Augenblick lang sah er aus, als glaube er ihr beinahe, aber dann lachte er nur. »Ich schulde dir einen Thron, meine Mora.«

»Ich habe nicht darum gebeten.«

»Dennoch möchte ich ihn für dich erobern, denn wie sonst soll ich dir meine Liebe beweisen?«

Und mit diesen Worten war er fort, schritt wieder durch die Weiden und ließ sie verblüfft zurück. Liebe? Er meinte doch sicher nicht Liebe. Er wollte England haben, und dieser Spruch war nicht mehr als eine ritterliche Entschuldigung dafür gewesen. Und doch: Wann hatte er jemals etwas gesagt, das er nicht auch so gemeint hatte? Verwirrt kramte sie ein leinenes Tuch aus ihrer Tasche, um sich die heiße Stirn abzutupfen, dann kehrte sie zögernd zum restlichen Hof zurück. Vielleicht konnte sie ja mit Herleva darüber sprechen. Vielleicht konnte die ihr helfen zu verstehen, warum sich William so verzweifelt nach einer Krone verzehrte.

Ihre Chance dazu kam im Laufe des Tages. Die Höflinge zogen sich in ihren Gemächern im ersten Stock von Herlevas elegantem Landhaus fürs Abendessen um, als Matilda ihre sanfte Stimme hörte, die unten der Dienerschaft Anweisungen erteilte. Sie schlüpfte die Treppen hinunter und fand ihre Schwiegermutter dort, wo sie beobachtete, wie an die wunderschönen Blumenarrangements inmitten der aufgebockten Tische letzte Hand angelegt wurde.

»Matilda, ist alles in Ordnung? Braucht Ihr irgendetwas?«

»Nein, überhaupt nicht. Alles ist perfekt, danke. Ich wollte nur mit Euch reden.«

»Noch mehr Ärger?«

»Nein. Nein, seid unbesorgt. Ich finde nur einfach, wir sollten einander besser kennenlernen. Wann immer wir in den Frauengemächern sind, klettern Kinder auf Euch herum.«

»Ich bin überglücklich, bei ihnen sein zu dürfen. Robert ist so ein lebhaftes Kind, nicht wahr? Und Adela so wissbegierig.

Ich frage mich manchmal, wie viele Fragen in so einen kleinen Kopf passen können.«

Matilda lächelte, obwohl sie sich das Gleiche häufig selbst fragte. Adela, nun eine kleine, aber widerstandsfähige Dreijährige, fragte immer die seltsamsten Dinge, und beschämt musste Matilda sich eingestehen, dass sie die Gesellschaft des wichtigtuerischen Robert und des kleinen Richard vorzog, der gerade erst laufen lernte und sich sehr über seine gerade erst entdeckten Beine freute.

»Ihr habt recht, Herleva. Aber manchmal ist es doch schön, zumindest einen einzigen Satz miteinander wechseln zu können und den auch noch zu Ende zu bringen, nicht wahr?«

»Das stimmt, meine Liebe. Sollen wir uns setzen?«

Herleva deutete auf eine Weidenbank im Schatten der Osthalle, und Matilda nickte dankbar. Doch als sie an der Bank angelangt waren, merkte sie, dass die Gastgeberin diesen Vorschlag keineswegs nur aus selbstlosen Motiven gemacht hatte. Sie sah, dass Herleva sich mit den Händen abstützte, als sie in die weichen Kissen sank, und dass sie sogar ein wenig zitterten.

»Es tut mir leid. Ihr seid müde. Es war sicher anstrengend, unsere Gesellschaft die letzten Tage bei Laune zu halten. Ich sollte Euch nicht aufhalten.«

»Unsinn. Für meine Herzogin habe ich immer Zeit. Ist alles gut?«

»Im Augenblick ja. Aber ich bin besorgt, dass diese Angelegenheit mit England für William zu viel ist.«

»Zu viel? Er ist ein starker Mann, Matilda.«

»Ich weiß. Aber einst gabt Ihr mir den Rat, seine edleren Gefühle nicht zu vergessen.«

Herleva lächelte und ergriff ihre Hand. »Das ist wahr. Und

das tut Ihr auch nicht. Er scheint sehr glücklich mit Euch zu sein.«

»Wirklich?« Matilda errötete und fühlte sich unerwartet geschmeichelt. »Aber dann sollte ich ihn in dieser Angelegenheit mit England doch sicher beraten?«

Herleva wirkte überrascht. »So habe ich das noch gar nicht gesehen. Ich bin froh, dass Ihr Euch um ihn sorgt, Matilda, aber ich fand immer, dass ein Mann seine Entscheidungen allein treffen muss. Aber nun ja, meine Liebe, ich bin ja auch nicht so intelligent wie Ihr.«

»Das ist nicht wahr. Ihr …«

Herleva drückte kurz ihre Hand, und sie verstummte. »Es *ist* wahr. Warum sollten wir es leugnen?«

Matilda schüttelte den Kopf. »Ihr Normannen und Eure Besessenheit von der Wahrheit – selbst bei Euch ist das so, Herleva.«

»Die Wahrheit ist immer das Beste. Heuchelei führt ins Verderben. Grämt Euch nicht, Matilda. Was immer William entscheidet, Eure Zukunft wird wahrhaft prächtig sein.«

Sie klang wehmütig, und Matilda musterte sie näher. »Geht es Euch gut?«

Herleva antwortete nicht sofort, und Matilda spürte, wie es plötzlich in ihrem Kopf summte, genau wie in dem nahe stehenden Lavendel die Bienen.

»Ich bin zufrieden«, antwortete die ältere Dame schließlich.

»Aber nicht gesund?«

Herleva legte still die Hand über die ihre. »Erzählt William nichts davon. Noch nicht.«

»Wie lang …?«

»Das weiß nur Gott. Ich habe meinen Frieden mit dem

Leben gemacht, Matilda. Und um William kümmert nun Ihr Euch.«

»Ja, das mache ich. Aber Herleva, er wird mit Euch sprechen wollen. Er wird Euch noch einiges zu sagen haben.«

»William? Nein. Er ist sich meiner Liebe sicher, und ich mir der seinen. Wir brauchen keine Worte – wahrscheinlich wären sie nur schmerzhaft für uns beide. Seht doch, die anderen kommen herunter. Sollen wir zum Abendessen gehen?«

Und mit diesen Worten erhob sie sich, wobei sie sich ganz und gar darauf konzentrieren musste aufzustehen, ohne zu zeigen, welche Mühe ihr das machte, als William auf sie zukam, zwischen einem humpelnden La Barbe und einer rotgesichtigen Della, die prächtig angetan war mit einem malvenfarbenen Gewand.

»Della, meine Liebe – Ihr seht wunderschön aus«, sagte Herleva, ergriff ihre Hände und zog sie freundlich in den Schatten.

Matilda beobachtete sie und kam sich ganz klein vor. Das war Liebe, dachte sie und hievte ihren eigenen, unförmigen Körper erheblich weniger graziös in die Höhe als ihre Gastgeberin. Dies war selbstlose Liebe, und sie fürchtete, dass sie viel zu spät etwas daraus lernte.

Herleva legte sich ein paar Wochen später aufs Krankenlager, nur drei Tage nachdem Matilda ihrem dritten Sohn das Leben geschenkt hatte. Sie nannten ihn Wilhelm, weil Matilda darauf bestanden hatte. Aber sofort erhielt er auch den Spitznamen Rufus wegen seines flammend roten Haars, eine deutlich auffälligere Variante der kupferfarbenen Locken seiner Mutter. Als sie den Säugling zu seiner Großmutter ans Krankenbett brachten, war diese begeistert und, wie Matilda bemerkte, erleichtert.

»Sie ist bereit«, vertraute ihr Herluin voller Kummer an, während er zusah, wie seine schwache Frau das Kind im Arm hielt.

»Aber Ihr seid das nicht?«

»Nein, aber ich wäre es niemals. Herleva hat so viel Licht in mein Leben gebracht, und ich werde sie jeden Tag meines restlichen Lebens vermissen.«

»Was hoffentlich noch viele Tage sind, denn William vertraut Eurem Rat.«

Herluin lachte leise. »Unsinn. William hört auf keinen Rat, außer vielleicht auf Euren, Herzogin, aber es ist sehr freundlich von Euch, so etwas zu sagen. Seid versichert, dass ich nicht aufgeben werde. Ich glaube, der junge William hat noch einen Großteil seines Lebens vor sich, und wenn schon Herleva es nicht mehr sehen kann, dann werde ich es für sie tun.«

In jener Nacht starb sie friedlich, und außer Herluin war niemand bei ihr. Sie hinterließ keine Botschaften, nahm keine Versprechen ab, sondern glitt einfach hinfort, sodass sogar der redselige Odo in schockiertes Schweigen verfiel und William, ihr größtes Vermächtnis an die Welt, am Boden zerstört war.

»Warum sie?«, fragte er Matilda, als sie abends im Bett nebeneinanderlagen. Er hatte seinen Arm fest um ihre Schultern gelegt, und der kleine Rufus schmiegte sich an seine Brust wie ein Vogel im Nest, denn William hatte darauf bestanden, seinen neugeborenen Sohn dicht bei sich zu behalten. »Warum lässt Gott Menschen wie Mabile leben und nimmt jemanden, der so gütig ist wie meine Mutter, zu sich?«

»Ich weiß es nicht, William. Vielleicht hat sie so intensiv geliebt, dass ihr Herz erschöpft war?«

»Vielleicht.« Sanft strich er mit dem Finger über das kupferfarbene Haar seines Sohnes. »Ich war glücklich bei ihr. Die Menschen erkennen das nicht. Sie nennen mich ›Bastard‹, als sei das das einzig Bedeutsame, aber ich hätte Herleva als Mutter jeder Gräfin oder Herzogin oder Königin vorgezogen, denn sie hat mir beigebracht, dass wahrer Adel keine Frage des Blutes, sondern der Geisteshaltung ist. Habe ich dir das schon erzählt?«

»Das ist eine gute Lektion.«

»Das ist wahr, Matilda. Ich bin dank meines Vaters Herzog, aber dank ihr bin ich der Mann, der ich bin. Die Menschen halten mich für hart, und das *bin* ich tatsächlich, aber ohne Herlevas Fürsorge wäre ich zu Granit geworden. Sie hat mir nicht beigebracht, *wie* man kämpft, sondern *wofür* man kämpft – für Anstand und Gerechtigkeit, für Loyalität und Stabilität. Eigentlich hätte sie Königin sein sollen.«

Matilda betrachtete sein schmales Profil im schwachen Licht der Sterne, die zum Fenster hereinschienen. Man hatte die Vorhänge zurückgezogen, um eine leichte Brise in das warme Gemach zu lassen. Sie kam sich wie eine Närrin vor. Es war doch so einfach. Sie hätte es erkennen sollen, hätte verstehen sollen, dass es weniger der Thron war, nach dem William strebte, als vielmehr die Loyalität seiner Untertanen – ihm selbst gegenüber, ihr gegenüber und vor allem ihren Kindern gegenüber.

»Vielleicht bleibt der verlorene Prinz ja doch verschollen«, sagte sie sanft.

»Vielleicht.«

»Und dann wird England zur Vernunft kommen und dich als würdigen Herrscher anerkennen.«

»Würdig«, wiederholte er. »Thronwürdig.«

Er sprach dieses Wort mit einer unverhohlenen Sehnsucht aus, die ihr ins Herz schnitt, und sie war froh, als Rufus' winzige Augen sich mit einem Mal öffneten und er hungrig die Lippen schürzte, sodass sie sich damit beschäftigen konnte, ihn an die Brust zu nehmen. William lag an ihrer Seite, und einen Augenblick lang, in der Wärme ihres Bettes und dem bittersüßen Gespinst ihrer gemeinsamen Trauer, waren sie wie eine ganz normale Familie. Aber sie wusste, dass das eine Illusion war. Oder vielleicht war es auch der winzige wahre Kern unter der Illusion ihres restlichen Lebens. Denn England lauerte nun einmal am Horizont, und die einzige Veränderung bestand darin, dass es früher verheißungsvoll geglitzert hatte und nun gefährlich funkelte.

Kapitel 19

London, April 1057

»Bist du stolz Judith, ja? Stolz auf deinen Gemahl, den Earl?«

Torr blähte die Brust und reckte sich in seinem Sattel. Prompt reagierte sein Pferd unruhig, und er musste die Zügel fester packen, um obenauf zu bleiben. Judith machte sich nicht die Mühe, ihr Lächeln zu verbergen. Torr war jetzt seit zwei Jahren Earl of Northumbria, schien aber immer noch Lob für diese Ernennung einheimsen zu wollen.

»Sehr stolz, Torr – du bist ein stattlicher Mann.«

Er sah sie misstrauisch an, beschloss dann aber, ihr zu glauben.

»Und du eine gute Frau, Judith. Ich bin stolz auf dich, weißt du, und auf den kleinen Karl ebenso.« Er sah sich nach ihrem dreijährigen Sohn um, der versuchte, sich den Kindermädchen im Wagen zu entwinden, weil er unbedingt auf seinem Pony reiten wollte. »Er ist ein guter Sohn.«

»Und ein rechtmäßiger noch dazu«, stichelte Judith. Sie konnte einfach nicht widerstehen.

Sie hatte sich an ihre Seite der Abmachung gehalten und Torrs unzählige Indiskretionen mit so viel Würde ignoriert, wie sie aufbringen konnte, aber manchmal fiel es ihr immer noch schwer. Sie hatte auf kleinliche Weise Rache genommen, indem sie sich geweigert hatte, ihren Sohn Tostig zu nennen, und stattdessen auf einem soliden nordangelsächsischen Namen beharrt hatte. Es hatte ihm nicht gefallen, aber zumindest gehörte nun Karl ganz und gar ihr, wenn sie schon nicht Torr für sich allein hatte. Man musste der Gerechtigkeit halber aber sagen, dass er sich ebenfalls an sein Versprechen gehalten hatte, sodass sie in Durham täglich malen konnte.

Sie hatte starke Bande mit den Mönchen der White Church geschmiedet, deren Leidenschaft die Handschriften waren und deren Bischof ihr bei den Evangeliarien eine diskrete Hilfe von unschätzbarem Wert war. Der erste Band war bereits fertig und befand sich in sicherem Gewahrsam, und sie arbeitete eifrig am zweiten. Es hatte sie geschmerzt, die Reise nach Süden antreten zu müssen, um König Edwards Osterhof beizuwohnen, aber Torr hatte sich nicht erweichen lassen.

»Karl wird sich freuen, am Hof bei uns zu sein«, sagte er jetzt und deutete auf den Horizont, wo die Dächer Londons in den nebligen Himmel aufragten. »Er hat sicher noch nichts so Schönes wie Westminster gesehen.«

Judith empfand diese unterschwellige Kritik an ihrem neuen Heimatland als Stachel im Fleische. Vom Augenblick an, da sie in Northumbria eingeritten war, hatte sie gewusst, dass dies der Ort war, an dem sie eine Heimat finden würde. Sie liebte alles dort, aber besonders die Küste. Das Licht und die Farben waren so kräftig, so kontrastreich. An einem sonnigen Tag schien der Sand oftmals golden vor dem Hintergrund der tiefblaugrünen See zu glänzen, als ob ein halb verrückter Mönch seine Tinte kühn auf einem riesigen Pergament verteilt hätte. Die Leuchtkraft der Landschaften des Nordens hatte die Künstlerin in Judith berührt, wie es noch kein Ort zuvor vermocht hatte. Sie wünschte nur, ihr Gemahl würde ihre Liebe zu seiner Grafschaft teilen.

»Durham ist eine wunderschöne Stadt«, beharrte sie.

»Schön vielleicht, aber auch still.«

»Nur weil du nie dort bist.«

»Kannst du es mir verübeln? Es ist so weit von allem entfernt, was wichtig ist.«

Gebieterisch deutete er auf die Straße. Sie kamen London immer näher und waren von mehr und mehr Menschen umgeben. Die Kunde hatte sich verbreitet, dass der verlorene Prinz jeden Augenblick mit Earl Harold in den Hafen einlaufen sollte, und die Menschen strömten in die Hauptstadt, um den Ætheling, über den man sich so viel erzählte, mit eigenen Augen zu sehen. Torr hatte schon seit Wochen deswegen herumgestichelt. Seine plötzliche Aufregung darüber ging Judith auf die Nerven bis zur Erschöpfung.

»Du bist ein undankbarer Halunke, Torr Godwinson«, sagte sie. »Du wolltest unbedingt Earl werden. Du hast dem König beinahe ein Ohr abgeknabbert, bis er dir endlich Northumbria überließ und der arme Earl Alfgar deinetwegen seine Ländereien verlassen musste.«

Torr grinste. »Das war witzig – Alfgar, der tobte und zitterte und dann sogar das Schwert gegen den König zückte. Ich hätte keine bessere Reaktion erzielen können, wenn ich den König ein ganzes Jahr lang beschwatzt hätte.«

»Du *hast* ihn ein ganzes Jahr lang beschwatzt«, gab Judith zurück. »Hast du nicht gesehen, wie sie abgezogen sind, Torr? Alfgars Frau war außer sich, und diese Kinder waren viel zu jung, um alles verlassen zu müssen, was sie kennen.«

»Es war seine Schuld, nicht meine.«

»Es war Euer beider Schuld.«

Er wirkte überrascht über ihre Kühnheit, aber das war ihr gleichgültig. Diese Straße nach London rief ihr nur allzu deutlich den Anblick von Earl Alfgars Familie ins Gedächtnis, die im Jahre 1055 in die andere Richtung geritten war, die Köpfe gesenkt und ihre Habseligkeiten auf Karren hinter sich herziehend. Lady Meghan hatte offen geweint, die beiden jüngeren Jungen waren ängstlich und verwirrt gewesen, und der ältere Bruder, der mit Edyth ritt – hieß er nicht Brodie? –, hatte die Nachhut gebildet. Aufrecht hatten die beiden Geschwister im Sattel gesessen, wobei die Anstrengung, ihre Fassung zu bewahren, an der verkrampften Haltung der jungen Leute nur allzu deutlich ablesbar gewesen war. Judith hatte sie beobachtet, und irgendwann hatte Edyth den Blick erwidert, und zwar mit so viel Trauer in den Augen, dass es Judith das Herz zerrissen hatte.

Sie waren nach Wales geritten, von wo aus Earl Alfgar im Herbst mit walisischen Truppen im Rücken zurückgekehrt war, um sich seine Gunst beim König erneut zu erstreiten. Das Mädchen allerdings war bei König Griffin zurückgelassen worden, einem Mann, der allgemein als »Roter Teufel« bekannt war. Judith hatte oft an sie denken müssen und für ihr Wohlergehen gebetet, aber ihr Gemahl kannte derlei Mitgefühl offensichtlich nicht.

»Es ist eine Ehre für dich, überhaupt Earl zu sein, Torr«, rief sie einigermaßen verzweifelt aus.

Überall um sie herum waren nun Reisende, zu Fuß, in grob behauenen Karren oder auf erschöpft wirkenden Eseln. Ihnen würde es wohl kaum gefallen, ihn mit solcher Verachtung von einem Amt reden zu hören, das keiner von ihnen auch nur im Traum bekleiden würde.

»Eine Ehre? Es wurde höchste Zeit, Judi. Harold hat sich

Wessex geschnappt, kaum dass mein Vater tot war, und Garth beeilte sich, Alfgar East Anglia abzunehmen. Ich habe das verdient.«

»Warum? Weil du ein Godwinson bist?«

Er sah sie verwirrt an. »Na ja – schon, denke ich.«

»Also hast du eine Grafschaft wegen deines Familiennamens ›verdient‹?«

»Warum sonst?«

»Vielleicht wegen deines Heldenmuts, deiner guten Taten oder deiner weisen Ratschläge?«

Torr lachte. »Das hier ist nicht die Geschichte eines Skalden, Judith. Das hier ist das wahre Leben. Meine Familie ist wieder an der Macht, und ich gehöre nun mal dazu.«

»Wegen *meiner* Familie.«

»Nun ja, schon, aber immerhin war ich klug genug, dich zu heiraten, nicht wahr?«

Zornig verdrehte sie die Augen. Sie waren jetzt der Stadt ganz nah, denn viele Menschen stellten schon ihre Zelte auf dem offenen Weideland zu beiden Seiten der Straße auf. Schon wenn die nächste Markierung auf der Stundenkerze erreicht war, würden sie im Herzen von Edwards Hof sein, wo derlei Gerede nicht nur töricht war, sondern auch gefährlich sein konnte.

»Torr, bitte«, bat sie. »Du bist Earl of Northumbria. Du musst lernen, dein Land zu lieben.«

Er zog einen Schmollmund. »Du hast recht. Ich weiß das. Es ist nur so einsam, Judith. Nicht wie hier.« Er deutete eifrig auf die sich drängenden Menschenmassen, durch die sie nur langsam vorankamen. »Ein Mann kann stundenlang durch Northumbria reiten, ohne einer Menschenseele zu begegnen.«

Das gehörte zu jenen Dingen, die Judith am meisten liebte.

»Durham ist eine schöne Stadt«, wiederholte sie. »Und York ebenfalls, und sehr alt, weißt du – wahrscheinlich älter als Winchester oder London. Deine Grafschaft ist wahrscheinlich diejenige, die am tiefsten in England verwurzelt ist.«

Er fuhr sich nachdenklich mit der Hand durchs Haar, das er extra für diese österliche Gesellschaft gewaschen hatte und das schimmerte wie frisches Eichenholz. Dann nickte er kurz und stolz.

»Das ist wahr. Es muss wahr sein. Das ist gut, Judith. Aber es ist immer noch verdammt weit weg vom König.«

»Aber du brauchst den König jetzt doch gar nicht.« Judith hatte Mühe, mit ruhiger Stimme zu sprechen. »Du hast die Grafschaft, die du dir gewünscht hast, und du kannst darüber herrschen, wie du willst – genau wie früher Earl Ward.«

»Der verdammte Earl Ward. Alles, was ich je von meinem einstigen Ziehvater höre, ist, wie wundervoll er war.«

»Dann sei *noch* wundervoller.«

Torr dachte darüber nach, allerdings nicht allzu lange. »Das ist so viel Arbeit, Judith. Die Männer dort oben sind einfach nicht wie die Männer des Südens. Sie sind so derb, so direkt, und ich verstehe die Hälfte von dem, was sie sagen, noch nicht einmal. Sie könnten genauso gut Schotten sein, wenn man bedenkt …«

»Still, Torr!« Schuldbewusst sah Judith sich um, froh, dass sie auf Pferden saßen, während die meisten zu Fuß unterwegs waren und damit, so hoffte sie, außer Hörweite bei dieser törichten Unterhaltung. »Du darfst nicht so reden. Es ist beleidigend und unwürdig. Du bist privilegiert, weil du herrschen darfst, und musst in Northumbria dein Bestes geben.«

»Ja, ja, ja. Das werde ich, Judith, natürlich. Ich sage doch nur – dass es nicht Wessex ist. Wie kommt es nur, dass der verdammte Harold Wessex bekam?«

Judith versuchte nicht einmal, darauf zu antworten. Mit Logik konnte man Torrs Bitterkeit darüber, der jüngere Sohn zu sein, nun mal nicht begegnen.

»Aber immerhin«, sagte er plötzlich, »ist Harold wenigstens losgezogen, um Edwards verdammten Erben wieder ins Land zu holen – nun, da es meiner lieben Schwester nicht vergönnt war, einen eigenen hervorzubringen. Oder sollte ich sagen: dass es dem König nicht gelungen ist, einen in ihr zu zeugen?«

»Torr, bitte ...«

»Und wer weiß, welchen Gefahren er auf seinem Weg zurück aus dem verdammten Ungarn ausgesetzt war. Da draußen sterben ja dauernd Leute.«

»Torr!«

Zumindest hatte er den Anstand, ein betretenes Gesicht zu machen, aber nicht allzu lange.

»Auf jeden Fall ist das eine törichte Mission«, sagte er verdrießlich. »Dieser kostbare Prinz ist erst sicher, wenn er hier auf Thorney Island ankommt. Und vielleicht dann noch nicht einmal. Es gibt viele Männer, die nicht glücklich über einen königlichen Erben hier in England sind, Judith, und trotz seines kostbaren königlichen Blutes ist er kein Angelsachse. Ich bezweifle, dass er die Sprache spricht, und er kennt auch unsere Sitten nicht. Warum nimmt Harold diesen Wahnsinn stillschweigend hin?«

»Vielleicht«, wagte Judith vorzuschlagen, »glaubt er, dass ein fremder Prinz leichter zu kontrollieren ist.«

Torr lächelte schlau. »Leichter zu kontrollieren als wer, Judi?«

»Als andere Kandidaten, die der Heimat näher sind.«

Sie sprachen niemals von William, nicht offen jedenfalls. Nun, da die Godwinsons in England wieder an der Macht waren, arbeiteten sie hart daran, dass das Weihnachtsversprechen, von dem man immer wieder hinter vorgehaltener Hand hörte, niemals Früchte trug, und Judith – Gott mochte ihr vergeben – tat nichts, um sie aufzuhalten. Es war nur gerecht, sagte sie sich energisch. Schließlich hatte sie schon genug Sorgen, da sie versuchen musste, Torr im Norden zu halten, ohne sich auch wegen anderer Leute Belange die Haare zu raufen. Das Bewusstsein, dass sie eine gemeine Komplizin gegen ihre Base und einstige Freundin war, nagte an ihrem Gewissen, aber was konnte sie schon ausrichten? Sie war jetzt Angelsächsin, und die Angelsachsen wollten nun einmal nicht von den Normannen beherrscht werden. Dieser ungarische Import bewies das doch aufs Deutlichste, und sie hoffte, dass William und Matilda Verstand genug hatten, um darauf zu hören und sich fernzuhalten.

»Darf ich jetzt reiten, Mama?«

Judith wandte sich dankbar um und sah, wie Karl so energisch auf und ab hüpfte, dass es aussah, als würde er gleich aus dem Wagen fallen. Sie lachte.

»Natürlich kannst du das. Torr, halt einen Moment lang an und lass Karl aufsteigen.«

Torr schnalzte ungeduldig mit der Zunge, befahl aber ihrem sowieso schon langsam dahinreitenden Zug anzuhalten, offensichtlich erpicht darauf, dass sein Sohn mit Stil in den Hof einritt. Der Stallbursche brachte Karls Pferd herbei, und mir nichts, dir nichts saß der Junge im Sattel und trottete zwischen seinen Eltern einher.

»Was ist das?«, fragte er mit weit aufgerissenen Augen und

deutete mit seinem kleinen ausgestreckten Finger eifrig auf die überfüllte Straße, an deren Ende sich die Häuser, die zu beiden Seiten der London Bridge errichtet waren, hoch in den Himmel erhoben.

»Das ist London, Karl«, erklärte Torr ihm. »Du wirst es lieben.«

Und das tat Karl, obwohl er sich nah an Judith herandrängte, als sogar noch mehr Menschen die Straße bevölkerten, während sie die Brücke überquerten und ins Zentrum der Stadt einritten. Seine kleinen Augen waren rund wie Vollmonde, während er die Stadthäuser aus Lehm und Holz betrachtete. Wand an Wand, dicht an dicht, säumten sie die engen Gassen. In den Fenstern der meisten Häuser waren Menschen zu sehen, die wahlweise Freunden etwas zuriefen oder ihre Waren feilboten. Durham war im Gegensatz zu Torrs Aussage keineswegs eine kleine Stadt, aber noch nie hatte Judith erlebt, dass es so voll war wie London am heutigen Tag, und sie hielt Karls Zügel fest umklammert, während sie sich langsam auf den königlichen Palast zubewegten.

Plötzlich packte sie eine Hand am Fußknöchel. Sie versuchte sie abzuschütteln, aber dann sah sie, dass die Hand nur einer alten Frau gehörte, die einen erbärmlich dünn geflochtenen Korb mit ein paar verschrumpelten Äpfeln in die Höhe hielt.

»Einen Apfel, Mylady?«, fragte sie mit einem Lächeln, das ihre Zahnlücken entblößte, und blickte so hoffnungsfroh drein, als verkaufe sie die besten Früchte. Doch Judith sah das Elend hinter ihren Augen und bemerkte, dass ihre Haut mindestens so dünn war wie ihr Korb.

»Das wäre schön«, sagte sie und griff nach ihrem Geldbeutel. Für die Pferde waren die Äpfel sicher noch gut.

»Oh, habt Dank, freundliche Lady. Danke.«

Torr sah sich ungeduldig um, aber Judith nahm sich die Zeit, einen Silberpenny herauszuholen. Die Augen der Frau wurden genauso groß und rund wie die von Karl, als sie ihr die Münze reichte.

»Für mich?«

»Mit meinem Segen.«

»Dann bitte nehmt sie alle – und dazu noch Neuigkeiten.«

»Neuigkeiten?«

Torr schnalzte ungeduldig mit der Zunge, aber nun erlitt die Frau einen heftigen Hustenanfall, und es wäre unhöflich gewesen, sie einfach stehen zu lassen. Judith hob eine Hand, um ihn zum Stehenbleiben zu bewegen, und wartete, wobei sie darum betete, dass die Alte sich von dem Geld auch eine Salbe kaufen würde. Schließlich erholte die Frau sich wieder und stellte sich zittrig auf die Zehenspitzen, um Judith näher zu kommen. Ihr Atem roch schlecht, aber ihre Worte waren das Warten wert.

»Der Prinz ist krank.«

»Der Prinz?« Plötzlich war Torr an ihrer Seite und spitzte die Ohren. »Welcher Prinz?«

Die alte Frau sah ihn an, spürte, wie dringend er eine Antwort auf seine Frage haben wollte, und schwieg schlau. Torr sprang von seinem Pferd und drückte ihr einen zweiten Penny in die Hand.

»Welcher Prinz, Frau?«

»Der ungarische Prinz Edward von England, der aus dem Exil kommt und nun der neue Erbe des Königs sein soll.«

»Er ist also schon da?«

Sie grinste sogar noch schlauer und streckte ihm die Hand entgegen. Karl gab derweil seinem Pony die Äpfel, die bis zu diesem Zeitpunkt ihre einzige Einkommensquelle gewesen waren, aber Neuigkeiten, das verstand sie jetzt schnell, waren deutlich mehr wert als Obst. Torr warf den Kopf in den Nacken, reichte ihr aber noch eine Münze.

»Das ist deine letzte. Ich bezweifle, dass es sich um ein Geheimnis handelt.«

»Oh, aber ja, es ist eins, Mylord. Der König will nicht, dass es nach außen dringt, nicht wahr, aber meine Schwester arbeitet in der Palastküche, und sie sagt, dass der arme Exilant sich sogleich in sein Gemach zurückgezogen hat. Er ist krank von der Reise, sagt man, aber wer weiß ...«

Torr sah sich nach Judith um. »Wir müssen nach Thorney Island, Frau, und das schnell.«

Die Frau legte ihm die dürre Hand auf den Arm.

»Nur der oberste Adel darf hinein, Lord, denn es gibt so viele Besucher, dass der Palast vor elegantem Volk förmlich aus den Nähten zu platzen droht. Der König hat Wachen auf jeder Brücke postiert.«

Torr richtete sich zu voller Größe auf und funkelte sie wütend an. »Ich bin der Earl of Northumbria«, verkündete er hochmütig.

»Northumbria?«, kicherte sie. »Gütiger Himmel – kein Wunder, dass ihr noch nichts von meinen Neuigkeiten wusstet.«

Judith fürchtete, dass Torr sie schlagen würde, und war erleichtert, als die Frau sich erstaunlich behände duckte und verschwand. Das Gesicht ihres Gemahls war so dunkel wie ein Gewitter, und nun drängte er sich mit grimmiger Entschlossenheit durch die entrüstete Menge, sodass ihr nichts weiter übrig blieb, als ihm zu folgen, so gut es ging. Ihre Gedanken überschlugen sich. Anscheinend hatte Harold den

Ætheling, den Erben, also gefunden und ihn nach Hause geholt. Aber Torr hatte offenbar recht damit gehabt, dass nicht jeder froh war, ihn zu sehen. Jetzt schon fürchtete sie sich vor den schleimigen Fangarmen des Hofes und sehnte sich nach Durham zurück.

Kapitel 20

Caen, April 1057

»Wir bringen Neuigkeiten, Herzog.«

Alle Köpfe der Höflinge in der großen, grob behauenen Halle fuhren in die Höhe, als die hintere Tür aufflog und Fulk de Montgoméri hereinplatzte, seine Frau mit raschelnden Gewändern im Gefolge. Beide schritten hocherhobenen Hauptes einher und grinsten wie vollgefressene Wölfe. Matilda, die sich hier in Caen sowieso nicht wohlfühlte – denn dies war Williams kargste und am wenigsten gastfreundliche Stadt –, überlief ein Schauern düsterer Vorahnung, das ihr bis in den Bauch fuhr, in dem ihr fünftes Kind sich allmählich bemerkbar zu machen begann.

»Fulk!« William sprang von dem großen Tisch auf, wo sie beide Urkunden unterzeichnet hatten, und eilte zu seinem Oberbefehlshaber, um ihn zu begrüßen. »Und deine liebreizende Gemahlin. Mabile, willkommen.«

Er hätte sie beinahe geküsst, und Matilda blinzelte erstaunt. William hasste es, statt des Schwertes die Feder zu schwingen, und suchte immer nach Ablenkung von den Schreibarbeiten, aber hinter dieser Geste steckte mehr. Sie musterte die Gräfin neidisch. Mabile sah atemberaubender aus denn je. Sie trug ein Kleid aus reinstem Scharlachrot und darüber einen Gliedergürtel aus Silber. Ihre Augen funkelten ebenso strahlend hell wie die Diamanten auf ihren langen Nägeln, und Matilda kam sich lächerlich klein und pummelig vor mit ihrem stets gerundeten Bauch, um den sich ein langweiliges Gewand spannte.

Die Höflinge, die sich bislang am Rande der Halle aufgehalten hatten, miteinander schwatzten und einander aufzogen, während sie darauf warteten, dass das Tagesgeschäft beendet wurde, schienen sich allesamt vorzubeugen, als würden sie von dem funkelnden Paar magisch angezogen. Matilda war klar, wieso: Fulk und Mabile wirkten wie durchtriebene Komplizen. Ihre Auseinandersetzungen schienen der Vergangenheit anzugehören, und es war offensichtlich, dass ihre Neuigkeiten hörenswert waren.

»Neuigkeiten, Herr Oberbefehlshaber?«, soufflierte William laut und genoss offensichtlich die Vorstellung.

»Traurige Neuigkeiten.« In Fulk de Montgoméris Augen brannte ein Feuer, allerdings wohl kaum vor Trauer. »Traurige Neuigkeiten von dem armen verlorenen angelsächsischen Prinzen.«

»Er ist tot?«

»Ich fürchte, ja.«

William unterdrückte ein erleichtertes Aufatmen. »Das ist *in der Tat* sehr traurig.«

»Ja. Ein großer Verlust, denn er war ein prächtiger Mann. Einundvierzig Jahre alt, aber lebhaft und hellwach. Er sprach die angelsächsische Sprache fließend und kannte auch die Sitten der Angelsachsen. Anscheinend hatte er sein Erbe nicht vergessen. Er war begierig, die Herrschaft zu übernehmen, sagen sie, und auch in der Lage dazu. Und er kam mit einer hübschen Frau, Lady Agatha – einer putzmunteren Schönheit mit lockigem Haar aus Kiew – und drei prächtigen Kindern dazu. Er war die perfekte Wahl, mein Herzog, und wurde als Lösung für die angelsächsische Thronfolgekrise willkommen geheißen. Der Jubel auf den Londoner Straßen fand kein Ende. Es ist so traurig.«

Er sah Mabile an, die mit dramatischer Geste beide Hände dorthin legte, wo man ihr Herz vermutete.

»Er war schon geschwächt, glaubt man, durch die Seereise. Manche Männer vertragen das Segeln nicht, und da er in Russland aufgewachsen ist, war er an das offene Meer wohl nicht gewöhnt. Anscheinend ist ihm das nicht bekommen.«

»Tatsächlich?«, fragte William, und seine Stimme klang seltsam erregt.

Matilda spürte, wie ihr das Blut in den Adern gefror, und sah auf ihre Hände hinab, die sie im Schoß verschlungen hatte. Sie fragte sich, ob Judith am angelsächsischen Hof gewesen war und ob sie misstrauisch geworden war. Hatte sie damit recht? Immerhin hatte Matilda es nicht verhindert, hatte nicht darauf bestanden, dass Mabile zu Hause blieb. Sie betrachtete die wunderschöne Mabile de Bellême, und wieder erinnerte sie sich voller Bitterkeit daran, dass Adela zu früh auf die Welt gekommen war. Galle stieg in ihr hoch.

»Er wurde krank, mein Herzog«, berichtete Mabile. Es war fast, als erahnte sie Matildas inneren Kampf und wollte sie nur noch mehr provozieren. »Er war zu Beginn schon sehr schwach, und dann ging es rapide abwärts mit ihm. Das angelsächsische Essen ist ihm, fürchte ich, einfach nicht bekommen.«

Sie genoss ihren Auftritt, strich sich mit einem ihrer verdammten Diamantnägel über ihre markante Wange und sah sich in der seltsamen kleinen Halle um, die das Herz der unbehauenen Festung von Caen bildete. Die herzogliche

Residenz hier bestand lediglich aus einer Ansammlung einfacher Gebäude, die sich in der Ecke eines großen, umfriedeten Geländes zusammendrängten und über einer Handvoll von Hütten thronten, welche als Stadt bezeichnet wurde. Sie hätte dringend ein paar Renovierungsmaßnahmen nötig gehabt, aber Matilda verspürte keine Neigung, mehr Zeit als notwendig hier zu verbringen, um den rebellischen Westen zumindest in Teilen zu bändigen. William behauptete, die Einfachheit und den Ausblick über die Meerenge hier zu mögen, aber die Wellen schaute sich Matilda lieber im hübschen kleinen Bonneville an, weshalb sie sich einer Reise nach Caen widersetzte, wann immer sie konnte. Das heutige Zusammentreffen war auch nicht gerade dazu angetan, ihr diese Stadt ans Herz wachsen zu lassen.

»Ihr habt ihn also getroffen, Mabile?«, fragte William nun, der die ungeliebten Urkunden nun mit Freuden für einen weiteren Tag einfach liegen ließ.

»Nur einmal.«

»Einmal war anscheinend genug. Und der König? Habt Ihr mit König Edward gesprochen?«

»Wir wurden einander vorgestellt. Er sah alt aus, besonders nach dem traurigen Dahinscheiden seines Vetters, beinahe schon schwach …«

»Sie hat ihn nicht noch einmal getroffen, Herzog«, sagte Fulk fest.

»Gut. König Edward wird zu Gott gehen, wenn die Zeit für ihn gekommen ist, und zwar unter den Angelsachsen. Aber diese Exilkinder – einer von ihnen ist doch ein Junge, nicht wahr?«

»Prinz Edgar, ja. Aber er ist eigentlich fast noch ein Säugling mit seinen sechs Jahren, ein schwächlicher kleiner Kerl.«

»Schwächlich«, bestätigte Mabile mit einem grauen Glühen in ihren Augen.

Mein Gott, dachte Matilda, wollte diese Frau alle auslöschen, die eine schwache Gesundheit hatten? Sie durfte nie auf die kleine Adela treffen – niemals durfte sie eine zweite Chance bekommen. Matildas einzige Tochter war jetzt vier Jahre alt, aber zu klein gewachsen. Ihre Glieder waren länger geworden, lang und schlaksig wie die von Hugues' Fohlen, aber ihr Körper schien geschrumpft zu sein, als ob er Mühe hätte, überhaupt ihre lebenswichtigen Organe festzuhalten. Außerdem war sie sehr still. Ihr fehlte die Energie ihrer Brüder, und ihre einzige Leidenschaft gehörte den antiken Texten – den griechischen und lateinischen. Ihr Lehrer bewunderte sie, weil sie so viele Fragen stellte, und Matilda wusste, dass sie eigentlich stolz auf ihre junge Gelehrte hätte sein sollen, aber bei Adela hatte das alles etwas Gezwungenes und Problematisches. Vielleicht wäre Mabile eine Gnade für sie gewesen. Sie keuchte unwillkürlich bei diesem bösen Gedanken, und alle sahen sie an.

»Entschuldigt«, sagte sie schuldbewusst und hielt sich den Bauch. »Ein Krampf.«

Mabile blickte sie über den Tisch hinweg an. »Ich habe Kräuter, die dagegen helfen können.«

»Nein! Ich meine … nein danke, Mabile.«

Mabile grinste. »Ich kann auch heilen, wisst Ihr, Herzogin. Man muss mich nur lassen.« Sie verbeugte sich tief, und wieder wurde Matilda übel. Aber sie durfte Mabile wohl kaum kritisieren. Tief in ihrem Innern wusste sie, dass Mabile die Tat vielleicht begangen haben mochte, aber schuldig waren sie alle, denn sie steckten alle unter einer Decke. Sie dachte an die Gemahlin des verlorenen Prinzen, Lady Agatha, die nun allein und mit drei kleinen Kindern an einem fremden Hof weilte. Was für eine Reise musste sie hinter sich haben, welche Hoffnungen musste sie gehegt haben!

Aber auch wir haben Hoffnungen, dachte sie. Mehr als Hoffnungen – man hat uns etwas versprochen! Nun, da der verlorene Prinz tot war, war dieses Versprechen wieder lebendig geworden, obwohl eigentlich allzu offensichtlich war, dass Edward sich nicht daran zu halten gedachte.

Und bald wurde klar, dass Edward nicht der einzige Monarch war, der sich gegen die Normandie wandte. Als der Sommer so langsam erstarb und der Hof aus dem Westen nach Rouen zurückkehrte, wurde mit dem Herbstwind ein neuer Besucher in den Hof hineingeweht.

»Raoul d'Amiens!«, knurrte William. »Die Schlange ist also aus dem Gebüsch herausgekrochen.«

Die Männer befanden sich im Obstgarten und übten sich im Bogenschießen, indem sie auf alte Schilde zielten, die an den obstbeladenen Bäumen aufgehängt waren. Aber nun hörten alle auf, ihre Pfeile abzuschießen, und scharten sich um den Neuankömmling. Matilda, die aus der Küche herbeigerufen worden war, wo sie mit den Köchen Pläne zum Einkochen und Trocknen der Äpfel geschmiedet hatte – vorausgesetzt, die Früchte würden bis zum nächsten Morgen überleben –, eilte atemlos an die Seite ihres Gemahls, als der gut aussehende Franzose eine schwungvolle Verbeugung wagte.

»Ich habe mich gar nicht versteckt, Herzog, denn ich habe nichts Falsches getan, außer meinem Herrn zu dienen.«

»König Henri?«

»So ist es. Aber ich bin ihn leid.«

William beugte sich vor, wobei sein Langbogen bedrohlich von seiner Schulter herabbaumelte. »Tatsächlich?«

»Jawohl. Ich bin auf der Suche nach einem neuen Lehnsherrn. In der Tat, Herzog, will ich *Euch* Gefolgschaft geloben. Und ich bringe Euch als Unterpfand eines solchen Versprechens ein Geschenk.« William rümpfte die Nase – er hatte wenig Verwendung für Kinkerlitzchen. »Ein kostbares Geschenk – nämlich Informationen.«

»Ah. Ich verstehe. Was für Informationen? Aus Frankreich?«

»Ja, Herzog. Darf ich näher kommen?«

William gab vor, darüber nachzudenken, allerdings nicht allzu lange. Er winkte Raoul nach vorn, und seine Männer formten einen Kreis um sie, die Pfeile jederzeit bereit. Raoul errötete, hielt aber stand, und seine Stimme blieb fest.

»Es ist König Henri, Herzog. Er ist nicht froh darüber, dass der ungarische Prinz tot ist, und hat neue Truppen ausgehoben. Er will wieder angreifen.«

Matildas Herz erzitterte. Noch mehr Krieg. Sie kam sich wie eine Närrin vor, weil sie sich glücklich mit Äpfeln und Pflaumen befasste, als sei dies alles, was für die Zukunft der Normandie von Bedeutung war. Und einen unschicklichen Augenblick lang sehnte sie sich danach, Raoul zu packen und ihn aus dem Obstgarten hinauszuwerfen, als könne sie die Invasion auf diese Weise aufhalten. Aber so funktionierte das nun einmal nicht.

»Von wo aus?«, fragte William nun.

»Ich weiß es nicht genau.«

»Ihr *wisst* es.«

Der gut aussehende Raoul neigte den Kopf. »Vielleicht, Herzog, wenn Ihr meine Dienste annehmt.«

»Warum sollte ich das tun, Raoul? Woher soll ich wissen, dass dies kein Trick von König Henri ist?«

»Ich habe meine eigenen Gründe, warum ich will, dass König Henri … im Nachteil ist.«

Williams Augen weiteten sich. »Ihr habt Ambitionen auf den französischen Thron, Raoul?«

»O nein. Nicht auf den Thron, Herzog, obwohl Ihr damit so sehr daneben auch nicht liegt. Es ist eher eine persönliche Angelegenheit.« Er errötete abermals, und Matilda trat neugierig vor.

»Eure Dame hat Eure Liebe nicht akzeptiert, Comte Raoul?«

Raoul verbeugte sich tief. »Sie ist mehr als bereit, Herzogin, aber sie ist … gebunden.«

Da fügten sich die Teile zusammen wie die Scherben eines zerbrochenen Kruges. »Die Königin«, sagte sie.

Raoul neigte den Kopf, und William musterte ihn erstaunt von Kopf bis Fuß.

»Königin Anna? Mein Gott, Raoul, Eure Ambitionen für Frankreich sind hochgegriffen.« Er streckte die Hand aus und pflückte einen Apfel über seinem Kopf, biss lautstark hinein und sah Matilda an. »Sollen wir ihm Unterstützung gewähren, meine Liebe?«

»William!« Matilda nahm ihm den Apfel aus der Hand und warf ihn zu Boden. »Nicht Mabile!«

»Ach nein? Nun gut. Henri wird seine unverschämte Invasion wahrscheinlich sowieso nicht lebend überstehen, was, Raoul?«

»Sein Dahinscheiden würde mich zugegebenermaßen nicht allzu traurig machen, aber Ihr müsst Euch eilen, Herzog, denn er ist bereits auf dem Weg.«

»Wo?«

»Mein Herzog …«

William seufzte. »Ihr seid an meinem Hof willkommen, Raoul, und in meiner Armee, wenn Ihr es wünscht.«

»Ich danke Euch. Der König hat vor, im Tal der Orne anzugreifen, und hat Caen im Visier. Das ist, glaube ich, nicht Eure loyalste Stadt?«

»Nein.«

»Und dort befinden sich, wie man mir berichtete, Rebellen, die bereit sind, dem französischen König den Weg zu bereiten.«

»Rebellen?« William stöhnte, und Matilda spürte seinetwegen eine Woge des Zorns in sich emporbranden – und auch um ihrer selbst willen.

Hatten sie nicht fast den ganzen letzten Monat in Caen verbracht? Hatten sie nicht sämtliche Vasallen der Gegend empfangen, waren sie nicht durch die Dörfer gereist und hatten den Armen Almosen gegeben? Was mussten sie noch tun, um sich der Loyalität des Westens zu versichern? Sie sah Mabile anklagend an, aber die warf die Hände in die Höhe.

»Ich war in England, Herzog – in Euren Diensten.«

»In den Diensten des Herzogs«, stellte Matilda spitzzüngig klar. »Aber wer …?«

»Es ist jemand anders, der ihr nahesteht«, sagte Raoul. »Ein Mann namens Arnold de Giroie.«

»Arnold?«, fragte Hugues. »Mein Vetter?«

»Der Mann, den Mabile zu vergiften versuchte«, fügte Matilda säuerlich hinzu, aber William schritt bereits die Bäume entlang und schien sie nicht zu hören.

»Ich bin träge und selbstgefällig geworden«, rief er über die Schulter zurück. »Die Wölfe werden nämlich niemals verschwinden – sie schlafen nur. Und nun schleichen sie erneut um unsere Grenzen herum, und ich muss mein Schwert wetzen und meine Rüstung polieren, denn anscheinend braucht mich die Normandie jetzt erneut.«

Er legte einen Pfeil in seinen Bogen, spannte und schoss ihn auf denjenigen Schild ab, der am weitesten entfernt hing. Er prallte mit lautem Klirren genau in die Mitte des Schildbuckels. Matilda erschauerte vor plötzlichem Verlangen bei dieser unvermittelten Zurschaustellung von Kraft. William mochte nicht der romantischste Gemahl sein, aber er konnte ihr Blut noch immer in Wallung bringen. Das war von Anfang so gewesen. Sie warf ihm einen aufreizenden Blick zu, aber er war zu beschäftigt, um es zu bemerken.

»Caen«, sagte er grimmig zu Raoul. »Caen würde sich sicher gegen mich wenden, wenn man es ködert. Und eintausend französische Soldaten sind sicher Köder genug, davon bin ich überzeugt.«

»Zweitausend, mein Herzog«, berichtigte Raoul.

»Zweitausend? Dann haben wir zu tun.«

Und mit diesen Worten straffte William die Schultern und verließ den Obsthain. Seine Männer folgten ihm auf dem Fuße, als wollten sie auf der Stelle losmarschieren. Matilda blieb unbeachtet zurück und sah elend auf den angebissenen Apfel zu ihren Füßen hinab. Ihr Land, die Normandie, die ihren Frieden wieder verloren hatte, tat ihr leid. Aber noch mehr bedauerte sie die Franzosen.

Kapitel 21

Rouen, Oktober 1057

Kaum eine Woche später rückte die Armee auch schon aus, die Männer hochaufgerichtet in ihren Sätteln und jauchzend vor Blutdurst. Danach herrschte Stille. Boten berichteten, dass William Henri kommen ließ, dass er seine Truppen aus der Deckung lockte wie Spielsteine auf dem Tafl-Brett. Sie berichteten auch, dass die französischen Spione wohl recht gut informiert waren, denn sie fanden sie stets schneller als erwartet. Matilda, die allein in ihrem kalten, leeren Bett lag, während ihr Bauch schmerzhaft auf ihre Blase drückte, wusste, dass William wieder Verrat mutmaßen würde, und fürchtete ihn selbst ebenfalls. Vielleicht hatten sie Raoul gar zu bereitwillig getraut, der schließlich auch Informationen über die Normannen an die Franzosen weiterleiten konnte, statt es umgekehrt zu handhaben. Das war das Problem bei Spionen – Doppelzüngigkeit war ihre zweite Natur.

»Was, wenn sie verlieren?«, fragte Cecilia eines Tages, als sich dunkle Wolken über einem immer noch leeren Rouen zusammenballten, als ob Gott sie vernichten wollte. Sie befanden sich im Studierzimmer, sollten eigentlich Adela bei ihren Studien unterstützen, aber das Mädchen benötigte keinerlei Ermutigung und sann gemeinsam mit ihrem Tutor über einem griechischen Text, sodass die Frauen sich unterhalten konnten. »Was, wenn William besiegt wird und König Henri nach Rouen einreitet, um es für sich zu beanspruchen?«

»Unmöglich«, sagte Matilda entschieden, verlagerte ihren unförmigen Körper und versuchte angestrengt, sich an eine Zeit zu erinnern, da ihr Schoß länger als einen Monat leer gewesen war. Manchmal hatte sie das Gefühl, weniger eine Frau zu sein als ein Aufnahmebehälter für herzogliche Nachkommen.

»Es *ist* möglich, Herzogin. Vielleicht nicht wahrscheinlich, Gott sei gepriesen, aber möglich.«

Vielleicht war das gar nicht so abwegig, denn gerade hatte sie die Neuigkeit erreicht, dass William des Katz-und-Maus-Spiels mit den Franzosen überdrüssig war, zumal der Winter vor der Tür stand, und dass er sie in einen offenen Kampf verwickeln wollte. Er war nach Varaville in der Nähe des verräterischen Caen marschiert, um dort auf Henris Truppen zu treffen, wo sie den Fluss Orne überqueren mussten. Matilda hatte sich sofort Karten holen lassen, aber ein Kreuz auf dem Pergament war wohl kaum das geeignete Äquivalent für ein Schlachtfeld, auf dem es zweifelsohne von Männern und Pferden und dem ganzen Drumherum eines Militärlagers wimmelte, und sie hatte sich selten so hilflos gefühlt. Roger hatte die Staatsangelegenheiten unter sich, und William hatte die Verteidigung übernommen. Ihr blieb also nichts anderes übrig, als untätig herumzusitzen.

Ein Teil von ihr sehnte sich danach, loszureiten und sich ihrem Mann anzuschließen, sodass sie zumindest Anteil am Geschehen hatte, aber sie musste sich nur kurz Alençon ins Gedächtnis rufen, um diese törichte Idee wieder aufzugeben. Den Krieg überließ man besser den Männern. Dennoch fühlte sie sich des Titels als Regentin beraubt und gefangen in einer Welt der Webstühle, Spielsachen und Säuglinge. Sie saß jetzt schon so lange in den Frauengemächern fest, dass sie das Gefühl hatte, in einen ihrer eigenen Wollstoffe eingewoben zu sein.

»Was würden wir tun, wenn wir verlören?«, quälte sich Cecilia. »Müssten wir flüchten? Wo würden wir hingehen?«

Matilda brachte sie zum Schweigen. Die arme Cecilia war in der letzten Zeit sehr nervös gewesen, und Matilda vermutete, dass sie Emeline vermisste, deren Schwangerschaft sogar noch fortgeschrittener war als die ihrer Herzogin und die sich so lautstark über ihren ungewohnten Bauch beklagte, dass Matilda sie sich ausruhen ließ, wann immer es möglich war.

»Wenn es dazu käme, würden wir wahrscheinlich nach Flandern zurückkehren«, antwortete sie Cecilia, obwohl dieser Gedanke sie mit Grauen erfüllte. Sie hatte Judith wegen ihres Exils, das sie im Jahre 1051 mit ihrem frischgebackenen Ehemann hatte erleiden müssen, sehr bedauert, und sie hatte nicht die Absicht, eine ähnliche Demütigung zu erleben. »Aber eigentlich ist das unwichtig, Cecilia. William wird gewinnen. William gewinnt immer. Seine Aufgabe besteht darin, unser Land für unsere Kinder zu sichern. Meine ist es, sie zur Welt zu bringen. Und dieses nächste lässt, fürchte ich, nicht mehr lange auf sich warten.«

»Noch ein Junge, was glaubt Ihr?«

»Vielleicht. Wenn es Gott gefällt.«

Sie sah schuldbewusst zu der fleißigen Adela hin, wollte selbst Cecilia gegenüber nicht bekennen, wie sehr sie sich noch eine Tochter wünschte. Mabile de Bellême hatte vor Kurzem ihr viertes Kind zur Welt gebracht – ein hübsches kleines Mädchen, das sie Sybil getauft hatte. Sie war ziemlich schnell mit ihren anderen Sprösslingen in die Kinderstube verbannt worden, aber vorher hatte Matilda sie noch zu Gesicht bekommen, was ihr einen Stich der Eifersucht versetzt hatte. Adela war ein gutes Kind, aber sie liebte ihre Studien offensichtlich mehr als ihre Familie und hatte auch kein besonders einnehmendes Wesen. Richard war mit seinen zwei Jahren ein sanfter, gutherziger Junge, und der einjährige Wilhelm Rufus war ebenso ungestüm wie kuschelbedürftig, zumindest solange er ausnahmsweise einmal still saß. Aber Matilda sehnte sich nach einem Mädchen, das sie in hübsche Gewänder kleiden, es verhätscheln und mit dem sie tanzen konnte – das vielleicht vor allem anderen.

Und Gott schien ihr geradewegs ins Herz zu blicken. Denn ihr fünftes Kind, das ein paar Tage später innerhalb so kurzer Zeit zur Welt kam, dass die Stundenkerze nur um eine Kerbe ärmer war, war in der Tat ein Mädchen, rosa wie die Morgensonne, lebhaft und vom ersten Atemzug an kerngesund. Matilda brach bei ihrem Anblick in begeisterte Tränen aus, hatte aber nur wenige Tage, um diesen kleinen Segen zu genießen, bis das Entbindungsgemach von neuen Schreien erzitterte. Den lautesten bisher.

»Es tut so weh«, jammerte Emeline nach nur wenigen Wehen.

Matilda zog ein mitfühlendes Gesicht. »Beiß die Zähne zusammen, meine Liebe. Es ist die Sache wert. Das wirst du merken, wenn dein Kind auf der Welt ist.«

Und sie hätte durchaus recht behalten, hätten die Schmerzen nicht gleich wieder eingesetzt, kaum dass Emeline ihre winzige Tochter in den Armen hielt.

»Das ist die Nachgeburt«, sagte Della zuversichtlich, aber nur wenige Minuten später schnalzte sie mit der Zunge und schaute von Emelines Schoß auf, um zu verkünden, dass sie sich geirrt hatte. »Ich habe noch nie eine Nachgeburt mit einem Kopf voller Haare gesehen«, rief sie. »Du musst noch einmal pressen, liebste Emeline – da kommt noch eins.«

»Typisch Emeline«, sagte Cecilia, nahm ihr aber fröhlich den ersten Säugling ab, während Emeline sich zurücklehnte, um den zweiten zur Welt zu bringen.

»Ein Junge!«, rief Della fröhlich. »Mein Gott, Frau, du hast deinem Herrn in einem einzigen Durchgang gleich eine ganze Familie geschenkt. Wenn er heimkommt, hat er gleich einen ganzen Stall voll Kinder.«

»Gebe Gott, dass er tatsächlich heimkommt«, sagte Emeline und nahm unter Tränen ihre Zwillinge in die Arme. »Ich muss ihm eine Nachricht schicken. Diesmal wird der Bote zumindest frohe Kunde nach Varaville bringen können.«

Der Bote aber hatte noch nicht einmal genug Zeit, um mit der Nachricht loszureiten, denn am nächsten Morgen wurden sie alle durch das Klappern Hunderter von Hufen auf dem Pflaster des herzoglichen Hofes geweckt. Matilda rief nach Cecilia, damit diese ihr half, ein Gewand überzustreifen, und bemühte sich eilig, ihr Haar unter einer Haube zu verbergen, um die Soldaten zu begrüßen.

»Lächeln sie?«, fragte sie und zog Cecilia zum Fenster, noch während sie die Stoffhaube richtig aufsetzte. »Sehen sie siegreich aus?«

Celia spähte durch das trübe Glas. »Sie sehen müde aus«, sagte sie trocken. »Und hungrig.«

»Kannst du William erkennen?«

»Er ist in ihrer Mitte. Dieses schwarze Riesenpferd würde ich überall erkennen.«

»Und Hugues? Siehst du Hugues?«

»Keine Ahnung. Ich kann eigentlich kaum etwas erkennen, besonders wenn Ihr ständig an meinem Ärmel zupft. Am besten geht Ihr hinunter und schaut selbst nach.«

»Wohl wahr.«

Matilda riss sich los und rannte zur Treppe, eine entsetzte Cecilia im Gefolge, die immer noch versuchte, sie vernünftig anzuziehen. Und so stolperten sie in den Hof, um die volle Wucht von Williams wütendem Blick abzubekommen. Matilda richtete sich so hoch auf, wie sie konnte, und sah zu ihm auf. Immer noch saß er auf Caesar.

»Willkommen zu Hause, mein Gemahl.«

»Hab Dank, Gemahlin. Ich sehe, du hattest kaum Zeit zum Schlafen aus lauter Sorge um mich.«

Sie wurde wütend. »Ich habe kaum Zeit zum Schlafen gehabt, weil ich deine neue Tochter füttern musste oder – in der Tat – Emeline bei ihrer Niederkunft beistehen musste.«

Von hinten erklang ein Keuchen, und Hugues sprang von seinem Ross und kam herbeigerannt. »Emeline? Wie geht es ihr? Was hat sie bekommen? Ist es ein Sohn oder eine Tochter? Nicht dass das wichtig wäre. Hauptsache, es ist gesund, und sie ist gesund, und …«

»Still, Hugues. Emeline geht es sehr gut, und sie hat Euch beides geschenkt: einen Sohn und eine Tochter.«

»Aber wie …«

»Zwillinge. Letzte Nacht. Ihr solltet vielleicht gehen und sie besuchen.«

»Nicht nötig.«

Die ganze Gesellschaft wirbelte herum und entdeckte Emeline im breiten Türrahmen des Tour de Rouen, bekleidet mit einem leichten Nachtgewand, das Haar lose und einen Säugling in jedem Arm. Sie lächelte Hugues beinahe scheu an, der trotz der sperrigen Rüstung zu ihr eilte und alle drei in die Arme nahm.

»Wie nett«, sagte William rau. »Da war Gott ja wirklich gnädig.«

Matilda näherte sich Caesar nervös. Mittlerweile hätte sie daran gewöhnt sein sollen, dass William schlechter Stimmung war, wenn er von einem Feldzug heimkam. Aber diesmal war er dermaßen verbittert, dass sie trotzdem überrascht war.

»Was ist los, mein Herr?«, fragte sie. »Was ist geschehen? Haben wir verloren?« Er sah beinahe verständnislos auf sie herab. »Die Invasion«, drängte sie. »Haben die Franzosen uns überrannt?«

»Natürlich nicht. Ich habe dir schon einmal gesagt, Matilda, ich verliere nie. Die Franzosen sind geflohen.«

»Geflohen?« Das waren wunderbare Neuigkeiten. »Die Schlacht ist also gut verlaufen?«

»Ja.«

Mehr wollte er anscheinend nicht sagen, und er machte auch keine Anstalten abzusteigen. Matilda stand unsicher inmitten des Hofes herum und war dankbar, als Fitz sich einmischte.

»Der Herzog befahl, dass unsere Armee sich versteckt, Herzogin, alle außer ein paar Männern, die er auf der offenen Ebene sitzen ließ, wie eine Ziege am Pflock, mit der man den Feind aus der Reserve lockt. Die Franzosen konnten nicht widerstehen. Das Wasser stand niedrig genug, um durch den Fluss zu waten, und nicht einer unter ihnen wusste anscheinend, wie schnell das Tal sich füllt, wenn die Flut einsetzt. Unsere Zeitplanung war perfekt. Unzählige sind im Treibsand gestorben.«

Eigentlich hätte sie darüber frohlocken sollen, aber der Gedanke an all die Französinnen, die nun feststellen mussten, dass sie Witwen waren, hinderte sie daran.

»Und der König?«, fragte sie, weil sie sich lieber auf eine einzelne Person als auf viele konzentrierte.

»König Henri gehörte zur Nachhut. Er ist am Leben, sehr zu Comte Raouls Verdruss, aber er ist ein gebrochener Mann und heim nach Paris geflohen, um seine Wunden zu lecken.«

»Ist er verletzt?«

»Vornehmlich sein Stolz ist es wohl, obwohl auch das Gerücht ging, dass er eine Schwertwunde am Schulterblatt erlitten hat.«

»Genau wie ich verletzt bin«, sagte William, und aller Augen richteten sich auf ihn, als er sich endlich aus dem Sattel schwang.

»Du bist verletzt?«, fragte Matilda und wollte zu ihm hineilen, aber er wehrte sie ab.

»Nicht körperlich, nein. Aber geistig sehr wohl, denn jemand hat gegen mich gearbeitet, Matilda. Was immer wir taten und wo immer wir hingingen, die Franzosen fanden uns.«

»Ich hörte davon. Ihre Spione sind wohl sehr gut.«

»Da stimme ich dir zu, meine Gemahlin. So gut, dass man sie womöglich unter den Normannen suchen muss.«

»Du hast einen Rebellen in deiner Mitte?«

»Ich glaube schon.«

»Aber wer …?«

William hob eine Hand. »Du hast mir ein Kind geboren, Matilda, das ist gut. Eine Tochter, sagtest du?«

Der plötzliche Themenwechsel verblüffte sie. »Das stimmt, mein Herzog.«

»Gut. Ich bin froh, dass wir eine weitere kleine Prinzessin haben. Du hast ihr einen Namen gegeben?«

»Das habe ich. Sie soll Cécile heißen, wenn es dir behagt.«

»Das ist ein hübscher Name.«

Hübsch war er, aber das war nicht der Grund, warum sie ihn gewählt hatte. Sie blickte sich nach Cecilia um, die wie immer dicht hinter ihr stand.

»Das ist wegen Cecilia, die mir immer loyal zur Seite steht.«

»Eine bewundernswerte Eigenschaft.«

Seine Stimme klang schneidend wie Stahl, und Matilda spürte, wie die Reihen seiner Soldaten nervös erzitterten. Die Pferde waren mittlerweile in die Ställe geführt worden, aber die armen Männer standen immer noch verlegen im Hof, obwohl sie doch wahrscheinlich vor Erschöpfung kurz vor dem Zusammenbruch waren.

»Sollen wir nicht hineingehen?«, schlug sie vor.

»Gleich.« William sah Hugues an, der immer noch jede Menge Wirbel um Emeline und seine überraschende Kinderschar machte. »Man hat mir mitgeteilt, Matilda, dass aus deinen Gemächern zahlreiche Briefe abgeschickt wurden.«

»Ach ja?«

»Du hast sie nicht geschrieben?«

»Nein, mein Herzog, natürlich nicht. Nicht, nachdem …« Sie vermied es gerade noch, ihn daran zu erinnern, dass er sie schon einmal des Verrats bezichtigt hatte, weil sie sich an ihren Onkel, den besiegten König Henri, gewandt hatte.

»Ich weiß, dass du es nicht warst«, antwortete er, und sie hatte Mühe, ihn nicht anzublaffen, warum er sie dann überhaupt gefragt hatte.

Doch immer noch hatte er sie nicht angerührt, nicht einmal ihre Hand geküsst. Und sie war immerhin die Mutter seines fünften Kindes. Zorn begann in ihr zu brodeln.

»Müssen wir hier herumstehen, William? Deinen Männern ist wahrscheinlich kalt, und sie sind müde von der Reise und wünschen sich einen Becher Wein, um auf deinen großen Sieg anzustoßen. Komm herein.«

Die Männer scharrten eifrig mit den Füßen, aber wieder hob ihr Herzog die Hand, sodass sofort wieder alle verstummten.

»Sag mir, wer diese Briefe geschrieben hat.«

Matilda wich zurück und prallte gegen die stämmige Cecilia, die sie festhielt, obwohl auch sie zitterte.

»Cecilia?«, fragte sie und sah sich um. »Weißt du etwas darüber?«

»Ich war es nicht, Herzogin, glaubt mir.«

»Danach habe ich nicht gefragt. Weißt du etwas darüber?«

Cecilia stand da wie versteinert, aber in diesem Augenblick trat Emeline vor. Ihr loses Haar wehte in der leichten Brise, und sie hielt die Hände über der Brust gekreuzt, um ihre winzigen Kinder über ihren Schultern festzuhalten wie lebendige Schließen. Einen Augenblick lang wirkte sie wie ein mystischer Krieger aus alten Zeiten, aber dann sprach sie, und der Zauber war gebrochen.

»Sie weiß, dass die Briefe von mir geschrieben wurden.«

»Von dir?«, keuchte Matilda. »Aber du kannst doch gar nicht schreiben, Emeline.«

»Ich kann es, denn ich habe Cecilia veranlasst, es mir beizubringen. Aber ich hatte keine bösen Absichten. Ich wollte nur einfach Briefe der … der …« Sie verstummte, doch dann reckte sie stolz den Kopf in die Höhe. »Der Liebe an meinen Gemahl schicken, der mir durch den Krieg weggenommen worden war. Ist das so falsch?«

»Natürlich nicht«, versicherte Matilda und wandte sich

energisch zu William um. »Siehst du, mein Herzog. Liebesbotschaften, mehr nicht. Nichts, was Verdacht erregen könnte.«

»Und doch: Jedes Mal wenn es Probleme gab, stellte sich heraus, dass deine Zofe – deine *französische* Zofe – einen solchen Brief geschrieben hatte. Zuerst höre ich, dass sie mit Raoul verkehrt, dann betrügt dieser mich in Mortemer. Als Nächstes höre ich, dass sie das Lager mit einem Bellême teilt, und man findet heraus, dass er gegen mich arbeitet.«

»Nicht gegen *dich,* William«, protestierte Matilda, der die Angst um Emeline, die gerade vom Kindbett aufgestanden war und nun vor dem ganzen Hof stand, Mut verlieh. »Sondern gegen Hugues.«

»Hugues, dessen Vetter Arnold der Kern der letzten Rebellion war. Hugues, den sie so manipuliert hat, dass er sie geheiratet hat.«

»*Manipulierte?* Er hat sie doch selbst um ihre Hand gebeten. Du bist ungerecht.«

Der wütende Blick, mit dem er sie bedachte, hätte jede andere Frau zu Stein verwandelt, und in der Tat spürte Matilda, wie sie sich angesichts seiner grausamen Verdächtigungen anspannte, aber sie weigerte sich, dem nachzugeben. Die Soldaten blickten allesamt unbehaglich zu Boden, aber sie konnten jedes Wort hören, und Matildas Zorn darüber, dass sie dergestalt öffentlich gedemütigt wurde, wuchs. »Du hast also Beweise für Emelines Verrat, mein Herzog?«

»Die werde ich bekommen. Man wird mir bald alles berichten.«

»Meinst du? Und was ist mit mir, deiner Gemahlin, Emelines Herrin? Stehe auch ich – *wieder* – unter der dunklen Wolke des Verdachts?«

»Wäre das denn berechtigt?«

Am liebsten hätte Matilda geschrien. »Wie kannst du so etwas auch nur denken?«

»Weil ich ein Narr wäre, wenn ich es nicht täte. Sei nicht so naiv, Matilda. In Flandern, wo sich alles nur um Mode und Architektur dreht, mag derlei naives Vertrauen dienlich sein, aber die Normandie ist ein Hundezwinger, in dem du jederzeit gebissen werden kannst. Die Menschen sind wankelmütig, Matilda – das sind sie immer.«

»Das ist nicht wahr. Warum musst du nur immer vom Schlimmsten ausgehen? Warum musst du die Schuld immer am ehesten bei denen suchen, die dir am nächsten stehen? Du glaubst, dass alle gegen dich sind, sogar der Papst.«

»Der Papst *ist* gegen mich.«

»Das ist er *nicht*. Er spielt einfach nur seine Spielchen, wie alle anderen auch. Du hast mich einmal beschuldigt, das päpstliche Verbot zu unterstützen, damit ich einen Ausweg aus dieser Ehe habe. Aber vielleicht, William, bist du es ja, der es unterstützt, um dein verdammtes Bedürfnis zu befriedigen, alle gegen dich zu haben.«

William sog scharf den Atem ein, und die zurückhaltenden Höflinge wichen einen weiteren nervösen Schritt zurück.

»Meine Bedürfnis«, sagte er mit eisiger Stimme, »ist es, alle an meiner Seite zu wissen, insbesondere meine Frau und ihre Dienerinnen mit der ach so losen Zunge.«

Die Höflinge erstarrten. Matilda hörte, wie Cecilia wimmerte, und sah, wie Emeline ihre Säuglinge ärgerlich an ihrer Brust verlagerte. Sie rang um Worte, um ihrem wütenden Ehemann eine entsprechende Antwort zu geben, aber dann trat jemand vor sie hin und nahm ihr vorübergehend die Sicht.

»Wie könnt Ihr es wagen, Herzog?« Es war Hugues. Seine sonst so ruhige Stimme klang schneidend vor Zorn. »Wie könnt Ihr es wagen, meine Gemahlin des Verrats zu beschuldigen, und mich ebenfalls, denn als ihr Mann gilt alles, was auf sie gemünzt ist, auch für mich.«

»Ihr widersetzt Euch mir, Hugues – nach allem, was ich für Euch getan habe?«

»So wie Ihr Euch mir widersetzt, Herzog. Ich bin Euer treuer Diener, und zwar mit Freuden, aber Ihr müsst mir gegenüber ebenfalls loyal sein. Wir warten nicht alle auf eine Gelegenheit, Euch den Dolch in den Rücken zu stoßen, und Ihr erweist Euch selbst – und uns – einen schlechten Dienst, wenn Ihr so denkt. Emeline ist eine gute Frau, Herzog, und Ihr habt sie verunglimpft. Das kann ich nicht dulden.«

William starrte ihn vollkommen perplex an. »Ihr wollt mich herausfordern?«

Hugues wurde bleich. »Wollt Ihr das denn?«

»Nein, Hugues.«

»Ich genauso wenig. Aber ich halte es für das Beste, mein Herzog, wenn ich meine Gemahlin von hier fortschaffe. Sie ist nach der Geburt zweier Kinder erschöpft und braucht Ruhe. Wir werden gehen. Sofort.«

»Sofort?«, keuchte Matilda. »Aber Emeline ist gerade erst vom Kindbett aufgestanden. Sie kann noch nicht reisen.«

»Ich kann«, widersprach Emeline energisch, »wenn Hugues es für das Beste hält.«

»Nein. Die Kinder ...«

»Ihnen wird es gut bei uns gehen.«

»Aber wo wollt Ihr denn hin?«

»Wir werden nach Italien gehen«, antwortete Hugues. »Wo sonst sollte ein verlorener Normanne hin?«

»Ihr seid nicht ›verloren‹«, rief Matilda. »Sag es ihm, William. Emeline ist keine Spionin, sondern eine Frau – eine Ehefrau und Mutter. Sie hat kein Interesse am Krieg, außer dass sie ihn beendet sehen will und die Rückkehr ihres Gemahls herbeisehnt.« Er antwortete nicht, und sie packte ihn am Arm. »Sag Hugues, dass er nicht abreisen soll, William, bitte. Das ist Wahnsinn. Du bist müde, das ist alles, und es ist ja auch kein Wunder. Sag es ihm, ich bitte dich!«

Aber William schüttelte sie nur ab. »Er wird tun, was er will«, sagte er, löste sich von ihnen allen und schritt auf das Burgtor zu.

Wie erlöst verstreuten sich die Soldaten, und innerhalb weniger Minuten war Matilda mit Emeline allein. Hinter ihnen befahl Hugues den Stallburschen, frische Pferde und einen Wagen aus dem Stall herbeizubringen, und sandte seine Diener aus, damit sie die Kleidung zusammenpackten. Emeline wirkte schockiert, aber entschlossen.

»Geh nicht«, bat Matilda sie. »Ich werde mit William reden. Ich werde es ihm erklären. Er ist so oft verraten worden, dass er überall Verrat vermutet, aber ich werde dafür sorgen, dass er seinen Irrtum einsieht. Bitte bleib.«

Emeline lächelte traurig. »Ich glaube, es ist besser, wenn wir nicht bleiben, denn er scheint sich seiner Sache sehr sicher zu sein.«

Matilda war todunglücklich. Sie sah Emeline an, die zerzaust und in ihrem losen Gewand vor ihr stand, und erinnerte sich an den Abend vor ihrer eigenen Hochzeit, als sie sie fest umarmt und ihr versprochen hatte, sie nie zu verlassen – »Nie, nie, nie«. Wie hatte es so weit kommen können?

»Du darfst nicht gehen. Das kann ich nicht zulassen. Es ist nicht sicher.«

Emeline jedoch sah sich einfach nur nach Hugues um, der gerade ein paar Pferde aus dem Stall führte.

»Es ist vollkommen sicher, Herzogin, denn Hugues wird für mich sorgen.«

Ihre Augen leuchteten. Und auch nachdem man ihr hastig einen Mantel übergeworfen hatte, stand sie mit den einen Tag alten Kindern da, die sie an ihre prallen Brüste presste, und ihre Augen strahlten. Sie hatte seine Entscheidung mit keinem Wort infrage gestellt, nicht einen Augenblick lang. Sie war eine bessere Frau als Matilda, eine bei Weitem bessere. Oder vielleicht war ja auch einfach nur Hugues der bessere Ehemann. Wie auch immer, es gab nicht mehr allzu viel zu sagen außer *Gute Reise*. Schon war Hugues bei ihr. Sie reichte ihm die Kinder und kletterte in den Wagen, während die Diener ihr eilig ein paar Decken reichten. Und mir nichts, dir nichts, als sei ein Wirbelwind durch Rouen gefegt, waren sie fort.

Alleingelassen wandte sich Matilda tieftraurig der Kapelle zu, um Trost bei Gott zu suchen. Ihre Gebete aber wollten ihr kaum über die Lippen kommen, denn eigentlich konnte sie nur verdammen: den Krieg, weil er die Seelen der Menschen vergiftete; William, weil er niemandem traute; und ihren Onkel, König Henri, weil er ihrem Mann allen Grund dafür gab, so zu denken.

Kapitel 22

Rouen, Mai 1060

»König Henri ist tot.«

Die Neuigkeit verbreitete sich wie ein Lauffeuer im Burghof. Die Männer hatten gerade zur Jagd ausreiten wollen, aber mit der Ankunft der Boten war dieses Vergnügen vergessen. William kam zu Matilda hinüber, die sich um Robert gekümmert hatte, froh, etwas Zeit mit ihm verbringen zu können, nachdem sie eine dritte Tochter zur Welt gebracht hatte. Ihr ältester Junge, der jetzt acht Jahre alt war, war ganz aufgeregt, dass er mit auf die Jagd durfte, und war wahrscheinlich das einzige Mitglied des Hofes, das enttäuscht sein würde, dass dieser Nachmittag durch Frankreich vereitelt worden war. Die Augen seines Vaters jedoch leuchteten.

»Gott hat Henri bestraft, weil er sich uns widersetzt hat, meine Gemahlin. Wir sind gesegnet.«

Matilda trat unruhig von einem Fuß auf den anderen. War es christlich, über den Tod eines anderen Menschen zu frohlocken, besonders wenn es sich um ein Mitglied der eigenen Familie handelte? Wie oft, während die Männer im Krieg waren, hatte sie mit dem Finger die Muster auf der Truhe nachgezeichnet, die Henri ihr seinerzeit geschenkt hatte. Sie hatte erwogen, sie zu verbrennen, um ihrem Mann ihre Treue zu demonstrieren, aber die Truhe war so hübsch und gleichzeitig so nützlich, dass sie letztlich einfach nur den Deckel unter einem Tuch versteckt hatte.

Und nun war es Henri selbst, der mit einem Tuch bedeckt wurde. Sie erschauerte.

»Gott ist auf der Seite der Normannen!«, schrie William jetzt begeistert seinen Anhängern zu, die lautstark ihre Zustimmung gaben und so Gott sei Dank Matildas kleinliche Sorgen in ihrem Lärm ertränkten.

»Wer regiert jetzt?«, fragte er den Boten.

»Sein Sohn Philippe, mein Herzog.«

»Aber er ist noch ein Kind.«

»Erst sechs Jahre alt, ja, Herr. Seine Mutter ist als Regentin eingesetzt und wird unterstützt von Graf Balduin von Flandern.«

»Regentin?«, fragte Matilda scharf, aber William tat den Einwand mit einer Handbewegung ab.

»Das wird ja immer besser. Dein Vater hat die Verantwortung, Matilda, und dazu Königin Anna, die natürlich eng mit Raoul verbandelt ist, der wiederum *unser* Verbündeter ist. Das sind wirklich hervorragende Neuigkeiten. Wir müssen feiern.«

Das ließen sich die Männer nicht zweimal sagen. Sie gaben den Stallburschen ihre Pferde zurück und strömten in den Turm, um dort auf das Ableben des Feindes anzustoßen. Robert heulte vor Enttäuschung, wurde aber von Fitz emporgewirbelt, der ihn auf den Rücken schwang und versprach, heute Nachmittag sein Pferd zu sein. Bald lachte der Junge genau wie der Rest. William streckte Matilda gebieterisch den Arm entgegen.

»Kommst du mit und feierst mit dem ganzen Hof, meine Gemahlin?«

»Ja«, antwortete sie, hörte jedoch selbst, wie zögernd ihre Stimme klang.

Auch William entging es nicht. Er beugte sich vor und legte ihr den Arm um die Taille. »Möchtest du lieber mit mir allein feiern?«

Sie zuckte zusammen. »Es ist Nachmittag, mein Gemahl!«

»Umso besser, denn langsam werden wir alt, meine Mora, und also früher müde. Komm, es ist schon lang her – allzu lang.«

»Meine Aussegnung liegt gerade erst hinter mir, William.«

»Sie ist schon drei Wochen her.«

»Wirklich?«

»Drei Wochen und vier Tage.«

»Du zählst die Tage?«

Er blickte verlegen drein. »Wie ich schon sagte: Es ist viel zu lang her.«

Matilda unterdrückte ein Seufzen. Er hatte wahrscheinlich recht, und sie hatte nichts dagegen – nicht wirklich. Sie hatte vielleicht nicht ihr Herz an ihren Ehemann verloren, aber ihr Körper reagierte immer noch bereitwillig auf seine Aufmerksamkeiten, und sie hatte sich von ihrer sechsten Entbindung gut erholt. Letztere hatte diesmal länger gedauert als bei den anderen, aber immer noch, wie die Hebamme taktvoll bemerkt hatte, weniger lange als bei anderen Frauen.

»Die meisten Frauen haben auch kein Herzogtum, um das sie sich wieder kümmern müssen«, hatte Matilda scharf erwidert. Das war ziemlich unhöflich gewesen und entsprach auch nicht wirklich der Wahrheit, denn es hatte jetzt schon drei Jahre keinen Krieg mehr gegeben, und William hatte die Regierungsgeschäfte voll und ganz selbst in die Hand genommen. Aber sie hatte Schmerzen gehabt und konnte nicht geradeaus denken. Alles war wieder besser gewesen, nachdem sie ihre dritte Tochter in den Armen gehalten hatte, obwohl sie geweint hatte wie eine Törin. William hatte gelacht und sie immer und immer wieder geküsst, und er hatte darauf bestanden, das Kind Matilda zu nennen.

»Warum denn nicht?«, hatte er gefragt, nachdem sie protestiert hatte. »Wir haben doch auch einen William mit unserem feurigen, kleinen Rufus, warum also nicht auch eine Matilda? Es würde mir gefallen, wenn es auf der Welt noch eine kleine Ausgabe von dir gäbe, denn durch dich wird sie einfach besser.«

Daraufhin musste sie noch mehr weinen, aus Dankbarkeit und Schuldgefühlen und einem völligen Tumult anderer Gefühle, die die Sehnsucht nach Emeline in ihr wachriefen. Diese war nun sicher in Italien, und zu Matildas großem Kummer genoss sie den Aufenthalt offenbar sehr.

Der wahre Spion war nur wenige Tage nach der Abreise der Grandmesnils entlarvt und im Angesicht des gesamten Hofes hingerichtet worden. William hatte ein schlechtes Gewissen gehabt und Hugues Briefe geschickt, in denen er ihn gebeten hatte zurückzukehren. Aber der hatte nur fröhlich geantwortet, dass seine Sachkenntnis in puncto Pferde dort sehr gefragt war und dass er und seine Familie auch im Interesse der Normannen »zumindest eine Zuchtsaison lang« in Italien bleiben sollten. Matilda hatte darüber sogar noch mehr geweint, hatte aber letztlich, Gott sei Dank, irgendwann ihre innere Ruhe wiedergefunden. Aber das bedeutete noch lange nicht, dass sie wieder bereit war, den stürmischen Ritt einer Geburt schon wieder durchzumachen.

»Begehrst du mich denn nicht mehr, meine Mora?«, fragte William stirnrunzelnd.

»Natürlich tue ich das«, erwiderte sie hastig. »Ich glaube nur, dass wir gerade jetzt bei deinen Männern sein sollten. Es gibt so vieles, über das wir nachdenken müssen.« Sie nahm seinen Arm, und da kam ihr ein ganz neuer Gedanke. »Wir sollten nach Paris gehen, William.«

Er sah sie so lange an, dass sie schon befürchtete, ihn beleidigt zu haben, aber dann plötzlich nahm er sie schwungvoll in die Arme.

»Du hast ja so recht, meine Mora. Du hast so recht. Wir werden nach Paris reisen, und wir werden dem kleinen König unsere Treue schwören und die guten Beziehungen zu Frankreich wiederherstellen. Und wenn wir je Frankreichs Unterstützung benötigen …«

»Du denkst noch immer an England?«

Er ergriff ihre Hände. »Immer. Du denn nicht?«

Und, Gott stehe ihr bei, sie dachte tatsächlich daran. Doch für den Augenblick würde Frankreich eine segensreiche Erleichterung sein.

Ehrfürchtig starrte Matilda die prächtigen Turmspitzen am Horizont an. Sie näherten sich Paris über die staubige, alte Via Jules César, die noch aus der Zeit des großen Römischen Kaisers stammte, und Matildas geschundenem Körper nach zu urteilen war sie in den seither vergangenen tausend Jahren auch noch nicht allzu oft ausgebessert worden. Doch der Anblick der französischen Hauptstadt linderte jegliche Schmerzen. Die äußere Mauer bildete einen ihnen zugewandten Halbkreis, und der große Fluss Seine glänzte silbern im schwachen Sonnenlicht, das sich durch den Nebel stahl. Er durchschnitt die Stadt zu ihrer Rechten und floss zu ihrer Linken weiter dahin wie ein Pfeil, der ein Herz durchstößt.

»Wir sind fast da, Herzogin«, sagte Raoul und ritt neben ihr her. Er war hocherfreut gewesen, diesen Besuch arrangieren zu dürfen, und war an die Grenze zwischen Normandie und Frankreich gereist, um persönlich dafür zu sorgen, dass sie sicher beim neuen König ankamen. »Wenn wir einmal innerhalb der Palastmauern sind, wird es sehr behaglich sein, das versichere ich Euch. Die königliche Residenz ist frisch renoviert und sehr elegant. Bei den Betten handelt es sich ausschließlich um Federbetten, die meisten Fensteröffnungen sind mit Glas verkleidet, und Stoffe und Fresken wie dort habt Ihr sicher noch nirgends sonst gesehen.«

»Ich komme aus Brügge«, erinnerte Matilda ihn hochmütig.

»Natürlich, Herzogin. Das hatte ich einen Augenblick lang vergessen, denn Ihr seid ja durch und durch die Herzogin der Normandie. In diesem Fall habt Ihr derlei Stoffe und Fresken *schon lange Zeit* nicht mehr gesehen.«

Matilda lächelte dankbar, obwohl ihr bei diesen Worten das Gewissen schlug. Sie hatte nur wenig von den flämischen Sitten und Gebräuchen in die Normandie gebracht. Judith hätte da mehr bewirkt. Sie hatte ein Auge für Schönheit, Matilda nur eines für Ordnung. Vielleicht war es, wie William sagte: Sie war ihm ähnlicher, als ihr bewusst war. Oder vielleicht war sie auch einfach nur faul gewesen. Sie sah Raoul an.

»Ihr habt mittlerweile eine gute Position bei Hof, Comte?«

»Eine sehr gute Position, danke. Ich bin, sagen wir einmal, im Herzen des französischen Verwaltungsapparats angelangt.«

»Werdet Ihr die Königswitwe heiraten?«

»Ah.« Raoul verzog das Gesicht. »Das ist etwas schwieriger. Die Kirche ist nicht so sehr darauf erpicht, uns zusammen zu sehen. Aber das spielt eine untergeordnete Rolle. Anna und ich kennen die wahre Natur unserer Liebe, und am französischen Hof stört man sich nicht daran. Der Rest wird sich ergeben. Ihr versteht mich, nicht wahr? Die Kirche hat schließlich versucht, auch Eure Liebe zu verhindern, und Ihr habt ebenso wenig zugelassen, dass sie Euch im Weg steht.«

Matilda nickte dumpf, war glücklich, dass Raoul sich mit ihr verglich, obwohl ihr schmerzhaft bewusst war, dass die Umstände ihres eigenen Widerstandes weniger romantisch gewesen waren als die seinen. Sie und William hatten ihre Ehe aus politischen Gründen forciert, nicht der Liebe wegen.

Aber Liebe kann wachsen, rief sie sich ins Gedächtnis. Die Liebe *ist* gewachsen. Das stimmte doch, oder nicht? Sie bewunderte William, respektierte ihn, und wenn diese Gefühle eher lauwarmer Milch als dem Würzwein ihres berauschenden Techtelmechtels mit Brihtric glichen, umso besser. Denn Milch war erheblich nahrhafter.

»Ich bin froh, dass Ihr glücklich seid«, sagte sie hastig. »Und ich freue mich darauf, die Königin kennenzulernen.«

»Sie ist eine wunderbare Frau«, antwortete Raoul schlicht und führte sie hinauf zu den Toren von Paris.

Die äußeren Mauern waren aus der Nähe recht verfallen. Raoul erklärte ihr, dass sie noch aus der Römerzeit stammten, aber dass er und die Königin und natürlich der kleine König mit der Zeit alles erneuern lassen wollten. Raoul und Königin Anna hatten, wie sich bald schon herausstellte, tatsächlich große Pläne. Während sie sich durch die Straßen der Stadt auf den Palast zuschlängelten, sprach Raoul von Architekten und Bauherren und bedeutsamen Projekten. William war fasziniert.

»Daraus können wir nur lernen«, sagte er eifrig zu Matilda. »Auch wir können bauen.«

»Rouen ist doch jetzt schon eine wunderschöne Stadt«, wandte sie ein.

»Rouen schon. Dort haben wir in der Tat nichts zu tun.«

»Wo dann, William?«

»In Caen.«

»In Caen?« Entsetzt sah Matilda ihn an. »Aber Caen liegt im Westen, William, wo ...«

»Wo die Rebellion stets ihren Anfang nimmt. Genau.«

Matilda sank das Herz. Sie sah ein, dass sein Vorschlag vernünftig war, aber sie konnte sich dennoch nicht dafür erwärmen. Sie liebte Rouen, denn es erinnerte sie an Brügge mit seinen dicht gedrängten, hübschen Häuschen. Caen hingegen war ebenso karg und unheilverkündend wie Eu, und sie hatte eigentlich keine Lust, noch mehr Zeit dort zu verbringen. Doch jetzt war sie erst einmal in Paris und wollte ihre Zeit dort genießen.

Sie näherten sich jetzt dem Palast des französischen Königs, einer wunderschönen Residenz aus Stein so hell wie die Haut einer Frau, mit Türmen und Bogengängen und eleganten, hochaufragenden Verzierungen. Die Böden waren aus Marmor und fühlten sich unter den Füßen glatt und geschmeidig an; die Decken waren hoch, die Fenster groß und zahlreich, sodass der Palast geradezu lichtdurchflutet zu sein schien. In der Haupthalle lag sogar ein grob gewobener breiter Teppichstreifen in der Mitte des Bodens, und Matilda fühlte, wie er unter ihren Füßen nachgab, als sie auf die beiden großen Thronsessel an seinem Ende zugeführt wurden.

Auf dem einen saß ein Junge, der sechsjährige König Philippe, dessen Füße von dem großen Stuhl herabbaumelten.

Sein Haupt hielt er unter der schweren Staatskrone jedoch hocherhoben. Auf dem anderen Thronsessel saß Königin Anna, eine schöne Frau mit scharfen braunen Augen und erstaunlich schimmerndem blondem Haar, das unter einem schmalen, rundum mit Rubinen besetzten Diadem förmlich zu glühen schien. Zu ihrer Rechten saß ein alter Mann, und Matilda brauchte einen Augenblick, um Graf Balduin wiederzuerkennen.

»Vater, was für eine Überraschung.«

»Ich bin alt geworden, Matilda. Du hast mich nicht erkannt.«

»Unsinn, Vater. Du hast dich doch kaum verändert.« Hastig küsste sie ihn auf beide Wangen. »Wo ist Mutter? Geht es ihr gut?«

»Sehr gut. Sie muss sich um die Regierungsgeschäfte in Flandern kümmern.«

»Während du dich um die französische Regierung kümmerst?«

»Nein. Königin Anna hat die Regierungsgeschäfte übernommen. Ich leiste ihr nur hin und wieder ein wenig Hilfestellung.«

»Sie ist offizielle Regentin?«, fragte Matilda.

Sie warf William einen vielsagenden Blick zu, der zumindest so viel Anstand hatte zu erröten, aber bevor sie noch mehr sagen konnte, ergriff Balduin seine Hand und schüttelte sie herzlich.

»Herzog William, wie schön, Euch wiederzusehen.«

William wandte sich dankbar von ihr ab. »Ganz meinerseits, Graf. Und auch den Edlen Herrn Bruno.«

Matilda sah ihn überrascht an, als er den Kämmerer ihres Vaters begrüßte. »Du kennst Bruno, William?«

Ihr Mann wirkte schon wieder verlegen, fasste sich aber schnell wieder. »Ich habe ihn kennengelernt, als ich dir den Hof machte, Matilda.«

Das war sicher nicht falsch. Trotzdem schienen sich die beiden um vieles vertrauter zu sein, als man hätte annehmen dürfen, und Brunos kahl werdender Schädel hatte einen sehr interessanten Rotton angenommen. Doch nun trat Königin Anna zu ihnen, und sie konnten die Zeit nicht länger mit einem Kämmerer vertändeln.

»Willkommen, Herzogin Matilda«, sagte Anna sanft. »Wir fühlen uns von Eurem Besuch geehrt.«

»Wir sind diejenigen, die sich geehrt fühlen«, antwortete Matilda und versank in einem Knicks.

Anna lachte liebenswürdig und zog sie in die Höhe. »Dann fühlen wir uns eben beide geehrt und können Freundinnen werden. Kommt und lernt Philippe kennen.«

Philippe erhob sich und streckte Matilda ernst die kleine Hand entgegen, damit sie sie küssen konnte.

»Gott segne Euch, Sire«, sagte sie und sah, wie der Junge errötete.

»Ich bete darum, Herzogin, denn mein Vater hat mir ein wunderschönes Königreich hinterlassen, und ich muss es regieren, wie er es sich gewünscht hätte.«

Matilda warf Anna einen Blick zu, die ihrem Sohn liebevoll die Hand an den Kopf legte.

»Er ist reifer, als sein Alter vermuten lässt. Ich denke, als seine Regentin sollte ich darüber froh sein.«

»Die Franzosen akzeptieren Eure Regentschaft?«

Sie wirkte überrascht. »Natürlich. Warum auch nicht?«

»Da stimme ich Euch voll und ganz zu – aber so liberal sind die Normannen nicht.«

»Dann sind sie Narren, Herzogin. Der Verstand einer Frau ist genauso scharf wie der eines Mannes, obwohl ich bekenne, dass mir das Herz wehtut, weil ich meinen Sohn hier so ernst sitzen sehe.«

Matilda dachte an ihre eigenen Jungen, die im Hof mit ihren Spielschwertern und Schweinsblasen herumtollten, und hatte Mitgefühl mit dem winzigen König. Dann plötzlich wurde ihr klar, dass sie ein Kind vor Augen hatte, wie wohl William eines gewesen sein mochte. Wie Philippe, so hatte auch er früh seinen Vater verloren und das schwere Gewicht der Regentschaft auf seine Schultern geladen. Bei dieser Vorstellung hörte sie auf, mit ihrer eigenen Situation zu hadern – denn William hatte keine Königin Anna gehabt, die über ihn wachte. Nur die sanfte Herleva, die ihn zwar sehr geliebt hatte, ihn gegen die brutale Welt da draußen aber kaum hatte beschützen können. Sie betete darum, dass es für Philippe anders sein möge.

»Ihr habt unsere volle Unterstützung. Ich hoffe, wir können an jene glücklichen Zeiten anknüpfen, in denen Frankreich und die Normandie einmütig zusammenstanden.«

»Das hoffe ich auch.«

Sie sahen einander fest in die Augen.

»Wir haben keinen Streit mit Frankreich«, sagte Matilda entschieden.

»Nur mit England?« Matilda zuckte zusammen. »Meine Schwester Agatha weilt, wie Ihr wisst, in England. Sie reiste vor drei Jahren dort mit ihrem Ehemann hin, mit Prinz Edward. Doch bedauerlicherweise wurde sie nur wenige Tage nach ihrer Ankunft zur Witwe.«

»Das war wirklich traurig«, stimmte Matilda nervös zu und fügte hinzu: »Wir haben auch keinen Streit mit England, Euer Gnaden, solange es nichts gegen uns hat.«

Einen Augenblick lang schien die Luft zwischen ihnen zu vibrieren. Dann lächelte Anna wieder.

»Streit ist etwas sehr Ermüdendes«, sagte sie leichthin. »Nun, sagt mir, Herzogin, tanzt Ihr?«

»O ja«, versicherte Matilda ihr, erleichtert, dass der kritische Augenblick vorüber war. »Ich tanze *liebend gern.*«

Diese Tage am französischen Hof waren für Matilda so berauschend wie die sich stets wiederholenden, dahinfließenden Takte, die Raouls hochtalentierte Musiker unermüdlich für den aufgeregten Hof anstimmten. Das Einzige, was sie bedauerte, während sie ausgiebig schmausten und sich den aufwendigen Vergnügungen hingaben, war Williams offensichtliches Unbehagen. Er betonte immer wieder, wie sehr er sich darüber freute, dass seine alte Allianz mit Frankreich wiederhergestellt war, aber sein düsterer Gesichtsausdruck sprach eine andere Sprache. Wenn der Hof auf die Jagd ging, übertraf er sich selbst, führte die Gesellschaft voller Selbstbewusstsein und Grazie an. Aber der junge König war noch nicht alt genug für die Härten der Jagd, weshalb der Hof sich häufig beim Spiel auf den Wiesen aufhielt, was er für sinnlos hielt. Normalerweise suchte er dann in irgendeiner Ecke Zuflucht beim Kämmerer Bruno. Beide beugten sich dann über das Tafl-Brett, das William mitgebracht hatte, und ignorierten alle anderen.

»Woher kennst du Bruno?«, fragte Matilda ihn eines Tages, als sie mit einem Auge das ausgelassene Kegelspiel beobachteten, das auf den grünen Wiesen hinter dem Palast stattfand. »Hast du ihn schon vor mir gekannt?«

»Ich hatte vielleicht mal etwas mit ihm zu tun«, antwortete er ausweichend.

»Ist er einer deiner Spione?«

»Spion ist so ein hartes Wort, Matilda.«

»Also ein gut informierter Bote. Du hast nie etwas gesagt.«

»Du hast nie gefragt.«

»Seit wann arbeitet er schon für dich, William? Wie lange spioniert er schon meine Familie aus – wie lange hat er *mich* ausspioniert?«

Er antwortete nicht, und sie quälte sich mit Fragen. Hatte Bruno schon vor oder erst nach Lord Brihtric für William gearbeitet? Hatte er ihrem Mann mitgeteilt, dass sie in den Armen des gut aussehenden Angelsachsen getanzt hatte? Hatte er ihm berichtet, dass sie ihn in einem Brief gebeten hatte, sie zu heiraten? Hatte William diesen Brief vielleicht sogar gesehen? Sicherlich nicht – sicherlich hatte ihr Vater ihn vernichtet. Sie fühlte sich schuldig. Und die schmerzende Gewissheit nagte an ihr, dass Lord Brihtric mit seinem leichten Charme und den behänden Füßen sich viel besser in Raouls eleganten Hof eingefügt hätte, als William es tat.

»Ich hoffe«, schleuderte sie ihm entgegen, »dass er dich umfassend informiert hat.«

»Ich habe dich immerhin geheiratet, nicht wahr?«

Wie immer bei William entsprach das der Wahrheit, wenn auch vielleicht nicht der ganzen.

»Amüsierst du dich hier gut?«, stichelte sie.

»Ja.«

»Sieht aber nicht so aus.«

»Was spielt es für eine Rolle, wonach es aussieht?«

»Für unsere Gastgeber spielt es sicher eine. Andere Leute zu besuchen soll doch eigentlich Spaß machen.«

»Soll?«

Sie biss die Zähne aufeinander, aber nun umrundete ein

Bote die Spielenden und verbeugte sich tief vor ihnen. Sie erkannte einen jungen Normannen. Sein schweißnasses Haar ließ darauf schließen, dass er sich beeilt hatte, und ihr Herz setzte gleich mehrere Schläge aus. Sie hatten die Normandie erst vor ein paar Tagen verlassen – es konnte doch nicht jetzt schon einen Aufstand gegeben haben. Aber ausnahmsweise lächelte der Bote, als er ihnen eine Pergamentrolle entgegenstreckte.

»Was ist das?«, fragte William.

»Ein Brief aus Italien, Herzog, von Emeline de Grandmesnil.«

»Emeline?«, fragte Matilda eifrig, und aller Streit mit William war vergessen. Della hatte sich freundlicherweise erboten, sie in Zukunft als Zofe zu begleiten, aber obwohl sie durchaus bodenständig und effizient war, trat sie Cecilia mit ihrer plumpen Art viel zu häufig auf ihre zarten Zehen, und sie hatte auch nicht den leichten Humor der jungen Französin. »Was schreibt sie?«

»Ich weiß es nicht, Herzogin, nur dass der Reiter mir mitteilte, das Schreiben sei von höchster Wichtigkeit, und dass ich das Pergament mit meinem Leben verteidigen müsse. Also bin ich gleich hergeeilt.«

»Da habt Ihr recht getan. Habt Dank.«

Er lächelte scheu, und Matilda nahm den Brief in die Hand und erbrach das Siegel. Darin befanden sich zwei Pergamentstücke, eines im anderen verborgen. Sie rollte das erste auseinander und las es William langsam vor. Und während sie die Worte laut aussprach, schienen sie zwischen ihnen zu wachsen und zu gedeihen.

Grüße aus Italien an unseren teuren Herzog und die Herzogin. Wir beten darum, dass Ihr und all Eure Kinder wohlauf sind, und wir hoffen, dass das beigefügte Schreiben Euch beide erfreut. Hugues wurde nach Rom eingeladen, denn der Papst ist ein Pferdekenner und ein Mann, der den Normannen gewogen ist. Wir verbrachten viele gesellige Stunden mit Seiner Heiligkeit, und er versicherte uns seines guten Willens in Bezug auf das Herzogtum.

Er war so freundlich, sich den Urteilsspruch des Konzils zu Reims im Hinblick auf Eure Eheschließung nochmals anzusehen, und erkannte schnell, dass es jeder Grundlage entbehrte. Die Einwände sind unbegründet, weshalb er Euch im Rückblick den Dispens erteilt und Euch lediglich darum bittet, eine Kirche zur Ehre Gottes zu errichten – als Buße, weil Ihr die Entscheidung der Bischöfe vorweggenommen habt. Dieser Dispens ist für Euch sicherlich nicht mehr von allzu großer Bedeutung, denn Ihr wusstet ja immer, dass Eure Ehe wahrhaftig und von Gott gesegnet ist. Aber die irdische Bestätigung ist Euch, wie ich hoffe, dennoch willkommen.

Voller Staunen betrachtete Matilda die zweite Rolle und erbrach dann das Siegel, wobei sie versuchte, das merkwürdige Zittern ihrer Hände in den Griff zu bekommen. Wie versprochen, enthüllte sich im Innern die päpstliche Billigung ihrer neunjährigen Ehe. Sie und William starrten das Pergament ehrfürchtig an, während die Höflinge hinter ihnen unbekümmert weiterspielten.

Schließlich sagte William: »Ich habe Hugues fortgeschickt, und er zahlt es mir mit so einem großen Geschenk zurück. Er ist ein guter Mann, Matilda.«

»Das ist er. Und seine Gemahlin ist eine gute Frau. Du hättest nicht an ihr zweifeln sollen.«

Er schüttelte den Kopf. »Du siehst es immer noch nicht ein, meine Liebe. Mein Zweifel war notwendig, aber ich bin dennoch froh, dass er sich als Irrtum erwiesen hat. Sie hat das verstanden, du hingegen nicht.«

»Aber …«

»Aber gar nichts, Matilda. Die Vergangenheit ist vorbei, und das Leben wird leichter, wenn du das akzeptierst. Hugues und Emeline sind zufrieden, und unsere Ehe ist endlich geheiligt.«

»Das ist ein Grund zum Feiern, mein Gemahl.«

»Ja. All die Jahre haben wir unter einem Schatten gelebt. All die Jahre haben wir befürchtet, dass uns jemand diese Ehe wegnehmen könnte – wir haben sogar einander beschuldigt, das zu wollen, Gott möge uns vergeben. Doch jetzt ist der Schatten verschwunden. Wir wandeln im Licht, Matilda, ist das nicht wunderbar? Der Papst bittet uns um eine Kirche – wir werden ihm gleich zwei errichten. Eine für jeden von uns, um ihm zu zeigen, wie gesegnet wir uns fühlen.«

»Das wäre wundervoll, William.«

»Ja. Wir werden sie in Caen errichten, und wenn wir dazwischen genug Platz lassen, können wir dort elegante Häuser erbauen lassen, wie wir sie hier in Paris gesehen haben. Wir können Künstler und Händler dorthin locken – können das Gebiet ausbauen und ihm gleichzeitig unseren Stempel als Herrscher aufdrücken. Ist das nicht eine wunderbare Idee?«

»Ja«, zwang sie sich zuzustimmen, denn in der Tat hatte sie ihre Verpflichtungen Caen gegenüber viel zu lange vernachlässigt. Andererseits hätte sie es auch schön gefunden, noch etwas ganz Persönliches zu tun. Paris war aufregend gewesen, aber vielleicht war ja noch mehr möglich. »Wir könnten vielleicht auch eine Pilgerfahrt unternehmen, um dem Papst höchstpersönlich zu danken?«

»Eine Pilgerfahrt?«

Matildas Gedanken überschlugen sich. »Warum nicht? Stell dir doch nur vor, William – eine Pilgerfahrt nach Rom. Wir könnten am Altar des Heiligen Petrus beten. Wir könnten dem Papst für sein Einschreiten danken und auf dem Rückweg Hugues' Gestüt besichtigen.«

»Und ihn gleich mit nach Hause nehmen – und seine Frau ebenfalls?«

»Vielleicht.«

Er presste sie an seine Brust. »Das ist eine hübsche Idee, Matilda.«

»Es ist eine *gute* Idee«, berichtigte sie ihn, aber sie hatte den stählernen Unterton in seiner Stimme gehört, und zu spät fiel ihr ein, dass sein Vater auf einer solchen Pilgerreise gestorben war. »Und heutzutage ist es sicherer als früher, William. Ich habe gehört, dass es gut frequentierte Strecken mit Tavernen und Klöstern am Wegesrand gibt, und viele sind bereit, den Reisenden den Weg zu erleichtern. Das gilt besonders für einen Herzog.«

»Matilda …«

»Außerdem tun das viele Regenten. Ist nicht auch König Knut selbst nach Rom geritten? Und Macbeth, der König der Schotten? Wenn sie so weit reisen können, können wir das doch sicherlich auch?«

»Daran zweifle ich nicht, aber …«

»Und ich habe gehört, dass auch Judiths Gemahl eine

Pilgerreise vorgeschlagen hat, vielleicht sogar schon im kommenden Jahr. Wir könnten vielleicht zusammen reisen?«

»Mit den *Godwinsons*?«, fragte er und wich einen Schritt zurück.

»Das könnte nützlich sein.«

»Oder Selbstmord. Das ist unmöglich, Matilda.«

»So gefährlich können sie doch nicht sein ...«

»Nein, nein. Ich meine einfach nur, dass wir nicht so weit reisen können. Die Reise würde Monate dauern. In der Normandie würde es Aufstände geben.«

»Nein, William. Warum musst du das immer denken?«

»Weil es wahr ist.«

Sie ließ den Kopf hängen. Die normannische Wahrheit war immer so hart.

Auf den Wiesen hatte man aufgehört zu spielen, und jemand hatte Wein und die Musikanten herbeigerufen. Ein Flötenspieler stimmte mit einem Mal eine hübsche Melodie an, eine Laute folgte, und die kichernden Höflinge stolperten herbei, um einen Tanzkreis zu improvisieren. Matilda schloss die Augen, um die Freude der Höflinge nicht zu sehen, und betete um Geduld. Sie spürte, wie William sanft ihre Hände in die seinen nahm, fast schon entschuldigend. Aber sie brachte es nicht über sich, die Augen für ihn zu öffnen.

»Vielleicht, meine Liebe, möchte dieser Tostig auf dem Heimweg irgendwo einkehren, wo man ihn willkommen heißt, und deine liebe Schwester ebenfalls.«

»Meine Base.«

»Wie bitte?«

Jetzt zwang sie sich doch, ihn anzusehen. »Judith ist meine Base.«

»Natürlich. Und meine übrigens ebenfalls. Jedenfalls wäre es eine gute Gelegenheit für dich, sie wiederzusehen, nicht wahr?«

»Und für dich, sie über England auszufragen.«

Er stritt es nicht ab. »Lade sie zu einem Besuch ein, Matilda.«

»Einem Besuch?«

»Ja, einem Besuch. So etwas soll doch Spaß machen, nicht wahr?« Er verwandte ihre eigenen Worte gegen sie, wie er es immer schon getan hatte. Sie seufzte, und er zog sie dichter zu sich heran. »Mir ist klar, dass das nicht das Gleiche ist wie eine Reise in die Heilige Stadt. Aber es ist doch besser als nichts? Es tut mir leid, Matilda. Ich kann einfach nicht so … so ungestüm sein, wie du mich gern hättest. Ich weiß, das macht mich zum Langweiler.«

Sie wollte ihm widersprechen, aber die Worte blieben ihr in der Kehle stecken, und immer noch wirbelten die Flöten- und Lautentöne um sie herum.

»Dann tanz mit mir, William«, sagte sie also.

»Warum?«

»Warum? Weil ich dich im Arm halten will, mich an dir festhalten will. Unsere Ehe hat endlich den Segen der Kirche, und wir haben schon so viel zusammen erreicht, findest du nicht auch?«

»Und wir können noch so viel mehr erreichen, ja – aber warum sollen wir dazu auch noch töricht hier in der Gegend herumschlurfen?«

So langsam begann sie vor Wut zu kochen. »Dieser Tanz ist ganz einfach.«

»Für dich vielleicht.«

»Ich könnte ihn dir zeigen.«

»Das bezweifle ich. Kannst du einen Bogen spannen, Matilda?«

»Du weißt, dass ich das nicht kann.«

»Aber es sieht doch leicht aus, oder?«

»Ganz bestimmt sieht es elegant aus, wenn du ihn spannst, William.«

Er wirkte ein wenig überrascht. »Dank dir, Matilda. Aber glaub mir, wenn *du* es versuchen würdest, sähe es nicht elegant aus.«

»Dank *dir*, William«, erwiderte sie trocken.

»Das wäre nicht deine Schuld, mein Liebes. Es ist einfach nur so, dass man viel Übung braucht, um es zu schaffen.«

»Dessen bin ich sicher, aber zu tanzen ist nicht halb so schwierig. Es ist eine Sache des Gefühls, das ist alles.«

»Des Gefühls?«

»Du musst die Musik fühlen – in deinem Körper.«

Er legte den Kopf schief, dachte nach, doch dann schüttelte er ihn energisch.

»Alles, was ich bei Musik fühle, Matilda, ist Verärgerung. Tanz mit jemand anderem.«

»Aber ich will mit *dir* tanzen.«

Seine Augen wurden schmal.

»Dazu wird es nicht kommen. Ich gehe jetzt in die Kapelle, Herzogin, um Dank zu sagen, dass der Papst unserer Ehe nun endlich seinen Segen gegeben hat. Du musst mich nicht begleiten.«

»Aber ich würde durchaus gern. Ich bin deine Frau.«

»Ich lasse dich frei.«

»Als deine Frau?«

»Nein, Matilda. Sei nicht albern. Heute. Ich gebe dich heute frei. Du darfst losziehen und mit jemand anderem deine Schritte wagen, denn ich bin dabei nutzlos für dich. Einen guten Tag.«

Und damit war er fort, und Matilda wurde von dem sechsjährigen König Philippe aufgefordert. Sie stand stocksteif im feierlichen Griff seiner kleinen Hände und wünschte sich, dass jemand früher das Gleiche mit William getan hätte, als er Herzog wurde, statt ihn beständig zum Krieg zu zwingen.

Kapitel 23

Caen, Mai 1062

Judith schlug die Plane an der Seite der überdachten Kutsche zurück und spähte hinaus. Caen wirkte karg und abweisend nach der Pracht Roms, und sie empfand plötzlich einen genüsslichen Anflug von Mitleid für Matilda, die hier festgesessen hatte, während sie selbst in Italien Abenteuer erlebt hatte. Sie hatte gerüchteweise gehört, dass ihre Base in Paris gewesen war, aber das war natürlich nichts gegen Rom, sodass sie ausnahmsweise einmal glücklich darüber war, mit wem sie verheiratet war.

Die Pilgerreise, die beide hinter sich hatten, war für Torr sicherlich eine weitere Möglichkeit gewesen, Northumbria zu entfliehen, das er als trostlos und langweilig empfand, aber sie hatte sich nicht beklagt. Sie hatte sich ihr Leben lang danach gesehnt, die Heilige Stadt zu sehen, und war nicht enttäuscht worden. Die Pracht, die sich dort vor ihr entfaltet hatte, machte ihr Leben erst lebenswert, wie sie fand, denn Rom hatte ihr die Augen für die Möglichkeiten der Kunst geöffnet. Ihre eigenen Ambitionen, die Illumination ihrer Evangeliarien – die mittlerweile halb fertig waren –, kamen ihr dagegen erbärmlich vor.

Bedauerlicherweise waren sie jetzt auf der Heimreise, und Judith hatte das Gefühl, dass die Sonne in ihrem Rücken mit jeder Meile, die sie nach Norden ritten, schwächer wurde. Der Zwischenstopp in der Normandie machte alles nur noch schlimmer. Torr hatte Matildas unerwartete Einladung begrüßt, er hatte eine verborgene Bedeutung in den knappen Worten zu finden versucht und sofort Pläne geschmiedet. Er war in letzter Zeit ziemlich gereizt gewesen. Alle waren gereizt, denn König Edward war krank und hatte immer noch keinen Erben ernannt. Und abgesehen von dem unbedeutenden Versprechen, das er Herzog William gemacht hatte und das man tunlichst nie erwähnte, war die Zukunft beängstigend. Einige Leute sprachen davon, dass Torrs Bruder Harold der zukünftige König der Angelsachsen werden sollte, was Torr missfiel. Zutiefst missfiel.

»Du würdest deine Schwester doch gern wiedersehen, oder nicht?«, drängte er Judith und schwenkte die vermaledeite Einladung vor ihrem Gesicht hin und her.

»Sie ist nicht meine Schwester.«

»Das sind doch nur Worte, Judi. Sie ist offenbar sehr darauf erpicht, dich zu treffen, und für dich wird ein Wiedersehen sicherlich auch sehr schön sein, oder nicht? Und Herzog William treffen wir auch. Vielleicht könntest du ja sogar deine Mutter besuchen.«

Nach der letzten Bemerkung war sie vor einem Besuch in der Normandie nur noch mehr zurückgeschreckt, aber nachdem sie gerade in der heiligsten aller Städte gewesen war, hatte sie es für ihre Pflicht gehalten, tatsächlich bei ihrer Mutter vorbeizusehen. Der Besuch war kein Erfolg gewesen. Eleonore war abgemagert und schwach gewesen und hatte sich nur für ihre Gebete interessiert. Selbst Karl, jetzt ein ruhiger, höflicher Junge von acht Jahren, hatte ihr keinerlei Interesse an Gottes irdischer Welt entlockt, und Judith hatte sie, so schnell es ging, wieder verlassen, ohne auch nur einen Hauch von innerem Frieden, Gnade oder auch Zorn zu verspüren. Nur grimmige Entschlossenheit, Karl und – wenn sie sich nicht sehr täuschte – dem neuen Leben, das in ihrem Schoß heranwuchs, eine gute Mutter zu sein.

In Rom hatte es einen freundlichen, stillen Mann gegeben, der sich Welf von Bayern nannte und der großes Interesse an ihren Evangeliarien gezeigt hatte. Sie war gerührt gewesen und hatte sich, so oft sie konnte, mit ihm unterhalten. Zu ihrer großen Überraschung war Torr jedoch eifersüchtig gewesen. Welfs schlichte Aufmerksamkeit – rein künstlerisches Interesse, dessen war sie sicher – hatte seine Leidenschaft auf eine Weise entfacht, die sie seit den ersten Tagen ihrer Hochzeit nicht mehr erlebt hatte, und dieses Kind war offenbar das Resultat davon. Sie sehnte sich danach, heim nach Durham zu gelangen, um es in Sicherheit zu wissen, aber zuerst musste sie diesen Besuch hinter sich bringen.

Sie stieß ihre hübsche Begleiterin in der Kutsche an, um sie zu wecken, während sie die spärlich ausgebauten, aber überraschend geschäftigen Straßen von Caen hinabratterten, den Abhang hinab, der auf die große herzogliche Festung zuführte. Kaum hatten sie das Tor passiert, hielt sich Judith hinter der Plane verborgen, sodass sie unbemerkt immer mal wieder einen Blick auf die Anlage riskieren konnte. Diese war erfreulich unscheinbar, denn ein Großteil des riesigen Platzes auf dem Hügel war nur nacktes Gras. Judith dachte liebevoll an das hübsche Durham mit seinen gewundenen Straßen und den gepflegten Häuschen und an ihr eigenes elegantes Anwesen. Aber ihr geliebtes Zuhause war noch weit entfernt. Sie kamen zum Stehen, und zwei Wachen sprangen herbei, um die Plane zurückzuschlagen. Sie konnte sich gerade noch rechtzeitig zurücksetzen, um nicht beim Linsen ertappt zu werden. Wieder sah sie ihre Begleiterin an.

»Bereit?«

»Absolut. Ich kann es gar nicht erwarten, ihr Gesicht zu sehen.«

Judith lächelte verkrampft und stieg als Erste aus dem Wagen. Ihre Beine waren von der Reise ganz steif, sodass sie zunächst taumelte. Mit einer Handbewegung verscheuchte sie jegliche Hilfe und richtete sich auf, um ihre Base Matilda anzusehen. Sie hatte vergessen, wie klein sie war – und wie wenig das ausmachte, denn die normannische Herzogin hielt sich womöglich noch königlicher als in ihrer Jugend. Die zehn Jahre seit ihrem letzten Zusammentreffen hatten zumindest ein paar Fältchen auf ihr Gesicht gezaubert, die ihre natürliche Schönheit jedoch nur unterstrichen.

»Judith, meine Liebe, wie schön!« Matilda reichte ihr förmlich die Hand. Aber dann erstarrte sie. »Oh, und ... und ...« Judith sah, wie ihre Verblüffung sich in Freude verwandelte, die eindeutig gefehlt hatte, als sie sie selbst begrüßt hatte. »Emeline? Emeline, bist du's wirklich?!«

Und dann drängte sie sich an Judith vorbei, um Emeline in die Arme zu nehmen. Ihre Bäuche, beide dick, prallten gegeneinander, und sie lachten und weinten und riefen nach Cecilia. Alles versank in Tränen und Gelächter. Judith stand verlegen an der Seite, bis zumindest Matilda wieder zu ihr hinsah.

»Du hast Emeline mit zurückgebracht.«

»Das gehört sich ja auch so.«

»Ich bin so froh. Und Hugues? Ist Hugues ebenfalls wieder da? William wird begeistert sein.«

Genau das hatte Torr beabsichtigt. Er hatte sich fast überschlagen, um den Grandmesnils den Heimtransport zu ermöglichen, als seien sie sein persönliches Geschenk an William. Judith war deshalb beunruhigt. Sie sah sich im Hof um, aber die Männer waren schon abgestiegen und hineingegangen, um ein Bier zu trinken.

»Hugues ist zurück«, bestätigte Emeline. »Und unsere Kinder haben wir ebenfalls dabei. Darf ich vorstellen? Amaury, Claudine und Beatrice.«

»Mein Gott, sind die Zwillinge schon groß!«, rief Matilda aus, als die drei Kinder, die sich während der ganzen Reise immer wieder gegen die Leinenplane der Kutsche hatten plumpsen lassen, endlich ins Freie springen durften.

Karl folgte etwas ruhiger, und keiner bemerkte ihn, als Matildas sechs Kinder herbeieilten und sich vor den dreien von Emeline aufbauten.

»Warum bist so komisch braun im Gesicht?«, fragte ein vorlauter Junge mit leuchtend rotem Haar, von dem Judith annahm, dass er derjenige war, den sie »Rufus« nannten.

»*Du* bist der Komische hier mit deinem verrückten Haar«, schoss die kleine Beatrice zurück, und eilig versuchten die Mütter, einen weiteren Schlagabtausch zu verhindern.

»Sie erinnert mich an dich, Emeline«, hörte Judith Matilda lachen, als sie gemeinsam den Frieden wiederherstellten, und sie musste eine Hand auf ihren Bauch legen, um die unmittelbar auflodernde Eifersucht zu bändigen, die sie ganz vergessen hatte, die ihre lebhafte Base aber immer schon in ihr entzündet hatte. Entschlossen trat sie vor.

»Das ist Karl.«

Matilda wandte sich um, während die übrigen Kinder sich gemeinsam trollten, und lächelte den Jungen höflich an. »Willkommen in der Normandie, Karl.«

»Danke«, murmelte der.

Judith hätte sich gewünscht, dass Matilda ganz bezaubert von ihm gewesen wäre, aber er hatte nun einmal nicht den sprühenden Charme seines Vaters – und hoffentlich auch nicht dessen Fehler, die damit einhergingen.

»Warum siehst du nicht mal nach den Pferden?«, schlug sie vor und sah, wie er sich dankbar von der Gruppe löste und in die lang gestreckte Flucht von Ställen entkam, die sich an den Palisadenzaun um das herzogliche Anwesen schmiegten. Am liebsten hätte sie sich ebenfalls zurückgezogen, aber Matilda packte sie am Arm.

»Und wie ist das Leben jenseits der Meerenge, Base?«

»Es bekommt mir gut, danke.«

Keine der beiden Frauen erwähnte die Ereignisse des Jahres 1051, als sie nacheinander England besucht und wieder abgereist waren, als ob Gott zwischen ihnen wählen wollte. Vielleicht tat Er das ja sogar immer noch.

»Du lebst im Norden, glaube ich?«, hakte Matilda nach.

»Ja. Und?«

»Nichts *und*, Judith. Ich habe nur gefragt.«

»Natürlich. Entschuldige. Torr – Tostig – ist wegen seines Amtes etwas empfindlich. Wir wohnen in Durham, einer wunderschönen Stadt mit einer herrlichen Kathedrale und hübschen Ländereien in der Umgebung, aber es ist nun einmal ziemlich weit von Westminster entfernt. Manchmal kommt Torr sich … isoliert vor.«

»Ich verstehe. Und du, Base – wie gefällt es dir in diesem Durham?«

»Oh, sehr gut. Ich lebe gern dort und habe viel mit den Menschen im Domkapitel zu tun. Ich bin mehr als zufrieden damit, unsere Ländereien zu verwalten, während Torr mit dem König reist. Edward schätzt ihn sehr.«

»Wie schön. Sollen wir hineingehen?«

Judith nickte dankbar und betete darum, dass sie irgendwo etwas Ruhe finden würde, denn die Schwangerschaft ermüdete sie. Doch schon hörte sie, wie Tostig in der Halle das große Wort führte, und wusste, dass sie es nicht wagen konnte, ihn mit diesen listigen Normannen allein reden zu lassen. Wie sehr ihr vor dem bevorstehenden Abend grauste.

»Und wie geht es meinem Vetter, König Edward?«, fragte Herzog William ebenso glattzüngig wie beiläufig.

Judith spürte bei den Worten ein Kribbeln auf ihrer Haut wie beim Nesselfieber. Das Festmahl war in allen Einzelheiten genauso schlimm verlaufen, wie sie befürchtet hatte. Den ganzen Abend über hatte Herzog William ihrem Gemahl Schmeicheleien und Wein in Hülle und Fülle serviert, und Torr war unruhiger denn je. Sie legte ihrem Mann warnend die Hand aufs Bein, aber er bemerkte es nicht einmal.

»Er ist alt geworden«, berichtete er ihrem Gastgeber unbekümmert, »und langweilig. Bei der Jagd kann er sich kaum mehr im Sattel halten.«

»Ach, wirklich?« William lächelte beinahe. »Ich erinnere mich, was für ein geschickter Reiter er als junger Mann war. Wie traurig für ihn.«

»Es geht ihm aber immer noch ganz gut«, warf Judith schnell ein.

William musterte sie neugierig, aber schon wieder ergriff Torr das Wort. »Vielleicht sollten wir allein über England reden, Herzog?«

Judith spürte, wie sich ihre Eingeweide vor nervöser Angst zusammenzogen.

»Allein?« William zog das Wort in die Länge, sodass es

noch mehr Bedeutung bekam. »Natürlich, Earl Torr. Es wäre mir ein Vergnügen. Vielleicht möchtet Ihr die neue Klosterkirche meiner Gemahlin sehen, Sainte-Trinité? Der Bau schreitet zügig voran.«

Torr blinzelte seinen Gastgeber an, dann wandte er sich Judith zu. Beide blickten zu der Fensteröffnung hinüber, wo die untergehende Sonne den Himmel mit einem düsteren Orangeton überzog.

»Jetzt, Herzog William?«

»Warum denn nicht? Im Mondschein sieht sie besonders hübsch aus. Vielleicht nicht so elegant wie die römischen Bauten, aber dennoch eine bescheidene Leistung für unser Herzogtum.«

»Natürlich«, stammelte Torr und stellte seinen mehrfach nachgefüllten Weinkelch so laut auf den Tisch, dass es schepperte. »Es wäre mir eine Ehre.«

»Möchte Eure Gemahlin Euch vielleicht begleiten?«

»Wenn Ihr es wünscht.« Judith bemerkte, dass er schwitzte. Er war von Williams Tempo überrumpelt. Was immer dieser vorhatte, er war nicht bereit dafür. »Vielleicht möchten Hugues und Emeline ebenfalls mitkommen?«

»Oh, sie sind müde«, antwortete William leichthin, »und möchten sich mit ihren Kindern in ihr neues Heim zurückziehen, nicht wahr?«

»Genau«, bestätigte Hugues hastig und stieß Emeline an, damit sie sich erhob.

Am liebsten hätte Judith sich jetzt an ihre unbedeutende Reisegesellschaft geklammert. William wirkte lebendig, konzentriert, gefährlich. Es war verrückt gewesen, ihn zu besuchen, aber jetzt gab es kein Zurück mehr, denn der Herzog führte sie bereits aus der großen Halle hinaus, wobei die

Wachen ihnen folgten. Die Sonne war mittlerweile untergegangen, aber es herrschte beinahe Vollmond, und während sie auf die halb fertige Abteikirche zugingen, kam sich Judith wie ein Geist vor. Die Stadt Caen lag, soweit sie erkennen konnte, südlich des enormen Geländes, auf dem Williams Burg errichtet war, aber Matildas Abtei lag im Osten, und Williams Kirche, so berichtete er ihr, sollte im Westen errichtet werden.

»Dadurch vergrößern wir die Stadt immer weiter«, erklärte er gut gelaunt auf dem Weg.

Judith betrachtete die neuen Häuser aus Holz und Stein, die am Wegesrand erbaut wurden, und erkannte, dass sie hier eine ganz neue Stadt schufen, die moderner und eleganter war als die ursprüngliche Anhäufung von Gebäuden direkt am Waldrand.

Es war ein kluger Plan, eine Vision sogar, und sie fixierte Torr mit der stummen Bitte, diesen Mann nur ja nicht zu unterschätzen. Er aber merkte nichts, schlenderte neben Matilda her, schwatzte mit ihr über die Schuhmode und schien keinerlei Probleme zu befürchten. Schließlich waren sie an der neuen Abteikirche angelangt. Die Wachen hielten Fackeln in die Höhe, aber William bedeutete ihnen zurückzubleiben. Er führte sie unter dem offenen Bogengang hindurch in den höhlenartigen Raum des zukünftigen Kirchenschiffs. Judith blickte zu der halb fertigen Kirche hinauf, und ihr kam es so vor, als ob sie flehend nach dem Himmel griff, wie die Normandie, die immer mehr wollte.

»Was haltet Ihr davon?«, fragte William Torr und machte eine ausladende Geste.

»Sie wird sehr schön werden. Sie erinnert mich etwas an Westminster Abbey.«

»Tatsächlich?« Williams Stimme war scharf. »Ist sie denn mittlerweile fertig, diese angelsächsische Abteikirche?«

»Nein, nein. Sie ist noch nicht so weit fortgeschritten wie diese hier, obwohl sie natürlich größer wird.«

»Natürlich?«

Judith wäre gern eingeschritten, um Torr am Weiterreden zu hindern, aber sie wagte es nicht.

»Sie ist das ureigenste Projekt des Königs.«

»Ich verstehe. Und Könige benötigen größere Kirchen als alle anderen, nicht wahr?«

Endlich erstarrte auch Torr und witterte die Gefahr. »Die Kirchen sind doch sicherlich für Gott gebaut, Herzog?«

»Natürlich. Es ist gut, dass König Edward eine erbaut. Die Abteikirche war in miserablem Zustand, als ich im Jahre 1051 zum letzten Mal in England war. Ihr erinnert Euch sicher? O nein – Ihr wart zu diesem Zeitpunkt ja im Exil.«

»Ich war in Flandern, bei Graf Balduin, dem Vater Eurer Gemahlin.«

»Und dem Bruder *Eurer* Gemahlin. Wir sind im Grunde verwandt, Earl Tostig.« Torr blickte William unbehaglich an, der ihm auf den Rücken klopfte und weiterschlenderte, als bewundere er das Mauerwerk. »Ich habe die Zeit in Westminster sehr genossen«, sagte er in den Nachthimmel hinein. »Und ich verstand mich prächtig mit dem König, meinem Vetter. Er und ich sind nämlich ebenfalls verwandt.«

»Entfernt.«

»Seine Mutter war meine Großtante.«

»Mütterlicherseits«, antwortete Torr, allerdings mit dünner Stimme, und Judith bemerkte, wie er fahrig mit den Händen durch sein haselnussbraunes Haar fuhr.

Sie ging zu ihm hinüber, aber kaum stand sie neben ihm, wirbelte William herum.

»Warum seid Ihr hier, Earl Torr?«

»Ein Familienbesuch, Herzog. Und ich habe Hugues zurückgebracht.«

»Wofür ich dankbar bin. Aber das geschah mit Sicherheit nicht aus der Freundlichkeit Eures kümmerlichen Herzens. Ich frage also noch einmal: Warum seid Ihr hier?«

Er war mitleidlos unverblümt und ließ Torr keinen Ausweg.

»Ich habe mich gefragt, William, ob Ihr es in Betracht ziehen würdet, mich als König von England zu unterstützen.«

»Euch?« William musterte Torr ebenso verächtlich wie ungläubig. »Ihr als König von England?« Er stieß ein dunkles, barsches Lachen aus, das schnarrend von den zerklüfteten Säulen um sie herum widerhallte. Dann plötzlich trat er so dicht an Torr heran, dass der Mond hinter ihm ihre Gesichter miteinander verschmelzen zu lassen schien. »König Edward hat *mir* den englischen Thron nach seinem Tod versprochen.«

»Von einem solchen Versprechen weiß ich nichts, Herzog William.«

»Unsinn. Natürlich habt Ihr davon gehört. Die Spatzen pfeifen es von den Dächern.«

Torr packte Judiths Arm. »Nur offiziell wurde es nie verkündet«, antwortete er störrisch, und Judith fand, dass sie ihn noch nie so mutig erlebt hatte.

»Noch nicht. König Edward ist ein listiger Mann und will keine Störungen unter seiner Regentschaft riskieren. Er hat mir England versprochen – in Anbetracht unserer Familienbande und meines hervorragenden Rufes als Anführer sowie der Freundlichkeit, die ich ihm in meiner Jugend erwies. Er sagte, die Krone gehöre mir, solange kein anderer Erbe auftauchen würde, und das ist nicht der Fall.«

»Es gibt Edgar.«

»Das ungarische Kind, der Sohn des verlorenen Prinzen? Er ist ein kleiner Junge. Niemand will ihn zum König haben. Ihr habt recht, wenn Ihr an einen alternativen Kandidaten denkt, Torr, aber Ihr seid es nicht. Ihr habt ebenfalls recht, wenn Ihr an Euren eigenen Gewinn denkt, aber Ihr steckt Eure Ziele zu hoch. Gefällt es Euch in Northumbria, Torr? Bedeutet es Euch viel, oder würdet Ihr vielleicht lieber herrschen über … Wessex?«

Das letzte Wort war nur noch ein Zischen, und Judith zuckte zusammen. Woher wusste der Herzog der Normandie, dass Torr sein eigenes Land mied? Sie blickte nervös zu den Wachmännern hinüber, aber sie waren auf der anderen Seite des Bogenganges und hielten pflichtbewusst draußen nach Störungen Ausschau.

»Kommt schon, Torr.« Williams Stimme war jetzt ganz sanft. »Ich will Euch nicht bedrohen, glaubt mir. Ich biete Euch einen Handel an.« Torr riss die grünen Augen auf, so sehr, dass sie fast so groß wie der Mond über ihren Köpfen waren. »Meine Gemahlin hat mir beigebracht, meinen Verstand zu benutzen, Torr, und vielleicht hat die Eure Euch das ebenfalls gelehrt. Es ist an der Zeit, dass wir das tun. Ihr seid der jüngere Sohn, nicht wahr? Nie der Erste in der Blutlinie. Niemals so entlohnt … wie Harold entlohnt wurde.« Judith schloss die Augen, um diesem Albtraum zu entfliehen – William kannte Torr allzu gut. »Ihr befürchtet, Torr, dass Euer Bruder König wird.«

»Nein, ich …«

»Doch, genau das befürchtet Ihr. Und Ihr tut gut daran.

Wird er Euch wohl Wessex geben, wenn er herrscht? Ich bezweifle es.«

Judith spürte, wie Torr schauderte, und wusste, dass auch er daran zweifelte. Es schien, als habe er sich vergeblich die Mühe gemacht, in die Normandie zu reisen, um dort Unterstützung für seine eigenen Ambitionen auf den angelsächsischen Thron zu finden. Also musste er jetzt in eine andere Richtung denken.

»Einen Handel, Herzog?«, fragte sie also.

Torr wirkte verärgert, aber die Zeit der törichten Ideen war vorbei.

William richtete sich kerzengerade auf. »Legt den Treueeid ab, Earl Torr. Schwört mir Gefolgschaft als König von England, wenn die Zeit gekommen ist, und ich gebe Euch Wessex.«

Torr sog scharf den Atem ein. Wessex! Judith wusste, dass – abgesehen vom Thron – Wessex das Einzige war, was ihn reizte. Aber er konnte den Treueid nicht schwören, nicht der Normandie. Kein Angelsachse mochte die Normannen, niemand würde Williams Thronanspruch unterstützen, und Torr würde keinerlei Einfluss ausüben können – obwohl ihm das womöglich nicht klar war. Ängstlich beobachtete sie ihren Gemahl.

»Ich werde mit Freuden den Treueeid ablegen, wenn die Zeit gekommen ist, Herzog William«, sagte Torr, aber William gluckste nur unheilvoll vor sich hin.

»Sehr gut, Torr, aber nein, das reicht nicht. Ihr müsst *jetzt* schwören.«

»Jetzt?« Torr blickte sich hoffnungsvoll in der leeren, halb fertigen Kirche um.

»Hier«, stellte William ruhig klar. »In der Normandie. In meiner Halle, vor Zeugen, und auf heilige Reliquien.«

Judith spürte, wie sie erzitterte, und Torr ging es wohl nicht anders, denn er zog sie dicht zu sich heran und schüttelte den Kopf.

»Ihr wisst, dass ich das nicht tun kann, Herzog. Ich bin ein englischer Earl, der dem englischen König seine Treue geschworen hat.«

»Jenem englischen König, der mir den Thron versprochen hat. Ich verlange lediglich ein gleichwertiges Versprechen, nämlich, dass Ihr mich unterstützt, sobald Edward nicht mehr Euer Lehnsmann ist.«

»Und wenn ich Euch dieses Versprechen nicht gebe?«

William zuckte mit den Schultern und hob einen Stein auf, ließ die Hand darübergleiten, als untersuche er ihn auf Schwachstellen.

»Es ist Eure freie Entscheidung, Torr. Ich werde Euch nicht zwingen. Aber seid Euch über eines im Klaren …« Er schleuderte den Stein plötzlich auf den Boden, wo er in kleine Teile zersplitterte, die über die harte Erde hüpften. »Ich verlange von meinen Männern absolute Loyalität, und ich verlange sie im Vorhinein. Wenn Ihr mir jetzt die Treue schwört, gebe ich Euch Wessex, sobald ich König bin. Wenn Ihr es nicht tut, gebe ich Euch nichts außer der scharfen Klinge meines Schwerts. Ihr seid entweder für mich oder gegen mich. Wählt.«

»Vielleicht werdet Ihr ja gar nicht König.«

»Das ist wahr. Ich könnte verlieren.« William lächelte, als sei allein die Vorstellung schon absurd.

»Oder Ihr fordert Eure Gegner doch nicht heraus.«

»Ohne Eure Unterstützung, meint Ihr? Ich würde mich selbst nicht dermaßen überschätzen, Earl Tostig.«

Judith war der gleichen Meinung, aber jetzt war wohl kaum der richtige Augenblick, um das auszusprechen. Torr sah längere Zeit zum Himmel empor, während alle anderen wie gebannt warteten. Dann streckte er William schließlich die Hände entgegen.

»Ich bin Euer Freund, Herzog, seid versichert. Wie Ihr sagtet, wir sind beinahe verwandt, und das ist doch eigentlich ausreichend, oder? Wie kann ich wissen, wem Englands Thron versprochen wird? Meine Pflicht besteht darin, jedem zu dienen, den König Edward zum Nachfolger ernennt. Aber glaubt mir, wenn die Wahl auf Euch fällt, dann werde ich Euch von ganzem Herzen und freudig unterstützen und ehren.«

»Ihr glaubt nicht, dass ich König werde?«

»Das weiß nur Gott.«

»Und Ihr werdet jetzt nicht wählen, Torr? Ihr haltet Eure Gefolgschaft für zu wertvoll, um sie mir jetzt schon zu garantieren? Ihr werdet Eure Fahne nicht an meinem Mast befestigen?«

Torr sah William geradewegs in die Augen. Sein Blick war jetzt ebenso scharf wie der seines Gastgebers. »Mir scheint, Herzog, dass Ihr bislang noch gar keinen Mast besitzt, an den ich meine Fahne hängen könnte.«

Er schien mit seiner Antwort sehr zufrieden zu sein, aber William zuckte nicht einmal zusammen.

»Nein«, stimmte er zu. »Nein, Earl Torr, aber wenn die Notwendigkeit sich ergibt, werde ich einen haben, und Ihr werdet dann offenbar nicht unter meiner Flagge segeln. Eine Schande, aber es ist Eure Entscheidung. Ich werde Euch nicht noch einmal fragen, und glaubt mir: Ihr solltet es auch nicht tun.«

Sie waren bei Morgengrauen schon wieder auf den Beinen. Judith hatte die halbe Nacht nicht schlafen können, und sogar

Torr, der sich normalerweise nur schwer wecken ließ, sprang bei den ersten hellen Sonnenstrahlen über Caen aus dem Bett. Sie weckten den schlaftrunkenen Karl und machten sich auf den Weg zu den Ställen, weil sie so schnell wie möglich aufbrechen wollten. Aber dort waren sie nicht allein.

»Ihr wollt reiten?«, fragte Matilda, die gerade in dem Augenblick eintrat, als Judith aufs Pferd steigen wollte.

Sie drehte sich zögernd um. »Das geht schneller.«

»Euch wird hier kein Leid geschehen.«

»Noch nicht.«

Matilda nahm ihre Hände, und Judith blickte sich nach Torr um, aber der war bereits mit Karl im Hof, und so war sie mit ihrer Base hier allein.

»Könnte Torr es sich nicht noch einmal überlegen, Judi? Wenn es tatsächlich zum Krieg kommt, stehen wir auf gegnerischen Seiten.«

»Wie damals im Jahre 1051?«

Matilda seufzte. »Das war kein Krieg. Unser Schicksal war gegensätzlich, ja, aber es gab keine Kriegsfront zwischen uns.«

»Ich habe kein Schwert, Matilda.«

»Komm schon, Judith, es gibt andere Möglichkeiten des Kampfes als mit blankem Stahl, wie du sehr genau weißt. Du könntest deinen Gemahl überreden.«

»Ihn überreden, Herzog William die Treue zu schwören? Der Normandie eher als seinem Geburtsland? Warum sollte ich das tun?«

Matilda biss sich auf die Lippe. »Weil die Normandie gewinnen wird. William wird gewinnen.«

»Woher weißt du das?«

»Er gewinnt immer.«

»Bis jetzt, aber die Zeiten sind grausam, meine Liebe.«

Matilda sah bekümmert drein. »Muss es denn so zwischen uns sein? Dass du mich bekämpfen willst?«

»Natürlich nicht.«

»Aber du tust es. Du willst mich bekämpfen, und du willst gewinnen.«

Judiths Wangen brannten. Sie hatte nicht herkommen wollen. Sie hatte Torr gewarnt, hatte vorausgesehen, wie es laufen würde, und er hatte sie ausgelacht. Aber sie hatte recht behalten. Matilda sah vielleicht liebreizend und freundlich aus, aber sie hatte nur ihren eigenen Vorteil im Sinn. So war sie immer schon gewesen.

»Kannst du mir daraus denn einen Vorwurf machen, Matilda?«, platzte es aus ihr heraus. »Du kamst doch immer an erster Stelle. Du hattest immer die schönsten Kleider und den höchsten Platz und die großartigsten Titel. Aber das ist jetzt vorbei. Du bist Herzogin, ich bin die Frau eines Earls. Du stichst mich jetzt nicht mehr aus, Matilda, und das wird dir auch in Zukunft nicht mehr gelingen. Die Angelsachsen werden nicht zulassen, dass du Königin wirst.«

Matilda starrte sie sprachlos an.

»Hast du immer schon so empfunden?«, fragte sie, als sie ihre Worte wiederfand.

Judith wandte sich zu ihrem Pferd um, verwirrt von ihrem eigenen, ungewohnten Zorn, aber dann zwang sie sich, Matilda noch einmal anzusehen. Das hier war wichtig. Damals in London, als der arme verlorene Prinz auf so seltsame Weise gestorben war, hatte sie gebetet, dass Matilda die Vernunft haben würde, sich von Englands stolzen Küsten fernzuhalten. Aber nun hatte sie die Gelegenheit, ihr das sogar ins Gesicht zu sagen, und dieser Verantwortung musste sie sich stellen.

»Ich will nicht deine Feindin sein, Matilda, aber es scheint immer wieder darauf hinauszulaufen. Du hast es damals, 1051, vor mir nach Westminster geschafft, aber jetzt bin *ich* dort. Warum könnt ihr, du und William, die Sache nicht einfach auf sich beruhen lassen? Warum könnt ihr nicht einfach mit dem zufrieden sein, was ihr habt?«

Matilda zitterte sichtlich. »Es ist William, der England will«, murmelte sie, aber Judith wusste es besser.

»Nein, Matilda, ihr seid es beide. Ihr seid euch ähnlich, du und er.«

»Nein!«

»Es ist die Wahrheit. William ist klug, ehrgeizig und entschlossen, und du bist genauso. So warst du immer schon, ob du es nun erkennst oder nicht. Dank dem Herrn dafür, dass der arme, sanfte Lord Brihtric dich abgewiesen hat, denn du bist für den Bastardherzog wie geschaffen. Aber vergiss nicht, Matilda: Du bist eine flandrische Komtess, und er ein Herzog der Normandie, und obwohl das beides wundervolle Länder sind, sind sie in nichts mit England vergleichbar. Greif nicht zu hoch, Matilda, ich bitte dich. Und nun leb wohl.«

Und mit diesen Worten sprang sie in den Sattel, ausnahmsweise dankbar, dass sie Torr folgen konnte, und ritt mit pochendem Herzen aus Caen fort. Sie war zutiefst traurig, denn sie war für Auseinandersetzungen dieser Art einfach nicht geschaffen. Aber sie hatte gesagt, was sie hatte sagen wollen, und fühlte sich daher trotzdem besser.

Sollte Matilda um England kämpfen, wenn sie es musste. Aber sie musste es allein tun.

Kapitel 24

»Erzählt mir von Sizilien, Hugues.«

Hugues und Emeline waren gerade erst zum Frühstück in die lärmende Halle gekommen, und schon stürzte sich William auf sie.

»Lass sie doch erst einmal etwas essen«, bat Matilda ihn schwach.

Sie war immer noch erschüttert vom Zusammentreffen am vergangenen Abend in ihrer halb fertigen Abteikirche, ganz zu schweigen von Judiths harten Worten im Stall. Sie war sich erschreckend bewusst, dass nach fünf Jahren der relativen Ruhe jetzt plötzlich wieder eine andere Gangart herrschte, und nervös blickte sie sich unter den Männern und Frauen der Normandie um, die hier schwatzten und aßen und sich lärmend für den Tag verabredeten.

»Etwas essen?«, fragte William, als hätte sie vorgeschlagen, dass sie sich erst einmal in den Schlamm legen sollten.

»Ja, mein Gemahl. Unsere lieben Freunde haben eine lange Reise hinter sich, und du willst doch nicht, dass sie ihre Rückkehr bereuen, oder?«

Das war ein gemeiner Seitenhieb, aber sie konnte nicht anders. William schnaubte, ließ sich aber auf die nächstbeste Bank plumpsen. Die Diener servierten den Grandmesnils hastig Gemüseeintopf aus dem blubbernden Kessel über dem Herd im Zentrum der Halle, dann setzten Emeline und Hugues sich zu ihm. Einige Männer lagen immer noch auf Pritschen an der Längswand der Halle, aber jetzt schienen sie die Unruhe zu spüren, und sie sprangen ebenfalls auf und hängten sich die Decken um die Schultern, als schämten sie sich, bei etwas so Zügellosem wie Schlafen ertappt worden zu sein.

»Also Sizilien?«, sagte Hugues, kaum dass er William gegenübersaß. »Was wollt Ihr denn wissen?«

William beugte sich eifrig vor, sein Ärger war vergessen. »Es ist eine Insel, nicht wahr?«

»Ja, wenn auch eine große – beinahe so groß wie Wales. Über die Jahre haben die Mauren sie erobert. Sie haben ihre heidnischen Moscheen in den Städten errichtet und bringen ihre eigenen Leute mit, um sie zu füllen. Die guten Christen dort hoffen darauf, dass der Papst sie befreit, aber dem Papst fehlt für diese Aufgabe die Armee.«

»Aber der Guiscard hat eine solche Armee?«

»Ja, obwohl es eher sein jüngerer Bruder Roger ist, der auf Sizilien das Sagen hat.«

»Habt Ihr ihn kennengelernt?«

»O ja. Wir haben sie beide getroffen.«

»Wie ist er denn, der Guiscard?«, fragte William und rückte ein wenig zur Seite, als Roger und Della sich neugierig neben ihn setzten.

»Furchteinflößend«, sagte Hugues vorsichtig. »Und launenhaft. Seine Stimmung wechselt von einer Minute zur nächsten.«

»Das muss für seine Männer sehr anstrengend sein«, sagte William selbstgerecht.

»Das ist es, und für seinen Bruder erst recht. Sie verkrachen sich ständig miteinander. Es ist töricht – gemeinsam könnten sie viel mehr erreichen.«

»Loyalität«, sagte William fest.

Es entstand eine verlegene Pause, bis Hugues schließlich sagte: »Im letzten Frühjahr beispielsweise haben sie zusammengearbeitet und Messina eingenommen, die Hauptstadt Siziliens. Das war schon eine ziemlich fette Beute.«

»Kämpfen sie zu Fuß?«

»Nein, nein.« Hugues hatte einen Löffel seiner Gemüsesuppe zu sich genommen und prustete bei dem Versuch, sie herunterzuschlucken. »Es sind Normannen, Herzog – sie kämpfen als Kavallerie.«

»Und woher haben sie die Pferde?«

»Aus Italien. Ihr habt doch die Tiere gesehen, die ich mit nach Hause gebracht habe, Herzog. Andere kämen für Euch bestimmt nicht mehr infrage.«

»Nein.«

William sprang plötzlich auf und beugte sich vor, wobei er die Hände energisch vor Hugues auf den Tisch krachen ließ. Matilda sah ihren Mann an – seine Augen waren aus glühendem Silber. Er vibrierte förmlich vor leidenschaftlichem Interesse, hinter dem sicher mehr steckte als nur Höflichkeit seinem gerade zurückgekehrten Rittmeister gegenüber, und sie fürchtete sich vor seinen Absichten. Fitz, der ein paar Jungen in der Kunst des Schwertschärfens unterwiesen hatte, löste sich von der Gruppe und kam ebenfalls herüber. Und nun trat auch Fulk näher, wie magisch angezogen von Williams Energie.

»Aber wie bekommen sie diese hervorragende italienische Kavallerie auf die Insel Sizilien?«, fragte der Herzog nun.

»Ah!« Hugues lächelte und erhob sich, um seinem Herrn in die Augen sehen zu können. »Mit dem Schiff.«

»Mit dem Schiff? Alle?«

»Ja. Im vergangenen Mai haben normannische Streitkräfte mehr als fünfhundert Kriegsrösser über die Straße von Messina transportiert, um die Stadt einzunehmen.«

Williams Augen waren nun wie Pfeilspitzen – scharf und gefährlich. Sie bohrten sich förmlich in seine Männer hinein, aber das schien ihnen durchaus zu gefallen. Je stärker Hugues seine Suppe vernachlässigte, umso mehr zog sich Matildas Magen zusammen, und sie rückte näher an Emeline heran.

»Wie, Hugues?«, fragte William.

»Sie haben spezielle Transportträger, die breit und stabil sind mit Abtrennungen wie in Stallungen, durch die sie die Pferde ruhig halten.«

»Und diese Straße, wie breit ist die?«

»Ich glaube, sie sind mehrere Stunden gesegelt, und die Strömung dort ist ebenfalls stark.«

»Ich verstehe.« Er senkte die Stimme, sodass die Gruppe gezwungen war, sich näher zu ihm hin zu beugen. »Solch ein Boot könnte also wohl auch die Meerenge überqueren?«

Niemand sagte etwas. Matilda sah ihren Mann mit offenem Mund an, ihr rauchte das Hirn so sehr wie die Speckstücke, die die Männer auf dem Feuer hinter ihr brieten. Boote voller Kriegsrösser – das war Wahnsinn, oder nicht? Das konnte man nicht schaffen.

»Du magst doch gar keine Schiffe, William«, warf sie mit heiserer Stimme ein.

»Es gibt vieles, meine Liebe, was ich nicht mag, aber manchmal ist es notwendig, sich trotzdem mit diesen Dingen zu arrangieren.«

»Aber warum?«

Er blickte seine Männer bedächtig der Reihe nach an. Sie grinsten. Jeder einzelne grinste.

»Du weißt, warum, meine Mora«, sagte er ruhig. »Eines Tages möchte ich vielleicht eine Reise übers Meer unternehmen.«

»Eine Reise?«

Er zuckte mit den Achseln. »Nennen wir es eher eine Invasion.«

Das Wort ließ seine engsten Berater erschauern. Matilda sah sich um. Alle anderen Anwesenden in der Halle hatten mit ihren Tätigkeiten innegehalten und sahen zu ihnen hin, als ahnten sie, dass ihre Zukunft in den Händen ihres silberäugigen Herzogs lag und von ihm geformt wurde.

»Du glaubst, dass es dazu kommen wird?«, flüsterte sie.

Er löste sich von seinen Männern und umrundete den Tisch, um zu ihr zu gelangen. Dann umfing er ihre Taille und zog sie dicht zu sich heran.

»Ich hoffe es nicht, meine Gemahlin. Wirklich, ich hoffe es nicht, denn du weißt, dass ich nie auf Krieg aus war. Aber ich bin *durchaus* auf die Krone aus, die ich dir in unserer Hochzeitsnacht versprochen habe – die Krone, die uns König Edward in gutem Glauben am Fest des Herrn im Jahre 1051 versprochen hat. Und wenn ein Krieg notwendig sein sollte, dann müssen wir bereit sein. Es ist in der Tat gut, dass Hugues nach Hause zurückgekehrt ist, denn wie es scheint, können wir ihn gut brauchen.«

Die Männer sehnten sich nach einem guten Kampf und jubelten lauthals. Aber Matilda konnte ihre Begeisterung nicht teilen und nur hoffen, dass sich König Edward an sein Versprechen, das er damals gegeben hatte, genauso lebhaft erinnerte wie der Mann, dem er es gegeben hatte. Dann hob, sehr zu ihrer Überraschung, Fitz die Hand, um den Anwesenden Ruhe zu gebieten, und ließ sie dann auf Williams breite Schulter fallen.

»Keiner von uns sehnt sich nach einem Krieg, auch wenn es so aussehen mag.« Er nickte Matilda kurz zu, die sogleich errötete. »Aber eines sollt Ihr wissen, Herzog: Wir alle sind der Überzeugung, dass Ihr die beste Wahl für den nächsten König von England seid. Ihr seid in der Tat der *rechtmäßige* König. Ich bete darum, dass die Gerechtigkeit siegt, aber wenn wir sie nur mit dem Schwert durchsetzen können, stehen wir alle hinter Euch.«

Seine Gefährten nickten jetzt feierlich und wiederholten im Chor: »Wir stehen hinter Euch. Wir stehen hinter Euch.«

William wirkte beinahe überwältigt angesichts dieser ernsten Zurschaustellung ihrer Loyalität.

»Ich weiß das«, sagte er und blickte sich um, wobei sein Blick auf Hugues verharrte. »Und ich danke Euch dafür, denn das bedeutet mir die Welt.«

Er war tief bewegt, und das rührte Matilda, aber die feste Entschlossenheit sämtlicher Männer ängstigte sie dennoch. Sie versuchte, sich die Erregung ins Gedächtnis zu rufen, die sie in ihrer Hochzeitsnacht vor elf Jahren bei der Aussicht empfunden hatte, einmal Königin zu werden, aber es fiel ihr schwer. Wenn eine Invasion vonnöten war, um die englische Krone an sich zu reißen, dann würden sämtliche Männer, die jetzt ihr Frühstück auf dem Feuer anbrennen ließen, in der Schlange vor der Latrine miteinander rangelten oder sich das vom Schlaf noch zerzauste Haar glätteten, weil die jeweilige Frau, die sie begehrten, die Halle betreten hatte, mit hineingezogen werden.

Die Krone würde ihr gehören, aber um sie zu erlangen,

würden sie ihr Leben aufs Spiel setzen. Konnte sie das von ihnen verlangen? Konnte William das tun? Hätte sie seinen großen Plänen von Anfang an Einhalt gebieten sollen? Alles, was sie sich damals gewünscht hatte, war ein Mann, der sie zu ein oder zwei Tänzen aufforderte, vielleicht einmal ein Gedicht, ein paar Blütenblätter in ihrem Bett – wie hatte es dazu kommen können, dass sie bei einem Mann gelandet war, der eine Flotte mit Kriegsschiffen für romantisch hielt?

Kapitel 25

Rouen, März 1064

Schiffbruch!«

»Schiffbruch?«, fragte Matilda den Boten erstaunt. Trotz ihrer schlimmsten Befürchtungen nach Tostig Godwinsons Besuch war es in der Normandie ruhig geblieben, ebenso wie in Frankreich und in England. Bislang hatte Gott sei Dank keine Notwendigkeit bestanden, Schiffe zu bauen, aber nun waren anscheinend Schiffe an ihrer Küste gelandet. Sie musterte den Mann von Kopf bis Fuß. William hielt im Hof Waffenübungen ab und drillte seine Kavallerie mit Hugues' italienischen Rössern, deshalb hatte man den Boten ins Frauengemach geführt. Allerdings gehörte er nicht zu Williams sonstigen Reitern, denn er sah abgerissen und heruntergekommen aus und sprach mit seltsam schwerfälligem Akzent.

»Wo hat dieser Schiffbruch stattgefunden?«, fragte sie ihn.

»Bei Ponthieu, Edle Dame. Der dortige Comte Guy hat das Strandrecht für sich geltend gemacht und die Männer gefangen genommen. Ich war ebenfalls unter ihnen, aber ich konnte entkommen und ersuche Euch nun um Hilfe.«

»Hilfe für wen?«

Der Mann verbeugte sich tief. »Für Earl Harold Godwinson, Edle Dame.«

William war begeistert.

»Das ist ein Geschenk!«, rief er aufgeregt wie ein kleiner Junge. »Das ist ein Geschenk Gottes, Matilda – ein zweiter Godwinson, und dazu noch der höhergestellte der beiden. Lass ein Festgelage vorbereiten, meine Liebe, das beste, das es je gab. Lass uns diesem großen Angelsachsen die Reichtümer seines zukünftigen Königs vor Augen führen.«

Und dann ritt er davon nach Ponthieu, um seinen »edlen Gast« aus den Fängen Comte Guys zu retten, und Matilda plagte sich pflichtschuldigst damit ab, alles vorzubereiten. Sie schickte Boten in die gesamte Normandie, und die Adeligen strömten nach Rouen, ganz außer Atem vor lauter Neugier nach so vielen beispiellos ruhigen Jahren. Da die Rebellen sich anscheinend endlich Williams Regentschaft unterworfen hatten, war das einzige bemerkenswerte Ereignis seit Tostigs beunruhigendem Besuch ein weiteres herzogliches Kind gewesen – eine Tochter, die sie Constance genannt hatte. William hatte dadurch der konstanten Unterstützung durch Matilda ein Denkmal setzen wollen, obwohl Matilda sich durch den Namen eher daran erinnert fühlte, dass sie konstant schwanger war.

Die einzigen anderen außergewöhnlichen Nachrichten waren aus Frankreich gekommen. Raoul war, wie man sich erzählte, »zufällig« in einer kleinen Kapelle im Forêt de Montmorency auf die Königin getroffen, die praktischerweise mit dem Bischof von Mantes unterwegs gewesen war, und die beiden hatten diese von Gott gesandte Gelegenheit ergriffen und geheiratet. Matilda hatte Gratulationsschreiben geschickt und versucht, Emelines Verzückung über die »Romantik« dieses Ereignisses zu ignorieren. Es hatte also kaum wirkliche Neuigkeiten gegeben, aber jetzt geschah endlich mal wieder etwas wirklich Aufregendes, und alle Höflinge waren voller gespannter Neugierde.

Matilda war dankbar für das letzte Jahr des Friedens und der reichen Ernte, denn trotz des langen Winters waren die Scheunen immer noch halb voll und das Vieh wohlgenährt. Sie sandte Bestellungen an Krämer, Bäcker, Brauereien und Schlachthäuser. La Barbe und seine Söhne organisierten große Jagdgesellschaften, wobei sie reiche Entlohnung für Rehfleisch und Wildschwein vorsahen. Außerdem verbreitete sich das Gerücht, dass der Hof gut für Kaninchenfleisch bezahlte, weshalb der Strom einheimischer Burschen, die die Tiere im Wald gefangen hatten, nicht abreißen wollte. In den Küchen hing so viel Fleisch, dass die Köche sich kaum mehr bewegen konnten, und Matilda musste eine Vorratskammer dahinter errichten lassen, um dort alles zu lagern. Die Vorfreude wuchs, und es war eine Erleichterung, als endlich die Nachricht eintraf, dass der Herzog und sein Gast auf dem Weg waren.

»Wie wird er wohl sein, dieser Harold?«, überlegte Emeline, während sie hinter ihren Kindern herjagte, um ihnen einigermaßen hübsche Sachen überzustreifen. »Ich hoffe, er ist netter als sein Bruder.«

»Das werden wir bald herausfinden«, sagte Matilda knapp.

Und in der Tat: Kaum hatten sie sich angekleidet, als man im Hof Hufgeklapper hörte und sich Raunen aus den unzähligen Pavillons erhob, die zwischen den Häusern um den großen Tour de Rouen aufgebaut worden waren.

Matilda strich ihr Gewand glatt. Es war ihr ursprüngliches Hochzeitskleid, das sie noch in Flandern gekauft, letztlich aber nie getragen hatte. Williams Geschenk war zu prächtig für diesen Anlass, so bedeutend war Harold auch wieder nicht. So war dieses Gewand gerade richtig. Sie reckte das Kinn und schritt nach draußen, um ihren Gast zu begrüßen. Aber kein Gewand der Welt hätte jemals ausgereicht, um sie auf seinen Anblick vorzubereiten.

»Herzogin Matilda, was für eine Ehre.«

Harold of Wessex verbeugte sich tief vor ihr, küsste ihr die Hand und sah dabei durch dichte blonde Wimpern zu ihr auf. Matilda stand wie angewurzelt da, kämpfte gegen das schwindelerregende Gefühl an, in eine andere Zeitdimension zu fallen, denn der verdammte Mann sah genauso aus wie Lord Brihtric.

»Seid willkommen, Earl Harold«, stieß sie schließlich mühsam hervor und zog ihre Hand fort, bevor seine Berührung sie noch tiefer in die Vergangenheit entführen konnte.

Wahrscheinlich hätte sie eine gewisse Ähnlichkeit mit ihrem früheren Verehrer durchaus erwarten können, aber Earl Torr war dünner gewesen und hatte braunes statt blondes Haar gehabt. Sein Bruder hingegen hatte Augen wie ein See im Sommerlicht, dichtes Haar von der Farbe reifen Maises und einen üppigen Vollbart. Matildas Herz pochte verräterisch bis in ihren Magen hinein, und einen Augenblick lang bekam sie keine Luft mehr.

»Ich hoffe, Ihr seid nach Eurem schlimmen Erlebnis in Ponthieu wohlauf?«, stieß sie hervor.

»Mir geht es sehr gut, danke«, bestätigte Harold mit butterweicher Stimme. Sein Normannisch war beinahe perfekt. »Euer Gemahl hat mich gütigerweise gerettet, und ich bin ihm wegen meiner Freiheit sehr zu Dank verpflichtet.«

»Das ist wahr«, stimmte William fröhlich zu. »Aber ich gehe davon aus, dass Ihr mir meine Güte mit Eurer Freundschaft vergelten werdet? Und dass Ihr eine Weile bleibt.«

Das war ein Befehl, und Matilda erschrak über Williams Mangel an Feinsinn, aber Harold lächelte nur.

»Nichts würde mich mehr erfreuen, Herzog. Ich habe viel von der Schönheit der Normandie gehört, und wie es scheint, treffen die Berichte auch zu.« Er sah jetzt Matilda an. Sie trat unruhig von einem Fuß auf den anderen, und eine seltsame Hitze erfasste sie, aber er fuhr unbeirrt fort: »Ich hatte das Glück, auf meiner Reise in vielen Eurer Abteien nächtigen zu können – was für eine wunderschöne Architektur. Dergleichen haben wir in England nicht.«

»Was ist denn mit Eurer neuen Kirche in Westminster?«

»Ja, die ist ausgesprochen prächtig – wohl Jumièges nachempfunden?«

»In der Tat«, stimmte William lauthals zu. »Nachdem König Edward als junger Mann so viele Jahre hier in der Normandie verbracht hatte, fühlte er sich von unserer Kunst wohl sehr inspiriert.«

Harold lächelte wieder. »Dessen bin ich sicher. Oh, sind das Eure Söhne, Herzogin? Was für prächtige junge Männer.«

Er beugte sich vor, um Robert, Richard und Rufus feierlich die Hand zu schütteln, fragte sie nach ihren Namen und bewunderte ihre Schwerter. Selbst Rufus, der mittlerweile sieben war, hatte schon seine eigene Klinge, und schon bald präsentierten die Jungen dem Gast ihre Waffen und gingen so vertraut mit ihm um, als ob sie ihn schon seit Jahren kannten.

»Ich habe ebenfalls drei Söhne«, bekannte Harold. »Sie sind etwas älter als ihr, aber ich wette, ihr könntet es mit ihnen aufnehmen.«

»Sind sie bei Euch?«, fragte Rufus eifrig, als wolle er auf der Stelle damit loslegen.

William legte ihm begütigend die Hand auf den roten

Schopf. »Bedauerlicherweise nicht, Rufus, aber vielleicht lernst du sie ja eines Tages kennen.«

»Hier?«

»Oder in England. Sollen wir zum Essen gehen?«

Matilda machte den Dienern hastig ein Zeichen, den Gong ertönen zu lassen.

»Wo ist Adela?«, zischte sie Cecilia zu, als sich alle um die Tische scharten.

Cécile, Matilda und die kleine Constance waren in der Kinderstube, worüber Cécile sehr entrüstet war, denn sie fand sich mit ihren sechs Jahren groß genug, um bei den Erwachsenen sein zu dürfen. Matilda war beinahe geneigt, dem zuzustimmen, denn Céciles Verstand war scharf wie eine Nadelspitze, und sie war so hübsch wie ein Wandteppich – ganz sicher viel hübscher als Matildas älteste Tochter, die gerade elf Jahre alt geworden war und beim Abendessen anwesend sein sollte.

»Sie ist sicher wieder tief in irgendein Manuskript versunken«, antwortete Cecilia und eilte davon, um nach ihr zu suchen.

Matilda nahm ihren Platz rechts neben William ein, während Harold sich an ihre andere Seite setzte. Sie blickte nervös zwischen den beiden Männern hin und her. Sie schienen sich auf der Reise von Ponthieu hierher angefreundet zu haben, trotzdem stand eine Menge auf dem Spiel. Sie selbst hätte es lieber nicht auf eine Begegnung im Mondschein mit diesem Godwinson ankommen lassen. Warum war Harold hier? Was wollte er? Als Herzogin war es ihre Aufgabe, das herauszufinden. Trotz seines verstörenden Erscheinungsbildes neigte sie sich also jetzt entschlossen dem Angelsachsen zu.

»Sind Eure Schiffe zerstört, Mylord?«

»Nicht zerstört, nur beschädigt. Herzog William hat mir freundlicherweise angeboten, seine Werften in Bonneville zu nutzen, um sie dort reparieren zu lassen. Meine Männer flicken sie zusammen, damit wir an der Küste entlang dorthin fahren können.«

»Das wird sicher einige Zeit dauern?«

»Ich fürchte, ja. Ihr habt mich also jetzt am Hals, Mylady.«

»Es ist uns ein Vergnügen. Immerhin sind wir Nachbarn. Wo wolltet Ihr denn ursprünglich hin?«

Er beugte sich ein wenig vor. »Hierher.«

»Oh.«

Er sagte nichts mehr, und aus irgendeinem Grund wagte sie es nicht, weiter nachzuhaken. Er hatte ein offenes, großzügig wirkendes Gesicht, dieser Angelsachse, aber durch seinen üppigen Bart konnte man sein joviales Lächeln nicht leicht durchschauen.

»Ich glaube nicht«, antwortete sie schließlich, »dass Ihr nur gekommen seid, um unsere Architektur zu bewundern.«

»Nein. Tatsächlich sind die feineren Künste an mich verschwendet. Ich bin ein derber Mann, Herzogin Matilda, bloß ein Soldat.«

Matilda musterte seine große Gestalt von oben bis unten, betrachtete seine prächtige Tunika, die am Saum mit Jagdhunden bestickt war, seine kostbar verarbeiteten Goldschließen am Umhang und die kunstvoll verzierten Armbänder an seinen muskulösen Unterarmen. Das war kein »bloßer Soldat«.

»Damit werdet Ihr Euch selbst nicht gerecht, Mylord.«

»Nennt mich Harold, bitte. Und vielleicht habt Ihr recht. Ein Angelsachse singt nun mal nicht sein eigenes Loblied.«

»Das ist doch töricht, denn wer sonst sollte es tun?«

»Dichter.«

»Die einen nur des Goldes wegen loben.«

»Oder um des eigenen Lobes willen.«

»Das ist nur allzu wahr. Ihr habt etwas für die Dichtkunst übrig?«

»Wenn sie gut ist und mich das Thema interessiert.«

»Und welche Themen interessieren Euch, Earl Harold?«

»Die Beizjagd, Pferde, schöne Frauen …«

»Legenden?«

»Ich ziehe es vor, meine eigenen Geschichten zu erschaffen. Aber Ihr, Herzogin, was interessiert *Euch*?«

Matilda starrte ihn an, konnte plötzlich keinen klaren Gedanken mehr fassen. Sie hörte das Schwatzen der Höflinge, als die ersten Gerichte aufgetragen wurden, sie sah den Dampf von den Kapaunen aufsteigen und nahm den Duft ihrer aromatischen, erdigen Soße war. Sie vernahm, wie der Wein in die Kelche gegossen wurde, und sah die Wandteppiche, die, nachdem sie frisch ausgeschlagen worden waren, über den Gesichtern der Großen und Mächtigen der Normandie geradezu leuchteten. Aber sie konnte nicht *denken*.

»Was mich *interessiert*?«, wiederholte sie dümmlich.

»Ja. Ist die Frage so merkwürdig?«

»Natürlich nicht. Mich interessieren viele Dinge. Die Normandie zum Beispiel.«

»Die Normandie?«

»Das Schicksal der Normandie. Ich bin immerhin Herzogin dieses Landes.«

»Das seid Ihr, und zwar eine gute, da bin ich mir sicher. Aber ich spreche von *Euch* – was interessiert Euch, Matilda?«

Sie wich etwas zurück. »Was interessiert denn *Eure* Gemahlin, Earl Harold?«

»Svana?« Seine Stimme wurde sofort weich. »Svana liebt die Natur. Sie liebt alle Wesen, hat aber ein besonderes Faible für die kleineren. Immer gibt es da eine verletzte Maus oder einen Igel in ihrer Küche in Nazeing. Sie liebt es, zu wandern und zu reiten – meist zu weit, als dass es sicher für sie wäre, weshalb ich sie oft tadele –, und sie liebt Blumen, besonders die süß duftenden. Sie liebt die Kinder …«

»Ich liebe meine Kinder auch«, griff Matilda das Thema auf.

»Natürlich. Und ist das Eure Tochter dort?«

Matilda sah zu Cecilia hinüber, die eine schmollende Adela an den Tisch brachte.

»Das ist Adela, meine älteste Tochter, ja. Adela, komm und begrüße unseren Gast.«

Adela sah Harold an. »Juckt das nicht?«, fragte sie.

Harold wirkte verblüfft. »Was soll jucken?«

»Das Haar in Eurem Gesicht. Es sieht kratzig aus.«

»Adela!«, tadelte Matilda entsetzt, aber Harold lachte nur.

»Es ist ganz weich, das versichere ich dir. Möchtest du mal fühlen?«

»Nein!«, kreischte Adela, obwohl es ihr in den Fingern juckte. »Ich mag keine Männer«, fügte sie unhöflich hinzu und wirbelte dann davon, um sich mit grimmiger Miene auf ihren Platz zu werfen.

»Mylord, ich bitte um Verzeihung für ihr Benehmen«, sagte Matilda tödlich verlegen.

»Nicht so wichtig. Ich habe ebenfalls Töchter, Mylady. Es sind manchmal recht launenhafte Wesen.«

»Wie Frauen auch.«

Er hob mit charmantem Lächeln die Hände. »Das habt Ihr gesagt, nicht ich. Aber nun erzählt mir doch: Was interessiert Euch?«

Verdammt – er hatte es noch nicht aufgegeben.

»Musik«, antwortete sie spontan, da ihr die Musikanten in der hinteren Ecke der Halle ins Auge fielen, die ihre Instrumente stimmten.

»Ihr spielt ein Instrument?«

»Ich tanze.«

Das war ihr einfach so herausgerutscht. Wie konnte sie so etwas nur sagen? *Törin.*

»Ihr tanzt? Hervorragend. Ich tanze auch sehr gern. Vielleicht könnt Ihr ja später meine Tanzpartnerin sein?«

Die Erinnerungen züngelten wie Flammen über ihre Haut. Sie hatte mit Brihtric getanzt. Zu oft und zu nah.

»Ich … ich weiß nicht recht. Ich tanze heutzutage nicht mehr allzu häufig. Seht doch, Euer Kapaun wird ja ganz kalt.«

Sie nahm ihr Essmesser von Cecilia entgegen und machte sich entschlossen und konzentriert über ihren eigenen kleinen Vogel her. Wer war dieser Angelsachse, dass er sich erdreistete, sie, die Herzogin der Normandie, zum Tanz aufzufordern? Das war wohl kaum passend oder schicklich. Sollte er doch mit anderen herumwirbeln – sie würde sitzen bleiben, egal wie verräterisch ihre Füße zuckten.

»Was hältst du von ihm?«, fragte William viel später, als sie endlich wieder in ihrem Gemach waren.

Matilda hatte gehofft, dass er sich früh zurückziehen würde, denn die Musikanten hatten ordentlich aufgespielt, und jede Note hatte sie aus ihrem Thronsessel zerren wollen, bis sie ganz erschöpft war von der Anstrengung, sitzen zu bleiben. William jedoch war geblieben, hatte ausnahmsweise das Tafl-Brett gemieden und sogar nach dem Essen einen seiner seltenen Becher Wein zu sich genommen. Sie war allerdings nicht sicher gewesen, ob er das wirklich aus Genuss tat oder weil er seinen Gast im Auge behalten wollte. Falls Letzteres der Fall war, hatte Harold anscheinend nichts bemerkt. Er tanzte mit allen, die bereit dazu waren, und das waren viele. Er hatte sogar Cecilia aufgefordert. Nur Adela, die sich noch entschiedener an ihren Stuhl klammerte als Matilda, hatte seinen Avancen widerstanden.

»Er ist sehr lebhaft«, stieß Matilda hervor, während William die Bänder ihres Gewandes löste.

Seit ihrer ersten gemeinsamen Nacht hatte er es vorgezogen, diese Aufgabe wenn möglich selbst zu übernehmen, und ihre Damen entlassen, noch bevor sie zu Bett gingen.

»Das ist er. Er schien dich durchaus zu mögen.«

»Er ist außerordentlich höflich.«

»Ja. Du solltest ihn ermutigen, Matilda.«

»Wie bitte?«

»Sein Vertrauen gewinnen. Du beherrschst die Kunst der Konversation besser als ich, und wenn er entspannt ist, sagt er vielleicht etwas Nützliches.«

»Oh. Ich verstehe. Ja.«

»Ich hoffe, es wird dir nicht zu viel?«

Einen Augenblick lang glaubte sie, er wolle sie necken, aber dann fiel ihr wieder ein, dass William immer genau das sagte, was er meinte.

»Ich komme zurecht, William.«

»Er ist ja auch ganz amüsant, nicht wahr, und auf jeden Fall ein gut aussehender Mann.«

Matilda, die gerade dabei war, sich das Hemd über den Kopf zu ziehen, riss es sich nun mit einem Ruck ganz vom Körper und hechtete verwirrt ins Bett.

»Er ist sehr … angelsächsisch.«

Sie schloss die Augen, um das verräterische Bild Lord Brihtrics von vor so vielen Jahren aus ihrem Geist zu verbannen – das gleiche fröhliche Blond, die gleichen lebhaften Augen, die gleiche neckische Art. Niemand neckte sie heutzutage mehr, außer vielleicht einmal Fitz. Sie hatte vergessen, wie man darauf reagierte, aber das würde sie wieder lernen. Wenn William wünschte, dass sie Harold in ihrer Konversation ausspionierte, dann würde sie das tun.

»Magst du ihn?«

Er hörte gar nicht auf zu fragen. Matilda hatte Kopfschmerzen und sehnte sich nach Ruhe.

»Er scheint durchaus nett zu sein.«

»Möchtest du ihm näher sein?«

»William, was willst du denn damit sagen?«

Er schlüpfte neben ihr ins Bett. »Er könnte vielleicht, meine Mora, einen guten Schwiegersohn abgeben, oder was meinst du?«

Matilda keuchte. »Er ist verheiratet, William, mit einer Lady namens Svana. Er hat sehr liebevoll von ihr gesprochen.«

Sie erinnerte sich daran, wie Harolds blaue Augen geleuchtet hatten, als er geschildert hatte, wie seine Frau die Tiere des Waldes in ihrer Küche beherbergte, und spürte das Prickeln eines heftigen, gefährlichen Gefühls. Nicht Eifersucht, so töricht war es nicht. Vielmehr vielleicht so etwas wie das Bewusstsein, dass das Leben auch anders sein konnte.

»Lady Svana ist nur seine Handfasting-Frau – seine Geliebte. Er ist immer noch frei und kann heiraten.«

»Ich glaube nicht, dass er das will.«

»Wie dem auch sei ... Adela ist elf. Wird sie im Unterricht bereits auf die Ehe vorbereitet?«

»William!«

»Ich will nur informiert sein, Matilda. Wie sieht es aus?«

Matilda wand sich. »Ich weiß es nicht.« Er starrte sie an. »Sie ist sehr verschlossen, William, und vergräbt sich nur in ihren Büchern. Sie ist nicht wie die anderen – sie meidet mich.«

»Nun, sprich mit ihr. Frag sie. Eine solche Ehe würde Harold an uns binden, und das wäre nur zu unserem Vorteil.«

»Aber, William – Adela hasst Männer. Sie hat es Harold sogar ins Gesicht gesagt. Sie wird ihn niemals heiraten.«

Williams Miene verdüsterte sich. »Sie wird, Frau, wenn ich es ihr befehle.«

»Harold scheint mir nicht der Mann zu sein, der eine Frau heiratet, die ihn nicht will.«

»Harold ist Politiker, meine Liebe. Lass dich von seiner Leutseligkeit nicht zum Narren halten: Er ist scharf wie ein Speer.«

»Magst du ihn, William?«

»Ich glaube schon. Er ist ein wenig dreist für meinen Geschmack, aber trotzdem kann ich mich für ihn erwärmen. Ich halte ihn für einen Ehrenmann, und das ist schon einmal positiv. Vielleicht nehme ich ihn mal in den Kampf mit. Aber jetzt noch nicht, meine Gemahlin. Lass du zunächst deinen Charme bei ihm spielen, und vielleicht können wir ihn ja sogar zum Altar locken.«

Also konzentrierte sich Matilda auch in den nächsten Tagen auf ihre Aufgabe, obwohl sie sich immer seltsam geschwächt fühlte, nachdem sie mit dem Engländer zusammen gewesen war. Harold war so charmant und so gut darin, das Gespräch immer wieder auf ihre Sorgen und Vorlieben zu lenken – Vorlieben, die sie gerade wieder neu für sich entdeckte.

Sie ertappte sich dabei, wie sie mit ihm über Astronomie sprach, ein Thema, mit dem sie sich seit dem Schulzimmer nicht mehr befasst hatte, obwohl es sie damals brennend interessiert hatte. Sie diskutierte mit ihm über die Vorzüge der weiblichen Erziehung und tauschte Gedanken über Musik mit ihm aus.

Einmal sogar sprach sie von Westminster, aber sie brach das Gespräch sofort wieder ab und zog sich in ihre Gemächer zurück, bevor er sie noch weiter ausfragen konnte. William hatte ihr die Aufgabe anvertraut, Harold Informationen zu entlocken, aber nur allzu häufig schien es gerade umgekehrt zu sein. Und immer widerstand der Angelsachse jeglichem Gespräch über die Ehe. Matilda hatte noch keinen Weg gefunden, William das mitzuteilen, als er das Thema bei seiner Tochter selbst anschnitt. Allerdings ohne jeden Erfolg.

»Ich werde ihn nicht heiraten!«, schrie Adela, als ihr die Vermählung vorgeschlagen wurde, stampfte mit dem Fuß auf und funkelte ihren Vater wütend an, der ihren Blick ebenso grimmig erwiderte.

»Du wirst tun, was man dir sagt, Adela.«

»Nicht in dieser Angelegenheit.«

William starrte sie mit offenem Mund an und sah verärgert zu der Tür des Vorzimmers hinüber, hinter dem man das aufgeregte Summen der Höflinge hören konnte, die ihre angelsächsischen Gäste umschwirrten. Er war nicht daran gewöhnt, dass man ihm derartig die Stirn bot, am allerwenigsten von seiner schmächtigen Tochter.

»Es ist deine Pflicht«, sagte er. »Und es ist zum Besten der Normandie.«

Adela sah ihm geradewegs in die Augen. »Die Normandie

ist mir egal. Warum sollte eine politische Einheit über mein persönliches Glück bestimmen?«

William wurde rot vor Zorn und schnaubte so heftig, dass Matilda schon befürchtete, er könne ersticken. Sie trat vor und erinnerte sich unbehaglich an ihre eigene Auseinandersetzung mit ihrem Vater, damals, im Jahre 1049. Sie war ebenfalls entschlossen gewesen, ja, aber bei Adela war es noch etwas anderes. Adela war so stur wie ein Teufel, und ihr Verstand war so verdammt scharf, dass er alles durchschaute.

»Du bist die Tochter eines Herzogs, Adela«, sagte sie nun. »Dein Glück hat keine Priorität.«

»Du willst also nicht, dass ich glücklich bin.«

»Natürlich will ich das – *wir* wollen das. Aber wir wollen auch, dass du es in einer angemessenen Position bist.«

»Als Frau eines angelsächsischen Earls, der zwanzig Jahre älter ist als ich – das ist also angemessen, ja?«

»Ausgesprochen«, brüllte nun William, der endlich seine Stimme wiedergefunden hatte.

»Und Harold wünscht diese Verbindung?«

Matilda rutschte unruhig hin und her und mied Williams Blick. »Harold erkennt, wie klug sie wäre, ja – und das solltest du ebenfalls.«

»Wozu, Mutter? Was soll mit dieser Ehe bezweckt werden? Bin ich Eure Vorhut? Soll ich Euch den Weg nach England ebnen?«

Pfeilschnell schoss William hoch. Er umfing Adelas Kinn und hob sie fast vom Boden hoch.

»Genau das sollst du tun, ja. Und die Tatsache, dass du es erkennst, beweist, dass du die perfekte Besetzung für diese Rolle bist. Willst du unsere Familie denn nicht weiterbringen?«

Adela traten Tränen in die Augen. »Ich will mich Gott hingeben«, würgte sie hervor.

»Gott?« William ließ sie so plötzlich los, dass sie zu Boden fiel und in ihrem Kleid saß wie in einem See. Er starrte auf sie herab. »Du willst Nonne werden?«

Adela nickte elend.

»Ich denke, wir könnten sie Gott als Opfer darbringen«, warf Matilda zögernd ein.

William schnaubte. »Ein Opfer wäre es wohl kaum, Frau.« Er beugte sich über seine Tochter. »Nun gut«, knurrte er. »Du wirst Harold also nicht heiraten.«

»Wirklich nicht?«

»Nein. Ich werde dir jemand anderen suchen. Jemanden, der weniger bedeutend ist und erheblich weiter weg wohnt, wo du uns mit deinem ungehobelten Verhalten nicht in Verlegenheit bringen kannst.«

»Nein. O bitte, Vater, ich …«

»Geh mir aus den Augen, Adela. Jetzt!«

Sie rannte zur Tür und riss sie auf. Einen Augenblick lang drang der Trubel des Hofes zu ihnen herein, dann fiel die Tür zu, und sie waren wieder allein. Matilda hätte gern Mitleid mit ihrer Tochter empfunden, aber sie spürte lediglich Erleichterung, dass sie fort war.

»Wirst du das wirklich tun, William?«, flüsterte sie.

»Natürlich. Warum sollte ich es sagen, wenn ich es nicht ernst meinte? Es gibt da einen spanischen Abgesandten, der nach Gemahlinnen für die Adligen sucht, die die Mauren im Süden bekämpfen. Sie nennen es ›Reconquista‹ – es ist ein heiliger Krieg, ein Kreuzzug zu Gottes Ehren. Vielleicht passt das unserer wählerischen Tochter ja besser? Und ich will doch hoffen, Gemahlin, dass unsere übrigen Kinder gefügiger sind?«

»Das werden sie sein. Ich werde dafür sorgen. Und was ist mit Harold?«

»Ich werde Harold in die Bretagne mitnehmen. Seigneur Riwallon wird auf seiner Festung Dol von Herzog Conan von der Bretagne bedroht und benötigt meine Hilfe. Harold kann meine rechte Hand im Kampf sein. Die Angelegenheit wird uns nützen – uns beiden.«

»Wird er dich denn begleiten?«

William lächelte. »Seine Schiffe sind bedauerlicherweise noch nicht fertig. Das Wetter hat eine zügige Reparatur unmöglich gemacht.«

Matilda sah zu dem kleinen Fenster hinaus, wo nur vereinzelte Wölkchen in einem strahlenden Frühlingshimmel zu sehen waren. »Ich verstehe.«

»Gräm dich nicht, Matilda. Wir werden nicht lange fort sein, und wenn wir zurückkehren, werden wir zum Kern seines Besuches vordringen, das verspreche ich dir. Er ist ein guter Mann und ein geschätzter Freund.«

»Du hältst ihn für einen Freund?«

»Ich bete darum, Matilda. Denn wenn wir ihn hinter uns hätten, könnten wir in England nicht scheitern. Wir werden in den Kampf ziehen, und das bald. Nichts schmiedet Männer stärker aneinander, als Seite an Seite auf dem Schlachtfeld zu kämpfen. Danach wird er erkannt haben, dass ich ein würdiger Herrscher bin.«

Matilda sah William an, den Herzog einer blühenden Normandie, und entdeckte in ihm den Siebenjährigen, der der Welt beweisen wollte, dass er ein würdiger Herrscher war. Die Vision griff ihr ans Herz.

»Das wird er, William«, bestätigte sie und nahm seine Hand. »Ich bin sicher, das wird er.«

Kapitel 26

Rouen, Mai 1064

Als die Männer in Rouen einritten, ertönten die Trompeten sogar noch lauter als bei ihrem Ausritt und kündeten in der hellen Luft von ihrem Sieg. Conan war zurückgedrängt worden und verkroch sich wieder auf seine kostbare Halbinsel. Dol war frei und der Normandie loyal ergeben. Bischof Odo, immer bereit, Gottes Wort in die Schlacht zu tragen, hatte sich selbst übertroffen und sollte jetzt die Grenzgebiete kontrollieren. Außerdem waren ihm einige bretonische Schätze überlassen worden, die nun den bereits überquellenden Altar von Bayeux schmücken würden. Die Männer waren bester Laune, auch die Angelsachsen.

William und Harold sprangen von ihren Pferden wie ein einziger Mann, landeten lachend vor Matildas Füßen und übertrafen sich gegenseitig mit der Tiefe ihrer Verbeugungen. Matilda spielte mit, bis William sie plötzlich um die Taille packte, sie fast von den Füßen riss und ihr einen harten Kuss gab. Harold trat einen Schritt zurück, und sie befreite sich aus Williams Umklammerung.

»Willkommen, Edle Herren. Wart Ihr siegreich?«

»Natürlich«, antwortete William. »Bin ich das nicht immer?«

»Das bist du.« Sie sah Harold an. »Das ist er immer.«

Innerlich erzitterte sie. Sie hatte eine Nachricht aus Bonneville erhalten, dass die angelsächsischen Schiffe endlich repariert worden waren, und nun, da die Männer zurückgekehrt waren, wurde es anscheinend Zeit, das Feuer dieser demonstrativen neuen Freundschaft auf die Probe zu stellen. William schien sich ihrer sehr sicher zu sein.

»Harold hat hervorragend gekämpft«, berichtete er ihr und führte sie in die große Halle, während die Diener losrannten, um das Essen aufzutragen, und die Edlen Damen, die in Rouen gewartet hatten, herbeieilten, um ihre Männer zu begrüßen. »Er hat zwei meiner Soldaten aus dem Treibsand beim Mont Saint-Michel gerettet, als wir alle sie schon aufgegeben hatten. Er ist ein würdiger Truppenführer.«

»Genau wie Ihr, William«, gab Harold zurück. »Einen Reiter wie Euren Gemahl gibt es kein zweites Mal, Herzogin.«

»Er ist Normanne«, erklärte Matilda. »Sie wachsen auf dem Pferderücken auf.«

»Es scheint so. Wir Angelsachsen setzen nur selten Kavallerie ein. Es war sehr interessant.«

»Er hat sich hineingefunden wie das Schwein in den Schlamm«, erklärte William stolz. »Und er ist sogar ein einigermaßen anständiger Tafl-Spieler. Hat mich einmal doch tatsächlich fast matt gesetzt, und das schaffen nicht viele. Eine hervorragende rechte Hand.«

Harold wandte den Blick ab, und Matilda wechselte hastig das Thema: »Eure Schiffe sind fertig, Harold.«

»Wirklich?«

Beide Männer strafften die Schultern.

»Dann ist unsere gemeinsame Zeit beinahe vorüber«, verkündete William. »Zumindest vorläufig.«

»Jawohl.« Harold blickte sich in der Halle um. »Eine Schande. Aber nun kommt, lasst uns unseren Sieg nicht mit Abschiedsgerede verderben. Wir müssen feiern. William, lasst mich einen Toast auf Euch ausbringen!«

Und das tat er wiederholt, obwohl Matilda sah, wie ihr Gemahl die Hälfte seines Weins in die Binsen goss. Sie wusste nicht, ob sie wegen dieser Vorsichtsmaßnahme stolz oder beschämt sein sollte. Harold schien seinen Wein komplett hinunterzukippen, aber sein Verstand blieb scharf. Waren alle Angelsachsen so?, fragte sie sich unwillkürlich. So sicher, so ruhig und so voller Autorität? Waren ihre Wurzeln, wie die Englands, so fest verankert, dass sie zu so geradlinigen und unerschütterlichen Männern heranwuchsen? Und wenn ja, wie würde William, der sich seines eigenen Wertes so wenig sicher war, über sie herrschen können?

Er war Krieger, ihr mutiger Gemahl, aber kein Politiker. Er kannte keine Arglist, und obwohl das eine seiner Stärken war, konnte das – in einem Land, in dem es subtiler zuging – auch zu einer großen Schwäche werden. Er würde Harold brauchen, und auch andere Männer wie ihn, wenn er als König von England Erfolg haben wollte, und sie konnte nur hoffen, dass der große Earl es auch so sah.

»Ihr müsst uns also jetzt verlassen«, sagte sie leise zu ihm, als die Spezereien herumgereicht wurden.

»Es scheint so.«

»Und doch habt Ihr uns immer noch nicht erzählt, was Ihr ursprünglich hier vorhattet.«

»Muss ich denn irgendetwas vorgehabt haben, Matilda?« Sie zog die Augenbraue in die Höhe. »Ein freundschaftlicher Besuch sollte es sein, mehr nicht. König Edward wünschte, dass ich Euch seines Wohlwollens versichere.«

»Tatsächlich?« Sofort war William bei ihnen, beugte sich über Matilda und sah Harold scharf an.

»Ja. Und er bat mich, Euch, Herzog, als Unterpfand seiner Wertschätzung Ländereien in Dover zu versprechen.«

»Ländereien? In Dover? In England?«

»Als Unterpfand seines Wohlwollens, in Anbetracht Eurer Familienbande und Eures hervorragenden Rufes als Anführer sowie der Freundlichkeit, die Ihr ihm in seiner Jugend erwiesen habt.«

William strahlte bei den vertrauten Worten, aber Matilda gab sich damit nicht zufrieden.

»Als Unterpfand seines Versprechens, meint Ihr?«

»Versprechen?«, fragte Harold leichthin und zwinkerte William bedächtig zu.

»Ja«, versuchte Matilda zu bekräftigen, aber William brachte sie zum Schweigen. »William«, zischte sie. »So kannst du das nicht stehen lassen, diesmal nicht.«

»Nicht so schnell, Matilda. Hab Geduld.«

»Geduld?! Er ist jetzt schon seit mehreren Monaten hier.«

»König Edward sagte, er könne erst einen Erben bestimmen, wenn er dem Tode nah ist, erinnerst du dich? Diese Angelsachsen sind schon seltsam hintergründig. Sie sind wie Pferde, Matilda – es ist besser, ihnen zu schmeicheln, als sie zu nötigen.« Er wandte sich der bunt gemischten Menge zu. »Einen Toast!«, bellte er. »Auf die Freundschaft, auf unsere Bündnisse, und auf die Zukunft!«

Die Männer und Frauen griffen seine Worte mit Freuden auf, und dann rief William, sehr zu Matildas Überraschung, die Musikanten herbei.

»Wollt Ihr tanzen, Harold?«, fragte er, und einen Augenblick lang glaubte Matilda, dass die beiden, der dunkelhaarige und der blonde Mann, auf die Tanzfläche treten würden. Aber stattdessen nahm William ihre Hand und legte sie in Harolds.

»Wollt Ihr, Herzogin?«, fragte der blonde Angelsachse.

Seine Finger packten etwas fester zu, und sie erhob sich, spürte, wie die Vergangenheit sie in ihren schwindelerregenden Bann zog.

»Ja.«

Sie schritten auf die Tanzfläche, aller Augen ruhten auf ihnen, und sofort konnte Matilda das wilde Pulsieren des Tanzes spüren – das stetige Pochen des Herzens in der Brust des anderen, die sicheren, starken Arme, die sie mit sich rissen, sobald die leichte Änderung des Rhythmus es erforderte, so schwungvoll, dass sie in ihren prächtig verzierten Schuhen auf Zehenspitzen tanzen musste.

»Die Normandie war gut zu mir, Herzogin«, sagte Harold nun, und seine Worte wehten flüsterleise wie Schmetterlinge über ihre Wange hinweg und überzogen sie mit einer feinen Röte.

»Das ist wahr«, stimmte sie zu und klammerte sich verzweifelt an die Gegenwart. »Deshalb hoffe ich, dass Ihr Euch für diese Güte revanchieren werdet.«

Darüber lächelte er, und seine Finger umfassten die ihren noch eine Spur fester. Er zog sie dichter an seine breite Brust, und dann, mit einem leisen Lachen, das gefährlich durch die festliche, verräucherte Luft perlte, wirbelte er sie herum, bis ihr königliches Blut so heftig unter ihrer Haut pulsierte, als wolle es sie sprengen, und für einen Augenblick war die Normandie vergessen.

Das Tempo des Tanzes war viel berauschender als jeglicher Wein, und plötzlich meinte sie, für immer tanzen zu können, heraus aus der Normandie, heraus aus England und heraus aus dem verrückten Gewirr aus Versprechungen und Pflichten. Die Musik schien um sie herum lebendig zu werden – die fröhliche Melodie der Fiedel, das Trällern einer winzigen Flöte und das Pulsieren der Trommel darunter. Sie nahm den unterschwelligen Geruch nach Krieg an ihm wahr, nach Pferden, Metall und warmem Moschus, der sich nun mit dem Duft nach Fleisch und Rauch vermischte. Und sie konnte seine Augen sehen, blau wie die aller Angelsachsen, wie der Sommerhimmel. Sie versenkten sich in die ihren. Alles Lachen war daraus verschwunden, und stattdessen blickte Harold zutiefst entschlossen drein.

»Ich fürchte, Mylady, dass ich Euch Eure Freundlichkeit, die Ihr mir in diesem Frühjahr erwiesen habt, kaum vergelten kann, denn ich vermute, dass der Preis dafür zu hoch ist.«

Andere Tänzer hatten sich ihnen jetzt angeschlossen, lachten, drehten sich, bildeten einen sicheren Kreis um sie. Aber dann führte er sie an den Rand der Tanzfläche in den Schatten einer Säule, und sie fühlte sich wieder wie damals mit sechzehn: klein, schwindelig und atemlos. Er beugte sich vor und fragte plötzlich: »Warum, Herzogin? Warum England?«

Sie wollte diese Frage nicht hören, denn sie fühlte sich falsch an. Sie sah zu ihm auf. »Eure Augen – sie sind von Gold umrahmt.«

»Eher von Bronze. Warum England, Matilda?«

»Es wurde uns versprochen«, stammelte sie.

»Seid Ihr sicher?«

Sie runzelte die Stirn. Mit jedem Jahr, das verging, kam ihr dieses geheimnisvolle, merkwürdige Weihnachtsfest in Westminster immer unwirklicher vor, und jetzt, hier, in diesem innigen Tanz, war gar nichts mehr sicher.

»Ich bin sicher«, zwang sie sich zu antworten, wusste aber,

dass sie nicht überzeugend klang. »Ihr wisst, was William von Euch will?«

»Ich soll ihm als zukünftigem König von England meinen Treueeid leisten.«

»Werdet Ihr es tun?«

»Sollte ich?«

»Warum nicht? Oder wollt Ihr selbst König werden?«

»Sollte ich?«

Seine Stimme war so ruhig, so warm, so stark.

»Ihr wärt ein guter König, Harold.«

Hinter ihnen ertönte ein Rascheln, ein dunkles Grollen, fast schon ein Knurren. Erschrocken sah Matilda sich um, und in diesem Moment wich Harold einen Schritt von ihr zurück.

»Aber nicht so gut wie William«, keuchte sie, doch Harold war verschwunden, war mit der Menge verschmolzen und hinterließ nicht mehr als ein einzelnes blondes Haar auf ihrer Schulter. Sie schnippte es fort, und plötzlich war er wieder da, überragte sie.

Doch als sie aufsah, war es nicht Harold, sondern Fitz. Und seine Augen, seine tanzenden, stets freundlichen Augen waren schwarz vor Zorn.

»Wo bleibt Eure Loyalität, Matilda?«

Die Worte, die sie zu Harold gesprochen hatte, durchschnitten ihre Eingeweide wie das Messer eines Metzgers. Ihr schwirrte der Kopf, und sie tastete nach der Wand, um sich aus dem Nebel zu befreien, den Harolds angelsächsische Arme um sie gewoben hatten.

»Ihr habt Euch verhört, Fitz.«

»Ich habe alles sehr deutlich gehört. Nach allem, was William für Euch getan hat, Herzogin? Nach allem, was er Euch gegeben hat, allem, was er Euch anvertraut hat – tut Ihr ihm das an? Hat er Euch den Kopf verdreht, der goldene Angelsachse? Oder habt Ihr die ganze Zeit für ihn gearbeitet?«

»Nein! Ich habe ihm doch gesagt … ich habe ihm gesagt, dass William besser wäre.«

»Zu spät«, knurrte Fitz. Der treue Hund zeigte nun endlich seine Zähne, und im Vergleich zu seinem sonst so freundlichen Wesen war das umso beängstigender.

»Vielleicht«, rief Matilda und hob die Hände, um ihn abzuwehren, »aber ich meinte es trotzdem ernst. William ist mein Gemahl, Fitz.«

»Aber nicht der erste Mann, den Ihr geliebt habt.«

»Was? Nein …«

Fritz trat einen Schritt auf sie zu. »Brihtric, nicht wahr? Ein hübscher Angelsachse, Herzogin, ja – genau wie Harold ein hübscher Angelsachse ist? Sollte Adela Harold deshalb nicht heiraten, Matilda? Wollt Ihr ihn vielleicht für Euch selbst?«

»Nein!« Matilda griff nach der Tunika des Seneschalls, hielt ihn fest. »Weiß William Bescheid?«

»Dass Ihr Harold als König von England unterstützt?«

»Nein! Das tue ich nicht! Ich meine Brihtric. Weiß er von Brihtric?«

Fitz lachte nur. »Natürlich weiß er das. Der kostbare Kämmerer Eures Vaters, der Edle Herr Bruno, hat es ihm vor vielen Jahren erzählt.« Matilda atmete zornig ein, aber sie war wohl kaum in der Position, über andere zu urteilen. »William weiß alles. Nur nicht, dass seine Gemahlin eine Verräterin ist.«

Matilda fühlte sich ganz schwach. Sie sehnte sich danach, in ihr Schlafgemach zu flüchten und sich unter der Decke zu verkriechen, aber diese Decke gehörte auch William. Sie war kein Kind mehr, sondern eine Frau – eine Mutter, eine Gemahlin. Sie musste das jetzt durchstehen.

»Fitz, bitte … Ihr kennt mich doch.«

Ganz kurz wirkte er verunsichert. »Ich *glaubte* Euch zu kennen, aber jetzt bin ich mir nicht mehr so sicher. Dass Ihr so mit dem Angelsachsen gesprochen habt …«

»War vielleicht töricht, aber mehr auch nicht.«

»Es *war* mehr, Matilda, viel mehr – es war illoyal.«

Wieder dieses Wort, dieses grauenhafte Wort. Williams Rede in Alençon hallte in ihrem Kopf wider, und sie bewegte die Hände, als spüre sie schon die Axt.

»Ich schwöre Euch, Fitz, so war es nicht. Ich wollte Informationen von ihm. Erzählt William nichts davon. Es war nichts als weibliche Torheit. Ich stehe in allem hinter meinem Gemahl, das wisst Ihr doch.«

»Von ganzem Herzen?«

»Ja«, rief Matilda, aber sie hörte das Zittern ihrer Stimme und wusste, dass es auch Fitz nicht entgangen war.

Er blickte zu den Dachsparren hinauf. »Ich werde es ihm nicht sagen«, antwortete er schließlich.

»Danke. O danke, Fitz.«

»Das tue ich nicht um Euretwillen, Matilda, sondern für ihn, denn es würde ihm das Herz brechen. Aber seid gewahr, dass ich Euch beobachte. Nun geht – er wartet auf Euch.«

Das ließ sie sich nicht zweimal sagen. Sie wandte sich um und rannte zu ihrem Ehemann. Fieberhaft wich sie den Tanzenden aus, deren sorglose Drehungen und Wirbel sie plötzlich abstießen.

»Lass uns zu Bett gehen«, bat sie William. »Wir wollen uns heimlich davonschleichen, wie wir es immer tun. Morgen müssen wir ausgeruht sein. Wir müssen Harold festnageln. Wir müssen ihn veranlassen, den Eid zu leisten – laut, vor Zeugen. Wir haben lang genug mit geheimen Versprechungen gelebt, William. Harold *muss* dir die Treue schwören.«

»Ruhig, meine Mora.« William küsste sie. »Warum plötzlich mit solcher Leidenschaft?«

»Weil uns die Zeit davonläuft, William. Harold läuft uns davon, und mit ihm England – lass nicht zu, dass er dich enttäuscht.«

Wie du ihn enttäuscht hast, flüsterte ihr eine leise Stimme ins Ohr, und dem konnte sie nichts entgegensetzen.

»Gott vergebe mir«, flüsterte sie, aber Gott war, wie es schien, nicht in der Stimmung zu verzeihen.

Kapitel 27

Bonneville, Mai 1064

Sie bereiteten sich auf Harolds Schwur vor. Sie schickten ihn nach Bonneville voraus, um seine Schiffe zu inspizieren, begleitet durch eine von Hugues angeführte Eskorte. Dann ließen sie jede heilige Reliquie aus der Normandie kommen: die Knochen des heiligen Rémy, des heiligen Philibert, der heiligen Barbara, des heiligen Eternus und des heiligen Maximus. Matilda trug sie zusammen, sorgsam in feinste Seide gewickelt und in einer geschnitzten Schatulle verstaut. Dann machten sie sich auf den Weg, um Harold zu verabschieden.

Sie und William näherten sich Bonneville von Westen und erreichten den Hafen vor der Burg. Einige lang gezogene Landungsstege erstreckten sich in das seichte Meerwasser, und zahlreiche Boote schaukelten daran auf und nieder. Männer rannten zwischen den lang gezogenen hölzernen Hütten hin und her, die die Küste säumten, trugen Waren von den Schiffen ans Ufer oder transportierten sie hin, oder sie schleppten Werkzeuge, um irgendwelche Reparaturen durchzuführen. Matilda hielt nach Harolds Schiffen Ausschau, doch zuerst fielen ihr die hohen Masten spanischer Schiffe ins Auge.

»Adela!«, keuchte sie.

William hatte Wort gehalten und für ihre problematische

älteste Tochter eine Ehe mit Alfonso, dem Sohn des Königs León von Kastilien, arrangiert, einem äußerst ehrgeizigen jungen Mann, der sich im Kampf gegen die Mauren den Namenszusatz »El Bravo« verdient hatte. Es hatte zu Matildas schwierigeren Aufgaben gehört, ihre wütende Tochter für die Hochzeit auszustaffieren und sie unter der Obhut des bedauernswerten Roger de Beaumont zu den Schiffen bringen zu lassen, die der junge Prinz entsandt hatte, um sie abzuholen – eben jenen Schiffen, die nun vor ihnen lagen.

»Warum ist sie immer noch hier?«, fragte William scharf.

»Sie war abgereist«, sagte Fitz hinter ihnen. »La Barbe hat es selbst beobachtet. Er berichtete mir, dass sie ihn, bevor sie an Bord ging, so heftig gegen sein schlimmes Bein trat, dass es ihm seither unentwegt Schmerzen bereitet. Er war froh, als er sie fortsegeln sah.«

»Anscheinend ist sie zurückgekehrt«, sagte William grimmig.

Er trieb sein Pferd zum Galopp an, und Matilda tauschte einen Blick mit Fitz, bevor sie ihm dicht auf dem Fuß folgten. Sie hatten seit jener schrecklichen Nacht, in der sie mit Harold getanzt hatte, einen Waffenstillstand geschlossen.

»Adelisa sagt, dass ich mich geirrt habe«, hatte Fitz am darauffolgenden Tag zu ihr gesagt, als er sie unter vier Augen zu fassen bekam. »Zumindest fand sie mein Verhalten voreilig. Dazu neige ich ja, wie Ihr wisst, manchmal. Vielleicht habe ich tatsächlich zu viel in Eure Unterhaltung mit dem Angelsachsen hineingelesen.«

»Das habt Ihr, Fitz, in der Tat. Ich versuchte lediglich, ihn aus der Reserve zu locken.«

»Das hat Adelisa auch gesagt. Ich finde diese Vorgehensweise trotzdem seltsam.«

Er hatte recht. So vernünftig, wie sie behauptet hatte, waren Matildas Motive keineswegs gewesen. Vielmehr hatte die Vergangenheit sie eingeholt und ihr den Kopf verdreht. Aber das zuzugeben, hätte wohl niemandem weitergeholfen.

»Vielleicht habt Ihr recht, Fitz. Es war insgesamt ein seltsamer Abend.«

»Es sind seltsame Zeiten. Wollt Ihr wirklich Königin von England werden, Matilda?«

»Das wiederum ist eine seltsame Frage.«

»Nur eine ehrliche.«

Hatte er sie damit auf die Probe stellen wollen? Sie war nicht sicher gewesen, aber jetzt ging sie kein Risiko mehr ein. Und ihr war, wie immer schon, die exakte Wahrheit weniger wichtig als diesen schwarz-weiß denkenden Normannen, die sie jetzt als ihr Volk bezeichnete.

»Wenn William König werden will, dann will ich seine Königin sein«, hatte sie dem treuen Seneschall also beherzt erklärt.

»Er wird ein guter König werden«, hatte der geantwortet. »Denn es bedeutet ihm so viel.«

Dem konnte sie nur aus ganzem Herzen zustimmen, obwohl sie sich gelegentlich wünschte, sie hätten ihre königlichen Ambitionen eher auf Frankreich gerichtet. Hätte William damals Henri verfolgt, als dieser die Dreistigkeit besessen hatte, in die Normandie einzumarschieren, dann hätte er die französische Krone durchaus für sich beanspruchen können. Aber trotz Henris Verrat hatte William seinem Lehnsherrn gegenüber Loyalität bewahrt, und dafür respektierte sie ihn. Dennoch wäre Frankreich ein viel leichter zu regierendes Land als England gewesen, das seine eigenen Sitten und alten Gebräuche pflegte. Aber sie mussten in die Zukunft blicken, nicht in die Vergangenheit, und wenn der Weg in die Zukunft über die Meerenge führte, dann musste man ihn eben gehen. Fitz, Williams Wachhund, ließ sie noch immer nicht aus den Augen, das wusste sie – beobachtete sie aber noch lange nicht so scharf wie sie sich selbst. Sie war entschlossen, Harold diesen Eid für ihren Gemahl abzuringen, aber jetzt musste sie sich erst einmal um Adela kümmern.

Als sie die spanischen Schiffe erreichten, stürmte William bereits den ersten Landungssteg entlang und sprang an Bord.

»William«, rief sie, »sollten wir nicht erst prüfen, ob …«

Aber ihre Warnung wurde von einem Schrei unterbrochen, so laut wie der Paarungsruf einer Eule, und mit einem Mal stürzte sich eine leicht bekleidete Gestalt mit wild flatterndem Haar und gezückten Fingern auf den Herzog. William reagierte mit der Schnelligkeit des Kriegers. Er stellte sich breitbeinig hin und packte die Handgelenke seiner Tochter, sodass sie sich vergeblich in seinem Griff wand. Er blickte sich nach Fitz und Matilda um.

»Bleibt, wo ihr seid. Nicht an Bord kommen. Sie hat Fieber – sie ist so heiß wie die Sonne.«

»So heiß wie die Hölle«, schrie Adela ihn an und trat mit ihren nackten Füßen um sich. »Damit bestraft Gott Euch dafür, dass Ihr mich weggeschickt habt.«

»*Mich?*«, fragte William milde. Sie schrie erneut. »Vielleicht, Adela, bestraft Gott dich dafür, dass du deinem Vater und der Normandie nicht gehorchst.«

»Ich verfluche die Normandie!«

»Adela!« William blickte sich wieder zu Matilda um. »Hat man schon solchen Undank erlebt?«

Einige Diener waren herbeigeeilt, kletterten an Bord, plapperten in einer Mischung aus Französisch und Spanisch. Offenbar war ein Fieber auf dem Schiff ausgebrochen. Matilda hatte Mühe, die Männer richtig zu verstehen, denn Spanisch hatte nicht zu den Sprachen gehört, die die Tutoren ihrer Mutter ihr beigebracht hatten, aber es ähnelte dem Südfranzösischen genug, dass sie die Bedeutung der Worte erfassen konnte. Einige Seeleute waren krank, nein, sie waren *muertos* – tot. Sie waren von einem schrecklichen Schmerz in den Eingeweiden getötet worden – das schloss sie eher aus den vielsagenden Gesten als aus den Worten –, und man hatte sie über Bord geworfen.

Die Seeleute hatten die Prinzessin zurückgebracht, weil sie fürchterliche Angst hatten, auch sie zu verlieren, aber als Matilda von ihnen zu ihrer Tochter hinübersah, die nun noch wirreres Zeug redete als die Männer, fürchtete sie, dass es schon zu spät war. Sie hätte zu Adela hinlaufen müssen, das wusste sie. Wenn es Cécile gewesen wäre, hätte sie es getan, ebenso bei der kleinen Matilda oder bei Constance, aber jeder Einzelnen von ihnen wäre sie auch willkommen gewesen. Adela hingegen spuckte Gift und Galle und wütete, als hätte tatsächlich der Leibhaftige von ihr Besitz ergriffen.

Und dann, bevor Matilda es über sich bringen konnte, sich auch nur zu bewegen, stieß das Mädchen plötzlich einen markerschütternden Schrei aus, erzitterte wie ein Schössling im Schneesturm und erschlaffte dann.

Matilda rannte auf das Schiff zu, aber William befahl ihr nochmals scharf, nicht an Bord zu kommen.

»Ist sie …?«

Er sah ihr in die Augen, und sein Blick sagte alles – Adela, die arme, schwierige, ständig kämpfende, verbitterte, kleine Adela, war tot. Und plötzlich wurde Matilda schmerzlich bewusst, dass sie auf diesen Augenblick schon Adelas ganzes unruhiges, junges Leben lang gewartet hatte. Immer schon hatte sie gemutmaßt, dass Mabiles Gift sie zu früh auf die Welt geholt hatte. Möglicherweise hatte das arme Kind das Gift seither in sich getragen.

Sie zwang sich zu atmen, als William Adela vorsichtig aufs Deck legte. Er nahm sich seinen prächtigen scharlachroten Umhang ab und schlang ihn behutsam um ihre winzige Gestalt, strich ihr das verfilzte Haar aus dem Gesicht, bevor er es schließlich zudeckte.

»Lasst einen Sarg herbringen«, befahl er Fitz. »Einen prächtigen. Wir wollen sie in allen Ehren bestatten.« Er wandte sich den an Bord kauernden Seemännern zu. »Ich danke Euch für Eure Fürsorge. Ich werde Euch angemessen dafür entlohnen.«

Matilda sah, wie sie einander erstaunt und gleichzeitig erfreut ansahen, und spürte ein neues, ganz warmes Gefühl für William in sich aufsteigen. Er belohnte Treue ebenso großzügig, wie er Verrat bestrafte. Sie erschauerte bei dem Gedanken, wie nah sie einem solchen Urteilsspruch gekommen war, und bekreuzigte sich. Sie betrachtete die reglose Gestalt ihrer Tochter unter Williams Mantel, immer noch so schmächtig, als hätte sie niemals wirklich genug Kraft für diese Welt gefunden. Matilda konnte es ihr nicht verdenken. Manchmal fand sie ja selbst kaum die Kraft. Am heutigen Tag jedoch, so bitter er auch war, musste sie sie aufbringen, denn er war noch lange nicht vorüber.

Harold hatte von Adelas Tod erfahren, als sie durch das reich verzierte Tor von Matildas Lieblingsfestung ritten. Offensichtlich hatte auch er seine Spione, oder vielleicht genoss man in der Garnison auch nur den ausgiebigen Klatsch und Tratsch. Matilda und William nahmen seine Beileidsbekundungen ernst entgegen, lehnten aber sein überaus großzügiges Angebot, das Abschiedsessen ausfallen zu lassen, ab.

»Wir müssen einen Eid auf unsere Freundschaft ablegen«, beharrte Matilda, angetrieben von einer flammenden Entschlossenheit, die das schreckliche Ableben ihrer Tochter nur noch geschürt hatte.

»Unsere Freundschaft? Natürlich, Mylady.« Er sah sie misstrauisch an und scharrte nervös mit den großen Füßen.

»Und auf unsere Absichten«, drängte sie weiter.

»Unsere Absichten?«

»Macht Euch keine Sorgen«, mischte sich William ein. »Ich habe die Worte niederschreiben lassen. Ihr müsst sie nur vorlesen. Ihr könnt doch lesen?«

»Natürlich.«

»Gut. Ich kann es nicht. Ich habe die Notwendigkeit niemals eingesehen. Ich bin eloquenter mit dem Schwert als mit Worten – ebenso wie meine Männer.«

Besagte Männer traten nun ein paar Schritte vor.

Harold sah sich um. »Dann wollen wir es jetzt tun? Gleich hier?«

Er deutete auf einen kleinen Tisch, der am Kopfende der steinernen Halle aufgestellt war. Er war mit einem weichen Leinentuch aus kostbarem Purpur bedeckt, und darunter wusste Matilda die Schatulle mit den Reliquien.

»Sollten wir es ihm nicht sagen?«, hatte William gefragt, als sie diesen Vorschlag gemacht hatte.

»Erst danach.«

»Nun gut.«

Matilda bemerkte, dass Harold seine übliche Leichtigkeit verloren hatte. Seine lachenden Augen waren überschattet, und seine Miene war ernst. Er war nicht länger der Tänzer, der mit ihr scherzte. Und sie war froh darüber, denn von derlei Eskapaden hatte sie nun genug. Sie beobachtete ungerührt, wie er zu seinen Männern hinübersah, aber diese wurden von Williams Männern flankiert. Er saß in der Falle – wie der Verteidiger auf dem Tafl-Brett, der von den gegnerischen Steinen umzingelt wird, sodass der Spieler aufgeben muss.

Normalerweise wäre Matilda sich grausam vorgekommen, aber es war nicht ihre Schuld, dass er seine Spielchen mit ihr getrieben hatte. Er hatte ihr Gefühle vorgetäuscht, ja sogar versucht, sie auf seine subtile angelsächsische Art zu verführen, genau wie Brihtric vor so vielen Jahren, dass die Erinnerung jetzt doch verblasste. Er hatte alles verdient, was er bekam. Außerdem hatte William recht – ein Mann sollte genau das sagen, was er meinte –, und nun sollte Harold of Wessex umgekehrt auch meinen, was er sagte. Sie beobachtete aufmerksam, wie William Harolds große Hand nahm und sie auf das Tuch legte.

»Lest, Harold«, befahl er, als ein Mann das Pergament auseinanderrollte und es dem Earl hinhielt. Harold zögerte noch immer. »Lest! Es sagt nicht mehr und nicht weniger als das, was Ihr in den letzten Monaten unserer ›Freundschaft‹ immer wieder beteuert habt, und auch nichts mehr und nichts weniger als das, was König Edward im Jahre 1051 versprochen hat. Es verlangt nicht von Euch, Euren König zu verraten, sondern nur, seinen Nachfolger anzuerkennen. Im Gegenzug erkenne ich Euch als Earl of Wessex an und als meinen ersten Berater. Von diesem Schwur, Harold, profitieren wir beide. Und nun lest!«

Und Earl Harold las:

Ich, Harold, Earl of Wessex, erkenne Euch, William, Herzog der Normandie, als rechtmäßigen Erben des Throns von

England nach dem Ableben König Edwards an, wann immer dieses erfolgen sollte. Ich schwöre, diesen Anspruch aufrechtzuerhalten und Euch mit meiner Stimme, meiner Person und allen Streitkräften, die mir zur Verfügung stehen, zu unterstützen, falls das notwendig wird. Gott gewähre uns König William.

Er stockte kein einziges Mal, obwohl seine Hand zitterte. Er sprach mutig, beinahe königlich, und schließlich war er fertig. Er hatte geschworen, vor Zeugen und auf heilige Reliquien.

Als man ihm den Inhalt der Schatulle zeigte, erbleichte er.

»Ihr habt mich hereingelegt«, zischte er William zu.

»Nur so, wie auch Ihr mich hereingelegt habt, Harold. Aber kommt, dies soll schließlich der *Beginn* unserer Freundschaft sein, nicht das Ende. Und wer sonst sollte denn hier wirklich König werden?«

»Fragt Eure Gemahlin«, sagte Harold und wandte sich zum Gehen. Laut hallten seine Schritte und die seiner Männer in der Halle wider, als sie sich geradewegs zu den Schiffen begaben.

William sah Matilda verwirrt an. Für einen entsetzlichen Augenblick hatte sie Harold vor Augen, der mit ihr durch die Halle tanzte, hatte ihre eigenen Worte im Ohr, dass er ein guter König werden würde, sah Fitz' blutroten Zorn, mit dem er sich auf sie gestürzt hatte. Sie hob eine Hand, um ihren Mann zu berühren, und er wollte sie ergreifen, aber dann verzog sich ohne jede Vorwarnung sein Gesicht. Er griff sich an den Bauch und fiel mit einem seltsamen Stöhnen vor ihre Füße, verdrehte die dunklen Augen und atmete so scharf aus, als sei es sein letztes Mal.

Kapitel 28

Alles geriet in helle Aufregung. Einen Augenblick lang standen alle wie versteinert da, als ob sie darauf warteten, dass ihr Herzog aufsprang und sie verspottete, weil sie auf seinen Scherz hereingefallen waren. Aber William pflegte nun einmal nicht zu scherzen.

Fitz fasste sich als Erster. Er rannte zu seinem Herrn und Freund, ließ sich an seiner Seite nieder und tastete an Williams Hals nach dem Puls.

»Er lebt«, schrie er. »Holt eine Bahre, und zwar schnell. Wir müssen ihn in sein Gemach schaffen.«

Roger de Beaumont sprang vor und befahl mit einer gebieterischen Geste seines Gehstocks, den er nun immer benutzte, dass eine Bahre vom hinteren Ende der Halle herbeigebracht werde. Matilda stand hilflos dabei, als Fitz und Fulk William so vorsichtig auf die Bahre hoben, als sei er aus kostbarem Glas. Hugues und Odo eilten herbei, und so trugen sie ihn auf den Schultern aus der Halle, als sei er bereits tot.

»William …«, entfuhr ihr sein Name, als sie ihnen folgte. Erst war es nur ein Flüstern, dann lauter: »William!«

Er konnte nicht sterben, durfte nicht sterben – nicht jetzt, da sie ihrem Ziel so nahe waren. Sie hatten all diese Kriege, all diese Aufstände überstanden, und nie zuvor hatte sie die Möglichkeit ins Auge fassen müssen, dass er sterben könnte, also warum jetzt? Matilda stellte sich Adela vor, die noch an diesem Nachmittag ihr Leben ausgehaucht hatte, und Tränen schnürten ihr die Kehle zu. Sie hatte nicht getrauert, nicht genug. Sie war Adelas Mutter. Sie hätte von ihrem Verlust niedergeschmettert sein sollen, aber stattdessen hatte sie sie einfach gehen lassen und sich dem Gewese um Harolds Eid zugewendet. Vielleicht bestrafte Gott sie jetzt, indem er auch William zu sich nahm. Oder vielleicht stellte er sie auf die Probe, ob sie ihrem Gemahl genauso gefühllos gegenüberstand wie ihrer Tochter.

Matilda hatte das schwindelerregende, schmerzhafte Gefühl, dass diese Probe nur gerecht war. Dieser törichte Tanz mit Harold hatte es bewiesen. Tränen rannen ihre Wangen hinab, als Williams loyale Männer ihn endlich aufs Bett legten und die Bare unter ihm fortzogen, sodass er in die weiche Matratze sinken konnte. Matilda hatte diese aus Paris herbringen lassen, als sie vor zwei Jahren ihr Gemach neu hatte gestalten lassen – eine Belohnung für sich selbst nach all der Arbeit in Caen. Sie betrachtete die zarten Blau- und Grüntöne, die sie sorgsam ausgewählt hatte, weil sie zu den Farben der wogenden See draußen passten, und fragte sich, ob sie ihn in dieser eleganten Umgebung nun verlieren sollte. Adela war in diesem Gemach geboren worden – zu früh, nur um auch zu früh aus dieser Welt zu scheiden. Und nun William.

Er regte sich nicht. Kein erleichterter Seufzer, kein schmerzhaftes Zusammenzucken, überhaupt kein Zeichen, dass er noch atmete, außer dem schwachen Heben und Senken seiner breiten Brust. Matilda drängte sich an den Männern vorbei und kletterte neben ihm aufs Bett, nahm seine Hand in die ihre.

»Er ist heiß! Er ist so heiß. Wir müssen ihn abkühlen.«

Sie fingerte an den Schließen seiner Tunika herum.

»Seid Ihr sicher, Herzogin? Ist das nicht gefährlich?«

»Weniger gefährlich, als zuzulassen, dass das Blut weiterhin in ihm kocht.«

»Sie hat recht«, sagte Fulk unerwartet. »Zumindest ist es das, was Mabile immer tut. Soll ich Mabile holen, Matilda?«

»Und ihre Gifttränke? Nein, danke. Ich werde selbst für William sorgen. Tücher bitte, und Wasser, kaltes Wasser, und, und …« Schon war sie mit ihrem Latein am Ende. »Und Gebete! Schickt Boten an sämtliche Kirchen und Abteien. Der Herzog hat sein Leben lang der Normandie gedient, jetzt muss ihm dieses Land etwas zurückgeben. Alle müssen beten.«

»Ja, Herzogin.«

Fulk verbeugte sich und verließ das Gemach, Hugues und Roger folgten ihm. Aber Fitz blieb zu Williams Füßen stehen, den Kopf tief gesenkt. Matilda nahm das Tuch in die Hand, das die Diener gebracht hatten, und kühlte damit Williams brennende Schläfen und seine starken Handgelenke. Sie fuhr damit über seine muskulöse Brust, wusch zärtlich die Narben und Spuren seines Kriegerlebens. So viele Schlachten, und diese war die schlimmste von allen. Sie sah sich nach Fitz um.

»Habt Ihr es ihm gesagt?«

»Was?«

»Was ich gesagt habe über … über …?« Sie konnte es nicht aussprechen und tastete wieder nach Williams Hand, umklammerte sie und spürte zumindest ein leichtes Zucken.

»Nein, Matilda, ich habe doch gesagt, dass ich das nicht tun würde.«

»Und deshalb habt Ihr es auch nicht getan. Natürlich nicht. Ihr seid ihm sehr ähnlich.«

»Ich bin in nichts wie er. Er ist zehnmal so viel wert wie ich.«

»Das ist nicht wahr. Zugegeben, er ist Herzog, aber …«

»Es ist mehr als das. William trägt nicht nur den Titel und handelt dementsprechend, er ist Herzog bis ins Mark. Er ist ein harter Mann, aber auch ehrenhaft. Er sieht so überaus klar, wie die Welt sein sollte, und seine Vision ist die richtige. Er will nichts als Gerechtigkeit und Anstand und dass die Menschen ihren Leistungen gemäß belohnt werden.«

»Die schlechten wie die guten?«

»Natürlich. Aber brutal ist er dabei trotzdem nicht, Herzogin. So viele Vasallen wurden in den letzten Jahren begnadigt, so viele Rebellen sind aus dem Exil zurückgekehrt oder wurden aus den Kerkern entlassen. Er will keine Opposition – er will Loyalität, sehnt sich regelrecht danach, und warum auch nicht? Wenn alle getreu hinter ihrem Anführer stehen, kann nichts und niemand sie bezwingen. Und William ist der beste Anführer, den man sich denken kann.«

»Alle«, wiederholte Matilda schwach – auch seine eigene Frau. Sie erinnerte sich, wie sie sich zunächst geweigert hatte, ihn zu heiraten, genau wie Adela Harold abgelehnt hatte. Sie hatte wie alle anderen geglaubt, dass er als Bastard weniger wert war. Wie hochmütig es doch gewesen war, sich auf seine Abstammung etwas einzubilden, denn eigentlich war sie immer die schwächere gewesen. »Adel ist keine Frage des Blutes, sondern der Geisteshaltung«, hatte er ihr nach Herlevas Tod gesagt, und er selbst hatte sich immer durch den Adel seines Charakters ausgezeichnet.

»Er darf nicht sterben, Fitz«, rief sie. »Er darf einfach nicht!«

»Aber was können wir tun?«

»Ich weiß es nicht. Einfach da sein, mit ihm reden, ihm zeigen, dass er uns wichtig ist.«

Und das taten sie. Sie zogen zwei hochlehnige, weich gepolsterte Stühle vom Fenster fort und rückten sie ans Bett. Dann sprachen sie mit der reglosen Gestalt, die darauf lag. Fitz berichtete von den Siegen, die sie errungen hatten, von Lagern, die sie auf fremden Anhöhen, in tiefen Wäldern und in der Nähe zahlloser Städte und Ortschaften errichtet hatten, und Matilda bekam eine Ahnung vom rauen Soldatenleben. Er sprach von ihrer Kindheit, bevor ihre Väter gestorben waren, als sie noch zusammen Äpfel gestohlen hatten, auf Mauern geklettert und in Flüsse gesprungen waren, und Matilda wünschte, William hätte ihr mehr über seine Vergangenheit erzählt – und dass sie ihn danach gefragt hätte.

Sie erzählte ihm von Caen, wie groß sie es machen würden, sobald er wieder genesen war. Sie erinnerte an ihre Hochzeit, sprach von ihren Kindern, und später, als Fitz eingedöst war, von ihrem Bett. Dort hatte er, wie in allen Bereichen ihres Lebens, immer nur ihre Freude im Sinn gehabt, und sie hatte wie eine Törin immer angenommen, die Hitze zwischen ihnen beiden sei eher seiner Geschicklichkeit als seiner Leidenschaft zu verdanken. Sie hatte sich immer gefragt, ob andere – wie zum Beispiel Emeline – die körperliche Liebe vielleicht eher wegen der damit einhergehenden berauschenden Gefühle und nicht wegen der fachmännischen Ausführung genossen. Dass es bei anderen eher war wie Tanzen. Ihr Leben lang war sie vom Tanz wie besessen gewesen.

»Bitte, William«, bat sie und wrang die weichen grünen Bettvorhänge in ihren heißen Fingern. »Bitte stirb nicht. Die Tanzerei ist mir egal. Ich habe derlei Albernheiten aufgegeben, als ich dich geheiratet habe, und dass ich trotzdem immer wieder davon träumte, ist nur ein Zeichen meiner Schwäche. Wir herrschen zusammen, denk dran – *zusammen.*«

Er regte sich nicht. Er zuckte nicht einmal.

Erst tief, tief in der Nacht, als die Dunkelheit sie einhüllte, sein Gesicht im Kerzenlicht flackerte und die Choralgesänge der Mönche, die um sein Leben beteten, die Luft erfüllten, erhob er plötzlich die Stimme. Nein: Er faselte. Er schlug um sich, schlug sogar Matilda, sodass sie sich zurückziehen musste. Er schrie und plapperte und krallte die Hände in seinen Bauch, als wolle er seine Eingeweide herausreißen. Matilda und Fitz versuchten, ihn niederzudrücken, aber er war zu stark.

»Er wird sich noch etwas brechen!«, keuchte Fitz.

»Das Bett ist weich«, antwortete Matilda. »Lassen wir ihn wüten.«

So traten sie also zurück, zumal William bereits schwächer wurde. Seine Hände fuhren nutzlos durch die Luft, sein Kopf schlug auf dem Kissen von einer Seite zur anderen, Schweiß strömte ihm die Stirn hinab.

»Er stirbt.«

»Nein!«

Matilda sprang wieder vor, wich Williams immer noch zuckenden Armen aus, um sein Gesicht mit den Tüchern abzuwaschen. Aber er zappelte so sehr, dass das Wasser danebenschwappte.

»William, bitte ruh dich aus. Du musst dich ausruhen.«

»Er ruht nie«, meinte Fitz. »Nur vielleicht bei Euch. Und früher bei seiner Mutter, Gott sei ihrer Seele gnädig.«

»Er wird nicht zu ihr gehen«, rief Matilda grimmig.

Herleva hatte sie gebeten, sich um William zu kümmern. Vielleicht hatte sie das nicht gut genug getan.

»Ab sofort soll das anders werden«, sagte sie, die Augen zur Decke gerichtet. »Ich werde für ihn sorgen. Ich *sorge* mich.«

»William weiß das.«

»Nicht genug. Er weiß es nicht genug.«

»Doch, Matilda, denn er liebt Euch.«

Die Worte raubten ihr einen Augenblick lang den Atem. Sie starrte Fitz über Williams hingestreckten Leib hinweg an. Sie holte tief Luft und erkannte, dass das die einfache Wahrheit war. William liebte sie – weil er, im Gegensatz zu ihr selbst, offen dafür gewesen war. Er hatte sie schon von der allerersten Nacht an seine »Mora« genannt. Er hatte ihr versichert, den Thron erobern zu wollen, um ihr seine Liebe zu beweisen. Das alles hatte er ihr ganz offen gesagt, aber sie hatte nicht hingehört. Stattdessen hatte sie sich eingeredet, dass er zu hart war, um wirklich lieben zu können. In Wahrheit aber war *sie selbst* die Harte gewesen. Hart und töricht, denn sie hatte Gedichte und Blütenblätter mit wahrem Gefühl verwechselt.

Schuldbewusst dachte sie an die vergangenen Jahre zurück, in denen sie ihre Zeit damit vertan hatte, ihre eigene Ehe mit der von Hugues zu vergleichen, der Emeline flugs nach Italien gebracht hatte, oder mit Fulk und Mabile und ihrer funkensprühenden Komplexität, oder sogar mit Raoul, der seine königliche Geliebte in einer verlassenen Kapelle geheiratet hatte. Sie hatte sie alle für so romantisch gehalten, dabei waren diese Geschichten von Romantik weit entfernt. Emeline hatte ihr berichtet, dass Italien am Anfang die Hölle gewesen sei, während William immer für ihr sicheres und behagliches Leben gesorgt hatte. Fulk hatte Mabile nur dadurch gewonnen, dass er absolute, beinahe schon grausame Kontrolle über sie ausübte, während William immer zärtlich zu ihr gewesen war. Und was war so wunderbar an einer verlassenen Kapelle? William hatte der gesamten römisch-katholischen Kirche getrotzt, um sie zu heiraten, und dann unermüdlich für den Dispens gekämpft, um das billigen zu lassen, was seinen Worten zufolge eine wahre Ehe war. Wahr, weil er sie liebte. Er hatte sie immer geliebt.

»Ich habe ihn für hart gehalten, Fitz«, flüsterte sie.

»Das ist er auch. Aber jeder hat schließlich zwei Seiten, nicht wahr?«

Matilda blickte erneut zu dem Bett hinüber, auf dem William nun wieder reglos lag, obwohl seine Hände sich in der Luft zu Fäusten ballten und seine Lippen verzweifelt zu sprechen versuchten. Sie beugte sich näher zu ihm heran, aber er holte nur plötzlich zitternd Luft und war dann wieder still. Fitz fühlte seinen Puls, und sie beobachtete ihn voller Angst.

»Er ist nicht tot, aber es steht auf des Messers Schneide, Matilda. Wir brauchen Hilfe.«

Er hatte recht. Sie durften ihn nicht verlieren, nicht jetzt – es gab noch zu viel zu sagen. Matilda holte ebenfalls tief Luft. Jeder hat zwei Seiten, hatte Fitz gesagt. Gebe Gott, dass er die Wahrheit sprach.

»Holt Mabile, Fitz.«

»Wirklich?«

Matilda schluckte. Mabile mochte eine Giftmischerin sein, aber sie war die einzige Chance, die sie hatten.

»Wirklich, Fitz. Bitte.«

Er rannte davon, knallte die Tür hinter sich zu, rief Fulks Namen, und Matilda war mit William allein.

Sie kroch wieder aufs Bett und legte sich neben ihn, schmiegte sich in seine starke Armbeuge, wie sie es schon so oft getan hatte, obwohl er nicht reagierte wie sonst. Seine Finger strichen nicht zärtlich über ihre Haut, und er sprach nicht zu ihr, sodass seine feste Brust unter ihrem Ohr vibrierte. Er lag einfach nur da. Matilda verspürte eine ungeheure Leere, die sie zu verschlingen schien, und klammerte sich verzweifelt an ihn.

»Geh nicht, William. Verlass mich nicht.«

Sie kniete sich hin, nahm sein kantiges Gesicht in beide Hände und beugte sich vor, um ihm einen Kuss auf die Lippen zu geben, als könne sie ihm so wieder Leben einhauchen.

»Du lieber Himmel, Matilda, dafür ist jetzt wohl kaum der richtige Zeitpunkt!«

Matilda drehte sich wütend um. »Ich will nur …«

Aber Mabile hob nur die Hand. »Ich weiß. Verzeiht. Ich kann nicht anders. Es gibt so viel Dunkelheit in der Welt, da ist es manchmal leichter, sich über etwas lustig zu machen.«

»An vielem von dieser Dunkelheit seid Ihr selbst schuld, Mabile.«

»Vielleicht. Aber das, was töten kann, vermag auch zu heilen.«

»Ihr werdet ihn also nicht töten?«

Mabile trat näher. »Ich fürchte, ihn tötet etwas ganz anderes.«

»Ein Dämon?«

»Nein! Oder wenn doch, dann einer, den die Natur erschaffen hat, um ihn von innen her zu zerfressen.«

Matilda hatte plötzlich die Vision, dass eine Schar dunkler, umherkrabbelnder Wanzen an seinen Eingeweiden nagten. Die Vorstellung war unerträglich. »Es ist in seinem Magen, glaube ich, wie bei den spanischen Seeleuten.«

»Gut.«

»Gut?«

»Eine gute Information, Matilda. Damit kann ich arbeiten.«

Mabile stellte einen Korb auf der gedrechselten Anrichte

ab und holte kleine Violen und Schatullen heraus. Danach mischte sie emsig verschiedene Flüssigkeiten in einer steinernen Schüssel.

»Minze«, erläuterte sie Matilda, die sie beobachtete, »und Kamille, um die Krämpfe zu lindern. Und Schafgarbe gegen das Fieber. Nun helft mir, es ihm einzuflößen.« Matilda starrte sie immer noch unverwandt an, und Mabile schnalzte ungeduldig mit der Zunge. »Es ist kein Gift, Matilda. Jetzt bitte, können wir William das verabreichen, bevor es zu spät ist?«

»Natürlich. Wie?«

»Haltet ihm die Nase zu.«

»Aber …«

»Jetzt, Matilda. Wenn er durch die Nase keine Luft mehr bekommt, wird er den Mund öffnen.«

»Oder gar nicht mehr atmen.«

»Wie es der Fall sein wird, wenn wir uns jetzt nicht beeilen. Los!«

Matilda hielt William die Nase zu und sah zu, wie ihr armer Gemahl den Mund öffnete, und Mabile, raffiniert wie eine Schlange, flößte ihm den Trank ein und verschloss ihm die Lippen.

»Loslassen.«

Matilda gehorchte. William würgte und schluckte dann. Er riss die Augen auf, blickte wild um sich, dann schloss er sie wieder und stöhnte.

»Was habt Ihr getan?«, fragte Matilda. »Er klingt furchtbar.«

»Oh, und vorher war er kerngesund, nicht wahr? Wahrscheinlich schmeckt es nur unangenehm. Ich hatte keine Zeit, den Trank mit Honig zu süßen, wie ich es normalerweise tue.«

»Wirklich?«

»Oh, Matilda, werdet erwachsen. Ich *weiß* vielleicht, wie man Menschen vergiftet, aber Freude habe ich keine daran. Von schlimmen Taten erzählt man sich gemeinhin häufiger als von guten – und man glaubt sie auch eher. Das beste Beispiel ist die Geschichte um den verlorenen englischen Prinzen.«

»Den Ihr getötet habt«, blaffte Matilda, aber Mabile lächelte nur. »Ihr *habt* ihn getötet, Mabile?«

»Glaubt, was Ihr wollt.«

»Aber warum wollt Ihr, dass die Menschen so etwas von Euch glauben, wenn es nicht wahr ist?«

Mabile zuckte nur mit den Schultern. »Es *könnte* doch wahr sein. Ganz sicher sogar. Sollen die Leute doch glauben, was sie wollen, Matilda, denn das tun sie sowieso, insbesondere von uns Frauen. Und daraus kann man ebenso gut seinen Nutzen ziehen.«

»Indem man allen Angst macht?«

»Genau!« Sie lachte leise auf. Dann warf sie William einen Blick zu und wurde wieder ernst. »In Wahrheit, Matilda, sind mir Gifte viel weniger wichtig als deren Gegenmittel. Der Heilkunst gehört die Zukunft, dessen bin ich sicher. Stellt Euch doch nur einmal vor, wie es wäre, wenn wir in der Lage wären, Fieber zu senken oder Wundbrand zu verhindern. Oder wenn wir Entbindungen erleichtern könnten.«

Matilda schrak zusammen. »Entbindungen?«

»Natürlich. Wir Frauen sind es einander schuldig, es uns gegenseitig leichter zu machen.«

»Und das habt Ihr damals für mich getan?«

»Wann?«

»Als Adela zu früh zur Welt kam – nur wenige Stunden

nachdem wir darüber gesprochen hatten, dass Ihr den armen Hugues vergiftet hattet.«

Mabile starrte sie an. »Ihr glaubt allen Ernstes, dass ich Euch *das* angetan habe? Einer anderen schwangeren Frau? Meiner Herzogin?«

Matilda trat unruhig von einem Fuß auf den anderen. »Ich befürchtete es, ja.«

Mabile sah einen Augenblick lang aus, als bekäme sie einen Wutanfall, aber dann stieß sie einen leisen Seufzer aus. »Wie ich schon sagte: Die Menschen glauben, was sie wollen. Wir waren viel zu lange Feindinnen, Matilda. Das ist töricht von uns beiden.«

Sie hatte recht.

»Verzeiht. Es ist nur, dass William … Ich bin … besorgt.«

»Dazu habt Ihr auch allen Grund.«

Matilda blinzelte. Würde sie sich jemals an diese normannische Vorliebe für die schonungslose Wahrheit gewöhnen? Aber dann legte Mabile ihr die Hand auf den Arm – eine überraschend sanfte Geste. »Wir haben jetzt alles in unserer Macht Stehende getan. Der Rest liegt in Gottes Hand. Ich bin nebenan. Ruft mich, wenn Ihr mich braucht.«

»Ich … Ja. Und, Mabile … habt Dank.«

»Ich tue das nicht für Euch, sondern für William. Er hat die Normandie zu dem gemacht, was sie ist, und er kann auch England zu Ruhm und Wohlstand verhelfen.«

»Wenn er überlebt.«

»Ja.«

Kapitel 29

Die Nacht war quälend lang. Kerbe um Kerbe auf der Stundenkerze schmolz dahin. William kämpfte nicht mehr so heftig, aber immer wieder zuckte und keuchte er so sehr, dass Matilda sich langsam wünschte, er läge doch wieder grabesstill da. Sie betete. Sie betete, wie sie noch nie zuvor in ihrem Leben gebetet hatte, bat Gott um Vergebung, weil sie der armen Adela keine gute Mutter gewesen war, weil sie ihrem Mann in Alençon hinterhergeschnüffelt hatte, und vor allem dafür, dass sie ihn niemals für mehr als nur einen Partner in Regierungsgeschäften gehalten hatte.

»Die Liebe ist nichts, was einen einfach so überkommt«, hatte Balduin vor vielen Jahren gesagt, als sie sich noch mit Händen und Füßen gegen diese Vermählung gewehrt hatte. »Man muss sie sich verdienen – durch jahrelange Partnerschaft, gemeinsame Ziele und wohlüberlegte Pläne.« Sie hatte ihn damals für gemein gehalten, aber heute erkannte sie, dass er die Wahrheit gesagt hatte und dass nur ihre törichte Sturheit sie daran gehindert hatte dies zu erkennen. Sie hatte sich an diesen verdammten Traum von Brihtric geklammert. Aber sein fantasievolles Liebeswerben war nicht echt gewesen. Er hatte sie nicht wirklich für sich gewinnen, sondern nur Macht ausüben wollen. Er hatte nur sehen wollen, ob seine vermaledeiten angelsächsischen Locken sie in Versuchung führen würden.

William war das absolute Gegenteil. Er war immer zuverlässig und liebevoll und so absolut großzügig zu ihr gewesen. Sie würde es nicht ertragen, ihn zu verlieren. Sie beobachtete, wie er seltsame, unzusammenhängende Worte vor sich hin murmelte, und wartete gequält auf ihren eigenen Namen, aber er wollte nicht kommen. Dann plötzlich, mit dem ersten Lecken des Morgenlichts, richtete er sich in seinen Kissen auf und starrte ins Leere, als habe er die Antwort auf irgendein großes Geheimnis gefunden.

»Tanzen«, platzte er heraus. »Muss. Tanzen. Matilda muss tanzen.«

»Nein, William«, antwortete sie drängend. »Ich muss nicht tanzen. Ich brauche nur *dich*. Ich werde für immer bei jedem Tanz sitzen bleiben, wenn ich das an deiner Seite tun kann.«

Er wurde ganz still und wirkte einen entsetzlichen Augenblick lang wie versteinert. Dann sah er sie geradewegs an. »Aber ich möchte gern tanzen«, sagte er – wie durch ein Wunder so klar wie eh und je.

»William? O Gott, William – bist du das?«

»Natürlich, Frau. Wer sollte es denn sonst sein?«

»William!« Sie stürzte sich auf ihn, lachte und weinte, und sie spürte, wie er ihren Rücken tätschelte, als hätte sie sich nur über eines der Kinder oder ein schlecht sitzendes Gewand oder ein falsches Gericht aufgeregt. »Ich bin so froh, dass es dir wieder gut geht! Dieses Morgenlicht ist voller Farben der Verheißung.«

Sie deutete auf den prachtvollen rosafarbenen Himmel, den man durch die Fensteröffnung sehen konnte.

»Voller Farben der Verheißung?«, wiederholte er, halb geringschätzig, halb hoffnungsfroh. Dann plötzlich erinnerte er sich an etwas. »Der Eid! Hat Harald den Eid geschworen?«

»Das hat er, William.«

»Und dann …? Ich erinnere mich nicht. Warum erinnere ich mich nicht mehr? War ich betrunken?« Er sah sie ungläubig an, und sie schüttelte den Kopf.

»Schön wär's. Du warst krank, William, so unglaublich krank. Es war wie bei Adela. Wir glaubten schon, dich verloren zu haben. Ich musste sogar Mabile rufen.«

»Mabile?« Sanft schob William sie von sich, um ihr ins Gesicht sehen zu können. »Dann warst du *wirklich* besorgt.«

»Das war ich. O Gott, William, ja, das war ich. Vielleicht ist sie ja auch gar nicht so schlimm, wie ich befürchtet habe. Aber Mabile ist jetzt unwichtig.« Sie klammerte sich an ihn. »Ich liebe dich. Weißt du das?«

»Ich liebe dich mehr.«

»Tust du nicht.«

»Das ist die Wahrheit, Matilda.«

»Nein, ist es nicht. Du irrst dich. Und es tut mir leid, wenn du das geglaubt hast. Ich gebe zu – wenn wir schon die Wahrheit sagen müssen –, dass ich zeitweise vielleicht genauso gedacht habe. Aber auch ich habe mich getäuscht.«

»Das spielt keine Rolle, Matilda. Du bist sowieso mehr wert als ich.«

»Nein!« Matilda schlug ihm gegen die Brust, und er zuckte zusammen. »O Gott, verzeih. Habe ich dir wehgetan? Geht es dir gut?«

»Ganz gut. So ein Wrack bin ich nun auch wieder nicht, dass ein Wicht wie du mir ernsthaft wehtun kann. Obwohl ich mich schon gern wieder hinlegen würde.«

Sie half ihm, es sich auf den Kissen bequem zu machen,

deckte ihn mit der hübschen blaugrünen Decke zu und wartete, bis sie sicher sein konnte, dass er nicht wieder ins Delirium fiel.

»Du musst mir jetzt zuhören. Du bist mehr wert als die meisten Menschen, William, und ganz sicher mehr als ich selbst, denn ich bin eingebildet und selbstsüchtig und leichtfertig.«

»Leichtfertig vielleicht, aber du bist eine Frau – das gehört also dazu. Das Leben wäre doch allzu langweilig ohne ein wenig Leichtfertigkeit.«

»William, bleib ernst.«

Sie konnte kaum glauben, dass sie so mit ihm sprach. Erst war er totenstill gewesen, dann hatte er fantasiert. War es wirklich möglich, dass er auf dem Wege der Besserung war, oder träumte sie nur? Sie stieß ihn an.

»Au!«

Sie träumte also nicht.

»Der Punkt ist, William, dass es keinen Menschen auf der ganzen Welt gibt, der nicht davon profitieren würde, dich zu kennen. Und es gibt auch keinen Titel, den du nicht verdient hättest.«

»Einschließlich König von England?«

»Definitiv«, bekräftigte sie und wand sich bei der Erinnerung an ihren verräterischen Tanz mit dem Angelsachsen.

»Matilda? Was ist los?«

»Die ganze Wahrheit?«

»Natürlich.«

»Die ist schlimm.«

Er wartete.

Sie schluckte. »Ich habe Harold gesagt, dass … er ein guter König sein könnte.«

Er lag in den Kissen und sah sie verwirrt an. »Wahrscheinlich hast du damit sogar recht.«

»Aber war das denn nicht illoyal von mir?«

»Ich weiß es nicht. Hast du ihm gesagt, dass du ihn unterstützen würdest?«

»Nein, natürlich nicht.«

»Dann war es nicht illoyal.«

»Oh, William! Werde ich dich jemals verstehen?«

»Ich bin ziemlich einfach gestrickt. Und Harold könnte in der Tat König sein, auch wenn kein königliches Blut in seinen Adern fließt. Allerdings bezweifle ich, dass seine Regentschaft von Dauer wäre. Er tut sich leicht, andere für sich zu gewinnen, viel leichter als ich, denn er ist ungemein charmant. Aber hat er auch die zum Herrschen notwendige Härte? Er ist zu impulsiv, fürchte ich – er sieht den Kampf, der vor ihm liegt, aber nicht den größeren Zusammenhang. Genauso ist er beim Tafl. Er könnte mich schlagen, wenn er nur die Nerven behielte.«

»Tafl, William? Das Ganze ist doch kein Spiel!«

»Findest du nicht? Nein, eigentlich hast du recht. Aber dennoch muss Tafl mit Bedacht gespielt werden. Harold ist ganz Herz, Matilda, aber ist sein Verstand auch scharf genug? Als rechte Hand eines Herrschers könnte ich mir keinen besseren Mann vorstellen, und ich bete zu Gott, dass er die meine sein wird, denn ich mag ihn, ich mag ihn wirklich. O Gott, was bin ich müde.«

»Das überrascht mich nicht. Soll ich dich allein lassen?«

»Bitte nicht. Es tut mir leid, dass du glaubtest, mir das nicht erzählen zu können. Ich erzähle dir alles.«

»Tust du nicht.«

»Was?«

Sie presste die Lippen aufeinander.

»Matilda, was habe ich dir nicht erzählt?«

»Du hast mir nicht erzählt, dass du von meinem … Techtelmechtel mit Lord Brihtric wusstest.«

»Brihtric? Aber da warst du noch ein Mädchen, Matilda, und es war, bevor ich dich kennenlernte. Es hat mich nicht belastet. Alle Mädchen haben solche Schwächen – schau dir doch Emeline an.«

»Ich war *nicht* wie Emeline. Ein Tanz oder zwei, mehr ist nicht passiert.«

In Wirklichkeit war es viel mehr gewesen. Das erkannte sie nun, denn die Leichtigkeit jener Zeit mit dem lockeren Angelsachsen hatte sich in ihrem Herzen eingenistet und verhindert, dass sie es voll und ganz ihrem Gemahl schenkte.

»Ich muss tanzen lernen«, sagte er wieder, als könne er ihre Gedanken lesen.

Sie ergriff seine Hände. »Nein, musst du nicht. Es ist nicht wichtig.«

»Für dich schon, also ist es auch für mich von Bedeutung. Ich war zu weich. Das sieht mir nicht ähnlich, aber ich werde es lernen.«

Er erhob sich ein Stück, als wolle er sofort damit anfangen, und Matilda legte ihm entschieden die Hand auf die Brust.

»Im Moment wirst du gar nichts tun. Erst wenn es dir wieder besser geht.«

»Ich muss also im Bett bleiben?«

»Ja.«

»Mit dir?«

»Ich werde natürlich hierbleiben, aber nicht so.«

»Was für eine Schande.«

Sie sah ihn erstaunt an. Was war er doch für ein starker Mann.

»Du wirst sicher bald wieder gesund sein«, sagte sie.

»Bestimmt, wenn so etwas Verlockendes wie du auf mich wartet.«

»Oh, William.« Sie schmiegte sich an ihn, und diesmal, Gott sei gepriesen, legte er den Arm um ihre Schultern. »Warum warst du mir niemals untreu?«

»Was für eine Frage, Matilda! Das ist sehr einfach. Es erfordert weder Selbstkontrolle noch Selbstverleugnung – ich *will* einfach keine andere Frau.«

»Was habe ich für ein Glück. Ich möchte dich immer bei mir haben, weißt du. Diese furchtbare Nacht hat mir das vor Augen geführt.«

»War dir das vorher nicht klar?«

»Ich war nicht sicher genug. Mein Gott, William, wie schaffst du es nur, immerzu die Wahrheit zu sagen? Das ist ziemlich unbequem.«

»Es ist das Beste.«

»Ja. Deine liebenswerte Mutter sagte mir einst, dass es die Täuschung ist, die letztlich zu Problemen führt, und vielleicht hatte sie recht.«

Matilda wandte sich unglücklich ein wenig um und blickte sehnsüchtig zum Fenster hinüber, durch das sie die frühmorgendliche Sonne sehen konnte, die vielversprechend auf dem bleichen Meer glitzerte.

»Noch mehr, Matilda?«

Sie schluckte und zwang sich, ihn erneut anzusehen. »Eins noch, obwohl du das vielleicht auch schon weißt.«

»Was soll ich wissen? Komm, meine Mora – bitte keine Geheimnisse mehr. Was soll ich wissen?«

Sie strich mit der Hand über seine Brust und sagte: »Dass ich in Alençon war.«

»In Alençon? Nein, das wusste ich nicht.« Sie verspürte einen Anflug von Stolz, dass sie wenigstens *das* vor ihm hatte geheim halten können, aber dann wandte er sich, wenn auch unter Schmerzen, zu ihr um, um sie genau ansehen zu können. Wieder war alles so schwierig. »Wo, Matilda? Und wann?«

Sie sog zitternd den Atem ein. Sie wollte nicht darüber reden, aber sie musste es tun. Es wurde Zeit. Keine Geheimnisse mehr.

»Ich war in dem Wäldchen, William. Ich war dorthin geritten, um dir mitzuteilen, dass ich schwanger war. Das war wahrscheinlich töricht, aber du hast diese beiden Städte schon so lang belagert, und ich glaubte dich durch diese Neuigkeiten aufheitern zu können.« Sie sah ihn an, aber er sagte kein Wort, ermutigte sie nur mit einem Kopfnicken fortzufahren. »Wir kamen, kurz bevor deine Männer die Stadt stürmten, deshalb hielt uns Roger weiterhin vom Lager fern.«

»Roger de Beaumont?«

»Sei nicht wütend auf ihn, William. Ich habe ihn genötigt, mich dorthin zu bringen, und er schaffte mich wieder fort, sobald er konnte, aber nicht, bevor … bevor …«

»Du hast die Männer gesehen, die Stadtbevölkerung?« Sie nickte dumpf und sah, wie deprimiert er mit einem Mal war. »Das bedaure ich zutiefst. Ich habe immer und immer wieder daran denken müssen, Matilda. An diesem Tag war ich wie von Sinnen.«

»Du hast gar nicht so gewirkt.«

»Wahnsinn hat viele Gesichter. Meiner war kalt und hart wie ein Eisklumpen in meinem Herzen.«

»Weil sie dich nicht respektiert haben?«

»Weil sie meine Mutter beleidigt haben. Weil sie glaubten, ihre Lebensumstände zum Gegenstand hässlicher, gedankenloser Spottverse machen zu können. Weil sie glaubten, mich dadurch erniedrigen zu können.«

»Und haben sie es geschafft, William?«, flüsterte sie.

Er sah sie an, und sie entdeckte eine Träne in einem seiner dunklen Augen, die im Augenwinkel funkelte wie ein Diamant vor den silbernen Lichtern seiner Pupille.

»Ein wenig«, flüsterte er zurück. Dann räusperte er sich. »Und das durfte ich nicht zulassen. Ich bin der Herzog der Normandie, Matilda – ich darf mich nicht erniedrigen lassen. Das nützt niemandem etwas.«

»Ist das der Grund, warum du niemandem vertrauen kannst? Warum du, wie Hugues es einmal formuliert hast, stets erwartest, dass dir jemand den Dolch in den Rücken stößt?« Er wurde blass, und sofort fühlte sie sich furchtbar. »Spielt keine Rolle«, sagte sie hastig, aber er streckte die Hand aus und berührte ihre Lippen, um sie zum Schweigen zu bringen.

»Es spielt eine große Rolle, und es tut mir leid, dass ich es dir noch nie erzählt habe. Ich dachte, dieses Kreuz könnte ich nur allein tragen.« Er hielt inne und musterte die Bettvorhänge, als ob sie jeden Augenblick aufspringen und sich um ihn schlingen könnten. Dann nahm er ihre Hand und umfing sie fest.

»Ich war vierzehn, alt genug, um allein zu schlafen, außer dass ich Herzog war und Schutz brauchte, weshalb Osbern, Fitz' Vater, nicht von meiner Seite wich. Aber in jener Nacht konnte er mich nicht beschützen, und ich ihn genauso wenig. Unsere Feinde kamen zur schwärzesten Stunde, Matilda. Sie stürmten in mein Schlafgemach, aber ich wachte nicht auf. Kannst du das glauben? Ich war alt genug, um ein Schwert unter meinem Kissen zu haben, aber nicht, um es rechtzeitig zu zücken. Doch diesen Fehler habe ich seither nie wieder begangen.«

»Du schläfst sehr wenig, mein Gemahl.«

»In manchen Nächten schlafe ich überhaupt nicht, aber zumindest habe ich jetzt dich. Dich im Schlaf zu beobachten ist Ruhe genug.«

»Oh, William. Es tut mir so leid. Was ist passiert?«

Er riss sich zusammen. »Was glaubst du denn? Sie erstachen ihn. Sie erstachen ihn in der Dunkelheit, sodass ich bis zum heutigen Tag nicht weiß, ob sie es auf ihn oder auf mich abgesehen hatten. Das Erste, was ich mitbekam, war, wie er meinen Namen rief, ein Warnruf, der von seinem teuren Blut erstickt wurde. Und dann kam das Licht, Matilda – ein panikerzeugender Wirrwarr aus Fackeln und Kerzen. Und ich erkannte die wahre Natur des Verrats. Ich sah den Leichnam meines Osbern. Er war so gewaltsam auseinandergerissen worden, dass ich sein stilles Herz sehen konnte, das nutzlos in seinem zerborstenen Brustkorb ruhte. Und ich fand heraus, dass die Feinde eines Mannes nicht einfach nur wollen, dass er verschwindet, sondern dass sie ihn aushöhlen, ausweiden, vernichten wollen. Seit diesem Zeitpunkt fällt es mir, fürchte ich, wirklich schwer, irgendjemandem zu vertrauen.«

Dazu gab es nichts mehr zu sagen. Matilda war von ihrem Mitleid, dass er diese Last die ganze Zeit ganz allein getragen hatte, schier überwältigt. Kein Wunder, dass er und Fitz sich so nahestanden, denn dieser furchtbare Kummer hatte sie zusammengeschmiedet.

»Danke«, sagte sie schließlich. »Ich glaube, dass ich dich jetzt vielleicht ein wenig besser verstehe.«

Er lachte leise. »Oh, Matilda, man muss nicht über die Vergangenheit Bescheid wissen, um einander zu kennen, sondern man muss die Zukunft miteinander teilen. Du hast mich immer verstanden, denn du bist wie ich.«

Das schon wieder. Sie sah ihren Gemahl an, der auf den Kissen so seltsam verletzlich wirkte, und zwang sich, darüber nachzudenken. William war ehrgeizig, das war sie ebenfalls. Er traf schnelle Entscheidungen und handelte unbeirrt danach, ebenso wie sie. Er war neugierig auf die Welt und wollte unbedingt seinen Teil dazu beitragen, sie zu formen, genau wie sie. Sie *war* wie er, und sie war töricht gewesen, das all die Jahre abzustreiten, sich sogar dieser Ähnlichkeit zu schämen. Judith hatte das damals erkannt. Fitz wusste es, und natürlich William – ihm war es von Anfang an klar gewesen. Nur sie selbst war blind gewesen, hatte ihren Vorstellungen von süßer Romantik hinterhergehangen.

»Wir sind Partner, William.«

Er lächelte. »Das sind wir, obwohl ich, bevor ich dich gefunden hatte, gar nicht wusste, dass ich so etwas wie einen Partner überhaupt brauche. Ich glaubte, ich könne es allein schaffen, aber ich irrte mich. Ich konnte die Feinde der Normandie in Schach halten, aber ich konnte dem Land nicht zu Wachstum und Wohlstand verhelfen, wie wir es gemeinsam konnten. Und ohne dich könnte ich definitiv nicht …«

»… über England herrschen? Nun, das musst du ja auch gar nicht. Denn ich bin hier. Ich werde immer da sein, und wir werden England gemeinsam regieren.«

»Und zwar gut.«

»So gut wir können.«

»Und so gut, wie sie uns lassen.«

Sie starrte ihn an. Das war ein schauriger Gedanken, für den jetzt nicht der richtige Zeitpunkt war. Er war blass und hatte immer noch rote Flecken auf den Wangen.

»Du musst dich ausruhen«, sagte sie entschlossen. »Und ich muss los und der Normandie mitteilen, dass ihre Gebete erhört wurden und du wieder wohlauf bist.«

»Der ganzen Normandie?«

»Natürlich. Dein Land liebt dich, William, genau wie ich dich liebe. Und jetzt ruh dich aus. Ich werde gehen und beten.«

Sie küsste ihn und schlüpfte hinaus. Vor der Tür fand sie Fitz, Fulk, Mabile und all die anderen. Sie sah sich noch einmal um und betrachtete William, ihren teuren William. Er starrte an die Decke, die Augen wanderten unruhig hin und her, als beobachte er seine eigenen Gedanken, und sie erinnerte sich an Fitz' Worte: »Er ruht nie.« Vielleicht entsprach das, wie so vieles andere auch, der Wahrheit. Aber vielleicht würde es sich ja ändern, wenn er dereinst König war. Sie betete darum, denn er war ein guter Mann. Ihre Ehe war vielleicht keine Romanze, keine sanfte, schwindelerregende Liebesgeschichte voller glockenhellem Lachen, dafür aber eine feste, wirklich, aufrichtige, die stark wie ein Fels war. Und das war, wie sie nun endlich erkannt hatte, so viel mehr wert.

Kapitel 30

Caen, Dezember 1065

»Ich falle demütig vor Euch auf die Knie, Herzog William.«

»Demütig?«

Judith zuckte zusammen, während William auf Torr hinabblickte, der nicht länger Earl, sondern Exilant war.

»Ich glaube nicht, Torr, dass Ihr jemals in Eurem Leben etwas Demütiges getan habt.«

»Ich habe meine Irrtümer eingesehen, Herzog.«

»Ihr habt Eure Irrtümer *vor Augen geführt* bekommen, Torr. Das ist nicht das Gleiche.«

Torr verlagerte sich unbehaglich, und Judith beobachtete ihn. Sie hätte gern Mitleid mit ihm gehabt, aber nach den letzten Monaten des Schreckens brachte sie dieses Gefühl einfach nicht mehr auf. Sie hatte ihrem Mann geraten, nicht in die Normandie zu reisen, hatte ihm vorausgesagt, dass William sie nicht willkommen heißen würde, aber er hatte nicht auf sie gehört. Er hörte überhaupt nicht mehr zu, seit die Rebellen ihn – und sie selbst – aus Northumbria vertrieben hatten. Sie schauderte und versuchte, sich auf die Gegenwart zu konzentrieren.

Die Festung von Caen war prächtig ausstaffiert, bemerkte

sie. Matilda war offensichtlich sehr fleißig gewesen, denn die Vorhänge und Wandbehänge waren neu, und sogar auf dem Boden lag ein Stück Stoff. Das würde es Torrs Knie etwas bequemer machen, aber nur ein wenig. William hieß ihn immer noch nicht aufstehen, und Judith sah weiter zu. Sie hatte einen Arm um Karl gelegt, inzwischen ein kräftiger Elfjähriger, und mit dem anderen hielt sie den dreijährigen Skylar auf der Hüfte.

Tostig hatte Himmel und Hölle in Bewegung gesetzt, damit sie diesen zweiten Jungen nach ihm benannte, dann hatte er Balduin und sogar Godwin vorgeschlagen, aber Judith hatte auf einem anderen, soliden, northumbrischen Namen bestanden. Sie war nie wirklich Teil irgendeiner Familie gewesen und wollte bei dieser, ihrer eigenen, ganz von vorn anfangen. Das wollte sie immer noch.

»Als Ihr das letzte Mal hier wart, habe ich es Euch doch erklärt, Torr – wie war es doch gleich?« William sprach mit ihrem Mann wie mit einem kleinen Kind, was im Grunde auch angemessen war.

»Ihr habt mir erklärt, Herzog William, dass ich vor Edwards Ableben Euch als Englands nächstem König Treue schwören müsste, dann würdet Ihr mir Wessex zusagen – hier bin ich also, bereit, meinen Eid zu leisten.«

William hob einen Finger. »Sehr freundlich von Euch, Torr, und ein guter Versuch. Aber nein, ich habe nicht gesagt, ›vor Edwards Ableben‹. Ich verlangte Euren Eid auf der Stelle, aber Ihr habt Euch dagegen entschieden. Das war Euer gutes Recht, wie ich schon damals sagte, aber ich bestand darauf – *bestand* darauf, Torr –, dass Ihr nicht noch einmal fragen solltet. Glaubt Ihr, ich meinte das nicht ernst?«

»Die Umstände ändern sich, Herzog.«

»Aber Loyalität sollte sich nicht ändern.«

»Ich kann Euch von Nutzen sein, wirklich. Ich habe viel zu bieten.«

William umrundete Torr gelassen. »Wie zum Beispiel …?«

Judith warf Matilda einen Blick zu, die adrett auf ihrem großen Thron hinter William saß, und hatte ein schlechtes Gewissen. Sie verachtete Torr, weil er versuchte, die Seiten zu wechseln. Aber hatte sie nicht genau das Gleiche versucht? Hatte sie ihrer Base und Freundin nicht den Rücken gekehrt, war unhöflich zu ihr gewesen, hatte ihr Böses gewünscht? Und weshalb? – Wegen kleinlicher Eifersucht. Sie hatte diese Demütigung genauso sehr verdient wie Torr.

»Wie zum Beispiel?«, wiederholte William.

»Zum Beispiel Schiffe, mein Herzog.«

»Woher sollen die kommen?«

»Ich habe Geld.«

»Das Ihr, wie ich hörte, den Lords des Nordens abgeknöpft habt – jenen Männern also, die Euch aus Eurer eigenen Grafschaft hinausgeworfen haben, weil Ihr sie habt ausbluten lassen.«

»Geld ist es trotzdem«, beharrte Torr kühn.

»An Geld mangelt es mir nicht, Torr. Was sonst noch?«

»Den Einfluss meiner Familie.«

»Eurer Familie, die bei der Verhandlung den Vorsitz führte, bei der beschlossen wurde, Euch ins Exil zu schicken?«

»Das war nur Harold«, spie Torr hervor.

»Harold, der Earl of Wessex und derjenige Ratgeber, dem König Edward am meisten vertraut?«

»Harold, der König werden wird.«

William atmete scharf ein, und Judith sah, wie Torrs Schultern sich strafften, als er Williams Interesse spürte.

»Sie nennen ihn in England jetzt ›Subregulus‹, wisst Ihr. Das bedeutet …«

»Ich weiß, was es bedeutet, aber *wer* bezeichnet ihn als stellvertretenden König?«

»Es wurde auf Dokumenten festgehalten. Ich habe sie gesehen.«

Judith beobachtete, wie Matilda neben William trat und zärtlich seinen Arm fasste, als seien sie frisch verheiratet. William sah sie an, und sie flüsterten miteinander, dann wandte er sich wieder Torr zu.

»Das sind gute Neuigkeiten, Torr, denn Harold hat mir seinen Treueeid geschworen, und ich werde einen Unterkönig brauchen, wenn die Zeit gekommen ist.«

Torr lachte – ein scharfes, verächtliches Bellen, bei dem Williams Wachen die Schwerter zückten. Das schneidende Geräusch der Klingen, die alle gleichzeitig ihre Scheiden verließen, hallte in der Halle wider, und Judith erschrak und nahm ihre Söhne fester in den Arm. Ihr Gemahl jedoch erhob sich langsam und bewusst und sah William geradewegs in die Augen.

»Ihr wisst weniger über England, als Ihr glaubt, Herzog William. Oder vielleicht wollt Ihr es auch gar nicht wissen. Harold sagt, dass der Eid, den er Euch gegenüber geleistet hat, nicht bindend war – weil er unter Druck zustande kam. Sämtliche Angelsachsen betrachten ihn als den nächsten König, und in diesem Moment heiratet er.«

»Er heiratet?«

»Ihr habt es noch nicht gehört? O mein Gott, William, Eure Spione lassen langsam nach.«

»*Wen* heiratet er?«

»Ich will Wessex.«

»Ich weiß, dass Ihr das wollt. Von mir bekommt Ihr es nicht.«

»Weil Ihr es Harold versprochen habt? Wie süß. Ihr steht zu Eurem Wort, William, und das ist sehr ehrenhaft, aber bedauerlicherweise seid Ihr dadurch für die Tatsache blind, dass andere Männer das nicht tun. Nicht jeder spielt ein ehrliches Spiel, wisst Ihr. Harold ist nicht Euer Freund. In der Tat ist Harold Euer größter Feind.«

»Wen heiratet er, Torr?«

Williams Männer rückten näher.

Torr sah sich um und beschloss Gott sei Dank, ihm nicht noch mehr zu trotzen. »Edyth of Mercia, die Witwe von König Griffin von Wales und Schwester von Edwin, Earl of Mercia, und Morcar, der neuerdings Earl of Northumbria ist.«

»Also Euer Nachfolger?«

»Mein Nachfolger vielleicht, aber er stellt auch für Euch eine Gefahr dar.«

William schien darüber nachzudenken, und Judith überlief es kalt vor Grauen. Sie hatte Torr gesagt, dass seine Reise zu William Zeitverschwendung sein würde, aber ihr war bis zu diesem Augenblick nicht klar geworden, wie sehr sie das sogar hoffte. Sie hatte diese Machtspielchen so satt. Matilda hatte sie in ihrer Jugend immer damit aufgezogen, dass sie ein ruhiges Leben haben wollte, aber war das wirklich so ein armseliges Ziel?

Ihr Bruder hatte Torr die Burgvogtei Saint-Omer überlassen. Das war mehr, als er verdient hatte, und das hatte Judith sehr erfreut. Saint-Omer war friedlich und ruhig, und das Licht war gut. Nicht so gut vielleicht wie in Northumbria, aber Northumbria war verloren. Judith hatte das in dem gleichen Augenblick gewusst, als sie in die wutverzerrten Gesichter der Rebellen geblickt hatte.

Denk gar nicht dran, sagte sie sich, aber das war unmöglich. Vor ihrem geistigen Auge sah sie sie wieder vor sich, die wutverzerrten Fratzen der Freunde, die sich plötzlich in Feinde verwandelt hatten und deren höhnisches Lächeln nun eine Bedrohung darstellte.

»Es ist ja nicht Eure Schuld, Mylady«, hatte ihr ein Mann mitten in diesem Chaos gesagt. »Ihr habt für Northumbria Euer Bestes getan, und das wissen wir zu schätzen. Aber Euer Herr hat uns mit Verachtung behandelt. Er hat seinen königlichen Untertanen das ach so notwendige Geld abgepresst, um seine Vergnügungen im Süden zu finanzieren, und das können wir nicht länger dulden. Er muss gehen, und Ihr mit ihm.«

Es war ihr so ungerecht vorgekommen. Warum sollte sie für die Fehler ihres Gemahls bezahlen? Warum sollten ihre guten Werke durch seine Verfehlungen zunichtegemacht werden, als hätten sie nie eine Rolle gespielt? Aber die Rebellen hatten sich nicht umstimmen lassen, die Gesichter waren immer noch zornig gewesen, die Dolche scharf und entschlossen. Und dann hatten sie erfahren, dass es in York sogar Tote gegeben hatte. Ihr war aufgegangen, dass man sie nicht mehr allzu lange verschonen würde. Also war sie zusammen mit ihren beiden Jungen geflohen.

Sie hatte den einzigen Ort aufgesucht, den sie jemals als wirklich sicher empfunden hatte: das Kloster in der Kathedrale von Durham. Und die Mönche, Gott segne sie alle, hatten sie und ihre Söhne im Gästehaus untergebracht. Sie hatte dort seltsame, beinahe glückselige zwei Wochen verbracht. Die Jungen hatten vornehmlich in den Kräutergärten gespielt, und sie hatte meist im Skriptorium gesessen. Dann war durchgesickert, dass die Rebellen den Schatz von York erobert hatten, dass sie den jungen Morcar zum Earl ernannt hatten und nun südwärts marschierten, wobei die Bevölkerung sie hundertprozentig unterstützte. Mit Feuereifer hatte sie sich ihrem letzten Evangeliar hingegeben, hatte versucht, mithilfe der leuchtenden Farben die dunklen Schatten des wirklichen Lebens zu verscheuchen. Aber wie hart sie auch gearbeitet hatte, das wahre Leben hatte sie eingeholt. Am Ende hatte man eine Eskorte geschickt, um sie und Torr nach Dover und von dort nach Flandern zu schaffen – anscheinend lag ihr einziger Nutzen in ihrem Geburtsrecht.

Sie hätte sich so gern geweigert, hätte gern darauf bestanden, im Schutz dieses Klosters zu bleiben, aber sie war nur eine Frau, und außerdem durfte sie ihr Gastrecht nicht überstrapazieren oder die Mönche durch ihre Anwesenheit in Gefahr bringen. Dennoch hatte es sich angefühlt, als sei sie dem Schoß ihrer Mutter entrissen worden, und sie hatte auf der Reise nach Süden viel geweint und war dankbar gewesen, dass die Herbstwinde ihre Tränen trockneten, bevor die Jungen sie sahen.

Auf der Seereise, die sie so lebhaft an jene andere furchtbare Reise im Jahre 1051 erinnerte, hatte sie sich wieder zusammengerissen. Auch diesmal hatte Torr über Edward gewütet und Rache geschworen, aber diesmal war er allein gewesen, und seine Rache galt genauso sehr seinem eigenen Bruder wie dem König. Jetzt wäre es das Beste gewesen, sich dankbar in die Burg von Saint-Omer zurückzuziehen und fortan ein ruhiges Leben zu führen. Aber ein ruhiges Leben hatte Torr ja noch nie sonderlich gelegen.

»Ihr braucht mich mehr, als Ihr glaubt, Herzog William«, beharrte er nun wieder und deutete mit dreister Geste auf seinen Gastgeber.

William jedoch musterte ihn von Kopf bis Fuß und sagte

schließlich: »Nein, Torr, das tue ich nicht.« Und dann fügte er hinzu: »Ich hoffe doch, Eure Pferde sind frisch und ausgeruht?«

»Aber …«

Judith ließ Karl los, rannte nach vorn und zupfte Torr am Ärmel. »Wir sollten gehen, mein Gemahl.«

Er sah sie verächtlich an. »Schon? Ich dachte, du möchtest noch Zeit mit deiner Schwester verbringen?«

»Sie ist nicht meine …«, hob Judith an, unterbrach sich dann aber. Matilda war die einzige Schwester, die sie je gehabt hatte, und sie würde sie nicht länger verleugnen. Sie sah zu Matilda hinüber. »Das tue ich. Hast du Zeit, Matilda, für einen Spaziergang, während Torr dafür sorgt, dass unsere Pferde abreisefertig gemacht werden?«

Matilda erhob sich langsam, und einen schrecklichen Augenblick lang glaubte Judith, ihre Base würde ablehnen, aber dann trat sie vor und streckte den Arm aus.

»Das fände ich schön.«

Judith lächelte. Sie drückte Skylar dem verblüfften Torr in die Arme und schob auch Karl zu ihm hin.

»Helft Eurem Vater, Jungen«, rief sie, ergriff Matildas Arm und schritt mit ihr zur Tür.

Das Letzte, was sie hörte, als sie gingen, war, dass William zu Torr sagte: »Haltet ihn anders, Mann!« Dann war sie draußen.

»Wir haben nicht viel Zeit«, sagte sie zu Matilda.

»Nein, und das bedaure ich. Ich möchte mich diesmal nicht so von dir trennen wie beim letzten Mal, Judi.«

»Ich auch nicht. Ich war voreilig, ja sogar unhöflich. Du hast dein Leben besser im Griff als ich, Matilda – was niemanden wundert.«

»Nein, Judi, du kannst doch nichts für den schlechten Charakter deines Mannes.«

»Du hast mich vor ihm gewarnt.«

»Nicht entschieden genug, und was hättest du auch tun können? Seine ganze Familie war zur Hochzeit nach Flandern gekommen. Sie abzusagen wäre einem Desaster gleichgekommen, und das war mir, glaube ich, auch damals schon klar. Vielleicht hattest du ja sogar recht mit deiner Vermutung, dass ich eigentlich nur schadenfroh war. Bist du sehr unglücklich mit ihm?«

Judith lächelte. »Nein. Ehrlich. Er ist manchmal ein Tor und viel zu lüstern und zu gierig, aber er war meist freundlich zu mir, und wir hatten durchaus glückliche Zeiten. Er kann wirklich unterhaltsam sein, Matilda.«

»Ich bin froh darüber.«

»Obwohl er jetzt schon lange nicht mehr witzig ist. Ich wünschte, er würde sich mit einem einfacheren Leben zufriedengeben, aber ich weiß, dass er es nicht tun wird.«

Matilda drückte ihren Arm. »Das verstehe ich.«

»William will England?«

»Das scheint ja allgemein bekannt zu sein.«

»Ist es denn ein Geheimnis?«

»Nein. Nein, ich glaube nicht. Man hat es ihm versprochen, Judi, damals im Jahre 1051.«

»Das ist lange her.«

»Das ist wahr. Aber Harold hat es im vergangenen Jahr bestätigt, und wer käme tatsächlich denn noch infrage?«

»Harold selbst.«

»Du sagst das auch? Ich dachte, Torr wollte nur bluffen. Die Angelsachsen würden einen schlichten Earl einem erprobten Herrscher vorziehen? Sind sie wirklich so töricht?«

»Sie sind sehr … in sich gekehrt und beschützen das, was ihnen gehört. Sie haben nicht die Flexibilität der Leute auf dem Festland.«

Matilda sah sich nervös um und zog Judith dichter zu sich heran. »Ist es ein gutes Land, Judi?«

»O ja. Ich war sehr glücklich dort – und das wirst du auch sein.«

»Meinst du das ernst?«

Tat sie das? Judith dachte scharf darüber nach. Sie dachte daran, wie Matilda gewesen war, als sie vor sechzehn Jahren zum ersten Mal vernommen hatte, dass sie William heiraten sollte. »Ihr habt mich zur Königin erzogen!«, hatte sie ihren wütenden Eltern damals entgegengeschleudert, und das stimmte.

»Ich *meine* es ernst. Du wirst eine gute Königin werden, Matilda.«

»Danke. Ich bete, dass Edward das auch so sehen wird, wenn seine Zeit gekommen ist, denn William will nicht kämpfen. In der Tat hat er schon viel zu häufig kämpfen müssen. Du hattest recht damit, dass er und ich einander ähnlich sind, Judith. Ich wollte es damals nicht wahrhaben. Ich wollte nicht so hart sein wie er, aber ich bin es.«

»Oh, Matilda, du bist doch überhaupt nicht hart.«

»Und er auch nicht.«

Judith blinzelte nachdenklich, aber in diesem Moment wurden die Pferde aus den Ställen geführt.

»Ich muss gehen.«

»Wird es dir gut gehen, Judi?«

»Das wird es. Ich habe meine Jungen und meine Kunst.«

»Du malst also immer noch?«

»Jeden Tag, wenn ich kann. Graf Balduin wird entsetzt sein.«

»Graf Balduin«, gab Matilda grimmig zurück, »hat dich mit einem Dummkopf verheiratet. Er wird sich wohl kaum beklagen können, wenn du dir Trost suchst, wo immer du kannst. Auf jeden Fall sollte ein zivilisierter Mann etwas für Kunst übrig haben.«

Wie ein Blitz hatte Judith plötzlich Welf von Bayern vor Augen, ihren freundlichen Freund in Rom. Ihm hatte ihr drittes Evangeliarium genauso sehr gefallen wie sie selbst. Er hatte um die Erlaubnis gebeten, es zu lesen, und die Illuminationen auf ernsthafteste Weise gepriesen. Seine Gesellschaft war Judith hochwillkommen gewesen, ein tröstlicher Gegensatz zu den betrunkenen Speichelleckern, mit denen Torr sich umgab. Und sie war trauriger, als ihr unruhiges Gewissen es zugeben mochte, als er vor ihnen nach Hause hatte zurückkehren müssen.

Sie sah sich besorgt um, aber Torr war noch nicht wieder da. Sie hatte noch Zeit. Schnell zog sie das Evangeliarium aus der Tasche. Es war das vierte und damit das letzte aus der Reihe und noch nicht ganz fertig, aber sie schob es Matilda zu, die es öffnete und scharf die Luft einsog.

»Hast *du* das gemalt, Judith?« Sorgsam blätterte sie um. »Das alles?«

»Das alles und noch drei andere Bücher. Bist du jetzt schockiert?«

Matilda blickte zu ihr auf. Dann streckte sie die Hand aus, um ihre Wange zu berühren.

»Nicht schockiert, Judi, natürlich nicht. Ich bin beeindruckt, erstaunt. Sie sind wunderschön. Was immer geschieht, mit diesen Büchern hinterlässt du der Welt etwas Einzigartiges.«

Welf von Bayern hatte etwas Ähnliches gesagt, und Judith

spürte, wie ihr Tränen in die Augen traten, aber diesmal nicht aus Kummer.

»Hab Dank, Matilda.«

Sie nahm das Buch wieder an sich und schob es zärtlich zurück in die Ledermappe. Dann plötzlich umarmte Matilda sie innig, und Judith erwiderte es, als könnten sie ihre ach so einfache Kindheit wieder heraufbeschwören, wenn sie sich nur fest genug in den Armen hielten.

»Gib auf dich acht, kleine Schwester«, flüsterte Matilda ihr ins Ohr.

»Du auf dich auch, große Schwester«, wisperte Judith zurück, und da Matilda Judith gerade mal bis zur Schulter reichte, mussten sie beide lachen.

Doch nun war dann doch Torr mit den Jungen aufgetaucht und rief ungeduldig nach Judith. Matilda begleitete sie zu ihm hin, wobei sie sich Zeit ließ, wie nur sie es zu tun vermochte.

»Viel Glück in Saint-Omer«, rief sie zu Torr hinauf, aber er schnaubte nur, und Judith wusste, dass er, kaum dass sie dort angelangt waren, schon wieder abreisen würde. Vielleicht würde er diesmal in seinem endlosen Streben nach Wessex seine dänischen Verwandten aufsuchen.

Sie blickte zum Himmel hinauf, der schwer war von Schnee. Das Jahr 1065 war beinahe zu Ende, und wer konnte schon wissen, was 1066 ihnen allen bringen würde?

»Gebe Gott, Matilda«, sagte sie, als die Kutsche gebracht wurde, aus deren Seitenöffnung Karl und Skylar schon nach ihr Ausschau hielten, »dass wir im kommenden Jahr nicht auf gegnerischen Seiten stehen.«

Matilda schüttelte den Kopf, so entschlossen wie eh und je. »Das werden wir nicht sein. Erinnerst du dich, dass mein Vater uns damals, als Tostig dir seinen Heiratsantrag machte, sagte, dass ›Frauen erheblich subtiler als Männer‹ sind? Und er sagte uns, dass wir ›kleineren Konflikten ja wohl gewachsen sein‹ würden. Und obwohl ich es nur ungern zugebe: Er hatte recht. Wir hätten uns selbst nicht vergessen dürfen. Unsere Männer mögen einander bekämpfen, und wir können nur wenig tun, um das zu verhindern, aber *wir* werden nicht gegeneinander antreten. Nie wieder.«

Judith schöpfte aus dieser Zusicherung Kraft. Diese Reise in die Normandie war letztlich also doch keine Zeitverschwendung gewesen. Torr war vielleicht wütend, aber im Grunde war er das momentan sowieso dauernd. Es machte also kaum einen Unterschied. Und ihr selbst hatte der Besuch bei ihrer Base neuen Frieden beschert. Sie lehnte sich trotz der ersten Schneeflocken hinaus und winkte William und Matilda heftig zu, die zusammen im Hof ihrer wackeren Stadt Caen standen, so lange, bis sie nur noch kleine Punkte waren.

Teil Drei

Kapitel 31

Im Wald von Quevilly, Januar 1066

Matilda hielt ihren Becher hoch, sodass der Dampf quirlig in das Strohdach des Jagdhauses hinaufstieg, als plane er ein unerlaubtes Zusammentreffen mit den Wolken.

»Einen Toast«, schlug sie vor, »auf unsere prächtigen Prinzen, die heute so hervorragend geritten sind.«

Die versammelten Männer und Frauen spendeten lautstark Beifall, und ihre Hochrufe wärmten Matilda mehr als der Fellbesatz auf ihrem Umhang oder das lodernde Feuer auf dem Herd oder das berauschende Aroma ihres Würzweins. Die Festtage waren vorüber. Die zwölfte Raunacht lag jetzt vier Tage zurück, und eigentlich hätten alle schon auf ihre eigenen Burgen zurückkehren sollen, aber heftiger Schneefall hatte sie in Rouen festgehalten, und nun, da er sich gelegt hatte, hatte William die Chance ergriffen, im wildreichen Wald von Quevilly noch eine große Jagd anzusetzen, bevor die Herzogsfamilie sich in die übliche Winterruhe zurückziehen würde.

Die Jungen waren begeistert gewesen und hatten darum gebeten, mitmachen zu dürfen, und William hatte es ihnen erlaubt. Robert war nun beinahe vierzehn und ein kräftiger junger Mann, größer als Matilda und durchaus in der Lage, mit den älteren Reitern Schritt zu halten. Richard hatte einen zarteren Knochenbau und war eher wissbegierig. Er war der einzige Mensch bei Hof, der es einigermaßen mit William bei seinem geliebten Tafl-Spiel aufnehmen konnte. Aber er hatte einen Narren an Hugues gefressen, und da er viel Zeit mit ihm in den Ställen verbracht hatte, war auch er ein exzellenter Reiter. Rufus war erst neun und hätte bei einem solchen Wetter nicht wirklich mitmachen dürfen. Aber was ihm an Jahren fehlte, machte er durch Feuer und Entschlossenheit wieder wett, und sein Vater vergötterte ihn ohnehin.

Es wurde nie offen ausgesprochen, aber für Matilda war es offensichtlich: Genau wie sie selbst der klugen, kleinen Cécile einen gewissen Vorzug gab, war Williams rothaariger Namensvetter sein Lieblingssohn. Der Junge war ihm an Entschlusskraft, Klarheit und Unbeirrbarkeit sehr ähnlich. Allerdings mutmaßte Matilda auch, dass die Gefühle seines Vaters auf die ersten Tage seines Lebens zurückzuführen waren, als William in der Trauerphase um Herleva ihn ständig auf der Brust gehabt hatte. Heute hatte Rufus seinem Vater bewiesen, dass er zu Recht an ihn glaubte, denn er war es gewesen, der erfolgreich einen kleinen Eber geschossen hatte, und nun genoss der Kleine seinen Erfolg. Er stolzierte im Jagdhaus herum wie ein Held, während die anderen beiden wütend vor sich hin brüteten. Matilda beschloss deshalb, seinen Triumph in ihrem Toast nicht zu erwähnen, sondern setzte sich wieder hin und lehnte sich an William, der ihr den Arm um die Schultern legte und sie küsste.

»Ich bin froh, dass es geschneit hat«, sagte er. »Sonst hätten wir das hier verpasst.«

»Es war ein schöner Tag«, stimmte sie zu.

»Und es wird eine schöne Nacht, meine Mora.« Seine Augen blitzten, und sie kicherte verlegen.

»William! Du weißt doch, dass uns hier im Jagdhaus nur Vorhänge von den anderen trennen.«

»Ja und? Wer will sich darüber beklagen? Ich bin ihr Herrscher.«

»Vielleicht, aber bist du auch *meiner*?«

Er verdrehte die Augen. »Ich fürchte nicht. Du bist der einzige Mensch, meine liebe Frau, der mich befehligen kann.«

»Dann«, sagte sie, als Fitz eine kleine Flöte an die Lippen hob und eine muntere Melodie anstimmte, »befehle ich dir …«

Aber ein Klopfen an der Außentür ließ sie verstummen.

Alle wandten die Köpfe, und Fitz' Liedchen verklang. Als es noch einmal klopfte, erhob sich William.

»Öffnet die Tür«, bellte er den Wachmännern zu.

Sie sprangen gehorsam herbei, und eine dick vermummte Gestalt trat in einem Wirbel kalter, dunkler Luft ein. Hinter ihm stand ein Pferd, ein edles Tier, dampfend im Schnee.

»Roger?«, rief William aus, als der Mann die Kapuze seines Mantels zurückschob.

La Barbes berühmter Bart war vollkommen vereist, und seinem Schnurrbart fehlte der sonstige Dreh. Williams Kämmerer war, wie üblich, mit Della in Rouen geblieben, um sich um die anfallenden Aufgaben zu kümmern. Und da sein Bein in der Kälte besonders schmerzte, mussten es schlimme Nachrichten sein, die ihn hier hinausgeführt hatten – oder großartige. Matildas Herz pochte so laut, als klopfe es auf den Holzboden des Jagdhauses. Sicherlich konnte nur ein einziges Ereignis La Barbe mitten in der Nacht tief in den Wald führen. Sie stellte sich neben William.

»Sprich«, drängte dieser, während die Edlen Damen und Herren zurückwichen, um Roger Platz zu machen.

Das Gelächter war verebbt, und alle beobachteten schweigend, wie Roger voranhumpelte, wobei bei jedem Schritt Eis von seinen Stiefeln herabfiel.

»Sind es Neuigkeiten aus England?«, fragte Matilda, die die Spannung nicht mehr aushielt.

»Ja, Herzogin, Herzog. König Edward ist tot.«

Alle in dem zum Bersten gefüllten Raum hielten den Atem an. Das einzige Geräusch war das Knistern des Feuers. William griff nach Matildas Hand, und sie drückte sie fest, als Roger sich tief verbeugte. Er fiel nicht auf die Knie, wie es sich vor einem König gehört hätte, aber vielleicht lag das ja auch nur an seinem schmerzenden Bein.

»König Edward ist tot«, wiederholte er. »Und Harold of Wessex wurde zum König ernannt. Er wurde noch am gleichen Tag gekrönt, Herzog, an dem Euer königlicher Vetter in Gottes Reich einging.«

Williams Faust landete so hart auf dem Tisch, dass Teller und Becher mit klapperndem Getöse auf dem Boden landeten. Soße ergoss sich wie Blut über Rogers Stiefel, und er blickte auf sie herab.

»Ich bitte um Verzeihung, Herzog, dass ich der Überbringer solch schlechter Nachrichten bin, aber ich wusste, dass Ihr so schnell wie möglich Bescheid wissen wolltet.«

William rang um Fassung. »Ihr habt recht, Roger, und ich danke Euch dafür. Dennoch sind es schlechte Nachrichten.« Er sah sich im Raum um. »Ihr seid alle zusammen mit Harold geritten und wisst, dass er ein guter Mann ist, ein ehrenhafter Mann, aber wo ist seine Ehre jetzt? Er ist ein Eidbrecher und Betrüger. Er hat mir die Krone gestohlen und Euch Eure

Rechte. Wer von uns, so frage ich Euch, ist *jetzt* hier der Bastard?«

Seine Stimme wurde lauter, seine Augen waren silbrig hell, als er über die Menschen hinwegblickte, die vor Rogers Ankunft noch so fröhlich gewesen waren, die aber jetzt das Gefühl hatten, alle in einem bösen Traum gefangen zu sein.

»Nach Rouen«, platzte William heraus. »Ich muss zurück nach Rouen.«

»Jetzt?«, fragte Matilda entsetzt.

Er wirbelte zu ihr herum. »Ja, jetzt, Gemahlin. Meine Informanten werden von überall her eintreffen, und ich muss Pläne schmieden.«

»Was denn für Pläne, William?«

»Pläne«, wiederholte er düster. »Ich weiß noch nicht, welche. Ich habe das hier nicht vorbereitet. Gott im Himmel, ich bin darauf nicht vorbereitet, trotz aller Warnungen. Ich vertraute darauf, dass Edward mich zu seinem Nachfolger ernennen würde, wie er es versprach. Und ich vertraute darauf, dass Harold ihn dabei unterstützen würde. Warum?« Er zerrte an Matildas Hand. »Warum habe ich das getan, Frau? Warum hast du das zugelassen? Im Jahre 1051 versprach man uns den Thron, und jedes Jahr, das verging, hat uns weiter und immer weiter davon entfernt. Wir waren dumm, arrogant, schlecht vorbereitet. Sogar Torr, dieser wehleidige, elende Kerl, hat es vorausgesagt, und ich hörte nicht zu. Und nun sieh, wie man es uns heimzahlt!«

»Aber William …«

Er riss sich los.

»Nach Rouen«, wiederholte er, und dann drängte er sich an Roger vorbei und lief zur Tür, schwang sich auf das bedauernswerte, vollkommen überhitzte Pferd und warf es herum.

Matilda rannte ihm hinterher, bat ihn, anzuhalten, aber er hörte nicht auf sie – auf niemanden. Sie wirbelte zurück.

»Allein ist es nicht sicher für ihn«, rief sie, und ein Schluchzen entrang sich ihrer Brust.

»Ich reite hinterher.« Fitz sprang auf und machte sich auf den Weg in den Stall. In der nächsten Minute tauchte er wieder auf, saß ohne Sattel auf seinem Pferd und preschte William hinterher.

»Er wird ihn einholen«, sagte Roger. »Williams Ross ist müde. Fitz wird ihn einholen. Er wird dafür sorgen, dass er sicher zurückkommt.«

»Sicher?« Matilda stieß ein bitteres Lachen aus. »Wie kann er denn sicher sein, nun, da England ihm die Krone verwehrt hat? Ich muss ebenfalls losreiten.«

»Aber Herzogin – es ist fast dunkel, und bis Rouen braucht Ihr in diesem Schnee bestimmt eine Stunde. Hier seid Ihr besser aufgehoben.«

»Nein.« Matilda raffte sich auf. »Am besten bin ich an der Seite meines Gemahls aufgehoben. Bringt mich zu ihm, Roger, bitte. Bringt mich sofort zu ihm.«

Es war ein harter, beängstigender Ritt. Roger ritt voran, Matilda ihm hinterher, danach Fulk und Hugues, allesamt mit gezückten Schwertern gegen die Schatten der Nacht, seien es nun Tiere oder Menschen. Matilda konzentrierte sich voll und ganz auf Rogers gebeugten Rücken, erinnerte sich an einen anderen Ritt vor vielen Jahren, nach Alençon, wo sie zum ersten Mal gesehen hatte, wozu William tatsächlich fähig war. Aber das war nur eine Grenzstadt gewesen, eine Handvoll Bauern, die von einem eifersüchtigen Vasallen aufgewiegelt worden waren. Jetzt sah er sich einem ganzen Land gegenüber. Was würde William tun?

Sie ritt in den Tour de Rouen und hörte das erleichterte Seufzen der Männer kaum, als sie vom Pferd sprang und auf die Halle zulief. Kein William. Sie warf einen Blick in den Vorraum, aber dort war er auch nicht, also ging sie die geschwungenen Treppen in ihr gemeinsames Gemach hinauf. Die Tür war fest verschlossen, und Fitz lehnte erschöpft an der Wand. Ihre Blicke trafen sich, und er deutete mit einem Kopfnicken auf die Tür. Matilda trat vor und wollte sie aufstoßen, aber sie war verriegelt. Sie klopfte mit der Hand hart gegen das Holz.

»Ich habe doch schon gesagt, Fitz, lass mich allein.«

»Hier ist nicht Fitz, sondern Matilda, deine Frau. Lass mich rein, William.«

»Matilda?«

»Ja, Matilda. Ich kann ebenfalls reiten, mein Liebster – und ich kann herrschen. Lass mich rein.«

Sie hörte, wie der Riegel zurückgeschoben wurde, und schlüpfte schnell hinein, bevor William es sich wieder anders überlegen konnte. Fitz versuchte nicht einmal, ihr zu folgen, und der ergebene Seneschall, der wie der treue Hund, der er immer schon gewesen war, vor der Tür bleiben musste, tat ihr leid.

»Warum schließt du Fitz aus?«

»Ich musste nachdenken. Fitz redet zu viel.«

»Fitz liebt dich.«

»Das ist jetzt wohl kaum der richtige Zeitpunkt für Liebe, Matilda.«

»Im Gegenteil. Es ist gerade die Zeit für Liebe – Liebe und Loyalität. Diese beiden Dinge werden uns helfen, diesen Rückschlag zu überstehen.«

Er sah sie an, dann blickte er zur Decke empor und starrte

sie an, als wollte er sich jedes Detail der Schnitzereien einprägen.

»Wie sollen wir ihn überstehen, Matilda?«, fragte er schließlich.

Sie kam näher. »Wie möchtest du es denn überstehen?«

»Im Augenblick möchte ich mein Schwert in die Hand nehmen, mit meinem Pferd über die Wellen reiten und Harold die Krone von seinem verräterischen Haupt schlagen.«

Matilda holte tief Luft. »Dann solltest du genau das auch tun, nur nicht sofort. Zuerst brauchen wir ein paar Informationen.«

Er lächelte beinahe, dann ließ er sich unvermittelt auf die Bettkante niedersinken. »Aber ist das klug, Matilda? Wenn wir einmarschieren müssen, um die Krone für uns zu beanspruchen, riskieren wir alles und könnten demzufolge auch alles verlieren.«

»Du verlierst nie, William.«

Jetzt lächelte er zumindest, wenn auch schmallippig. »Dein Glaube an mich ist wirklich rührend, Frau, aber ich habe meine Siege durch Belagerungen und Hinterhalte errungen, durch Zermürbung und List. Gegen England muss ich anders kämpfen.«

Matilda kniete vor ihm nieder und legte ihm die Hände auf die Knie.

»Du hast deine Siege durch Mut und Glauben und Herz gewonnen, und das hast du alles auch jetzt noch, wenn du dich entscheidest, es einzusetzen.«

Er legte die Hände über die ihren und sah ihr tief in die Augen, und Matilda hatte das Gefühl, dass die Welt sich zusammenzog – Flandern, die Normandie, England, alles lag plötzlich in dem kleinen Raum zwischen ihren Gesichtern.

»Soll ich es tun, meine Mora? Sollen *wir* es tun – sollen wir England herausfordern?«

Sie versuchte nachzudenken, versuchte Argumente für und gegen einen Krieg zu finden, aber sie konnte nicht wirklich klar denken, sah keine klare Linie. Sie sah nur ein goldenes Glühen – keine Krone, sondern einen Traum. Einen Traum, gegründet auf ein Versprechen, als sie noch jung und gerade erst Herzog und Herzogin gewesen waren, als sie den Pfad ihres Lebens gemeinsam zu beschreiten begonnen hatten. Von diesem Augenblick an hatten sie König Edwards Tod an ihrem Horizont gesehen, ebenso wie ihre beiden Thronsessel, die auf sie warteten. Wie konnten sie das jetzt so einfach fallen lassen?

Sie sah ihm fest in die Augen.

»Wir sollten es tun«, antwortete sie klar und sicher. »Wir sollten England herausfordern.«

Sie traten gemeinsam vor den Hof – William, Matilda und Fitz. Die Gesichter, die zu ihnen aufblickten, waren bleich vor Anspannung. Die allgemeine Erregung war so intensiv wie die Luft vor einem Gewitter. Alle warteten jetzt darauf, dass William zu ihnen sprach. Er räusperte sich.

»Männer der Normandie, man hat uns großes Unrecht angetan.« Zustimmendes Gemurmel erhob sich im Raum – ein guter Anfang. »Man hat uns England versprochen. König Edward, mein Vetter, hat dieses Versprechen bei einem offiziellen Staatsbesuch in Westminster im Jahre 1051 gemacht. Viele von Euch waren damals mit Matilda und mir dort. Ihr wart ein Teil dieses Versprechens, genauso sehr wie wir, und indem es gebrochen wurde, seid Ihr genauso betrogen worden wie wir.«

Matilda sah, wie Williams Untertanen einander entrüstet ansahen. Auch sie spürten den Verlust, so viel war klar, aber wie sehr?

»Harold of Wessex«, fuhr William mit ruhiger, klarer Stimme fort, »hat uns England weggenommen. Ich habe eine Nachricht aus Westminster erhalten, die besagt, dass Edward angesichts seines nahen Todes Harold anwies, ›für England gemäß seines Eides zu sorgen‹. Damit kann nur sein Eid mir gegenüber gemeint sein, Edle Herren, mit dem er mir, William, Herzog der Normandie, in Bonneville auf die Gebeine der Heiligen unseres großartigen Landes und vor Euch allen die Treue schwor.

Harold ist ein Eidbrecher und Betrüger. Er hat sich die Krone geschnappt, weil er gierig und machthungrig ist, obwohl kein königliches Blut in seinen Adern fließt und er nicht das Recht hat zu herrschen. Er hat den Hohen Rat mit seiner Militärmacht gezwungen, ihn zu krönen, und zwar am gleichen Tag, da mein gesegneter Vetter Edward sich Gott anempfohlen hat. Ist dies die Handlungsweise eines Mannes, der sich seiner Sache sicher ist? Nein! Dies ist die Handlungsweise eines schuldigen Mannes, der den Thron an sich reißt wie ein Dieb in der Nacht, und das darf nicht ungesühnt bleiben.«

Die Männer brüllten zustimmend, aber Matilda hörte nur das Wort »Dieb« und hatte plötzlich die Vision von William als Teerträger, der dem blonden, lächelnden Harold die großen Glieder abtrennen ließ, um sein Lebensblut mit heißem Teer in die verkohlenden Stumpen zurückzudrängen. Einen Augenblick lang wurde ihr schwindelig, aber ein Blick auf William brachte sie wieder zur Besinnung. Das hier war keine Rache, sondern die Durchsetzung ihres Rechts. Für törichte Zweifel war hier kein Platz.

»England gehört uns!«, rief William. »Ich habe Abgesandte hingeschickt mit der Forderung, es uns friedlich zu überlassen, doch ich fürchte, dass sie damit keinen Erfolg haben werden.«

Höhnische Rufe zeigten Matilda, dass Williams Männer das gleiche Gefühl hatten.

»Daher betrachte ich uns nunmehr als im Kriegszustand befindlich. Ich habe befohlen, angelsächsischen Schiffen in sämtlichen Häfen den Zutritt zu verwehren, um Spione fernzuhalten, während unsere eigenen Schiffe natürlich weiterhin frei segeln können.«

Die Männer lachten und jubelten erneut.

»Und ich habe ein paar Geistliche nach Rom entsandt, um die Angelegenheit dem Papst vorzutragen. Harold hat auf heilige Reliquien geschworen. Dies ist mithin ein heiliger Krieg, und ich bin zuversichtlich, dass der Papst die Gerechtigkeit unserer Sache anerkennen wird. Wir müssen uns daher darauf vorbereiten, diese Gerechtigkeit mit Waffengewalt durchzusetzen. Wer steht hinter mir?«

Mehr Hochrufe, wenn auch unterlegt von einem besorgten Unterton.

»Ihr denkt also an eine Invasion, Herzog?«, rief jemand aus der Menge.

»Richtig.«

Die Männer sahen einander an. »Aber wie?«

»Mit Schiffen«, antwortete William schlicht. Er winkte Hugues nach vorn. »Mein Rittmeister hat die Kriegsschiffe in Italien studiert und kennt nun perfekte Fahrzeuge, mit denen man sowohl Männer als auch Pferde transportieren kann. Wir kämpfen als Kavallerie, das versichere ich Euch – wir kämpfen als Normannen.«

Diese Ankündigung wurde mit zustimmendem Raunen aufgenommen, aber Matilda spürte, dass die Sorge bei den Männern wuchs. Dies war nicht der übliche Waffenruf. Williams Männer konnten nicht einfach ihre Schilde aufnehmen und ins Gefecht reiten, und vor allem – was wahrscheinlich noch wichtiger war –, sie konnten auch nicht davonreiten. Wenn sie einmal die angelsächsische Küste erreicht hatten, hieß es entweder Sieg oder Tod. Ihr größter Feind war also zunächst die Meerenge.

»Wir haben aber gar keine Schiffe«, rief jemand, dessen Stimme man nicht erkannte. Diese Ängste sprach man lieber anonym aus, aber heftig waren sie dennoch.

»Wir können Schiffe bauen. Wir haben Wälder, wir haben Schiffsbauer, und wir haben den normannischen Geist.«

»Und Geld?«

Die Menge der Adeligen erstarrte. Darauf lief es also hinaus – ihr Leben, ja, aber auch ihre Geldbörsen, und das war wahrscheinlich sogar ihre größere Sorge, denn Normannen waren im Hinblick auf ihr Leben deutlich sorgloser.

»Wir werden Geld brauchen«, gab William zu. »Wir werden Investitionen brauchen. Ich brauche Schiffe und Männer von jedem von Euch.« Ein Grummeln ging durch die Menge. »Und«, drängte William weiter, »je mehr Ihr gebt, umso größer ist der Lohn, der Euch auf der anderen Seite erwartet.« Das Raunen veränderte sich, wurde unsicher. »England ist ein großartiges Land, reich an Bodenschätzen und den entsprechenden Gerätschaften, um sie zu heben. Ich habe gehört, dass es dort jede Menge Staatsbedienstete geben soll, aber es fehlt ihnen an Anführern – Lords mit Feuer und Zielstrebigkeit, die dieses alte Land in eine glorreiche Zukunft führen können. Diese Lords sind wir.

Die Normandie besteht erst seit einhundert Jahren – und seht her, wie weit wir schon gekomm Aber, Edle Herren, wir sind nicht nur mutig, stark un ausschauend, wir sind auch fruchtbar.« Er hielt inne, als Menge jubelte. »Unsere Gemahlinnen sind die hübschesten der Welt und gebären uns jede Menge Kinder, und wir Männer platzen förmlich aus den Nähten vor Samen. Unsere jungen Leute reiten nach Italien, und seht Euch an, zu welcher Größe sie dort gelangen. Aber, was glaubt Ihr, wie viel mehr Ruhm Ihr in England finden könnt – für Euch und Eure Söhne? Und es ist nur ein Katzensprung nach Hause zu jenen hübschen Frauen, um noch mehr Kinder zu zeugen.«

Matilda beobachtete die Menge scharf. Die Männer musterten einander mit abschätzenden Blicken. Sie waren nervös in Anbetracht dessen, was in England schieflaufen konnte, aber sie befürchteten auch, etwas zu verpassen, wenn alles gut ging. William hatte klug gesprochen, aber sie waren noch nicht ganz überzeugt. Man brauchte jetzt einen Mann, der die Sache ins Rollen brachte, dann würden sicherlich alle mit einstimmen. Sie stieß Fitz an.

»Sagt, dass Ihr bereit seid zu geben, Fitz – sagt es jetzt.«

Fitz blickte von ihr zu den Männern und wieder zu ihr, dann nickte er. Er schob sich das zerzauste Haar aus den Augen und stellte sich hoch aufgerichtet und stolz vor die versammelten Normannen hin.

»Als Euer treuer Seneschall sage ich Euch sechzig Schiffe zu, Edler Herzog, und ich weiß, dass meine Getreuen im Osten hinter mir stehen, denn wir sind da draußen ziemlich hart und wissen ein kluges Abenteuer zu schätzen, wenn wir es sehen – nicht wahr?«

Er fixierte einige seiner Untergebenen, die ihm eilig zustimmten. Sie wirkten verwirrt, aber zunehmend selbstsicherer, und versprachen Holz aus den Wäldern zum Bau von Schiffen.

»Wir im Süden sind ebenfalls keine Narren«, stimmte Fulk schnell mit ein und blähte die breite Brust. »Sorgen wir nicht seit Jahren dafür, dass die Grenze sicher ist? Nur weil wir am weitesten von der Meerenge entfernt sind, bedeutet das noch lange nicht, dass wir sie fürchten. Als Oberbefehlshaber stelle ich ebenfalls sechzig Schiffe zur Verfügung, und meine Männer werden noch mehr zusagen, nicht wahr? Und außerdem werdet Ihr da sein, um sie persönlich zu steuern.«

Die Männer des Südens wollten den unterschwelligen Vorwurf der Feigheit nicht auf sich sitzen lassen und überschlugen sich förmlich, weitere Schiffe zu versprechen, wobei sie sich gegenseitig ausstachen in der demonstrativen Zurschaustellung ihrer Loyalität. William warf Matilda einen Blick zu, und sie entdeckte den Schimmer der Hoffnung in seinen Augen. Sie sah nun zu Hugues hinüber, der von jeher der stillste der drei Getreuen gewesen war. Jetzt schluckte er sichtlich, straffte aber die Schultern.

»Wir haben in der Mitte der Normandie zwar nicht mit Grenzkämpfen zu tun, aber deshalb sind wir noch lange nicht schwach. In der Tat soll uns erst mal einer übertreffen, Edler Herzog. Als Rittmeister schwöre ich, Euch die besten Schiffe zum Pferdetransport zu bringen – und als Beigabe entbieten Euch meine Männer ihren Mut.«

Und das taten sie, aber immer noch warfen sie einander nervöse Blicke zu, und Matilda spürte, dass manch einer sein Versprechen vielleicht nicht halten würde. Doch dann legte Roger de Beaumont mit leisem Hüsteln seinen Stock beiseite und trat vor.

»Und ich, Herzog William, Euer Kämmerer, verspreche Euch ebenfalls sechzig Schiffe.« Er zögerte und fügte dann hinzu: »Und mich selbst, um sie zu befehligen.«

»Euch selbst?«, platzte William heraus, ausnahmsweise zu verblüfft, um sich zu beherrschen. »Aber Roger, Ihr seid noch nie in den Krieg gezogen.«

Roger strich sich über den Schnurrbart und glättete die Enden, als ob es von größter Bedeutung sei, sie ordentlich zu wissen. Dann antwortete er schlicht: »Es stand auch noch nie so viel auf dem Spiel.« Aller Augen blickten nun in seine Richtung, und mit einem weiteren kleinen Hüsteln wandte er sich der Menge zu. »All unsere anderen Schlachten waren klein dagegen – Rebellionen und kleine Scharmützel, bei denen wir Invasionen niederschlagen mussten. Aber das hier, das wird die Normandie voranbringen wie nichts sonst. Dieser Schritt wird uns für immer einen Platz auf der europäischen Landkarte sichern. Diese Schlacht wird unsere Namen und die Namen unserer Söhne in die Geschichte eingehen lassen, und ich halte es für die Pflicht eines jeden Mannes, diese Gelegenheit mit Freuden zu ergreifen. Das ist der Grund, warum ich kämpfen werde, und ich hoffe, dass Ihr alle an meiner Seite sein werdet.«

Die Menge tobte. Matilda starrte La Barbe an, der von jeher ihr Begleiter hinter den feindlichen Linien gewesen war, und sah, wie er in einer Mischung aus Verlegenheit und Stolz errötete und sich wieder hinter William stellte, während nun auch die anderen ihre Stimme erhoben. Odo, eingehüllt in der Wolke seiner klerikalen Robe, versprach hundert Schiffe. Und auch bei den anderen hatten sich die Schleusen geöffnet. Die Normandie war endlich geeint gegen einen gemeinsamen Feind jenseits des Meeres, und jeder einzelne Vasall drängte nach vorn, um Teil jener neuen Streitmacht zu werden.

Matilda rief einen Schreiber zu sich und ließ jede einzelne Zusage vollständig notieren und unterzeichnen. Und nachdem sie fertig waren, rief William nach Wein, um einen Toast auf die Mission auszusprechen und vielleicht auch noch, um die Bedenken der noch immer nachdenklich wirkenden Männer zu zerstreuen, die plötzlich Teil einer angreifenden Streitmacht waren. Tatsächlich waren sie sogar Teil einer Marine, was ein ganz neues Unterfangen für jeglichen Normannen so weit im Norden war, zumindest seit ihr Gründervater Rollon hierhergesegelt war und jenes Land erobert hatte, das sie jetzt ihr Eigen nannten. Aber sie hatten es in Italien geschafft, sie würden es auch hier schaffen.

Matilda sah sich in der Halle um und empfand zum ersten Mal keinen Widerwillen diesen kriegshungrigen Untertanen gegenüber, sondern war vielmehr stolz auf sie. Diese Männer würden ihrem Herzog bis ans Ende der Welt folgen, wenn er es befahl, und Matilda verspürte einen seltsamen Anflug von Eifersucht und sehnte sich danach, ebenfalls Anteil an dieser ihrer größten Mission zu haben. Sie würde ein Flaggschiff für William in Auftrag geben, beschloss sie – ein großes Gefährt, das würdig war, unter seinem Befehl zu segeln. Und darin würde sie eine Kabine für sich selbst vorsehen. Wenn William nach England zog, würde sie ihn begleiten. Sollte der Bootsbau beginnen.

Kapitel 32

Caen, April 1066

»Es ist da drin. Seid ihr bereit? Sie ist wunderschön, wisst ihr? Ihr werdet sie lieben. Sie …«

»Matilda!« Emeline legte Matilda die Hand auf den Arm. »Hört mit dem Geplapper auf und lasst uns rein, damit wir dieses Wunderwerk von einem Schiff mit eigenen Augen sehen können.«

Matilda zog eine Grimasse, nickte aber und bedeutete den Wachleuten mit einem Kopfnicken, das riesige Tor zu öffnen. Sie sah sich ein letztes Mal nervös um, konnte aber niemanden entdecken. Keiner war bislang hinter ihr Geheimnis gekommen.

Sie hatte William nach seiner schlimmen Krankheit versprochen, dass es keine Heimlichkeiten mehr geben würde, aber das hier war etwas anderes. Dies war weniger ein Geheimnis als eine Überraschung, und jedes Mal wenn sie das Schiff sah und sich Williams Gesicht vorstellte, wenn sie es ihm präsentierte, war sie ganz aufgeregt.

Die Normandie war in eine Art Schiffswahn verfallen. Die Wälder hallten von dem Klang der Äxte wider, die die Bäume fällten, und die Werften und Strände waren von hölzernen Skeletten gesäumt, die sich langsam, aber sicher in die erste

Flotte der Normandie verwandelten. William hatte genügsam dem Grafen Balduin ein altes Boot abgekauft und verkündet, dass es für ihn ausreichend sei, aber Matilda hatte andere Pläne. Sie hatte tief in den Wäldern, ein Stück flussaufwärts des Flusses Orne, einen Bootsbauer ausfindig gemacht und dieses Schiff in Auftrag gegeben. Es sollte ein Geschenk für ihren Gemahl sein, so wie er ihr vor fünfzehn Jahren ein Hochzeitskleid geschenkt hatte, und es sollte in jeder Hinsicht genauso großartig sein.

Matilda hüpfte unwillkürlich vor Freude auf und ab, wie die kleine Constance es vielleicht getan hätte, als sich die Torflügel des großen Bootshauses quietschend öffneten und ihre Freundinnen endlich einen Blick auf das Schiff werfen konnten. Das Gefährt war wirklich wunderschön. Es war im klassischen Stil eines Wikingerkriegsschiffes gehalten, genau wie das Boot, das einst Williams herzoglichen Vorfahren Rollon in die normannischen Häfen getragen hatte. Es war so lang wie zehn hintereinanderliegende Männer, und seine klinkergebauten Bootswände schwangen sich von dem breiten Schiffsrumpf nach oben wie die Hüften einer Frau. Es bestand aus frischem, neuem Holz und war an den Seiten in den prächtigsten Farben bemalt sowie am Bug und am Heck von prunkvollen Figuren flankiert, die Matilda selbst ausgesucht hatte. Matilda zog Emeline und Cecilia nach vorn.

»Schaut euch das an. Sogar die Ruderlöcher sind mit Silber umrandet. Und schaut doch, wie kunstvoll die Reling verziert ist. Und dann die Galionsfigur – sie ist fast fertig.«

Emeline blinzelte im Licht, das wie zahllose Speere durch die langen Fensterreihen ins Bootshaus drang. »Was ist das?«

»Das ist ein Kind«, erklärte Matilda ungeduldig, »welches nach vorn zeigt, in Richtung England.«

»Warum denn ein Kind?«

Matilda blickte zu der Figur hinauf und lächelte. »Das ist William«, sagte sie. »Denn so wurde er geboren – nicht als unehelicher Sohn eines armen Mädchens, sondern als großer Herrscher. Das ist sein Schicksal und sein Geburtsrecht.«

»Glaubt Ihr das wirklich?«

Matilda sah Emeline direkt in die Augen. »Ja.«

»Und Ihr habt keine Angst?«

Matilda wandte den Blick wieder dem hölzernen Kind zu. »Natürlich habe ich Angst, aber davon lasse ich mich nicht aufhalten. Ich hatte auch in Eu Angst, nicht wahr? Und doch haben wir seitdem eine wunderbare Reise hinter uns gebracht.«

»Das ist wahr«, stimmte Cecilia zu und strich mit der Hand über die glatte, hohe Wand des Schiffes. »Aber wir sind glücklich. Warum sollten wir jetzt solch ein Risiko auf uns nehmen?«

»Weil, Cecilia, die Reise noch nicht zu Ende ist, und dies ist das Ziel, dem wir seit jeher entgegenstreben.«

»England?«

»Ja.«

»Und Ihr werdet William begleiten?«

»Ja. Wenn ich der Normandie nicht als Regentin vorstehen kann, warum soll ich ihn dann nicht begleiten, um seine Königin zu sein?«

»Müssen wir denn dann auch mitkommen?«

Matilda sah ihre beiden Zofen an, die im geschwungenen Schatten ihres Kriegsschiffes standen, und entdeckte den Schrecken auf ihren teuren Gesichtern.

»Natürlich nicht«, sagte sie, obwohl ihr Herz erzitterte bei der Vorstellung, ohne sie die Meerenge überqueren zu müssen. »Aber ich muss William einfach begleiten.«

Cecilia sah Emeline an, dann wandten die beiden den Blick wieder Matilda zu. »Dann müssen wir mit Euch gehen. Wir werden aber nicht kämpfen müssen, oder?«

»Nein! Wir werden nicht kämpfen, natürlich nicht. Ich beabsichtige, auf diesem wunderschönen Schiff mit meinem Kapitän als Wache zu bleiben, sodass ich an Williams Seite sein kann, sobald er den Sieg errungen hat.«

»Und wenn er nicht …?«

Aber Matilda hob die Hand. »Er wird siegen. Das ist gar nicht anders möglich. Nun kommt und schaut euch die Kabine an. Sie ist wirklich adrett und sehr hübsch. Sie wird euch gefallen.«

Sie wusste, dass sie schon wieder zu viel redete. Wahrscheinlich klang sie überdreht, und vielleicht *war* sie ja tatsächlich ein wenig verrückt geworden. Vielleicht waren sie alle verrückt, aber wenn, dann war es ein glorreicher Wahnsinn. Die Normandie füllte sich so schnell mit Schiffen, dass es schien, als seien die Wälder selbst zur Küste gewandert. Zusätzlich zu den neuen Schiffen wurde jeder Fischer und Händler beauftragt mitzusegeln, wenn die Zeit gekommen war, und schon jetzt nahmen sie nervöse Soldaten auf kurze Ausflüge mit, um sie an den Seegang zu gewöhnen.

Und es waren nicht nur die Schiffe. Jeden Tag kamen Männer an: Truppen aus dem Frankreich des kleinen Philippe, aus Flandern, Maine, der Bretagne und Anjou. Außerdem Söldner von überall her, die von Williams »heiligem Krieg« gehört hatten und daran teilhaben wollten. Und mit jedem eifrigen Schwert, das angeheuert und auf Williams Standarte eingeschworen wurde, wuchs die Zuversicht seiner eigenen Männer mehr.

Doch dann hatte sie die Nachricht ereilt, dass sich Schiffe

in Norwegen versammelten – eine Wikingerinvasion, deren Flotte von Harald Hardrada angeführt wurde, jenem furchteinflößenden Krieger, der als sehr junger Mann im Land der Rus und der Byzantiner Ruhm erlangt und überall Schätze gesammelt hatte, bevor er sich eine Frau – oder in der Tat sogar zwei Frauen – genommen hatte und als König von Norwegen sesshaft geworden war. Diese Sesshaftigkeit schien er jetzt wieder aufgegeben zu haben. Die Berichte von einem zweiten Feind waren beängstigend, aber sie waren auch der Beweis, dass nicht nur die Normannen Harold das Recht auf den angelsächsischen Thron absprachen.

»Hardrada behauptet, England sei von Hardiknut seinem Neffen Magnus, dem vorherigen König von Norwegen, versprochen worden«, berichtete William seinem Rat, als die Neuigkeiten ankamen.

»Die angelsächsischen Könige sind aber sehr freigebig mit ihren Versprechungen«, höhnte Fitz.

»Und nicht besonders begabt darin, sie zu halten«, knurrte Fulk.

»Kein Sinn für Loyalität, so scheint es«, meinte William leichthin. »Nun, den können wir ihnen beibringen.«

»Ja, und diesem Wikinger ebenfalls.«

Das alles war Kriegsrhetorik. Jegliche Sorge war verschwunden, weil sich alle nur noch den Ruhm vorstellten, der vor ihnen lag. Matilda jedoch fand den Gedanken an Hardrada beängstigend. Raoul wusste ein wenig von dem Wikinger, denn Harald Hardrada war mit Elisabeth von Kiew verheiratet, Annas Schwester, und Anna hatte ihn gekannt, als sie noch ein Kind gewesen war. Er war wohl ein Riese von einem Mann, hatte er ihr berichtet, mit weißblondem Haar und einem Schwertarm so dick wie ein Baumstamm. Aber mit seinen einundfünfzig Jahren war er alt, und er kannte England nicht.

»Wir kennen England auch nicht«, hatte Matilda geantwortet.

»Vielleicht nicht, aber William hat viele Männer um sich geschart, die sich durchaus dort auskennen – sie haben dort jahrelang gelebt.«

»Seit 1051?«

»Und davor. Sie kennen jede Wegbiegung und jeden Winkel und wissen genau, wie sich englische Soldaten verhalten. Wenn wir Glück haben, werden sich Harold und Hardrada zuerst bekämpfen. Der von der Schlacht geschwächte Sieger bekommt es anschließend mit unseren Truppen zu tun.«

»Und wenn nicht?«

»Dann schlagen wir erst den einen Gegner und stellen uns anschließend, beflügelt von unserem Sieg, dem anderen.«

Matilda wies nicht auf den offensichtlichen Fehler in seiner männlichen Logik hin – wie konnte der Feind von einer ersten Schlacht erschöpft sein, die eigenen Männer aber dadurch beflügelt? Wieder Kriegsrhetorik, aber die brauchten sie auch. Der Glaube und das Herz waren beinahe genauso wertvolle Waffen wie Äxte und Schwerter und mussten mit der gleichen Sorgfalt gepflegt werden.

Matilda ritt nach Caen zurück, voller Vorfreude über ihr geheimes Schiff, und stellte fest, dass William schon auf sie wartete.

»Wo warst du, Matilda?«

Sie errötete. »Frauenangelegenheiten, William. Stoffe für, du weißt schon, für … äh … Kleider.«

»Oh, gut. Nun, ich bin froh, dass du zurück bist. Du musst

in die Halle mitkommen – jetzt. Es sind Boten mit Neuigkeiten aus dem Land jenseits der Meerenge gekommen, und die Geistlichen sind aus Rom zurückgekehrt.«

»Vom Papst?« Matildas Magen krampfte sich zusammen. »Was sagt er?«

»Du kommst besser mit hinein«, antwortete William, aber Matilda sah ein Lächeln um seine Mundwinkel zucken und spürte eine Woge der Hoffnung.

Und richtig, als sie die neue Halle betrat, die jetzt die größte ihrer Hallen war, entdeckte sie es sogleich: das päpstliche Banner, das von einem jungen Soldaten mit breiter Brust in die Höhe gehalten wurde. Sie schlug sich die Hände vor den Mund.

»Seine Heiligkeit billigt deine Sache?«

Erst jetzt wurde ihr bewusst, wie sehr sie befürchtet hatte, dass er das nicht tun würde.

»Das tut er, meine Gemahlin. Er schickt uns sein heiliges Banner, um darunter zu kämpfen, und dazu ein Edikt, das Harold als Eidbrecher verdammt und unsere Sache für gerecht erklärt. Alle Männer, die für William kämpfen, kämpfen für Gott!«

Er hob die Stimme, sodass ihn alle Menschen in der Halle hörten, und der Jubel, der seinen Worten folgte, war so laut, dass selbst Gott ihn hören musste. Matilda spürte, wie die Freude sie durchflutete, und sehnte sich danach, sie genauso herauszuschreien wie der Rest. Aber sie war Herzogin, also musste sie sich herrschaftlich benehmen – zumindest äußerlich. Innerlich jedoch jauchzte sie vor Freude. Sie waren im Recht. Ihre Sache war gerecht – der Papst selbst hatte es bestätigt. Der Thron Englands wartete nur darauf, von ihnen erobert zu werden, ehrenvoll, gerecht und anständig, und jedermann würde das sehen. Man würde William als Instrument Gottes wahrnehmen und ihn unterstützen. Vielleicht würde Harold bei dieser Nachricht sogar nachgeben, das Knie vor William beugen und um Verzeihung bitten. Dann gäbe es keinen Krieg, außer vielleicht mit diesem Wikinger, den man sicher schnell verjagen konnte, wenn sich die Streitkräfte der Angelsachsen, der Normannen und Gottes des Herrn miteinander vereinten.

»Gelobt sei der Herr«, sagte sie und sah sich im Raum um, wo Männer und Frauen jubelten und klatschten und mit ihr den Herrn priesen. »Wir müssen Messen in der ganzen Normandie lesen lassen, mein Gemahl. Wir müssen eine Nachricht an sämtliche Klöster schicken, dass sie für uns beten, und Geld, um ihre Altäre zu Gottes Ehre auszustaffieren. Wir müssen …« Ihr blieb das Wort im Halse stecken, denn er sah sie so seltsam an. »Müssen wir das nicht?«

»Ja, Matilda, absolut. Das müssen wir, und noch mehr.«

»Mehr?« Er ergriff ihre Hände. Sie sah sich verlegen um und versuchte, sich ihm zu entziehen, aber sein Griff war zu fest. »Was ist, William? Was hast du vor?«

»Wir müssen demonstrieren, dass wir diesem heiligen Krieg ebenfalls persönlich verpflichtet sind.«

»Persönlich?«

»Ich wünsche, meine Liebste, Cécile Gott zu opfern.«

Matilda wurde ganz schwach zumute. Sie sah William, den Teermann, vor sich, der einen Dolch auf das kostbare Herz seiner Tochter herabsausen ließ.

»Nein, William, nicht Cécile. Sie darf nicht sterben. Sie …«

»Sterben? Matilda, wofür hältst du mich – für einen Barbaren? Ich dachte, darüber hätten wir gesprochen!«

»Ja … ja. Verzeih. Ich war nur verwirrt.«

»Ich meine damit, dass Cécile als Novizin zu den Nonnen gehen sollte. Ins Kloster Saint-Trinité vielleicht? Das haben wir gestiftet, und es wäre passend. Und natürlich wirst du oft Grund haben, sie zu besuchen …«

Matilda starrte ihren Gemahl an. Er hatte recht, aber Cécile war ihre klügste, liebevollste, liebste Tochter.

»Opfern?«, wiederholte sie und erinnerte sich, wie William ihren eigenen Vorschlag, Adela ins Kloster zu geben, abgetan hatte: *»Ein Opfer wäre es wohl kaum, Frau«,* hatte er damals gesagt, und er hatte recht gehabt. Aber Cécile war durchaus eines. »Warum nicht Rufus?«, fragte sie. »Er könnte Mönch werden.«

William sah sie nur an, und sie erkannte sofort, wie töricht ihr Vorschlag war. Rufus hätte in der Ruhe des klösterlichen Lebens sehr schnell den Verstand verloren, aber die kluge Cécile lernte gern. Vielleicht würde es ihr im Kloster sogar gefallen, vielleicht würde sie dort sogar glücklich, und immerhin hätte Matilda immer noch ihre kleine Matilda und Constance zu Hause bei sich.

»Ich kann sie oft besuchen?«, flüsterte sie und kämpfte gegen die Tränen an.

»Sehr oft, meine Mora.«

Sie schluckte. Das war in der Tat ein Opfer, doch die brachten sie alle. Jeder Mann in der Normandie bereitete sich darauf vor, in ein fremdes Land einzumarschieren, um für seine Heimat zu kämpfen. Cecilia und Emeline wappneten sich ebenfalls, um sie auf ihrer Seereise zu begleiten. Der Papst hatte seinen Namen dafür gegeben, und die Söldner hatten diesem Krieg ihre Schwerter geweiht. Die Adeligen hatten unzählige Schiffe gespendet sowie Männer und Pferde – und alles nur um ihrer Heimat willen. Sie war vielleicht zur Königin erzogen worden, aber Tausende mussten alles riskieren, um sie dazu zu machen. Sie war ihnen etwas schuldig.

»Dann sei es so«, sagte sie, obwohl ihr bei diesen Worten das Herz brach.

William zog sie dicht zu sich heran. »Gott wird für sie sorgen, Matilda. Er sorgt für uns alle.«

Sie betete darum, dass er recht hatte, aber sicherlich baten auch in England, in Norwegen, sogar in Flandern andere Herrscher um Gottes Schutz. Und letztlich konnte Er nur einen von ihnen segnen. Wer konnte schon voraussagen, wer es sein mochte?

Kapitel 33

Brügge, Mai 1066

Judith ballte die Hände zu Fäusten und krallte sie wütend in den weichen Stoff ihres besten Gewandes. Es würde hässliche, feuchte Falten in der Wolle hinterlassen, aber das war ihr gleichgültig. Graf Balduin nannte den heutigen Tag »ihren besonderen Tag«, aber seit er ihr an Ostern das letzte Evangeliarium abgenommen hatte, war ihr jegliches Glücksgefühl abhandengekommen.

Jetzt sah sie das Buch an, wie es zusammen mit den drei anderen in einer vermeintlich perfekten Reihe auf dem Altar der Sint-Donaaskathedraal lag. Nur sie, in diesem ganzen achteckigen Kirchenschiff, in dem es von den Speichelleckern ihres Halbbruders nur so wimmelte, hatte eine Ahnung, wie unvollkommen diese Reihe war. Dreieinhalb Bücher hatte Judith mit Sorgfalt und Liebe bearbeitet, doch der letzte Teil war von einem bezahlten Künstler fertiggestellt worden, den außer seinem Lohn nur herzlich wenig interessierte.

Das ist nicht nett, schalt Judith sich nun selbst. Sie hatte den Künstler kennengelernt, einen ordentlichen Mönch, der etwa in ihrem Alter war. Er hatte die Bücher in den höchsten Tönen gelobt und verkündet, was für eine Ehre es für ihn war, sie vollenden zu dürfen. Er hatte sogar den Künstler gepriesen, der vor ihm am Werk gewesen war, weil er glaubte, dass es sich um einen angelsächsischen Mönch gehandelt hatte, den Judith bei ihrer Flucht zurückgelassen hatte. Er wusste nicht, dass es eine Künstlerin war und dass sie nicht in England verblieben war. Das war sie höchstens in ihren Träumen.

»Was für eine wundervolle Arbeit, Edle Judith«, sagte eine ältere Frau nun, die ganz aufgeregt neben ihr aufgetaucht war. »Ihr müsst sehr stolz darauf sein, diese Werke in Auftrag gegeben zu haben. Sie gereichen Gott zur Ehre.«

Judith lächelte angespannt. Die Bücher gereichten Gott in der Tat zur Ehre, und sicher war das wichtiger als die nebensächliche Tatsache, wer die Tusche aufs Pergament gebracht hatte. Sie musste aufhören, mit ihren Gedanken nur um sich selbst zu kreisen.

»Ich freue mich, dass sie Euch gefallen, Agnes«, sagte sie also höflich.

»Oh, sie sind wunderschön. Gibt es in England viele solcher großen Talente?«

Weniger als vorher, hätte Judith gern gesagt, aber sie wagte es nicht. Sie war hier angewiesen auf das Wohlwollen ihres Bruders, und das durfte sie nicht aufs Spiel setzen, auch nicht durch die Wahrheit.

»Dort gibt es viele hervorragende Skriptorien«, antwortete sie also.

»Und viele prächtige Kirchen und Lords, die sie nutzen, denke ich?«

»Einige«, bestätigte Judith knapp.

Dauernd versuchten die Menschen, mit ihr über England zu reden. Zunächst hatte sie derlei Gespräche für reine Freundlichkeit gehalten, hatte geglaubt, dass man sich für sie interessierte. Aber dann war ihr klar geworden, wohin solche

Unterhaltungen unweigerlich führten – »William bereitet sich auf eine Invasion vor, nicht wahr, um sein Recht auf den Thron durchzusetzen? Und Matilda unterstützt ihn – Eure Schwester?«

»Meine Base«, berichtigte sie ihr Gegenüber dann. Nicht aus Gehässigkeit Matilda gegenüber – derlei Ambitionen lagen jetzt hinter ihr –, sondern einfach nur, um den Betreffenden zu verwirren und eine Möglichkeit zum Themenwechsel zu schaffen.

»Ihr müsst sehr traurig gewesen sein, dass Ihr abreisen musstet«, bohrte Gräfin Agnes nun unsensibel weiter nach. »Wollt Ihr irgendwann zurückkehren?«

»Ich weiß es nicht. Warten wir ab, was Gott mit mir vorhat.«

»Oder was Euer Gemahl erreicht?«

Judiths Lächeln wurde immer angespannter, und mit einem Nicken, das man durchaus als Zustimmung hätte deuten können, wandte sie sich ab. Sie bezweifelte, dass Torr irgendetwas erreichen würde, auch wenn er sich mit dem berüchtigten Harald Hardrada verbündet hatte. Er hatte eigentlich keine wie auch immer geartete Verbindung zum König von Norwegen, und sie hatte gehört, dass der Mann ein mächtiger Krieger und hervorragender Herrscher war. Sie hatte also keine Ahnung, was er mit Torr anfangen würde.

»Er braucht mich, um ihn in England herumzuführen«, hatte er ihr defensiv erklärt, als er nach Flandern zurückgekehrt war, in Wikingerfellen herumstolzierend und mit seinem furchterregenden neuen Verbündeten prahlend.

»Und du hast ihm weisgemacht, dass du dazu in der Lage bist?«, hatte Judith gefragt, wobei sie ihre Geringschätzung nicht hatte verbergen können. Torr hatte sich in Durham regelmäßig verirrt, obwohl die Stadt auf einer Halbinsel lag, nur über ein paar wenige Straßen verfügte, und man ihre Residenz, die neben den hoch aufragenden Türmen der White Church stand, von überall her erkennen konnte.

»Dafür habe ich meine Männer, Judith. Ein Anführer führt halt seine Männer an.«

»Stimmt. Hast du ihm gesagt, dass du auch die Lords aus dem Norden kennst?«

»Ja.«

»Und dass du sie seiner Sache verpflichten würdest?«

»Einige standen mir immerhin durchaus loyal gegenüber – die älteren jedenfalls. Nur die machthungrigen Emporkömmlinge haben mir das Genick gebrochen.«

»Und diese ›Emporkömmlinge‹, die jetzt tatsächlich an der Macht sind, werden dich wieder mit offenen Armen aufnehmen, wenn du mit deinem Wikingerfreund dort auftauchst, nicht wahr?«

»Die Männer des Nordens stehen ihren nordischen Nachbarn sehr nah, Judith, wie du sehr wohl weißt.«

Das hatte sie nicht von der Hand weisen können. Die Menschen in Northumbria hatten ihre nordischen Wurzeln tatsächlich noch nicht vergessen. Zahlreiche Handelsschiffe verkehrten zwischen den Ländern über die Nordsee, und viele Männer hatten skandinavische Frauen und trugen skandinavische Namen. Vielleicht würden sie Harald Hardrada tatsächlich willkommen heißen wie seinerzeit König Knut, und wenn er mit Torr an seiner Seite gewann, dann würde Judith vielleicht wieder an den Hof zitiert werden, der dann von einem norwegischen König und seiner Rus-Königin regiert würde. Das wünschte sie sich eigentlich nicht, aber in Saint-Omer wollte sie ebenso wenig bleiben – vor allem nicht seit jenem fürchterlichen Tag, da Graf Balduin ihr einen Überraschungsbesuch abgestattet und sie vor ihrer Leinwand gefunden hatte.

Oh, wie war er wütend gewesen. Er hatte den Rahmen gepackt und zu Boden geschleudert, sodass sie auf dem Boden umherkriechen musste wie ein Bauer, nachdem man ihm ein paar Münzen zugeworfen hat.

»Das hast du also in England getrieben, Schwester?«, hatte er hervorgespien, als hätte sie sich auf den Straßen als Dirne feilgeboten.

»Es gereicht Gott zur Ehre«, hatte sie sich verteidigt und das Pergament an die Brust gepresst.

»Es geschieht aus Eitelkeit, Judith.«

Das hatte wehgetan.

»Ich male also aus Eitelkeit, aber bei einem Mönch ist das anders?«, hatte sie gefragt.

»Weil du eine Frau bist.« Diese Antwort hatte weder Sinn noch Logik, aber das konnte man Balduin nicht begreiflich machen. »Gib mir das Buch«, hatte er verlangt.

»Nein.«

»Gib es mir, Judith, sonst reiße ich es dir aus den Händen.«

Das war keine leere Drohung gewesen. Sie hatte es in seinen Augen gelesen. Er hätte es ihr entwunden und dabei vermutlich zerstört. Sie musste das kostbare Pergament aufgeben, um es zu retten. Aber dabei hatte sie das Gefühl, als werde ihr das Herz herausgerissen, und sie hatte tagelang geweint wie ein Kind.

»Siehst du«, hatte Balduin geschrien und mit dem Buch auf sie gedeutet. »Siehst du, wie besessen du davon bist? Das ist unnatürlich, Judith. Das ist nicht recht. Gott sei gepriesen, dass ich es dir noch rechtzeitig abgenommen habe, um dich zu retten.«

Dann war er davonstolziert, wobei er ihr kostbares Manuskript einem Soldaten in die Hand gedrückt hatte – einem bloßen Soldaten – und weitere damit beauftragt hatte, im Palast nach den restlichen Evangeliarien zu suchen. Noch vor Einbruch der Nacht war er verschwunden, alle vier Bücher in seinen Satteltaschen, und sie war zurückgeblieben und hatte sich einsamer gefühlt als nach ihrer ersten Ankunft in England.

Der einzige Segen hatte darin bestanden, dass Balduin, als er nach Brügge zurückkam, den Wert der Evangeliarien erkannt hatte – wahrscheinlich unter dem Einfluss der alternden, aber immer noch wunderbaren Adela –, und dass er für ihre sichere Verwahrung gesorgt hatte. Er hatte den Künstler damit beauftragt, das letzte Buch zu vollenden, und Judith sogar eingeladen, ihn kennenzulernen. Sie war zu diesem Treffen hingegangen, weil sie es nicht ertragen hätte fernzubleiben, aber es war ziemlich schmerzhaft gewesen. Als Torr wieder im Lande war, um Schiffe von Graf Balduin zu erbitten, hatte sie ihn gebeten, auch ihr Buch wieder von ihm zurückzuverlangen.

»Dein Buch?«, hatte er gesagt und sie mit verengten Augen gemustert.

»Mein Evangeliarium, Torr – das letzte in der Reihe.«

»Oh. Warum hat es Balduin denn jetzt in Besitz?«

»Er hat es einem Künstler gegeben – einem Mann.«

»Warum das denn?«

Einen Augenblick lang hatte diese Antwort ihr Hoffnung gegeben, aber Torr hatte ihre Kunst eigentlich immer eher aus Interessenlosigkeit toleriert, statt sie zu unterstützen, und diesmal war es nicht anders. Sie hatte ihm Balduins unvernünftige Ablehnung ihrer Arbeit erläutert, und er hatte ihre Hand getätschelt und nur geantwortet: »Ich kann es mir nicht leisten, deinen Bruder zu verärgern, Judith. Nicht jetzt, da ich seine Schiffe so dringend brauche. Das kann doch sicher warten, oder? Wenn Hardrada und ich gesiegt haben, dann kehren wir nach England zurück, und du kannst so viele Bilder malen, wie du willst.«

Das war sicher nett gemeint gewesen. Tatsache war aber, dass er sie einfach nicht verstanden hatte. Zehn Jahre lang hatte sie an dieser Reihe gearbeitet, und sie hatte sich so sehr gewünscht, sie auch zu vollenden. Jetzt ging sie auf den Altar zu, starrte die Bücher an und versuchte, sie genauso sehr zu lieben wie ehedem.

»Sie sind exquisit«, sagte eine Stimme hinter ihr, sanft und leise und löste ein Glücksgefühl in ihr aus, das sie nicht so recht einzuordnen vermochte.

Sie blickte sich um und sah in ein Paar warme braune Augen.

»Welf!«

Judith spürte, wie sie rot wurde vor Freude darüber, diesen stillen Pilger aus Rom wiederzusehen.

»Ihr erinnert Euch an mich? Das freut mich sehr, denn Ihr habt großen Eindruck auf mich gemacht.« Sie blickte schamhaft zu Boden, und eilig fuhr er fort: »Ich erinnere mich auch an Euer Buch. Es war das dritte, nicht wahr? Ganz besonders ist mir das Bild der Auferstehungsszene in Erinnerung geblieben – was für ein Kunstwerk! Es erstrahlte förmlich – wie Christus selbst.«

Judith war den Tränen gefährlich nahe – er erinnerte sich wirklich. »Ihr seid zu freundlich«, stieß sie mühsam hervor.

»Nein, Ihr seid zu bescheiden.«

»Aber nicht ich habe …«

»Müssen wir wirklich heucheln, Judith?«

Sie hatte sich damals in Rom schon gefragt, ob er es erraten hatte, weil er ihr so viele Fragen darüber gestellt hatte. Aber niemals hatten sie offen darüber gesprochen. Jetzt sah sie sich in der Kirche voller hohlköpfiger Höflinge um, und Zorn loderte in ihr auf, vertrieb ihre Trauer und machte sie kühn.

»Anscheinend müssen wir das, Edler Herr Welf.«

»Graf Balduin ist vielleicht nicht ganz so fortschrittlich, wie er von sich glaubt?«

Judith prustete, sie konnte sich kaum zurückhalten. Aber diesmal waren es keine Tränen, diesmal war es Gelächter – wunderbares, berauschendes, gefährliches Gelächter. Sie sah Welf an und entdeckte die Belustigung in seinen hübschen Augen. Aber auch noch etwas anderes – Sorge?

»Wir haben in Deutschland hervorragende Künstler, wisst Ihr, Edle Dame?«, sagte er mit leiser Stimme. »Einige davon sind sogar Frauen.«

»Tatsächlich?«

»Ich würde mich freuen, Euch das Land irgendwann einmal zu zeigen … wenn Ihr jemals frei seid.« Er musterte sie jetzt intensiv. Sie wusste, dass sie den Blick hätte abwenden müssen, konnte sich aber einfach nicht losreißen. »Euer Gemahl zieht in den Krieg, wie man hört?« Sie nickte dumpf. »Das kann … gefährlich sein. Ich wünsche ihm nichts Böses. Aber falls ihm irgendetwas zustößt, wollt Ihr mich dann zu Eurem Schutz anrufen?«

»Ich … ich habe Söhne«, stammelte Judith.

»Prächtige Jungen. Ich habe sie kennengelernt. Euer

Jüngster hat mich heute Morgen im Hof zum spielerischen Schwertkampf herausgefordert. Sie wären sicher glücklich in Bayern, wenn ihre Mutter es auch wäre. Glaubt Ihr, Judith, Ihr könntet in Bayern glücklich sein?«

Jetzt wusste Judith nicht mehr, ob sie lachen oder weinen sollte.

»Edler Herr Welf, ich kann doch nicht darauf hoffen, dass mein Gemahl ...« Sie hielt verlegen inne. »Aber sollte ich jemals Witwe werden ...« Sie sah sich erneut um. Das hier kam ihr ziemlich gefährlich vor, aber abgesehen von ihren Büchern war sie in ihrem Leben nur wenige Risiken eingegangen, und vielleicht hatte dieser warmherzige, freundliche, großzügige Mann eines verdient. »Sollte ich jemals Witwe werden«, sagte sie jetzt entschlossener, »wäre es mir eine Ehre, Euch nach Bayern zu begleiten.«

»Und wäret Ihr auch glücklich darüber?«

»O ja«, antwortete sie und ließ nun auch den Rest an Vorsicht fahren, sodass die heftigen flandrischen Winde sie davontrugen. »Ich glaube, ich wäre dort ganz bestimmt glücklich.«

»Gut. Sehr gut.« Er lächelte sie an. »Sollen wir jetzt zu Eurem Bruder gehen und mit ihm reden? Ich würde diese hervorragende Kunst, die hier ausgestellt liegt, gern loben, obwohl ich finde, dass die letzten Seiten des vierten Bandes nicht ganz so kunstvoll gestaltet sind wie der Rest. Ich würde ihm gern empfehlen, sich weiterhin an den ersten Künstler zu halten, wenn er zukünftige Werke in Auftrag geben will – denn er arbeitete mit zarterer Hand und mehr Sorgfalt, findet Ihr nicht auch?«

»Als Frau darf ich mir darüber kein Urteil erlauben«, antwortete sie, spürte aber, wie das Lachen wieder in ihr emporperlte. Sie ergriff Welfs Arm. Er sah sie mit ähnlicher Belustigung an, sein Blick warmherzig und fest.

Ruhig schritt sie an seiner Seite weiter. Sollten Torr und Harold und Matilda doch um England kämpfen. Für sie spielte das jetzt keine Rolle mehr.

Kapitel 34

Caen, Juni 1066

»Matilda? Matilda, was ist los? Was ist denn passiert?« William eilte in ihr gemeinsames Gemach, und zu spät wischte Matilda sich die Tränen ab. »Meine Liebste, meine Mora, was ist mit dir?«

Der Kosename ließ die Tränen wieder fließen. *Mora*: Das war der Name, den sie auch dem Schiff gegeben hatte. Erst vergangene Woche hatte sie die Buchstaben groß und kühn in die Bootswand des wunderschönen Flaggschiffes einmeißeln und sie mit Gold bemalen lassen, damit jeder sie sehen konnte. Die meisten würden es nicht verstehen, aber William würde es sehen und wissen, dass dieses Schiff für sie *beide* stand, weil es sie beide nach England bringen würde. Nur eben nicht jetzt.

»Alles ist verdorben«, sagte sie und zerrte an den Decken herum, auf denen sie saß. »Meine ganzen Pläne sind vereitelt.«

»Warum? Matilda, bitte, du machst mir Angst.«

»Wirklich?« Sie sah zu ihm auf und entdeckte, dass er tatsächlich blass vor Sorge geworden war. Sie seufzte. »Ich bekomme wieder ein Kind, William.«

»Aber das ist doch wunderbar. Das ist … oh.« Plötzlich verstand er. »Dann kannst du nicht mitsegeln?«

»Ich könnte. Warum eigentlich nicht? Ein Schiff ist bestimmt nicht weniger sicher als ein Fuhrwerk.«

»Es sei denn, ein Sturm kommt auf.«

»Wir segeln nicht im Sturm.«

»Nein. Da hast du absolut recht, aber auf hoher See können Unwetter wie aus dem Nichts auftauchen, Matilda.«

»Und das weißt du so genau? Wie oft warst du auf dem Meer, William?«

»Nur einmal, wie du dich sicher noch erinnerst – ich bin einmal nach England gesegelt, im Jahre 1051.«

Da schwiegen sie beide. Matilda war ganz elend zumute, und hilflos ordnete sie ihre Röcke. William musste ihr die Risiken nicht vor Augen führen oder sie an die Bedeutung dieser Reise erinnern. Sie wusste das alles, aber deshalb fiel es ihr noch lange nicht leichter, die Situation zu akzeptieren. Über drei Jahre hatte sie nun kein Kind mehr empfangen, und sie hatte geglaubt, dass ihre Zeit vielleicht vorüber war. Aber ausgerechnet jetzt, da es die größte Rolle spielte, hatte Gott sie durch ihren Schoß an die Normandie gefesselt.

»Das ist nicht gerecht.«

Er nahm sie in die Arme. »Wir haben alle unseren Platz, an dem wir unsere Pflicht tun müssen, meine Liebste.«

»Aber müssen wir denn dadurch dermaßen eingeschränkt sein? Ich wollte mit dir segeln, William. Ich wollte da sein, wenn du siegst.«

»Ich habe mir das ebenfalls gewünscht. Ich will, dass du an meiner Seite gekrönt wirst, Matilda, aber ich kann warten. Deine Sicherheit ist jetzt das Wichtigste.«

»Meine? Und was ist mit deiner, William – du bist doch derjenige, der in die Schlacht zieht.«

»Unter Gottes heiligem Banner und mit der Hälfte der

Söldner des Christentums im Rücken. Ich werde nicht sterben, das verspreche ich dir.«

»Aber ich könnte sterben.« Es klang ganz dünn und erbärmlich.

»Matilda?« William war verständlicherweise verwirrt. »Was ist los mit dir? Es sieht dir gar nicht ähnlich, meine Liebste, dir so viele Sorgen zu machen. Kinder zur Welt zu bringen fällt dir doch ebenso leicht wie mir der Sieg über irgendwelche Rebellen.«

»Aber ich bin alt, William.«

»Unsinn. Du bist noch ganz genauso hübsch und schlank wie am ersten Tag, als ich dich sah.«

»Dem Tag, an dem du mich aufs Pferd gehoben hast?«

»Und dich dabei beinahe hätte fallen lassen. Was habe ich mir nur dabei gedacht?«

»Wahrscheinlich hast du versucht, mich zu beeindrucken.«

»Das versuche ich immer noch.«

»Und hast damit Erfolg. Ich bin so stolz auf dich, William. Deshalb wollte ich auch dort sein.« Ihre Stimme wurde jetzt wieder lauter und klang gereizt. »Ich hatte sogar eine Kabine und …« Entsetzt brach sie ab.

»Eine Kabine? Wo, Matilda? Was meinst du?«

Sie vergrub das Gesicht in den Händen. Monate der Heimlichtuerei verdorben durch einen dummen Versprecher. Das war das Kind – es brachte ihr Hirn durcheinander und machte sie töricht.

»Komm mit«, sagte sie müde.

Sie ritten gemeinsam aus, Matilda im Damensitz wegen ihrer Schwangerschaft und die ganze Zeit vor sich hin schimpfend, während sie am Flussufer entlang zum Verschlag des

Bootsbauers ritten. Aber dort vertrieb die Aufregung endlich ihre schlechte Laune, und sie warf William einen Blick zu, der mit großen Augen auf das riesige Tor vor sich starrte.

»Was hast du vor, meine Gemahlin?«

»Komm und sieh selbst«, sagte sie scheu und klopfte dreimal an die Tür.

Drinnen hörte man ein Schlurfen, das Rasseln des Schlosses, und dann sah man das wettergegerbte Gesicht des Bootsbauers, der ängstlich durch einen winzigen Spalt zwischen den Torflügeln spähte.

»Herzogin? Und … und Herzog. Was für eine Ehre. Aber Ihr solltet doch nicht … Will sagen, ich habe Euch nicht erwartet.«

»Nein«, stimmte Matilda zu. »Es war nicht geplant, aber jetzt sind wir hier. Können wir sie sehen?«

»Sie?«, fragte William.

»Keine Fragen mehr«, befahl Matilda. »Du siehst es noch früh genug.« William fügte sich gehorsam, und der Bootsbauer starrte beide erstaunt an. »Dürfen wir sie sehen?«, wiederholte Matilda, und er zuckte zusammen.

»Natürlich, Herzogin, natürlich. Würdet Ihr einen Augenblick warten, dann würde ich die Gardinen hochziehen, um mehr Licht hereinzulassen. Wir arbeiten nämlich heute nur am Heck.«

»Heck?«, fragte William, nachdem Matilda dem Mann zugenickt hatte und er davoneilte. Sie lächelte ihn an.

»Ich habe dir kein Pferd bestellt, William.«

»Ein Seepferd vielleicht?«

»Vielleicht.« Lautes Klappern ertönte von drinnen, als die Vorhänge hochgezogen und wahrscheinlich auch hastig die Werkstatt aufgeräumt wurde. »Ah, jetzt können wir hinein.«

Zwei junge Burschen kamen herbei und zogen die Torflügel auf, wobei sie ihr ganzes Körpergewicht einsetzten, um die Angelegenheit so dramatisch wie möglich zu gestalten. Es war nicht ganz wie die öffentliche Enthüllung, die Matilda sich vorgestellt hatte, mit Trompeten und Jubel, aber plötzlich kam ihr das hier so viel besser vor.

Die Morgensonne stand immer noch niedrig und drang von der Ostseite hinein. Ihre Lichtspeere spiegelten sich in den silbernen Umrandungen und ließen das Rot und Blau der kindlichen Galionsfigur aufleuchten, ebenso wie das kühne Gold des Namens – *Mora* – auf dem Bug vor ihnen. Das Wikingerschiff wirkte beinahe mystisch, wie ein moderner Drache, der nur darauf wartete, freigelassen zu werden. Matilda sah zu ihrem Mann hinüber. Der blickte an dem Boot empor und machte ein Gesicht wie im Märchen.

»Ich fand«, sagte sie plötzlich scheu, »dass du ein Gefährt haben solltest, das deiner würdig ist.«

Er sah sie an, und Tränen schimmerten in seinen Augen. »Meiner würdig?«

»Absolut. Nun komm und schau.«

Sie ergriff seine Hand und zog ihn mit sich, zeigte ihm jede Einzelheit: die silbernen Ruderlöcher, die in die oberen Planken eingelassen waren; die hochwertigen Ruder, die nach dem neuesten Schnitt gefertigt waren, um die Wellen in bester Weise zu durchpflügen; die soliden Ruderbänke, deren Oberflächen mit Wachs versiegelt waren, sodass die Männer darunter ihre Waffen verstauen konnten, ohne zu befürchten, dass sie durch das Salzwasser zerfressen wurden. Sie zeigte ihm die Galionsfigur, wobei keine Notwendigkeit bestand, ihre Bedeutung zu erklären, denn die erkannte er sofort. Sie zeigte ihm den Namen, und er überschüttete sie mit Küssen, während die Bootsbauer, die im Schatten standen, sich gegenseitig anstießen und vor sich hin gluckten. Und schließlich zeigte sie ihm die Kabine – einen hübschen Bereich an einem Ende des offenen Bootes, in dem nicht viel mehr als ein Bett stand, nicht riesig, aber mit eleganten Schnitzereien versehen und gerade groß genug für zwei.

»Oh, Matilda«, rief William, als sie ihn hineinwinkte. »Das ist perfekt.«

»Und sieh doch«, sagte sie und deutete auf den Boden, der mit Quadraten bemalt war.

»Unser eigenes Tafl-Brett!«

»Mit dem König in der Mitte, William.«

»Und einer Königin.«

»Im Moment noch nicht.« Sie zog einen Schmollmund. »Jetzt musst du hier allein schlafen – oder mit Fitz.«

William gluckste. »Hoffentlich nicht. Fitz schnarcht viel lauter als du.«

»Ich schnarche überhaupt nicht.«

»Doch, ein bisschen schon, meine Mora, besonders wenn du …« Er blickte auf ihren Bauch hinab und hielt inne.

»Wenn ich so fett bin wie eine Katze im Frühling?«

»Wenn du wundervolle Rundungen hast, weil in dir kleine Prinzen und Prinzessinnen heranwachsen«, berichtigte er sie und zog sie an sich. »Aber komm jetzt. Es wäre doch eine Schande, wenn nun, da wir schon mal hier sind, diese Kabine umsonst erbaut worden wäre, oder nicht?«

»William!«

»Wir müssen die *Mora* taufen, meine Mora – wir müssen unser eigenes Tafl-Spiel spielen.«

»Das Kind …«

»Ist sicher in dir drin. Komm.« Er küsste sie auf den Nacken. »Ich will dir meine Dankbarkeit zeigen …« Er öffnete die Knoten ihrer Bänder und lockerte sie, ließ die Lippen weiter nach unten wandern »… für dieses prächtige Geschenk.«

Matilda wand sich, allerdings mehr vor Lust als vor Verlegenheit.

»Dies«, protestierte sie schwach, als ihr Gewand auf den Boden der winzigen Kabine fiel, »ist der Grund, warum ich dauernd schwanger bin.«

»Und warum ich der glücklichste Mann der Welt bin. Und jetzt sei still …«

Sie tauchten ein wenig später wieder auf, erhitzt und zerzaust – trotz Matildas Bemühungen, sich mithilfe des winzigen Kupferspiegels an der Wand wieder in Ordnung zu bringen. Die Bootsbauer grinsten wissend, und William warf ihnen einen Beutel Münzen zu, woraufhin sie sogar noch breiter grinsten.

»Außergewöhnliche Handwerkskunst«, sagte er. »Sie ist atemberaubend schön und wird uns standesgemäß nach England bringen.«

Sie verbeugten sich so tief, dass ihre Nasen fast die Sägespäne zu ihren Füßen berührten, als William Matilda wieder zurück nach draußen in den Sonnenschein führte.

»Meine Gemahlin, du überraschst mich immer wieder«, sagte er, als er ihr in den Sattel half.

»Das freut mich.«

»Und ich wünschte, du könntest mit mir in dieser Kabine sein, wenn wir segeln, aber du würdest mich auch ziemlich ablenken, weißt du?«

»Nichts lenkt dich ab, wenn du es nicht willst, William.«

»Ah, bei dir *würde* ich es wollen. Aber ernsthaft, meine

Geliebte, das mag vielleicht für mich ein Verlust sein, aber für die Normandie könnte es ein Gewinn sein.«

»Inwiefern?«

»Ich brauche dich, damit du hier die Regierungszügel fest in der Hand hältst.«

»Wie immer also, mit La Barbe an meiner Seite.«

»La Barbe segelt mit uns.«

»Natürlich. Nun, dann mit Della.«

»Und vielleicht Robert?«

»Robert? William, was hast du vor?«

Aber darauf lächelte er nur und trieb sein Pferd zum Galopp an. »Du wirst schon sehen, meine Mora«, rief er ihr über die Schulter hinweg zu. »Du wirst es bald sehen. Du bist nicht die Einzige, die eine Überraschung in petto hat.«

Einen Monat später versammelten sie sich in Bonneville, wie sie es schon einmal vor zwei Jahren getan hatten, um Zeugen zu werden, wie Harald of Wessex den Eid schwor, an den er sich nie zu halten gedachte. Matilda war müde, denn sie und William waren im gesamten Herzogtum umhergereist und hatten den Männern Mut zugesprochen. Wo sie auch hingekommen waren, sogar im einst so rebellischen Westen, hatte man ihnen zugejubelt. Die Normandie war endlich vereint: in ihrer Unterstützung für William und in ihrer Aufregung angesichts des vor ihr liegenden Abenteuers.

Alle sprachen von nichts anderem als von England, und die Männer strömten dem päpstlichen Banner zu, wo immer sie hinkamen. Abschriften des Edikts, das jene segnete, die an diesem heiligen Krieg gegen den Eidbrecher teilnahmen, waren in sämtlichen größeren Kirchen verteilt worden, und Williams riesige Armee wuchs mit jedem Tag mehr. Die

Männer marschierten auf den fruchtbaren Ebenen zu beiden Seiten der Dives-Mündung nördlich von Caen auf. William hatte befohlen, dass die *Mora* in all ihrer Pracht den Fluss hinauffahren sollte, und jetzt stand sie an vorderster Stelle mit Blick auf die Meerenge, ein glühender Waffenruf für die aufgeregten Soldaten, die dort täglich eintrafen.

La Barbe war ebenfalls fleißig gewesen. Mit Della als selbst ernannter rechter Hand und seinen beiden Jungen als Laufburschen hatte er eine riesige Mannschaft von Beamten unter sich, die in Troarn stationiert waren und deren Aufgabe es war, Vorräte in das immer größer werdende Lager zu schaffen und Abfälle abzutransportieren, um bei den Kriegern für einen starken Körper und einen mutigen Geist zu sorgen. William hatte geschworen, dass nicht ein einziger Hof geplündert werden würde, um seine Mission zu finanzieren, und der Kämmerer und seine Familie hielten sich an dieses Versprechen und ließen unaufhörlich Fuhrwerke nach Dives-sur-Mer ein- und wieder hinausfahren. Für Korn und Fleisch wurden anständige Preise bezahlt, und jeder Mann, der nicht kämpfen konnte, und dazu noch etliche Frauen sorgten dafür, dass die Nahrungsvorräte stetig aufgestockt wurden. Im Gegenzug erhielten sie zusätzlich zu ihrer Bezahlung Unmengen von Dung für ihre Felder, der von weiter küstenaufwärts bei Fécamp kam, wo Hugues seine Kriegsrösser versammelte.

Man hatte sich besorgt gefragt, wie man die neuen Schiffe mit den Pferden beladen konnte. Die Pferde konnten wohl kaum von den seichten Uferböschungen in die Boote springen, wie die Männer es taten. Ein oder zwei Tiere hätten es vielleicht geschafft, aber für die dreitausend Pferde, die man für sämtliche Ritter der Normandie und der umliegenden

Regionen benötigte, wäre das viel zu riskant gewesen. Hugues hatte William und Matilda berichtet, dass man in Italien dazu tiefe Hafenbecken aus Stein nutzte, die noch aus der Römerzeit stammten. Auf deren Mauern, die auf Wasserhöhe lagen, konnte man die Pferde an Bord führen. Eine Zeit lang hatten seine Experten darüber nachgedacht, wie man etwas Ähnliches bauen könnte. Doch dann erinnerte sich Fulk an einen Hafen, den sie auf ihrem Weg nach Ponthieu entdeckt hatten, als sie den Eidbrecher hatten retten wollen. Saint Valery hatte anscheinend immer noch seine ordentliche römische Struktur und eignete sich perfekt, um die Pferde auf die Schiffe zu verladen.

Man ließ sich auf einen Handel mit Williams habgierigem Nachbarn Comte Guy ein, und schon war das Problem gelöst. Der Handel betraf, wie Matilda wusste, Ländereien in England wie so viele andere Vereinbarungen auch, die William im Laufe des Jahres 1066 getroffen hatte, und sie betete, dass es in England genug Land geben würde, um tatsächlich allen gerecht werden zu können. Für den Augenblick lief alles bestens, und die Edlen Herren und Damen der Normandie waren wohlgemut, als William auf ein Podest stieg, das unter freiem Himmel vor der Burg von Bonneville errichtet worden war, sodass die Meerenge einladend hinter ihm funkelte, während er seine Rede hielt.

Matilda sah sich unter den Leuten um und ließ sich von Williams vertrauten Worten einhüllen. Sie saß auf ihrem Thron, umgeben von all ihren Kindern, wobei ihr achtes ihren Bauch schon leicht gerundet hatte, und sie wünschte, Graf Balduin wäre in diesem Augenblick ebenfalls dort. Er hatte ermutigende Nachrichten, Schiffe und Soldaten übersandt, blieb jedoch persönlich auf Abstand. Vielleicht geschah das wegen seines Schwiegersohns Torr, der jetzt irgendwo in der Nordsee lauerte, wo er sich den Berichten zufolge in die Dienste Hardradas begeben hatte. Viel wahrscheinlicher jedoch lag der Grund für seine Zurückhaltung darin, dass er sich aus politischen Krisen von jeher herausgehalten hatte. Er war nicht der Mann, der sich für irgendetwas allzu sehr begeistern konnte, und Matilda fühlte eine erneute Woge des Stolzes, dass William, obwohl er vielleicht nicht so glattzüngig und kultiviert wie ihr Vater war, für seine Überzeugungen eintrat und sich seinen Gegnern geradewegs stellte.

Sie lächelte zu ihm hinüber, als er vor der jubelnden Menge die Hände weit auseinanderbreitete. Früher hatte er sich bei Reden nur sklavisch und knapp an die Fakten gehalten, doch mittlerweile war ein guter Redner aus ihm geworden, dachte sie. Doch plötzlich äußerte er etwas, das sie bislang noch nie von ihm gehört hatte.

»Und das ist der Grund«, sagte er, »warum es mir eine besonders große Freude ist, meinen Sohn Robert offiziell zu meinem Erben dieses großartigen Herzogtums Normandie zu erklären.«

Das also war Williams Überraschung. Sie sah ihren Sohn an, der nicht ganz so überrascht erschien wie sie selbst, sondern vielmehr ruhig und gemessen vortrat, die Hand auf dem Schwert und den Kopf gehorsam vor seinem Vater und seinen Untertanen gebeugt, jetzt schon Herzog bis ins Mark. Wie durch einen Nebel hindurch registrierte sie, dass er William schon bis zu den Schultern reichte und dass seine eigenen auch schon langsam breiter wurden, ganz wie es sich gehörte. Er war hochmütiger als sein Vater, was wohl darauf zurückzuführen war, dass er seine Jugend in relativer Zufriedenheit verbracht hatte und niemals hatte Angst haben müssen. Aber er stand seinen Mann, und die Nominierung wurde von lautem Jubel begleitet.

Ob William ebenfalls so begrüßt worden war?, fragte sie sich, als sein eigener Vater dem Adel seinen siebenjährigen Bastard präsentiert hatte, bevor er auf Pilgerreise ging? Sie bezweifelte es und empfand unbändige Freude darüber, dass William dies jetzt für seinen Sohn tun konnte. Es zeigte, wie weit er gekommen war, und sie betete darum, dass er es genoss. Das schien er in der Tat, denn er lächelte breit.

»Robert wird also die Normandie an meiner Stelle regieren, während ich uns England sichere.« Wieder Jubel. William hob eine Hand, um die Menge zum Schweigen zu bringen. »Aber er ist noch jung und braucht Anleitung, und da La Barbe mit uns segelt …« – noch mehr Jubel – »… verfüge ich, dass stellvertretend für ihn die Regierungsgeschäfte fortan von der einen Person geführt werden, der die Normandie genauso sehr am Herzen liegt wie mir und die in der Lage ist, ihre Kraft und Stabilität zu bewahren, bis wir zurückkehren. Ich ernenne also zur normannischen Regentin meine Gemahlin, Herzogin Matilda.«

»Was?«, stotterte Matilda vollkommen überrumpelt, aber William sprach gleich weiter.

»In der Normandie war es bislang nicht üblich, eine Frau als Regentin einzusetzen, aber es gibt auch nicht allzu viele Frauen in der Normandie, die so sind wie meine Herzogin – *unsere* Herzogin. Ich vertraue voll und ganz darauf, dass sie in unserem Heimatland für Stabilität sorgen wird, während wir davonsegeln, um weitere Ländereien zu erobern, und fordere Euch auf, ebenfalls Euer Vertrauen in sie zu setzen.«

Keiner zögerte auch nur einen winzigen Augenblick. Der begeisterte Jubel war ohrenbetäubend, die Gesichter ein

Meer aus offenen Mündern. Mit der Zeit verwandelten sich die Rufe in einen stetigen Singsang: »Matilda, Matilda, Matilda!« Matilda spürte, wie Emeline ihr einen Stoß versetzte, und erhob sich, trat vor wie im Traum. Sie sah zu William auf. Der grinste breit und selbstzufrieden, und plötzlich hatte sie verstanden.

»*Das* ist deine Überraschung, mein Gemahl?«

»Eine gute Überraschung, oder? Und wohlverdient, Matilda, wie die Menschen hier offensichtlich auch erkennen. Wir haben das hier zusammen geschafft, du und ich, und wir werden es auch weiterhin zusammen schaffen. Und wenn wir in England scheitern … Wenn wir dort scheitern, meine Gemahlin, dann haben wir immer noch die Normandie. Sie ist unser Herzstück, und du, meine Mora, bist ihr Herz. Gibt gut auf sie acht.«

»Das werde ich«, versprach sie und legte einen Arm um Robert, obwohl sie dafür nach oben greifen musste. Dann spürte sie, wie Williams größerer, stärkerer Arm sie beide umfing. »Das werde ich, William, und sie wird auf dich warten und sicher sein, bis du zurückkehrst.«

Sie blickte über die jubelnde Menge hinweg und dann zurück zur Meerenge, die, als sei es beabsichtigt, verheißungsvoll im Hintergrund funkelte. Gott sei Dank schien die Sonne, dachte sie, denn im Regen wäre die Wirkung nicht halb so dramatisch gewesen. Sie erinnerte sich an Fitz' feierliche Worte zu Beginn ihrer Ehe, dass William »das Glück des Teufels« habe. Bis jetzt war das tatsächlich so gewesen. Nun konnte sie nur noch darum beten, dass es auch so blieb.

Kapitel 35

Saint Valery, September 1066

Der Regen peitschte über das Lager, ritt hoch auf den grimmigen auflandigen Winden, die bösartig an Zelten rissen, die schwachen Feuer ausbliesen und erbarmungslos an den Nerven der Männer zerrten. William schritt von einer Gruppe zur nächsten, den Biberfellmantel zurückgeschlagen, um ebenfalls unter der Witterung zu leiden wie seine Männer, und ermutigte sie unermüdlich. Matilda musste beinahe rennen, um ihm folgen zu können. Sie sah, dass er immer wieder zum Wetterhahn der Fischer auf der Kirche von Saint Valery hinaufblickte, und wusste, wie sehr dieser Sturm ihn trotz allem quälte.

In Dives war noch alles gut gewesen. Das Wetter war in Ordnung gewesen, immer noch warm, obwohl die Tage kürzer wurden, und die Stimmung war gut gewesen. Viele waren ganz begierig darauf gewesen, auf der Stelle Segel zu setzen, aber William hatte zur Ruhe gemahnt, denn er wartete das Ende des vierzigtägigen Waffendienstes ab, den der angelsächsische König nach geltendem Recht von seinen Untertanen verlangen konnte. Diese Entscheidung war nicht überall auf Zustimmung gestoßen.

»Warum noch warten?«, hatte Fitz gefragt, so ungeduldig

wie eh und je, aber William hatte ihm nur beruhigend die Hand auf den Arm gelegt und ihn zum Schweigen gebracht.

»Das ist nur vernünftig, Fitz. Warum sollen wir unsere Männer einem voll bewaffneten Kriegslager in den Rachen werfen, wenn dazu keine Notwendigkeit besteht? Warum sollen wir Leben und Waffen verschwenden, und vielleicht sogar unsere Chance auf einen Sieg – nur weil wir ein wenig gelangweilt sind? So hatten wir schließlich von jeher Erfolg: durch Informationen, List und Geduld. Stellt Euch doch einfach vor, mein lieber Fitz, dass dies eine Belagerung ist. Nur weil wir den Feind nicht sehen können, heißt das noch lange nicht, dass er nicht wirkungsvoll zuschlagen kann. Ihr Korn verrottet auf den Feldern, die Männer wollen endlich nach Hause, und die Kriegszeit ist beinahe vorüber. Sie werden glauben, dass wir in diesem Jahr nicht mehr angreifen.«

»Warum sollten sie das glauben?«

»Weil einige ihrer Spione eigentlich meine Spione sind«, hatte William augenzwinkernd erklärt.

Er hatte das Spiel genossen, hatte die bewusste Verzögerung genutzt, um seine grundverschiedenen Soldatengruppen zu einer geschlossenen Streitmacht zusammenzuschmieden, wobei er darauf vertraute, dass er zuschlagen konnte, sobald Harold seine eigene Truppe entließ. Und das war ein guter Plan gewesen – bis zu dem Sturm.

Er war aufgekommen, als sie gerade aus dem Schutz der Dives und hinaus aufs offene Meer gesegelt waren, hatte Regen und Gischt gegen die Bootswände geschleudert, während sie sich mühsam in Richtung Osten vorkämpften, so nahe an der Küste, wie sie es wagten, auf ihren Treffpunkt in Saint Valery zu. Man hatte Schiffe verloren – mehr, als irgendjemand zugeben wollte –, und obwohl ein Großteil der Flotte sich schließlich in die relative Ruhe der Somme-Mündung vorgearbeitet hatte, war Matilda sicher, dass die Ebbe in diesem Teil der Normandie den Einwohnern schon bald die Skelette der verlorenen Schiffe enthüllen würde – was wohl kaum ein hoffnungsspendendes Zeichen für die bevorstehende Invasion war.

Sie erschauerte und kuschelte sich tiefer in ihren eigenen Mantel, denn sie fand, dass kein Anlass bestand, den Männern irgendetwas vorzuspielen oder den Elementen die Stirn zu bieten. Ihre Stiefel bestanden mehr aus Schlamm als aus Leder. Ihr kupferrotes Haar hing wie Rattenschwänze unter ihrem schlaffen Kopfputz herunter, und jedes einzelne ihrer Gewänder war vollkommen durchweicht. Der Geruch nach feuchter Wolle hing beständig in der Luft, modrig und faulig, und diejenigen, die das Glück hatten, über Betten zu verfügen, stellten bald fest, dass diese genauso triefend nass waren wie die Erde. Es war fast unmöglich, das Korn trocken zu lagern, weshalb es verfaulte, bevor es gemahlen werden konnte, und La Barbes Trupp der Abfallbeseitiger konnte in den sumpfigen Feldern den Dung vom Schlamm kaum mehr unterscheiden. Nichts mehr schien sauber oder trocken oder gar gesund zu sein, und die Männer maulten mit jedem trostlosen Tag lauter und lauter.

Sie sah, wie William erneut zum Wetterhahn hinüberblickte, aber der Kopf des Vogels deutete immer noch beharrlich gen Norden, stemmte sich mutig den scharfen Klauen des Windes entgegen, der von England zu ihnen herüberwehte. Selbst wenn irgendjemand es gewagt hätte, die Wellen zu bezwingen, die sich wütend und unermüdlich an ihre Küsten warfen, hätte er niemals nach England gelangen können, denn der Wind blies ihnen entschlossen ins Gesicht. Selbst die Schiffe der Spione waren gestrandet, sodass Williams Informationsfluss – das Herzblut seines Feldzuges – versiegt war. Harold hatte sein Lager an der Südküste verlassen, so viel wussten sie, aber niemand wusste, wohin er marschiert war. Der Wikinger Hardrada konnte überall an der Ostküste angegriffen haben, ohne dass sie davon erfuhren. Hatte sich das Wartespiel jetzt gegen sie gewandt? Diese Möglichkeit machte alle gereizt, am meisten William selbst.

»Ich dachte, Gott sei auf unserer Seite«, hatte er Matilda sein Leid geklagt, als sie sich in der vergangenen Nacht dicht aneinandergeschmiegt hatten, die Körper endlich warm, obwohl die Decken dampften.

»Das ist er, William. Das Wetter hat sicher irgendeinen Sinn.«

»Dieses Wetter hält uns von England fern.«

»Dann ist es wahrscheinlich nicht der richtige Zeitpunkt hinzugehen. Du musst dir deinen Glauben bewahren.«

Er hatte sie geküsst. »Du hast recht, meine Mora – du hast immer recht. Hat nicht sogar der Papst uns seinen Segen gegeben?«

»Das hat er.«

»Und haben wir unsere geliebte Cécile nicht Gott anempfohlen?«

»Das haben wir, William, und viele andere sind unserem Beispiel gefolgt.«

Es war ein wunderschöner Tag gewesen, und Matilda war beinahe geplatzt vor Stolz, als Cécile mit ihren acht Jahren in einem reinweißen Kleid und mit Blumen im Haar auf den Altar von Saint-Trinité zugeschritten war. Sie und William hatten dort auf sie gewartet, und William hatte sie vor aller Augen auf den Arm genommen und laut und deutlich erklärt, dass er sie Gott dem Herrn weihte. Cécile hatte sich lächelnd umgeblickt, gefasst, als sei sie doppelt so alt. Währenddessen waren andere junge Damen nach vorn geführt worden, die das gleiche Schicksal hatten.

Matilda hatte sich im Vorfeld viel Mühe gegeben, Cécile zu erklären, dass sie häufig nach Saint-Trinité kommen würde, um sie zu besuchen, und dass sie dort viele Freunde finden und wunderbare Dinge lernen würde. Cécile hatte das alles gelassen akzeptiert. Matilda hatte erkannt, dass sie daran gewöhnt war, ihre Mutter längere Zeit nicht zu sehen, wenn diese William auf seinen Reisen begleitete, und sie freute sich, in Saint-Trinité eine eigene Kemenate zu haben – endlich einen Ort, den sie ihr Eigen nennen konnte.

Sie würde ihn sich mit Mabiles Tochter Sibyl teilen. Und obwohl das Matilda ein wenig nervös machte, konnte sie nur hoffen, dass Sibyl vielleicht das Interesse ihrer Mutter an der Natur geerbt haben mochte, jedoch nicht so skrupellos Nutzen daraus ziehen würde. Sie hatte Mabile an jenem Tag einen Blick zugeworfen, und für den Bruchteil eines Augenblicks hatte sie sich ihr als Mutter verbunden gefühlt. Das war eine seltsame Erfahrung gewesen, aber solange man jung war, kam einem das Leben offenbar noch komplizierter vor, als es aussah.

Das einzige Problem hatte sich ergeben, als Cécile gefragt hatte: »Was passiert denn, Mama, wenn es Zeit für mich wird zu heiraten?«

Matilda war nun gezwungen gewesen, ihr zu erklären, dass sie niemals heiraten würde, wenn sie tatsächlich sämtliche Weihen empfing.

»Aber wie«, hatte Cécile weiter gefragt, »kann ich dann meinen eigenen Haushalt führen?«

Matilda hatte ihr einen Kuss gegeben. »Vielleicht kannst du ja den Haushalt im Kloster Saint-Trinité führen, Cécile. Vielleicht kannst du ja dort Äbtissin werden.«

»Äbtissin?« Das kleine Mädchen hatte sich das Wort auf der Zunge zergehen lassen, hatte es ausprobiert und offenbar Gefallen daran gefunden. »Ja, das werde ich.«

Matilda betete darum, dass es so kommen möge. Solange die Normandie in Williams Hand blieb, solange er sie nicht bei einem törichten Wagnis an ein anderes Land verlor, gab es keinen Grund, warum Cécile dieser Wunsch verwehrt werden konnte. Sie schüttelte sich. So durfte sie nicht denken. Nur weil die Männer an den spärlichen Lagerfeuern missmutig vor sich hin grummelten, musste sie nicht auch noch an düstere Prophezeiungen glauben.

»Wenn du mich fragst, überschätzt er sich«, hatte sie einen Mann heute Morgen zu seinen Kameraden sagen hören, während sie mühsam das feuchte Brot herunterzuwürgen versuchten. »Was ist so falsch daran, nur Herzog der Normandie zu sein?«

»Sag du es mir, Luc. Du hast doch unterschrieben, dass du dabei bist.«

»Und damit hatte die Freude auch schon ein Ende.«

»Bis jetzt. Komm schon, Mann, willst du denn keine Angelsachsen erschlagen?«

Matilda hatte sich davongeschlichen, dankbar für die positive Einstellung des zweiten Mannes, aber dennoch entsetzt von seiner Haltung. War das alles für die Männer nicht mehr als eine bessere Tavernenschlägerei? Aber dann hatte sie sich ins Gedächtnis gerufen, dass es keine Rolle spielte, wie sie empfanden, solange sie William halfen, den Kampf zu gewinnen. Warum sollten sie sich um Versprechungen, Eide und die gesetzliche Erbfolge scheren? Sie interessierten sich nur für volle Bäuche und Geld für ihre Familien, und sie wollten unbedingt Angelsachsen erschlagen – falls es jemals dazu kam.

Das Lager erstreckte sich über die weite Ebene der Somme-Mündung bei Saint Valery, und nachdem sie den Saum im Osten erreicht hatte, wandte sich Matilda um und überblickte den gesamten Hafen. Sie versuchte sich vorzustellen, wie er wohl ausgesehen haben mochte, als er vor sechshundert Jahren errichtet worden war, voller römischer Handelsschiffe und Segelkreuzer. So lange schien das gar nicht her zu sein, denn auch heute war Saint Valery voller Boote, wenn es auch grob behauene Kriegsschiffe waren. Hugues' Pferdeschiffe waren in festen Linien entlang der Steinmauern an der Flussmündung vertäut. Sie stießen einander im Wind an, als seien sie genauso begierig darauf davonzusegeln wie die Männer. Es gab einhundertvierzig dieser Schiffe, alle neu erbaut und dazu geschaffen, jeweils zwanzig Ritter mit ihren Rössern zu transportieren – beinahe dreitausend der besten Reiter, und alle bereit abzureisen, wenn nur der Wind sich drehte.

Die unzähligen anderen Schiffe waren nicht ganz so identisch. Die prächtigeren Boote lagen am Flussufer um die *Mora* herum, die sogar im prasselnden Regen noch leuchtete. Der Rest befand sich am gegenüberliegenden Ufer oder ankerte inmitten der Somme, Fischerboote neben Handelsschiffen, und diese wiederum neben den neuen Transportschiffen, an denen jedermann in der Normandie mitgearbeitet zu haben schien, seit Williams Gefolgsmänner im Januar geschworen hatten, sie bereitzustellen. Es waren einfache Fahrzeuge, deren einzige Aufgabe darin bestand, Soldaten über die Meerenge zu transportieren und dann hoffentlich, sobald sie siegreich gewesen waren, wieder triumphal in die Heimat zurückzubringen. Doch dieser Augenblick schien in schrecklich weite Ferne gerückt zu sein.

»Wird dieser Wind denn niemals aufhören?«, fragte jemand, und sie wandte sich um und sah, wie William mit Fitz, Fulk und Hugues auf sie zukam.

Sie scharten sich um sie und spähten in das in Nebel eingehüllte Wasser, als ob sie die andere Küste doch irgendwie erkennen könnten. Matilda betrachtete sie liebevoll. Das waren Williams wichtigste Männer, jene Kameraden, die während seiner gesamten Regentschaft an seiner Seite gestanden hatten – seine Leibwache, seine Eliteoffiziere, seine loyalen Anhänger. Sie rückten noch näher, bildeten einen engen Kreis, jeder Einzelne von ihnen einen Kopf größer als Matilda, der ganz schwindlig wurde, als sie in ihrem feuchten, maskulinen Verband eingeschlossen wurde.

Sie erinnerte sich an den Abend, als sie sie alle in Eu kennengelernt hatte – Fitz, der herumsprang wie ein Welpe; der große, breite Fulk, der wegen Mabile aufgezogen wurde; Hugues, der bereits damals von Emeline fasziniert gewesen war, allerdings, ohne dass es einer von ihnen mitbekommen hatte. Damals waren sie noch Jungen gewesen, eifrig und ungestüm, von der eigenen Unbesiegbarkeit überzeugt. Im Laufe der Jahre hatte sich diese Überzeugung als berechtigt entpuppt. Sie waren zusammengewachsen zu der Gruppe, die nun mit dem Rücken zur ersten normannischen Kriegsflotte stand, während die Meerenge erbarmungslos auf ihre Träume eindrosch. Ihr Haar war vielleicht grauer geworden, und sie waren vernünftiger, aber immer noch unbesiegbar und begierig darauf, das zu beweisen. Alle vielleicht, außer einem.

La Barbe trat jetzt zu ihnen, wobei er sich schmerzhaft

langsam bewegte und sich schwer auf seinen Stock stützte. Sein fürsorglicher Sohn Robbie wich ihm nicht von der Seite. Matilda blickte ihren alten Freund voller Sorge an. Der Rücken des Kämmerers war so gebeugt, dass er beinahe so klein war wie sie selbst, und sein sanftes Gesicht war von tiefen Falten gezeichnet, als ob eine grausame Macht sie mit jedem dunklen Tag immer tiefer in ihn hineinmeißelte.

»Roger – Ihr fühlt Euch nicht wohl.«

»Ich bin nicht *krank*, Herzogin, aber nein, wohl fühle ich mich auch nicht. In der Schlacht kann ich wohl kaum von großem Nutzen sein, fürchte ich, es sei denn vielleicht, um die Fuhrwerke mit den Vorräten zu koordinieren.«

Niemand sagte etwas. Es war zu offensichtlich, wie recht er damit hatte, und keiner von ihnen war es gewohnt, sich vor der Wahrheit zu verstecken.

»Ich entlasse Euch, Roger«, sagte William schließlich.

»Nein.«

»Bitte. Ihr habt der Normandie treu und gut gedient und werdet das auch weiterhin tun, aber Ihr habt recht – die vorderste Linie ist nicht der richtige Ort für Euch, und Euch dorthin zu beordern würde auch andere in Gefahr bringen.«

Matilda zuckte zusammen, aber Roger beugte nur das Haupt.

»Ich meinte das mit den Fuhrwerken ernst«, antwortete er leise.

»Das ist eine wichtige Aufgabe.«

Roger sah zu William auf, und ihre Blicke trafen sich. »Nicht so wichtig wie andere«, antwortete Roger betrübt, »aber ich würde sie dennoch übernehmen.«

Doch nun ergriff Robbie das Wort und richtete sich zu voller Größe auf. Matilda erinnerte sich daran, wie sein Vater ihr an ihrem ersten Tag in der Normandie das Kleinkind in den Binsen gezeigt hatte, und jetzt war er zum Mann herangewachsen. Die Zeit war allzu schnell vergangen – was, wenn sie dabei war abzulaufen? Sie verdrängte den törichten Gedanken. Das war einer der Gründe, warum Frauen nicht in den Krieg zogen. Männer konzentrierten sich mehr auf den Kampf als aufs Ergebnis, wie Robbie jetzt bewies.

»Lasst mich an Eurer Stelle gehen, Vater«, bat er nun. »Bitte. Ich kann kämpfen, das wisst Ihr, und ich bin stark. Ich werde Eure Standarte gegen den Eidbrecher tragen, und Eure Männer werden ihr folgen.«

Es entstand eine lange Pause. Der Wind peitschte über die Ebene und zwischen den Männern hindurch, die La Barbe beobachteten. Er musterte seinen Sohn eindringlich, dachte offenbar über seine Zukunft nach. Schließlich nickte er und ergriff Robbies Hand.

»Du bist ein guter Junge – ein guter *Mann*. Ich werde sehr stolz sein, wenn du meine Standarte trägst. Obwohl deine Mutter«, fügte er ironisch hinzu, »mich deshalb wahrscheinlich schneller umbringen wird, als jeder Angelsachse es könnte.«

Die Männer lachten, die Spannung war verflogen, aber William hob eine Hand.

»Die Angelsachsen werden niemanden von uns töten und auch nicht von uns getötet werden, wenn der Wind nicht seine Richtung ändert. Also, meine Edlen Herren, was sollen wir tun?«

Seine Männer sahen ihn unverwandt an.

»Was *können* wir denn tun?«, fragte Fulk. »Wir müssen warten, bis der Wind sich dreht.«

»Wir könnten uns auflösen?«

»Nein!« Sie zögerten nicht eine Sekunde.

»Wir sind so weit gekommen«, rief Fitz. »Jetzt müssen wir es auch durchführen.«

»Die Männer sind bereit«, stimmte Roger zu.

»Die Pferde auch«, so Hugues.

»Wenn wir sie jetzt gehen lassen«, fügte Fulk hinzu, »dann kommen im Frühjahr höchstens halb so viele wieder zurück. Wir müssen warten.«

»Und beten«, sagte William. »Wir wollen einen Gottesdienst ansetzen. Ich werde die Männer zusammentrommeln, und wir werden zu ihnen sprechen – wenn ich mich über diesen verdammten Wind hinweg überhaupt verständlich machen kann!«

Alle nickten, drückten einander einen Augenblick lang die Schultern und gingen dann von dannen, um ihre Truppen um sich zu scharen. An der Flussmündung lagerten etwa achttausend Mann, und ganz sicher würden nicht alle in die flussaufwärts gelegene Kirche oder auch nur auf den Vorplatz passen. Aber zumindest war es landeinwärts etwas geschützter, sodass sie die Redner besser würden verstehen können. Matilda betete darum, dass William die richtigen Worte finden würde, um den Truppen Mut zu machen, denn sie lagen nun schon vierzehn lange, nasse Tage hier, und so wie der Himmel aussah, war noch keine Pause in Sicht.

Erschöpft kehrte sie zu ihrem Pavillon zurück, wo sie Emeline entdeckte, die ihre Gewänder ausschlug in dem verzweifelten Versuch, ihnen die Feuchtigkeit auszutreiben.

»Ruiniert«, jammerte sie, als sie Matilda entdeckte.

»Es ist nur Wasser, Em. Wo ist Cecilia?«

Emeline zog die Nase kraus. »Sie ist spazieren gegangen. Hat irgendetwas von Seetang und Fischern erzählt. Keine Ahnung, was sie meinte. Ich schwöre, sie wird langsam sonderlich. Vielleicht sollten wir ihr einen Gemahl suchen?«

Matilda lachte. »Ein Mann ist die Antwort auf alles, was Em?«

»Natürlich nicht. Aber Männer machen Spaß, oder etwa nicht?«

»Im Moment eigentlich weniger.«

»Stimmt. Hugues tut nichts anderes, als sich Sorgen um seine kostbaren Pferde zu machen. Ich schwöre, er würde in diesen Ställen schlafen, wenn ich ihn ließe, auch wenn das Dach undicht ist und es dort zum Himmel stinkt.«

»Es sind wunderschöne Pferde.«

»Das stimmt. Eine Schande, dass sie in den Krieg ziehen müssen.«

»Em?«

Emeline wandte sich ab. »Ich mache mir nur Sorgen, Herzogin. Das hier ist etwas anderes als die Niederschlagung eines Aufstandes oder eine Belagerung. Es ist sogar etwas anderes, als sich gegen die Franzosen zu verteidigen. Diesmal sind *wir* die Invasoren, und daran sind unsere Männer nicht gewöhnt. Alles ist vollkommen neu. Pferde, die übers Meer transportiert werden, fremde Erde, offene Feldschlachten – das tun Normannen normalerweise nicht. Also was, wenn sie es auch gar nicht *können*?« Sie rieb sich in einer hilflosen Geste die Stirn. »Oh, kümmert Euch nicht um mein Gerede. Ich weiß, dass die Sache gerecht ist. Es ist nur diese Warterei, das ist alles – man hat einfach zu viel Zeit zum Nachdenken.«

Das war es. Die Hitze, die Leidenschaft und der Schwung, die sie bei ihrer englischen Mission anfänglich empfunden hatten, war verschwunden, versickert im Schlamm von Saint

Valery. Und an ihrer Stelle hatten nun Zweifel und Furcht Einzug gehalten.

»Wir werden einen Gottesdienst abhalten«, sagte Matilda, bekam aber nur ein dumpfes »Oh, gut« zur Antwort. Und so drehte sie sich dankbar um, als sich im gleichen Moment die Zeltklappe hob, Cecilia eintrat und sich das Wasser aus dem Saum schüttelte.

Bei Matildas Anblick lächelte sie überraschend breit und kam eilig zu ihr hinüber.

»Ich habe mich mit den Fischern unterhalten, Herzogin.«

»Wirklich?« Matilda zog eine Augenbraue hoch. Vielleicht hatte Emeline recht, und Cecilia brauchte tatsächlich einen Gemahl.

»Nicht so! Aber sie haben, wie Ihr Euch vorstellen könnt, viel Ahnung von den Tiden und dem Wind …«

»Faszinierend«, sagte Emeline.

»Und vom *Wetter.*«

»Wetter?« Matilda musterte Cecilia aufmerksamer, und selbst Emeline legte das Gewand in ihrer Hand nieder und kam herüber. »Und was sagen sie?«

»Dass der Seetang platzt, Herzogin.«

Emeline stöhnte. »Seht Ihr, Herzogin – sie wird wirklich langsam sonderlich.«

»Werde ich nicht«, rief Cecilia und stemmte die Hände ungeduldig in die breiten Hüften. »Sie hängen die Algen an einem geschützten Ort auf. Wenn sie feucht sind, ist Regen zu erwarten …«

»Ach ja?!«

»Emeline, hör doch zu! Es hat mit der Luftfeuchtigkeit zu tun. Wenn die Algen trocken sind, dann gibt es keinen Regen oder *der Regen hört bald auf.*«

»Und jetzt sind sie trocken?«

»Genau. Und deshalb platzen die Kapseln. Und außerdem sind Schafe am Himmel, und die Fliegen sind verschwunden.« Emeline prustete. »Ja, Schafe, Emeline. Wenn du nach Westen schaust, wirst du entdecken, dass nicht mehr alle Wolken bleigrau sind. Manche sind weicher, wolliger – sie tragen kein Wasser mehr.«

»Und was war das mit den Fliegen?«, fragte Matilda fasziniert.

»Die Fliegen fliegen tiefer, wenn Regenwolken am Himmel hängen. Wenn die Fliegen also verschwinden, dann bedeutet das, dass sie sich wieder weiter oben aufhalten, zumindest hat man es mir so erklärt. Vielleicht habe ich es nicht ganz genau wiedergegeben, aber die Anzeichen treffen alle zu – das Wetter ändert sich. Der Regen hört auf, und der Wind wird sich drehen.«

»Wann, Cecilia?«

»Bald. Sehr wahrscheinlich heute Abend. Man sagte mir, dass das Wetter sich meist in der Abenddämmerung ändert.«

»Sie haben dir aber eine Menge erzählt«, meinte Emeline widerwillig beeindruckt. »Wie seltsam.«

»Wie wunderbar«, berichtigte Matilda sie. »Ich muss William suchen – sofort. Kommt mit, schnell. Wir können diese Information nutzen, versteht ihr? Wir können sie nutzen, um unsere Männer aus dem seelischen Morast zu ziehen.«

»Werdet Ihr jetzt auch noch sonderlich, Herzogin?«, keuchte Emeline, als Matilda beide nach draußen zerrte, wo der Regen sich ihrer festen Überzeugung nach jetzt schon in ein halbherziges Tröpfeln verwandelt hatte.

»Nein«, erwiderte Matilda fröhlich. »Im Gegenteil, ich

fühle mich zum ersten Mal seit Tagen wieder lebendig. Zur Kirche!«

Sie fand William, so schnell sie es in der Menge vermochte, aber auch er hielt sie für übergeschnappt, als sie ihm ihren Vorschlag unterbreitete.

»Eine Prozession, Matilda?«

»Mit den Reliquien des heiligen Valery, William, ja, um Gottes Segen auf uns herabzurufen und ihn um Hilfe mit dem Wetter anzuflehen.«

»Ja, ja, das habe ich schon verstanden, aber Matilda …« Er zog sie beiseite, die Stimme zu einem rauen Flüstern gesenkt. »Was, wenn es nicht funktioniert?«

»Es wird funktionieren.«

»Woher willst du das wissen?«

»Seetang«, antwortete sie grinsend.

»Seetang?«, wiederholte er schwach, tat aber trotzdem, worum sie ihn gebeten hatte.

Langsam versammelten sich die Männer am offenen Flussufer, stellten sich zögernd in Zweierreihen auf, die bis zur Steinkirche reichten.

»Was soll dieser alte Heilige denn schon bewirken?«

»Gott hat uns doch sowieso schon aufgegeben.«

»Zu Hause wären wir besser dran.«

Matilda überwachte geschäftig den Aushub der Schatulle mit den heiligen Überresten des Saint Valery, und Odo, der immer für dramatische Auftritte gut war, rief sämtliche seiner Geistlichen auf, die besten Roben anzuziehen, um eine vernünftige Darbietung zu liefern. In all dem Chaos bemerkten nur wenige, dass der Regen fast aufgehört hatte und dass weit draußen auf dem Meer das Wasser zum ersten Mal seit Langem einen optimistisch stimmenden Grünton angenommen hatte. Zu diesen wenigen gehörte jedoch William.

»Seetang?«, flüsterte er Matilda erneut zu, während sie sich darauf vorbereiteten, feierlich hinter dem Reliquienschrein einherzuschreiten, das päpstliche Banner ihnen voran, ein wenig zerfleddert, aber dennoch stolz im leichteren Wind wehend.

»Das Wissen der Einheimischen«, flüsterte sie. »Sie haben die Zeichen für den Wetterwechsel erkannt.«

»Es ist also nicht Gottes Hand?«

»Gottes Hand ist in allen Dingen, mein Gemahl. Wir haben die Aufgabe, das auch denen vor Augen zu führen, die es nicht durchschauen.«

William schüttelte den Kopf. »Du bist immer die Kluge von uns beiden gewesen, Matilda.«

»Und du der Mutige. Jetzt wirst du segeln können. Bist du bereit?«

Er ergriff ihre Hand und zog sie in seine Armbeuge, während die Prozession sich voranbewegte, wobei die Männer trotz allem angesichts von Odos großer Vorstellung laut jubelten.

»Ich bin bereit, Matilda. Ich bin, glaube ich, schon mein ganzes Leben lang bereit – jetzt muss ich es einfach nur tun.«

Die Männer glaubten an ein Wunder. Die Prozession hatte sich noch nicht bis zur Hälfte des Flussufers vorgekämpft, als die Wolken sich teilten und ein Sonnenstrahl herabfiel, zwar nicht auf die Heiligenreliquien selbst – das wäre dann vielleicht doch zu viel verlangt gewesen –, aber auf die Boote, die in der Mitte des Flusses vertäut lagen. Es sah aus, als wolle die Sonne ihnen den Weg weisen.

»Das ist ein Zeichen – ein Zeichen!«

»Gottes Segen ist mit uns!«

»Die Zeit ist gekommen.«

Die Männer stürzten sich auf das gute Omen wie Verhungernde aufs Brot. Matilda erkannte, dass man sie nun nicht mehr aus dem seelischen Morast ziehen musste, denn sie waren begierig darauf, selbst hinauszuklettern, und brauchten nur wenig Ermutigung. Den gesamten Weg flussaufwärts und zurück ließ man den heiligen Valery hochleben, und kaum war er wieder in der Kirche zur Ruhe gebettet worden, liefen die Männer los, um ihre Schwerter zu wetzen und ihre Rüstungen zu polieren.

Und dann, als sich die Dämmerung herabsenkte und eine zartrosa Linie am Horizont zu sehen war, quietschte der Wetterhahn auf der Kirche, seufzte beinahe und schwang langsam herum in Richtung Süden.

»Morgen segeln wir los«, verkündete William, und dann begann das Lager förmlich zu brodeln.

William befahl den Köchen, ein Festmahl mit sämtlichen Resten zuzubereiten, und die Eintöpfe blubberten in riesigen Töpfen über den Feuern vor sich hin, die endlich loderten, als wollten auch sie endlich Farbe bekennen. Er befahl, Fässer anzustechen, und die Stimmung der Männer, deren Bäuche nun voll und die Köpfe benebelt waren, wechselte so leicht wie der Wetterhahn vom Groll zur Vorfreude. Die Gruppen, die sich um die Lagerfeuer scharten, sprachen nun weniger von Gottes Missfallen als vielmehr davon, die Angelsachsen niederzumachen. Und als im normannischen Lager endlich Ruhe einkehrte, war die Stimmung glücklicher und viel zuversichtlicher als vor zwei Wochen, nachdem sie mit Mühe und Not in den Hafen von Saint Valery eingelaufen waren.

Matildas Erleichterung jedoch verwandelte sich schnell in Furcht. Die Männer wurden endlich aktiv – aber sie selbst und ihre Damen konnten jetzt nur noch warten, und davor grauste es ihr.

»Ich könnte immer noch mitkommen«, sagte sie zu William, als er in den frühen Morgenstunden endlich zu ihr ins Bett kroch.

»Und an einer feindlichen Küste warten statt an deiner eigenen? Du wirst nicht mit in die Schlacht ziehen, Matilda.«

»Nein. Mit diesem dicken Bauch kann ich sowieso kein Schwert schwingen!«

William gab ihr einen Kuss. »Du wirst viel zu tun haben, meine Geliebte. Das Leben bleibt nicht einfach stehen, nur weil anderswo gekämpft wird, und die Normandie braucht dich. Robert braucht dich. Er könnte ein guter Herzog werden, aber ich fürchte, noch ist er ein wenig verwöhnt. Er denkt zu häufig an sein eigenes Vergnügen, du musst also dafür sorgen, dass er härter wird, um seinen Pflichten nachkommen zu können.«

»Neulich fragte er mich, ob er eines Tages König von England werden könne.«

»Wenn er das würde«, grollte William, »dann nur durch meine harte Arbeit.«

»Das habe ich ihm auch geantwortet. Aber William, würdest du es denn vorziehen, wenn er ebenso erbittert kämpfen müsste, wie du es getan hast? Und noch tun wirst?«

Es entstand eine längere Pause, in der William nachdachte. Matilda lag da, spürte seinen warmen, starken Körper an dem ihren und lauschte dem kollektiven Schnaufen von achttausend schlafenden Soldaten kurz vor der Schlacht.

»Ich würde es nicht vorziehen«, antwortete William schließlich. »Natürlich nicht. Warum sollte ich meinem Sohn eine

Regentschaft voller endloser Herausforderungen und Unsicherheiten wünschen? Habe ich nicht gerade für die Sicherheit gekämpft, die wir hier nun erreicht haben?«

»Immer. Und doch …«

»Und doch befürchte ich, dass er verweichlichen wird, wenn er nicht kämpfen muss. Und seine Brüder ebenfalls.«

»Ist es denn so schlimm, weich zu sein?«

»Ich weiß es nicht.«

Ihm versagte die Stimme, und sie hielt ihn fest, schmiegte sich an ihn, umarmte seinen großen Leib, so fest sie konnte. Immer noch gab es diesen Siebenjährigen in ihm, verloren und unsicher.

»Du bist nicht allein, William«, versicherte sie ihm eindringlich. »Du hast ein paar gute Männer im Rücken, und du hast mich. Wir sind der Sache treu ergeben, denn wir wissen, dass sie gerecht ist. Wir stehen dir loyal zur Seite, denn wir wissen, dass du diese Loyalität wert bist.«

»Wirklich?«

»Und weil wir dich lieben. Und jetzt schlaf. Morgen ist ein großer Tag.«

»Schlafen, Matilda …?«

»William!«

»Ein letztes Mal?«

»Nein!«

»Aber …«

»Damit meine ich, William, dass dies nicht das letzte Mal sein wird – nur das letzte Mal, bevor du König bist.«

Kapitel 36

Hastings, 14. Oktober 1066

Der Morgen graut. Matilda liebt das Morgengrauen. Sie sagt, der Himmel ist dann voller Farben der Verheißung. Solche Dinge sagt sie eben, meine Gemahlin – Dinge, die sich anhören, als seien sie bedeutungsschwer, aber eigentlich sind sie nichtssagend. Wie kann der Himmel voller Farben der Verheißung sein? Und doch stehe ich jetzt hier im rosafarbenen Nebel, der sich vom angelsächsischen Boden erhebt, und hoffe, dass es wahr ist. Heute ist mir bewusster denn je, dass ich nicht weiß, was mir das nächste Morgengrauen bringen wird. Die Sonne wird unweigerlich über mir aufgehen, ob als König oder als Leichnam. Aber ich will nicht sterben. Es gibt so vieles, was ich noch tun will.

Ich blicke die Reihen der Soldaten hinab – Tausende von Männern, bis an die Zähne bewaffnet, und alle auf meinen Befehl wartend. Es ist ein Augenblick der Ruhe, dem beinahe Schönheit anhaftet. Alles ist vorbereitet, und wir sind bereit. Die neue Kriegsflotte der Normandie ist losgesegelt und sicher im römischen Hafen von Pevensey gelandet, wo Hugues' Pferdeschiffe ihre Fracht entladen konnten, ohne dass die Einwohner Widerstand geleistet hätten. Wir haben unser Lager mit solcher Leichtigkeit aufgeschlagen, als handele es sich um einen Jagdausflug und nicht um eine Invasion. Denn Harold befand sich im Norden und kämpfte gegen den Wikinger, genau wie wir es gehofft hatten.

Er hat gesiegt. Ich muss zugeben, dass mich das überraschte. An einem Ort namens Stamford Bridge tötete er den großen Hardrada und auch seinen eigenen verräterischen Bruder Tostig – was sicher kein Verlust für die Menschheit ist. Wahrscheinlich hat noch nicht einmal seine arme Gemahlin angesichts seines Ablebens geweint. Matilda würde bei meinem durchaus weinen, glaube ich – aber ich habe nicht die Absicht, ihr dazu Gelegenheit zu geben.

Harolds schnelle Rückkehr in den Süden überraschte mich ebenfalls, aber diese Hast, so heroisch sie auch war, könnte auch gleichzeitig sein Untergang sein. Ich kann jetzt seine Reihen auf dem Hügelkamm erkennen, und ich würde sagen, wir sind gleich aufgestellt. Das ist mehr, als wir zu hoffen gewagt haben. Natürlich könnte noch irgendwoher Verstärkung kommen, aber vorläufig ist es ein gutes Zeichen, ein Versprechen des Himmels vielleicht – obwohl wir heute sicher nicht im Himmel, sondern auf der Erde kämpfen werden.

Neben mir zieht Fitz sein Schwert, ungeduldig wie eh und je, und das Geräusch bringt mich in die Gegenwart zurück. Nun ist nicht der richtige Zeitpunkt, in der Vergangenheit zu verharren oder von der Zukunft zu träumen. Vielmehr geht es ausschließlich um das Hier und das Jetzt. Schlachten werden durch Ruhe, Logik und Vernunft geschlagen. Diese Männer, diese vielen Tausend Männer, die aus Pflichtgefühl, wegen der Aufregung, aus Gier oder Rachedurst oder aus allen möglichen anderen Gründen nach England gesegelt sind, sind heute meine Tafl-Spielsteine, und ich muss sie so gut wie möglich aufstellen, um meinen Vorteil zu sichern. Heute darf ich in ihnen nicht die Männer sehen, nicht einmal in dem treuen Fitz an meiner Seite oder in dem großen Fulk, der zusammen mit Rogers mutigem jungem Sohn die linke Flanke anführen wird. Auch nicht in meinem Bruder Odo zur Rechten. Sie alle sind nichts weiter als Spielsteine. Wenn einer fällt, muss er ersetzt werden. Zeit zum Trauern haben wir hinterher noch genug.

Ich blicke auf. Die Sonne ist nun zu unserer Rechten am Horizont aufgegangen, und das Feld leuchtet vor uns auf, grün und unschuldig. Die Angelsachsen sind zu Fuß unterwegs, keine Kavallerie in Sicht, und das, obwohl Harold doch gesehen hat, wie wirkungsvoll wir sie einsetzen können, als er mit uns in der Bretagne in die Schlacht zog. Was für ein Tor, dass er auch weiterhin mit seinen Bauern zu Fuß kämpft. Sie sind einfach zu sentimental, diese Angelsachsen. Das werde ich mir zunutze machen.

Ich kann Harolds »Krieger«-Standarte in der Mitte erkennen und die seiner beiden Brüder rechts und links daneben. Die Menschen aus Kent kämpfen zur Linken unter Harolds jüngerem Bruder. Sie sind das Kämpfen nicht gewöhnt und deshalb vielleicht die Schwachstelle der gegnerischen Armee. Vielleicht kann man sie von ihrem kostbaren Schilderwall fortlocken, der den Hügelkamm von einem Ende zum anderen säumt. Sie wollen nicht angreifen, sondern sich lediglich verteidigen. Und das wird sie bis zur Erschöpfung treiben. Im Grunde ist diese Schlacht durch diese Taktik eher so etwas wie eine Belagerung, und mit Belagerungen kenne ich mich aus. Was unterscheidet die Mauer einer Burg von einem Schilderwall, außer dass Letzterer schneller zusammenbricht?

Ich blicke wieder an meinen Linien entlang, sehe meine kühnen Befehlshaber auf ihren edlen Pferden, die dank Hugues' Schiffe italienischer Bauart allesamt wohlbehalten von ihrer Seereise hier angekommen sind. Welche Chance haben die Angelsachsen angesichts solcher Übermacht? Und doch weiß jeder einzelne dieser Männer, genau wie ich, dass wir noch nie eine Schlacht wie diese geführt haben. Selbst in Varaville haben wir eher durch List als durch reine Kriegskunst gesiegt, und tatsächlich ist dies hier sogar die allererste ausgewachsene Schlacht, bei der ich den Oberbefehl habe. Ich muss meine Sache gut machen – das bin ich meinen Männern schuldig.

Ich muss jetzt eine Rede halten. Eigentlich habe ich dazu keine Lust, zumal ich keine Notwendigkeit sehe, meinen Männern ins Gedächtnis zu rufen, warum wir hier sind und was es zu gewinnen gibt, denn das wissen sie mit Sicherheit selbst. Aber anscheinend helfen solche Reden doch, also schleudere ich ihnen die üblichen Phrasen über Ehre und Stolz und Ruhm entgegen und erinnere sie daran, dass sie Land für ihre Söhne gewinnen können, und schließlich brüllen sie alle vor Blutdurst. Damit übertönen sie sogar den wie einen Herzschlag dröhnenden Schlachtruf der barbarischen Angelsachsen: »*Ut! Ut! Ut!*« Es klingt wie »Raus! Raus! Raus!« – Niemals! Ich bin jetzt hier, und ich gedenke zu bleiben. Möge die Schlacht beginnen.

In dieser Hitze ist es harte Arbeit. Die Herbstsonne steht zwar tief, brennt aber warm auf uns herab. Die Pferde keuchen, und ich befürchte erst, dass sie nicht durchhalten werden, aber Hugues befiehlt der Nachhut immer wieder, Wasser aus einem See hinter uns herbeizuholen, sodass sich die Tiere zwischen den einzelnen Angriffen stets erfrischen können. Die Männer arbeiten hart, erreichen aber zugegebenermaßen wenig.

»Wir können ihre Reihen nicht brechen«, keucht Fitz, als die Sonne im Zenit von Matildas kostbarem Himmel steht.

»Geduld«, sagte ich zu ihm. »Kommt, formiert Euch erneut – wir greifen wieder an.«

Diesmal führe ich den Angriff selbst an, spüre das Pulsieren der Erde unter mir, als Tausende von Hufen den Abhang hinaufgaloppieren, auf die zusammengekauerten Angelsachsen und ihren armseligen menschlichen Befestigungswall zu. Das Blut rauscht in meinen Adern, aber ich halte die Lanze ruhig und Caesar auf Kurs, bis plötzlich, als wir in vollem Galopp sind, ein anderes Tier, das ängstlicher als meines ist, vor einem angelsächsischen Pfeil scheut und seitwärts gegen meine Flanke prallt.

Caesar knickt in den Hinterläufen ein, er taumelt, prallt mit einem anderen Pferd zusammen, wirft mich ab und galoppiert davon. Ich lande im Schlamm, bedecke meinen Kopf und kann nur noch zu Gott beten, dass ich jetzt nicht von meiner eigenen Kavallerie zermalmt werde. Ein Entsetzensschrei – nicht meiner – erschüttert die Reihen, schmerzerfülltes Raunen weht über meinen Kopf hinweg. Aber ich kann mich nicht aufrichten, noch nicht. Es ist noch nicht sicher.

»Der Herzog«, höre ich. »Der Herzog ist tot!«

Zuerst erklingen die Worte nur auf Normannisch, aber dann, lauter, auch auf Angelsächsisch. Sie werden immer lauter, und als ich schließlich aufblicke, sehe ich, dass der Schilderwall Lücken bekommt, besonders am Ende, wo die weniger erfahrenen Männer aus Kent sich nach einem leichten Sieg sehnen und so langsam die Reihen durchbrechen.

Perfekt. Langsam komme ich auf die Beine, halte den Kopf aber noch gesenkt. Ich höre, wie Fitz und Fulk die Männer zur Ordnung rufen und die Pferde wieder in die Formation gezogen werden, und bin hocherfreut, dass die Disziplin meine normannischen Soldaten weiterhin zusammenhält. Ganz im Gegensatz zu den Angelsachsen.

Ich muss lächeln. Und genau in dem Augenblick, da ihre linke Flanke bricht und die undisziplinierte Infanterie zum kopflosen Angriff übergeht, nehme ich den Helm ab, richte mich zu voller Größe auf und mache mich bemerkbar. Hugues entdeckt mich, prescht voran, springt von seinem Pferd und hält mir die Zügel hin. Das ist wahrer Edelmut von meinem Rittmeister, und ich nehme mir einen Augenblick Zeit, um ihm auf den Rücken zu klopfen, bevor ich mich aufs Pferd schwinge.

Jetzt haben mich auch meine anderen Männer gesehen. »*Le Duc, le Duc, le Duc!*«, rufen sie begeistert. Mit neuerlicher Energie branden unsere Reihen den törichten Angelsachsen entgegen, die nun auf das offene Feld gerannt sind, und metzeln sie nieder.

Ich zügle mein neues Pferd und schaue zu den angelsächsischen Reihen hinüber, die entsetzt zusehen, wie ihre Kameraden fallen – alle bis auf einen. Denn dort steht er, Harold, sieht mir geradewegs in die Augen, hält meinem Blick so lange wie möglich stand. *So hätte es nicht kommen sollen*, versuche ich ihm zu vermitteln. *Du solltest an meiner Seite kämpfen, nicht gegen mich. Zusammen hätten wir so viel erreichen können. Wir könnten es immer noch. Ergib dich*, beschwöre ich ihn. *Ergib dich jetzt, und ich werde Gnade walten lassen.* Aber er versteht meine Botschaft nicht und ergibt sich nicht. Er reißt den Blick von mir los und wendet sich seinen Männern zu.

»Haltet den Wall!«, höre ich ihn rufen, und ich weiß, dass der Augenblick einer möglichen Kapitulation, wenn er denn überhaupt jemals da war, vorüber ist.

Ich ziehe mich mit Hugues zurück, um die Kavallerie neu zu gruppieren und die fleißigen Bogenschützen neu zu formieren. Die Tage in Pevensey und anschließend in Hastings haben wir gut genutzt, denn nun haben wir Pfeile in rauen Mengen. Bedauerlicherweise hat ein Großteil des angelsächsischen Walls Harolds Befehl gehorcht und die Reihen wieder geschlossen – aber wir haben zum ersten Mal Blut vergossen, und das hebt die Stimmung. Außerdem wird die Lücke, die an der linken Flanke der Angelsachsen entstanden ist, nicht geschlossen. Harold hat anscheinend nicht genug Männer, und diese Information ist wichtiger für mich als jeglicher kleinste Sieg. Jetzt brauchen wir nur noch Geduld. Wir müssen lediglich Disziplin bewahren und unermüdlich angreifen. Irgendwann werden sie zusammenbrechen. Und so verfahren wir.

Es ist lang und hart und ermüdend. Männer fallen. Das grüne Feld füllt sich mit Leibern, abstoßenden Fleischhaufen, über die die Pferde dahinstolpern. Das Blut fließt in Strömen zwischen den zerdrückten Grashalmen hindurch, sodass wir bei jedem Ausfall mehr ausrutschen und uns größeren Gefahren gegenübersehen als beim letzten. Hugues' Nachhut bringt mehr Wasser herbei, und verzweifelt trinken Männer und Pferde aus den gleichen Eimern. Es gibt auch zu essen, aber die meisten verweigern es, denn den Männern bleibt kaum Luft zum Atmen, so faulig ist der Gestank. Die Banner, selbst das heilige Banner des Papstes, sind besudelt und zerrissen. Männer stützen sich auf ihre Kameraden und versorgen ihre

Wunden. Der Kampfgeist lässt ebenso schnell nach, wie die Sonne untergeht, und zum ersten Mal empfinde ich Furcht. Die Angelsachsen geben einfach nicht auf, und wir müssen gewinnen. Und zwar *heute,* denn wer weiß, ob nicht in diesem Augenblick Verstärkung für den Gegner auf dem Vormarsch ist. Während wir selbst nichts weiter im Rücken haben als das erbarmungslose Meer.

Ich schare meine Befehlshaber um mich.

»Wir müssen sie aus der Reserve locken, sie auseinandertreiben wie vor ein paar Stunden, als ich vom Pferd stürzte. Wir müssen ihren verdammten Wall durchbrechen. Das ist die einzige Möglichkeit.«

»Aber wie?«, fragt Fitz.

Er hat einen Hieb am Kopf einstecken müssen, und seine rechte Gesichtshälfte ist scharlachrot von verkrustetem Blut. Einen schrecklichen Augenblick lang habe ich seinen Vater vor Augen, der blutüberströmt in meinem Bett sein Leben aushaucht, aber ich verdränge das Bild. Jetzt habe ich keine Zeit für Erinnerungen. Ich muss nachdenken. Die Angelsachsen lauern immer noch auf dem Kamm des Hügels, verhöhnen uns, versuchen uns zu provozieren. Aber sie werden nicht angreifen, ich habe also Zeit. Ich brauche Ruhe, Logik, Vernunft, denn nur dadurch werden Schlachten gewonnen. Ich zwinge mich, tief ein- und auszuatmen. Was sagt Matilda immer zu den Kindern? – »Ihr müsst Euren Verstand benutzen.« Genau das muss ich jetzt auch.

»Sie haben ihre Formation aufgegeben, als sie mich für tot hielten, als sie glaubten, die Oberhand zu haben. Wenn wir ihnen das noch einmal weismachen können, werden sie ihre Defensive aufgeben und angreifen.«

Fulks Augen leuchten. »Ein fingierter Rückzug?«

»Das ist gar nicht so einfach. Die Pferde zu bändigen wird nicht leicht sein. Dazu brauche ich fähige Männer.«

Ein Bretone tritt vor, ein untersetzter kleiner Mann namens Alain der Rote, der offensichtlich ein Auge für seine Chance auf Beförderung hat.

»Meine Männer sind fähig genug, Herzog.«

Das ist wahr. Ich habe es in Dol mit eigenen Augen gesehen. Die bretonischen Pferde sind kleiner und stämmiger als unsere, genau wie Seigneur Alain selbst, aber sie sind behände. Wenn ausgerechnet sie die Flucht ergreifen, glauben die Angelsachsen vielleicht sogar, dass die bretonische Loyalität ins Wanken geraten ist. Zumindest Harold wird das annehmen, denn er hat immerhin an meiner Seite gegen sie gekämpft. Ich schaue nach links zum Horizont, wo die Sonne langsam untergeht. Wir haben keine Zeit für weitere Diskussionen.

»Dann ist das entschieden. Wir greifen an, Ihr brecht aus, und wenn sie Euch verfolgen, kreisen wir sie ein.«

»Und wenn sie das nicht tun?«

»Sie werden es tun.« Hier ist kein Platz für Zweifel. Wenn die ganze Aktion funktionieren soll, muss sie mit absoluter Überzeugung durchgeführt werden. »Sie werden kommen.«

Und tatsächlich. Am Ende ist es leicht – so leicht, dass ich mich frage, warum uns das nicht schon vorher gelungen ist, obwohl zweifellos das schwindende Licht und die schwindende Kraft der Männer auch eine Rolle spielen. Ich leite den Angriff, wobei sich die Männer hinter mir formieren wie eine unserer tödlichen Pfeilspitzen. Fulk reitet zu meiner Rechten, und Alain führt die Bretonen auf der linken Seite an. Wir kämpfen, solange die Pferde es aushalten, dann fange ich über die schwingenden Klingen und Speere zwischen uns Alains Blick auf, und er nickt unmerklich und schreit einen Befehl.

Plötzlich ziehen sich seine Männer zurück und galoppieren den Abhang hinab. Die übrigen Reihen halten inne, und die Männer blicken zu ihnen hin, als seien sie bestürzt, obwohl wir in Wirklichkeit nur angestrengt beobachten, wie die Bretonen bei diesem Tempo ihre stämmigen, kleinen Pferde herumreißen, sobald es nötig ist. Und es ist nötig. Die Angelsachsen strömen ihnen hinterher wie Korn aus einem zerrissenen Sack. Ich höre Harolds Stimme, heiser und verzweifelt – »Haltet den Wall!« –, aber niemand hört auf ihn. Er hat die Befehlsgewalt verloren. Und in diesem Augenblick hat er nicht nur sie, sondern auch England verloren, und ich weiß mit stiller Gewissheit, dass dieser Tag mir gehört.

Der Rest ist nichts anderes als eine Waffenübung, nur mit Blut – so viel Blut, dass wir es nach einer Weile nicht mehr bemerken. Ob das gefühllos ist? Nein, es ist nur ehrlich. Ich habe mir die Wahrheit zur Gewohnheit gemacht, obwohl das einige Leute nicht schätzen. Meine Sinne sind stumpf, während ich beobachte, wie die Bretonen ihre Verfolger einkreisen und Harolds Huscarls sich um ihn scharen, bereit für ihren letzten Kampf. Meine Nase nimmt den Gestank des Todes nicht mehr wahr, meine Ohren verschließen sich den endlosen Schmerzensschreien, meine Zunge weigert sich, die Furcht der Angelsachsen zu schmecken. Meine Finger spüren nur die Zügel meines geborgten Pferdes, während ich es in Schach halte, um meine Spielsteine zu überwachen. Meine Augen sehen nur das Muster des Sieges in der blutrünstigen Masse der Glieder, die mich umgeben.

Ruhe, Logik, Vernunft – damit gewinnt man Schlachten. Trotzdem kann ich ein freudiges Schaudern nicht unterdrücken, als ein Pfeil über Matildas Himmel voller Farben der Verheißung surrt und ich Harolds Schmerzensschrei inmitten seiner sterbenden Kameraden höre. Es ist vollbracht.

Ich wende mich von seinem Todeskampf ab. Ich wünschte, es wäre nicht auf diese Weise geschehen. Ich wünschte, er hätte mein Recht als Herrscher anerkannt, wie er es ursprünglich geschworen hatte. Ich wünschte, er hätte sich vor ein paar Stunden noch ergeben – vor dieser sinnlosen Vergeudung von Leben auf beiden Seiten. Ich wünschte es aus zwei Gründen – der erste ist, dass ich den Mann mochte. Der zweite, dass England ohne ihn um so vieles schwerer zu regieren sein wird.

Aber regieren werde ich, so wie es aussieht. Sie bringen mir die Krone. Sie ist blutbesudelt, aber solange um mich herum die Männer so viel mehr leiden, darf ich mir wohl kaum Zeit nehmen, es abzuwischen. Also ergreife ich sie und setze sie mir, so wie sie ist, auf den Kopf, ignoriere das klebrige Gefühl des Todes an ihrem Rand. Ich habe mir diese Schlacht nicht ausgesucht – sie ist mir aufgezwungen worden. Aber Gott hat mir den Rücken gestärkt, der Tag ist siegreich überstanden, und irgendwie bin ich nun König von England.

Ich schaue Fitz an, und er grinst auf jene für ihn typische, ansteckende Weise, wie er mich schon sein ganzes Leben lang angegrinst hat, und dann wirft er sich mit großer Geste vor mir auf ein Knie.

»Gott segne den König!«

Die Männer greifen seine Worte auf und lassen sich allesamt auf die blutige Erde herabsinken, in langen Reihen, deren äußere Ränder ich durch die Dunkelheit ebenso wenig sehen kann wie heute Morgen im Nebel des ersten Lichtes. Der morgige Tag wird kommen, denke ich, und er wird mir gehören, und eine schwindelerregende, leichte, wunderbare Freude erfasst mich. Ich packe Fitz und ziehe ihn hoch.

»Schickt einen Boten in die Normandie«, befehle ich. »In die Normandie und zu Matilda. Sagt ihr, dass ich sie zu der Königin gemacht habe, zu der man sie erzogen hat. Sagt ihr, dass England uns gehört.«

Kapitel 37

Bonneville, März 1067

William sprang auf den Landungssteg und rannte auf Matilda zu, so leichten Schrittes, dass er fast schon tänzelte. Er packte sie und hob sie vor aller Augen hoch in die Luft, dann umfing er sie fest und küsste sie lang und hart, begleitet von den Jubelrufen der riesigen Menge, die sich auf dem offenen Hafengelände versammelt hatte.

»William!«, kicherte Matilda, als er sie endlich losließ und sich umwandte, den Arm immer noch fest um ihre Taille gelegt, um der Menge zuzuwinken, zu strahlen und drollige kleine Verbeugungen vor den Menschen zu machen, die ihm ins Auge fielen. »Was hast du mit meinem Gemahl gemacht?«

William küsste sie erneut. »Ich habe ihn zum König von England gemacht, meine Mora.«

»Das steht ihm.«

Und das tat es tatsächlich. Noch nie hatte Matilda William so entspannt erlebt, so zufrieden mit sich selbst, so ungezwungen mit den Menschen, die nun zu ihm hinstürmten, um ihn willkommen zu heißen. Sie sah zu, wie er endlos viele Hände schüttelte, seinen Gratulanten zunickte, zulächelte und sogar mit ihnen schwatzte – ja, *schwatzte*. Sie eilte ihm hinterher und staunte über diesen neuen Mann, der endlich über die Meerenge wieder in die Normandie zurückgekehrt war. Er wurde als Eroberer und Held bezeichnet, und in der Tat, das war er mit jedem Zoll seines Körpers. Sie spürte, wie es sich in ihrem Schoß regte.

»Ich habe noch nie das Bett mit einem König geteilt«, flüsterte sie ihm ins Ohr.

Sein Körper reagierte zuerst auf diese Worte, und dann sah er sich nach ihr um, ein boshaftes Silberglitzern in den dunklen Augen.

»Oh, das wirst du«, versprach er. »Denn ich sehne mich danach, mit einer Königin zu liegen.«

»Die aber noch nicht gekrönt ist.«

»Nein«, räumte er ein und zog eine Grimasse. Sie hatten sich beide so sehr gewünscht, dass sie zu Weihnachten an seiner Krönung hätte teilnehmen können, genau fünfzehn Jahre nach dem Tag, an dem man ihnen den Thron versprochen hatte. Aber die See war unruhig gewesen, und da Matilda gerade erst wieder aus dem Kindbett aufgestanden war, war sie in der Normandie geblieben. »Aber du wirst noch gekrönt werden.«

»Wann, William? Wann kann ich mit dir nach England kommen?«

Einen Augenblick lang wirkte er seltsam unsicher, dann aber lächelte er so schnell und so breit, dass sie schon glaubte, es sich eingebildet zu haben.

»Sehr bald, meine Liebste.«

»Diesen Sommer noch?«

»Das wäre doch perfekt, nicht wahr?«

Das war nicht wirklich eine Antwort.

»Ist in England alles bester Ordnung?«

»So langsam, ja. Fitz und Odo haben alles in der Hand, da bin ich mir sicher.« Er klang aber nicht so. »Aber nun komm, ich bin zurück. Ich bin hier in der Normandie, und alle freuen sich, mich zu sehen.«

Er blickte sich beinahe ungläubig um, und Matilda rückte näher an ihn heran. »Bist du froh, wieder zu Hause zu sein, mein Gemahl?«

Einen Augenblick lang glaubte Matilda eine Träne in seinem Auge zu entdecken. »Ich glaube, ich war darüber nie glücklicher.«

»Deine Mutter wäre so stolz auf dich.«

»Das wäre sie. Ich hoffe, sie blickt vom Himmel auf mich herab, um zu sehen, dass ihr Bastardsohn als König gefeiert wird. O ja, Matilda, es ist schön, wieder zu Hause zu sein.« Er sah sich wieder um, und sie merkte, wie er die normannische Luft in tiefen Zügen einatmete – fast wie ein Ertrinkender. »Oh, und ich habe Neuigkeiten für dich: Deine Base Judith, die bedauerlicherweise durch den Eidbrecher zur Witwe gemacht wurde …«

»Ja?«, drängte Matilda eifrig, denn sie hatte häufig an Judith gedacht und sich gefragt, wie es ihr wohl allein im düsteren Saint-Omer ergehen mochte.

»Sie wird wieder heiraten. Einen Herzog Welf von Bayern im Römisch-Deutschen Kaiserreich. Er ist, wie man hört, ein ruhiger, freundlicher Mann mit großem Interesse an Kunst. Er hat Judith in Rom kennengelernt, und als sie frei wurde, hielt er sogleich um ihre Hand an. Sie geht mit Freuden mit ihm, sagte man mir.«

Matildas Herz weitete sich. »Das sind wirklich frohe Nachrichten, William. Ich danke dir. Aber wer hat dir das alles berichtet – deine Spione?«

»Meine gut informierten Boten, meine Gemahlin«, korrigierte er sie augenzwinkernd, und dann wandte sich ihr vor Freude immer noch hüpfender Gemahl um und rief aus: »Und sieh doch, da sind meine Kinder, meine wunderbaren Prinzen und Prinzessinnen.« Und zu Matildas Überraschung sank er auf die Knie und breitete die Arme aus.

Es entstand eine atemberaubende Pause, in der alle zögerten. Dann schmiegte sich Cécile, die zu diesem feierlichen Anlass ein paar Tage lang Saint-Trinité hatte verlassen dürfen, in seine Arme. Und plötzlich sagte er ihren Namen und hielt sie fest, und die kleine Matilda und Constance umarmten ihn ebenfalls. Schließlich stand er auf, auf jeder Hüfte eines der kleineren Mädchen, Cécile ganz dicht bei sich. Rufus und Richard stürzten sich ebenfalls auf ihn, nur Robert blieb verlegen an der Seite stehen.

»Robert!«, rief William, und irgendwie gelang es ihm, eine Hand frei zu machen, um die seines ältesten Sohnes zu schütteln. »Du hast in meiner Abwesenheit gut für die Normandie gesorgt – sie sieht fantastisch aus.« Matilda hörte, wie ihm die Stimme versagte, und befürchtete erneut, dass er gleich in Tränen ausbrechen würde, aber er fasste sich schnell wieder und sah sich wieder um. Seine Augen wanderten über die jubelnde Menge hinweg zur herzoglichen Burg auf dem Hügel hinauf, bevor sie wieder zu seiner Familie zurückkehrten. »Und ich habe gehört, dass ich noch eine Tochter bekommen habe?«

»So ist es.«

Matilda drehte sich zur Kinderfrau um, einer älteren Dame, die ganz und gar dagegen gewesen war, das kleine Mädchen in die kalte Frühlingsluft und in die lärmende Menge mitzunehmen. Matilda hatte nicht auf sie gehört und darauf beharrt, dass das Mädchen bei der Heimkehr ihres königlichen Vaters zugegen sein musste, und jetzt war sie froh darüber, sich durchgesetzt zu haben. William hatte die anderen beiden Mädchen auf den Boden gesetzt und das Kind zärtlich in die Arme genommen. Vor dem Hintergrund seines Kettenhemdes wirkte sie absolut zart und zerbrechlich. Er küsste sie auf ihre rosafarbene Stirn.

»Welchen Namen hast du ihr gegeben, Gemahlin?«

»Adela.«

Er zog eine Augenbraue hoch.

»Um meine Mutter und ihre verstorbene Schwester zu ehren.«

»Sehr richtig – wir sollten die Vergangenheit niemals vergessen.« Matilda sah ihn erstaunt an, aber er lächelte nur erneut. »War die Geburt leicht?«

»Leicht und nicht lang. Sie ist gesund und wohlauf, William. Wir sind gesegnet.«

Er küsste sie, und unwillkürlich erinnerte sie sich an den furchtbaren Abend genau hier, in Bonneville, nachdem sie ihre erste kleine Adela an diese schreckliche Krankheit verloren hatten und in der beinahe auch William gestorben wäre. Gott sei Dank war er nun bei ihr daheim.

Hugues war im Januar kurz nach Hause zurückgekehrt und hatte die Neuigkeiten von Williams glorreicher Krönung hinterbracht. Nach weniger als zwei Wochen war er jedoch wieder davongesegelt mit der Begründung, sich um die neuen Stallungen für die Kriegsrösser kümmern zu müssen. Er hatte sie auf fettem, neuem Weideland in einer Region namens Leicester untergebracht. Emeline hatte er mitgenommen, und Matilda hätte die beiden liebend gern begleitet, aber sie war noch immer nicht gänzlich vom Kindbett erholt gewesen.

Und Hugues hatte ihr berichtet, dass William seine baldige Heimkehr plante. Also hatte sie begonnen, alles für einen glorreichen Empfang vorzubereiten.

»Ich hoffe, du hast ein großes Festmahl angesetzt, Matilda«, sagte William nun. »Mit Essen und Wein für alle.«

»Wein, William? Es ist Fastenzeit.«

Er winkte sorglos ab, wie es sonst eher Raoul oder Fitz getan hätten. »Heute Abend nicht. Heute Abend erlässt uns Gott das Fasten, denn er hat uns Ruhm beschert, und dem müssen wir durch unsere Freude Ehre erweisen.«

Matilda wäre beinahe vornübergekippt. William war immer sehr rigoros im Hinblick auf die Fastenzeit gewesen und hatte deren Entbehrungen mit Freuden begrüßt, denn sie passten besser zu seiner strengen Disziplin als die loseren Sitten des restlichen Jahres. Bis heute.

»Ich werde dafür sorgen, William«, stammelte sie und gab Cecilia dankbar ein Zeichen, die nickte und hinausschlüpfte, um in der Festung entsprechende Order an die Küche und die Kellermeister weiterzugeben.

Alle würden sich um die Köstlichkeiten reißen. Sicherlich würde niemand bedauern, mit dem Fasten aussetzen zu müssen, besonders nicht, wenn es auf Befehl des Herzogs geschah. Und der Jubel wurde noch lauter.

»Was ist es doch für eine Freude, mit meinen eigenen Leuten zu feiern«, brüllte William und sprang auf eine Kiste, um eine Rede zu halten.

Sein Blick streifte kurz den Landungssteg, wo Matilda eine Gruppe steif dastehender Angelsachsen entdeckte, die sich dort zusammendrängten und über die Fulk wie ein Koloss wachte. Williams Boten hatten ihr mitgeteilt, dass er die wichtigsten Lords mitbringen würde, um »gemeinsam die

Festlichkeiten zur Vereinigung unserer Länder« zu begehen, aber die säuerlichen Mienen der Männer – die, wie sie jetzt sah, eher Gefangene als Gäste waren – legten nicht nahe, dass ihnen zum Feiern wirklich zumute war. Sie wich ein wenig von der wogenden Menge zurück, um sie eingehender betrachten zu können.

Derjenige in der Robe des Erzbischofs musste Stigand sein, anscheinend der erste Geistliche, der sich Ende des vergangenen Jahres gebeugt hatte. Zumindest er wirkte entspannt und beobachtete die Szenerie mit Interesse. Neben ihm stand ein schlaksiger Junge, der nur aus Armen und Beinen zu bestehen schien. Grimmig blickte er unter strähnigem, zu langem Haar in die Menge, und Matilda vermutete, dass es sich um Edgar handelte, den »Ætheling«, den Jungen, dessen Vater Mabile vielleicht oder vielleicht auch nicht vergiftet hatte. Damals hatte er ihr leidgetan, aber er nahm seine Niederlage nicht gerade mit Würde hin.

Hinter ihnen standen zwei große Männer, immer noch jung, aber ebenfalls mit düsterer Miene. Sie beobachteten William aufmerksam, die Körper sprungbereit, als wollten sie sich gleich auf ihn stürzen, aber ihre Gesichter verrieten auch, dass sie wussten, dass das ihr sicherer Tod gewesen wäre. Dass mussten die Earls aus dem Norden sein, Edwin und Morcar, die Brüder jener Frau, die kurz zur Königin avanciert war und nun die Flucht ergriffen hatte, um ihren Thron für Matilda zu räumen. Die beiden Männer waren über die Entwicklung sichtlich nicht allzu glücklich, und als Matilda sich wieder zu William umwandte, der so fröhlich auf der Kiste herumhüpfte, als hätte er einen halben Krug Wein aus Bordeaux getrunken, erkannte sie plötzlich, wie hart es in England gewesen sein musste – und vermutlich immer noch war.

Die Nachrichten, die sie hier erreicht hatten, waren im Großen und Ganzen immer positiv gewesen, Berichte von Sieg um Sieg. Zugegeben, als sie zuerst die Information bekamen, dass London sich nach der großen Schlacht nicht ergeben hatte, war dies ein Schlag gewesen, aber anschließend hatten sich ansonsten jede Menge Ortschaften unterworfen – Romney, Dover, Canterbury. Dann Orte, von denen sie noch nie gehört hatte – Wallingford, Berkhamsted. William, der feststellen musste, dass ihm der Weg nach London versperrt war, hatte die Hauptstadt isoliert, indem er rundherum eine Festung nach der anderen errichtet hatte. Es war nur eine Frage der Zeit, hatten die Boten ihr versichert, bevor London nachgeben musste. Und endlich, im Dezember, als eisige Winde über die Normandie hinwegfegten, war es so weit gewesen. Edgar hatte vor William das Knie gebeugt, die Earls des Nordens hatten es ihm kurz darauf gleichgetan, und ihr Gemahl war triumphal in Westminster eingeritten.

Triumphal, ja, das hatten sie ihr genau so erzählt, und Matilda hatte sich Westminster vorgestellt, wie sie es im Jahre 1051 kennengelernt hatte. Sie hatte versucht, Edwards neue Abteikirche und den neuen Palast in das Bild einzufügen, der offenbar Jumièges so sehr ähnelte, dass William sich dort wie zu Hause fühlen musste. Sie hatte sich vorgestellt, wie ihr Gemahl in vollem königlichen Ornat einritt, wie die Menschen die Straßen säumten – genau wie damals, als sie England gemeinsam besucht hatten.

Sie war nicht dumm. Sie hatte sich keinen lauten Jubel vorgestellt, aber definitiv Neugier, Respekt, Anerkennung. War es etwa nicht so gewesen? War die Krönung doch nicht so prächtig und würdevoll gewesen? Plötzlich fiel ihr wieder ein, dass jemand ein Feuer und Unruhen erwähnt hatte. Mit einem Mal verspürte sie Traurigkeit für ihren Gemahl und hätte ihn am liebsten beschützt. Er wollte unbedingt das Beste für sein neues Land tun, auf das er so stolz war. War William nicht nur aus Freude, sondern auch aus Erleichterung hier in Bonneville so ausgelassen?

Sie drängte sich durch die Menge zu ihm hindurch und stellte sich neben ihn, wollte plötzlich unbedingt an seiner Seite sein. Sie tippte ihm auf den Fuß, und er sah von seiner Kiste herunter, lächelte, und dann beugte er sich vor und nahm ihre beiden Hände in die seinen und hievte sie mit einer solchen Leichtigkeit neben sich hoch, als sei sie die kleine Constance.

»War es hart, William?«, flüsterte sie.

Er neigte den Kopf und vergrub das Gesicht in ihrer weichen Halskuhle.

»Ja, es war hart«, bestätigte er so leise, dass nur sie es hören konnte. »Aber es ist vollbracht. England gehört uns, und ich bin wieder zu Hause.«

»Sicherlich ist England jetzt *auch* dein Zuhause?«, erkundigte sie sich, aber eine Frage aus der Menge lenkte ihn ab, sodass er ihr die Antwort schuldig blieb.

In jener Nacht feierten sie ein großes Gelage, ebenso wie in der nächsten und übernächsten, während William und Matilda in einer Siegesparade durch die Normandie zogen, die ihren Höhepunkt im Osterfest bei Fécamp fand. Derlei Festlichkeiten hatte man in der Normandie noch nie erlebt. Die Menschen strömten aus allen Himmelsrichtungen herbei – die Adligen in Pavillons, die so dicht an dicht standen, dass sie fast wirkten wie ein einziges riesiges Zeltgewölbe; hohe Würdenträger reisten heran und waren begierig, ihr Knie vor dieser wachsenden

Macht in Europa zu beugen; einfaches Volk ebenso, das auf der Straße nächtigte, um den besten Blick auf den neuen König und die neue Königin zu erhaschen; Händler und Kunsthandwerker aus ganz Europa, die von der ausgelassenen Stimmung einer ganzen Nation profitieren wollten.

Raoul d'Amiens reiste mit Königin Anna persönlich an seiner Seite an, war voll des Lobes für Williams Vorstoß und versicherte ihn der Unterstützung Frankreichs. Matilda sah, dass William beinahe vor Stolz platzte, als er mit Anna sprach – von König zu Königin – und ihr versicherte, dass er als frischgebackener Herzog von sieben Jahren seinerzeit Frankreich die Freundschaft versprochen hatte und dass er sich an dieses Versprechen stets halten werde.

»Loyalität ist unerschütterlich«, hörte sie seine Stimme aus den dunklen Gefilden ihrer gemeinsamen Vergangenheit. »Sie entscheidet sich für Gefolgschaft und bleibt dabei. Sie schwankt nicht wie ein Schilfrohr im Wind.« Wie besudelt dieser Ausspruch ihr damals auch erschienen war, als sie Zeugin gewesen war, wie er ihn dem rebellischen Volk von Alençon zugerufen hatte – es war so wahr. Aber sie hatten die Schatten hinter sich gelassen und brauchten keine weitere Rebellion mehr zu fürchten. Die Normandie war glücklich, jedermann schwor William die Lehenstreue, Fécamp war ein Wirbel aus Farben und Geräuschen, und William schien das alles in sich aufzunehmen.

Am Ostermorgen erwachte Matilda und entdeckte ihn nackt an der Fensteröffnung stehend. Er blickte über den Innenhof, wo bereits der Lärm von tausend frühstückenden Menschen die sanfte Frühlingsluft erfüllte.

»Ein wundervoller Anblick«, sagte sie, seine Rückenmuskulatur bewundernd, ebenso wie das hübsche Dreieck, das hinab zu seiner immer noch schmalen Taille führte, und die festen Gesäßbacken darunter.

Er sah zu ihr hinüber und lächelte sanft. »Hier wurde ich zum Erben meines Vaters ernannt«, sagte er. »Am Ostersonntag 1035 – vor zweiunddreißig Jahren, Matilda. Ich war sieben Jahre alt und hielt das alles für ein tolles Spiel. Ich sah nur die eleganten Kleider, das Gelage, das ich bis spät in die Nacht miterleben durfte, und mein neues Schwert. Vor allem das. Ich hatte keine Ahnung, Matilda, wie oft ich es in den vor mir liegenden Jahren noch würde schwingen müssen.«

»Oder wie erfolgreich du es schwingen würdest.«

Er kehrte wieder zum Bett zurück und setzte sich auf die Bettkante. »Wahrscheinlich muss ich es auch weiterhin schwingen, meine Geliebte.«

Sie sah ihm in die Augen, die ganz dunkel waren. »Hast du Angst?«

»Die besten Dinge erwachsen aus der Angst.«

Sie schüttelte den Kopf. »Nein, William. Die besten Dinge kann man erobern, indem man seine Angst bezwingt, aber am allerbesten sind sie, wenn die Furcht verschwunden ist. Das Beste erwächst aus der Freude, und dich wieder bei mir zu haben ist mir tatsächlich eine große Freude.«

»Zurück zu sein ist Freude.«

»Dann machen wir das Beste daraus.«

»Oh, das werden wir.« Plötzlich lächelte William, ein gefährliches, mutwilliges Lächeln, und seine Augen waren plötzlich wie aus Silber.

»William?«

»Was?«

»Du planst irgendetwas. Was hast du vor?«

»Was ich vorhabe? Nichts, Frau.«

»Doch. Du machst so ein boshaftes Gesicht.«

»Ach, tatsächlich?« Er stand auf und griff nach seiner Tunika. »Gut. Und nun komm, es wird Zeit, sich anzukleiden, meine Liebste. Wir müssen bald zur Kirche, und obwohl ich persönlich absolut nichts dagegen hätte, wären die anderen Leute vielleicht ein wenig überrascht, wenn du so, wie Gott dich geschaffen hat, zum Altar schreiten würdest.«

Und mit diesen Worten ging er beschwingten Schrittes zur Tür, sodass Matilda ihrem neuerdings so lebhaften Gemahl nur ungläubig hinterherstarren konnte. Schnell rief sie nach Cecilia. Sie würde heute Morgen Hilfe beim Anziehen brauchen, denn sie beabsichtigte, ihr Hochzeitskleid anzuziehen, dasjenige, mit dem er sie in ihrer allerersten Nacht in der Normandie überrascht hatte. Das kostbare Material hatte ihr von Anfang an das Gefühl gegeben, eine Herzogin zu sein, und jetzt wollte sie sich darin wie eine Königin fühlen. Sich fünfzehn Jahre und acht Kinder später hineinzuzwängen erwies sich als Herausforderung, aber glücklicherweise konnte man Cecilias hastige Stiche von ihrem Hochzeitstag leicht wieder auftrennen. Williams breites Lächeln, als er sie sah, war Ausgleich genug dafür, dass die Bänder ihr dann doch immer noch ziemlich die Luft abschnürten.

»Sehr angemessen«, lobte er. »Sehr angemessen, in der Tat.«

»Angemessen?«

Sie hatte gehofft, er werde sie darin schön finden, vielleicht sogar schlank, aber er grinste sie nur an und bot ihr die Hand dar, um sie hinauszuführen und den Hof zu begrüßen. Während des gesamten Gottesdienstes sah er sie unverwandt an. Und während der gesamten Prozession um Fécamp, zu der sich Tausende von Menschen versammelt hatten, während der gesamten, endlosen Gänge des Ostermahls, gab er nichts preis, bis sie vor Neugier fast platzte.

Doch dann, als das letzte Stück Wildschwein mit zufriedenem Seufzer verspeist war, erklang eine Fanfare, und zwei Köche betraten von hinten die Halle. Stolz trugen sie eine riesige Platte zwischen sich. Sie schritten unter den bewundernden »Ohs« der Menge die Halle entlang. Matilda beugte sich vor, aber erst als sie dem Tisch am Kopfende nahe kamen, konnte sie das wunderschöne Gebäck erkennen – ein verschlungenes WM, das mit unzähligen Nüssen besetzt war, vor Honig troff und sowohl oben als auch unten mit einem goldenen Blatt verziert war.

»Man kann ja gar nicht sagen, welcher Buchstabe nun welcher ist!«, rief sie aus.

»Genau«, stimmte William zu und erhob sich neben ihr. »Ich bin nicht König, weil ich die Schlacht gewonnen habe oder die Lords unterworfen habe oder einen Tower inmitten Londons gebaut habe, Matilda. Sondern ich bin vor allem im Herzen König, und zwar, weil du meine Königin bist. Und du wiederum bist Königin, weil ich König bin. Wir verdanken es einander gegenseitig.«

Ihre Augen füllten sich mit Tränen. »Und wir werden es gemeinsam genießen«, antwortete sie. »Und unseren Ämtern gerecht werden.«

»Das werden wir.«

Er streckte die Hand aus, um ihr die Tränen abzuwischen, und einen Augenblick lang verschwand die Halle, und übrig waren nur noch sie beide. Auf dem Kamm einer Welle, auf der sie so lange geritten waren, blickten sie einer neuen Zukunft entgegen.

»Das war deine Überraschung, William?«, fragte sie.

»Das?« Seine Augen funkelten schon wieder. »Nein, nein, das war es nicht.«

»Dann …?«

»Roger!«

La Barbe richtete sich auf. Er humpelte noch immer, wenn auch auf elegante Art, und sein Schnurrbart war an einer Seite nach oben und an der anderen nach unten gezwirbelt wie eine boshafte Parodie seiner selbst. Bei dem Anblick musste Matilda lachen, aber dann deutete er auf den hinteren Bereich der Halle, und blitzschnell wurde ein großer Vorhang zurückgezogen und enthüllte eine Gruppe von etwa zwanzig Musikanten. Matilda starrte sie mit offenem Mund an und blickte dann zu Raoul hinüber, der weiter tischabwärts bei Königin Anna saß, aber er wirkte genauso überrascht wie sie selbst.

»Ich habe sie aus England mitgebracht«, berichtete William ihr, und sein Grinsen war so breit, dass es sein Gesicht beinahe in zwei Hälften teilte. »Dort liebt man den Tanz, Matilda, und zwar sehr.«

»Ich erinnere mich«, flüsterte sie und sah vor ihrem geistigen Auge erneut die zügellosen Feierlichkeiten des Jahres 1051. Damals hatte sie sie nur aus neidischen Augenwinkeln heraus beobachten dürfen, da William sie ja genötigt hatte, sich frühzeitig zurückzuziehen, um für das Versprechen zu beten, das Edward ihnen letztlich auch gegeben hatte und das nun, endlich, wahr geworden war. Sie konnte die Füße kaum stillhalten.

»Würdest du gern tanzen?«

Sie zögerte. Das verschlungene WM stand immer noch vor ihr, und die Honigglasur funkelte in den Binsenlichtern.

»Nein. Nein, ich werde bei dir bleiben und …«

»Würdest du gern tanzen?«

Plötzlich erfasste sie seinen Unterton, sah auf und entdeckte, dass er ihr die Hand entgegenstreckte und sich zur Kante des Podests hinüberbewegte. Ihr floss das Herz über, als hätte jemand einen Eimer voller Liebe geradewegs hineingegossen.

»Mit dir?«

Er zuckte mit den Schultern und sah plötzlich hinreißend verlegen aus. »Ich habe geübt, Matilda.«

Natürlich hatte er das.

»Dann würde ich liebend gern tanzen.«

Sie legte ihre Hand in die seine, und er führte sie in die Mitte der Halle, während die Köche sich geschwind zurückgezogen und die Musikanten einen Akkord anschlugen. Der gesamte normannische Hof, der an den Seiten der großen Halle saß, erhob sich nun und beobachtete, wie beide zusammen auf die Tanzfläche traten.

Matilda entdeckte Cecilia, die andächtig die Hände gefaltet hatte. Sie sah Roger, der Della seinen Arm um die Schultern gelegt hatte, sodass die beiden wie wohlwollende Eltern wirkten, die ihre Kinder beobachten, und Fulk, der Mabiles schlanke Hand in seiner Pranke hielt und sich ihnen jeden Moment anschließen würde. Sie dachte an Hugues und Emeline, die ihre normannischen Pferde jetzt in England grasen lassen wollten, Pferde mit einer Spur italienischen Blutes aus ihren vorherigen gemeinsamen Reisen. Sie dachte an Odo, den unglaublichsten Bischof der Welt und jetzt Earl of Kent; und an Fitz – den loyalen, gutherzigen Fitz, der beim allerersten Mal gleich vor sie hingestürzt war, um sie zu begrüßen, und der nun an Williams Stelle die Regentschaft über das älteste Land der Christenheit übernommen hatte. Sie sah zu ihren Kindern hinüber, jener hübschen achtköpfigen Schar, deren Zukunft sie und William mutmaßlich auf alle Zeiten gesichert hatten, und die Liebe in ihrem Herzen drohte überzufließen, sodass sie das Gleichgewicht verlor und dankbar war, als Williams starker, zuverlässiger, beständiger Arm sie stützte, der Arm ihres Königs – dessen Königin sie war.

Sie schloss die Augen und spürte das Pochen des Herzens in seiner Brust, während seine sicheren, starken Arme sie mit sich rissen, sobald die leichte Änderung des Rhythmus es erforderte, so schwungvoll, dass sie in ihren prächtig verzierten Schuhen auf Zehenspitzen tanzen musste. Er hatte geübt, und nun leistete er Hervorragendes. Wie er immer Hervorragendes leistete.

»Ihr seid zu gut für mich, Mylady.«

Seine Worte wehten flüsterleise wie Schmetterlinge über ihre Wange hinweg und überzogen sie mit einer feinen Röte.

»Das bin ich nicht«, beharrte sie, denn so war es.

Ja, sie war Herzogin Matilda, die älteste Tochter des großen Grafen Balduin und die Base von König Philippe von Frankreich, aber er war Herzog William, Nachkomme eines der Gründerväter der Normandie und der Sohn einer Frau von wahrem Adel. Ja, sie war die Edle Matilda, die einmal eine hervorragende Partie hatte machen sollen, die Flandern mit einem vorteilhaften Partner hatte verbinden sollen. Diese Partie war er, und niemals konnte sie Gott genug danken für diesen gleichzeitig harten und weichen Gemahl, der nun König von England war.

»Du tanzt gut, William.«

Er lächelte, und seine Finger umfassten die ihren fester. Er hob sie dichter an seine breite Brust, und dann, mit einem leisen Lachen, das köstlich durch die festliche, verräucherte

Luft perlte, wirbelte er sie herum, bis ihr königliches Blut so heftig unter ihrer Haut pulsierte, als wolle es sie sprengen, und ihr war so leicht ums Herz, dass auch sie laut auflachte. Das war sogar noch besser, als Königin zu sein, und sie wusste, dass sie ewig mit diesem Mann tanzen konnte.

Das Tempo des Tanzes war, ebenso wie das Tempo ihres gemeinsamen Lebens, viel berauschender als jeglicher Wein. Er beugte sich zu ihr herab und gab ihr einen Kuss, aber nicht einen von der wilden und feuchten Sorte wie die, über die in den Frauengemächern gekichert wurde. Nein, vielmehr war es, als wehten seine Worte über ihre Lippen hinweg, um hernach im Gewimmel der anderen Tänzer zu verschwinden:

»Meine Matilda, meine Mora, meine Königin.«

Epilog

Abtei von Jumièges, Frühjahr 1067

»So sieht sie also aus?«

Matilda deutete auf die großartige Abtei, die im Tal unter ihnen in der Frühlingssonne funkelte, und versuchte, sich ein ähnliches Gebäude anstelle der gebrechlichen alten Londoner Kirche vorzustellen, in der sie vor fünfzehn langen Jahren angespannt Weihnachten gefeiert hatten. Sie hatte die alten Gebäude auf Thorney Island auch heute noch lebhaft vor Augen, rau und verwittert, und doch ihrer selbst so ungeheuer sicher. Sie sah auch heute noch die große Halle vor sich, die feierlich mit festlichem Grün geschmückt worden war und in der sich die hübschen blonden Schöpfe ihrer angelsächsischen Vettern versammelt hatten, die nun ihre Untertanen waren. Sie konnte auch jetzt noch Emeline tanzen sehen und diesen jungen Wachmann, der dieses Mädchen vor dem Kriegsross gerettet hatte. Sie erinnerte sich an König Edward, der sich wie ein ganz normaler Nachbar über das Kohlebecken gebeugt und ihnen den Thron versprochen hatte. Seit diesem Tag hatten sie einen weiten Weg zurückgelegt – einen, der ihnen zeitweise unmöglich vorgekommen war. Aber nun hatten sie ihr Ziel endlich erreicht.

»Genau so, nur größer«, versicherte William ihr. »Die

neue Westminster Abbey ist ein wunderschönes Gebäude, Matilda. Sie wurde zu Gottes Ehren erbaut, und ich kann mir keinen prächtigeren Ort vorstellen, an dem du zur Königin von England gekrönt werden solltest.«

Königin von England!

Sie erinnerte sich daran, dass ihr Vater einmal von dieser Möglichkeit gesprochen hatte, als sie – törichtes Mädchen, das sie damals gewesen war – Williams Werben hatte ablehnen wollen. Sie hatte Balduin damals für verrückt gehalten, aber tatsächlich hatte er klarer gesehen als die meisten anderen. Er war vor Kurzem zu Besuch gewesen. Er war zwar alt geworden, platzte aber beinahe vor Stolz. Sie fürchtete, dass er nicht mehr lange unter ihnen weilen würde, aber er würde zufrieden sein, wenn er diese Welt verließ, und sie war froh, dazu beigetragen zu haben.

»Siehst du, Matilda«, hatte er gesagt. »Ich habe dir doch gesagt, dass Herzog William dir ein guter Ehemann sein würde.«

»Das hast du, Vater.« Sie hatte ihm einen Kuss gegeben. »Und du hattest recht.«

Ein winziger, immer noch kindlicher Teil ihrer selbst hatte sich gegen die Worte gesträubt, aber sie hatte das Gefühl verjagt. Graf Balduin hatte tatsächlich recht gehabt. William hatte die ganze Zeit über perfekt zu ihr gepasst – in Entschlossenheit, Ehrgeiz und Antrieb. Und bald würde sie die *Mora* besteigen und endlich ihrem neuen Königreich entgegensegeln.

Sie wandte sich gen Norden, aber die Meerenge war zu weit entfernt, um sie sehen zu können. Doch das spielte keine Rolle. Die Boote waren beinahe fertig, um William und seine immer noch unwilligen angelsächsischen »Gäste«

nach Hause zu bringen, und sie würde mitfahren. Sie würde an Pfingsten gekrönt werden. Dann konnte sie anfangen, ihr neues Volk und ihre Sitten und Gebräuche kennenzulernen. Es würde eine Herausforderung sein, aber sie war bereit. Sie und William hatten die Normandie in den vergangenen Jahren weit gebracht, auch wenn ihre Untertanen immer wieder bockig rebelliert hatten. England würde – darum konnte sie nur beten – deutlich stabiler sein, und vielleicht würde sie sogar weniger mit Regierungsgeschäften zu tun haben, sondern ihrer Regentschaft durch Kunst und Kultur den Stempel aufdrücken können. Judith, die nun sicher in ihrer neuen bayerischen Heimat saß, wäre stolz auf sie.

Sie blickte sich nach der Abtei um. »Es war ein langer, harter Weg, William.«

»Nicht wirklich, denn ich hatte dich an meiner Seite, und das hat alles für mich leichter gemacht.«

Mehr Tränen. Sie wischte sie unwillig fort. »William – du alter Romantiker!«

Er grinste und breitete die Arme aus, und sie ließ sich glücklich hineinsinken und reckte ihm das Gesicht entgegen für einen Kuss. Aber in dem Augenblick ertönte ein Schrei von den Hügeln herab. Sie wandten sich zögernd um und entdeckten La Barbe, der auf sie zuritt.

»Mein Gott«, grollte William, »können wir denn nie mal eine Minute für uns haben?«

Aber als der Kämmerer näher kam, sahen sie, dass sein Pferd schäumte, so hart war er geritten. Seine Schultern hatte er entschlossen gestrafft. William nahm Matilda noch fester in den Arm, und das Trommelfeuer ihres Herzens an seiner Brust ähnelte dem Pochen des seinen.

Roger zügelte sein Pferd und sprang vor ihnen ab.

»Was ist los?«, fragte William. »Was ist passiert?«

Roger blickte von William zu Matilda und dann wieder zurück zu William. Seine Augen waren schwarz.

»Ich habe Nachricht von Fitz«, erklärte er heiser. »Wir haben einen Aufstand, mein König. Aufstand in England.«

Historische Anmerkungen

Viele Leser fragen mich, warum ich historische Romane schreibe, und ich muss zugeben, dass ich mir manchmal während der Recherche- und Planungsphase die gleiche Frage stelle. Die Antwort lautet natürlich, dass ich vom Leben der Vergangenheit fasziniert bin. Es fesselt mich, auf welche Weise die Entscheidungen und Handlungsweisen unserer Vorfahren unsere eigenen, heutigen beeinflusst haben. Aber über das »wahre Leben« zu schreiben, bringt auch eine Riesenverantwortung mit sich. Ich lebe in fast ständigem Schrecken davor, dass ich irgendetwas falsch schildere, und mir ist sehr wohl klar, dass ich das in diesem oder in anderen Romanen sicher auch schon mal getan habe.

Ich recherchiere so ausführlich wie möglich, aber es gibt immer noch mehr zu erfahren, und irgendwann muss ich dann auch mal aufhören, mich in der Historie zu vergraben, und mit dem Schreiben meiner Geschichte anfangen. Ich hoffe, dass mir die Leser kleinere Irrtümer verzeihen werden, und freue mich immer, wenn sich Leute mit mehr Wissen als ich selbst an mich wenden. Bis dahin muss ich noch ein paar Anmerkungen loswerden über Zusammenhänge, die ich besonders interessant fand oder die ich weiter erörtern will, als das in dieser Geschichte möglich war.

Detailinformationen zu den Figuren

Lord Brihtric

Der Roman beginnt mit Matildas Tändelei mit Lord Brihtric, und diese Liaison entspricht den dokumentierten Fakten – oder zumindest den dokumentierten Gerüchten. Brihtric Mau (was so viel heißt wie Schnee, weil er so blond war) war, wie auch in unserer Geschichte geschildert, ein wohlhabender englischer Landbesitzer mit großen Ländereien rund um Tewkesbury. Er reiste Mitte der 1040er-Jahre an den flämischen Hof und wurde dem *Chronicle of Tewkesbury* zufolge in einen kleineren Skandal verwickelt. Er und die damals sechzehnjährige Matilda kamen einander so nahe, dass sie ihm nach seiner Rückkehr nach England eine Nachricht schickte, in der sie sich ihm als Gemahlin anbot.

Trotz dieses großzügigen Angebots nahm Brihtric sie nicht beim Wort. Offensichtlich war ihm klar, dass der ehrgeizige Graf Balduin einer solch unbedeutenden Partie für seine älteste Tochter wohl kaum wohlgesinnt gewesen wäre, und hielt sich fern. Den Berichten zufolge war Matilda bis über beide Ohren verliebt in Brihtric. Obwohl derlei Geschichten natürlich meist übertrieben dargestellt werden, ist es mehr als wahrscheinlich, dass ihr besorgter Vater beschloss, sie möglichst schnell zu verheiraten, bevor sie noch etwas derartig Törichtes tat. William war ein ehrgeiziger junger Mann auf der Suche nach einer Braut, und die Verbindung schien für alle perfekt zu sein – außer natürlich für die schmachtende Matilda. Und so beginnt unsere Geschichte …

Herleva, die »Gerberstochter«

Herleva (oder Herleve, Arlette etc. – je nach Quellen) ist in die historischen Aufzeichnung als Tochter von »Fulbert dem Gerber« eingegangen. Da Gerber unter anderem mit Urin arbeiteten, betrachtete man sie als die Niedrigsten der Niedrigen, die sich vornehmlich in ihren eigenen, eher stinkenden Stadtteilen aufzuhalten hatten.

Es gibt nur wenige Zeugnisse von Fulbert, aber wir haben Hinweise darauf, dass er der Kämmerer des Herzogs war. Dabei handelte es sich nicht unbedingt um ein hohes Amt, aber dennoch muss er ein einigermaßen bedeutender Mann in Falaise gewesen sein und kein einfacher Handwerker. Es ist also wahrscheinlich, dass er eher mit Pelzen arbeitete und maximal mit Gerbern Geschäfte machte, selbst aber keiner war. Das Wort »Kürschner« ist als Beleidigung jedoch ungeeignet, sodass man seinen eigentlichen Beruf praktischerweise einfach vergaß. Es ist allerdings eine allgemein bekannte Geschichte, dass die Männer Alençons Williams harte Rache über sich ergehen lassen mussten, als sie Tierfelle über die Mauern hingen und Williams Mutter als »Gerberstochter« beschimpften.

Welchem Beruf ihr Vater auch nachgegangen sein mag – Herleva war mit Gewissheit nicht aristokratischer Herkunft und ausschließlich aufgrund ihrer Schönheit die Geliebte des Herzogs. Robert I. hatte wahrscheinlich auch noch andere Geliebte, aber er scheint Herleva bevorzugt zu haben, besonders nachdem sie William geboren hatte. Auf jeden Fall lag sie ihm genug am Herzen, um ihr eine komfortable Zukunft zu sichern, indem er sie mit Herluin de Conteville verheiratete, einem normannischen Edelmann aus gutem Hause. Vieles deutet darauf hin, dass Robert zu diesem Zeitpunkt Eheverhandlungen im

Hinblick auf Knuts Schwester Estrith führte, was ihn vielleicht dazu motivierte, Herleva unter die Haube zu bringen. Auch mag die bevorstehende Vermählung ein Grund für seine Pilgerreise gewesen sein, bei der er ums Leben kam, sodass William als einziger Sohn sein Erbe antrat.

William scheint seine Mutter aufrichtig geliebt und sowohl sie als auch ihre Familie bei Hof gefördert zu haben. Verschiedenen Verwandten mütterlicherseits verschaffte er hohe Ämter und große Ländereien. Er scheint sich ihrer nie geschämt zu haben und ließ offenbar auch keinerlei Kritik an ihr zu – wie die Männer Alençons am eigenen Leib erfahren mussten.

William »der Bastard«

William wird oft als »William der Bastard« bezeichnet, eine abfällige Bezeichnung, die hämisch von den Angelsachsen aufgegriffen wurde, da sie sich von dem glorreicheren Beinamen »der Eroberer« deutlich unterschied. Vor der Eroberung wurde William aber eigentlich *grundsätzlich* als »der Bastard« bezeichnet, was mithin eher der Tatsache an sich geschuldet und nicht als Beleidigung zu werten ist. Allerdings scheint er durchaus empfindlich gewesen zu sein und reagierte auf Kränkungen gewalttätig. Noch aussagekräftiger jedoch ist der Umstand, dass er bekanntermaßen – und ungewöhnlicherweise für diese Zeit – seiner Frau absolut treu blieb.

Vor 1066 war es eigentlich durchaus üblich, Kinder mit einer Geliebten oder Handfasting-Frau zu bekommen – in der Tat hatten sowohl Harold of Wessex als auch Harald Hardrada außereheliche Söhne. Umso interessanter und faszinierender ist es, dass der arme William wegen seiner Abstammung dermaßen erniedrigt wurde.

Wahrscheinlich kam er einfach nur am falschen Ort und zum falschen Zeitpunkt zur Welt. Ab der Mitte des elften Jahrhunderts erschütterten nämlich zahlreiche Reformen durch den Papst die Kirche. In der Tat befasste sich das Konzil zu Reims, durch das Williams und Matildas Heirat verboten wurde (und zwar aus politischen Gründen, wie im Roman dargelegt), vornehmlich mit der Ausmerzung der Simonie (also des Ämterkaufs), mit dem Forcieren von kirchlichen Eheschließungen und damit, den Klerus zum Zölibat zu bewegen.

William wurde also zu Beginn einer Epoche geboren, in der man sich mit Feuereifer auf eine Neuorientierung hin zu einer moralischeren, monogameren Lebensführung stürzte, und ausgerechnet die Normandie bildete das Herzstück dieser Reform. Ironischerweise verschaffte William seinem Herzogtum den nötigen Wohlstand für fromme Projekte wie den Bau von Abteien – den im Übrigen sowohl er selbst als auch Matilda sehr förderten. Ausgerechnet seine eigenen Aktivitäten schufen also vielleicht eine Atmosphäre, in der ihm seine Herkunft viel eher vorgeworfen wurde, als es vor seinem Eingreifen der Fall gewesen wäre.

Mabile de Bellême, die Giftmischerin

Ich kann diejenigen Leser verstehen, die Mabile de Bellême für eine Schöpfung meiner Fantasie halten, aber es gab sie tatsächlich, und sie scheint eine echte Hexe aus dem Märchen gewesen zu sein. Laut bestimmten Aufzeichnungen soll sie sogar jemanden mit einem vergifteten Apfel getötet haben!

Mabile war Alleinerbin des riesigen Landbesitzes der Familie Talvas, war also eine mächtige, finanziell unabhängige Frau, und machte aus dieser Tatsache das Beste. Der Chronist

Orderic Vitalis beschreibt sie als »extrem grausam und tollkühn« – Eigenschaften, die sie von ihrem Vater geerbt zu haben scheint, Guillaume II. Talvas de Bellême. Er wird in den Quellen als berühmt für seine Brutalität ausgewiesen – und das in einer Zeit, in der Brutalität an der Tagesordnung war. Als ihn beispielsweise die Vorhaltungen seiner Frau wegen seiner mangelnden Moralvorstellungen langweilten, ließ er sie auf dem Weg zur Kirche erdrosseln. Dann lud er einen Rivalen zu seiner zweiten Hochzeit ein, um »Frieden zu schließen«, ließ ihn aber dann ergreifen, blenden und verstümmeln. Mabile nahm Grausamkeit also quasi mit der Muttermilch auf.

Gift galt unter den Normannen als bevorzugtes Mittel, um Rivalen loszuwerden, da man es praktischerweise kaum nachverfolgen konnte, und wurde lange für eine rein weibliche Waffe gehalten. Ebenso wie später die berühmtere Lucrezia Borgia scheint Mabile maßgeblich dazu beigetragen zu haben, dass dieses Bild überhaupt entstand.

Im Roman vergiftet sie Hugues de Grandmesnil mit einem Becher Wein. In Wirklichkeit war es allerdings nicht Hugues, den dieses Schicksal ereilte. Ihr Anschlag galt, wie im Roman auch, einem anderen, nämlich Arnold d'Echauffour, dem Sohn des verstümmelten Rivalen ihres Vaters, nachdem dieser versucht hatte, sich etwas von dem Land zurückzuholen, das die Bellêmes ihm genommen hatten. Mabile hatte keine Lust, sich mit irgendwelchen juristischen Auseinandersetzungen abzugeben, wenn der gute alte Mord doch so viel einfacher war. Fulks Bruder Gilbert war es dann, der den Kelch mit dem Gift austrank, aber ich hoffe, die Leser werden mir verzeihen, dass ich den Vorfall etwas abgewandelt habe, um nicht noch eine weitere Figur einführen zu müssen. Der arme Gilbert starb allerdings tatsächlich, wie später auch Arnold.

Mabile selbst starb, wie sie lebte. Entweder im Bad oder im Bett wurde ihr der Kopf abgetrennt (je nach Fantasie des Chronisten), und zwar von einem Mann namens Hugues Bunel, dessen Ländereien sie sich gewaltsam angeeignet hatte. Ich vermute, dass sie nicht allzu sehr betrauert wurde, obwohl ich es im Roman genossen habe, auch mal die positive Seite ihrer Kräuterkunde hervorzuheben.

Judiths Evangeliarien

Judith von Flandern scheint, wie ich hoffentlich zeigen konnte, eine ruhige, starke Frau mit großem Interesse an religiöser Kunst gewesen zu sein. Sie verfügte nur über ein geringes eigenes Einkommen, trotzdem gelang es ihr, die Mittel zur Unterstützung von White Church in Durham und später der Benediktinerabtei Weingarten aufzubringen. Sie war für jene Zeit insofern ungewöhnlich, als sie weder Abteien noch Kirchen stiftete oder restaurieren ließ. Ihr Interesse schien in erster Linie beweglichen Gütern zu gelten, was vielleicht auf das unstete Leben zurückzuführen ist, das die arme Frau zu führen gezwungen war.

Vorrangig unter ihren Stiftungen waren vier Evangeliarien, die auch heute noch existieren und tatsächlich einzigartig sind, denn es handelt sich um die größte Gruppe erhaltener angelsächsischer Manuskripte auf der Welt, die nur von einem einzigen Mäzen stammen. Zwei der Bücher werden in der *Pierpont Morgan Library* in New York aufbewahrt, eines befindet sich in Italien, und das vierte in Deutschland. Es handelt sich um kostbare und außergewöhnliche Werke, bei deren Illustrationen und den Buchstaben viel Gold verwendet wurde. Zwei der Buchdeckel sind bedauerlicherweise verloren gegangen, aber diejenigen, die erhalten geblieben sind, sind prächtig und bestehen aus juwelenbesetztem Metall.

Jane Rosenthal und Patrick McGurk fanden in ihrer Untersuchung der Evangeliarien heraus, dass alle vier vom gleichen Schreiber bearbeitet worden sein müssen, dass ferner die ersten drei in England vervollständigt wurden und mit Judith nach Brügge kamen, als sie im Jahre 1065 ins Exil gehen musste. Das vierte Buch scheint zwar in England begonnen worden zu sein, wurde aber kurz nach Judiths trauriger Rückkehr nach Brügge durch einen flämischen Künstler fertiggestellt.

Es gibt keine Beweise, dass Judith selbst die Künstlerin war, und es ist auch unwahrscheinlich, denn eine solche Arbeit wurde normalerweise von Mönchen verrichtet. Aber mit der Möglichkeit zu spielen hat mir Freude bereitet. Offensichtlich jedoch war Judith sehr stolz auf die Evangeliarien. Sie bedeuteten ihr eine Menge, weshalb ich es durchaus für legitim hielt, ihre Beteiligung an der Entstehung in die Geschichte mit einzuflechten.

Fehlende Figuren

Wer sich in der normannischen Geschichte auskennt, wird festgestellt haben, dass einige Schlüsselfiguren in meiner Geschichte fehlen. Es gibt deutlich mehr Aufzeichnungen über die normannische als über die angelsächsische oder gar wikingische Geschichte, und außerdem wimmelte es an Williams Hof von Menschen. Sie alle in diese Geschichte einzubetten hätte den Rahmen der Erzählung gesprengt; ich musste also selektiv vorgehen. Widerstrebend habe ich also folgende Personen ausgelassen:

Lanfrank von Bec: Lanfrank war ein berühmter und sehr einflussreicher Gelehrter und Mönch, der die italienische Bildung in die Normandie brachte und maßgeblich zur Blüte der Kirche in Williams Reich und auch danach beitrug. Er war offenbar auch Williams Hausgeistlicher und einer seiner Ratgeber. Später wurde er Erzbischof von Canterbury und war eine wesentliche Stütze der englischen Regierung nach der Eroberung. Ich habe mich detailliert mit seinem Leben befasst und fand es faszinierend, aber letztlich beschloss ich dann doch, mich auf Williams vier militärische Wegbegleiter zu konzentrieren – Fitz, Hugues, Fulk und Roger – statt auf diesen einen, eher spirituellen.

Robert Champart: Champart findet im Roman zwar Erwähnung, taucht aber nicht als Figur auf. Er war Abt von Jumièges in der Nähe von Rouen und reiste mit Edward nach England, als dieser sich seinem Halbbruder Hardiknut bei Hof anschließen wollte. Er war deshalb bei ihm, als Hardiknut im Jahre 1042 auf einer Hochzeitsfeier starb und Edward plötzlich König wurde. In den frühen Jahren seiner Regentschaft gehörte er zu seinen Hauptratgebern.

Champart war auch für die Forcierung normannischer Interessen am englischen Hof verantwortlich, und seine Ernennung zum Erzbischof von Canterbury im Jahre 1051 führte indirekt auch zum Exil der Godwinsons und ebnete William den Weg, sodass er nach England eingeladen und ihm die Krone angeboten wurde. Nachdem die Godwinsons sich im Jahre 1052 den Weg zurück in die Gunst des Königs erkämpft hatten, floh Champart und starb ein paar Jahre später als verbitterter Mann in Jumièges. Er spielte in meinem Roman bis zur letzten Version durchaus eine Rolle, besetzte aber lediglich einen kleinen eigenen Erzählstrang und war insofern narrativer Ballast, weshalb ich ihn bedauerlicherweise streichen musste.

Robert de Conteville, Comte de Mortain: Im Roman habe ich Odo von Bayeux, Williams Halbbruder und Sohn von Herluin de Conteville, besonders hervorgehoben. Eigentlich hatte er noch einen weiteren Halbbruder, nämlich Robert. Allerdings ist William in meiner Geschichte schon von so vielen jungen Männern umgeben, dass ich beschloss, diesen nicht auch noch zu berücksichtigen. Wahrscheinlich hatte William auch noch einige Schwestern und Halbschwestern, aber sie finden kaum Erwähnung in den historischen Aufzeichnungen, weshalb sie auch hier nicht eingeflossen sind.

Sweyn Godwinson: In Kapitel neun berichtet Tostig Judith, dass sein Bruder Harold wahrscheinlich Wessex erhalten wird, weil er »einfach alles bekommt«. Tatsächlich war im Jahre 1051 ihrer beider älterer Bruder Sweyn immer noch am Leben und damit derjenige, der das Haupterbe der Godwinsons verwaltete. Sweyn war ein wildes Kind, von dem die historischen Quellen berichten, dass er die Äbtissin von Leominster entführt habe und mit ihr geflohen sei, die womöglich sogar die Mutter seines Sohnes Hakon ist. Wegen seines Verhaltens schickte man ihn im Jahre 1047 ins Exil. Nachdem er seinen Vetter Beorn (Björn) überredet hatte, beim König ein gutes Wort für ihn einzulegen, entzweite er sich mit ihm und erstach ihn hinterrücks mit dem Schwert – weshalb er erneut ins Exil geschickt wurde. Im Jahre 1050 wurde er zögerlich wieder begnadigt, und nach dem Exil seiner Familie in den Jahren 1051 bis 1052 scheint er für seine Sünden Buße getan zu haben (oder zumindest beschlossen zu haben, sich nicht weiter in Schwierigkeiten zu bringen). Er ging auf Pilgerfahrt nach Jerusalem. Wie so viele andere in der damaligen Zeit – zu denen ja auch Williams Vater gehörte – erkrankte er auf dem Rückweg und starb. Harold war nun der älteste Godwinson und ein erheblich würdigerer Erbe. Ich beschloss, dass Tostig Harold – wenn auch ein Jahr zu früh – als den ältesten Sohn bezeichnet, um irgendwelche Verwechslungen mit Sweyn zu vermeiden, der danach ohnehin von der Bildfläche verschwunden war.

Namensveränderungen

Die Normannen waren, wie die meisten Nationen jener Zeit, nicht unbedingt versessen auf Originalität bei der Namensvergabe. Daher sind mir bei den Recherchen über diesen Zeitraum eine schier endlose Folge von Williams (bzw. Guillaumes oder Wilhelms), Roberts, Richards und Rogers untergekommen. Wahrscheinlich war dies für die damaligen Menschen genauso verwirrend wie für uns heute. Die Aufzeichnungen nennen natürlich immer nur die offiziellen Taufnamen, aber sicher erleichterte man sich damals den Alltag ebenfalls durch Abkürzungen oder Spitznamen. Wir wissen nur in den seltensten Fällen, wie diese Spitznamen lauteten (»La Barbe« für Roger de Beaumont ist da eine belegte Ausnahme). Um meine Geschichte also übersichtlicher zu gestalten, musste ich ein paar eigene Varianten erfinden.

Fitz: Guillaume (Wilhelm) FitzOsbern war bekanntermaßen Williams engster Vertrauter, und sie können einander unmöglich gegenseitig ständig mit dem gleichen Vornamen angesprochen haben. Fitz wäre mit Sicherheit keine passende Abkürzung gewesen, denn es bedeutete so viel wie »Sohn von« (ähnlich wie »Mac« im Schottischen oder »-son« im Englischen oder Nordischen), trotzdem fand ich, dass dieser fröhlich klingende Name hervorragend zu Williams lebhaftem Freund passt.

Fulk: Der Mann, den ich Fulk de Montgoméri nannte, hieß eigentlich Roger. Er wurde nach der Eroberung bekannt als erster Earl of Shrewsbury. In unserer Geschichte könnte man ihn allzu leicht mit Roger de Beaumont verwechseln. Montgoméri wäre ein wenig zu förmlich für die ständige Benutzung gewesen, und »Monty« hätte ich ebenfalls unpassend gefunden wegen des erheblich berühmteren Generals Montgoméri. Letztlich beschloss ich also, ihm den alten normannischen Namen Fulk zu geben, der mir gefiel und auf den ich nirgends sonst in der Geschichte gestoßen war. Ich hoffe, dass er mir diesen kleinen Betrug vergibt und Freude an seinem einzigartigeren neuen Vornamen hat.

Historische Ereignisse

Harolds Besuch in der Normandie

Es ist dokumentiert, dass Harolds Schiff bei Ponthieu Schiffbruch erlitt und dass er durch William selbst vor Comte Guy de Ponthieu (Guido I.) gerettet wurde. Anschließend verbrachte er wohl einige Zeit am Hof des Herzogs und zog mit William erfolgreich gegen die Bretagne in die Schlacht. Es muss auch eine Art Eid gegeben haben, bevor er wieder abreiste. Was nicht in den Quellen verzeichnet ist, ist, wann genau und vor allem warum er dorthin reiste. Manche Historiker gehen davon aus, dass er schlicht und ergreifend bei einer Fischfahrt vom Kurs abkam. Wieder andere glauben, dass er versuchte, seinen Bruder und seinen Neffen, die William als politische Geiseln hielt, zu befreien. Eine dritte Theorie besagt, dass er von König Edward auf eine diplomatische Mission geschickt worden war. Wir werden es nie erfahren, aber dennoch war dieser Zeitraum sicherlich von besonderer Bedeutung, denn die Männer, die sich zwei Jahre später bei der Schlacht von Hastings wiedersahen, verbrachten damals viel Zeit miteinander. Ich habe hier an die Schilderung des Besuches von Harold in *Das purpurne Herz* angeknüpft, aber die Situation in diesem Roman aus dem normannischen Blickwinkel zu erzählen hatte noch einmal einen ganz besonderen Reiz.

Es ist ebenfalls belegt, dass Harold und Matilda während seines Besuches viel zusammensaßen, und es existieren sogar latente Anspielungen auf einen möglichen Skandal. Dies ist jedoch höchst unwahrscheinlich. Trotzdem konnte ich der Versuchung nicht widerstehen, zumindest vage darauf einzugehen, dass Harold eine Versuchung für Matilda darstellte, und sei es nur, weil er sich so sehr von William unterschied.

Bestimmt gab es den Versuch, ein Ehearrangement mit Harold zu treffen. Auf dem Teppich von Bayeux finden wir eine Szene, in der William Harold an seinen Hof bringt. In der Nähe der Männer entdeckt man auch einige der wenigen dort dargestellten Frauen, und einige Historiker gehen davon aus, dass es sich um Williams Tochter handelt, die Harold als Gemahlin angeboten wird. Andere wiederum glauben, dass es eine der möglichen Schwestern Williams war oder vielleicht sogar eine von Harolds Schwestern, die dem jungen Robert im Austausch gegen Geiseln angeboten wird. Doch jegliche Hochzeitspläne wurden natürlich ad acta gelegt, als Harold und William zu Feinden wurden.

Williams Todesnähe

Die Quellen geben an, dass William irgendwann zwischen den Jahren 1063 und 1066 ernsthaft erkrankte und reglos, wie tot, am Boden lag. Angeblich schwor er, die Kathedrale Notre-Dame de Coutances zu unterstützen, sofern Gott ihn am Leben ließe. Matilda soll anschließend just diese Kirche aufgesucht und einhundert Schillinge auf den Altar gelegt haben, wobei sie darum betete, dass »Gott und die Heilige Mutter Gottes ihr ihren Gemahl zurückgaben«.

Es wird berichtet, dass ihr Haar lose und zerzaust war, was nahelegt, dass sie verzweifelt war und vielleicht die ganze Nacht bei William gewacht hatte. Zeitgenössische Chronisten werteten dies als Beweis für ihre Zuneigung zu ihm, und in meinem Roman schildere ich diese Situation als kritischen Wendepunkt für das Paar.

In Wirklichkeit scheint William in Cherbourg krank geworden zu sein, und es existiert kein Hinweis darauf, dass dieses Ereignis zeitlich mit Harolds Abreise zusammenfiel. Aber aus dramaturgischer Sicht fand ich die Ereignisfolge sehr passend. Außerdem haben wir auch keinen Beweis dafür, dass seine Krankheit im Zusammenhang mit dem Tod seiner Tochter Adela – möglicherweise durch die Spanische Grippe – stand. Allerdings wurde sie in der Tat etwa um die gleiche Zeit nach Spanien geschickt, um Prinz Alfonso zu heiraten, und starb auf der Reise. Es könnte also durchaus ein Zusammenhang zwischen ihrer Erkrankung und der ihres Vaters bestehen.

Matildas Krönung

Letztlich wurde Matilda erst an Pfingsten 1068 zur Königin von England gekrönt. Vorher wurden ihre Rechte als Gemahlin des Königs – als *Queen Consort* – klar festgelegt, was ihre Position am englischen Hof stärkte. Wir wissen nicht, ob sie tatsächlich im Jahre 1066 mit William nach England segeln wollte (obwohl es denkbar ist – Elisabeth von Kiew segelte immerhin ebenfalls mit ihrem Mann, Harald Hardrada), aber auf jeden Fall war sie schwanger mit Adela und wurde auch zur Regentin ernannt. Wahrscheinlich hatte sie von vornherein vorgehabt, in der Normandie zu bleiben und dort für Stabilität zu sorgen. Man fragt sich nur, warum es so lange dauerte, bis sie nach England reiste.

Natürlich lag das an dem Beginn der Aufstände in England, die eine Reise dorthin für sie zu gefährlich machten. Es wäre töricht gewesen, in dieser Situation etwas so Provokantes wie eine Krönung zu inszenieren. Im Epilog schildere ich, dass William die Absicht hat, sie im Frühjahr 1067 mit sich zu nehmen. Wir wissen nicht, ob er das tatsächlich plante, auf jeden Fall aber wollte er sie unbedingt zur Königin machen, und ich halte es für wahrscheinlich, dass die Aufstände in Kent und Mercia sie im ersten Jahr von der Reise abhielten.

Um Pfingsten 1068 hatte William beide Aufstände niedergeschlagen, ebenso wie einen weiteren, dessen Epizentrum Harolds Mutter in Exeter war. Endlich war der Weg für die neue Königin einigermaßen frei, und sie konnte ihre Untertanen besuchen. Die Krönung schien ein Erfolg gewesen zu sein, obwohl es weitere Aufstände in Northumbria, im Südwesten und später im Lauf des Jahres 1068 auch noch einmal in Mercia gab.

Während ihres Aufenthalts in England begleitete Matilda

ihren Mann im Kampf gegen die Rebellen. Wahrscheinlich wurde sie in Yorkshire von ihrem letzten Kind entbunden. Dieser in England geborene Sohn Henri sollte später Henry I. werden, der unbestreitbar der erfolgreichste der normannischen Könige war.

Die Geschichte der Normandie

Im Eröffnungskapitel bezeichnet Matilda die Normandie als »Provinz, die kaum hundert Jahre alt ist«, und an diversen anderen Stellen äußern sich Figuren abfällig über die relative Jugend des Herzogtums, besonders im Vergleich zu England. Das ist durchaus verständlich, denn William war erst der siebte Herrscher der Normandie, eines Herzogtums, das im zehnten Jahrhundert entstand, als Wikinger Teile Europas eroberten.

Frankreich war zu diesem Zeitpunkt kein zusammenhängendes Land, sondern bestand aus verschiedenen Herzogtümern und Grafschaften, die den französischen König Charles (Karl) III., genannt »der Einfältige«, zum Lehnsherrn hatten. Als eine dänische Flotte unter dem Oberbefehl von Rollo (Rollon oder Hrolf) im Jahre 911 in die Seine-Mündung einsegelte, scheint Charles nicht in der Lage gewesen zu sein, dessen Angriff niederzuschlagen. Stattdessen kaufte er sich frei, wie es damals durchaus üblich war. Allerdings nicht mit Geld, sondern mit Ländereien – namentlich mit dem Land um Rouen, das ohnehin schon in Wikingerhand war. Dies wurde im Vertrag von Saint-Clair-sur-Epte ratifiziert. Im Jahre 912 konvertierte Rollo zum Christentum und nannte sein Land die Normandie – was ganz einfach so viel heißt wie »Land der Nordmänner«. Jetzt hatte er wirklich den Fuß in der Tür.

Als grimmiger Wikingeranführer war er jedoch nicht mit einem so kleinen Territorium zufrieden und wollte seine Grenzen noch weiter ausdehnen. Im Jahre 924 überließ König Rudolf von Burgund (Raoul de Bourgogne) ihm die Gebiete von Bayeux und Maine – die heutige Zentralnormandie –, und im Jahre 933 gewährte man seinem Sohn Wilhelm I. Langschwert »das Land der Bretonen an der Ostküste«, also das Avranchin und den Cotentin – die südliche Normandie.

Wilhelm I. Langschwert, der in Rouen geboren und aufgewachsen war, gab die Wikingertradition des Plünderns auf und verlegte sich darauf, sich durch Verträge und Vermählungen mit anderen Herrschern in Westfrankreich zu verbünden. Ihm folgte Richard I., der fünfzig Jahre lang herrschte, das Herzogtum konsolidierte und stabilisierte und währenddessen die Normannen immer stärker an Frankreich annäherte, sowohl was die Sprache als auch die Regierungsgeschäfte und die Architektur betraf. Sein Nachfolger, Richard II., begann, die Hand nach Nordfrankreich auszustrecken, als er im Jahre 1002 seine Tochter Emma mit Æthelred von England verheiratete – wobei er unabsichtlich den Grundstein für die Ereignisse legte, die letztlich zu der schicksalhaften Schlacht von Hastings führten.

Richard folgte im Jahre 1027 sein ältester Sohn Richard III. nach, der unter mysteriösen (oder auch nicht) Umständen schon ein Jahr später starb und den Platz für seinen ehrgeizigen jüngeren Bruder Robert I. frei machte – Williams Vater. Robert führte in frühen Jahren ein lockeres, sittenloses Leben und machte dabei auch die schöne Herleva zu seiner Geliebten, aber nach Williams Geburt scheint er eine beträchtliche Wandlung erfahren zu haben. Im Jahre 1035 unternahm er eine Pilgerreise nach Rom, um für seine Sünden zu büßen.

Vor seiner Abreise machte er seinen Bastardsohn William zu seinem Erben und zwang seine Adeligen, dem Kind die Treue zu schwören. Wahrscheinlich rechnete er nicht damit, dass sie dieses Versprechen erfüllen mussten, aber auf der Rückreise starb er an einem Fieber, und William, der damals erst sieben war, wurde zum siebten Herzog der Normandie.

Das Ende des normannischen Vermächtnisses

In jener frühen Phase ihrer Geschichte waren die Normannen erstaunlich erfolgreich. Ich musste sogar feststellen, dass sie, lange bevor sie England eroberten, schon in Süditalien triumphiert hatten. Sie waren offensichtlich ebenso ehrgeizig wie effektiv, aber aus verschiedenen Gründen wurde die Normandie bald von dem großen Nachbarn einverleibt und verwandelte sich in eine der französischen Provinzen. Man hörte nur noch wenig von der Normandie bis zur tragischen *Operation Neptune* (»D-Day«) im letzten Jahr des Zweiten Weltkriegs.

Obwohl zwei seiner Söhne William auf den englischen Thron folgten – nämlich Wilhelm II. (William Rufus) und dann Henry I. –, starb seine Linie aus, als Henrys Sohn Wilhelm Ætheling beim Untergang der *White Ship* im Jahre 1120 ums Leben kam. Henry bestimmte seine älteste Tochter Matilda (Maud), die Witwe des deutschen Kaisers (Heinrich V.), zu seiner Erbin, hatte aber auch schon mit seinem Neffen, Stephen of Blois, entsprechende Gespräche geführt. Nach Henrys Tod marschierte Stephen in England ein, um seinen Anspruch geltend zu machen. Matilda wollte das nicht hinnehmen, und so kam es zu einem jahrelangen Bürgerkrieg zwischen Stephens und Matildas Anhängern. Matilda wurde niemals wirklich gekrönt, obwohl sie im Jahre 1141 einige Monate lang regierte (als erste weibliche Monarchin in England), aber der Streit schuf in England einen Zustand der Anarchie. Er konnte erst durch einen Waffenstillstand beendet werden, in dessen Folge Stephen der Thron zugesprochen und im Gegenzug Matildas Sohn Henry als Erbe anerkannt wurde.

Dieser Sohn wurde schließlich im Jahre 1154 Henry II. von England. Genau genommen stammte er also immer noch aus Williams Blutlinie, aber man bezeichnete ihn als angevinischen König wegen seines Vaters Geoffroy V. d'Anjou, sodass seine normannischen Wurzeln fast vergessen waren.

Im Jahre 1204 verlor King John die Normandie ein für alle Mal, und obwohl die englischen Könige auch weiterhin – bis in die Zeit der Tudors – um Teile Frankreichs kämpften, gehörte die Normandie nicht mehr dazu.

Sizilien und Süditalien, die im Jahre 1066 fest in normannischer Hand gewesen waren, ereilte das gleiche Schicksal. Sizilien, das von dem Normannen Roger de Hauteville den Sarazenen auf so glorreiche Weise abgerungen worden war, wurde ab 1194 von einem Stauferkönig (Heinrich VI.) regiert. Italien zerfiel bald in Stadtstaaten, regiert von Fürsten, die sich trotz ihrer normannischen Wurzeln als Einheimische empfanden.

Interessant an der ganzen Geschichte ist, dass William offenbar nicht der einzige normannische Eroberer war. Ich finde es faszinierend, dass sich seine Getriebenheit, sein Ehrgeiz und sein Erfolg auch in anderen Männern seines Schlages wiederfinden. Dennoch war das Ganze nicht von Dauer. Im Grunde waren die Normannen Wikinger, und die Wikinger auf der ganzen Welt (beispielsweise in England, Russland und Irland) verfügten über die erstaunliche Fähigkeit, die Kultur der Orte, die sie eroberten, zu assimilieren, einheimische Frauen zu heiraten und die lokalen Sitten und Gebräuche zu übernehmen, statt den Eroberten ihre eigene

Identität aufzuzwingen. Das ist vielleicht der Grund, warum die »normannischen« Abenteurer als solche letztlich aus der Geschichte verschwunden sind.

Historische Besonderheiten

Garderobe

In Brügge bewahren Matilda und Judith ihre Gewänder in einem Raum auf, den ich als Erfindung von Matildas französischer Mutter einführe, was durchaus möglich wäre. Das Wort Garderobe hat nämlich in der Tat französische Wurzeln (*garder* bedeutet so viel wie »bewachen« oder »beschützen«, und *la robe* ist das Kleid) und diente ursprünglich der Bezeichnung eines Raumes, wie ich ihn in Kapitel drei beschreibe. Auch heute ist der Begriff noch in Gebrauch.

Erstaunlich hierbei ist, dass das Wort im englischsprachigen Raum auch für Toiletten auf Schlössern des Mittelalters benutzt wurde. Die Bedeutung scheint sich also irgendwann verschoben zu haben. Woher dieser Wandel kam, ist unbekannt, hat aber wahrscheinlich mit der geringen Größe der Räumlichkeiten zu tun. Sprachliche Verwandtschaft zwischen »Garderobe« und »Toilette« gibt es im Übrigen auch im Deutschen, denn der zweite Begriff kann, wenn auch in einer veralteten Nebenbedeutung, als Synonym für »festliche Kleidung« stehen.

Schlafgemach

Außer in Westminster teilen sich William und Matilda ihr Schlafgemach fast überall, was dem versierten Leser späterer historischer Romane seltsam anmuten mag. Gewiss hatten zur Zeit der Tudors hochwohlgeborene Lords und Ladys ihr eigenes Gemach, wenn nicht sogar eine ganze Zimmerflucht zur Verfügung, aber vor der Eroberung war diese Vorstellung geradezu abwegig. Tatsächlich war es nicht einmal unüblich, dass die hohen Herrschaften in ihrer großen Halle nächtigten, von ihren Dienstboten nur durch die Vorhänge getrennt, die ihre Himmelbetten umgaben. Mehr Privatsphäre konnten sie nicht erwarten.

William und Matilda lebten als Normannen in Burgen aus Stein und in Palästen mit mehreren Stockwerken (statt der Residenzen der Angelsachsen und Wikinger, die aus mehreren, getrennten Holzkammern bestanden). Es ist also möglich, dass sie in getrennten Gemächern schliefen, aber sehr unwahrscheinlich. Das Konzept der Privatsphäre hatte sich noch nicht durchgesetzt. Das Leben spielte sich auch unter den vornehmeren Herrschaften auf Gemeinschaftsebene ab. Ein Gemach für zwei Personen war schon Luxus genug. Auch tagsüber hätte eine Königin oder Herzogin wie Matilda sich nicht in ihren eigenen Räumlichkeiten aufgehalten wie in späteren Phasen, sondern sie hätte sich ins Frauengemach zurückgezogen, das oft über der Halle lag. Dort hätte sie sich den restlichen Frauen angeschlossen, um zu weben, zu nähen und zu sticken und wahrscheinlich auch, um Klatsch und Tratsch auszutauschen. Erst im 15. Jahrhundert begann sich das Leben in der Familie oder bei Hof in getrennten Räumen abzuspielen.

Tafl

Tafl war ein Strategiespiel, das man auf einem karierten Brett spielte – ein Vorgänger des heutigen Schachs, das sich erst im zwölften Jahrhundert entwickelte. Anscheinend gab es verschiedenste Varianten, aber die allgemeine Regel sah ein Verhältnis von zwei zu eins zwischen »Angreifern« und »Verteidigern« vor. Die angreifenden Spielsteine wurden an den Ecken aufgestellt mit dem Ziel, die geringeren Verteidiger, die den König in der Mitte umgaben, zu fangen. Der König selbst wiederum hatte das Ziel, sich an den Spielfeldrand zurückzuziehen. Offensichtlich spiegelt das Spiel Schlachtaufstellungen wider und wurde als solches von den Herrschenden bevorzugt. Wir wissen nicht, ob William es tatsächlich so gern spielte, aber je mehr ich darüber erfuhr, umso perfekter erschien es mir für diesen strengen, umsichtigen Heerführer.

Die Schiffsliste

Hierbei handelt es sich um eine tatsächlich erhaltene Aufzeichnung, wie viel Schiffe und Männer Williams Magnaten ihrem Herzog im Jahre 1066 zur Verfügung stellten. Die Ausgabe der uns vorliegenden Liste stammt aus dem Jahre 1070 und wurde mit an Sicherheit grenzender Wahrscheinlichkeit in der Abtei Fécamp erstellt, ist aber wahrscheinlich eine recht getreue Kopie des Originals. Im Detail sieht das folgendermaßen aus:

Als William, der Herzog der Normandie, nach England kam, um den Thron zu erobern, der ihm von Rechts wegen gehörte, erhielt er von Guillaume FitzOsbern, dem Seneschall, sechzig Schiffe; von Hugues, der später Earl of Chester wurde, desgleichen; von Hugues de Montfort fünfzig Schiffe und sechzig Soldaten; von Romo (Remigius), Almosenier in Fécamp, der später Bischof von Lincoln wurde, ein Schiff und zwanzig Soldaten; von Nicholas, Abt von Saint Ouen, fünfzehn Schiffe und einhundert Soldaten; von Robert, Comte von Eu, sechzig Schiffe; von Fulk de Aunou vierzig Schiffe; von Gerald dem Vogt desgleichen; von Wilhelm, Comte von Evreux, achtzig Schiffe; von Roger de Montgoméri sechzig Schiffe; von Odo, dem Bischof von Bayeux, hundert Schiffe; von Robert de Mortain einhundertzwanzig Schiffe, von Walter Giffard dreißig Schiffe und einhundert Soldaten. Abgesehen von diesen Schiffen, die insgesamt tausend ausmachen, hatte der Herzog noch viele andere Schiffe von seinen übrigen Untertanen, die sie ihren Mitteln gemäß gespendet hatten.

Man beachte, dass die oben genannte Anzahl nicht »insgesamt tausend« ergibt, sondern nur 716. Der Schreiber konnte also entweder nicht rechnen, oder er hat nicht sämtliche Spenden aufgelistet. (Insbesondere Hugues de Grandmesnil fehlt, während zwei andere Hugues durchaus erwähnt werden.) Trotzdem ist dies eine wichtige Quelle, um herauszufinden, wer mit William zusammenarbeitete, um diese Invasion zu jenem Erfolg zu führen, den sie letztendlich tatsächlich hatte, und zeigt, wie absolut wichtig Schiffe waren. Außerdem handelt es sich um eine erstaunliche Primärquelle in einer Zeit, in der derlei Aufzeichnungen normalerweise völlig fehlen.

Die Mora

Die gleiche »Schiffsliste« beschreibt auch Williams Flaggschiff:

Die Gemahlin des Herzogs, Matilda, die später Königin wurde, ließ zu Ehren ihres Gemahls ein Schiff bauen, das sie »Mora« nannte und in dem der Herzog auf die Insel übersetzte. An ihrem Bug hatte Matilda ein Kind anbringen lassen, das mit der rechten Hand nach England deutete. Mit der linken hielt es ein Horn aus

Elfenbein an den Mund. Aus Dankbarkeit übertrug der Herzog Matilda die Grafschaft Kent.

Es gibt etliche Theorien, warum Matilda das Schiff *Mora* nannte, zum Beispiel, dass es sich um ein Anagramm von »Amor« handelte. Andere gehen davon aus, dass sie damit auf ihre flandrischen Vorfahren anspielt, die als Moriner bezeichnet wurden. Ich habe mich entschlossen, mich der Amor-Variante anzuschließen, sie aber für das Paar noch persönlicher zu gestalten, wie einen »Insiderwitz«, durch dem William seine Frau im Gedächtnis behielt, als er mit seinen Männern davonsegelte.

Pferdeschiffe

Kein Normanne, der etwas auf sich hielt, hätte jemals anders als zu Pferd gekämpft. Der Schlüssel zu einer erfolgreichen normannischen Invasion im Jahre 1066 lag also unzweifelhaft in der Möglichkeit, Pferde übers Meer zu transportieren. Das hatten die Normannen bislang noch nie getan – außer in Italien. Bei der Recherche zu diesem Thema stieß ich auf einen faszinierenden Artikel des Historikers Bernard S. Bachrach aus dem Jahre 1985, der davon ausging, dass die normannischen Erfahrungen in Italien wesentliche Voraussetzungen für die Flotte waren, die nach England übersetzte. Außerdem lieferte er in seinem Aufsatz auch Gründe, warum sie von Saint Valery nach Pevensey segelten – beides Ortschaften, die ein mutmaßliches Ergebnis von Stürmen und Tiden waren.

Bachrach zitiert ein dänisches Experiment aus dem Jahre 1967, in dem Historiker nachwiesen, dass ein Pferd aus einem flachen Boot springen konnte, wenn es am Strand lag, sich in Kippstellung befand und mit Tauen gesichert war, wie auf dem Teppich von Bayeux dargestellt. Ein Boot wie dieses hätte den Kanal aber nicht voll beladen überqueren können. Schiffe, die dazu in der Lage waren, brauchten eine Dollbordhöhe von mindestens einem Meter fünfzig – was für ein Pferd zu hoch gewesen wäre. Was William also benötigte, waren Experten zum Thema Pferdetransport, und die fand man im Mittelmeerraum, wo Griechen, Byzantiner, Araber und Römer schon seit Langem ihre Pferde übers Meer brachten. Es ist dokumentiert, dass Hugues de Grandmesnil tatsächlich eine Zeit lang im italienischen Exil war (wobei es keine Angaben zu Emeline gibt – sie ist meine Erfindung). Er ist also als Rittmeister in diesem Roman das perfekte Bindeglied zu dem notwendigen Wissen.

Bachrach vertritt die These, dass William Pferdeschiffe im byzantinischen Stil – die *hippagogoi* – einsetzte, um im Jahre 1066 Pferde und Reiter nach England zu transportieren, und dass diese speziellen Schiffe Häfen nach römischem Vorbild benötigten, um beladen werden zu können. Den Quellen zufolge besaß Saint Valery einen ehemaligen römischen Hafen, ebenso wie Pevensey. Deshalb lege ich in meinem Roman nahe, dass William nicht in Saint Valery Unterschlupf suchte, weil er nach einem durch die Wetterlage gescheiterten ersten Angriff dazu gezwungen war. Sondern ich gehe davon aus, dass er es von vornherein geplant hatte (obwohl es so gut wie sicher ist, dass er auf dem Weg dorthin einige Schiffe im Sturm verlor). Genauso landet in meinem Roman seine Flotte nicht deshalb in Pevensey, weil sie beim ersten Versuch Hastings verfehlte oder weil die Tide sie dorthin trieb, sondern mit dem klaren Ziel, die kostbaren Kavalleriepferde dort zu entladen. Immerhin war William ein vorausschauender Mensch – warum sollte er das nicht ebenso gut geplant haben wie den Rest seines Eroberungsfeldzuges?

Ämter

Am normannischen Hof dominierten Männer und Krieger. Es gab zahlreiche, dem Herzog untergeordnete Familien, die nach einer Vormachtstellung bei Hof strebten und sogar William verdrängen wollten, um selbst Ansprüche auf den Thron zu erheben. In seinen ersten Jahren als Herzog schwebte William in ständiger Gefahr, und nur seinem eigenen Mut und dem seiner Beschützer ist es zu verdanken, dass er überhaupt zum Erwachsenen heranwuchs. Während der ersten zehn Jahre seiner Regentschaft schlug William jedenfalls Aufstand um Aufstand aus den Reihen seiner eigenen Familie nieder. Er ersetzte die Betreffenden durch die Männer, mit denen er aufgewachsen war und die fortan seine engsten Verbündeten waren – Männer, denen er vertrauen konnte.

Als er Matilda heiratete, waren Guillaume FitzOsbern, Roger de Beaumont, Roger (Fulk) de Montgoméri und Hugues de Grandmesnil seine wichtigsten Anhänger. Ihre Ämter sind zwar nicht offiziell vermerkt, dennoch ist die Annahme berechtigt, dass William ihre Verdienste anerkennen und sie aufgrund ihrer Schlüsselposition mit Titeln und Ländereien belohnen wollte. Fitz war anscheinend tatsächlich Seneschall, genau wie sein Vater vor ihm. Es gibt auch Hinweise darauf, dass Hugues Rittmeister war und Roger als Kämmerer fungierte, und ganz bestimmt war er derjenige, der mit Matilda zusammen die Regierung auf Kurs hielt, während William seine endlosen Kriege führte. Von einem Oberbefehlshaber ist in den Quellen nie die Rede, aber Montgoméri war auf jeden Fall einer der wichtigsten Männer des Herzogs. Ihm diese Position zuzuweisen wäre also durchaus die angemessene Belohnung gewesen.

William schätzte Loyalität über alles, sicher wegen seiner frühen – und fortdauernden – Erfahrungen mit Verrat. Er musste sein ganzes Leben lang auf der Hut sein, weshalb es umso tragischer ist, dass er in England, einem Land, das er unbedingt regieren wollte, nur auf weitere Opposition stieß. Es war eine interessante Erfahrung für mich, die Geschichte bis zum Jahr 1066 aus normannischer Perspektive zu schildern, denn in den vorherigen beiden Romanen kam William nicht allzu gut davon und war so etwas wie mein »Bösewicht«. Die Ereignisse aber aus seinem Blickwinkel zu betrachten, hat mich ihm gegenüber milde gestimmt.

William war wahrscheinlich der disziplinierteste und ernsteste Herrscher der drei Männer, die 1066 um den englischen Thron kämpften, und zudem auch der mit den besten Absichten. Wenn die Engländer ihn als König akzeptiert hätten (was leichter gesagt war als getan, ich weiß), dann hätte er sie meiner Überzeugung nach zwar streng, aber auch gut regiert. Er war dafür bekannt, diejenigen, die ihm dienten, großzügig zu belohnen, und pflegte die meisten Aufständischen eher ins Exil zu schicken, als exekutieren zu lassen, und sie sogar später wieder zu begnadigen. Ursprünglich behielt er viele Engländer, einschließlich der beiden Earls aus dem Norden, in seinen Diensten, und ich bin der festen Überzeugung, dass er im Grunde ein großzügiger Herrscher sein wollte. Die beständige Opposition, die die ersten Jahre seiner Regentschaft überschatteten, ließen ihm jedoch keine Wahl: Er musste harte Vergeltungsmaßnahmen ergreifen, um weitere Probleme zu verhindern.

Die Feldzüge in den Jahren 1069 und 1070, die in die englische Geschichte unter dem Begriff »Harrying of the North« (»Plünderung des Nordens«) eingegangen sind, waren das bedauerlicherweise letzte und schlimmste Beispiel dafür und sind das, woran man sich in der englischen Geschichte im Zusammenhang mit William am ehesten erinnert. Der Epilog in diesem Roman ist kein Hinweis auf einen weiteren Band in der Buchreihe, sondern soll dem Leser, der Leserin die erste Zeit Williams in England begreiflich machen. Ich versuchte dort aufzuzeigen, warum er auf die Opposition in England so gewalttätig reagiert haben könnte. Der Rest ist, wie man so schön sagt, Geschichte …

Danksagungen

An allererster Stelle muss ich meinem Ehemann Stuart danken für seine endlose Geduld und seine frappierende Fähigkeit, genau zu wissen, wann er zuhören musste und wann er mich durch eine humorvolle Bemerkung aus meiner melodramatischen Stimmung herausreißen musste. Zum Zweiten danke ich meiner ganzen Familie, weil sie Verständnis dafür hatte – oder es vielleicht auch gar nicht bemerkte –, dass ein ordentliches Haus erheblich unwichtiger ist als eine gut geschilderte Schlachtszene!

Mein besonderer Dank für diesen Roman gilt Brenda, meiner großartigen Freundin, die mittlerweile selbst zum Normannenfan avanciert ist. Sie hat mich auf einer fantastischen Recherchetour begleitet. Ich danke ihr insbesondere für ihre Kenntnisse über die Laubwälder; dann dafür, dass sie eine Auster für mich fand, die mir tatsächlich schmeckte (nachdem ich jahrelang erfolglos nach derlei höheren kulinarischen Weihen gestrebt hatte), und dafür, dass sie schnell genug fuhr, damit wir die Fähre nicht verpassten, nachdem uns die Burg von Falaise allzu sehr in ihren Bann gezogen hatte!

Wie schon die Widmung am Anfang des Romans erkennen lässt, danke ich meinen Eltern von ganzem Herzen, weil sie mich in meiner Liebe zum Schreiben immer ermutigt haben. Obwohl beide Wissenschaftler sind, erkannten sie bald, dass Reagenzgläser und ich niemals gut Freund miteinander werden würden. So taten sie alles in ihrer Macht Stehende, um mein Interesse an Literatur und Geschichte zu fördern. Ich bin der festen Überzeugung, dass eines der wichtigsten Dinge, die Eltern für ein Kind tun können, darin besteht, ihm dabei zu helfen, seinen eigenen Weg im Leben zu finden. Ich hoffe nur, dass ich das eines Tages für meine eigenen Kinder auch so leisten kann, wie Mom und Dad für mich und meine Geschwister. Dieser Dank erstreckt sich auch auf Polly und Arthur, für ihre endlose Fürsorge. Und allen vieren danke ich fürs Babysitten!

Vielleicht hat mein Autorengen ja eine Generation übersprungen, weshalb ich meine lieben Großmütter auf beiden Seiten an dieser Stelle erwähnen möchte. Die Mutter meines Vaters, Courtney Gibb, gab mir meinen zweiten Vornamen, der letztlich zu meinem Künstlernamen wurde. Sie war die Tochter von Howard Swiggett, der in den 1950er-Jahren wunderbare amerikanische Kriminalromane verfasste. In Courtneys Haus schrieb ich im Alter von zehn Jahren meinen ersten Roman (ein ziemlich abgekupfertes Werk über die Ereignisse in einem Internat). Die Mutter meiner Mutter wiederum, Sandie Shaw, war jahrelang Vorsitzende der *Scottish Association of Writers*. Mitglieder, die alt genug sind, um sie noch erlebt zu haben, erinnern sich immer noch liebevoll an sie. Wenn beide mir ein wenig von ihrem schriftstellerischen Talent vererbt haben, bin ich ihnen unendlich dankbar, denn sie haben mich vor dem Schicksal bewahrt, Chemikerin zu werden!

Zwei weitere Menschen, die an dieser Stelle Erwähnung verdienen, sind meine Geschichtslehrerinnen an der *Loughborough High School,* die mich mit der Liebe zu ihrem Fach ansteckten. Sowohl Penny Armstrong als auch Julia Morris (jetzt Burns) zeigten mir, dass das wahre Interesse beim Studium der Vergangenheit den Menschen gelten sollte, die damals lebten, und ich hoffe, dass ich das in meinen Roman einfließen lassen konnte. Es war wundervoll, Penny im vergangenen Jahr bei einem meiner Vorträge wiederzutreffen, und ich hoffe, sie wissen beide, was für fantastische Lehrerinnen sie waren und wie wichtig so etwas für Schüler sein kann.

Außerdem möchte ich dem Team von *Pan Macmillan* danken, insbesondere meiner neuen Lektorin Victoria, die sich sehr für mich engagiert hat und ungemein viel Sorgfalt auf meine Romane verwandt hat. Ich danke auch Jess, meiner liebenswerten Pressesprecherin, für ihren unerschöpflichen Enthusiasmus und die harte Arbeit, die sie meinetwegen geleistet hat. Von ganzem Herzen danke ich auch der wunderbaren Susan für ihre einfühlsamen und ausgesprochen hilfreichen Kommentare zum Manuskript, und meiner Agentin Kate, weil sie mir bei diesem dritten Buch den Rücken gestärkt hat. Die Arbeit daran war nicht immer leicht. Danke an die *Intercontinental Literary Agency* – ILA –, die meinen Roman nach Ungarn und Deutschland geschickt hat, was sehr aufregend war. Und ich danke auch all den freundlichen Bloggern, die so viele unterstützende und aufschlussreiche Kritiken gepostet haben. Das bedeutet mir die Welt.

Und last, but not least danke ich meinen Lesern. Das konnte ich bislang noch nie, und ich bin total aufgeregt, dass da mittlerweile etwas heranwächst, was ich vorsichtig als meine »Fangemeinde« bezeichnen könnte. Bei meinem Besuch der 950. Feierlichkeiten anlässlich der Schlacht von Hastings in der Battle Abbey im Oktober 2016 habe ich mich am meisten darüber gefreut, dass Menschen zu mir kamen und mir versicherten, wie sehr ihnen mein erstes Buch gefallen habe und wie sehnsüchtig sie schon auf Band zwei warteten. Ich hoffe wirklich, dass dieser dritte Roman den Erwartungen ebenfalls gerecht wird und dass die Leser die Geschichte des »Bösewichts« aus dem Jahre 1066 genauso gern lesen werden, wie ich sie geschrieben habe.

Um die ganze Welt des
GOLDMANN Verlages
kennenzulernen, besuchen Sie uns doch
im Internet unter:

www.goldmann-verlag.de

Dort können Sie
nach weiteren interessanten Büchern ***stöbern***,
Näheres über unsere ***Autoren*** erfahren,
in ***Leseproben*** blättern, alle ***Termine*** zu Lesungen und
Events finden und den ***Newsletter*** mit interessanten
Neuigkeiten, Gewinnspielen etc. abonnieren.

Ein ***Gesamtverzeichnis*** aller Goldmann Bücher finden
Sie dort ebenfalls.

Sehen Sie sich auch unsere ***Videos*** auf YouTube an und
werden Sie ein ***Facebook***-Fan des Goldmann Verlags!

www.goldmann-verlag.de
www.facebook.com/goldmannverlag

GOLDMANN
Lesen erleben